SÉGOU
LA TERRE EN MIETTES

Tome III

Maryse Condé, guadeloupéenne, a longtemps vécu en Afrique. Professeur de littérature négro-africaine à l'université de Paris IV (Sorbonne). Productrice à Radio-France International. Auteur de plusieurs récits et essais dont La Civilisation du Bossal *et* Heremakhonon.

Voici la suite de la grande saga africaine qui a déjà passionné plus de deux cent mille lecteurs. Comme *Les Murailles de terre*, *La Terre en miettes* nous parle de l'Afrique ancienne, celle de l'animisme et de la traite des Noirs, à l'époque charnière de la guerre sainte.

Nous sommes en 1860, à Ségou, entre Bamako et Tombouctou, dans l'actuel Mali. Gagnés à la cause islamique, les Toucouleurs ont percé la défense bambara et investi la ville. De l'autre côté de la Méditerranée, dans la France du Second Empire nul ne mesure à sa juste valeur la portée de cet événement qui pourtant signe l'arrêt de mort d'une culture entière.

A Ségou, face au raz de marée musulman, la famille Traoré apparaît déchirée, partagée entre ses racines, l'islam et bientôt la chrétienté. C'est l'histoire de la deuxième génération de cette famille en butte aux bouleversements du XIXᵉ siècle, et sur laquelle la fatalité s'acharne avec méthode, que Maryse Condé retrace dans ce second tome de sa « somptueuse saga ».

Dans Le Livre de Poche :

SÉGOU, t. 1, « Les Murailles de terre ».
SÉGOU, t. 2, « Les Murailles de terre ».
SÉGOU, t. 3, « La Terre en miettes ».

MARYSE CONDÉ

Ségou

La Terre en miettes

Tome III

ROMAN

ROBERT LAFFONT

Ce que raconte *Les Murailles de terre*

A la fin du XVIIIᵉ siècle, le royaume bambara de Ségou dans l'actuel Mali est à l'apogée de sa puissance. Il tire sa richesse de la guerre, par conséquent du commerce des captifs qu'il réduit en esclavage, et des impôts qu'il perçoit sur les peuples qu'il tient en vassalité, en particulier les Peuls, peuple d'éleveurs, nomades ou semi-nomades. Il pratique la religion animiste et est fermement attaché à ses croyances. Dousika Traoré est un noble, chef d'une puissante famille proche du pouvoir royal du Mansa. Or, son arrogance et sa vanité lui aliènent ses pairs qui parviennent à susciter la colère des dieux. Il est destitué de ses fonctions de conseiller à la cour. En outre, quatre de ses fils sont condamnés à être les instruments de la vengeance du destin. Naba qui périra en esclavage au Brésil, Malobali qui trouvera la mort dans une geôle du royaume d'Abomey dans l'actuel Dahomey, Siga dont la vie ne sera que déceptions et surtout Tiékoro, le fils favori dont la destinée sera spectaculaire.

D'une certaine manière, le destin de Tiékoro est symbolique de celui de Ségou tout entier. Tout seul, il découvre l'islam, religion d'abord pratiquée par des groupes spécifiques, les Peuls, les Somonos. Il part étudier la théologie à l'université de Tombouctou avant de revenir dans son pays natal pour y faire connaître le monothéisme. Il n'y parviendra pas et périra sous le sabre du bourreau. Pourtant, rien ne peut arrêter les progrès de l'islam. Galvanisés par leur foi, les Peuls fondent l'Etat théocratique du Macina. Un équilibre instable s'établit alors entre Bambaras farouchement animistes et Peuls musulmans. Il sera rompu par l'arrivée d'un marabout toucouleur El-Hadj Omar, plus intransigeant encore que les Peuls et résolu à éliminer les Infidèles de la surface de la terre. Avec lui, le jihad, guerre sainte, est déclenché. Ségou qui se croyait invincible est menacée et pour sauver ce qui peut l'être, doit composer avec ceux qu'elle hait. De royaume souverain, elle devient vassale des Peuls afin, unissant leurs forces, de s'opposer à l'avancée victorieuse d'El-Hadj Omar.

Outre ces destins d'hommes, les visages de femmes abondent. Nya, la mère, première épouse de Dousika, pivot de la vie de la concession. Sira, la Peule qui n'accepte pas la captivité, et les esclaves Nadié, Yassa qui, chacune à leur manière, refusent le sort qui leur est fait.

Au sein de la famille Traoré, l'esprit de résistance à l'islam est incarné par Tiéfolo qui devient le chef de famille à la mort de Siga. Il devra lui aussi s'incliner devant l'esprit des nouvelles générations élevées dans l'islam : Mohammed, fils aîné de Tiékoro, et Olubunmi, fils de Malobali qui ne rêve que de revivre les exploits de son père.

Quant à la descendance de Naba, elle suit un cheminement différent. Ce n'est pas à l'islam qu'elle est confrontée, mais au catholicisme apporté par les missionnaires. C'est un autre aspect du combat dont l'enjeu est l'âme même de l'Afrique.

PREMIÈRE PARTIE

LA VOIE DROITE

1

« Mère, pourquoi l'aimes-tu plus que moi? Pourquoi es-tu si heureuse de son arrivée que tu ne me prêtes plus attention? »

Abdel Salam parlait d'une voix plaintive, en triturant la soie blanche de son cafetan. Il avait près de douze ans et cette conversation avec sa mère était déplacée. Mais Maryem n'avait pas élevé cet enfant ainsi que l'exigeait la réserve peule et n'avait jamais su contrôler les manifestations de son affection. Au contraire. Elle avait besoin de s'en assurer, de la vérifier à tout instant pour se persuader que, grâce à elle, sa vie avait retrouvé du prix. Elle serra Abdel Salam à l'étouffer et lui expliqua tendrement :

« Je ne l'aime pas plus que toi. Mais il a tellement souffert! Son père a été tué quand il avait ton âge. Ensuite, il a vu son pays entraîné dans la guerre et a perdu une jambe en le défendant. Bien heureux, toutefois, de garder la vie quand son meilleur ami mourait à côté de lui, et que son frère disparaissait! Il est seul, diminué dans son corps, blessé dans son âme. Tu comprends cela, n'est-ce pas? »

Abdel Salam ne répondit pas. Le visage appuyé contre le cou tiède et parfumé de sa mère, il savourait cet instant de bonheur interdit. Bientôt, il faudrait la quitter, rejoindre ses camarades à l'école coranique et s'asseoir sous le regard sévère d'un malam[1]. Abdel Salam n'était pas inintelligent. Néanmoins, quand il fallait réciter des versets du Coran, faire montre de vivacité d'esprit, la nuit tombait sur ses pensées qui s'éteignaient une à une tandis que les mots s'envolaient comme emportés par le vent. Alors, il restait debout, silencieux, hébété, objet de risée de tous ceux qui l'entouraient. Maryem répéta :

« Tu comprends cela, n'est-ce pas ? »

Abdel Salam hocha la tête sans entrain. C'est alors que l'on entendit un bruit de pas, assourdi par les tapis de la pièce voisine. En hâte, la mère et le fils se séparèrent. Abdullahi entra. Son regard effleura à peine Abdel Salam. Pourtant, l'enfant le savait, aucun détail n'échappait à son père. Ni les traces de larmes sur ses joues, ni le trouble de Maryem et le désordre de ses voiles. Ramassant sa planchette qu'il avait posée par terre, il sortit. Quand Maryem et Abdullahi furent seuls, ce dernier dit avec exaspération :

« Si cela continue, je l'enverrai chez mon frère à Daura. Il me le demande depuis un an. Par faiblesse, je tergiversais. Mais tu dépasses les bornes. Qu'est-ce que tu veux faire de ce garçon ? Un efféminé qui fasse honte à mon nom ? »

Maryem accepta la remontrance humblement. Sa terreur était de voir son mari mettre ses menaces à exécution et de revivre les angoisses qu'elle avait connues seize ans plus tôt, quand son premier époux, Tiékoro, l'avait séparée de son fils Mohammed. Elle était prête à tout pour éviter cela et posa sur son visage le masque de la soumission la plus absolue. Abdullahi se radoucit :

« J'ai envoyé une escorte armée à la rencontre de

1. Maître d'école.

notre fils. Avec tous ces Maradawa[2] qui infestent les routes, il ne faudrait pas qu'il lui arrive malheur. »

Ah! malgré sa sévérité et la rigidité de ses manières, comme Abdullahi était attentionné! Comme il avait le cœur pétri de délicatesse! Pleine de gratitude, elle interrogea :

« Quand penses-tu qu'il sera parmi nous? »

Cette fois encore, il y avait, malgré ses efforts de retenue, trop de passion dans sa question et Abdullahi, mécontent à nouveau, s'éloigna :

« Cela, Allah seul le sait! »

Quand Maryem était revenue de Ségou, meurtrie par la mort de Tiékoro et la séparation d'avec son fils unique, elle n'avait qu'un désir : vivre dans la prière et la réclusion, à l'abri des murailles du palais du sultan de Sokoto. Pourtant, elle n'y demeurait pas depuis un an que son père l'avait fait paraître devant lui. Un homme demandait sa main. Et quel homme! Abdullahi, le maaji[3] de l'émir de Kano, venu à Sokoto pour une des visites d'allégeance annuelles. Maryem était restée interdite. Quoi? Un homme demandait sa main? Où l'avait-il vue? Quand, drapée de voiles noirs, elle se hâtait vers des lieux de culte? Pouvait-elle encore enfanter? N'était-elle pas une vieille femme avec ses trente-cinq saisons sèches? C'est avec une curiosité empreinte d'une secrète reconnaissance qu'elle avait consenti à rencontrer ce prétendant inattendu. Et quand elle avait été face à lui, grand, un peu voûté, l'ombre de son turban bleu obscurcissant encore son regard, elle avait su qu'Allah lui signifiait la fin de la solitude et des souffrances. C'est sans appréhension qu'elle avait posé sa main

2. Habitants de Maradi, ennemis de Kano.
3. Trésorier.

dans la sienne, à la fois très forte et très douce, et qu'elle était partie en sa compagnie jusqu'à la colline de Dalla, sur laquelle s'élève la ville de Kano.

L'année suivante, elle avait été bénie d'un fils. Deux ans plus tard, d'un second. Mais celui-là n'avait fait que traverser le monde. Ensuite, elle n'avait plus enfanté. Toutefois, Abdullahi ne le lui avait pas reproché, la traitant avec l'honneur et le respect dus à une première épouse, alors qu'elle était la quatrième en rang d'arrivée dans sa maison. En revanche, ses trois autres femmes, descendantes comme lui de dignitaires peuls, compagnons du Shehu Ousman dan Fodio, le fondateur de l'empire, ne se privaient pas de rappeler que Maryem avait vécu des années en terre fétichiste de Ségou. Qu'elle s'y était souillée de la proximité d'idoles. Qu'elle y avait mis au monde des enfants à moitié bambaras, dont le sang, par conséquent, charriait toutes sortes de vices. Et même, qu'un temps elle avait été mariée à un apostat. Cette dernière accusation mettait Maryem en rage. Elle se rappelait comment, avant le lever du jour, elle avait fui la concession de Traoré à Ségou, sitôt connue la décision du conseil de famille de la donner à Siga. Elle avait couru tant de dangers pour respecter les devoirs de sa foi! Aussi, l'envie la prenait de balancer pilons et calebasses à la tête de ces femmes de haute naissance qui, entourées d'esclaves, avaient passé sans douleur de la concession d'un père à celle d'un mari, et qui ignoreraient toujours que l'existence peut être injuste et cruelle. Ensuite, elle se reprochait ces impulsions, indignes d'une croyante. Le Prophète n'a-t-il pas dit : « Ne te mets pas en colère ? »

Maryem sortit dans la cour sur laquelle s'ouvrait sa case. Elle ne prêtait aucune attention à ces allées et venues du matin, esclaves portant des calebasses de bouillie de mil, enfants se hâtant vers l'école coranique, femmes se dirigeant vers les cases d'eau. Elle ne songeait qu'à son fils. Mohammed. Leur dernière rencontre avait eu lieu quatorze ans plus tôt, dans la concession de Cheikou Hamadou à Hamdallay. Petit garçon rendu malingre par sa vie de sainte mendicité! Quel homme était-il devenu? Maryem savait qu'il était amputé d'une jambe, c'est-à-dire réduit à l'état d'invalide dans la fleur de son âge. Plus jamais, les luttes victorieuses, les regards admiratifs et les chants de louange des jeunes filles! Ô Dieu, qu'il est dur, parfois, de Te nommer « le Clément et le Miséricordieux »! Maryem, qui acceptait toute la sainteté du jihad, puisque ses ancêtres l'avaient mené contre les souverains païens des Etats haoussas, aurait dû souhaiter la victoire des Toucouleurs musulmans sur les Bambaras fétichistes. Et, pourtant, elle haïssait El-Hadj Omar et ses talibés. N'était-ce pas les balles de leurs fusils, armes sataniques achetées aux Blancs infidèles, qui, en trois endroits, avaient perforé la jambe de son fils? Peuls et Bambaras, quant à eux, ne possédaient que des flèches, des sabres, des lances et des haches, armes franches pour les combats francs.

Etant donné ses hautes fonctions, Abdullahi et sa famille résidaient dans l'enceinte du palais de l'émir de Kano, face à la grande mosquée. A l'entrée, une austère construction de briques ocre abritait les tombes des premiers émirs, tous peuls et disciples d'Ousman dan Fodio. Une fois franchie la porte monumentale devant laquelle des gardes, en habit matelassé sous leur cotte de mailles, s'appuyaient sur leurs lances longues de plusieurs pieds, les visiteurs devaient tourner la tête vers cette cité des morts. Et ce murmure de prières, mêlé au piétinement des chevaux que retenaient les palefreniers,

13

au braiment sec des chameaux, au son un peu lugubre des kakaki, les longues trompes qui annonçaient la venue des hôtes de marque, composait une musique harmonieusement discordante, symbole de la vie vibrante du palais.

Kano faisait partie des sept villes haoussas édifiées par les descendants de la légendaire reine Daura. En 1807, pendant le jihad du Shehu peul Ousman dan Fodio, elle avait été conquise et intégrée dans l'empire qu'il avait édifié. Elle portait la marque de son origine guerrière sous la forme d'un mur de plus de cinquante pieds de haut, doublé d'un fossé planté d'épineux si épais qu'ils décourageaient l'avancée de l'ennemi. Treize portes renforcées de barres de métal y donnaient accès, dont l'ouverture et la fermeture étaient soigneusement réglementées, car Kano avait pour ennemis et ceux qui haïssaient l'islam qu'elle incarnait à présent, et ceux qui convoitaient ses richesses. Comme le Sarkin Kofa venait de les ouvrir, entouré de ses archers, Maryem aurait bien aimé s'aventurer au-dehors pour, tel un guetteur, parcourir du regard la plaine âpre et sèche sur laquelle flottait le nuage de poussière soulevée par les sabots des chameaux des caravanes ou ceux des montures des cavaliers. Dans cette région-là, non plus, l'islam n'avait pas apporté la paix. Il avait suscité des querelles entre peuples, entre familles, entre voisins, entre frères. Malgré sa foi profonde, Maryem se rappelait souvent ces phrases qu'elle entendait autrefois à Ségou : « L'islam, c'est un couteau qui nous divise. » Et songeant à son fils mutilé, elle ne pouvait s'empêcher d'ajouter : « C'est un couteau qui nous inflige des blessures dont nous ne nous remettons jamais. »

Rendue craintive par sa vie de réclusion, elle qui autrefois ne craignait rien, Maryem rabattit son voile sur son visage et demeura dans les ruelles tortueuses, encombrées de moutons, de volaille et d'enfants jouant en toute liberté. A chaque instant, elle devait céder la place à des cortèges d'ânes et d'esclaves chargés de marchandises, car, depuis sa fondation au VIIe siècle, Kano avait été une métropole commerciale. Ses tissus étaient réputés, comme le travail de ses teinturières, dont on pouvait apercevoir les cuves béantes, lourdes d'une eau trouble.

Quand arriverait Mohammed ?

De Hamdallay à Kano, la route était si longue et semée de tant de dangers. Raids esclavagistes. Guerres religieuses. Quelles nouvelles avait-il de Ségou où il n'était pas rentré depuis la bataille de Kassakéri[4] à laquelle il avait pris part ? A Kano, les voyageurs n'apportaient que des rumeurs confuses.

Ils disaient que Ségou résistait encore. On disait que l'issue des affrontements entre les Bambaras, leurs alliés du Macina et les Toucouleurs était incertaine. Chacun s'observait. El-Hadj Omar attendait des armes de renfort des traitants français de Saint-Louis du Sénégal. Derrière leurs murailles de terre, les armées de Ségou se préparaient fiévreusement au combat, les forgerons fabriquant les armes de jet, les javelots et les lances à fer étroit ou à fer large, dont les Peuls du Macina leur avaient appris l'emploi. S'il était un point que Maryem ne comprenait pas, c'était l'attitude de Mohammed vis-à-vis de Ségou. Ses lettres ne lui expliquaient pas pourquoi il n'avait pas à cœur de s'y trouver en pareil moment. Redoutait-il son atmosphère de fièvre et de revanche quand il se savait à tout jamais exclu des combats ? Il est vrai qu'il était confronté à un terrible dilemme. La victoire d'El-Hadj Omar sur les

4. 12 août 1856.

Bambaras signifierait la ruine et l'humiliation du royaume de ses ancêtres. La victoire des Bambaras sur El-Hadj Omar signifierait la défaite de l'islam.

Elle atteignit une des portes de la ville, mais n'osa pas la franchir.

Unijambiste, mon fils, mon très doux fils. Elle sentait des larmes lui monter aux yeux. Elle aurait voulu accueillir Mohammed comme une mère qui retrouve son aîné après une longue absence. Dans la joie et l'éclat du bonheur. Au lieu de cela, son âme était en deuil. Après tout, n'était-ce pas seulement son corps, vile enveloppe charnelle, qui était diminué? Se répéter cela n'était point consolation.

Maryem demeura longtemps à scruter l'horizon. Un dignitaire monté sur un cheval blanc suivi de ses musiciens et de ses joueurs de tam-tam passa non loin et, soudain, elle eut honte de se trouver là, les pieds dans la poussière et les bras ballants comme une femme du commun. Elle reprit vivement le chemin du palais. Ses coépouses s'étaient-elles aperçues de son absence?

Mohammed rencontra le groupe d'hommes chargés de l'escorter à deux jours de marche de Kano, au sortir du village de Gudu.

Il avait passé la nuit avec sa suite chez un noble haoussa qui le croyait peul, mais l'avait traité avec une exquise courtoisie. Car, en vérité, Mohammed n'était ni un Peul, ni un Haoussa, ni un Bambara. Il n'était ni un musulman ni un fétichiste. Il était au-dessus des querelles d'ethnies et de religions. Il n'était plus qu'un infirme, objet de pitié. Tout changeait quand il s'avançait, s'appuyant sur ses béquilles et faisant glisser dans la poussière son pied unique. Les regards des hommes se détournaient. Ceux de quelques femmes s'emplissaient de larmes, tandis que les enfants retenaient à grand-peine des exclamations de stupeur. Plus il devenait habile, malgré l'absence de sa jambe gauche, à se prosterner pour prier, à se relever, à monter à cheval, à en descendre, plus, paradoxalement, il excitait la curiosité et l'apitoiement. Par instants, il se demandait s'il n'aurait pas mieux fait de demeurer prostré aux abords d'une mosquée comme un estropié de naissance qui n'entend vivre que d'aumônes, et si en prétendant égaler les hommes valides, il ne se rendait pas plus effrayant et pathétique.

A la bataille de Kassakéri, la supériorité des Toucouleurs s'était révélée écrasante, car ils étaient armés de fusils. C'est par milliers que les Bambaras et les Peuls étaient tombés, tandis que leur sang coulait en rigoles, et que leurs chairs se confondaient avec la terre détrempée et rougeâtre. A la fin de trois jours d'affrontements, les hommes d'El-Hadj Omar avaient trié les victimes. Ils avaient achevé les Bambaras et renvoyé vers le Macina tous les Peuls. Un cortège de civières, de brancards, d'hommes sans armes et humiliés s'était mis en route vers les frontières du royaume d'Amadou Amadou, où l'on avait édifié en hâte des huttes-hôpitaux. Pourtant, si les guérisseurs peuls excellaient à soigner les blessures causées par les armes blanches et à administrer de puissants antidotes aux poisons dont étaient enduites les flèches, ils ne savaient pas extraire les balles et panser ces terribles plaies où la chair labourée virait au violet et suppurait. Aussi, sur les conseils du Cheikh al-Bekkay, son allié de Tombouctou, Amadou Amadou avait fait venir du Maroc et de l'Egypte des chirurgiens arabes versés dans l'art des opérations et des amputations.

Mohammed retrouva la conscience du monde au milieu d'autres hommes, pleurant et délirant de douleur. A cause de son physique, les talibés d'El-Hadj Omar l'avaient pris pour un Peul et l'avaient rapatrié vers le Macina. Il balbutia :

« Où est mon frère Alfa Guidado? Où est mon frère Olubunmi?

– Le premier est mort. Nous ne connaissons personne du nom du second. »

Mohammed s'évanouit à nouveau. Quand il revint à lui, il pensa que la mort était préférable, tant il éprouvait une épouvantable douleur au côté gauche. Il lui sembla que, rougie au feu, la lame d'une hache était plantée dans sa chair, tandis qu'aux alentours vibraient mille flèches acérées dont les poisons suintaient goutte à goutte au plus profond de ses os. Il crut hurler, mais n'émit qu'un gémissement d'enfant. Un Arabe, brun et barbu, s'approcha de lui et lui dit :

« Tu garderas la vie. N'est-ce pas l'essentiel? Quel don de Dieu surpasse celui-là? »

Alors, Mohammed apprit qu'il avait été amputé de la jambe gauche presque au ras de l'aine. Amputé? Invalide? Il serait donc pareil à ces malheureux qui se traînent aux abords des mosquées et excitent la pitié des bien-portants? Le médecin arabe secoua la tête :

« Non. Bientôt, nous t'apprendrons à te servir de béquilles! »

Des béquilles! Mohammed regarda avec horreur ces pièces de bambou qui prétendaient faire l'usage de la chair et du sang. Un moment, il songea à se tuer. Puis il haït la pensée de ce péché, et, patiemment, il commença à vaincre la révolte de son cœur.

A se répéter nuit et jour la sourate du Figuier :
« Certes, nous avons créé l'homme sous la forme la

plus belle! Puis nous le renverrons au plus bas des degrés! »

A continuer de louer son Créateur. A serrer les dents pour ne pas blasphémer. Son cœur, qui avait été un lac paisible ne reflétant que l'amour, amour de Dieu, amour de son prochain, amour de sa famille, devint un océan de rancœurs, de violences, de désespoirs. Une seule image parvenait à en apaiser le tumulte : celle d'Ayisha. Très vite, Mohammed se livra à de secrets calculs. La loi voulait qu'en cas de décès de son époux, la femme revienne au frère cadet du défunt. N'était-il pas aussi proche d'Alfa Guidado qu'un frère de lait? En outre, par bonheur, il était de quelques mois son cadet. Il saurait donc persuader Ayisha qu'en l'épousant elle ne contreviendrait pas aux volontés de Dieu et pourrait à tout moment s'entretenir du défunt, évoquer ses vertus et ranimer son souvenir. En fait, ce mariage serait le meilleur moyen de demeurer fidèle à celui qu'ils pleuraient tous les deux.

Dès qu'il put se tenir à dos d'âne, avec l'aide de deux esclaves, il prit le chemin de Hamdallay. Hamdallay! Que de souvenirs dans cette ville! Voilà la porte de Damal Fakala sous laquelle il avait chevauché comme un fou, le jour où, Dieu lui pardonne, il avait songé à s'ôter la vie! Voilà les carrefours où il mendiait de la nourriture avec Alfa! Voilà la mosquée où il priait à côté de son ami. Pourquoi n'était-il pas mort avec lui? C'est ensemble qu'ils se seraient rendus dans le féerique Djanna! Puis une laide consolation l'envahit. Qui sait si Dieu ne l'avait pas gardé en vie à seule fin de recueillir Ayisha!

Le père d'Alfa, Alhaji Guidado, accueillit Mohammed avec les apparences de la plus vive affection. Il avait considérablement vieilli depuis la mort de son fils et renoncé à toutes les charges qu'il occupait autrefois. Désormais, il ne voulait plus passer sa vie qu'en prières, et renvoyait tous ceux qui venaient lui demander conseil, en affirmant qu'il n'était qu'un misérable pécheur. N'était-ce point à cause de cela que Dieu lui avait enlevé son fils?

Parmi toutes les femmes de la maison qui accoururent pour le saluer et le plaindre, Mohammed ne vit point Ayisha. Une semaine se passa ainsi. Le huitième jour, n'y tenant plus, Mohammed osa interroger son hôte:

« Père, que devient notre épouse Ayisha? Je ne l'ai pas encore saluée... »

Le visage du vieillard s'assombrit et il murmura:

« Je me fais beaucoup de souci pour elle. Le hadith du Prophète ne dit-il pas: Sache que la patience suit la victoire, la joie, l'adversité, et le succès, la misère? Or il semble qu'Ayisha ne désire que la mort. Sans les remontrances de mes femmes, elle ne s'alimenterait même pas. »

Mohammed bredouilla:

« Ne pourrais-je la voir? Peut-être éprouverait-elle du soulagement à s'entretenir avec l'ami-frère de son époux disparu? »

Si Alhaji Guidado se souvenait que Mohammed avait autrefois troublé le mariage d'Alfa et d'Ayisha et savait les raisons de ce scandale, il n'en laissa rien paraître et fit seulement:

« Je lui ferai part de ton désir... »

Mohammed parcourut du regard la succession de cases rondes à toit de paille derrière la clôture de tiges de mil qui formaient la concession d'Alhaji Guidado. Cet homme qui avait occupé de si hautes fonctions était resté fidèle au mode de vie peul et ne s'était jamais fait bâtir une maison à étages comme les dignitaires de Hamdallay qui copiaient les mœurs des habitants de Djenné et de Ségou.

Au-delà des cases s'étendait une zereïba[5] où étaient enfermées une douzaine de vaches aux belles cornes que des esclaves trayaient deux fois par jour et emmenaient dans les pâturages situés en dehors de la ville.

Où se cachait Ayisha? Que faisait-elle?

Mohammed s'empara de ses béquilles, tenta de se mettre debout sans aide et, n'y parvenant pas, héla l'esclave bozo qui, de loin, le regardait. Ce n'était pas la première fois qu'il remarquait cette fille dont le comportement différait de celui des autres. Jamais un mouvement pour se porter à son secours. Jamais la moindre attention, la moindre prévenance. Au contraire, un œil qu'on aurait dit moqueur, une impatiente désinvolture. Un jour, une de ses béquilles ayant glissé, Mohammed s'était retrouvé sur le derrière dans la cour encombrée de bouse de vache et de paille. Et la fille était restée plantée là devant lui, sans même lui tendre la main. Ce n'était pas la seule incongruité de son comportement. Bien qu'elle soit dans une demeure pieuse, elle allait souvent seins nus, les fesses moulées dans un pagne de coton à rayures bleues et blanches. On sentait cependant que ce n'était pas provocation. Simplement, elle donnait ainsi la mesure de sa liberté. Mohammed l'interrogea :

« Comment t'appelles-tu?

– Tu peux, si tu veux, m'appeler Awa. »

Sur cette réponse insolente, elle s'éloigna, faisant tinter les perles de sa taille. Aurait-il eu ses deux jambes que Mohammed l'aurait poursuivie. Ayisha exceptée, aucune femme n'avait jamais retenu son attention. D'ailleurs, quand il pensait à sa bien-aimée, il n'imaginait aucun échange charnel. Il se voyait assis près d'elle, admis dans son intimité,

5. Parc en foulfoudé.

tandis qu'elle allait et venait, tête nue, parlant interminablement d'Alfa Guidado. Des jours à Hamdallay. Ségou. De la guerre... L'émoi qu'il sentait à présent dans son être était bien différent. Son sexe auquel il ne songeait jamais, bourgeon sans force resserré entre un moignon et une jambe amaigrie, prenait vigueur et palpitait au galop de son sang. Etait-ce cela le désir du corps d'une femme?

Il attendit le soir dans un état de fébrilité qu'il n'avait jamais connu. Il s'efforçait de lire son Coran, mais les phrases divines dansaient devant ses yeux. Quand il essayait de les réciter à haute voix, sa langue était nouée comme celle de l'enfant d'une école coranique que son maître terrifie.

Awa arriva après la prière de l'icha[6], portant sur un plateau de vannerie les calebasses du repas. Indifférente en apparence, elle balaya soigneusement le sol, déroula une natte, puis disposa ses calebasses. Ensuite, elle s'en alla chercher de l'eau, tandis que Mohammed suivait du regard chacun de ses gestes et découvrait la fièvre du chasseur à l'affût dans les hautes herbes de la brousse. La proie s'éloigne, revient, décrit des cercles. A sa guise! Pourtant sa liberté est condamnée...

Parcourant d'un œil sombre les calebasses du repas, il s'exclama :

« Mais où est donc mon infusion de ngaro?

– Je te l'apporte tout de suite, maître! »

Il sentait bien que cette humilité était feinte, et qu'Awa savait la confusion de son être. Elle s'éloigna à nouveau et fut si longtemps absente qu'il crut qu'elle se jouait de lui et ne reviendrait pas. Il se mit à rouler les grains de son chapelet. Mais quelle humiliante prière montait de lui :

« Qu'elle vienne, ô mon Dieu! »

6. Prière de l'entrée de la nuit.

Enfin, elle réapparut. Elle s'était changée et portait un pagne d'une blancheur immaculée, noué à la taille au-dessous de ses seins aigus, aux mamelons larges et couleur d'aubergine. Quand elle s'approcha pour lui tendre la calebasse de ngaro, un parfum qu'il n'aurait su nommer monta jusqu'à lui. Les battements de son cœur s'amplifièrent jusqu'à composer une musique violente qui l'assourdit entièrement. Il tenta de se nourrir, mais ne put avaler une bouchée, et elle, comme si elle triomphait, empila les calebasses encore pleines sur le plateau afin de les rapporter à la cuisine.

Il attendit à nouveau. Elle revint et, avec un parfait naturel, entra à l'intérieur de la case. Au bout d'un moment, il la suivit et, sans savoir ce qu'il faisait, prit place à côté d'elle sur la natte où elle s'était allongée.

Quand, enfin, il osa se tourner vers elle, il se crut transporté sur la rive d'un lac où croissait une fleur inconnue, barbare et charmeuse...

Buhari, qui conduisait l'escorte chargée de protéger Mohammed et sa suite, appartenait à la cavalerie de l'émir, au célèbre corps des baradés, ce qui donnait la mesure de l'estime dans laquelle était tenu le maaji Abdullahi.

Comme son cheval, il était revêtu d'une armure de coton matelassé, la tête protégée par un casque matelassé lui aussi, retenu sous le menton par une chaîne de métal. Il mit pied à terre, se prosterna et s'avança vers Mohammed qui, à sa vue, descendit également de cheval. Comme il procédait à ses ajustements habituels, Buhari détourna la tête, tandis que les paroles du poème lui venaient à l'esprit :

Fils de chef, colle à ta selle
Tiens ta lance
Entre au combat
Toi qui es habitué à l'épaule des chevaux!

Que Mohammed devait souffrir, privé de cette force et de cette agilité qui sont l'orgueil de l'homme bien né! Buhari s'efforça de ne pas fixer la jambe unique chaussée d'une botte de cuir souple, de couleur écarlate, et murmura :

« Sannu, Seigneur! Dieu fasse que ta route ait été bonne! »

Mohammed lui répondit avec grâce, puis lui présenta ceux qui l'entouraient :

« Ma femme Awa. Mon fils Alfa Oumar, que nous appelons Anady[7]... »

Buhari fut surpris. Le maaji Abdullahi ne lui avait parlé ni d'une épouse ni d'un fils. Est-ce à dire qu'il ignorait lui-même leur existence? Il ne put s'empêcher de jeter un regard plein de curiosité vers celle qui avait accepté un pareil compagnon. Mais il ne distingua qu'une forme drapée d'un burnous sombre comme celui d'une Mauresque. Il la salua, puis, prenant sa monture par la bride, il fit demi-tour, en direction de Kano.

Comme les sept autres cités haoussas de la reine Daura, Kano n'avait pas été gagnée sans mal à l'islam. Dès la fin du XIVe siècle, des commerçants venus de l'empire du Mali avaient bien persuadé un sarki[8] d'édifier une mosquée, de faire les cinq prières et de prendre des conseillers musulmans

7. Premier-né en peul.
8. Roi haoussa.

24

qui veilleraient aux affaires du royaume. Mais la nouvelle religion n'avait jamais quitté l'enceinte du palais royal, et les prédicateurs venus ultérieurement de Tombouctou et des pays du Maghreb continuaient à déplorer les vices des dirigeants haoussas.

Tout cela avait changé avec le Shehu Ousman dan Fodio.

La tradition de l'islam prétend qu'une fois par siècle Dieu choisit un croyant pour raffermir la foi des hommes et purifier la religion. Un juste! Sans aucun doute, le Shehu était celui que Dieu avait élu!

Quittant le village de Degel où il vivait avec ses parents, le Shehu s'en était allé au-delà des frontières du Gobir, à travers le Konni et le Zamfara. Et il avait fait pleuvoir le feu de Dieu. Il avait détrôné les rois haoussas idolâtres qu'il remplaçait par des Peuls musulmans. Il avait brûlé, calciné les pécheurs et les tièdes, étonnant tous ceux qu'il rencontrait par la justesse de ses prophéties. N'avait-il pas dit à Bawa le guerrier qui s'apprêtait à partir au combat :

« Puissant sarki, ne chausse pas tes étriers! »

Et Bawa avait trouvé la mort au pied des murailles de Tsibiri... Pendant des années, le Shehu avait mené le jihad. Puis, une fois l'arbre d'islam solidement planté en terre, il s'était retiré dans la prière et la contemplation. A sa mort, l'empire qu'il avait édifié avait été divisé en deux. A l'est, son fils Muhammad Bello. A l'ouest, son frère cadet, Abdullahi. Et dès lors, de Sokoto à Zamfara, de Katsina à Daura, de Kano à Zaria ou à Nupé et Bauchi, les mosquées étaient plus nombreuses que les grains de sable du désert.

Belle et édifiante histoire!

Pourtant, Mohammed, guidant sa monture le long

de la piste poussiéreuse qui menait à la cité fortifiée, savait que ce n'était qu'apparence. Une fois le
Shehu Ousman dan Fodio disparu et le royaume
divisé, la dégénérescence religieuse avait commencé. Comme dans le Macina après la disparition
de Cheikou Hamadou, ce n'était que querelles de
clans et de confréries, que luttes pour le pouvoir
politique. Là aussi, l'islam était pareil à un pagne
d'indigo qu'une femme a trop lavé et dont la
couleur est passée. D'aucuns diraient qu'il fallait à
cette région le zèle d'un El-Hadj Omar afin de
rallumer le feu de Dieu et de rendre l'islam à sa
pureté originelle. Cependant, Mohammed ne pouvait partager cette vue. Son esprit n'était que confusion.

Il ne pouvait se rappeler sans un frisson de
révolte les corps de tant d'innocents fauchés dans la
fleur de leur âge, entassés dans le cirque de Kassakéri. Il avait encore dans l'oreille les plaintes des
blessés, des amputés, rescapés terrifiés du couteau
des chirurgiens arabes. Si l'empire de Dieu doit se
fonder sur la souffrance, le désespoir ou la mort des
hommes, alors, tant pis pour Dieu! Dieu ne vaut pas
le pleur d'une mère privée de son fils! Dieu ne vaut
pas le sanglot d'une veuve face au corps sans vie de
son mari!

Puis ses pensées lui faisaient peur. Prenant son
exemplaire du Coran, il s'abîmait dans la lecture
des sourates et se persuadait qu'El-Hadj Omar ne
faisait que prendre à la lettre les préceptes du
Coran.

« Tu dois combattre les hommes jusqu'à ce qu'ils
attestent qu'il n'y a de dieu que Dieu. » Son œuvre
était juste et bonne. Juste et bonne? Un troupeau de
gazelles qui passa presque sous les sabots des
chevaux tira l'esprit de Mohammed de ce continuel
dilemme. Autour de lui, c'était le spectacle familier

de la brousse en saison sèche. Solidement accrochés à la terre, couverte par endroits d'une herbe couleur de soufre, les baobabs exhibaient leurs moignons tragiques. Entre leurs masses tourmentées s'alignaient les troncs sveltes et élancés des rôniers. Le soleil se cachait derrière un voile gris de nuages, mais ce n'était que pour mieux affirmer son empire. L'air était immobile et brûlant. Mohammed s'efforça de penser au bonheur qui l'attendait. Quatorze ans qu'il n'avait vu sa mère. Leur dernière rencontre avait eu lieu à Hamdallay, dans la concession de Cheikou Hamadou. A présent, il retournait vers elle comme vers le seul vrai refuge. Elle poserait les mains sur son front. Il fermerait les yeux, tandis qu'elle le couvrirait de baisers comme lorsqu'il était un nourrisson, éclos à la chaleur de son ventre. Elle lui poserait des questions dont il préparait déjà les réponses :

« Mère, je l'ai épousée, car je ne voulais pas ressembler à ces musulmans qui se complaisent dans la luxure et le concubinage. Pour son rachat, j'ai versé à Alhaji Guidado dix mille cauris que fa Ben m'a fait parvenir de Ségou, en me priant de rentrer chez nous. Mais je ne pouvais rentrer à Ségou sans te voir. Mère, ce n'est plus ni une Bozo ni une esclave. C'est ma femme, et je te demande de la traiter comme telle, pour l'amour de moi. »

Puis il poursuivrait :

« Mère, celle que j'aime s'est, une fois de plus, refusée à moi. Elle me hait et me méprise. Elle voit en moi un Bambara, responsable de la mort de son mari. Mère, les femmes sont-elles démentes ou cruelles? Pardonne-moi, je ne sais plus ce que je dis... »

Mohammed ne savait quelle image en lui était la plus douloureuse. Celle des corps entassés dans le cirque de Kassakéri. Celle des rescapés dans les hôpitaux. Ou alors celle d'Ayisha le couvrant d'injures et de reproches lors de leur dernière entrevue.

Quelle injustice! N'avait-il pas aimé Alfa Guidado autant que lui-même?

Au sortir de chez elle, il n'avait même plus la force de conduire son cheval jusqu'à la mare d'Amba comme il l'avait fait autrefois. Il ne souhaitait que tomber là, dans cette cour ensoleillée, entre les pattes des bestiaux et les pieds des esclaves. Comme en un rêve, il était retourné vers la case de passage qu'il occupait chez Alhaji Guidado, traversant l'école coranique que tenait un de ses fils. Les enfants assis sur des peaux de chèvre avaient levé vers lui des regards curieux, tandis que leur maître traçait dans la cendre répandue sur le sol les chiffres et les diagrammes de sa leçon. Plus loin, un assistant, l'air appliqué, fabriquait de l'encre avec un mélange de gomme arabique et de noir de fumée. Lui, Mohammed, ne voyait rien. Pourquoi le tenir pour responsable? Pourquoi?

Derrière son dos, Mohammed entendit le pleur d'Anady et fit tourner sa monture de manière à se trouver à la hauteur de celle d'Awa :

« Qu'est-ce qu'il a? »

Elle eut un haussement d'épaules :

« Sans doute le balancement du cheval le fatigue... »

Bien qu'on n'ait pas couvert beaucoup de route, Mohammed fit signe à Buhari d'arrêter l'escorte.

Il avait appris à son cheval à obéir à sa voix, à plier les genoux à son commandement, à ne se relever que lorsqu'il avait trouvé équilibre sur son dos. Il rangeait ses béquilles le long des flancs de l'animal grâce à un système de sangles conçu à cet effet, les déplaçait et prenait appui sur elles quand cela lui était nécessaire.

28

Awa le fixait avec intensité. Cette relative agilité, cette indépendance de mouvements étaient son œuvre. C'est elle qui, subtilement, avait insufflé à Mohammed la volonté de ne dépendre de personne, de rejeter tout secours, même bien intentionné, car la pente naturelle de l'esprit d'un infirme est l'apitoiement sur lui-même et la recherche de sympathie. Comme elle avait dû s'aguerrir pour ne pas voler vers lui quand il trébuchait, pour ne pas le soutenir et pleurer avec lui de ses échecs! A présent, elle était récompensée puisque, d'une loque gémissante, elle avait fait l'égal d'un bien-portant. Pourtant, cette réussite s'était retournée contre elle. Une sorte de dureté, de froideur, s'était définitivement installée dans leurs rapports. Jamais de tendresse. Jamais d'épanchements. Mohammed la prenait sans douceur comme pour lui prouver qu'à ces moments-là, au moins, il était le maître, et elle ressentait le plaisir comme une défaite dont il aurait fallu se garder.

Elle avait espéré que le temps ferait son ouvrage, et que Mohammed finirait bien par s'apercevoir des trésors d'amour que renfermait le cœur de sa compagne. Mais, voilà, il ne s'en souciait pas, occupé à ressasser des rêves, à réchauffer les cendres d'un impossible amour.

En ce moment, Awa était particulièrement accablée. Cette mère vers laquelle Mohammed courait à présent, traversant les fleuves, galopant le long de la brousse interminable, était une Peule de sang royal. Comment accueillerait-elle une bru bozo, c'est-à-dire venant d'un peuple que ceux du Macina avaient réduit en esclaves et traité comme des marchandises? C'était là un des principaux reproches que l'on faisait à Amadou Amadou, et, avant lui, qu'on avait faits à son père et à son grand-père. L'islam qu'ils professaient ne les empêchait pas de déshonorer et d'humilier leurs semblables s'ils les jugeaient d'ethnies inférieures. Aussi, contrairement à ceux qui les haïssaient, poussée par un esprit de revanche, elle souhaitait la victoire des Toucouleurs, de Nioro à Bandiagara, de Ségou à Sikasso. Elle n'ignorait pas que nombre des siens s'étaient ralliés à leur cause et, usant de leur position privilégiée de « maîtres de l'Eau », leur fournissaient des laptots[9] pour le transport des guerriers le long du Joliba, et son cœur s'en réjouissait.

Mohammed descendit de cheval et, s'appuyant lourdement contre sa monture, d'une main, il dégagea ses béquilles qu'il plaça habilement sous ses aisselles. Autrefois, ce contact continu lui causait de profondes ulcérations qu'Awa soignait avec des onguents et des emplâtres. Puis, peu à peu, cette chair-là aussi s'était endurcie.

Awa s'assit sur un pagne qu'elle étendit sur le sol, et le petit Anady qu'elle posa près d'elle commença de ramper vers son père. Il ne marchait pas encore, c'était une boule de chair gracieuse et toujours en mouvement. Par jeu, Buhari lui tendit le casque décoré de plumes d'autruches et d'oiseaux aux vives couleurs qu'il venait d'ôter. L'enfant, effrayé, revint vivement vers sa mère. Tout le monde se mit à rire tandis que Mohammed raillait tendrement :

« Eh bien, tu ne veux donc pas être soldat ? »

Awa tressaillit. Non, son fils ne serait jamais un soldat. Elle saurait lui inculquer la haine des armes qui tuent, qui déchirent, qui infligent la souffrance. Elle saurait lui apprendre à respecter la vie la plus humble et, partant, à tolérer la différence. Brusquement, tous ces hommes autour d'elle lui parurent autant d'ennemis qui allaient lui ôter son enfant et l'entraîner vers des voies dangereuses. Elle les

9. Piroguiers.

regarda avec terreur. Après avoir mis pied à terre, ils posaient leurs boucliers circulaires faits de peau d'éléphant ou de buffle, mais ils ne se défaisaient ni de leurs lances ni des épées plates emprisonnées dans des fourreaux de cuir repoussé, qui leur battaient les cuisses. Aussi, ils formaient, le front enturbanné sous de larges chapeaux de paille, un ensemble formidable.

Awa fit taire cette terreur en elle. Que craignait-elle? L'esprit de sa défunte mère n'était-il pas près d'elle à chaque instant, avec celui de son père, pour la défendre et la protéger? Ils avaient toujours été autour d'elle à chaque instant de sa vie. Ils n'avaient disparu que pour mieux être présents.

2

« Tout ce que le Shehu dénonçait dans le « Kitāb al Farq », les tares qu'il reprochait aux souverains haoussas : oppression, corruption, faiblesses et offenses au code de l'islam, les émirs peuls s'en rendent coupables. Ils vivent avec des concubines haoussas sans les épouser, ils s'approprient les biens des orphelins, ils prélèvent des taxes exorbitantes sur les marchés, ils commandent du bétail et ne le paient pas, ils exigent des droits de passage des voyageurs et des commerçants. »

Allongé sur un divan à la marocaine, Mohammed s'enivrait de la vue de Maryem et n'écoutait pas ses propos. Comme elle était belle! Comme sa taille restait svelte, ses dents étincelantes dans ses gencives bleuies! Seul le réseau de veines sur ses mains, sinueux, un peu boursouflé, signifiait l'approche de la vieillesse, et ces taches sombres sur sa peau moins veloutée. Elle s'interrompit et dit avec cette vivacité qui l'avait toujours caractérisée :

« Mais je parle, je parle et toi, tu te tais. N'as-tu rien à me raconter?

– J'ai tout oublié... »

Mohammed était sincère. Comme par enchantement, toutes ces années de souffrances s'étaient effacées de sa mémoire et il découvrait une paix inconnue. Il venait de naître. La sage-femme bancale s'était retirée sur ses jambes torses, et il reposait contre le sein de sa mère. Alors, l'avenir était en germe, comme le fruit d'un arbre, et l'espoir verdoyait. Cependant, s'il avait été moins aveuglé par le bonheur, il se serait aperçu que Maryem parlait pour mieux cacher le véritable tour de ses pensées. Sa vue la torturait, et elle aurait presque aimé qu'il se retire pour pleurer tout son soûl. Quelle triste réunion! Un fils infirme, vieilli avant l'heure, une belle-fille dont chaque trait révélait l'origine inférieure. Il n'y avait qu'Anady, petit innocent paré de toutes les grâces! Maryem tendit à Mohammed une coupe pleine de gâteaux de farine de caroube[1] et se décida à entrer dans le vif du sujet :

« Quelles nouvelles as-tu de Ségou? La famille sait-elle ce qu'est devenu ton frère Olubunmi? »

Mohammed retomba dans le présent. Hélas! il n'était plus un nouveau-né pressé contre le sein de sa mère et la promesse des fruits s'était déjà changée en gousses pierreuses. Il murmura :

« Non, personne ne le sait. Est-il mort et son corps est-il retourné en poussière dans le cirque de Kassakéri? A-t-il été fait prisonnier par les Toucouleurs et intégré de force dans leurs armées? Je me demande ce qui est pire, mourir en impie ou servir un Dieu auquel on refuse son âme? »

Il y eut un silence, puis il reprit :

« Quel tragique destin que celui de mon père et de ses frères[2]! Et nous, les descendants, devrons-nous suivre le même chemin? »

Maryem l'interrompit :

« Le destin de ton père a été le plus beau qui

1. Parkia filicoidea.
2. Voir *Ségou, les murailles de terre*.

soit! Un saint! Un martyr de la vraie foi! Est-ce que tu l'oublies, la mort juste est la plus belle des parures? »

De son vivant, Maryem n'avait guère aimé son premier mari. Elle avait traqué l'hypocrisie et le pharisaïsme dans la moindre de ses actions, allant même jusqu'à mettre en doute la sincérité de sa foi. Lorsqu'elle avait vu sa tête tomber sous la hache du bourreau cependant, une révolution s'était amorcée en elle, et, peu à peu, elle avait compris qu'elle avait méconnu un être d'exception. A présent, elle caressait un rêve, revenir à Ségou se prosterner sur sa tombe et le supplier de lui pardonner d'avoir douté de lui. Mais cela serait-il possible?

La nuit s'épaississait. Mais Maryem ne songeait pas à appeler la servante qui allumerait la lampe au beurre. Elle demeurait allongée en face de son fils, heureuse que l'ombre dissimule l'expression de ses traits.

Comme Abdullahi avait beaucoup voyagé en direction de La Mecque et aussi de l'Egypte et du Maroc, l'ameublement de la case était riche et varié. Outre les divans recouverts d'épaisses étoffes de coton, des tapis de haute laine couvraient le sol, tandis que sur les murs s'étalait toute une floraison polychrome, or, pourpre, turquoise, saphir, émeraude, de damiers de zellijs[3] venus de Fès.

Ce luxe choquait Mohammed que son éducation à Hamdallay avait accoutumé à la frugalité et aux privations. Néanmoins, il devait reconnaître que ces objets coûteux formaient un cadre qui rehaussait encore l'élégance et la noblesse de maintien de sa mère, rappelant de qui elle était fille. Par contraste, songeant à l'aspect de sa femme, il se disait qu'il aurait dû expliquer les raisons de son mariage. Or

3. Faïence émaillée.

les mots ne lui venaient pas. A nouveau, il était pris d'un bienheureux engourdissement, d'un désir d'arrêter le temps, de retrouver la tiédeur protectrice du ventre maternel.

Abdullahi entra, suivi d'une esclave qui alluma les lampes, et ce brusque éclat troubla Mohammed comme s'il avait été surpris à mal faire. Abdullahi se tourna vers lui et fit courtoisement :

« Est-ce que tu veux me suivre? »

Dans sa hâte maladroite, Mohammed, s'étant emparé de ses béquilles, retomba assis, renversant le vase en tronc de cône dans lequel Maryem gardait ses bijoux. Perles, bagues, colliers d'ambre, d'or et de coralline roulèrent à travers la pièce. Pour se donner une contenance et cacher l'état dans lequel la mettait l'infirmité de son fils, Maryem se mit à aider l'esclave dans ses recherches, et les deux femmes s'affairèrent, soulevant l'étoffe des divans et les tapis. Abdullahi, quant à lui, ne broncha pas, sentant d'instinct qu'il ne fallait pas tenter d'aider Mohammed, et, pendant un instant interminable et cruel, celui-ci lutta seul contre sa propre infirmité. Enfin, il parvint à se mettre debout. Comme si de rien n'était, Abdullahi le prit alors par le bras et les deux hommes sortirent.

Dans l'enceinte du palais vivaient à peu près deux mille personnes. Aux membres de la famille de l'émir et de sa suite s'ajoutaient certains sarauta[4] qui occupaient des fonctions administratives et parfois politiques. Quelques détachements de cavalerie et d'infanterie y étaient également logés, bien que le gros des troupes soit disséminé à travers le territoire de la province pour n'être mobilisé qu'en cas d'attaque.

Dans cette foule, on reconnaissait parfois des

4. Officiels haoussas.

Haoussas de race pure à leurs scarifications. Mais, par suite du mélange constant entre Peuls et Haoussas, il devenait à peu près impossible de déterminer avec certitude à quelle ethnie un individu appartenait. Pour ajouter à la confusion, tous les hommes s'étaient mis à porter devant le visage le voile noir jadis réservé aux seuls Peuls, disciples du Shehu.

Au passage d'Abdullahi et de Mohammed, les conversations s'arrêtaient, et chacun suivait du regard le couple que formaient le jeune homme estropié et l'homme d'âge mûr alerte et bien-portant. Abdullahi feignait de ne pas remarquer cette curiosité :

« Demain, je demanderai une audience auprès de l'émir, et nous irons le saluer. C'est un homme pieux et qui craint Dieu, ce que nous ne pouvons pas dire de tous les dignitaires du califat. Parfois, je me demande en quoi notre gouvernement se distingue de celui des païens. »

Mohammed ne trouva rien à répondre, car il nourrissait des pensées semblables quand il se trouvait à Hamdallay. A croire que l'œuvre des mujaddidun[5] ne pouvait leur survivre. Abdullahi le prit par le bras au-dessus du coude, et il s'étonna de cette étreinte brûlante à travers le tissu de son vêtement. A vrai dire, il n'éprouvait guère de sympathie pour cet homme qui avait si bien pris la place de son père et qui entretenait avec sa mère des liens dont il devinait l'étroitesse. Pourtant, il résista à la tentation de se dégager comme un enfant boudeur et suivit la direction que l'autre lui indiquait.

« Je t'emmène voir un de mes amis. Ce n'est qu'un humble malam, Idrissa, mais, crois-moi,

5. Réformateurs de l'islam, mot arabe.

aucun homme dans cette province n'est plus près de Dieu que lui. »

Ils franchirent la porte du palais et se trouvèrent dans le quartier peul, reconnaissable à ses légères cases de paille à côté de beaux dattiers et de rôniers élancés. Le ciel prenait une teinte bleu sombre, et, bientôt, la voix des muezzins convierait les fidèles à l'icha. Abdullahi reprit la parole. Dans le silence, sa voix résonnait avec une force et une intensité particulières.

« Est-ce que tu ne penses pas que ta naissance te prédispose à jouer un rôle dans Ségou? »

Mohammed eut un rire :

« Un rôle? Quel rôle un homme comme moi peut-il jouer? Tout à l'heure, tu m'as vu me tortiller sur les tapis de ma mère comme un ver de terre... »

Abdullahi se fit grondeur :

« Allons, allons! C'est que tu ne penses qu'aux moyens violents de propager notre foi. Crois-moi, ce ne sont pas les meilleurs. En outre, oublies-tu que si deux musulmans se rencontrent l'épée à la main, l'agresseur et la victime iront dans le feu éternel! »

Mohammed le regarda avec stupeur. Cette phrase n'était-elle pas une critique du jihad, qui est une loi de Dieu? Le vrai Dieu ne doit-il pas s'imposer dans le tonnerre et les éclairs des combats? Blasphème, il s'agissait d'un blasphème!

Abdullahi poursuivit avec une gravité accrue :

« Ecoute-moi. Ton père fut le premier martyr de l'islam à Ségou. Dans cette terre que son sang a fertilisée, c'est à toi qu'il revient de planter la semence. A toi et à personne d'autre. Ne permets pas que ce soient les hommes d'El-Hadj Omar qui y fassent triompher le vrai Dieu. Tu as une mission à remplir. Ne t'attarde pas auprès des femmes. »

Ulcéré par cette dernière phrase, Mohammed s'écria :

« Il y avait quatorze ans que je n'avais pas vu ma mère. Entre-temps, j'ai connu les pires souffrances... »

Abdullahi l'interrompit sèchement :

« Toute souffrance est envoyée par Dieu... »

A part lui, en s'entendant s'exprimer ainsi, Abdullahi était le premier surpris. C'était un homme discret, réservé, qui appliquait à la lettre le hadith : « Parmi les qualités qui font qu'un homme est un bon musulman figure le fait de ne pas se mêler de ce qui ne le concerne pas. »

Il lui semblait donc qu'un autre s'était coulé à l'intérieur de son corps et lui dictait ces commandements prophétiques. Mohammed sentait, lui aussi, que ces propos-là étaient l'écho d'une volonté qui les dépassait tous deux. Il murmura :

« Père... »

Et pour la première fois, s'adressant à Abdullahi, ce mot n'était pas utilisé par politesse et prenait sa véritable signification.

« ... je t'obéirai. Je vais rentrer à Ségou! »

En même temps, il se rappelait la dernière fois que son père Tiékoro s'était manifesté à lui. Près de la mare d'Amba. Son cœur était un faisceau de douleurs. Les dyi kono, oiseaux de l'hivernage, rasaient la surface de l'eau et plongeaient leur bec à la recherche d'une tige grasse de bourgou. Un grand serpent noir et blanc était apparu sur un lit de nénuphars et s'était mis à balancer sa tête plate, aux yeux couleur d'ambre, de droite et de gauche. Il devina à nouveau la présence paternelle, et il faillit tomber à genoux dans la ruelle encombrée de moutons et de chèvres broutant les détritus. Il le comprenait maintenant, il s'était trop apitoyé sur lui-même. Quant à cette phrase : « Ne t'attarde pas auprès des femmes », elle ne faisait pas allusion à Maryem, mais à Ayisha dont le souvenir et le regret ne le quittaient pas. Oui, Ayisha l'écartait du souci de Dieu.

Parfois, sa pensée l'emplissait tellement qu'il ne voyait rien de ce qui se passait autour de lui. S'il allait à cheval, il lui semblait avancer dans une nuit sans fin entre des murs opaques et sans reflets qui transpiraient l'angoisse. Il se croyait perdu au cœur d'un labyrinthe dont il ne parvenait pas à trouver la sortie, et chaque mouvement de sa monture se trahissait en douleurs qui affectaient aussi son âme. S'il allait à pied, il lui semblait que le sol se dérobait sous ses béquilles et qu'il se débattait dans une boue brûlante et glaciale, tour à tour, qui l'étouffait inexorablement. Il aurait voulu crier au secours, mais il ne pouvait produire aucun son. Il était impuissant, terrifié, témoin de sa propre mort.

En réalité, ce n'était que pour parler d'Ayisha qu'il était venu retrouver Maryem, même si, une fois en présence de sa mère, les mots lui avaient manqué. Il fallait donc extirper Ayisha de son cœur et retourner à Ségou. Ségou.

Que se passait-il? On disait que le Mansa Ali de Ségou avait resserré les liens avec Amadou Amadou du Macina et que les armées peule et bambara s'entraînaient à la frontière du Baguna. Les lanciers du Macina enseignaient à leurs alliés à se servir de leurs javelots à fer barbelé. On disait qu'il ne se passait pas de jour sans qu'Amadou Amadou et El-Hadj Omar n'échangent des lettres, chacun répétant ses arguments et l'assurance de son bon droit. Et la guerre continuait, impitoyable, fauchant des milliers de jeunes vies. De tous les pays musulmans voisins, des médiateurs s'étaient proposés pour mettre fin à la querelle entre Toucouleurs et Peuls. En vain. Et Ségou était l'un des enjeux de ce conflit.

El-Hadj Omar comme Amadou Amadou qui se prétendait son allié n'avait qu'un rêve : la détruire, lui imposer sa loi. Aux côtés de Mohammed, Abdullahi avait retrouvé sa discrétion naturelle et était tout honteux de son audace comme un homme après un grand excès de boisson. Dans son embarras, il se mit à vanter les qualités du malam Idrissa qu'ils allaient visiter : son pèlerinage à La Mecque et le Toucouleur a été frappé par ses connaissances ésotériques et ses dons de voyant...

Pendant ce temps, Maryem pleurait. Elle se rappelait Mohammed gigotant par terre, effectuant mille gestes désordonnés et grotesques, et il lui semblait que cette image ne s'effacerait jamais de son esprit. Voilà ce qu'était devenu le bel enfant qu'elle avait nourri et soigné, en qui elle avait fondé tant d'espoirs, le rejeton mâle d'un saint.

Abdel Salam, qui était entré en courant dès qu'il avait vu s'éloigner son père et Mohammed, demeurait debout dans un coin de la pièce à regarder les manifestations de cette douleur dont il n'était point la cause. Au lieu d'être apitoyé, il était irrité et sa jalousie envers ce grand frère dont on faisait tant de cas s'exacerbait. Il finit par dire avec méchanceté :

« Pourquoi pleures-tu? Parce qu'il n'a qu'une jambe? Cela ne l'empêche pas de monter à cheval et de se tenir droit en selle... »

Maryem s'essuya vivement les yeux avec un coin de son voile. Elle balbutia pour se donner une contenance :

« As-tu bien travaillé aujourd'hui? »

Abdel Salam s'approcha d'elle et poursuivit avec la même méchanceté :

« On dit que sa femme est une esclave et qu'elle vient d'un peuple fétichiste... »

Maryem eut la force de gronder :

« Est-ce que tu oublies que tu parles de ton frère? »

L'enfant rit :

« Mon frère? C'est une moitié de Bambara, et moi, je suis un Peul. Un vrai! »

Maryem, qui ne frappait jamais ses enfants, fut tentée de le faire, étant donné la gravité de la faute. En même temps, elle savait qu'elle avait été l'artisan de cette arrogance, à force de ressasser à Abdel Salam l'origine glorieuse de l'ancêtre, le Shehu Ousman dan Fodio, descendant d'Uqba ben Nafi, conquérant arabe, et de la princesse Bajjomangu, élève d'Ousman Binduri et de Mohammed Sambo, en correspondance suivie avec des hommes aussi divers que le sultan du Maroc et les théologiens de l'université du Caire, auteur de nombreux traités, dont le plus célèbre était le *Kitab al-Farq*...

Au début de l'année, quand Abdullahi avait accompagné l'émir à Sokoto à l'occasion d'une des traditionnelles visites d'allégeance, il avait emmené Abdel Salam avec lui afin de le présenter au calife Ahmadu Zaruku qui venait de succéder à son frère. Là, dans la pompe de la capitale de l'empire, l'enfant s'était enivré des louanges des Wambabé[6], tirant des sons aigrelets de leurs guitares.

« Tu es Prince Ardo. Hardi comme un harponneur d'hippopotames au moment des hautes eaux. Intrépide et prompt comme une panthère mère à la chasse. Tenace comme une mouche qui veut sucer quelque chose. »

Quelle étrange aventure que celle de leur peuple! D'abord, pasteurs nomades mendiant aux agricul-

6. Griots peuls.

41

teurs la pâture de leurs bêtes. Puis défaisant les rois. Maîtrisant l'écrit. S'emparant de tous les pouvoirs au nom d'Allah!

Au lieu de punir Abdel Salam comme il le méritait cependant, Maryem l'attira contre elle. Au moins, il n'était pas un Traoré comme Mohammed, et les souffrances qui semblaient réservées à ces derniers lui seraient épargnées. Il aurait longue vie, nombreuse descendance. Par ce biais, sa pensée revint à Anady, l'enfant de son fils, et une vague de tendresse la submergea. Le sang de sa mère n'était pas visible en lui. Ah non! Il promettait d'être beau comme l'astre du jour. Elle décida d'aller le chercher afin qu'il passe la nuit près d'elle. L'ombre était tombée sur la cour des femmes, mais l'animation ne ralentissait pas. Au contraire, les esclaves portaient les calebasses de nourriture, faisaient s'endormir les jeunes enfants, tandis que les plus âgés s'assemblaient autour d'une vieille conteuse qui obtenait en échange d'un peu de rêve son repas du soir. Abdullahi, appliquant à la lettre les préceptes du Coran, n'avait que quatre épouses et point de concubines. En fait, Maryem remplaçait Amina, une Haoussa qui était morte en donnant naissance à une fille. Malgré cette origine que les autres femmes jugeaient méprisable, Amina avait été la favorite de son mari, et, à présent, par une étrange continuité, cette préférence se reportait sur Maryem.

« Une lionne recueillit un enfant et l'éleva. Mais ce qu'elle cacha, c'est qu'elle avait tué et mangé sa mère », commençait la conteuse, tandis que les enfants ravis battaient des mains. Ils connaissaient la suite de l'histoire et certains devançaient la parole, trop lente à leur gré, de la vieille femme.

« Plus tard, l'enfant et un lionceau tuent la lionne... » criaient leurs petites voix perçantes. Ah!

cruelle enfance qui se repaît des drames les plus sanglants! Tandis qu'Abdel Salam se mêlait avec empressement au cercle des auditeurs, Maryem entrait dans la case de passage que l'on avait réservée aux visiteurs. Awa était à moitié allongée sur une natte, adossée contre des coussins dans une pose abandonnée. Comme elle était seule, elle avait rejeté son foulard et découvrait ses cheveux coupés ras, brillants comme le pelage d'un animal. Au bruit des pas de Maryem, elle releva la tête, et celle-ci réalisa avec stupeur que cette Bozo était belle. Ses yeux étaient pleins de feu. Ses lèvres richement ourlées étaient sensibles. Son cou était lisse et droit comme une branche de gonda. De toute sa personne se dégageait quelque chose qui semblait signifier :

« Me voilà telle que je suis. Prenez-moi ou laissez-moi! »

Maryem s'avança à travers la pièce, tandis qu'Awa retenait étroitement Anady contre elle. C'était un affrontement silencieux dans lequel on ne savait qui avait le dessous. Finalement, les deux femmes se saluèrent, puis Maryem fit d'un ton d'involontaire prière :

« Je venais dire à l'esclave qui s'occupe d'Anady de me l'amener pour la nuit. »

Awa rétorqua, froidement :

« Il n'a pas d'autre esclave que moi... »

Maryem s'assit sur une natte en face d'elle. Il lui venait un désir qu'elle ne s'expliquait pas de communiquer avec elle, de découvrir ce qu'il y avait derrière cette façade paradoxalement attirante et agressive. Elle murmura :

« Je te remercie de prendre si grand soin de mon fils... »

Awa répondit, tranquillement :

« Remercie-t-on une mère d'allaiter son petit? »

Si ces paroles n'étaient pas impertinentes, elles trahissaient néanmoins un certain sens de la repartie. Or, des enfants exceptés, Maryem ne supportait pas qu'on lui tienne tête. Elle fit, avec un peu d'impatience :

« Oui, mais si le petit est maladif et refuse le sein, la mère a du mérite. »

Awa laissa aller Anady, qui se garda bien, cependant, de s'approcher de cette grand-mère inconnue, et elle se mit à l'encourager à mi-voix. Maryem sursauta :

« Quelle langue lui parles-tu? »

Avec la même tranquillité, Awa répliqua :

« La mienne... »

Peut-on reprocher à une mère de parler sa langue à son enfant? Pourtant, pour Maryem, qui pendant des années de vie à Ségou n'avait jamais qu'imparfaitement maîtrisé le bambara, les seules langues nobles étaient l'arabe et le peul. Dans son déplaisir, elle baissa les yeux. Il faudrait qu'elle entretienne Mohammed de l'éducation d'Anady. Dès qu'il serait en âge, il faudrait l'enlever à sa mère et le renvoyer à Kano, afin que la tendre cire de son esprit reçoive les impressions nécessaires. En même temps, sa curiosité à l'endroit d'Awa ne désarmait pas, et elle aurait aimé l'interroger sur son passé. A la suite de quelle série d'événements était-elle devenue l'esclave de Peuls du Macina? Les siens descendaient-ils des exilés du royaume déchu de Ghana, réfugiés non loin du marigot de Dia? Quand les Peuls avaient-ils détruit leurs villages entourés de filets de pêche et survolés d'aigrettes? Elle interrogea :

« Tes parents appartenaient-ils aussi à Alhadji Guidado? »

Awa la fixa :

« Mon père et ma mère ont eu la tête tranchée parce qu'ils refusaient de se convertir à l'islam. »

Comme elle prononçait ces paroles, Maryem revécut la mort de son premier mari, cette horrible scène qu'elle n'était jamais parvenue à oublier. L'estrade édifiée devant le palais du Mansa. Le bourreau et son long sabre à la lame recourbée. Le sang jaillissant du col. Le sourire et la foi tranquille de Tiékoro :

« Allah vaincra! »

Du coup, elle éprouva une vive sympathie pour Awa et la regarda avec plus de douceur. Celle-ci poursuivait :

« J'étais encore au sein. Alhadji Guidado qui revenait de la mosquée m'a ramassée près du grand tamarinier au pied duquel se faisaient les exécutions capitales. Il m'a confiée à sa première femme avec mission de faire de moi une musulmane, et c'est à grands coups de bâton qu'elle s'y est essayée... »

En parlant, Awa posait sur Maryem un regard moqueur qui contrastait avec le tragique de son récit. Celle-ci sentit que si elle n'y prenait garde, cette conversation lui échapperait entièrement. Peut-être même se trouverait-elle en train de mettre en question certains aspects de l'islamisation.

Elle se leva pour couper court à l'entretien et le regard d'Awa sembla lui dire :

« Tu fuis, belle princesse! Le récit de ces souffrances t'effraie? »

Elle aurait aimé expliquer qu'elle avait connu son lot de malheurs et de deuil. Pourtant elle ne pouvait prononcer une parole et restait là, hésitante, silencieuse, dans une posture qui lui convenait bien peu. Au bout d'un moment, elle battit en retraite vers la porte, oui, c'était bien d'une retraite qu'il s'agissait. Alors, Awa se saisit d'Anady qui s'était réfugié à l'autre bout de la natte et, avec une sorte de hauteur magnanime, le lui tendit. Maryem, sans un mot, pressa le bébé contre elle. Dehors, les enfants hurlaient en chœur :

« Ta mère a mangé la mienne. Moi, j'ai tué la tienne. Je n'ai plus de parent que toi; on ne peut pas tuer son père... »

Frissonnante, Maryem reprit le chemin de sa case.

La nuit est la plus tendre compagne de l'homme. Si le grand jour et l'orgueil du soleil l'intimident et l'humilient, car ils cernent sans douceur les contours de ses faiblesses, elle le conforte, la nuit. Elle voile ses peurs. Elle lui souffle des mots d'apaisement, et, dans les rêves qu'elle fait éclore, elle lui permet de communiquer avec ceux qui lui sont chers et dont il est séparé. Infirme, Mohammed avait une raison supplémentaire d'aimer la nuit qui le dérobait à la curiosité de ses semblables.

Les animaux nocturnes, quant à eux, ne s'étonnaient pas de ses sautillements et de ses pas inégaux. Quand il passait sous les fromagers, les chauves-souris l'encourageaient de leurs cris. Les chats se frottaient contre lui au détour des ruelles, et les oiseaux lui pépiaient des appels affectueux.

Laissant Abdullahi regagner ses appartements, il revint vers la grande mosquée en face du palais. Si les Peuls avaient imposé le dieu unique, les Haoussas avaient imposé l'art de l'architecture. La façade de la mosquée était constituée d'une alternance de surfaces lisses et de surfaces rugueuses, enrichie de faisceaux de nervures en relief. Une fois franchie la cour sablonneuse où les fidèles déposaient leurs sandales, on se trouvait dans une vaste salle avec une toiture en voûte, réalisée au moyen d'arcs dits de Darmoun gonga qui prenaient naissance au tiers de la pièce et se joignaient en plusieurs points.

L'obscurité était totale, à part la faible lueur d'une lampe au beurre que le gardien laissait brûler dans une niche. Péniblement, Mohammed s'agenouilla sur le sol et tourna la tête vers la lumière. Une angoisse l'emplissait et il murmura :

« Père, parle-moi encore. Dis-moi le rôle que tu veux que je joue... »

Mais ne lui parvint que l'écho de cette phrase qu'avait prononcée Abdullahi.

« Si deux musulmans se rencontrent l'épée à la main, l'agresseur et la victime iront dans le feu de l'enfer! »

Il devina donc qu'elle avait une signification et une portée qui lui échappaient pour l'instant, qu'elle était analogue à un talisman qu'il ne savait pas encore utiliser. Il se sentit dans l'état d'esprit d'un incroyant, avide de réclamer des signes à l'invisible, et pour lutter contre cette faiblesse, résolument, il roula les grains de son chapelet, tandis que les paroles de la sourate de la Matinée qu'il affectionnait lui revenaient : « Ton Seigneur ne t'a point abandonné et il ne t'a pas pris en haine! Et, assurément, la vie future est meilleure pour toi que la vie présente! Et, à la fin, ton Seigneur te la donnera. »

Il resta longtemps à scruter l'obscurité comme s'il espérait y voir apparaître des formes et à tendre l'oreille. Mais il ne vit rien. Il n'entendit rien que le grignotement des rongeurs s'attaquant à la base des charpentes de bois de l'édifice. Au bout d'un moment, il se releva et revint vers la porte d'entrée. Non loin de la mosquée, malgré l'heure tardive, des hommes devisaient et la blancheur de leurs cafetans trouait l'ombre. Mohammed les salua :

« As salam aleykum! »

Ils répondirent. Comme à chaque fois qu'il entendait cet échange, le sentiment d'appartenir à une communauté vivante, d'être un élément d'un corps palpitant au souffle de la parole de Dieu l'envahit. Apaisé, il pénétra dans l'enceinte du palais, cependant que les gardes qui le reconnaissaient à son infirmité abaissaient leurs lances, et s'engagea dans le dédale des cours.

Dès le lendemain, Abdullahi le présenterait à l'émir et à l'Amir al-Jais, commandant des forces armées qui, lui, habitait hors de l'enceinte royale. Il avait porté à leur intention nombre de présents, burnous de soie, pièces d'étoffe, fioles d'huile de rose, encens, car toutes ces choses venant de Tombouctou se trouvaient en abondance sur les marchés de Hamdallay. Il méprisait un peu ces coutumes qu'il jugeait matérialistes. Pourtant, il s'y pliait, car il savait que c'était manière de montrer à quelle lignée il appartenait.

Quand il entra dans la case, Awa ne dormait pas. La lampe était encore allumée, et elle était assise sur sa natte, les yeux perdus dans le vide. Que voyait-elle ? Mohammed avait renoncé à lui faire occuper ses instants d'inactivité par la récitation du chapelet ou de quelque sourate du Coran car elle raillait :

« Si je pouvais prier dans ma langue, avec mes mots à moi, ce serait différent. Mais pourquoi prier en arabe ? »

Quand il était auprès d'elle, il éprouvait toujours un sentiment confus de rancœur et d'exaspération, comme s'il lui en voulait de s'être substituée à une autre. Il interrogea :

« Où est Anady ?

— Ta mère est venue le chercher... »

Il fit avec sévérité :

« Ma mère ? »

Elle corrigea vivement.

« Notre mère... »

Mais il savait que cette soumission était feinte, et que son cœur se refusait à Maryem. Il s'assit par terre, se déshabilla, gardant seulement l'ample pantalon bouffant qui lui permettait de cacher son moignon, puis, s'appuyant sur ses bras, gagna la natte aux côtés d'Awa. L'odeur du baume qu'elle fabriquait avec du beurre de karité, des plantes connues d'elle seule et quelques gouttes d'huile de rose donnait à son corps ce parfum pénétrant, rare comme celui d'une fleur qui choisirait ses jardiniers pour ne s'épanouir qu'entre leurs mains. Mohammed se tourna vers elle et la prit dans ses bras. Comme à chaque fois, avant l'amour, lui qui était si profondément croyant, qui savait que l'acte de chair est chose méprisable, il ne put s'empêcher de remercier Dieu de lui avoir laissé au moins cette joie. Cette plénitude. Cette satisfaction intense. Avec un léger râle, il se retira.

Elle resta un moment silencieuse, puis, posant sa petite main, à la fois sèche et très douce, sur son torse, elle murmura :

« Tu dois le savoir, Kokè. Je porte une autre vie... »

Mohammed resta un moment sans comprendre. Puis les lames de fond du bonheur le submergèrent, l'emportèrent, le firent dériver. Il hoqueta comme un noyé. Un enfant! L'instant d'avant, anxieusement, il cherchait un signe. N'était-ce pas celui qu'il réclamait? Car Dieu ne comble pas un homme sans avoir ses raisons. Il ne répand ses bienfaits que sur ses élus, et l'enfant n'est-il pas le premier des bienfaits? Un signe, c'était le signe qu'il attendait! Le cœur débordant de reconnaissance, il s'exclama :

« Awa, cette fois, notre fils naîtra à Ségou! »

Elle se redressa sur un coude, et, dans l'obscurité, il l'entendit rire. Puis elle interrogea, moqueuse :

« Notre fils? Et si c'était une fille? »

Il la reconnaissait bien là! Toujours à poser la question que l'on n'attendait pas. A mêler l'irritation au plaisir et au relatif bonheur qu'elle offrait. A déconcerter. Oui, pourquoi avait-il parlé d'un fils? Sa mère Maryem, Ayisha, sa bien-aimée interdite n'appartenaient-elles pas au sexe féminin, et ne le vénérait-il pas à travers elles? N'empêche! C'est par ses fils qu'un homme sait qu'il est un homme! Avec un peu d'agacement, il se tourna sur le côté pour chercher le sommeil.

Il s'assoupissait, il se trouvait dans cet état confus qui commence aux rives de la veille quand il entendit à nouveau ces paroles qui l'avaient frappé : « Si deux musulmans se rencontrent... »

Et, peu à peu, la mémoire lui revint. Il s'agissait d'un hadith qu'il avait déjà rencontré au cours de ses lectures pieuses. Un hadith. Mais quel traditionaliste l'avait rapporté? Et pourquoi venait-il hanter sa pensée? Le narguer? C'est qu'il était chargé d'une signification toute particulière? Mais laquelle? Brusquement, au moment précis où il allait perdre conscience et tournoyer dans les vagues du sommeil, la lumière se fit en lui. Comment ne l'avait-il pas compris plus tôt! « Si deux musulmans se rencontrent l'épée à la main, l'agresseur et la victime... » L'agresseur *et* la victime. C'est-à-dire *les deux partis*. El-Hadj Omar comme Amadou Amadou. La solution était là.

3

Les trois fugitifs avançaient indifférents au paysage. Auraient-ils été moins épuisés, terrorisés, affamés qu'ils se seraient rendu compte qu'ils traversaient une région d'une incomparable beauté, en vertu même de sa sauvagerie. Point de champs de mil, de patates douces ou de fonio. Des montagnes étagées de couleur rouge et noir descendaient abruptement jusqu'à la berge du Sénégal, langue de terre brûlée couverte d'herbe couleur de soufre. Le fleuve lui-même, boueux et sombre, était parsemé d'îles, hérissées de baobabs et de palmiers, contre lesquelles le courant rageait dans un bouillonnement d'écume.

Les fugitifs avaient appris à ne pas cheminer trop près de cette berge, car c'était le rendez-vous des bêtes féroces, lions, hyènes, venues se désaltérer pendant que des hippopotames, soufflant bruyamment, sortaient leurs têtes de l'eau. Aussi, ils s'ensanglantaient les pieds en tentant de se frayer un passage dans les anfractuosités des montagnes. Quand la chaleur était torride, ils se réfugiaient dans des crevasses, assourdis par les clameurs des cynocéphales, les feulements des lions et les grondements furieux des monstrueux amphibies. Depuis plusieurs jours, ils n'avaient rien mangé, les rats gris dont ils se nourrissaient s'étant soudain faits rares. En outre, Olubunmi avait glissé dans un trou dont les bords étaient tranchants comme une lame et s'était fait à la jambe une entaille qui se gonflait de pus, ce qui ralentissait encore la marche. Il n'aurait pas été surpris si Bo et Sounkalo, ses deux compagnons, avaient décidé de l'abandonner. Peut-être lui-même en aurait-il fait autant! Or, à sa propre surprise, ils persistaient à le soutenir quand il ne pouvait plus avancer. A lui donner à boire. A partager avec lui les grains de pain de singe qui constituaient le seul ordinaire.

Brusquement, les trois hommes arrivèrent devant une chute du fleuve. Dans un fracas assourdissant, des lames de taille à engloutir les pirogues les plus hardies se brisaient sur des roches dont les crêtes aiguës se dessinaient dans l'écume tourbillonnante.

Olubunmi se laissa glisser par terre :

« Arrêtons-nous un peu... »

Bo jeta un regard inquiet autour de lui. On était encore trop près de Bakel. Les hommes d'El-Hadj Omar pouvaient les retrouver, et ils savaient les terribles châtiments infligés aux déserteurs.

Bo était la tête pensante de l'expédition, car Olubunmi était trop mal en point et Sounkalo n'était qu'un nyamakala[1] tout juste bon à travailler le cuir. Il avait un plan. Il fallait éviter le Toro, pays natal du Toucouleur, dont on disait que les foules étaient acquises à sa cause. Donc, peu avant Matam, il fallait s'écarter du lit du fleuve, couper par la plaine sèche et pelée du Djolof et, traversant le Cayor, remonter jusqu'à Saint-Louis du Sénégal, paradis entre fleuve et mer. Ceux qui avaient vu du pays affirmaient qu'une fois là, les bateaux des Blancs ne manquaient pas et s'en allaient dans

1. Homme de caste.

52

toutes les directions. On pouvait s'engager comme laptot. Les laptots, à ce qu'ils disaient, recevaient chaque mois de l'argent des Blancs, car ces derniers n'utilisaient ni cauris ni poudre d'or mais se servaient de pièces de métal, gravées en relief de la figure de leurs rois, qui avaient grande valeur.

Ce plan répugnait à Olubunmi. Les Blancs, s'il ne les avait pas vus nettement, il avait pu constater leur force surnaturelle lors du siège du fort de Médine. Pendant d'interminables semaines, il s'était tenu avec l'armée toucouleur derrière un abri de branchages, face au quadrilatère de pierres à l'intérieur duquel ceux-ci s'abritaient. A intervalles réguliers, dans un bruit de tonnerre et des nuages de fumée, des boules de fer en jaillissaient et semaient la mort sur leur passage. Chaque soir, les Toucouleurs ramassaient des centaines de cadavres si horriblement déchiquetés qu'on ne distinguait pas la tête des membres. Chaque matin, ils repartaient à l'assaut, et c'était, à chaque fois, le même carnage. Ni la hache ni le pic ne pouvaient se mesurer à ces murailles fortifiées. Finalement, les pluies de l'hivernage étaient arrivées. Les crues du fleuve avaient inondé les terres, et il avait fallu se retirer, abandonnant le fort et des milliers de cadavres, hâtivement enterrés dans le sol détrempé. Avec le gros de l'armée, Olubunmi avait pris la direction de Koundian. Si les vétérans ne se plaignaient de rien, ni même les talibés de fraîche date, les incorporés de force souffraient le martyre. C'est à Sabouciré que Bo lui avait proposé de déserter.

Travailler pour les Blancs, ces êtres redoutables qui semblaient l'incarnation de génies...? Olubunmi ne comprenait rien à leur présence dans la région. Depuis quand s'y trouvaient-ils? Qui leur avait permis de s'y installer? Pourquoi édifiaient-ils des

53

forts à Bakel, à Dagana et y entretenaient-ils des armées? Dans quel dessein?

Néanmoins, Olubunmi – qui avait vu le visage de l'islam et les exactions qui se commettaient au nom d'Allah, villages incendiés, hommes passés au fil de l'épée s'ils ne se décidaient pas à bégayer, fous de terreur : « Il n'y a de dieu que Dieu », femmes partagées comme des marchandises – était prêt à tout pour échapper à l'empire d'El-Hadj Omar.

Puisque le marabout poussait ses conquêtes vers l'est, alors, il fallait fuir vers l'ouest. Tourner le dos à Nioro. A Sansanding. A Niamina. Tourner le dos à Ségou. Ségou. Les yeux d'Olubunmi s'emplissaient de larmes quand il songeait à sa cité. Son destin était-il scellé? Tomberait-elle, elle aussi, dans l'obédience du marabout toucouleur? Perdrait-elle son identité? Dans un cauchemar, Olubunmi voyait ses fiers habitants se prosterner dans la poussière en direction de La Mecque pour bêler leurs prières. Quel crime les Bambaras expiaient-ils? Olubunmi tournait et retournait cette question dans sa tête et n'y trouvait pas de réponse. Ah! il avait souhaité l'aventure? Il avait souhaité les voyages? Eh bien, voilà qu'ils s'offraient à lui, mais de quelle manière!

Il aurait donné n'importe quoi pour retrouver l'indolence de la vie dans la concession des Traoré, les conversations sous le dubale central, la gracilité docile du corps des esclaves. Il s'interdisait de songer à Alfa Guidado et surtout à Mohammed, le frère bien-aimé, car alors il n'avait plus de goût à vivre. Qu'étaient-ils devenus? Morts sans doute, victimes des Toucouleurs. Leurs cadavres anonymes dans l'entassement des victimes du cirque de Kassakéri. Parfois, un fol espoir le parcourait. Peut-être étaient-ils vivants, car on disait qu'El-Hadj Omar avait convoyé certains blessés dans le Macina. Le griot Faraman Kouyaté, qui, comme lui, avait été fait prisonnier et incorporé de force dans les armées toucouleurs, avait été tué lors du siège de Médine. Un boulet de canon l'avait fauché avec sept autres hommes, et, devant ce tas de viandes déchiquetées, Olubunmi avait cru perdre la raison. L'instant d'avant, Faraman allait, venait, parlait. A présent, il n'était plus que purée sanglante.

Bo venait de Ségou, Sounkalo de Marikouya. Si le deuxième n'était que le fils d'un modeste garankè[2], le premier était prince, fils d'un des frères cadets du Mansa Oïtala Ali que l'amour de la bataille avait conduit jusqu'à Kassakéri. A cause de ses origines, peut-être, il ne supportait pas d'être traité sans respect, forcé de se battre contre ceux qui, comme lui, refusaient l'islam. Il ne voulait pas répondre à ce prénom de Mohammed qu'on lui avait imposé, et qui n'était pas celui que ses pères lui avaient donné. A cause de cela, il ne se passait pas de jour sans qu'il se fasse rouer de coups par quelque chef d'armée toucouleur. Sa folle bravoure, son intelligence et sa détermination confondaient Olubunmi qui n'aurait jamais pu, quant à lui, dresser un plan d'action et le mettre à exécution.

Bo rejoignit Olubunmi sur la plate-forme pierreuse où il était étendu et murmura :

« Comment te sens-tu ? »

Olubunmi eut une moue qui en disait long. Il avait honte d'être si faible, alors que ses compagnons résistaient de leur mieux à toutes les difficultés.

A ce moment, Sounkalo qui s'était éloigné revint en courant avec une poule d'eau qu'il était parvenu à capturer. Comme le volatile s'égosillait, gigotait, lui assenait de rudes coups de bec sur la main, Bo

2. Cordonnier.

se précipita pour l'aider à lui couper le cou. Bon, c'était au moins un repas d'assuré!

Rasséréné, Olubunmi se mit en demeure de soigner sa plaie. Mais la profondeur de cette entaille, au fond de laquelle il apercevait la blancheur de l'os entre les chairs violacées et puantes, le désespéra à nouveau. Est-ce qu'il n'aurait pas mieux valu mourir plutôt que de se trouver là, blessé, sans soins, loin des siens, séparé de son pays? Il se reprochait à présent de ne pas avoir assez apprécié Ségou quand il y vivait, comme un enfant qui, près du lit de mort de sa mère, se rappelle ses moindres fautes sans pouvoir les réparer. Si les dieux l'y ramenaient, comme il la chérirait! Il ne franchirait jamais plus l'enceinte de ses murailles.

Rompu de fatigue, il ferma les yeux et glissa dans le sommeil. Aussitôt, son esprit, laissant son corps sur cette berge inhospitalière, s'élança vers le faîte d'un baobab. Un instant, il demeura là, immobile, comme s'il mesurait l'infinité du ciel. Puis il s'éleva plus haut dans les airs. Alors, quel spectacle s'offrit à lui!

S'enfonçant jusqu'aux genoux dans la gadoue des pistes détrempées, des convois d'hommes, de femmes, d'enfants, suivis de hordes d'animaux, quittaient le Toro, le Guidimakha, le Bondou. Des cavaliers enturbannés les encadraient, mais on ne pouvait savoir s'ils étaient chargés de les protéger ou de les contraindre.

Partout s'élevait la fumée des villages incendiés. Partout se livraient des combats, et l'esprit distinguait des Sarakolés, des Malinkés, des Bambaras Massassis, des Diawaras... s'affrontant aux Toucouleurs comme s'ils n'admettaient pas la soumission forcée de leurs rois et continuaient la lutte pour leur identité. Sur le fleuve lui-même, d'étranges bateaux crachant une buée noire étaient massés, immobiles, comme des hippopotames d'un aspect plus redoutable encore. A la hauteur de Bakel, des soldats toucouleurs, des talibés irlabés, reconnaissables au pavillon noir qu'ils brandissaient au-dessus de leur tête, traînaient deux masses de fer, capables de cracher des boules de feu, tandis que des mules les suivaient, chargées de fusils et de boîtes de poudre de guerre qu'on avait obtenus des traitants de la côte.

Plus loin à l'est, des éclairs rouge et jaune striaient l'air, et les remparts des villes s'effritaient en poussière. A la faveur de tous ces troubles, des pillards razziaient le bétail et le meuglement des vaches s'ajoutait au claquement des fusils, au tintamarre des armes blanches, aux hurlements des paysans terrifiés par l'arrivée de ces hordes dans leur région.

Que se passait-il dans le monde des vivants? Etait-ce vraiment l'avènement de l'islam? Etait-ce dans ce chaos que le dieu unique manifestait son empire? L'esprit supplia quelque ancêtre de le renseigner, mais, dans le fracas général, ses prières furent perdues, et il n'obtint pas de réponse. Lentement, comme à regret, il revint vers le corps abandonné d'Olubunmi.

« Méfiez-vous des Blancs, ils sont pires que les Toucouleurs. Si vous suivez mon conseil, vous retournerez chez vous. »

Avec son impétuosité coutumière, Bo se leva comme s'il allait frapper celui qui osait prononcer ces paroles, puis il se rassit et interrogea, s'efforçant au calme :

« Pourquoi dis-tu cela? »

Tranquillement, l'homme versa l'eau de son outre dans un récipient de fer qu'il posa sur un feu allumé entre deux pierres. C'était un Maure. Aussi, quand Bo, Sounkalo et Olubunmi l'avaient vu s'avancer suivi d'esclaves et d'ânes lourdement chargés, ils avaient songé à fuir. Les Maures n'étaient-ils pas aussi dangereux que les Toucouleurs? Mais l'homme les avait salués fort civilement. Originaire du pays de Genehoa, il faisait commerce de sel, de gomme arabique, de peaux de bête. A cause de ces incessants voyages, il parlait – outre l'arabe, le peul, le ouoloff, le songhaï – le bambara et les avait salués dans leur langue :

« Vos pères ont toujours vécu sans se soucier du reste du monde, de ce qui se passait au-delà de leurs frontières. Ainsi, vous ne savez pas que des Blancs, des Français, sont installés à l'embouchure du Sénégal et, par la voie du fleuve, veulent pénétrer vers l'intérieur pour commercer et imposer leurs lois. Ils ont déjà envahi le Walo et mis en fuite leur reine, Ndate Yalla... »

Mais les trois garçons se souciaient peu des malheurs du Walo, et Bo interrogea, d'un ton plus pressant :

« Tu ne nous as toujours pas convaincus. Les Toucouleurs, eux aussi, défont nos rois. Ils les tuent, même : qu'ont-ils fait à Mamari Kandjan, le roi du Kaarta? Pourquoi penses-tu qu'ils valent mieux que les Blancs? »

Le Maure haussa les épaules :

« Que vous demande El-Hadj Omar, sinon d'adorer le vrai Dieu? Les Français ne vous imposeront pas seulement une idole grossière, ils prendront vos terres qu'ils vous obligeront à cultiver à leur profit. Ils vous traiteront comme des bêtes dans votre propre pays. Ils vous interdiront de parler votre langue. Ils ridiculiseront toutes vos coutumes... »

Bo l'interrompit :

« Est-ce que les Toucouleurs ne nous appellent pas « chiens »? »

Le Maure s'aperçut que toute discussion était inutile et, sans insister, offrit à la ronde des gobelets de thé vert. Olubunmi, quant à lui, réfléchissait. Depuis la veille, il brûlait de fièvre. Des élancements douloureux parcouraient sa jambe de la cheville à l'aine. Aussi il aurait bien été tenté de mettre un terme à l'escapade pour retourner vers Ségou. Pourtant, il savait que Bo et Sounkalo n'y consentiraient jamais. Alors, comment ferait-il le chemin tout seul? En peu de temps, il serait dévoré par les bêtes féroces qu'attirerait l'odeur de sa blessure. Son corps mutilé blanchirait au soleil. Pour la première fois, il pensa à son père Malobali, que le destin avait entraîné jusqu'au royaume du Dahomey. S'était-il trouvé dans des situations similaires? Epuisé? Souhaitant presque la mort? Comme c'était dommage qu'il n'ait point vécu pour tenir la main de son fils et lui conter ses déboires :

« Autrefois, petit, j'étais dans les armées de l'Asantéhéné[3]. Sabre au poing, je parcourais les campagnes, pillant, violant, tuant. Peut-être mes crimes se sont-ils retournés contre moi car la mort m'a tendu le plus horrible des pièges... »

Alors, il aurait guéri son garçon de ce désir d'aventures qui l'incendiait comme une fièvre, et Olubunmi aurait fini ses jours, cultivateur comme ses frères, surveillant le travail des esclaves sur les terres fertiles de la famille. Pourtant, malgré son inexpérience, Olubunmi sentait que la paix et l'équilibre des jours d'antan étaient révolus, que Ségou ne serait plus jamais Ségou, mais une autre, dépossédée d'une partie d'elle-même, intégrant, assimi-

---

3. Chef suprême des Ashantis, peuple de l'actuel Ghana.

lant mille éléments qu'elle finirait par croire siens, alors qu'ils lui étaient, en réalité, radicalement étrangers, imposés par ses vainqueurs. Oui, le destin de Ségou était scellé, Olubunmi le savait aussi sûrement que s'il avait été doué du don de voyance. Appuyant son visage sur la terre et se protégeant de son mieux avec ses bras repliés, il pleura.

Pendant ce temps, des esclaves du Maure allumaient de grands feux destinés à tenir en respect hyènes et lions. D'autres faisaient rôtir des poissons qu'ils étaient parvenus à pêcher dans le fleuve, malgré la turbulence du courant. Le Maure, lui-même, s'était retiré et, ayant fait ses ablutions, se prosternait en direction de la cité de son Prophète. Bo et Sounkalo le regardaient faire, les bras croisés, dans une attitude de défi, inutile, car l'homme visiblement ne voulait rien leur imposer.

Le ciel s'assombrit. Puis il s'éclaircit, car la lune avait vaincu sa timidité et accepté de se montrer. Elle dévoilait ses joues de fille nubile et ses yeux obliques, offrant à la ronde le réconfort de son sourire, comme si elle voulait faire oublier les carnages du monde visible.

Olubunmi sécha ses larmes et se redressa. Non loin de lui, s'accompagnant d'un kakaladounou[4] improvisé, Sounkalo se mit à chanter :

> *Chose à boire et à offrir*
> *Chose à boire et à haïr*
> *tu égares l'étranger*
> *tu gâtes le devoir de l'hôte*
> *tu ranimes les vieilles querelles*
> *tu coupes le bras du taureau*
> *chose à boire et chose à offrir*
> *chose à boire et chose à haïr...*

4. Petit tambour rond bambara.

Et la vieille chanson à boire bambara, qui scandait le passage de main en main des calebasses de dolo dans les cabarets où clignotait la lueur des lampes à huile, célébrait le souvenir d'un temps qui ne serait peut-être plus.

Bakary Diouf regarda les jeunes gens, sales et dépenaillés, qui se tenaient devant lui. Comme, semblait-il, ils ne parlaient aucune langue digne de ce nom, c'est-à-dire ni le ououloff ni le français, il leur fit rudement signe de déguerpir. Ils n'avaient rien à faire sur ce quai. C'était bien la peine que Saint-Louis soit défendue par trois tours – tour N'Diago au nord, tour N'Dialakar à l'est, tour Gendiole au sud – si pareils vagabonds avaient la liberté d'y pénétrer. Bakary faisait office de contremaître mécanicien à bord de la frégate *La Gorgone*, ce qui lui avait valu l'avantage d'avoir séjourné quelques mois à Marseille et de parler assez correctement le français. A cause de cela, peut-être, il était d'une grande prétention et se croyait un des hommes les plus importants de N'Dar Toute, où il habitait avec ses femmes. Les trois énergumènes ne faisant pas mine de bouger, restant là, plantés en terre, à fixer sur lui leurs regards stupides, il alla ramasser une barre de fer, échappée sans doute de la cargaison d'un navire, dans l'intention de les menacer, voire de les frapper. Il n'eut pas sitôt ébauché son geste que l'un des jeunes gens, le plus grand et le plus fort, avec un beau visage farouche, se jeta sur lui, le fit rouler par terre et, le saisissant à la gorge, se mit en demeure de lui fracasser le crâne sur les pavés. Sans l'intervention de ses compagnons, il l'aurait certainement tué. Comme Bakary s'asseyait sur son séant et commençait de hurler à l'aide, les trois olibrius s'enfuirent.

La ville de Saint-Louis, située à l'embouchure du fleuve Sénégal, semblait une des dernières conquêtes de la terre avant l'empire des eaux. Ses fortunes avaient été diverses. Jusqu'à la fin du XVIIIᵉ siècle, elle avait été un haut lieu du commerce triangulaire. Les compagnies qui y avaient leur siège faisaient le commerce de la gomme arabique, de l'ivoire, de l'ambre gris, des plumes d'autruche et, principalement, des esclaves qu'ils échangeaient contre des barres métalliques, des alcools et des armes à feu. Puis, la révolution de 1789 ayant balayé leurs privilèges et le trafic de chair humaine devenant moins rentable, on avait songé à transformer Saint-Louis et le pays avoisinant du Walo en colonie agricole. Hélas! en dépit des primes à l'exportation de l'indigo et du coton, en dépit de la distribution d'instruments aratoires, de vivres et de semences, l'inexpérience des colons improvisés avait conduit le projet à l'échec. Alors que Saint-Louis, avec l'abolition de l'esclavage, périclitait, un gouverneur énergique débarquait, animé du grand dessein de doter la France d'un empire colonial en Afrique de l'Ouest, qui avait fait ses preuves en Algérie : Faidherbe.

Saint-Louis était une jolie ville. Ses rues étaient alignées et larges. Ses maisons, en briques, recrépies à la chaux, avaient en général un étage et se disposaient de manière harmonieuse autour de monuments aux façades imposantes : le fort, dont le côté est abritait une caserne et le côté ouest, l'hôtel du gouverneur, le palais de justice, l'hôpital de la marine, l'église, deux magnifiques casernes ainsi qu'une belle batterie. En 1859, elle comptait treize mille habitants. Deux mille Blancs y tenaient le haut du pavé à côté des mulâtres, enfants nés des

amours temporaires des négociants, des fonction-
naires de l'administration ou des marins avec les
femmes du pays, et d'une petite communauté d'Africains, esclaves affranchis originaires du Walo, du
Cayor, voire du Djoloff, attirés par la réputation de
prospérité de l'endroit, auxquels on donnait le nom
d'« habitants ». Chose étrange, étant donné ce qui
se passait en d'autres points de la côte d'Afrique,
ces habitants mulâtres et noirs s'entendaient assez
bien, se sentant français de cœur et d'âme, ayant, en
général, adopté la religion catholique et les valeurs
qui l'accompagnent.

Tandis que Bo, Sounkalo et Olubunmi étaient
arrêtés sur la place du Gouvernement, admirant les
deux canons qui s'y trouvaient, ils virent accourir
vers eux une douzaine d'hommes, pareillement
vêtus de tenues à l'européenne de couleur bleue,
coiffés de bonnets rouges et munis de forts gourdins, dont les intentions ne faisaient aucun doute.
Sans demander leur reste, ils prirent leurs jambes à
leur cou en direction du pont Servatius, sur le petit
bras du fleuve. Mais la blessure d'Olubunmi ne lui
permettait pas d'aller bien vite, et il s'effondra
devant une maison de Saint-Louis, typique avec son
balcon foisonnant de bougainvillées en pots et ses
hautes fenêtres strictement closes. Comme Bo faisait mine de revenir vers lui, pour l'aider à se
relever, il lui hurla :

« Non, non! Va-t'en! Sauve-toi! »

Pendant un moment, la générosité, les principes
de l'éducation et la nécessité de se garder en vie
luttèrent visiblement en Bo, puis ce dernier sentiment l'emporta, et il rejoignit Sounkalo, déjà engagé
sur le pont et courant vers les quartiers de N'Dar
Toute ou de Guet N'Dar, où il espérait se perdre.

Une douzaine de gourdins faits de bois de fer
s'abattit sur Olubunmi qui perdit connaissance.

Quand il rouvrit les yeux, deux Blancs étaient penchés sur lui, un homme, aux cheveux noirs abondants et bouclés, avec des sourcils broussailleux au-dessus d'yeux très clairs, et une jeune fille, presque une enfant, les cheveux comme une coulée d'or retenus par un ruban, vêtue d'une chemise brodée autour du cou et d'une ample jupe d'une étoffe chatoyante. Il reposait sur un cadre de bois soutenu par quatre pieds fichés en terre, mais entre ce cadre et son corps s'interposait une matière si moelleuse qu'il n'en sentait pas la rudesse. Son saisissement fut tel qu'il se crut le jouet d'un rêve. Sûrement quelque ancêtre avait entraîné son esprit vers des rivages inconnus pour le perdre. Puis, l'effroyable douleur qu'il ressentait par tout le corps le persuada qu'il était éveillé.

L'homme lui adressa la parole dans une langue qu'il ne put comprendre et, devant son mutisme, eut un geste de découragement. La jeune fille en fit de même, avec le même résultat, et ils demeurèrent là, tous les trois, Olubunmi, malgré son malaise, examinant les lieux autour de lui. La pièce haute de plafond était fort sombre. Non seulement les deux fenêtres qui lui donnaient du jour étaient à moitié closes, mais encore elles étaient voilées par des pièces de tissu rouge, lourdes et rigides. Sur le plancher de bois brillant gisaient des peaux d'animaux, de tigre, semblait-il, tandis qu'aux quatre angles étaient disposés des coffres pansus, massifs, supportant des objets dont le plus étrange, circulaire, reflétait tout ce qui l'entourait.

Contre la paroi opposée aux fenêtres, des cadres de bois verni enserraient des visages d'hommes et de femmes qui tous semblaient fixer le pauvre Olubunmi d'un air réprobateur. Effrayé, il tenta de se relever, mais la tête lui fit si mal qu'il retomba en arrière. A ce moment, une femme entra telle qu'il n'en avait jamais vu. Ses vêtements amples et informes, son mouchoir de tête étaient d'un noir aussi intense que sa peau contre laquelle étincelait une profusion de bijoux d'or, pendants d'oreilles, colliers, bracelets, bagues... A chacun de ses pas, on entendait un cliquetis, et Olubunmi s'aperçut que trente ou quarante tours de verroterie chargeaient ses reins. Ce qui acheva de le confondre, ce fut l'expression de mépris de son regard. Elle le fixait comme s'il était un objet immonde, un excrément à la surface de la terre. Même les Toucouleurs ne l'avaient pas considéré ainsi! Pourquoi était-elle accoutrée pareillement? Comme Olubunmi se posait ces questions, la femme l'interrogea à son tour, dans une langue qu'il ne put comprendre. Au bout d'un instant, toutefois, après plusieurs tentatives infructueuses, ils parvinrent à échanger quelques phrases en peul. Pourtant, les questions qu'elle lui posa le plongèrent dans l'étonnement :

« Qui était ton maître?

– Es-tu un fugitif?

– Quel métier connais-tu?

– Es-tu mineur? »

Il finit par expliquer qu'il était un noble bambara, et qu'il avait déserté l'armée d'El-Hadj Omar.

4

Les dieux ne laissent rien au hasard. Ils avaient conduit Olubunmi chez Nicolas de la Pradelle, médecin de son état comme son père et son grand-père avant lui, qui, médecin militaire dans les armées de Napoléon, s'était fixé à Tours après l'Empire. Nicolas avait une fille, Aurélia, aussi bonne que belle, toujours prête à recueillir les errants et les nécessiteux et à porter des provisions à l'asile pour malades. Tous deux se toquèrent de pitié pour ce jeune Bambara qu'ils avaient sauvé de la milice qui gardait le port, et le remirent sur pied.

La première pensée de Nicolas et d'Aurélia fut d'employer le garçon à la maison pour aider leur servante Marie. Mais, très vite, une véritable guerre se déclara entre Marie et Olubunmi, guerre dont, il faut en convenir, Marie était responsable. Il semblait qu'elle ait trouvé un souffre-douleur, un être à couvrir d'injures, à traiter de barbare et de féti-chiste. Une fois, même, elle s'avisa de lever la main sur lui, et sans l'intervention de Nicolas, Olubunmi l'aurait mise en pièces. Dès le lever du jour, les grondements et les criailleries commençaient, Marie obligeant Olubunmi à des besognes répu-gnantes comme celle qui consistait à vider les tinettes débordant d'excréments dans le fleuve et s'exaspérant de ses désobéissances et de son inertie. L'heure de la sieste n'était pas une trêve, et la nuit encore moins, Marie se plaignant que le garçon conduise dans la chambre qu'il occupait au fond de la cour ces filles sans aveux que fréquentent laptots et soldats de toute nature. Nicolas aurait bien fermé les yeux sur toutes ces incartades, car Olubunmi lui était sympathique. Mais, après la mort de sa femme, emportée par les fièvres peu après la naissance d'Aurélia, il s'était trouvé amené à coucher avec Marie, ce qui donnait à cette dernière l'autorité d'une maîtresse de maison. Il ne pouvait donc l'irriter et il se résigna à écarter Olubunmi de son toit en lui procurant un emploi en ville. Il songea d'abord à le faire engager dans le magasin des Bordelais Maurel et Prom, mais Olubunmi ne savait ni lire ni écrire et comprenait à peine le français. De quelle utilité pourrait-il être ? Le placer en apprentissage chez un menuisier ou chez quelque artisan ? Il en avait largement passé l'âge.

Restait l'armée. Depuis le temps du colonel Schmaltz, on avait employé des indigènes aux côtés des soldats français pour défendre les établissements commerciaux. Mais Nicolas, dont le cœur était bon, avait toujours eu pitié de ces recrues noires, vêtues de défroques, nourries de rations inférieures à celles de leurs homologues blancs, en réalité, leurs auxiliaires serviles. A ses yeux cet engagement militaire était une forme pernicieuse de l'esclavage que l'on avait prétendu abolir. Pourtant, que faire d'autre ? Nicolas voulait la paix chez lui.

Il se décida donc à aller trouver le sous-lieutenant Alioune Sall dont il avait soigné la mère Bineta et qui ne pouvait rien lui refuser. Certes, comme tous les Blancs de la colonie occupant une situation de relative importance, il connaissait le gouverneur Faidherbe, il avait d'ailleurs tenté de soulager ses rhumatismes, mais il craignait ses humeurs et n'osait rien solliciter directement de lui.

Il déboucha sur la rue André-Lebon, toujours animée. Quel étrange et composite spectacle! Nicolas pensait qu'il préfigurait celui qu'offrirait un jour l'Afrique tout entière quand races et mœurs s'y mêleraient. Des signares[1] à la couleur de peau variant du thé léger au café au lait, le madras noué en forme de pain de sucre et la jupe gonflée par d'innombrables jupons dont on apercevait la dentelle, des laptots en culotte courte et chemise de coton, des enfants entièrement nus, des Européens rougis et suants sous le soleil en redingote à grande basque flottant au vent, à collet cylindrique, à poches larges comme des sacs, des Africains en cache-sexe, les yeux arrondis de stupeur devant les bateaux à vapeur sur le fleuve, les marchandises des entrepôts, les vêtements de ceux qu'ils croisaient et les édifices de pierre de la ville, des musulmans se dirigeant vers la mosquée de la pointe du nord posant sur tout ce qui les entourait un regard de mépris!

En bon Français, Nicolas haïssait les musulmans. Il ne comprenait pas le gouverneur Faidherbe qui, au lieu de pousser l'avantage qu'il avait obtenu en battant El-Hadj Omar à Médine, tergiversait, parlait de signer avec lui un traité délimitant des zones d'influence. En effet, sous la conduite des marabouts, que devenaient les Noirs, ces grands enfants à l'esprit si malléable? Ils n'apprenaient que la mendicité, et, adultes, ils s'adonnaient au vol et à toutes sortes de vices. Il fallait fermer toutes les écoles coraniques et obliger les parents à envoyer

1. Grandes bourgeoises métisses.

leurs enfants à l'école française. La communauté des frères de la doctrine chrétienne de Ploërmel faisait un travail admirable dans des conditions terribles, et, déjà, le chiffre de leurs élèves était relativement important.

Nicolas prit le chemin qui longeait le fleuve. Des femmes y vidaient des détritus, des hommes y faisaient leurs ablutions, tandis que d'autres s'accroupissaient pour uriner, voire déféquer, et une odeur épaisse, nauséabonde, montait des eaux étales, apparemment immobiles, parsemées çà et là de bouchons d'écume. Malgré sa saleté par endroits, Nicolas aimait Saint-Louis et différait des autres Blancs, en perpétuel exil sur la terre d'Afrique, dont les sujets de conversation étaient toujours les mêmes : « Que faisait-on à Paris ? Que jouait-on aux Variétés ? Chez Brasseur ? »

Il entra chez Bineta Sarr, la mère d'Alioune, qui partageait son temps entre le Cayor, où son mari était commerçant, et Saint-Louis, où vivait son fils, objet d'orgueil et de prestige. N'était-il pas le premier « Noir à épaulettes » ? Là, à sa grande déception, il apprit qu'Alioune venait de partir pour Podor sur ordre de Faidherbe, et, tout en sirotant le thé à la menthe qu'on lui offrait, il se résigna à aller affronter le terrible gouverneur. Pendant ce temps, à quelques pas de là, Olubunmi était plongé dans ses pensées et fixait le fleuve, souhaitant que la force de sa volonté et de sa nostalgie transforme ses eaux en celles du Joliba. La nuit précédente, le rêve l'avait ramené à Ségou. Il était assis sous le dubale de la concession quand il avait vu s'avancer vers lui un vieillard, les yeux ternes et sans vie comme ceux d'un aveugle, les joues couvertes d'une barbe d'un blanc sale. Courtoisement, il se levait pour s'enquérir des raisons de sa venue quand l'autre avait souri, et, alors, la dentition restée éclatante, la fossette naufragée dans ce visage en ruine avaient révélé à Olubunmi l'identité de l'arrivant : Mohammed. C'était Mohammed, le frère bien-aimé! En Olubunmi, joie et douleur s'étaient mêlées. Joie de le retrouver! Douleur de le voir si diminué, défait dans la fleur de son âge! Sous l'effet de ces sentiments, sans doute, son rêve s'était interrompu, et il s'était retrouvé sur une natte effrangée dans la pièce sordide que Marie lui avait concédée. Depuis, cette image le hantait, tandis que l'angoisse ne le quittait pas. Ah! reprendre le chemin de Ségou! A Saint-Louis, on disait que si les eaux étaient hautes, on pouvait remonter le cours du fleuve Sénégal jusqu'à Kayes. Ensuite, de Kayes à Ségou, la distance n'était pas infranchissable. Pourtant, comment traverser ces régions où les Toucouleurs faisaient la loi? Voilà pourquoi, tout dégoûté des guerres qu'il était, Olubunmi en venait à accepter l'idée de faire partie du corps d'infanterie indigène de M. Faidherbe. Puisque seuls les Blancs semblaient de taille à détruire les Toucouleurs, ne fallait-il pas se mettre à leur service? En avançant avec eux à l'intérieur du pays, il reprendrait le chemin de la terre natale.

Olubunmi releva la tête et fixa de l'autre côté du fleuve et de sa ceinture malodorante d'immondices le quartier de Sor. Peut-être ses amis Bo et Sounkalo s'y cachaient-ils? Il les avait cherchés en vain dans Guet N'Dar et N'Dar Toute. Comment subsistaient-ils? Grâce à la générosité des uns et des autres?

Générosité? Ce mot n'avait guère cours à Saint-Louis! Les habitants n'avaient que mépris pour ceux qui venaient de l'intérieur et les assimilaient uniformément à des esclaves en fuite. Il fallait les voir se pavaner dans leurs habits européens en se rendant à l'église! Il fallait les entendre chanter des cantiques! *Marchons sur les pas de Jésus!*

Olubunmi ne savait pas qui il haïssait le plus, des habitants ou des Blancs? Il est certain qu'Aurélia et Nicolas de la Pradelle lui avaient sauvé la vie, et, cependant, il n'éprouvait aucune reconnaissance à leur endroit. Le jugeant imprononçable, ils avaient transformé son prénom en celui de Dieudonné[2], qui, prétendaient-ils, en était la traduction. Aurélia s'était mis en tête de lui apprendre le catéchisme et, joignant les mains, le forçait à répéter à sa suite :

« Notre Père, qui êtes aux cieux, que votre nom soit sanctifié, que votre règne arrive... »

Car son rêve était de lui administrer le baptême. Olubunmi n'avait pas repoussé l'islam de toutes ses forces pour tomber dans le piège du catholicisme! Sa parade était la mauvaise grâce, l'inertie, et, ainsi, les propos de Marie qui répétait que les de la Pradelle réchauffaient une vipère dans leur sein semblaient avoir un réel fondement.

« Les tirailleurs sénégalais, ce corps de formation récente qui a débuté avec tant de vigueur et de solidité, a supporté pendant toute la campagne les fatigues, les travaux et les privations. Non pas avec résignation, mais avec cette abnégation de nos vieilles troupes d'Europe. Aujourd'hui, ce corps est jugé : Nous savons que nous pouvons compter sur lui. » Ces paroles étaient prononcées devant les casernes d'Orléans, beaux bâtiments de pierre, agrémentés d'arcades, par un Blanc en uniforme chamarré, grand, maigre, le visage barré d'énormes moustaches, qui, par contraste, rendaient dérisoires des lunettes à bordures de métal, et coiffé d'une

2. Olubunmi signifie, en yoruba : Dieu te comblera.

casquette galonnée. Qui était cet homme? Olu-bunmi n'en savait rien et s'en souciait peu. Il avait chaud dans son uniforme de drap. Il portait un pantalon bouffant bleu à liséré jaune, quelque peu semblable à celui des musulmans, mais plus court puisqu'il s'arrêtait aux genoux, et des bottes blanches montant un peu au-dessus de la cheville. Aussi ses mollets apparaissaient, luisants et durs comme des fruits loin de leur maturité. Sa taille était enserrée dans les replis d'une large ceinture rouge que recouvrait en partie un court boléro, bleu sombre comme le pantalon et décoré de passementeries jaunes, cependant que son chef était orné d'une chéchia rouge, prolongée par un gland qui lui battait la nuque. Tel qu'il était, Olubunmi se sentait ridiculement accoutré et ne comprenait pas l'air avantageux que prenaient ceux qui étaient pareillement vêtus. Il aurait voulu leur crier :

« Singes! Nous voilà pareils à des singes affublés des oripeaux défraîchis de leurs maîtres! »

Car, à l'armée, les Noirs ne portaient que les uniformes usagés des Blancs. Pourtant, il le savait, s'il parlait ainsi, des gourdins s'abattraient sur lui avant que, peut-être, une sentence d'exclusion de l'armée ne soit prononcée, et, cela, il ne le fallait à aucun prix.

Là aussi, en quelques semaines, Olubunmi s'était attiré une mauvaise réputation et seule le protégeait l'estime dans laquelle on tenait Nicolas de la Pradelle qu'on savait son protecteur. A ses propres yeux, il n'avait rien fait pour la mériter. Simplement, il ne parvenait pas à s'habituer à ce nom de Dieudonné Traoré par lequel on le désignait. Aussi réagissait-il à retardement, ce qu'on mettait au compte de la mauvaise volonté et de la sournoiserie. D'autre part, il ne parvenait pas à supporter l'insipide brouet de mil qu'on servait soir et matin et ne mangeait rien, ce qui outrageait aussi bien ses supérieurs que les simples soldats comme lui. Enfin, il refusait de frayer avec les autres Bambaras, nombreux dans la compagnie, qui tous étaient des esclaves et profitaient du désordre causé par les armées d'El-Hadj Omar dans la région du Kaarta pour venir se placer sous la protection des Blancs. Il n'avait, il ne voulait avoir rien de commun avec ces hommes qui ne savaient qu'obéir, baragouiner servilement le français et offrir leurs échines à la chicote. Il était un noble, lui, un yèrèwolo, entraîné dans le tourbillon des bouleversements politiques et sociaux, et qui n'avait qu'un désir, regagner sa patrie afin de la protéger des uns et des autres.

« Un, deux. Un, deux... »

L'incompréhensible cérémonie, l'incompréhensible discours étaient terminés. Olubunmi retomba sur terre. La compagnie du nord à laquelle il appartenait et dont le premier chef était Demba Taliba entra à l'intérieur du bâtiment.

Olubunmi n'était point entièrement seul. Il avait pour ami le matricule 59, un dénommé Sabou, engagé pour quatorze ans en 1853 à la suite d'une vilaine affaire dans son village. Un temps, il avait été question de l'envoyer à Toulon, pour suivre un stage de mécanicien, tant il était brillant et doué, puis ses supérieurs y avaient renoncé en vertu de ses qualités mêmes. On craignait, que, une fois instruit, il ne se mêle de se mesurer aux Blancs. Olubunmi et Sabou, qui s'étaient tout de suite liés, partageaient tout. Aussi le second tendit au premier la moitié d'une noix de cola en lui annonçant :

« Il paraît que nous partons pour le pays de Damga... »

Olubunmi mâcha avec plaisir la chair amère puis interrogea :

« Damga? Où est-ce? »

Sabou ôta sa chéchia pour gratter sa chevelure rougeâtre et qui puait la sueur :

« C'est un pays de Toucouleurs surtout et de Peuls. Et tu sais que les Blancs haïssent ces musulmans autant que nous...

– Pourquoi ? »

Sabou eut un geste d'ignorance, et Olubunmi reprit avec passion, car la question lui tenait au cœur :

« Qu'ont-ils à les haïr ? Qu'ont-ils à encourager tous ceux qui veulent les combattre ? Que font-ils chez nous ? N'ont-ils pas des terres à eux ? Pourquoi s'établissent-ils sur les nôtres ? »

Sabou hasarda :

« Peut-être les nôtres sont-elles plus belles et plus fertiles que celles de leur pays ? »

Mais cette explication ne pouvait suffire à Olubunmi, qui poursuivit avec une flamme accrue :

« Pourquoi cherchent-ils à nous imposer leurs lois ? A nous obliger à parler leur langue ? A vénérer leurs dieux ? »

Visiblement, Sabou ne savait que répondre et il y eut un silence. Au bout d'un moment, Sabou se tourna à nouveau vers son ami :

« En tout cas, le Damga avoisine la région de Bakel. Si nous faussons compagnie à notre monde quelque part sur le fleuve, si nous parvenons à nous perdre dans les foules qui quittent leur village et obéissent à El-Hadj Omar, nous serons sauvés... »

Car Sabou avait décidé de joindre sa fortune à celle d'Olubunmi et de se rendre avec lui à Ségou. Olubunmi ne répondit pas. Loin d'être heureux de cette chance qui s'offrait peut-être, il était frappé de l'absurdité de son destin. Il avait fui les Toucouleurs pour se jeter dans les rets des Blancs. Il envisageait maintenant de fuir les Blancs pour trouver quoi, cette fois ? Il se rappela les propos du Maure qu'il

74

avait rencontré avec Bo et Sounkalo du côté de Kobilo :

« Si vous suivez mon conseil, vous retournerez chez vous... »

Pourquoi n'avait-il pas pris ces sages paroles en considération et rebroussé aussitôt chemin? D'un certain point de vue, la vie chez les tirailleurs ne manquait pas d'avantages. On jouissait d'un prestige certain auprès des populations. Olubunmi avait participé à de petites expéditions pour rétablir la paix dans le Walo, et il avait été frappé par l'empressement et la servilité des chefs de village qui répétaient à qui mieux mieux que l'empereur des Français était devenu le brak[3] du pays et avait la charge de les défendre contre leurs ennemis, les Maures. On lui avait raconté comment Fara Penda et Diadé Coumba avaient juré d'obéir au gouverneur représentant cet empereur et, enveloppés de burnous d'honneur, avaient reçu des fusils qui leur étaient envoyés de France. Toutes les échines se courbaient devant les soldats princes et leurs fusils doubles. On leur offrait femmes, volailles, captifs! Mais, précisément, cette servilité révoltait Olubunmi. Il avait eu vent des proclamations d'El-Hadj Omar s'adressant aux habitants de la région de Saint-Louis, du Toro, du Walo, du Cayor :

« Emigrez! Ce pays a cessé d'être le vôtre. C'est le pays de l'Européen. Votre existence avec lui ne réussira pas... »

Et les paroles de celui qu'il avait cru le pire des ennemis trouvaient en lui un écho profond. Et il aurait aimé hurler, lui aussi :

« Craignez les Blancs! Refusez de cultiver l'arachide et le coton comme ils le veulent. Refusez de les aider à extraire l'or dans les mines. Refusez de

---

3. Souverain.

construire les lignes qui leur permettent de se parler à distance. Refusez, refusez... »

Pourtant, il le savait, sa voix se perdrait dans le tumulte des ambitions et des espoirs qui se levaient dans les esprits et les cœurs.

Pour calmer son agitation et son angoisse, Olubunmi prit une gourde dans son paquetage et la vida à moitié. Cela aussi, c'était le bon côté des choses, ce vin rouge dont l'on disposait à gogo. Certes, Olubunmi avait toujours eu du goût pour les boissons fermentées, mais l'effet du dolo ne pouvait se comparer à celui du vin.

Dans un premier temps, le vin l'apaisait. Il ne pensait plus à Ségou. Il ne pensait plus à son père, Malobali, ni à sa mère, Romana. Comme c'était étrange! Olubunmi avait eu une enfance choyée : adulé par sa grand-mère, Nya, dorloté par toutes les autres femmes de la concession qui voyaient en lui le seul héritage d'un père emporté par une mauvaise mort loin des rives du pays natal. Il avait cru grandir insouciant, comblé. Or, voilà qu'il découvrait en lui une béance dans laquelle s'étaient secrètement engouffrées des insatisfactions, des rancœurs, des angoisses de toute sorte, qui émergeaient brusquement. Pourquoi son père et sa mère s'étaient si peu souciés de lui qu'ils avaient décidé de poursuivre leur vie ensemble dans l'invisible? Pourquoi était-il né à une époque où tout changeait à Ségou, et personne n'avait-il songé à l'armer, à l'équiper pour affronter ce nouvel ordre? Il savait à peine parler l'arabe et ne pouvait le lire, même si quelques versets du Coran flottaient dans sa mémoire. A présent, il se demandait si la foi musulmane, l'appartenance au territoire du dar al-islam[4] n'étaient pas le meilleur moyen de résister aux

4. « Terre de l'Islam. »

pressions intérieures et extérieures des Blancs. Force contre force. Dieu unique contre dieu unique. Les dieux de Ségou et toute la conception de la vie qui s'édifiait autour d'eux étaient trop fragiles parce que trop complexes. Ils ne pouvaient que s'effondrer, laissant dans les esprits la nostalgie de leur poésie et de leur mystère.

Comment fera l'aveugle pour voir? A plus forte raison
comment fera-t-il pour garder la cadence à la marche?
La fournaise nous a épargnés, père de notre enseignement.
Ciel, courbe-toi; terre, ouvre-toi. Clairière blanche, brousse abandonnée, forêt abandonnée...

Ainsi résonnait la voix des grands maîtres initiatiques, mais, désormais, seul l'écho leur répondait. Les hommes, hippopotames aveugles, tendaient l'oreille ailleurs.

Ensuite, le vin incendiait le cœur et le ventre d'Olubunmi. Il se croyait capable de se dresser, de s'emparer de son fusil double et, à son tour, d'imposer sa loi dans ce monde où seule la force payait. Mais comme il tentait de se mettre sur pied et de saisir son arme, par traîtrise, le vin lui sautait aux jarrets et le faisait s'étaler de tout son long. Alors, il ronflait des heures durant.

Souvent aussi, le vin donnait à Olubunmi le désir d'une femme. Comme la majorité des recrues indigènes, il haïssait la vie de caserne, sensible à ses inégalités, différence de nourriture et de couchage entre Noirs et Blancs, corvées incessantes pour les premiers, même si le gouverneur Faidherbe avait quelque peu corrigé les abus. Aussi, il profitait du réseau de complicités qui permettait de franchir les murs d'enceinte des casernes et de se perdre dans Sor, Guet N'Dar ou N'Dar Toute, où les filles accueillantes ne manquaient pas.

Une fois franchis les bras du fleuve, on pénétrait dans un autre monde. Finies les constructions de granit importé à grands frais. Finis les trottoirs tracés droit et plantés d'arbres espacés rigoureusement. Fini l'éclairage brutal des réverbères. La « bataille de la paillote » menée par M. Faidherbe avait refoulé les cases vers les quartiers africains, où, la nuit, l'ombre reprenait possession de toutes choses. D'une cour s'élevait la voix d'un griot, mêlée aux pleurs d'un enfant ou à l'éclat de rire d'un autre. Ici et là, des moutons bêlaient dans leur sommeil, tandis que murmuraient les esprits des invisibles venus visiter ceux dont ils étaient séparés. Les lampes au beurre fumaient dans les pièces, et leur lueur dessinait sur les cloisons de grandes ombres mouvantes que les peureux prenaient pour celles de ces visiteurs nocturnes.

Ce n'était point Ségou. C'était Sor. Guet N'Dar. N'Dar Toute. Ce n'était point seulement des Bambaras qui peuplaient ces concessions. Mais des Ouoloffs, des Sérères, des Sarakolés, des Peuls. Pourtant, Olubunmi, qui un an auparavant n'aurait su nommer ceux qui habitaient au-delà du Macina, sentait naître en lui un puissant sentiment d'identité. Oui, face aux Blancs, les Africains étaient tous des frères. Sûrement dans un temps dont la mémoire avait perdu le souvenir, leurs ancêtres fondateurs appartenaient à la même famille et sortaient du même ventre. Il fallait se ressouvenir de ce temps-là. Faire taire les querelles religieuses ou politiques. S'unir comme les doigts de la main.

A Sor, Olubunmi fréquentait Fatou Guèye, qui

habitait le quartier de Tendjiguène. C'était une Ouoloff à qui les sœurs de Saint-Joseph-de-Cluny avaient appris des travaux d'aiguille ainsi qu'un peu de lecture et d'écriture, ce qui faisait qu'elle ne se croyait pas d'égale. Elle possédait, enfouie sous les badamiers, une petite bicoque en dur que lui avait fait construire son premier mari, un tirailleur sénégalais expédié au Gabon et dont elle n'avait plus de nouvelles. Un temps, elle avait vécu avec un Blanc, commis d'administration, que sa mauvaise santé avait fait rapatrier en France. A présent, elle avait jeté son dévolu sur Olubunmi, qu'elle ne désespérait pas de faire entrer dans le rang, malgré les coups et injures dont il l'abreuvait. Car, ce n'était pas un mince paradoxe, Olubunmi, qui ne rêvait que compagne pure et modeste, devait se contenter de cette « traînée », de cette « guenon blanchie », comme il ne se privait pas de l'appeler.

Olubunmi passa devant l'église surmontée d'une statue barbouillée de blanc et de bleu, le regard tourné vers l'île et l'Océan. Curieusement, une mosquée lui faisait face comme si les dieux uniques étaient résolus à s'affronter à tout instant. Comme il passait sous la voûte de cocotiers d'une petite place, l'odeur de pourriture du marché lui parvint. Fatou était allongée sur sa natte et s'enveloppait d'une jolie couverture de coton, car à Sor les nuits étaient fraîches. D'un coup d'œil, elle se persuada que s'il avait bu, il n'était pas soûl, et elle prit un ton charmeur pour l'interroger :

« Quel est le nom de ce beau métis que M. Faidherbe a décoré ce matin? »

Elle parlait le français à la perfection, ce qui exaspérait Olubunmi dont le débit était laborieux et confus. Il grogna :

« N'en sais foutre rien! »

Fatou ne se découragea pas :

« Est-ce vrai que M. Faidherbe va envoyer des tirailleurs dans le Cayor pour renverser le Damel[5]? Et mettre les Ouoloffs à l'arachide et au coton?

– N'en sais foutre rien! »

Fatou eut un rire :

« C'est tout ce que tu sais dire? »

Olubunmi ôta ses bottines et s'allongea à son tour :

« Mousso[6], je ne suis pas venu ici pour bavarder. »

Pendant quelques instants, il le lui prouva. Puis ce fut le silence, chacun dos à dos, enfermé dans ses pensées. Olubunmi tentait de parfaire son plan d'action, Farou revoyait la cérémonie du matin sous les arcades des casernes. Comme ce serait magnifique si Olubunmi se frayait son chemin dans l'armée! Après tout, le sous-lieutenant Alioune Sall était aussi noir que lui et musulman, de surcroît. Et, pourtant, c'était lui que M. Faidherbe avait choisi pour aller vers l'est, afin de porter le message des Blancs sur le haut fleuve. Sans atteindre à ces honneurs exceptionnels, ne voyait-on pas décerner tous les jours des médailles à des tirailleurs qui s'étaient distingués? Et M. Faidherbe n'envoyait-il pas des Africains en France pour recevoir une formation? C'est Fatou qui serait fière si son compagnon était honoré de pareille promotion! Mais voilà, Olubunmi ne comprenait pas qu'il fallait apprendre à jouer le jeu des Blancs. Il ne savait que boire, se plaindre et rêver de Ségou.

En dépit de cela, cependant, Fatou était prête à tout pour le garder et aurait considéré comme une déchéance de se remettre en ménage avec un agriculteur, un pêcheur, voire un commerçant.

5. Le roi.
6. Femme en bambara.

Dehors, l'ombre s'épaississait et les invisibles investissaient le monde. Audacieux, ils chassaient les chauves-souris des arbres pour s'y reposer à leur place, pénétraient dans les cases par tous les orifices et, doucement, se penchaient sur les visages des dormeurs. Olubunmi ne parvenait pas à trouver le sommeil. Le vin et l'amour, loin de l'apaiser, l'avaient énervé. Quand partait-on en campagne dans le Damga ? Et combien de villages faudrait-il incendier cette fois encore ? Combien de paysans faudrait-il terroriser ? Convaincre que les Blancs étaient les maîtres du fleuve ? Puisque tout cela lui faisait horreur, alors, pourquoi attendre ? Pourquoi ne pas se débarrasser aussitôt de cet uniforme d'emprunt et prendre part à l'émigration vers l'est que préconisait El-Hadj Omar ? Le Toucouleur allait, répétant :

« La migration est nécessaire là où la désobéissance à Dieu est ouvertement pratiquée et où la situation ne peut être changée... »

Pourtant, des répugnances ligotaient Olubunmi. Oui, il haïssait les Blancs. Mais il haïssait les Toucouleurs. Bien que de moins en moins à présent. Comment se diriger dans cet océan de haine ?

5

« Tu dois nous débarrasser du Toucouleur! »

Koro Mama regarda la délégation de commerçants qui l'entouraient et, se contenant, répondit
avec calme :

« Soyez conséquents avec vous-mêmes. Est-ce
que vous ne m'avez pas envoyé le trouver il y a
quelques semaines, afin de vous déclarer ses sujets?
Est-ce que vous ne l'avez pas accueilli quand il est
entré dans cette ville par des chants, des battements de tam-tams et toutes les fantasias imagina-
bles? »

Ce fut Issa Tounkara qui répondit, car c'était un
des hommes les plus riches de Sansanding et son
prestige était grand :

« Nous avons cru bien faire alors, et tu étais de
notre avis. Nous voyions en lui un frère en Allah.
Nous pensions qu'il favoriserait le commerce et
qu'il nous exempterait d'impôts. Hélas! au lieu de
cela, qu'est-ce que nous voyons? Nous sommes
humiliés chaque jour par les talibés qui se partagent nos plus belles filles. Nous payons des tributs
si élevés que, si cela continue, nous serons amenés à
nous comporter comme des guesséré[1] qui n'obtien-
nent l'or que par la flatterie! »

1. Griots sarakolés.

82

Koro Mama haussa les épaules :

« Et comment espérez-vous vous en débarrasser? El-Hadj Omar est invincible. Il vient d'écraser Peuls et Bambaras à Oïtala. Il tient Niamina. Je ne lui donne pas deux mois pour entrer dans Ségou! »

A ces mots, il y eut un murmure qui semblait une protestation, mais n'était, en réalité, qu'une longue plainte épouvantée. Koro Mama se leva et se mit à marcher de long en large dans la pièce. La nuit allait tomber car la courageuse assemblée des commerçants, craignant d'attirer l'attention des hommes d'El-Hadj Omar qui quadrillaient la ville, avait attendu l'ombre pour se réunir. En outre, chacun d'entre eux s'était enveloppé d'un burnous à capuchon afin de dissimuler ses traits. Malgré le mépris que toutes ces précautions lui inspiraient, Koro Mama devait s'avouer que la situation était désespérée. Ils avaient fait fête à El-Hadj Omar car, ainsi, ils espéraient se libérer de la tutelle du Mansa de Ségou à qui ils versaient annuellement des sommes considérables en or et en cauris. A présent, ils devaient s'avouer que, au lieu d'un maître éloigné qu'ils ne voyaient jamais, ils s'étaient donné un despote exigeant et incessamment présent. Que faire? Supplier El-Hadj Omar de se montrer compréhensif? Ne voyait-il pas que le commerce était ruiné?

La guerre, cette guerre qui durait depuis des années, faisait le plus grand tort aux affaires. Les transports étaient interrompus, les paysans préférant vendre leurs chevaux aux Peuls du Macina qui recherchaient des montures pour leurs lanciers et leurs ânes aux talibés d'El-Hadj Omar qui acheminaient leurs femmes et leurs enfants, sans parler des marchandises qu'ils razziaient à travers le pays.

Bien audacieux ceux qui s'aventuraient loin des fortifications des agglomérations! Sansanding, Sansanding dont le nom avait été symbole d'opulence, se mourait. Comment avoir accès à El-Hadj Omar pour tenter de le fléchir? Il s'était fait bâtir un dionfoutou[2] d'où il ne sortait guère, et où, tout le jour, il étudiait avec ses stratèges le moyen de porter le coup fatal à Ségou. Il préparait, disait-on, une grande offensive pour la saison des pluies.

Dans son découragement, Koro Mama se rassit, et deux esclaves firent leur entrée afin d'allumer les lampes posées dans les niches des murs. C'était là une action fort naturelle puisque la nuit était tombée. Cependant, chacun se tut et se mit à les scruter du regard comme s'il s'agissait d'espions déguisés. On en était là, à se méfier de tout, à redouter son ombre. Quand les esclaves se furent retirés, Koro Mama proposa :

« Envoyons une lettre à El-Hadj Omar signée des notables de notre profession et demandons-lui une audience. »

Cette fois encore, ce fut Issa Tounkara qui prit la parole :

« Supposons qu'il accepte de nous recevoir, que lui dirons-nous? Que nous ne pouvons payer les impôts qu'il exige? Il nous fera tous jeter en prison. Le Toucouleur n'a pas d'entrailles. Non, il faut mettre au point un plan d'action pour se débarrasser de lui...

– Un plan? Quel plan? »

Koro Mama haussa les épaules. Tous les regards étaient braqués vers lui, et il s'irritait de voir ses compatriotes si dépendants de lui, faibles comme des enfants. Koro Mama était le chef d'une grande famille sarakolé dont les ancêtres avaient fondé San-

2. Palais fortifié.

sanding quand les divers clans sarakolés s'étaient dispersés du fait de la chute du royaume de Ghana dont ils étaient originaires. Pendant des générations, ils avaient gouverné la ville jusqu'à ce qu'une autre famille, celle des Cissé, achète cette faveur au Mansa de Ségou. Pourtant, quand il avait fallu négocier la reddition de Sansanding à El-Hadj Omar, c'est Koro Mama que l'on était venu trouver tant son nom et sa personne étaient auréolés de prestige. Il prit une noix de cola, la cassa par le milieu et en regarda attentivement les lobes, comme s'il était un féticheur déchiffrant un signe. Puis il fit :

« Bon, laissez-moi. Toute la nuit, je vais rester en prière et j'espère qu'Allah m'indiquera la conduite à suivre. »

L'un après l'autre, ses hôtes se levèrent, enfilèrent leurs babouches qu'ils avaient laissées à l'entrée de la pièce comme s'ils avaient peur d'en souiller le sol et, après avoir échangé des paroles de bénédiction, se dirigèrent vers la cour. Koro Mama demeura seul, en proie à une extrême angoisse. Puis, ne pouvant contrôler son agitation, il s'empara d'une des fortes cannes appuyées contre le mur, et sortit à son tour dans la nuit.

Grosse ville commerciale, Sansanding ne s'était jamais souciée de s'entourer de murailles. N'était-elle pas un lieu d'échanges où toutes les races et les parlers se rencontraient? Il avait fallu l'avancée d'El-Hadj Omar pour qu'elle songe à s'entourer d'un rempart de deux mètres de haut, que perçaient çà et là des portes, faites de planches hâtivement assemblées. De toute manière, cette construction avait été inutile, puisque sous la pression de ses notables elle s'était livrée sans combat. Koro Mama quitta la partie est de la ville où habitaient les notables et les riches commerçants et gagna la partie ouest, faite de paillotes et de bicoques de branchages. Quel piège s'était refermé sur eux! Ils avaient cru que leur appartenance à l'islam les protégerait. Mais, voilà, aux yeux d'El-Hadj Omar, leur islam était trop tolérant, livré en fait aux œuvres du polythéisme. N'était-il pas allé jusqu'à leur reprocher de permettre aux criminels bamba-ras de venir se réfugier sur la tombe du saint Moulaye Abbas, afin d'avoir la vie sauve selon une pratique qui datait de près d'un siècle? Fallait-il voir en mal la tolérance? Ne donne-t-elle pas la mesure du respect que chaque peuple se porte, en dépit des différences? Comment convaincre El-Hadj Omar qu'il fallait desserrer l'étau qui enserrait la ville, discipliner ses talibés qui se comportaient comme en pays conquis, volant, violant, rançonnant tout ce qui pouvait l'être? Koro Mama se le deman-dait. C'est alors qu'à la lueur des torches, il vit des talibés d'El-Hadj Omar entourer un petit groupe d'individus, visiblement des étrangers, montés sur de beaux chevaux poussiéreux. Sans doute avaient-ils l'intention de les dépouiller de leurs biens et de s'emparer de leurs montures. Son sang ne fit qu'un tour et il s'approcha vivement :

« Que faites-vous là? »

Un des talibés dut le reconnaître, car le groupe se dispersa dans toutes les directions sans demander son reste. Alors, l'un des étrangers rejeta en arrière le capuchon de son burnous, découvrant un visage jeune et pourtant extrêmement émacié d'ascète, et fit gravement :

« Merci, frère, au nom du Tout-Puissant et Misé-ricordieux! Je croyais aborder à un dar al-islam, et je me voyais traité comme dans une caverne de voleurs... »

Koro Mama eut un rire :

« Une caverne de voleurs! Tu ne sais pas si bien

dire! Tu es un étranger ici, n'est-ce pas? Veux-tu accepter mon hospitalité pour la nuit? »

Avec un accent de gratitude, l'homme fit simplement :

« Frère, sois béni... »

Puis il ajouta :

« Je suis Mohammed Traoré, le fils de Modibo Oumar Traoré, premier martyr de l'islam à Ségou. Voici ma femme Awa et mon fils Anady... »

Abasourdi, Koro Mama resta un moment silencieux. Qui n'avait entendu parler de Modibo Oumar Traoré? Et quel honneur de recevoir sa descendance! En même temps, les pensées se pressaient dans l'esprit de Koro Mama. D'où venait Mohammed? Fuyait-il Ségou, et allait-il se mettre à l'abri avec sa famille dans une cité étrangère? Non, cette conduite était indigne d'un homme d'une si haute naissance. C'était sûrement pour une tout autre raison qu'il entrait à la faveur de la nuit dans Sansanding. Courtoisement, Mohammed descendit de cheval pour accorder son pas à celui de cet hôte providentiel. Koro Mama s'aperçut alors qu'il était infirme.

« Tata, le propre fils d'Ali Diarra, le Mansa de Ségou, a conduit plus de trente mille hommes à Oïtala, ce village à quatre jours de marche de la capitale. Les Peuls du Macina lui ont envoyé dix mille lanciers montés sur des chevaux de choc et mille fusiliers. Ils ont repoussé un premier assaut des talibés d'El-Hadj Omar, puis un deuxième. Cela a enragé les Toucouleurs qui se sont mis à gravir le tata[3] d'Oïtala et à offrir leurs poitrines nues aux armes. On ne comptait plus les morts dans leur

---

3. Mur d'enceinte.

camp. On racontait déjà qu'enfin les fétiches de Ségou s'étaient repris et qu'Allah était en déroute. Mais voilà qu'El-Hadj Omar a fait avancer ses canons. Il paraît qu'il les avait pris aux Blancs de la région de Saint-Louis du Sénégal et les gardait en réserve. Alors la victoire a changé de camp. A chaque boulet que les terribles engins tiraient, trois cents hommes tombaient. La lutte est devenue trop inégale. Les Peuls et les Bambaras ont été battus. Battus! Ensuite, El-Hadj Omar et ses hommes en liesse ont pris le chemin de Sansanding, mais, cette fois, ils n'ont pas eu besoin de se battre. Notre ville s'est rendue...

– Je crois qu'elle a bien fait! »

Koro Mama crut avoir mal entendu et releva la tête vers Mohammed, le fixant avec incrédulité. Celui-ci, après une dernière bouchée de houto[4], se lava soigneusement les mains et les lèvres dans une calebasse d'eau où flottaient des rondelles de citron, prit une serviette de coton des mains d'un esclave, enfin, se tourna à nouveau vers son hôte. L'expression de son visage était grave.

« Elle a bien fait, car ce n'est pas à El-Hadj Omar qu'elle s'est rendue, mais à Dieu! »

Il y eut un silence pendant lequel Koro Mama revit le rougeoiement des villes en flammes, tandis que résonnaient les cris de terreur des femmes et des enfants quand tombaient les têtes des hommes. Etait-ce vraiment la volonté de Dieu?

« Ecoute-moi bien, Koro Mama, c'est le Tout-Puissant qui t'a mis sur ma route. Tu m'accompagneras auprès d'El-Hadj Omar et je l'entretiendrai, car j'ai un plan qu'il ne saura pas refuser. »

Se retenant de sembler sceptique, Koro Mama interrogea :

4. Couscous de mil.

88

« Un plan ? Quel plan ? »

Mohammed demeura silencieux, et Koro Mama se repentit d'avoir posé une question si directe, car, agissant ainsi, il avait manqué à la plus élémentaire courtoisie. Confus, il tendit à Mohammed sa lourde tabatière d'or. Mais celui-ci la refusa d'un geste, il observait encore les préceptes appris à Hamdallay et ne prisait pas. Après un silence, Mohammed reprit :

« Tu me dis que le Toucouleur prépare son ultime assaut contre Ségou pour la fin de la saison des pluies. Crois-moi, cela ne sera pas nécessaire, je lui ouvrirai les portes de la ville et j'amènerai le Mansa à lui prêter serment d'allégeance... »

Se serait-il agi d'un autre que Koro Mama n'aurait pas manqué d'éclater de rire. Ainsi, ce naïf, cet orgueilleux s'imaginait qu'Ali Diarra qui, malgré le soutien des Peuls, avait déjà perdu tant d'hommes, oublierait cet amoncellement de cadavres et se changerait en mouton bêlant se battant la coulpe et répétant :

« Il n'y a de dieu que Dieu... »

Néanmoins, il y avait dans l'attitude et le visage de cet homme quelque chose qui forçait le respect et l'attention. Il ne parlait pas à la légère : l'esprit de Dieu était en lui. Il était peut-être fort capable de réaliser ce qu'il assurait. Koro Mama murmura :

« Fasse le Ciel que tu dises vrai ! Les habitants de cette région prétendent que si la terre autour du Joliba est rouge, c'est à cause du sang versé. Ils prétendent aussi que si on empilait les os des combattants défunts, la montagne qu'ils formeraient atteindrait le ciel. »

Mohammed posa sur la sienne une main apaisante :

« Tout cela changera. Le mil et le coton refleuriront. L'islam s'épanouira comme un bel arbre protégeant nos cultures. Bientôt, il s'intégrera si bien à nos paysages que nos peuples perdront le souvenir du temps où il leur était imposé par force. Aie confiance! »

Koro Mama fit humblement :

« Sois béni! »

Quand Koro Mama s'en fut allé, Mohammed tira son exemplaire du Coran de sa poche et tenta de se plonger dans la lecture d'une sourate. Car si son visage et ses propos donnaient une impression de paix, c'est qu'ils ne trahissaient pas ce qui se passait en lui. Honte de soi, douleur, remords se disputaient son cœur. Malgré les résolutions qu'il avait prises, il n'avait pu s'empêcher, en revenant de Kano, de s'arrêter à Hamdallay. Il avait beau prétendre qu'il avait seulement pour intention de saluer Alhaji Guidado et de prendre des nouvelles de sa famille, il savait bien qu'il n'avait qu'un désir : revoir Ayisha et tenter désespérément de la convaincre. Or, s'il s'était trouvé maintes fois en sa présence, il n'avait jamais été en tête-à-tête avec elle, et, à chaque fois, elle lui opposait un regard lointain, hostile, qui le désespérait. Comme elle était belle dans son mutisme et son austérité! Qu'elle était différente de l'épousée encore adolescente au pied de laquelle il s'était effondré! Ayant renoncé à la parure, elle ne portait qu'un petit anneau d'argent au nez et, suspendus aux oreilles, de discrets cercles du même métal, tandis que le cimier et les tresses de ses cheveux ne s'ornaient plus ni de boules d'ambre ni de perles de coralline. Elle se drapait, comme une Touareg, d'une ample pièce de cotonnade bleu foncé, et le désir de tout homme en l'approchant était de la supplier de se débarrasser de cet accoutrement informe pour consentir à vivre. Ne savait-elle pas qu'on souffre, qu'on peine, puis qu'on retrouve la joie? Ne savait-elle pas que les pleurs ne ramènent pas le mort? Ne savait-elle pas que c'était faute de refuser des enfants à sa famille, à sa vieillesse?

> *Mon enfant est plus beau que la lune*
> *Plus beau que le soleil levant*
> *Plus fort que l'éclair*
> *Quand il déchire les nuages.*

Mohammed se rappelait ces paroles que lui fredonnait sa mère. Ayisha ne voulait-elle point les adresser à un petit être sorti des profondeurs de son corps? Et, à présent, à cause de cette obstination morose et morbide, Mohammed en venait à haïr son ami Alfa Guidado qui en était la cause.

Il se leva, se dirigea vers la pièce voisine où reposaient Awa et Anady, puis, songeant à la déception qu'il éprouverait d'abord en retrouvant le corps et le visage familiers de son épouse, il prit la direction de la sortie.

Le ciel était couleur noir de fumée. Pas un croissant de lune. Pas une étoile. On aurait dit que les astres eux-mêmes se cachaient, attendant l'ultime bataille, l'assaut final qui déciderait du sort de Ségou. Mohammed quitta la concession et prit au hasard une rue. Il lui semblait que l'angoisse qui l'emplissait s'étendait à l'univers tout entier. Pas un cri d'animal, pas un bruissement furtif d'herbes piétinées. Pas un pleur d'enfant. Dans l'ombre, les arbres avaient la rigidité des gisants. Allons, allons! Il ne fallait pas avoir peur. Animé du souffle de Dieu et de l'esprit de son père, de quoi ne serait-il pas capable? Il convaincrait El-Hadj Omar qu'il fallait un peu de temps. Un peu de temps.

Awa avait entendu le pas de Mohammed s'approcher de la porte, puis s'en écarter. Elle resserra anady contre son ventre à présent lourd et distendu comme une calebasse, comme si conjugués, les battements du cœur de ses enfants allaient impulser les siens. Elle avait besoin de se rappeler leur présence, leur dépendance à son endroit pour continuer à vivre. Car elle souffrait le martyre.

Venant après le voyage à Kano, le séjour à Hamdallay lui avait prouvé combien, en dépit du temps, elle comptait peu dans le cœur de son mari. Deux femmes l'occupaient entièrement. Et elle s'était aperçue que, d'une certaine manière, ces deux femmes se ressemblaient. Impérieuses, hautaines, pénétrées du sentiment de leur importance et de leur supériorité sur les autres mortelles. Certes, Ayisha avait redoublé de prévenances à son égard et couvert Anady de présents. Mais Awa savait bien ce que cela signifiait : c'était manière de blesser Mohammed en lui faisant comprendre qu'à ses yeux il n'existait pas. Quand Ayisha traversait sans presque le saluer la cour ou la salle où il se trouvait, pour l'entraîner et lui faire admirer la pièce de cotonnade ou le bijou qu'elle venait d'acquérir à son intention, il prenait envie à Awa de refuser ce jeu cruel, de jeter à terre, puis de piétiner ses présents. Il lui prenait envie d'apostropher Ayisha :

« Pour qui te prends-tu ? Es-tu la seule à aimer un homme et à ne point le posséder ? Crois-moi, l'absence est moins douloureuse que la présence qui se dérobe... »

Mais la courtoisie lui interdisait pareil comportement, et elle remerciait en souriant cette femme qu'elle détestait, notant sa beauté, désespérant de jamais lui ressembler. Une fois, une seule, Ayisha lui avait parlé d'Alfa Guidado, et, malgré elle prise de pitié, Awa avait réalisé cette grande injustice que la guerre fait aux femmes. Elle aurait souhaité aller plus avant dans les confidences et tirer son interlocutrice de l'erreur dans laquelle elle semblait se trouver. Ce n'était certainement pas Mohammed qui avait poussé Alfa à s'engager, et, de ce fait, c'était absurde de le tenir pour responsable de sa mort à Kassakéri. Car Mohammed lui-même avait subi la guerre et l'avait faite en la haïssant. Depuis, il n'avait qu'un désir, remplacer le jihad par quelque forme de conversion sans violence. Pourtant, si elle parlait ainsi, ne risquait-elle pas de réconcilier Mohammed et Ayisha, avec une conséquence possible? Avoir Ayisha pour coépouse! Autant se jeter tout de suite dans un puits! L'enfant bougea dans le ventre de sa mère comme pour lui interdire pareilles pensées. Awa caressa la tiède rotondité. Petit être encore informe et aveugle, nageant dans l'océan utérin, quand aborderait-il aux rivages de son corps? Si elle avait porté Anady dans l'enthousiasme, espérant que sa naissance scellerait l'harmonie et la communication avec Mohammed, elle portait ce deuxième enfant dans la désillusion et l'angoisse. Rien ne changerait plus. C'était le sens du silence de ses parents. Car, depuis des mois, elle n'avait pas senti leurs esprits voleter autour d'elle, leur souffle la caresser. Jusqu'à présent, il ne s'était guère passé de nuits sans que, d'une manière ou d'une autre, ils ne se manifestent. Ils étaient présents à son mariage. Présents à son accouchement. Comme ils étaient présents dans son enfance, chaque fois que la femme d'Alhaji Guidado la brutalisait ou la réprimandait injustement. Quelques instants après leur mort, alors qu'on jetait leurs corps dans la fosse réservée aux condamnés, ils avaient conclu un pacte avec elle, murmurant :

« Nous ne te quitterons jamais. Jamais! »

Et cela ne s'était jamais démenti. Jusqu'à ces derniers jours. La nuit était fraîche, Awa attira vers elle la couverture rêche de laine de mouton. A ce moment, elle entendit le pas inimitable de Mohammed. Sa promenade dans la nuit n'avait pas été longue. Il entra, la lueur de la lampe cernant les contours de sa silhouette, et Awa, sans bouger, observa les gestes familiers avec lesquels il ôtait ses vêtements. Qu'il était maigre! Chacun de ses os se dessinant sous la peau mince! Ceux qui l'approchaient vantaient sa piété et murmuraient qu'il passerait son père en sainteté. Allons donc, c'était d'amour humain qu'il se consumait!

Mohammed s'allongea sur sa natte, souffla :

« Tu dors? »

Sans attendre de réponse, il poursuivit, car il ne voulait qu'exprimer ses pensées à haute voix :

« C'est Dieu qui a mis cet homme sur notre chemin. El-Hadj Omar le connaît, et il m'accompagnera auprès de lui. »

Awa interrogea, un peu sarcastique :

« T'aidera-t-il à faire triompher tes idées?

– C'est Dieu qui m'y aidera. »

Sur cette rebuffade, il se tourna vers le mur. Et le silence prit possession de la pièce. Mais non la paix.

Si son amour pour Ayisha puis la guerre l'avaient détourné de l'Université, la culture de Mohammed n'en était pas moins considérable, et tous pensaient qu'il avait l'étoffe des plus grands prêcheurs. Il connaissait l'ensemble et le détail de la Parole révélée de Dieu. Il avait repensé et fait siens les commentaires classiques et ceux des grands penseurs soufis. Il connaissait par cœur l'œuvre de Bahrâm, Al-Busiri, Al-Magili, Ousman dan Fodio, tandis que son livre de chevet était les *Révélations mecquoises* de Mouhieddine ibn el-Arabi, l'Andalou. Aussi, avec l'aide du malam Idrissa, auquel l'avait présenté Abdullahi, il n'avait eu aucune peine à retrouver l'auteur et l'origine du hadith que lui avait visiblement soufflé son père. Il venait du *Kitab al-Iman* de Al-Buhari. Dès lors, Mohammed, comme un théologien qui s'apprête à rencontrer une autre théologie, ô combien redoutable, avait échafaudé toute une argumentation. A coup sûr, la position d'Amadou Amadou n'était pas défendable quand il volait au secours de Ségou, puisqu'il est dit : « Le croyant et l'infidèle, leurs feux ne se rencontrent pas. » Quand il prétendait que les gens de Ségou s'étaient convertis et avaient brûlé leurs idoles, ce n'était que mensonges, indignes d'un bon musulman. Les victoires d'El-Hadj Omar semblaient donc l'illustration de son bon droit, la preuve qu'Allah était avec lui. Et, pourtant, Allah lui-même avait dit :

« Si deux musulmans se rencontrent l'épée à la main, l'agresseur *et* la victime iront dans le feu de l'Enfer. »

Voilà le danger qu'Amadou Amadou faisait courir à l'âme éternelle d'El-Hadj Omar, même si l'action de ce dernier était juste ! Ne fallait-il pas tout faire pour l'éviter ? Et lui, Mohammed Traoré, fils du premier martyr de l'islam en terre de Ségou, serait celui qui, d'une certaine manière, protégerait le Cheikh. Il reviendrait dans sa ville natale et l'amènerait au vrai dieu. Après, El-Hadj Omar y entrerait pour sceller l'alliance. Et ce serait grande joie au royaume de Dieu ! Dans l'ombre, Anady se mit à pleurer, chagriné ou taquiné par un esprit. Mohammed se redressa et, s'appuyant sur ses bras, vint prendre le petit garçon qui reposait au flanc de sa mère. Au passage, il caressa doucement le ventre

95

d'Awa, pensant avec émotion au fruit qu'il portait. Puis il dit avec force :

« Notre enfant naîtra à Ségou! »

Awa ne répondit rien, notant seulement que, cette fois, il n'avait pas dit « notre fils ».

6

EL-HADJ OMAR fixa le jeune homme assis en face de
lui entre Koro Mama et Issa Tounkara, les deux
notables sarakolés qui avaient tenu à l'accompagner, et martela :

« Je sais ce que vous autres, Bambaras et Peuls,
pensez de moi. Vous croyez que je suis avide de
biens temporels. Pourtant, est-ce que je n'ai pas fait
venir mon fils Amadou de Dinguiraye, et est-ce que
je ne lui ai pas remis les pouvoirs en ne me
réservant rien. Rien. Je ne suis que le fléau de
Dieu... »

Mohammed écoutait à peine ces paroles, subjugué par l'extraordinaire beauté de celui qui les
prononçait, beauté dont, enfant, dans la concession
de Cheikou Hamadou, il n'avait pas pris pleinement
la mesure. Vêtu fort simplement de calicot blanc et
bleu, El-Hadj Omar avait la peau dorée, les traits
réguliers et les yeux noirs, pleins de feu et d'expression. Malgré son âge qui commençait d'être avancé,
il ne paraissait guère plus de trente ans et se tenait
droit comme un rônier. Ses mains, surtout, étaient
admirables, comme il les tenait croisées ou comme
il caressait sa barbe longue, soyeuse, partagée au
menton :

« Je n'ambitionne pas d'être roi. Je n'ai jamais

fréquenté les rois, et je n'aime pas ceux qui les fréquentent. Je ne suis qu'un errant, un anti-sultan. »

Là, il s'adoucit, et sa voix se fit enchanteresse :

« Je me rappelle bien ton père, Modibo Oumar Traoré. Je l'avais mis en garde, lui disant : « Il ne « faut point se livrer à des actes de muwalat[1] avec « des infidèles au nom d'une parenté ou d'une « amitié. » Hélas! il ne m'a pas écouté, et son propre frère l'a trahi. Quand j'ai appris sa mort, je me trouvais à Dyegounko dans le Kolen, à deux jours de marche de Timbo, et j'ai pleuré. Je savais pourtant que son âme immortelle avait aussitôt rejoint le féerique Djanna... »

Il y eut un silence, puis il lança brutalement :

« Que me veux-tu, quant à toi? »

Mohammed fut désarçonné. Certes, il avait pré-paré son discours émaillé de hadiths et de références aux livres des autorités musulmanes, mais voilà que, au moment de le prononcer, la timidité et la peur le bâillonnaient. Il bégaya :

« Maître, je sais que le jihad que tu mènes peut sembler juste et salutaire. Pourtant, c'est de cela que je veux t'entretenir...

– Et que veux-tu m'en dire? »

Mohammed s'efforça de retrouver une respira-tion ample et régulière, d'imposer le calme au galop de son sang. Mentalement, il s'adressa à son père, le suppliant de l'emplir de sa force et de sa foi. Autour de lui, Koro Mama et Issa Tounkara retenaient leur souffle, tandis qu'un silence profond s'établissait dans la pièce.

El-Hadj Omar était entouré de ses fidèles, Bakary, un Sarakolé de la plaine de Cabou qui avait tout abandonné pour le suivre, Samba N'Diaye, un trai-

1. Lien de solidarité.

tant de Bakel, devenu son bras droit, le vieil Abdou Alpha Oumar, Alpha Ousmane et d'autres talibés qui s'étaient distingués par leur bravoure ou leur ingéniosité. Tous ces hommes formaient le conseil de guerre avec lequel le marabout toucouleur avait élaboré le plan de ses foudroyantes victoires. Dans un angle se tenait Amadou, l'héritier, le successeur, le dynaste, garçon jeune et timide que l'ampleur de la tâche qui lui était échue semblait terrifier. N'aurait-il pas pour mission d'administrer les territoires conquis par son père? On prétendait qu'il y avait de nombreuses dissensions entre le père et le fils, le second ayant blâmé la décision du premier de renvoyer les femmes, les enfants et les vieillards qui accompagnaient l'armée sous prétexte que la guerre contre Ségou exigeait mobilité et rapidité d'exécution. On prétendait aussi qu'il était jaloux de la confiance que son père témoignait à ses généraux et, surtout qu'il aurait été partisan de la négociation avec ceux du Macina, répétant :

« Les croyants sont des frères. Si deux partis de croyants se combattent, rétablissez entre eux la concorde. »

Aussi, au fur et à mesure que Mohammed développait son discours, il se redressait, lui prêtant une totale attention, et, sous ce regard de sympathie, Mohammed prenait de l'assurance :

« Etant celui que je suis, il ne manquera pas de musulmans, voire de fétichistes, dans Ségou qui se rallieront à moi. Nous formerons un parti de l'islam, et c'est nous, enfants du pays, qui négocierons la conversion d'Ali Diarra et veillerons à la destruction des fétiches. »

El-Hadj Omar l'interrompit moqueusement :

« Amadou Amadou assure que c'est déjà fait. J'ai là une lettre de sa main affirmant que les gens de Ségou ne sont plus des polythéistes! »

A ces mots, l'assemblée des courtisans s'esclaffa bruyamment. Quand les rires se furent éteints, Mohammed ajouta simplement :

« Nous le savons tous, qu'il ne dit pas la vérité. »

Puis il reprit son argumentation. Quand il arriva à la pièce maîtresse, c'est-à-dire au hadith d'Al-Buhari, il se fit un silence terrifié. Quoi? ce morveux qui avait encore au coin des lèvres les traces du lait de sa mère osait menacer le Prophète du feu de l'Enfer? Koro Mama et Issa Tounkara se demandèrent soudain s'ils avaient bien fait d'accompagner cet illuminé et si la juste fureur d'El-Hadj Omar ne se retournerait pas contre eux aussi. Ils se voyaient déjà les fers aux pieds dans quelque geôle quand le Toucouleur dit doucement :

« Tu n'étais pas encore sorti du sperme de ton père que je lisais et relisais déjà le *Kitab-al-Imam*. Crois-tu m'enseigner quelque chose? »

Mais on sentait que cette douceur était le fruit de son empire sur lui-même et que, intérieurement, il bouillait :

« Tu dis bien : « Si deux musulmans se rencon- « trent l'épée à la main... » Mais Amadou Amadou n'est pas un musulman. Tu cites Al-Buhari? Je vais te citer Al-Magili. Amadou Amadou, de tout son cœur, a abandonné l'islam. C'est un kafir[2] puisqu'il pratique la muwâlât avec les infidèles. Tu le sais puisque tu as bonne mémoire : « Parmi les indices « qui attestent le manque de foi selon le texte du « Coran, il y a la muwâlât avec les infidèles. »

Mohammed ne se laissa pas démonter. Avec son infirmité, sa maigreur, sa jeunesse, il ressemblait à un roseau face à un redoutable baobab. Il rétorqua :

« Maître, tu sais qu'Abdallah, le frère d'Ousman

2. Incroyant.

dan Fodio, a apporté un commentaire plus restrictif d'Al-Magili. »

El-Hadj Omar s'avança vers la natte sur laquelle il était assis, s'accroupit de manière à se trouver à sa hauteur, puis déclara lentement :

« Si tu n'étais pas celui que tu es, qui sait ce qu'il adviendrait de toi! Mais voilà, quand tu me parles, c'est ton père que je vois. Je ne peux oublier comment il m'a reçu à Ségou, et comment il a payé de sa vie le respect dont il m'a entouré. Retire-toi dans la pièce voisine. Je vais me concerter avec mes compagnons. Ensuite, je te ferai appeler. »

Comme Mohammed ramassait ses béquilles, El-Hadj Omar baissa les yeux :

« Où as-tu perdu ta jambe?

– A Kassakéri. Je n'avais pas vingt ans... »

Là-dessus, il se dirigea vers la porte.

Le dionfoutou d'El-Hadj Omar s'élevait à une heure de marche de Sansanding, comme si le marabout toucouleur se méfiait de la résistance qu'offraient les portes de cette ville. Il était fait de moellons non taillés, liés par des couches d'argile, et était entouré d'un mur de plusieurs pieds de haut, flanqué de huit tourelles où se tenaient nuit et jour des guetteurs en armes. Ceux qui en assuraient la garde étaient choisis parmi les talibés les plus habiles et les plus vigilants, et c'était une véritable armée qui circulait dans l'enfilade des cours, grimpait les escaliers menant aux terrasses, d'où l'on pouvait observer la plaine environnante, et assurait le service du Cheikh, mais aussi celui de ses femmes et de ses enfants. Le plus admirable, cependant, était la mosquée que des maçons avaient fait surgir de terre en face du dionfoutou et dont les proportions étaient au moins égales à celles de Djenné. Des troncs d'arbres avaient été transportés à dos d'âne pour en bâtir la charpente, et il n'avait pas fallu moins d'un millier de femmes transportant l'argile dans de petits paniers tressés en équilibre sur leurs têtes. La pièce voûtée dans laquelle prirent place Mohammed et ses deux compagnons était la bibliothèque du marabout, et l'on pouvait s'étonner qu'un homme en perpétuel déplacement tienne à s'entourer d'autant d'ouvrages. On remarquait en évidence toute l'œuvre d'Al-Magili à côté de ses propres textes. Ecrire, prêcher, guerroyer : quelle tâche exaltante! Mohammed parcourait du regard les étagères sur lesquelles étaient rangés les volumes. Lui aussi, un jour, il posséderait une collection semblable, et la zaouia de son père, réouverte et rayonnante du feu de Dieu, serait bruissante de prières. Ségou ne serait plus un dar al-harb, mais un centre d'éducation religieuse à l'égal des plus renommés. Oui, ce jour viendrait!

Un talibé, coiffé d'un énorme turban noir et la main sur le poignard, apporta des rafraîchissements et une grande jatte de lait caillé. Machinalement, Mohammed commença à se restaurer.

Retrouver sa ville natale après une longue absence, c'est retrouver la femme que l'on chérit par-dessus tout, non pas l'épouse ou l'amante. Mais la mère. Non pas celle que l'on a connue dans la jeunesse ou l'âge adulte et que l'on a prise dans ses bras. Mais celle dont le sang, la chair, la lymphe pendant un temps ne se distinguaient pas des vôtres. Celle dont chaque battement de cœur impulsait le vôtre et à laquelle vous reliaient mille chuchotements ténus, audibles de vous seul.

Mohammed approchait de Ségou. Et chaque brin d'herbe de la brousse, chaque motte de terre, chaque pétale de fleur au flanc d'un arbrisseau lui adressait un salut secret et vigoureux.

« Enfin, tu es de retour! Et qu'as-tu glané sur les chemins du monde? As-tu découvert que seuls comptent le dubale sous lequel ton placenta a été enfoui et la terre chaude qui enveloppe le corps des tiens? Enfin, tu es de retour! »

Le cheval lui-même galopait en hennissant comme s'il savait que son maître abordait à un rivage privilégié. Après avoir tenté de ralentir son allure et d'attendre Awa, Anady et le petit cortège d'esclaves, Moḥammed le laissa aller. L'air lourd, chargé de pluies, sifflait à ses oreilles, préfigurant la musique que composeraient en l'honneur de son arrivée les flè[3], bourou[4], n'goni[5], bala[6] des griots de la famille.

> *Notre fils s'en était allé*
> *A présent, il est de retour.*
> *L'enfant revient toujours manger*
> *Le tô de sa mère...*

Il avait plu toute la nuit. Le chemin était coupé de petites rivières mousseuses et les arbres étaient feuillus. Mais, à part cela, quelle désolation! Partout, les carcasses calcinées des cases des villages détruits. Là où croissaient autrefois des champs soigneusement cultivés par des esclaves s'étendaient des espaces désolés et boueux que parcouraient des paysans, paniers ou ballots sur la tête, fuyant le saccage des soldats. C'est que trois armées campaient aux alentours. Les Peuls d'Amadou Amadou tenaient le gué de Thio et, à l'aide de leurs lances, clouaient en terre tous ceux qui leur paraissaient suspects. Les talibés d'El-Hadj Omar, malgré les ordres express de leurs généraux de ne risquer aucune attaque, ne pouvaient s'empêcher de harce-

---

3. 4. 5. 6. Instruments de musique.

ler les unités peules grâce aux fusils et munitions qu'ils s'étaient procurés en abondance. Les Bambaras ne se résignaient pas à demeurer derrière les murs de la ville. De petits détachements venaient rejoindre les Peuls et à la hache ou au sabre achevaient les méfaits commencés par leurs alliés. En fin de compte, chaque jour, on ne comptait pas moins de deux dizaines de blessés dans l'un ou l'autre camp.

Pourtant, Mohammed ne voyait rien, n'entendait rien. Les yeux fixés sur l'horizon au bout de la plaine plate et brune, creusée de trous d'eau, il attendait le moment où la blancheur lumineuse du fleuve surgirait à nouveau, tranchant contre les galets sombres de la berge, au pied des hautes murailles de terre. Ce serait un moment poignant comme celui où, enfin distincts l'un de l'autre, mère et enfant se regardent et se découvrent.

« Je t'imaginais plus belle. Mais je t'aime davantage dans l'usure de tes traits sur lesquels des années ont passé dont, un jour, tu me raconteras l'histoire! »

Il éperonna son cheval. C'est alors qu'une petite troupe déboucha du sentier. En tête venait un jeune homme, vêtu comme un chasseur d'un ample pantalon bouffant s'arrêtant au ras des mollets sous une tunique de peau constellée de gris-gris resserrée à la taille par une ceinture de peaux d'animaux et portant une coiffure en forme de cimier, chargée, elle aussi, de gris-gris et de queues de bêtes. A la vue de Mohammed, il sauta vivement à terre et tira en l'air plusieurs coups de son beau fusil soigneusement graissé. Ses compagnons l'imitèrent, et ce vacarme chassa les oiseaux du ciel. Ne sachant que faire, Mohammed s'apprêtait à brandir son chapelet et son Coran pour indiquer qu'il n'était qu'un homme de Dieu, quand le jeune homme s'exclama :

« Que nos ancêtres soient remerciés! Pardonne-moi d'arriver si tard, Mohammed. C'est hier seulement que ton message nous est parvenu. Je suis Kosa, le fils du père de ton père, Diémogo Traoré... »

Kosa! Mohammed gardait le souvenir d'un adolescent outrageusement gâté et volontiers querelleur. Il descendit de cheval aussi vite que cela lui était possible et se jeta dans les bras de son binaakè[7]. Kosa désigna ses compagnons du geste :

« Ce sont les Karamoko de Ségou. Car, par ici, des animaux qui prennent le nom d'hommes tuent plus sûrement que les fauves... »

Après salutations et effusions, le cortège prit la direction de Ségou. Un soleil sans couleur apparut entre les nuages, comme s'il s'était tardivement décidé à saluer le retour de Mohammed, et ses rayons effleurèrent mollement les épineux de la brousse. Un troupeau de buffles passa au loin, le front levé vers le ciel, à croire que leurs beuglements le suppliaient de ramener la paix. Des crapauds, dissimulés dans les herbes, scandaient ces prières de coups de trompe mélancoliques. La tristesse du paysage pénétrait l'âme. Kosa prit la parole :

« Tu trouveras bien des changements dans Ségou et dans notre famille! On dirait que tout ce qui faisait de nous ce que nous sommes se dégrade et se dénoue. Ce ne sont qu'intrigues et querelles. Dans notre concession, fa Ben s'est blessé avec sa daba. La plaie s'est infectée, et l'on n'espère plus pour sa vie. Déjà, les tractations commencent pour savoir qui lui succédera. Celui-ci voudrait que le conseil de famille élise un musulman. Celui-là s'y oppose. On ne se soucie plus guère des règles de succession. »

---

7. Oncle paternel, père selon la tradition.

Mohammed interrogea avec douceur :

« Et toi, que souhaites-tu? »

L'autre détourna la tête :

« Je suis trop jeune pour avoir un avis là-dessus. C'est aux aînés de décider... »

On chevaucha des heures, Awa, Anady et quelques esclaves fermant la marche. Comme la grossesse d'Awa était avancée, les esclaves lui avaient construit un siège rembourré de cuir, et elle se balançait d'avant en arrière, au pas de sa monture, les yeux clos. Mohammed revint vers elle et lui toucha l'épaule :

« Nous serons arrivés bien avant la nuit... »

Même s'il ne l'aimait pas et ne l'avait épousée que pour se garder du péché de fornication, il lui témoignait les attentions que l'on doit à une épouse. Mais puisqu'elles ne s'accompagnaient d'aucun élan du cœur, elles n'en semblaient que plus cruelles.

Le fleuve qui avait disparu depuis le passage du gué resurgit. On apercevait, dominant sa trace sinueuse et argentée, la masse sombre des murailles et des toits de Ségou au-dessus desquels flottait un nuage ferrugineux. Kosa étendit la main :

« Ce sont les charognards. Ils savent qu'à tout moment ils ont de quoi faire bombance. »

Le cœur de Mohammed se serra, car il lui semblait voir là un présage sinistre. Ces charognards sur la ville, c'était la grande ombre de la mort. De la destruction. Vivement, il se reprocha ces craintes. Ne devait-il pas avoir foi en Dieu? Le marabout toucouleur n'avait-il pas accepté son plan? En partie seulement, il est vrai. Il s'était engagé à retarder l'assaut final contre Ségou, qu'il avait prévu pour la fin de la saison des pluies, jusqu'au début de la saison sèche. Si, dans trois mois environ, Mohammed n'était point revenu le voir pour notifier la reddition de la ville, il y entrerait par le fer et le feu.

Ses paroles résonnaient encore dans l'esprit de Mohammed!

« Dieu nous a donné l'avantage sur tous et nous a assistés aux dépens de nos ennemis. Combien d'Etats polythéistes avons-nous détruits? Combien de souverains polythéistes avons-nous détrônés? Si je cède à ta requête, c'est seulement en souvenir de ton père! »

Brusquement, le vent se leva, couchant les herbes avec un long hurlement, ébouriffant le feuillage des arbres. Quand il se tut, dans le silence de la nature, un éclair déchira le ciel de sa fourche avant que les chevaux du tonnerre ne l'ébranlent, et le ciel dégorgea une pluie épaisse. La petite troupe n'eut pas le temps de relever les capuchons de ses burnous ni de sortir ses couvertures de laine. En un rien de temps, elle fut trempée jusqu'à l'os.

Ségou, l'aubergine a poussé des fleurs, puis elle a donné des fruits,
L'aubergine a donné des fruits, un par un, deux par deux,
Et Faro, sorti du fleuve, les mangeait...
Faro, Faro, tous les jours sont chanceux pour le voleur
Un petit jour malheureux appartient à la victime...

Ce chant de la fondation de Ségou, il ne l'avait pas entendu depuis des années, et, pourtant, il emplissait de sa musique l'esprit de Mohammed entrant au pas de son cheval dans sa ville natale. Et il se retrouvait enfant, blotti tout contre Maryem. La nuit était noire, les branches saignaient sous la morsure des flammes dans la cour de la concession et, fantastiques, les ombres des hommes, des arbres et des bêtes s'allongeaient par terre.

Faro, Faro, tous les jours sont chanceux pour le voleur
Un petit jour malheureux appartient à la victime
Faro qui est aquatique, qui peut entrer dans l'eau
Faro qui sait nager...

Fantastiques, les ombres s'allongeaient sur la terre. La peur, délicieuse, envahissait l'enfant, et il se pressait plus étroitement contre le corps maternel. Mais, aujourd'hui, ce n'était pas cette peur-là qui s'emparait de tout l'être de Mohammed. C'était une terrible angoisse.

Où était Ségou? Le marché principal sur lequel les femmes vendaient tout ce qui peut se vendre était vide. Les artisans avaient déserté leurs boutiques et les cordes sur lesquelles ils avaient coutume de suspendre sandales, selles de chevaux, bandes de coton tissé dégoulinaient tristement de pluie. Quant au bazar, à gauche du marché, sur lequel s'entassaient les captifs de guerre liés les uns aux autres par des branches arrachées aux jeunes arbres, il n'abritait plus que quelques bêtes errantes, chèvres, moutons, chiens et un âne pelé qui, par intervalles, poussait des braiments misérables. Devant les hautes façades des maisons, on avait édifié des remparts de bois, çà et là percés d'étroites ouvertures rectangulaires par lesquelles pouvaient passer des flèches. Pas un passant dans les rues hormis quelques silhouettes furtives, lourdement encapuchonnées. Ségou, Ségou, la ville aux quatorze cent quarante-quatre balanzas avait peur!

La peur s'inscrivait dans la décrépitude du revêtement des maisons, la saleté des rues, autrefois soigneusement balayées, à présent encombrées de détritus de toutes sortes, et le vol implacable des charognards se perchant parfois sur les terrasses des toits comme pour supputer le futur chiffre des victimes. Une armée se tenait devant le palais du Mansa Ali Diarra, fusiliers, archers, sofas en amples culottes rouges brandissant leurs haches de façon menaçante, tandis que le mur de terre qui l'entourait avait été surélevé et touchait presque le ciel. Pourtant, peut-on élever des murs contre Dieu? Mohammed rencontra le regard de Kosa et dit tout haut ce qu'il venait de penser. L'autre baissa vivement les yeux sans répondre, et Mohammed sut qu'il était de ceux qui refusaient leur cœur à Allah. On arriva devant la concession des Traoré. Oui, elle faisait encore bon effet. Mais les fenêtres de ses tourelles étaient barricadées. Des troncs d'arbres placés en diagonale protégeaient sa porte d'entrée. Deux esclaves étaient postés sur la terrasse afin d'observer tous ceux qui approchaient et en avertir la maisonnée. Dès qu'ils eurent annoncé l'arrivée de Mohammed et de Kosa, cependant, une foule se précipita au-dehors, et les nouveaux venus se trouvèrent pressés dans mille bras, bousculés, emportés, assourdis, ovationnés. Des salutations et des phrases de bienvenue s'entrecroisèrent. Des rires et des plaisanteries fusèrent. Tous les visages, jeunes ou vieux, portaient cette ressemblance secrète et inimitable que donne la parenté du sang, et Mohammed, par jeu, s'efforçait de deviner : « Est-ce que ce n'est pas mon frère Mustapha? » ou encore : « Est-ce que ce n'est pas ma mère Niélé? », pour le plaisir d'entendre protester gaiement : « Allons donc, c'est ton frère Diémogo! », « Allons, c'est ta mère Fatima! »

On entra enfin dans la cour centrale. En voyant le dubale qui, depuis des générations, était le témoin de la vie des Traoré, qui avait vu naître les ancêtres, entendu leurs vagissements de nouveau-nés avant d'apaiser leurs râles de mourants et de parsemer leurs tombes de ses feuilles toujours vertes, Mohammed, tout musulman qu'il était, se sentit tenté d'aller s'agenouiller au pied de l'arbre pour le supplier de bénir sa mission. Malgré lui, des paroles lui montaient aux lèvres :

« Père, qui as connu mon père et le père de mon père, protège-moi. Je suis venu ici pour faire pousser l'islam. Que ses branches s'étendent comme les tiennes au-dessus de chaque concession. Que son feuillage comme le tien soit vivace en toute saison, pendant la sécheresse comme pendant l'hivernage. Qu'il dure comme toi au-delà de ma vie et de celle de mes enfants. »

Il ne put résister à cette impulsion, et il se porta sous le dubale, tête levée, scrutant le dessin de son feuillage comme si quelque signe y était caché. Tous ceux qui redoutaient sa venue, car ils savaient à quel musulman austère et convaincu ils allaient avoir affaire, furent touchés, se rappelant brusquement les propos des sages :

« Un Bambara ne peut jamais être entièrement acquis à Allah, Faro y veille ! »

Et la chaleur de l'accueil familial s'en accrut encore.

Soudain, un groupe d'hommes sortit de la case centrale qui était celle du fa de la demeure. L'un d'entre eux, de haute taille et les cheveux prématurément grisonnants, ressemblait à s'y méprendre à Tiékoro, la dernière fois que Mohammed l'avait vu, lors de son départ pour Hamdallay, et celui-ci se demanda si, dès son entrée dans la concession, les dieux ancestraux ne tenaient pas à multiplier les tours pour lui prouver de quoi ils étaient capables. Eperdu, il allait se jeter au pied de cette apparition quand l'homme s'exclama :

« Enfin ! nous craignions que tu n'arrives trop

tard. Fa Ben ne voulait pas partir sans te voir. Entre vite, il est au plus bas... »

Puis, il sembla réaliser l'interrogation des yeux de Mohammed et fit :

« Je suis ton frère Dousika, le fils de ton père Tiékoro Traoré... »

La douceur de sa voix, l'empressement de son accueil ne masquaient pas la dureté de son regard et Mohammed, sans savoir pourquoi, eut l'intuition qu'il aurait là son principal adversaire.

Comme il s'agenouillait près de la natte sur laquelle reposait l'agonisant, dans l'âcre odeur des fumigations qui ne masquait pas la puanteur de son haleine, brutalement, il bascula du présent dans le passé. Ce n'était pas fa Ben qui reposait là, la bouche ouverte sur une plainte basse et déchirante, les yeux clos sur le monde visible. Mais fa Siga. L'histoire se répétait cruellement, comme si, à chacun de ses retours en terre natale, la mort venait lui adresser un funèbre salut. Comment interpréter ce présage? Etait-ce un présage? Ah! non, sitôt revenu, il n'allait pas céder à cette tentation puérile de voir dans tout événement de la vie la manifestation de volontés secrètes à l'œuvre dans l'univers.

L'univers, le présent, l'avenir n'appartenaient qu'à Allah dont la parole était révélée dans le Saint Livre.

7

L<small>E</small> Mansa Ali Diarra, que l'on appelait couramment Oïtala Ali parce que dans sa jeunesse princière il avait résidé dans le village d'Oïtala, à quelques jours de marche de Ségou, était un homme d'une stature et d'une taille peu communes, presque un géant, comme si, en ces temps de troubles et d'incertitudes, les ancêtres avaient mis sur le trône bambara un descendant que rien ne semblait devoir ébranler. Comme il s'était prétendûment converti à l'islam quelques années auparavant, il était vêtu à la musulmane d'un cafetan de soie blanche sur un petit boubou et un pantalon bouffant de même couleur et chaussé de babouches jaune clair. Pourtant, il ne s'était pas résigné à se raser la tête, et il portait ses cheveux finement tressés, graissés au beurre de karité et noués en une sorte de chignon fixé par une bandelette de coton. Il se tenait immobile sur sa large peau de bœuf avec, à sa gauche, son fils Tata, redoutable chef de guerre qui avait mis en terre plus de talibés toucouleurs qu'on en pouvait compter, à sa droite, Balkassoun, le fils de son frère, lui aussi habile stratège, et, en demi-cercle autour d'eux, les yèrèwolo, membres du Conseil royal, tous plus graves et solennels que s'ils assistaient à une cérémonie d'intronisation. Les grands griots, eux aussi, étaient au complet à côté des buguridala[1] favoris du Mansa et de mori[2] reconnaissables à leur turban, leur haïk et à leur air inspiré comme s'ils recevaient à tout instant les confidences d'Allah. Tout ce monde avait les yeux fixés sur Mohammed, assis au centre de la pièce et, dont la voix, délicatement modulée, emplissait pourtant tout l'espace.

« Maître de nos terres, ne permets pas qu'un étranger s'empare de ce que nous a légué Biton. Si tu persistes dans l'aveuglement et l'alliance avec Amadou Amadou, Dieu fera que Ségou ne sera plus Ségou. Les Diarra ne monteront plus jamais sur son trône qu'une dynastie toucouleur occupera légitimement au nom du vrai Dieu, du Très-Haut, du Très-Grand. »

Un véritable rugissement de protestation monta de toutes les poitrines. Comment Ali Diarra tolérait-il les paroles de ce freluquet, de cet invalide, de ce demi-Peul, car sa mère était une Peule de Sokoto, n'est-ce pas? Impassible, Mohammed poursuivit :

« J'ai vu El-Hadj Omar. Vous le croyez un homme de sang. Et moi, je vous dis que c'est un homme de foi. Il faut faire la paix avec lui, car il n'a ni ambitions territoriales ni ambitions politiques. Il ne veut que voir régner le vrai Dieu! »

Le vrai Dieu! A chaque fois qu'il entendait ces mots, Ali Diarra était pris de fureur. Faro et Pembla n'étaient-ils donc que des usurpateurs? Pourtant, comme il était converti, il ne pouvait rien manifester. Aussi pour masquer ses sentiments, il mordit sauvagement dans une noix de cola blanche placée dans un petit panier à portée de sa main. La voix harmonieuse s'éleva à nouveau :

« Depuis mon retour à Ségou, je ne suis pas resté

1. Géomanciens.
2. Marabouts.

inactif! J'ai fait le compte des yèrèwolo qui se sont convertis à l'islam et le pratiquent sans garder des boli dans quelque case secrète de leur concession, sans consulter pour un oui ou un non les forgerons féticheurs. Désormais, ce sont ceux-là, et ceux-là seuls, qui devront composer le Conseil royal, présider les tribunaux, veiller à la marche du royaume... »

C'était trop! Tata, le fils d'Ali, demanda la parole, mais Diémongo Koné l'avait précédé. Ce vieillard avait perdu sept fils sur les champs de bataille de la région, et, depuis, bien qu'il n'ait pas versé une larme en public comme il convient à un homme, ses cheveux étaient blancs et ses yeux couverts des taies bleuâtres du désespoir :

« Mon enfant, tu me ferais rire si tu ne me mettais pas en fureur! Tu parles comme si notre Mansa était un despote. Est-ce que tu oublies ce qui a été dit au moment de son intronisation quand les anciens venaient de le coiffer du bonnet de son père : « Le chef est le serviteur de son peuple »? Et tu veux à présent qu'il renvoie les membres du Conseil et des tribunaux, eux dont la volonté seule a fait de lui ce qu'il est? Tu veux qu'il change ce que nos ancêtres ont fait? En fin de compte, tu veux que son caprice devienne loi? »

Tata bondit en avant :

« Et toi, quel rôle te réserves-tu dans cette révolution? Ah! Traoré, vous avez toujours été des arrivistes et des traîtres! »

Bo Kouyaté, le premier griot royal, le tança :

« Tata, tout Mansa-denou [3] que tu sois, tu n'as pas la parole! »

Mais il dit cela sans violence, car il le savait, toute l'assemblée était de l'avis du prince. En même temps, il scrutait les traits de Mohammed, et lui, qui

_____
3. Prince de sang.

était habitué à percer les secrets desseins du cœur des hommes, ne décelait sur eux ni ambition, ni arrogance, ni intransigeance. Au contraire, il croyait y lire un profond désarroi.

C'est que Mohammed était troublé. Ben était mort et le conseil de famille procédait à la nomination d'un nouveau fa. Selon les règles de succession, les frères des deux générations précédentes étant morts, à l'exception de Kosa et quelques autres trop jeunes, pour prétendre à cette fonction, celle-ci revenait au fils aîné de Tiékoro, premier-né de Dousika, c'est-à-dire à Ahmed Dousika. Or, la famille était divisée. Ahmed Dousika! Sa mère n'avait-elle pas été une esclave que Tiékoro n'avait jamais élevée à la dignité d'épouse. Une concubine, en somme! Ne s'était-elle pas tuée en se jetant dans un puits, trahissant ainsi un désordre de la personnalité qu'elle n'avait pas manqué de transmettre à ses fils. Et allait-on confier les destinées des Traoré à l'héritier d'une démente? Cependant, l'objection majeure était son attitude vis-à-vis de l'islam. Il avait laissé tomber son nom d'Ahmed. Il interdisait à ses enfants qui le désiraient passionnément de se rendre à l'école coranique et avait répudié une de ses femmes parce qu'elle fréquentait de trop près des musulmanes. Dans sa majorité, la famille sentait confusément que cette intransigeance, cette rigidité d'esprit ne correspondaient plus à l'évolution des mœurs. Qu'il fallait apprendre à composer avec les idées nouvelles si on ne les acceptait pas entièrement. L'arrivée de Mohammed avait cristallisé ces sentiments. Aussi, toute une délégation avait envahi sa case pour lui proposer d'être fa et, auréolé du prestige que lui conféraient le nom de son père, son éducation, ses épreuves à la guerre, de conduire la famille à travers les inévitables changements. Mohammed avait accepté au nom du Très-Grand, du Très-Haut. Néanmoins, il n'ignorait pas que son attitude serait mal interprétée, qu'elle choquerait certains, qu'elle susciterait des oppositions et lui, qui ne rêvait qu'union et paix, serait considéré comme un fauteur de troubles.

Jusqu'alors, le Mansa n'avait rien dit, se bornant à écouter les uns et les autres, à croquer de la noix de cola, à priser du tabac, à s'éventer lui-même avec un petit éventail en plumes d'autruche à la grande stupéfaction des esclaves préposés à cette tâche, à rouler distraitement entre ses doigts chargés de bagues l'anneau d'or qui pendait à son oreille gauche. Il signifia à ses griots qu'il allait s'exprimer et le silence se fit.

« Traoré, ce que tu me demandes est inacceptable. D'ailleurs, selon les règles mêmes de ta religion, on ne se convertit pas deux fois. Je l'ai déjà fait devant Amadou Amadou, et il a déjà veillé à la destruction des grands fétiches de Ségou. »

C'était un refus sans appel. Même ceux qui étaient les plus hostiles à Mohammed se regardèrent avec stupeur. Ils ne reconnaissaient pas là Ali Diarra, fin diplomate, politicien habile et toujours ouvert au dialogue. N'aurait-il pas dû plutôt gagner du temps, se concerter avec le Conseil, peser soigneusement ce que contenaient de bon les propositions de Mohammed? Après tout, ce garçon s'était entretenu avec El-Hadj Omar en chair et en os! Ce n'était pas son fantôme qu'il avait rencontré à Sansanding!

Mohammed se leva et, sa frêle et haute charpente reposant de guingois sur ses béquilles, fit, simplement :

« Alors, bientôt Ségou ne sera plus Ségou... »

Là-dessus, il se dirigea vers les tentures de lourd broché, venu du Maroc, qui masquaient la porte et que les esclaves, apeurés, écartèrent devant lui. Au moment de disparaître sous leurs plis, il se retourna vers l'assemblée et la parcourut du regard, comme s'il voulait garder en mémoire l'image de ce qui allait irrévocablement disparaître.

Ahmed Dousika quitta la concession et inspecta le ciel bas, encombré de nuages couleur de suie. Il était à l'image de son cœur.

Le conseil de famille s'était réuni et, sous la pression d'un grand nombre des membres, avait procédé à la nomination de Mohammed à la fonction de fa. Le clan des partisans de l'islam avait donc triomphé. Pourtant, si sincèrement attaché qu'il soit à la religion traditionnelle, Ahmed Dousika n'y voyait point la défaite de Faro ou Pemba, mais la sienne. Une fois de plus, il avait échoué. Echoué.

A quoi lui avait-il servi d'être le fils aîné de Tiékoro? Son père l'avait toujours ignoré. Il n'avait d'yeux que pour l'unique garçon qu'il avait eu de la princesse peule et, dans une moindre mesure, pour ceux que lui avait donnés sa deuxième femme, Adam. Ainsi que son frère Ali Sunkalo, il l'avait marié sans éclats à une fille de famille noble mais obscure qui ne s'était pas distinguée à la guerre et possédait des coudées de terres de rendement médiocre à quelques journées de marche en avant du Joliba. Ahmed Dousika espérait cependant qu'à force de le voir travailler dans ses champs avec courage, éviter les querelles, saluer chacun de la phrase qui convenait et honorer les dieux, on finirait par reconnaître sa valeur. Rien, il n'en était rien. Le bec de la poule, quoi qu'elle fasse, est toujours trop petit pour souffler dans la trompette.

Il se dirigea vers le quartier des forgerons féticheurs. Après la destruction des fétiches par les

Peuls du Macina et l'humiliation faite à quelques grands maîtres du Secret, les choses avaient quelque peu changé à Ségou. Certes, le peuple n'avait pas perdu confiance dans ceux dont les divinations, les prescriptions et les oracles guidaient chaque instant de sa vie, mais, en même temps, il s'était mis à faire grand cas des marabouts musulmans qui prétendaient effectuer les mêmes prodiges au nom d'Allah. C'est ainsi qu'à côté des Koumaré, des Kanté, des Soumaworo, des Fané, gens qui, de père en fils, scrutaient l'invisible, on avait vu surgir des individus enturbannés dont le diamou[4] n'avait plus aucune signification, et qui faisaient commerce de versets du Coran hâtivement griffonnés sur des parchemins. Que de tromperies et de désillusions en avaient résulté!

Ahmed Dousika, quant à lui, ne faisait confiance qu'à Koumaré, dont le père et le grand-père avaient éclairé les siens. Il le trouva dans sa forge, à réparer une daba, tandis que deux ou trois garçonnets en cache-sexe crasseux maniaient le soufflet. C'était un homme aux gestes lents, taciturne, et qu'on aurait pu croire ordinaire tant que l'on n'avait pas croisé son regard. Car devant ces prunelles larges, étincelantes entre des cils broussailleux, on devinait toute la puissance d'un esprit familier de deux mondes, capable d'ouvrir et de refermer les barrières de la mort. A la vue d'Ahmed Dousika, il se leva sans mot dire et se dirigea vers la petite case dans laquelle il donnait ses consultations. A peine entré à sa suite, Ahmed Dousika s'écria :

« Koumaré, à quoi ont servi les moutons et la noix de cola que je t'ai fait porter? »

L'autre essuya son front en sueur d'un chiffon, demeura un instant silencieux, puis hocha la tête

4. Nom patronymique.

118

de droite et de gauche, comme s'il méditait sur la stupidité de l'humain. Enfin, il déclara de sa voix rauque :

« Qu'est-ce que je t'ai dit quand nous avons commencé cette affaire? »

Ahmed Dousika ne répondit rien, et le forgeron féticheur reprit, martelant chaque mot, comme s'il était pris de colère :

« Je t'ai dit : « Ne sois pas ému. Ne doute pas. « Ne t'étonne pas. Rien ne se passera comme tu le « penses. Et ceux qui croient que tu échoues, ceux- « là ne riront pas les derniers. »

Ahmed Dousika bégaya :

« Mais on vient de le nommer fa! »

Koumaré haussa les épaules avant de dire d'un ton de commisération :

« Qui est assez fou pour se charger d'une faya[5] par les temps qui courent... »!

Puis il sortit, et Ahmed Dousika l'entendit demander à une de ses femmes des calebasses d'eau fraîche. Il sortit à son tour. Les nuages avaient crevé, et il pleuvait... Alors que la saison des pluies avait toujours semblé à Ahmed Dousika une période bienfaisante pendant laquelle la nature se gorge des dons de Faro pour les restituer ensuite aux humains et aux plantes, cette saison-là lui semblait porter le douloureux présage de la dégradation et de la mort. L'eau rongeait le revêtement des maisons et pourrissait les bois des charpentes. L'eau stagnait dans les cours et formait des mares boueuses dans tous les angles. L'eau transformait les chemins en cloaques et les champs en périmètres de gadoue. Le Joliba avait quitté son lit, et venaient échouer, sur les étroits rubans de ses berges, des animaux noyés dont le ventre distendu

5. Direction d'une famille.

crevait sur un grouillement de vermine. Ahmed Dousika prit place à côté de Koumaré sous un auvent au toit de paille et regarda les gouttes infatigables piétiner la terre. Les paroles du féticheur, en qui il avait pourtant toute confiance, ne l'avaient pas apaisé. Il le sentait, cette saison des pluies n'était pas pareille aux autres. Son terme serait porteur de terribles événements que l'esprit de l'homme ordinaire ne pouvait pas prévoir. Koumaré se mit à nettoyer une pipe de Hollande, qu'il aimait ficher au coin de sa bouche et qui ajoutait encore à son aspect bougon, et fit :

« Deux fois, ce même jour, les dieux sembleront le combler. Une fois, ils sembleront le railler. Pourtant, ces trois fois seront semblables en fin de compte. »

Déconcerté par ces phrases et se retenant à grand-peine de poser d'autres questions, Ahmed Dousika vida sa calebasse d'eau fraîche et se leva pour prendre congé. Une fois dans la rue, il releva le capuchon de son burnous et fut tenté d'aller se réchauffer le ventre avec du dolo dans un des cabarets de la ville. Quelle libération ce serait de se saouler et de venir cracher son fait à ce freluquet, à ce nabot de Mohammed ! Un infirme à la tête de la famille ! Un homme qui était incapable de se battre, de vaincre, d'humilier un adversaire ! Ah, le monde marchait sur la tête ! Une poignée de sofas passa au galop, portant en travers des selles des chevaux des blessés tout couverts de sang. Ahmed Dousika marmonna une prière. Lui-même ne s'était jamais porté volontaire pour se battre contre les Toucouleurs. Il fallait bien que ceratins restent auprès des femmes et des enfants de la famille !

Brusquement, le tabala retentit. Ce bruit n'étonnait ni n'inquiétait plus personne puisqu'il ne se passait pas de jour sans quelque escarmouche !

Ahmed Dousika vit une unité de fantassins, sabre et hache au poing, se diriger en courant vers la porte ouest de Ségou. Sûrement des renforts qui allaient rejoindre les armées peules postées aux alentours de Thio. On disait que la veille, par surprise, Peuls et Bambaras avaient massacré cinq cents Toucouleurs qui s'étaient imprudemment engagés dans ce gué. Ahmed Dousika pressa le pas car la pluie redoublait, pénétrante et sournoise, s'infiltrant par tous les interstices. Comme il atteignait la concession, il vit en sortir la matrone Ténengbè, dont la présence n'avait qu'une signification possible : une naissance. Il l'interrogea :

« Maman, qui a accouché chez nous et tout s'est-il bien passé, plaise aux ancêtres? »

La vieille cracha le jus noirâtre qui lui emplissait la bouche :

« Est-ce que ce n'est pas ta femme Awa? Et plus robuste bilakoro que celui qu'elle a mis au monde, j'ai rarement vu!

« Deux fois, ce jour, les dieux le combleront. » La parole de Koumaré se réalisait. Une fois, nommé fa à la tête de la famille. Une fois, père de fils. Le cœur d'Ahmed Dousika s'emplit d'amertume. Pourtant Koumaré ne signifiait-il pas que cette apparence de bonheur n'était que piège?

« Père, Mère, est-ce que vous êtes là? Qu'est-ce que j'ai fait pour que vous ne m'apparaissiez plus? Pour que vous ne veniez même pas bénir mon enfant? »

Un rongeur détala à travers la pièce, cherchant un coin d'ombre. Le nouveau-né poussa un vagissement. La pluie écrasa plus fort la paille du toit. Ce furent les seuls bruits. Awa, les yeux pleins de larmes, se rejeta sur sa natte. Elle n'éprouvait nullement le sentiment de plénitude qui aurait convenu à sa situation. D'abord, elle savait la partie que Mohammed jouait à l'instant même au palais et en redoutait l'issue. Au moment de son départ, elle avait souhaité lui exprimer ses craintes, puis une sorte de fatalisme l'avait envahie. A quoi bon? Mohammed en était venu à se croire investi d'une mission. Deuxième martyr de l'islam dans Ségou! Peut-être était-ce là le titre qu'il ambitionnait d'acquérir! Pourtant, plus douloureux encore, il y avait le silence de ses parents. Depuis d'interminables mois, ils ne lui étaient apparus ni en rêve ni au hasard des actions quotidiennes. Elle avait espéré que la naissance de son enfant les ramènerait, il n'en était rien.

Si elle avait mis au monde une fille comme elle le désirait, en une subtile vengeance sur son mari, elle aurait vu le signe de leur réconciliation avec elle. Mais c'était un fils! Elle regarda le nouveau-né auquel elle n'avait guère prêté attention jusque-là et s'étonna de le voir robuste, chevelu, apparemment taillé pour l'aventure. Les humains n'ont pas besoin d'amour pour créer d'autres humains. L'instinct suffit. Triste, n'est-ce pas? Apitoyée malgré elle, elle serra le nouveau-né contre elle. Un fils! Mohammed serait heureux puisqu'il était le signe de son réenracinement dans Ségou.

Deux esclaves s'approchèrent. L'une commença de lui masser doucement le ventre. L'autre lui offrit un bouillon au piment destiné à lui purifier l'intérieur. Les femmes de la famille, averties de l'heureuse naissance, venaient une à une saluer l'accouchée et prononcer les phrases qui assureraient une bonne vie au nourrisson. D'un bout à l'autre de la concession se répandait la nouvelle que les Traoré comptaient un bilakoro de plus. Néanmoins, sous les sourires et les exclamations de réjouissance, se dissimulait l'embarras. Que faire? Nul n'ignorait les convictions religieuses de Mohammed. Aussi nul n'osait aller avertir Koumaré, le forgeron féticheur, afin qu'il vienne offrir les sacrifices rituels et, surtout, en scrutant l'argile informe du petit corps, déterminer quel esprit de défunt, las de tourner en rond dans la jarre funéraire de la case aux boli[6], avait enfin un nouvel habitat.

Djénéba, la première femme d'Ahmed Dousika, prit sur elle d'aller trouver son mari. Il était assis sur une natte de son vestibule, les traits tirés, et il ne leva même pas la tête à son approche. Elle commença par l'amadouer en lui présentant une noix de cola bien blanche puis entama résolument :

« Je sais ce que tu as contre lui. Pourtant, l'enfant n'est pas responsable. Et puis, il n'en est pas le seul père. L'enfant t'appartient à toi aussi, à nous tous. Vas-tu courir le risque d'irriter nos ancêtres et de laisser un innocent commencer sa vie sans les prières et les sacrifices nécessaires? Cela risque de se retourner contre nous. »

En fait, ses pensées rejoignaient celles d'Ahmed Dousika. Depuis qu'il avait appris de la vieille Ténengbè la venue du nouveau-né, il s'interrogeait sur la conduite à tenir. Ayant pesé le pour et le contre, il venait de se décider à accomplir son devoir de Bambara et d'Ancien de la famille, même s'il n'avait pas été nommé fa. Néanmoins, il se garda de laisser entendre à Djénéba qu'elle avait raison et dit sèchement :

« Est-ce que c'est à toi de m'apprendre ce que j'ai à faire? »

Rassurée, Djénéba se retira. Ahmed Dousika resta un moment immobile à fixer le vide. Certes, il était

6. Fétiche.

aigri, plein de frustrations, mais il n'était pas un mauvais homme. Sa querelle avec Mohammed ne concernait qu'eux deux, et il ne lui serait pas venu à l'idée de se venger sur son fils. Avec un soupir, il se leva. A cet instant, Mohammed entrait dans la case d'Awa. De retour au palais, il avait été averti en même temps et de sa nomination comme fa et de la naissance de son fils. Hélas! le souvenir de l'échec cuisant qu'il venait d'essuyer auprès du Mansa lui interdisait de savourer cette double félicité. Une fois de plus, il en venait à douter de sa mission. Etait-ce son père qui s'était manifesté à lui par la bouche d'Abdullahi? Avait-il bien analysé le hadith d'Al-Buhari? El-Hadj Omar, plus courtois qu'Ali Diarra, ne l'avait-il laissé s'exprimer que pour mieux le railler? Depuis son retour à Ségou, les certitudes de Mohammed s'effilochaient, et il se retrouvait comme après sa blessure à l'hôpital de Hamdallay quand, de toutes parts, les doutes l'assaillaient. Certes, il menait rigoureusement son plan à exécution, rencontrant les uns après les autres les chefs des grandes familles convertis ainsi que les notables somonos installés depuis des générations dans Ségou. Mais les réticences de ses interlocuteurs, qui étaient tous acquis à l'alliance avec Amadou et ne rêvaient que de donner une terrible leçon au Toucouleur, le persuadaient encore de sa futilité. Jamais il ne parviendrait à imposer la paix. Tout le monde voulait la guerre. Il se pencha sur Awa, l'interrogea courtoisement sur sa santé, puis il prit son fils dans ses bras, se rappelant les paroles qu'il avait prononcées à Kano :

« Notre fils naîtra à Ségou! »

Voilà, il était comblé, et, pourtant, il se sentait les larmes aux yeux, comme si la fragilité du nouveau-né le renvoyait à sa propre bénignité. Il aurait aimé abandonner le ton de secret affrontement de ses échanges avec Awa pour lui faire part de sa disposition d'esprit. Néanmoins, il ne savait comment s'y prendre et, dans son embarras, gardait le silence. Comme il massait l'enfant, vérifiant machinalement l'agilité de ses articulations, Awa fit sur un ton de douceur qu'il ne lui connaissait pas :

« Puisque Allah est la somme de toutes les vertus, pourquoi ne possède-t-il pas celle de tolérance? »

Il fut si surpris qu'il la fixa, bouche bée, puis, retrouvant l'usage de la parole, s'exclama :

« Depuis quand te piques-tu de théologie? »

Elle rit :

« Il ne s'agit pas de cela! Théologie! Moi qui n'ai jamais pu retenir une sourate! »

Puis, devenant grave, elle poursuivit :

« Tous les membres de la famille, même ceux qui sont musulmans, désirent faire appel à Koumaré pour qu'il accomplisse sur notre fils les rites sans lesquels il n'est pas de naissance. Ne t'y oppose pas, je t'en prie... »

Plus que la demande elle-même, ce fut cette intonation suppliante tellement inhabituelle chez Awa qui le confondit. Il répliqua :

« Et pourquoi l'accepterais-je? Ce sont pratiques sacrilèges! Sortilèges! »

Il disait cela avec une apparente conviction. Cependant, ce n'était que la parade d'un lutteur qui se sait perdant. Il avait beau se répéter les paroles d'El-Hadj Omar : « L'islam s'il est mêlé au polythéisme n'est plus l'islam », il avait beau se rappeler qu'il était engagé dans une mission de purification religieuse, l'air de Ségou, l'air de la concession Traoré avait introduit dans son sang, son cœur, son cerveau, mille poisons, insidieux et efficaces, qui paralysaient sa volonté et ses émotions. Ahmed Dousika et Koumaré firent leur apparition, le second tenant un coq rouge, dont on avait déjà dénudé le cou, et qu'il allait sacrifier à côté de l'enfant avant d'en recueillir le sang. Mohammed tenta de se lever pour protester et les renvoyer à leur monde de barbarie. Mais ses béquilles lui échappèrent, et il se retrouva gigotant, comme subjugué par une volonté supérieure. Koumaré ne lui accorda pas un regard. Pliant le genou, il prit le nouveau-né dans ses mains puissantes, ses mains qui semblaient cuites et recuites par le feu de sa forge.

8

L'INTERVENTION de Mohammed eut un résultat. Elle ouvrit les yeux d'Ali Diarra sur un danger qu'il n'avait jamais soupçonné : l'existence d'un parti omarien dans Ségou. Il existait donc des Bambaras qui étaient prêts à négocier la reddition de la ville et du royaume à El-Hadj Omar! Cela, il ne l'aurait jamais cru!

Sur-le-champ, il ordonna à Alkaly Koné, qui avait étudié à l'école coranique avant de tâter de l'université à Fez, d'écrire à Amadou Amadou en le priant de profiter de l'effet produit sur les armées d'El-Hadj Omar par le massacre de ses cinq cents talibés et de prendre les Toucouleurs par surprise. Ségou était comme un édifice miné de l'intérieur et de l'extérieur. S'il devait s'effondrer, que ce ne soit pas de la faute des Bambaras eux-mêmes! Le Mansa Ali Diarra hésitait sur un point : fallait-il décapiter Mohammed Traoré? Et, ainsi, montrer à tous ceux qui étaient de son bord le sort qui les attendait?

Diémogo Koné hocha la tête :

« Ne donne pas à ces Traoré un deuxième martyr! Ils en seraient trop heureux. »

La pluie n'arrêtait pas de tomber. Comme les murs du palais avaient été renforcés et la majorité des ouvertures obturées, il faisait sombre dans la salle où se tenait le Conseil restreint – composé des intimes du Mansa, des principaux stratèges et des grands griots –, au point que l'on aurait pu se croire en pleine nuit. Les esclaves avaient multiplié les bougies dans les chandeliers, et l'odeur de la cire chaude se mêlait à celle de l'encens que l'on faisait brûler dans des écuelles de terre pour purifier et parfumer l'air. Ali Diarra, par nature, n'était pas un être sanguinaire. Bien au contraire. Mais, depuis peu, il était pressé par ses mori et ses buguridala qui, tous, prédisaient l'avenir le plus sombre pour son trône lui-même, et, comme un animal terrifié qui se jette sur tout ce qui l'entoure, il ne rêvait que de frapper, d'agresser, de blesser, de tuer. D'autre part, son épouse favorite avait eu un songe qui n'avait qu'une signification possible. Leur séparation était proche. Aurait-elle pour cause la mort ? Mori et buguridala refusaient de se prononcer et réclamaient des heures supplémentaires d'entretien avec l'invisible. Les membres du Conseil restreint se retirèrent, et Ali Diarra demeura avec Bo Kouyaté, son premier griot, le seul être en ces temps d'épreuve dont la présence ne lui était pas insupportable. Des esclaves entrèrent, apportant des pièces de mouton rôti à la broche, couvert d'aromates, mais le Mansa leur fit signe avec impatience d'emporter tous ces plats. Bo Kouyaté fit, d'un ton de reproche :

« Tu devrais te nourrir, maître des Eaux et des Energies. Un sac vide ne tient pas debout... »

Le Mansa ne prit pas garde à la recommandation et murmura comme pour lui-même :

« Les Blancs même ont peur de cet El-Hadj Omar. On me dit que ce sont eux qui lui fournissent des fusils et des canons pour nous attaquer...

– C'est parce qu'ils craignent qu'il ne se tourne contre eux. Les Blancs, à ce qu'il paraît, ont de grands intérêts au-delà du Joliba, et il pourrait tout détruire. C'est comme la panthère et le tigre dans la brousse. Ils s'entendent sur le dos des plus faibles. »

Ali Diarra eut une exclamation :

« Est-ce que cela veut dire que nous sommes les plus faibles? »

Le griot ne répondit pas, et ce silence-là était significatif. Qu'était-il donc arrivé aux N'Golossi[1]? Qu'était-il arrivé depuis le jour où N'Golo à la tête de ses hommes avait défait un à un tous les chefs de la région pour l'unifier sous son commandement? Diarra, Diarra, Diarra, est-ce que tu ne serais plus lion?

A ce moment, le kélétigui[2] Séri Koné entra en courant, suivi d'un esclave terrifié qui n'avait pas eu le temps de l'annoncer. Séri était un des derniers fils de Diémogo Koné, un de ceux qui s'étaient illustrés à la bataille d'Oïtala, et qui avait pu sauver son unité des terribles bombardements toucouleurs. Aussi son prestige était grand, et il assurait l'entraînement de nouvelles recrues destinées à seconder les armées du Macina qui gardaient le gué de Thio. Il tomba à genoux devant le Mansa, et, pendant d'interminables secondes, il battit frénétiquement des lèvres sans qu'aucun son n'en sorte. Puis il bégaya :

« Ils attaquent! Les Toucouleurs attaquent... Ils ont franchi le fleuve. Leurs hommes sont plus nombreux que les grains de sable du désert. »

En même temps, la nouvelle éclatait aux quatre coins de Ségou. Depuis de si longues semaines que les armées étaient en présence sans se livrer à de véritables offensives, on s'était habitué à l'idée

1. Descendant de N'Golo, fondateur de la dynastie Diarra.
2. Chef de guerre.

d'une guerre d'attrition. Certains se berçaient de l'illusion que les Toucouleurs, las de perdre des hommes en une hémorragie ténue mais incessante, se replieraient vers les régions qu'ils tenaient déjà fermement, le Baguna, le Kaarta, le Tamba. D'autres espéraient que le Macina et Ségou finiraient par l'emporter, et qu'ils chasseraient ces indésirables bien au-delà du Bafing ou de la Falémé.

Or, voilà que les armées toucouleurs avançaient. Une colonne était conduite par un dénommé Alpha Oumar. L'autre, par Alpha Ousmane. Les deux convergeaient vers Ségou, bannières en tête cependant que des illuminés psalmodiaient :

O Wali[3],
Toi que le Très-Haut a comblé de dons
Toi qui à l'état de veille peux voir l'envoyé de Dieu
Toi qui lis dans le cœur des hommes
Toi qui connais le grand nom de Dieu,
Le nom de Dieu inconnu des hommes...

On assurait qu'El-Hadj Omar, apparemment insensible au fracas des armes et aux vociférations de ses talibés, fermait la marche en roulant les grains de son chapelet. Quand une parole s'échappait de sa bouche, c'était un verset du Coran. C'est connu, la bravoure s'exacerbe au moment du danger. Dès que la nouvelle de l'attaque se fut répandue dans Ségou, tous les hommes se saisirent, celui-là d'un fusil rouillé qui ne lui servait qu'à la parade, celui-là d'une hache émoussée qui n'était bonne qu'à couper du bois, celui-là d'un poignard ou d'un couteau. En courant, ils affluèrent vers le palais du Mansa pour offrir leurs services aux

3. Saint.

kélétigui et grossir l'armée régulière, mal remise de la défaite d'Oïtala et encore occupée à panser ses plaies. Les sofas faisaient passer un examen à tous ces volontaires et renvoyaient avec des mots d'excuse ceux qui avaient la vue basse ou étaient atteints de plaies suppurantes. Comme on manquait de chevaux, les grands propriétaires du royaume, ceux dont la puissance se mesurait aussi en bêtes de selle ou de trait, ouvrirent leurs écuries et on vit courir par les rues des palefreniers demi-nus, le torse ruisselant d'eau, qui tenaient par la bride des montures piaffantes.

Aucune guerre ne se mène sans provision de bouche. Aussi, d'un commun accord, sans qu'on ait besoin de les solliciter, les femmes bambaras se mirent à piler le mil et commencèrent à préparer des n'gomi[4] et des takoulas[5] que, par paniers entiers, elles portèrent au palais. Les combattants les enfournaient dans les vastes sacoches suspendues à leurs épaules à côté des carquois, chargés de flèches. Car c'était là la faiblesse de l'armée bambara, et les grands kélétigui commençaient d'en prendre conscience : on manquait d'armes à feu. Tandis que les Toucouleurs étaient abondamment ravitaillés par les Blancs du Sénégal, on comptait un fusil pour quatorze soldats dans les rangs bambaras. Quant aux Peuls du Macina, malgré leurs échecs répétés, leur technique de combat n'avait pas varié. Ils persistaient à croire que la puissance du choc l'emportait sur celle du feu et ne se fiaient qu'à leurs lanciers.

Ali Diarra enfila l'habit couleur de soufre des sofas et sauta sur le cheval que son allié Amadou Amadou lui avait envoyé du Macina. C'était une

4. Beignets.
5. Petits pains.

bête d'un noir d'encre, dressée à briser du poitrail les fortifications et à achever les blessés à coups de sabot. On disait qu'elle obéissait aux puissants féticheurs du palais et, la nuit venue, se nourrissait de la chair d'albinos. Le Mansa entendait prêter lui-même main-forte aux troupes de Ba Lobbo, oncle d'Amadou Amadou, l'un des plus prestigieux chefs de guerre peuls. La foule s'était massée sur la grande place pour l'ovationner.

Il apparut, précédé de ses griots qui répétaient la devise des Diarra et, pour exciter la fureur des combattants, décrivaient en détail le supplice que les Bambaras feraient subir à El-Hadj Omar s'il tombait entre leurs mains. A le voir si beau dans son habit de guerre, le front enturbanné sous un chapeau de paille de manière à ne pas être aveuglé par les éclairs des fusils, un sentiment d'orgueil et de puissance envahit tous les cœurs. Non, jamais les Bambaras ne seraient battus. Jamais ce petit Foutankè du Toro n'en viendrait à bout.

Ali Diarra leva le bras au-dessus de sa tête, et les reflets du soleil frileux qui avait daigné apparaître entre les nuages jouèrent sur la lame du sabre qui était fixé à son poignet. En réalité, il n'entendait pas la clameur de son peuple. Il ne voyait pas ses bras tendus pour répondre à son salut. Les larmes l'aveuglaient. Ses mori et ses buguridala venaient de lui révéler qu'il quittait Ségou pour ne jamais y revenir.

Mohammed apprit la nouvelle de l'attaque des Toucouleurs alors qu'il s'entretenait avec Bari Tyéro, imam de la mosquée de la pointe des Somonos. Bari Tyéro était le seul chef des grandes familles somonos à être entièrement acquis à ses idées et à l'aider activement à constituer un parti omarien dans Ségou. Il avait même échangé des lettres assez vives à ce sujet avec le Cheikh Al-Bekkay de Tombouctou qui lui reprochait de trahir l'alliance avec le Macina. C'est que, comme Mohammed, il était convaincu que la victoire toucouleur était inéluctable, et qu'il fallait arrêter au plus vite les effusions de sang.

Mohammed resta écrasé comme si on l'avait frappé à coups redoublés, puis il bégaya :

« C'est impossible! il m'avait promis de ne rien entreprendre avant le début de la saison sèche... »

Bari Tyéro rit courtoisement :

« Et toi, tu te fiais à pareil serment? »

Empli d'une profonde détresse, Mohammed murmura :

« Il me l'avait promis. C'est un homme de Dieu. Peut-il mentir? »

Devant le trouble de son interlocuteur, Bari Tyéro se fit apaisant :

« C'est aussi un homme de guerre. Toi et moi, nous ignorons comment réagit cette espèce. Et puis, il a peut-être été poussé par ses troupes! On dit que ses hommes criaient vengeance après le massacre des talibés l'autre jour... »

A présent, Mohammed baissait la tête :

« Tiè[6], c'est Dieu qui me punit. Je le comprends à présent. Je ne suis qu'un kafir. Je ne vaux pas mieux que ceux que je condamne... »

Cette fois, Bari Tyéro rit aux éclats :

« Comment peux-tu dire pareille chose? Franchement, Traoré, ce n'est pas seulement la jambe que tu as perdu, mais la tête! »

Mohammed leva vers lui des yeux noyés de désespoir et de culpabilité :

« Je te le dis, je suis un kafir! Ce matin, lors de la

6. Litt. homme.

naissance de mon fils, j'ai permis à Koumaré d'opérer sa magie... »

C'était donc de cela qu'il s'agissait. Bari Tyéro se fit grave, car c'était un sujet qui lui tenait au cœur :

« Ecoute-moi bien. Avant d'être un musulman, tu es un Bambara. Le sang de ton père et du père de ton père coule en toi, et tu as des devoirs envers tes ancêtres. Ce qui importe, c'est que tu ne boives pas de boissons fermentées, que tu fasses les prières rituelles, que tu ne forniques pas en dehors des liens du mariage... »

Oui, oui, il s'agissait là d'un islam de façade, d'un islam qui n'engageait pas la totalité de l'être, d'un islam dont Mohammed avait horreur! C'était le troisième degré de la foi qu'il voulait atteindre. Non pas le premier, celui de la masse canalisée par les prescriptions des textes. Non pas le deuxième, celui des hommes qui ont triomphé de leurs défauts et se sont engagés dans la voie qui mène à la vérité. Mais le troisième, apanage d'une élite dégagée de tout poids matériel et qui s'élève dans le ciel des âmes pures. Mais tout s'y opposait. Son amour indestructible pour une femme. A présent, plus grave encore, les compromissions qu'il se voyait accepter pour sa famille. Oui, il n'était qu'un kafir, et El-Hadj Omar, qui avait reçu de Dieu le don de lire dans le cœur des hommes, le savait bien! Il prit congé de son hôte.

De la pointe des Somonos à la concession des Traoré, la distance était grande, et Mohammed eut tout loisir d'observer le comportement erratique du peuple de Ségou. On ne savait rien. Donc on inventait tout. On assurait que les Toucouleurs n'étaient qu'à une heure de marche, et qu'un de leurs boulets avait emporté Ali Diarra. Chose étrange, chez certains, la curiosité, l'excitation avaient déjà remplacé la terreur et les sentiments patriotiques, comme si, le temps n'étant plus aux regrets, ils décidaient de s'accommoder au plus vite du nouvel ordre des choses. Bien sûr, des esprits chagrins rappelaient qu'à Gémou-Banko El-Hadj Omar avait fait tuer tous les hommes. Qu'à Baroumba, il avait pris cent vingt-cinq personnes et cent soixante bœufs. Qu'à Sirimana, il avait décapité six cents hommes et fait quinze cent quarante-cinq prisonniers. Sans parler du Khasso, du Boundou, du Kaarta, du Bakhou-nou... Mais, en majorité, les gens, impatients de voir le terrible magicien, se pressaient en dehors des murailles pour observer l'horizon au-delà de la ligne sinueuse du Joliba. Un griot, dont on ne savait s'il était musulman, mais qui, en tout cas, avait déjà choisi son camp, chantait en s'accompagnant d'un n'goni :

> Hache à deux tranchants,
> Tu tues et tu sauves
> Cheikh Omar venu du Halwar
> Tu tues et tu guéris
> Fils du marabout de Halwar...

Ceux qui trouvaient ces paroles inconvenantes alors qu'on ne savait pas le sort du Mansa que l'on acclamait le matin encore, lui criaient de se taire. D'autres battaient des mains et fredonnaient en chœur ce refrain. Malgré lui, Mohammed fut écœuré. La foule le porta sur les rives du Joliba au pied des murailles. On attendait des prodiges comme ceux qui s'étaient produits lors de la chute de Nioro. Or, rien ne se produisait. Il pleuvait sans discontinuer. La nuit tomba. De guerre lasse, les gens retournèrent chez eux.

Aux premières lueurs du jour, El-Hadj Omar entra dans Ségou.

« En tant que fa de cette demeure, je vous demande de vous soumettre à El-Hadj Omar. En faites-vous une question d'orgueil ? Les kélétigui vous ont déjà devancés. Les plus prudents lui ont fait écrire par des marabouts de l'intérieur. Les autres se sont présentés devant lui... »

Le conseil de famille était au complet. Etant donné les circonstances exceptionnelles, on avait permis à certaines femmes d'être présentes, en particulier aux bara muso des différents frères et aux veuves des anciens fa. C'est ainsi qu'était assise au premier rang, branlant du chef étant donné son grand âge, la bara muso du défunt fa Tiéfolo, dont le souvenir était présent dans tous les cœurs car il symbolisait l'âpre lutte pour défendre les traditions envers et contre tout. Ahmed Dousika demanda la parole et se leva. Comme à chaque fois, sa ressemblance avec leur père fit frissonner Mohammed. C'était un tour que lui jouait le destin en donnant à ce fétichiste les traits d'un martyr de l'islam afin qu'à chaque fois qu'il s'opposait justement à lui il ait cependant l'impression de commettre un sacrilège. Ahmed Dousika était la face cachée de sa paternité. Debout et dominant l'assemblée de sa haute taille, il s'exprima posément, sans cette expression à la fois timide et bourrue qui souvent lui aliénait l'auditoire :

« Faire notre soumission, dis-tu ? Oublies-tu que certains des nôtres, Kosa le frère de notre père Tiékoro, Mustapha, le fils de notre père Siga, Alhaji, le fils du fils de notre père Tiéfolo ont rejoint les troupes de notre Mansa Ali Diarra qui tiennent encore tête aux Toucouleurs ? On dit qu'ils campent aux environs de Koghou et que rien n'est encore décidé... »

Mohammed eut un soupir :

« Et moi, je vous dis que tout est joué. Il ne sert à rien de résister. Il faut s'abandonner à la volonté de Dieu... »

Ali Sounkalo se leva à son tour. C'était le frère cadet d'Ahmed Dousika, grand amateur de chevaux dont il avait la physionomie nerveuse et impatiente, à part cela, taciturne comme son aîné, dont il était l'unique ami :

« Mohammed, j'ai entendu dire que, bien avant l'arrivée d'El-Hadj Omar, tu préparais déjà la reddition du royaume. Est-ce vrai ? »

Suffocant, Mohammed répondit :

« Mais je n'en ai jamais fait mystère... »

Et il chercha du regard les membres de la famille à qui il s'était ouvert de son projet. Mais il ne vit que visages détournés, embarrassés ou carrément hostiles. Que s'était-il passé ? Hier, une partie des siens le portait à la tête du clan en dépit de son âge et de son infirmité. Aujourd'hui, ceux-là mêmes qui l'avaient soutenu l'abandonnaient. Que lui reprochait-on soudain ?

Il étendit la main pour imposer le silence et dit fermement :

« Voilà ce que je vous propose. Cet après-midi, le Toucouleur reçoit les chefs des grandes familles qui le désirent. M'autorisez-vous à me rendre devant lui en votre nom ? »

Ce fut un véritable tollé de protestations. Mohammed se retira la mort dans l'âme. Il entra dans la case d'Awa, espérant la trouver telle qu'elle lui était apparue la veille, accessible et tendre. Elle était déjà redevenue elle-même. Sereine, souriante, un rien moqueuse, forte, si forte que sa force repoussait, blessait. Elle donnait le sein à son nouveau-né, cependant qu'Anady, réfugié dans un coin, regardait sombrement celui qui prenait sa place. Mohammed le serra contre lui, cherchant dans ce petit corps la douceur et la tendresse que le monde lui refusait. Awa l'interrogea alors qu'elle avait déjà été informée par des esclaves :

« Le conseil s'est bien passé?

– Mal! Très mal! Je ne serais pas étonné qu'il se réunisse à nouveau pour me destituer... Y comprends-tu quelque chose, toi? »

Il avait parlé humblement, et de le voir si abattu, le cœur d'Awa déborda d'amour. Il lui semblait que le lait qu'elle offrait à son fils se confondait avec cette sève brûlante qui l'inondait. Pourtant, sa voix n'en trahit rien, tandis qu'elle expliquait avec un peu d'impatience :

« Est-ce que tu ne sens pas que vous parlez de choses différentes? Ce n'est pas contre l'islam qu'ils se rebellent. L'islam s'est déjà insinué par tous les pores de Ségou, et ils savent bien qu'il faudra s'en accoutumer. C'est contre un conquérant étranger qui prétend les gouverner. Tandis que toi, tu acceptes El-Hadj Omar car il te semble le visage de ton Dieu. Alors, tu sembles un traître! »

Mohammed suffoqua :

« Moi, un traître! Est-ce que je n'ai pas fait tout ce qui était en mon pouvoir pour éviter qu'El-Hadj Omar ne chasse les Diarra? Je connais les paroles d'Ousman dan Fodio dans *Bayan Wugub al-Higra* : « On juge le pays d'après son sultan. Si ce dernier « est musulman, le pays est un pays d'islam. » Et que voulais-je faire, sinon veiller à la conversion véritable d'Ali Diarra? Sous contrôle d'un parti musulman? Mais voilà, ils ne m'ont pas compris. Que faut-il faire à présent? »

Mohammed se posait la question à lui-même et n'attendait pas de réponse. Il s'apercevait que Dieu et la foi ne peuvent se séparer de considérations ethniques, territoriales. C'était ainsi! Lui-même, un temps, n'avait-il pas haï les Peuls, musulmans comme lui, parce qu'ils humiliaient le peuple bambara? Et n'avait-il pas mis de longs mois à accepter que l'œuvre d'El-Hadj Omar était juste et salutaire?

« Tu combattras les hommes jusqu'à ce qu'ils attestent qu'il n'y a de dieu que Dieu. » A ce message de violence, il avait prétendu en substituer un autre. De paix. De persuasion.

Tant pis, il persisterait dans ce qu'il croyait juste et n'obéirait qu'à sa seule conscience, cherchant, toujours et partout, la voie droite. Ce n'était pas pour rien que Dieu lui avait refusé le bonheur terrestre. C'était assurément parce qu'il le réservait pour de grands desseins. Sans apitoiement sur lui-même, Mohammed revécut sa vie si courte et déjà marquée de tant de deuils, comme un chemin mal entretenu, creusé d'ornières et de pièges.

Ayisha! La femme aimée qu'il n'aurait jamais! Que faisait-elle en ce moment? Peut-être avait-elle appris la chute de Ségou et, dans sa haine des Bambaras, s'en réjouissait-elle? Qu'elle prenne garde, cependant, car le tour du Macina suivrait. En pensant à Ayisha, un voile particulier s'étendit sur les traits de Mohammed, et Awa, qui l'observait, sut bien où ses pensées l'entraînaient. Quand, quand comprendrait-il que la création à laquelle il rêvait n'avait rien de commun avec la créature détermi-née, toute imbue de préjugés ethniques qu'elle avait côtoyée à Hamdallay? Pour Ayisha, la mort d'Alfa Guidado n'était qu'un prétexte pour multiplier la distance entre elle et celui qu'elle n'avait jamais aimé. Awa savait que passé le temps du grand chagrin, Ayisha n'était pas entièrement sourde aux propositions d'un membre de la famille d'Alhaji Guidado, grand lettré qui avait étudié à Marrakech.

Devait-elle en informer Mohammed pour se repaître de sa douleur? Impossible, puisque sa douleur
serait la sienne!

Le silence s'installa, impalpable et pourtant
pesant, comme le malentendu qui existait entre
Mohammed et Awa. Celui-ci ne croyait voir en sa
compagne que l'esclave bozo qu'il avait épousée
pour se garder du plus terrible des péchés, et aux
mouvements de son être vers elle il donnait nom :
habitude, compassion, désir charnel. Elle, de son
côté, n'avait aucun moyen de savoir ce qui en était
réellement et, apparemment méprisée, se raidis-
sait.

Pendant ce temps dans la concession, la famille
discutait passionnément. Brusquement, Ahmed
Dousika faisait figure de chef, et on opposait ses
paroles, son comportement à ceux de Mohammed.
Celui-là, c'était un vrai Bambara qui n'accepterait
jamais de baisser la tête devant un usurpateur. Un
usurpateur! On disait qu'El-Hadj Omar s'était assis
sur la peau de bœuf, et qu'il avait même osé
étreindre la queue de bœuf qui avait appartenu à
Ali Diarra. Quant aux épouses royales, pour les
humilier, il les avait distribuées à ses talibés. Non
pas aux nobles venus comme lui du Toro, mais à
des Markas, des Diawaras, des Somonos, des Bozos,
gens sans aveu qui avaient grossi ses troupes au
long de son périple. Sacrilège des sacrilèges! Il
fallait résister. Résister et non pas s'abandonner
comme le prescrivait Mohammed.

Vers dix heures du soir, la lune se leva. Ronde
comme une calebasse. Elle était entourée de trois
cercles concentriques, jaune sombre, violacé, bleuâ-
tre, et reposait sur un nuage sanguinolent dont les
bords effrangés semblaient dégouliner vers la terre.
Des retraites où ils s'étaient terrés craignant les

exécutions massives du Toucouleur, les forgerons féticheurs scrutèrent le ciel. Bina Soumaworo, grand maître du Komo, en conclut qu'à la troisième saison des pluies, le sang d'El-Hadj Omar coulerait.

9

Le bon peuple de Ségou s'assembla devant le palais d'Ali Diarra pour voir brûler les fétiches. Comme c'était la deuxième ou troisième fois qu'une opération de ce genre se produisait, il n'était guère ému, sachant que les fétiches se rient du feu, même de celui d'Allah. Il commentait cependant la présence de Safolo, Kongoba, Nan-Woloko et Kouantara, les grands fétiches royaux, voilés d'étoffe rouge raide de sang coagulé, se disant que ce n'était là que des imitations, Ali Diarra ayant sûrement mis les originaux à l'abri, avant de quitter le royaume. Ce qui l'impressionnait bien davantage, c'était la présence, tête rasée et engoncés dans de grands cafetans blancs, des kélétigui qu'il avait crus invincibles, de nombreux princes et d'anciens ministres qu'il s'était accoutumé à vénérer. Vraiment, ces gens-là avaient la mémoire courte! Après tant de rodomontades à l'encontre du « petit marabout du Toro », ils n'hésitaient pas à se prosterner devant lui! Pareille conduite aurait été excusable chez des nyamakala! Mais chez des yèrèwolo qui ne cessaient de rappeler les hauts faits de leurs ancêtres! Et, ainsi, un ressort se brisait dans l'âme des Bambaras, car le peuple a besoin d'admirer ceux qui le dirigent.

Quand les gens détournaient leur regard des

flammes, c'était pour le porter sur l'énorme construction que les bari[1], au service d'El-Hadj Omar, faisaient surgir de terre en face du palais royal. Le grand tata avait déjà plusieurs pieds de haut et des colonnes de femmes, inlassables comme des fourmis, charroyaient de la terre dans des calebasses ou des paniers. Une tour, dix fois plus large que le tronc d'un baobab, s'élevait dans un angle, et des guetteurs s'étaient postés aux ouvertures. Car El-Hadj Omar refusait d'occuper le palais du fétichiste Ali Diarra, qui avait abrité de si horribles idoles, et, après avoir fait main basse sur l'or et les objets de grand prix qui s'y trouvaient, entendait le faire raser aussitôt après l'autodafé des fétiches. A la vérité, El-Hadj Omar n'entendait pas terroriser Ségou, mais la séduire. C'est ainsi qu'il avait expédié hors des murs ses hordes de talibés, violeurs et pillards, ne gardant à l'intérieur que les musulmans convaincus dont la conduite devait prêcher d'exemple. En outre, il les avait cantonnés au sud-ouest de la ville et n'avait pas accaparé, comme il avait coutume de le faire, les terres des familles bambaras. En somme, il ne demandait au peuple que de se raser la tête, de faire ses prières et ne plus boire de dolo, et s'il avait fait boucler le quartier des forgerons féticheurs, aucun d'eux n'avait été molesté.

Un matin, en revenant de la mosquée, il fit appeler Samba N'Diaye, son bras droit, son âme damnée, disaient ceux qui le haïssaient :

« Te rappelles-tu ce jeune Traoré qui était venu me trouver à Sansanding? Amène-le-moi... »

Samba N'Diaye leva les yeux au ciel :

« Mon Cheikh, trouver un Traoré dans Ségou, c'est trouver un grain de sable dans un sac de fonio... Il y en a des milliers. Lequel est le bon? »

---

1. Maçons venus de Djenné.

El-Hadj Omar s'impatienta :

« Celui-là est infirme, et c'est le fils de Modibo Oumar Traoré, premier martyr de l'islam... »

Samba N'Diaye se retira. Il avait mieux à faire que de chercher un infirme puisqu'il surveillait l'édification de la grande mosquée et des fortifications. Mais le maître avait ordonné, il fallait obéir. Cependant El-Hadj Omar avait raison. Ses émissaires ne mirent pas une heure avant de pénétrer dans la concession des Traoré et de marcher droit vers la case de Mohammed.

La parole le dit, les hommes ne passent pas la nuit auprès du feu qu'ils ont allumé! Ils sont inconstants. En voyant entrer les messagers d'El-Hadj Omar prodiguant à un des leurs tous les signes du respect, ceux-là mêmes qui, la veille, accablaient Mohammed se sentirent honorés. Quoi? A peine installé dans la ville, le marabout toucouleur faisait appeler un Traoré? Alpha Ibrahima, un des trois fils de la deuxième femme de Tiékoro, qui avait passé de longues années à Hamdallay, lui aussi, et, ne comprenant pas pourquoi on faisait tant de cas de Mohammed, lui avait toujours témoigné une grande froideur, vint le trouver :

« Frère, laisse-moi venir avec toi. »

D'un signe de tête, Mohammed refusa.

Mohammed n'avait aucune coquetterie, aucune vanité. Pourtant, il s'habilla avec le plus grand soin, revêtant des habits que sa mère lui avait offerts à Kano : un riche cafetan de soie jaune, un boléro grenat chargé de passementeries, une longue écharpe blanche et une calotte de feutre. Pour aller plus vite, il fit avancer sa monture qu'il équipa d'une selle haoussa, don d'Abdullahi, faite de cuir rouge rehaussée de clous dorés. Au moment de s'éloigner, il se tourna vers Awa qui l'avait aidé à s'habiller :

« Si quelque chose m'arrive, emmène les enfants à Kano. Je ne veux pas qu'ils grandissent ici. »

Awa avait le cœur serré. Néanmoins, elle haussa les épaules :

« El-Hadj Omar ne serait pas fou de faire du mal à un de ses plus fidèles défenseurs! »

Mohammed traversa Ségou. Les gens allaient, venaient, faisaient des emplettes avec des airs d'excitation heureuse comme des malades qui viennent d'échapper à la mort et se retrouvent vivants, bien vivants. Les bavardages allaient bon train du côté du marché central sur lequel étaient réapparus vendeurs et provisions, quoique à des prix excessifs. Il ne fallait pas moins de trois sacs de cauris pour un poulet étique. On assurait qu'Ali Diarra ne se tenait pas pour battu et, avec l'aide des Peuls du Macina, il espérait bien s'asseoir à nouveau sur sa peau de bœuf. Pourtant, on ne donnait pas cher de ses chances de succès. Les Ségoukaw s'habituaient à la servitude.

Les talibés laissèrent passer Mohammed, et il trouva El-Hadj Omar dans un réduit aux murs épais où il avait disposé ses livres de chevet. Il s'était préparé à lui opposer un front glacial, voire à lui adresser des reproches. Or, quand il le vit si beau, si simple, sa satala[2] à la main, il ne trouva rien à lui dire sinon :

« Maître, tu m'as fait venir? »

El-Hadj Omar le fixa de ses yeux pleins de feu et sourit affectueusement :

« Tu m'en veux, n'est-ce pas? Tu crois que je t'ai manqué de parole? Il n'en est rien. Mes généraux ont été tellement enragés par le massacre de nos talibés qu'ils ont ordonné l'offensive sans que j'en sois averti. »

2. Bouilloire pour ablutions.

Mohammed ne répondit rien, n'osant exprimer tout haut son incrédulité. El-Hadj Omar sourit plus affectueusement encore :

« Traoré, je forme un dessein pour toi. Je veux te compter parmi mes disciples les plus proches. »

Mohammed baissa les yeux :

« Mon Cheikh, que dois-je faire ?

– Je veux que tu sois la preuve vivante de ce que peut devenir un Bambara s'il est un vrai musulman. Je te confierai l'Esprit de cette cité, c'est-à-dire que je t'en confierai la direction spirituelle... »

Mohammed frémit de bonheur. Sous la conduite d'un tel guide, aucun sommet ne lui serait interdit. Il murmura :

« Maître, tu me combles. J'ai toujours rêvé de rouvrir la zaouïa de mon père. »

El-Hadj Omar fit la moue :

« La zaouïa de ton père, ce n'est pas ce que je souhaite ! Car ton père – que la terre lui soit légère – a toujours eu commerce avec les polythéistes ! Je veux que tu quittes ta famille. Je veux que tu t'installes non loin de mon palais et que tu sois l'imam de la mosquée que je fais construire par mon fidèle Samba N'Diaye... »

Mohammed bégaya :

« Que je quitte ma famille ? »

En même temps, malgré ce refus viscéral de son être, il sentait bien que cette séparation était nécessaire. Tant qu'il demeurerait parmi les siens, il ne serait jamais celui qu'il rêvait d'être.

« Ce n'est pas tout. Cette épouse bozo que tu as est indigne de toi. Ce n'est pas une vraie musulmane. Je le sais, j'en ai des preuves ! Répudie-la et emmène tes enfants avec toi... »

Cette fois, Mohammed protesta :

« Maître, comment veux-tu que je fasse cela ? Mon deuxième fils n'a que quelques jours... »

Le maître repoussa l'objection d'un geste :

« Il ne manque pas de bonnes musulmanes qui ont les seins plus gonflés de lait que nos vaches du Toro. On te trouvera une nourrice. A toi je donnerai une de mes filles en mariage! une de celles que m'a données ma deuxième épouse, originaire de Sokoto. Comme ta mère. Elle a nom Ayisha. »

Sa mère! Ayisha!

Devant ces signes, Mohammed ne pouvait plus douter, se rebiffer. Il ne devait être qu'obéissance et soumission. Il faisait partie des Elus, de ceux qui marchent dans la voie droite. Les paroles de la sourate chantaient en lui :

Louange à toi, le souverain de l'univers
Souverain au jour de la rétribution
Dirige-nous dans la voie droite
La voie de ceux que tu as comblés de tes bienfaits.

Quand la famille eut vent des projets de Mohammed, elle n'éprouva ni colère ni chagrin, mais une sorte d'horreur mêlée d'incrédulité. Quoi! Mohammed allait quitter de son plein gré la concession où étaient enterrés son père et le père de son père? Où chaque brin d'herbe, chaque branche d'arbre, chaque motte de terre pouvait souffler son arbre généalogique à ceux qui désiraient le connaître? Même Tiékoro qui avait eu la tête tranchée pour ses opinions religieuses, n'avait point eu pareil comportement. Il avait adoré Allah à deux pas des boli familiaux. Les seuls Traoré qui avaient quitté la concession avaient été exilés par décision du conseil de famille et avaient toujours ressenti cela comme le pire châtiment. La répudiation d'Awa semblait un projet aberrant. Elle n'avait pas trompé Mohammed. Elle avait mis au monde deux fils coup sur coup et avait servi cet unijambiste comme un homme dont les membres auraient été au complet. Toutes les femmes de la concession se sentirent concernées. Etait-ce ainsi que l'on récompensait une compagne fidèle et dévouée? Les plus âgées, qui se souvenaient du suicide de Nadié, osèrent déclarer qu'il fallait s'opposer à cette répudiation-là. Par tous les moyens! Paradoxalement, Ahmed Dousika, que l'on aurait pu croire comblé du tour que prenait le destin, était l'un des plus affectés. Il passait les jours à se poser cette question : était-il responsable de la folie de son frère? Car c'était de folie qu'il s'agissait! Ou simplement y avait-il eu coïncidence entre les desseins de son cœur et la volonté des ancêtres? Ne pouvant y tenir, il alla trouver Koumaré pour lui demander de corriger dans la mesure du possible ce qui avait été fait. Hélas! il apprit de ses femmes que le forgeron féticheur avait été appelé en consultation à Banankoro et ne serait pas de retour de sitôt.

Titubant de douleur, Awa sortit de sa case. Etait-ce la nuit? Sans doute, puisque tous les bruits étaient éteints sous le ciel noir comme un canari qui va chaque jour au feu. Elle buta contre un pilon qui roula à travers la cour avec un bruit lugubre, éveillant la volaille tenue dans un enclos derrière le jardin potager. Ses pas la portèrent dans la partie de la concession qui faisait fonction de cimetière, comme si elle seule pouvait contenir l'immensité de sa peine. Toutes les tombes étaient semblables dans l'égalité de la mort. Sauf celle de Tiékoro, entourée de cailloux soigneusement blanchis au kaolin et portant une pancarte de bois fichée en terre par un pieu, couverte de caractères arabes. Ah! tiens, le père serait content du fils! Il était allé plus loin que lui en sainteté! Awa s'allongea et enfonça son visage dans la terre, molle, à odeur de mil et à saveur fade.

Son corps était incendié. Les pensées se chevauchaient dans sa tête. Tantôt, elle songeait à se tuer. A tuer ses enfants. Tantôt, elle songeait à tuer Mohammed. Existe-t-il des pays où, sous l'excès de la souffrance, de l'humiliation et de la révolte, les femmes donnent la mort aux hommes? Ah! rejoindre ce troupeau hirsute de meurtrières! Inscrire son nom parmi les leurs! Le sang gicle pour un autre baptême. Elle s'efforça de discipliner ses pensées, sentant bien que toute cette violence n'était que le simulacre de l'amour, puis murmura :

« Père, mère! Regardez ce qu'il a fait de moi! N'allez-vous pas m'aider? »

La lune, intriguée, sortit d'entre les nuages. Le silence s'épaissit et une voix prononça très distinctement :

« Awa, fille de Kalanfeye Karabenta! »

Elle releva la tête. Enfin! Deux formes avaient pris place sur la tombe de Tiékoro, si impalpables qu'on aurait pu les croire sorties d'un songe, mais leurs voix étaient claires :

« Retourne chez toi. Prends tes fils et rends-toi à Ségou-Bougou[3]. Là, tu passeras trois jours et trois nuits, sans sortir, chez le vieux Guiré. Au bout du petit matin du quatrième jour, tu te rendras sur la rive du Joliba. Une barque t'attendra, conduite par un des nôtres, enfant des maîtres de l'Eau. Tu lui donneras dix noix de cola blanches et une volaille de même couleur. Il te ramènera à Didi, berceau de notre famille. »

Ces prescriptions confirmaient que Mohammed était perdu à jamais. Ce que le marabout toucouleur avait fait, nul ne pouvait le défaire. Atterrée, Awa allait s'informer, protester, mais les formes disparu-

---

3. Village de culture de Ségou.

rent, et elle se retrouva seule, prisonnière de la nuit, espérant qu'elle avait rêvé. Peu à peu, un désespoir tranquille l'envahit. Elle se releva et reprit le chemin de la concession.

Pendant ce temps, Mohammed était en prière. Le premier moment d'exaltation religieuse passé, il s'était senti incapable d'obéir au marabout. Oui, il avait envie de devenir un saint. Déjà, il se destinait à une grande tâche : se faire le chroniqueur d'El-Hadj Omar, racontant chaque épisode de la vie du wali. Car il le sentait bien, dans les temps à venir, son œuvre et sa personne seraient contestées. Les uns en feraient un homme de sang. Les autres un homme de Dieu. Et qui mieux qu'un Bambara converti pourrait témoigner de sa vérité? Quant à sa zaouïa, elle aurait nom « Cellule d'amour et de charité », et il enseignerait aux hommes que « la religion est un disque de vannerie portant sur l'une de ses faces le mot " amour " et sur l'autre, le mot " charité " ».

Puis, Mohammed s'était aperçu que mille liens l'amarraient à sa famille et, surtout, à sa femme. Brusquement, il s'était mis à revivre leur rencontre à Hamdallay, la première nuit où ils avaient fait l'amour. Et la conversation qu'il avait eue avec Alfa Guidado, peu avant sa mort, lui était revenue en mémoire :

« Gorè[4], le corps d'une femme renferme plus de délices que le féerique Djanna...

– Même si on ne l'aime pas?

– Je crois qu'à cause de cela on finit par l'aimer! »

N'est-ce pas ce qui lui était arrivé? L'amour s'installant par surprise dans les pas du désir. Mais, précisément, cet amour-là n'était-il pas méprisable,

4. Ami, frère.

150

et ne fallait-il pas l'extirper de son cœur? Vers qui se tourner pour y voir clair? Il n'osait solliciter l'esprit de son père pour un dilemme si vulgaire et s'apercevait qu'il avait été mieux préparé à interpréter les versets du Coran qu'à connaître les mécanismes de son être.

« Tu vois certains d'entre eux prendre pour affiliés ceux qui sont infidèles. Ce qu'ils accomplissent est si détestable qu'Allah se courrouce contre eux! Car il n'y a d'éternité dans le feu de l'enfer que pour l'infidèle. »

Se dire et se redire cette parole du Très-Haut ne l'aidait en rien. Alors, pour s'endurcir, il se ressouvenait du rire d'Awa déclarant :

« Si encore je pouvais prier dans ma langue, je m'y ferais! »

Oui, c'était une infidèle. Hélas! en même temps qu'il s'en persuadait, d'autres émotions, très douces, presque insoupçonnées jusque-là, s'emparaient de lui, et il se demandait si l'infidèle ne lui était pas aussi chère que la vie même.

Quand l'étroit rectangle, découpé dans la cloison de sa case, vira au gris clair, Mohammed finit par s'endormir, souhaitant un rêve qui puisse le conseiller. Au milieu de la matinée, on vint l'informer que sa femme et ses fils avaient disparu. Ahmed Dousika avait pris sur lui d'envoyer des hommes inspecter les puits des alentours. Accroupi dans un coin de la cour, un forgeron féticheur hochait la tête, affirmant que celle que l'on pleurait n'allait point ouvrir la barrière de la mort. Sans l'écouter, les femmes hurlaient, au milieu des enfants muets de terreur. Mohammed se prosterna sur sa natte, attendant l'arrêt du destin.

Cependant, Kosa campait dans la plaine à quelques heures de Ségou. Il faisait partie du dernier carré de fidèles d'Ali Diarra, de ceux qui s'étaient dit qu'il fallait vaincre ou mourir. Il n'avait plus de chefs. La veille au soir, Ali Diarra avait pris la direction de Hamdallay pour persuader Amadou Amadou de lancer une ultime offensive de grande envergure sur Ségou. Il n'avait pas sitôt tourné le dos que les quelques kélégui qui n'avaient pas encore déserté s'étaient hâtés de rentrer en ville puisque, selon les rumeurs qui filtraient, El-Hadj Omar n'avait condamné ni exécuté personne. Jusqu'alors, Kosa n'avait pas de personnalité bien définie. Orphelin à dix ans, il avait été gâté par toutes les mères et tous les pères de la concession qui le traitaient en enfant miraculé. On lui racontait comment il était né dans le grand âge de sa mère Nya et comment, par elle, le sang des Coulibali, une des plus prestigieuses familles de Ségou, irriguait son être. On lui parlait de ses ancêtres : Biton, le fondateur, bien sûr, mais aussi Dékoro, jusqu'au moment où les tondyons avaient fait régner l'anarchie, avant que N'Golo Diarra ne vienne rétablir l'ordre à son profit. Son énergie, son confus désir de gloire et d'action s'étaient cristallisés sur la chasse. Alors qu'il avait à peine vingt ans, il était déjà un des plus célèbres karamoko de Ségou, avec cela, grand buveur de dolo parmi les camarades de son groupe d'âge. La menace que le Toucouleur faisait planer sur la région avait enflammé son imagination. Il en suivait chaque étape. Nioro. Diangounté. Diala. Mourgoula. Oïtala. Sansanding. Persuadé que les armées bambaras mettraient un terme à cette avancée triomphale. Hélas! il avait suffi que se balance au vent le pavillon noir timbré du croissant des talibés Irlabé et des talibés du N'Guénar et qu'à l'arrière-plan ondulent les pavillons rouge et blanc des talibés du Toro Central pour que sofas, tondyons, fouroubadyon... se débandent, abandonnant sur le terrain comme autant de trophées dont s'emparaient les Toucouleurs, les haches, les lances, les arcs, les flèches, les sabres et les quelques fusils qu'ils arboraient. Les griots avaient beau s'égosiller, rappeler qui étaient les Bambaras, dans le vacarme des tabalas, des trompes, des bala... rien n'y faisait. C'était une fuite éperdue.

A vingt ans, on n'accepte pas la défaite. Kosa, qui n'avait été qu'un enfant gâté, avait senti naître en lui la détermination et la révolte. Il reprendrait Ségou. A lui tout seul s'il le fallait. Il suffit d'un esprit résolu pour changer le cours des choses. Alors, il serait celui-là.

A côté de lui, Mustapha et surtout Alhaji auraient bien aimé rentrer à la maison. Ils pensaient aux exclamations de joie et aux réjouissances qui salueraient leur retour, alors que la famille tout entière s'inquiétait, les croyant morts peut-être. On sacrifierait deux moutons dont on mangerait la chair rôtie à la broche, toute dégoulinante de jus et d'aromates. Des bassines de couscous de mil circuleraient, certaines mêlées de dattes selon une mode qui avait été introduite par Fatima la Marocaine, la mère de Mustapha. En pensant à sa mère, les yeux du garçon s'emplirent de larmes, le chagrin et la faim se mêlant en lui au point qu'il ne les dissociait plus l'un de l'autre. Il se tourna vers Kosa pour lui faire part de son désir de regagner Ségou, mais il lui vit une mine si résolue, si farouche qu'il n'osa rien dire. Il eut le sentiment d'une grande injustice. Après tout, il était musulman, lui. Pourquoi s'était-il laissé entraîner â combattre un autre musulman? Il renifla. Kosa fit virevolter son cheval et le tint sous le feu de son regard méprisant ainsi qu'Alhaji, qui avait reçu une balle toucouleur dans l'épaule et souffrait le martyre. Puis il vociféra :

« Etes-vous des Bambaras[5]? Et savez-vous ce que ce mot signifie? Allez-vous laisser un Toucouleur s'asseoir sur la peau de bœuf de votre souverain? Si vous avez des cœurs de femmes, rentrez à Ségou... »

Après un pareil discours, Mustapha et Alhaji ravalèrent leurs larmes, ce dernier se bornant à balbutier :

« Si nous pouvions trouver quelques feuilles de baobab pour arrêter le sang de ma plaie? »

En même temps, il pensait à Mohammed qui avait perdu une jambe à Kassakéri et se voyait déjà manchot. Kosa se radoucit :

« Cherchons donc un village pour y passer la nuit. »

Mais où se tourner? Toute la région était maintenant sous domination toucouleur. N'allaient-ils pas tomber sur une patrouille de talibés qui cherchait à les mettre à mort? Ou pire qui les enrôlerait de force dans l'armée des vainqueurs? Mustapha et Alhaji songèrent qu'ils pourraient se tirer d'affaire en hurlant le shahada[6]. Le musulman est le frère du musulman, ainsi que l'a dit le Très-Haut. Les trois garçons galopèrent longtemps à travers la brousse dont, une à une, les teintes fauves reculaient, vaincues par des ombres bleutées. Evitant Sansanding, ils avaient l'impression que plus ils se rapprocheraient de la frontière du Macina, plus ils seraient en sécurité. Peu avant la tombée de la nuit, ils arrivèrent enfin devant un village qui n'était pas une agglomération de cases calcinées avoisinant des

---

5. Le mot exact est « Ban-mâna » : Ceux qui ont refusé d'être dominés.

6. Profession de foi : « Il n'y a de dieu que Dieu. »

champs dévastés. Au contraire. Une ceinture de champs de mil et de coton l'enserrait, surmontée du bouquet verdoyant des arbres à karité. De longues bandes de coton fraîchement teintes séchaient aux branches, et des chèvres, capricieuses, se poursuivaient le long des sentiers. On aurait dit que la guerre n'avait jamais existé ou qu'elle avait miraculeusement pris fin, la prospérité des temps de paix l'ayant remplacée.

Kosa demanda à parler au chef de famille. C'était un vieux sarakolé, vêtu d'un pantalon bouffant jaune et d'une turki[7] de même couleur, le visage tout couturé de scarifications. Il mit à la disposition des jeunes gens une case de passage au flanc de la sienne, confortablement meublée d'un lit fait de deux murettes de terre recouvertes de nattes et de filets pour les habits. Une de ses femmes, jeune, belle et vêtue, avec beaucoup de coquetterie, d'un pagne à rayures bleues et blanches et d'une blouse brodée, pansa le bras d'Alhaji en lui coulant des regards si doux qu'il se demanda si, malgré sa douleur, il ne passerait pas la nuit avec elle. Quelques cases plus loin, on célébrait un mariage et l'on entendait hurler le chant rituel au milieu des rires cristallins des jeunes filles.

> *Mon écharpe est blanche*
> *Oui, mon écharpe est blanche*
> *Blanche, blanche.*

Les trois garçons se regardèrent avec stupeur. Le bonheur pouvait-il encore exister?

7. Blouse.

DEUXIÈME PARTIE

LE FLEUVE ERRANT

1

Q<small>UEL</small> maître insatiable et cruel que le soleil! Il n'a pas sitôt soulevé ses paupières qu'il terrorise ses sujets. Les hommes, les bêtes et les plantes suent de frayeur. Ceux qui le peuvent se gardent de son atteinte. Ceux qui sont forcés de se soumettre plient l'échine et se courbent dans des postures de suppliants. Et, cependant, ils le vénèrent, ce maître impitoyable, et répètent le chant si doux à son oreille :

> Salut, maître du monde
> Tout t'appartient
> Pénètre-nous, pénètre-nous
> De ton pénis de feu
> Qui fait jaillir la vie
> Salut, grand ordonnateur.

Olubunmi sortit de la case où il avait passé la nuit et fut aussitôt aveuglé par le soleil. Il avait pris refuge dans cette carcasse à demi calcinée, et, couché à même la terre, toute la nuit, il s'était tourné et retourné sans trouver le sommeil. Des squelettes d'arbres parsemaient la brousse couverte par endroits de croûtes noirâtres. Qui avait dévasté cette région? Les Français? Les Toucouleurs? Olubunmi n'aurait su le dire puisqu'il s'était perdu quelque part après Dembakané. Il s'efforça de calmer l'angoisse qui l'envahissait et que la clarté du grand jour n'arrivait pas à dissiper. S'il suivait le fleuve Sénégal, sans se laisser divertir par ses affluents, il finirait par arriver dans le Kaata, et, une fois à Nioro, ce serait facile. Olubunmi était aussi torturé car il était dans l'ignorance de ce qui se passait à Ségou. Les Toucouleurs en étaient-ils venus à bout? En même temps, il était humilié car, pour tromper les bandes armées qu'il pourrait rencontrer, il s'était débarrassé de son uniforme de tirailleur et s'était vêtu comme un pèlerin de retour de La Mecque. Rien ne manquait. Ni le long cafetan, ni le chapelet entortillé autour du bras, ni le voile autour du cou, même si, à présent, cette étoffe blanche était passablement froissée et salie, et ce travesti lui pesait à peine moins que l'uniforme dont il venait de se débarrasser. En outre, il avait appris des prières musulmanes, et, à chaque fois qu'il les prononçait, une sorte de fiel emplissait sa bouche, la rendant haineuse et amère. Il s'interdisait de se le demander une fois de plus : qu'était devenu Olubunmi Traoré, forcé de choisir entre deux maîtres?

Il s'aperçut qu'il avait grand-faim et, pour tromper son estomac, se mit à mâcher la dernière noix de cola qu'il gardait dans son cafetan. Le roi soleil commençait à gravir une à une les marches de son trône. Il fallait partir.

Déserter l'armée française avait été un jeu d'enfant, car tout le monde désertait. Les recrues, alléchées par la promesse de faire des razzias et de prélever du butin, avaient vite déchanté. Si, les premiers temps, les Français étaient partout accueillis avec une curiosité tolérante, la révolte s'était vite déclenchée contre eux. C'est que, après des simulacres d'accord avec les anciens, ils s'appropriaient les terres, forçaient à cultiver des plantes dont on ne voyait pas l'utilité et à tracer des routes qui ne menaient nulle part. Depuis peu, dans les régions où ils avaient reçu permission de s'installer, ils percevaient des redevances en bétail, en récoltes, n'hésitant pas à faire des exemples de ceux qui les refusaient. Ainsi, des pères de famille, des gens respectés et vénérés s'étaient vus dénudés, traînés au soleil et frappés à grands coups de chicotte. A Orndoli, dans le Damga, ils avaient fusillé un chef de village qui prétendait leur interdire l'accès aux terres de la collectivité. Les gens commençaient à dire qu'ils étaient l'incarnation des Esprits du Mal et multipliaient les prières et les sacrifices pour se garder d'eux.

Olubunmi rabattit sur son front le pan de son turban et se remit à marcher sur la terre pierreuse et craquelée. Une grande sécheresse frappait le Damga, et les champs que les habitants n'avaient pas incendiés volontairement étaient brûlés de soleil. Comme il s'arrêtait sous le maigre ombrage d'un baobab pour s'assurer qu'il se dirigeait bien vers le nord, un homme surgit de la brousse. Vêtu, comme un chasseur, d'un habit fait de peaux de bêtes assemblées et le fusil sous le bras. C'était le premier être vivant qu'Olubunmi rencontrait depuis deux jours et deux nuits, et il courut frénétiquement vers lui.

L'homme resta debout, immobile, son ombre ramassée à ses pieds comme une bête qui va bondir. Olubunmi s'approcha et, ne sachant à qui il avait affaire, murmura la salutation qui commençait de s'imposer, même aux non-musulmans :

« Asalam Aleykum... »

L'autre continua de le fixer sans prononcer une parole de ses yeux étroits, glauques et étincelants à la fois. Olubunmi sentit la peur le gagner. Cet homme surgi de nulle part le terrifiait. Etait-ce un esprit? Un être surnaturel apparu pour le perdre ou le sauver? Il bredouilla :

« Qui que tu sois, aide-moi! Je ne suis pas de cette région. Il suffirait que je retrouve le fleuve... »

L'homme pirouetta sur lui-même et se mit à avancer à enjambées si rapides qu'Olubunmi eut bientôt peine à le suivre. Au milieu de la brousse immobile, uniforme, partout semblable à elle-même, il semblait se repérer à mille signes presque imperceptibles. Il marchait depuis des heures quand il s'arrêta brusquement. Il se tourna vers Olubunmi et posa sur lui son regard, à la fois insondable et plein d'une secrète compassion. Toujours sans dire un mot, il fouilla dans les profondeurs de ses vêtements et en tira une poignée de racines. Olubunmi ne les eut pas sitôt mâchonnées qu'une délicieuse sensation de fraîcheur l'inonda et que sa faim s'apaisa. A coup sûr, cet homme n'était pas ordinaire. Respectueusement, Olubunmi murmura :

« Sois remercié, toi qui m'a pris en pitié, toi qui m'a sauvé de la mort par inanition... »

Mais l'homme ne lui accorda aucune attention et, sans presque l'écouter, lui tourna le dos, reprenant sa marche. A présent, le maître soleil trônait au milieu du ciel et décochait ses traits acérés dans toutes les directions.

Combien de temps Olubunmi marcha-t-il à la suite de l'inconnu, ses pas dans les traces que les sandales de son guide imprimaient dans la terre pourtant sèche et aride? Des heures? Des jours? Des semaines? Il avait perdu la notion du temps. Comme un esprit qui assiste à ses propres funérailles et peut ainsi mesurer la douleur de ses femmes, l'affliction de ses frères et de ses enfants, il voyait son corps se mouvoir à travers les espaces couleur de soufre, çà et là, parsemés des formes pétrifiées des arbres, des restes encore fumants de villages qui avaient abrité la vie, l'amour, la danse.

A un moment, l'homme s'accroupit sur ses talons et se mit à gratter la terre. Ensuite, il prit une poignée de poudre dans sa main droite et la fit couler lentement dans la gauche. Il recommença ce geste par trois fois, cependant qu'Olubunmi, médusé, éperdu de fatigue, demeurait debout à quelques pas de lui.

La marche reprit. Le tyran soleil commençait de se lasser de ses excès. Par intervalles, il s'assoupissait. Puis il s'éveillait à nouveau, et tous ceux qui avaient cru le voir disparaître devaient, bon gré mal gré, entonner le chant :

> *Oui, maître du monde*
> *Tout t'appartient*
> *Les hommes, les plantes, les bêtes*
> *Oui, grand ordonnateur*
> *Pénètre-nous de ton pénis de feu.*

Une fois de plus, l'homme s'arrêta. Un vent frais venait de se lever, répandant un peu de douceur, tandis qu'à l'horizon les brouillards de chaleur se dissipaient. L'homme enduisit son index de salive et le dressa à hauteur de sa joue, brun et noueux comme une tige arrachée à une plante inconnue. Puis il se tourna vers la gauche, étendit le bras et lança :

« Ji[1]... Ji... »

Sur ces mots, il s'éloigna à grands pas et, en quelques secondes, disparut comme il était apparu dans la brousse, sans ombre et sans mystère. Olu-

_____
1. L'eau (bambara).

bunmi resta planté là à fixer l'endroit où il s'était évanoui. Non, non, cet homme n'était pas ordinaire. Sans doute un ancêtre qui avait pris en pitié ce malheureux petit-fils, errant sans guide. Plein d'une gratitude qui n'excluait pas l'effroi, Olubunmi se décida à suivre la direction indiquée. A chaque mouvement qu'il faisait, il manquait de crier tant ses pieds étaient endoloris. La sueur ruisselait le long de son dos. Soudain, une crête verdoyante apparut, tranchant contre le ciel qui virait au mauve. Des arbres. Olubunmi parvint à presser le pas. Oui, des arbres. Les toits arrondis d'un village. Des moutons, des chèvres, des enfants. Et puis, un peu plus loin, le fleuve...

« Comment te sens-tu?

– Refait, grâce à ton accueil... »

L'hôte d'Olubunmi était un Toucouleur vêtu d'un grand boubou indigo et avait le visage entouré d'une barbe soigneusement entretenue. Ses moindres gestes étaient empreints de noblesse, qu'il verse le thé, qu'il offre de la noix de cola ou que ses mains reviennent étreindre les grains de son chapelet comme si elles ne souffraient pas d'en être séparées longtemps. Après les heures effroyables qu'il venait de vire, Olubunmi se sentait bien dans cette case sans apprêts, chichement meublée et cependant intime, accueillante.

« Tu es un Bambara, n'est-ce pas? Du Kaarta ou de Ségou? »

Olubunmi sourit, un peu étonné par cette question brutale qui contrastait avec la courtoisie de son hôte :

« Moi qui pensais faire illusion et passer pour un notable de Saint-Louis se rendant auprès de parents éloignés! Oui, je suis un Bambara de Ségou. En outre, ne te fie pas à mes vêtements, je ne suis pas musulman. »

Si, par une tendance naturelle de son caractère, Olubunmi avait espéré choquer son interlocuteur, il n'en fut rien, et il s'étonna de l'expression de ses traits, émue, circonspecte comme celle que l'on prend au chevet d'un malade :

« Depuis combien de temps es-tu en voyage? »

Olubunmi fronça le sourcil, flairant quelque mystère :

« Ami, dis clairement ce que tu as à me dire... »

L'autre le fixa de nouveau avec cette étonnante compassion, hésita, puis se décida à questionner :

« Ainsi, tu ne sais pas que Ségou s'est soumise au vrai dieu? »

Olubunmi fut un instant sans comprendre. Soumise au vrai dieu? Ensuite, lentement, la vérité se fit jour. Soumise au vrai dieu? C'est-à-dire tombée aux mains d'El-Hadj Omar? Sa langue, ses lèvres se refusèrent à formuler ce blasphème. Alors, répondant à l'interrogation que contenait son regard, le Toucouleur hocha la tête :

« Je sais ce que tu ressens. C'est comme si je t'annonçais que ta mère n'est plus, que le ventre qui t'a porté est retourné à la terre et n'abrite plus que vers et vermine. Pourtant, comme après la pourriture du corps, l'âme libérée rejoint son Créateur, de même Ségou a rejoint le dar al-islam... »

Olubunmi se prit la tête entre les mains :

« Ami, cesse ce jargon qui ne convient qu'à ceux qui partagent ta foi. Ségou, Ségou... »

Et il pleura comme un enfant. N'ayant pas vu mourir son père et sa mère, Olubunmi découvrait la douleur de perdre ce qu'on possède de plus cher au monde. Orphelin au bord d'un tombeau béant, il souhaita s'abîmer dans cette fosse qui contenait son bien le plus précieux. Des bribes de chants, des paroles très anciennes, des images noircies par le temps lui remontaient en mémoire, et il lui semblait qu'il ne pourrait jamais, jamais apaiser cette souffrance-là.

Entre ses sanglots, il murmura :

« Que faire à présent ? Que faire ? »

Le Toucouleur se leva, fit le tour de la natte et vint lui poser la main sur l'épaule :

« Accepte. Accepte le triomphe du vrai dieu... »

Olubunmi ne l'entendit pas. Il interrogea :

« Sais-tu ce qu'est devenu notre Mansa Ali Diarra ?

– On dit qu'il s'est réfugié dans le Macina et continue d'exciter la haine d'Amadou Amadou contre El-Hadj Omar. »

Olubunmi releva la tête :

« La lutte contre le Toucouleur continue donc ? »

L'hôte eut un geste d'ignorance. Avec la rapidité de l'éclair, le plan d'Olubunmi s'était formé. Ce n'était pas pour rien que pendant deux longues années il avait guerroyé aux côtés des Français. Il savait, bien sûr, se servir d'un fusil, mais, savoir plus précieux, il savait dresser une embuscade, préparer une attaque ou conduire des unités au combat. Il mettrait sa science au service du Mansa. Non, ce n'était pas la route de Ségou qu'il fallait prendre : il ne rentrerait dans sa ville qu'une fois qu'elle serait rendue à elle-même, la face lavée de toute souillure, pour voir la dynastie Diarra reprendre son trône. Il fallait prendre la route de Hamdallay. Vaincre ou mourir.

La voix de son hôte le tira de ses réflexions :

« Tu sais, par ici aussi, nous avons nos soucis. Les Français ont imposé un traité à un elféki[2] qu'ils ont

2. Chef toucouleur.

d'ailleurs imposé par la force. Mais cela ne servira à rien. Notre peuple ne reconnaîtra jamais la souveraineté de ces infidèles... »

Olubunmi haussa les épaules :

« Qu'allez-vous faire? Que pouvez-vous faire contre leurs fusils et leurs canons? »

Le Toucouleur s'assit, ramassant autour de lui les plis de son boubou :

« Il existe d'autres formes de résistance. Qui ne font pas couler le sang... »

Olubunmi se retint de hausser les épaules à nouveau. D'ailleurs, son hôte enchaînait :

« Tu vois, je suis un pauvre homme comme tous ceux de ce village. Néanmoins, je vais mettre à ta disposition une forte mule que je possède, et Bakary, mon fils aîné, te guidera jusqu'à la rive droite du fleuve Sénégal. Nous avons des parents dans toute cette région, tu pourras t'y loger sans peine... »

Ainsi, un Toucouleur aidait un Bambara. Ainsi, un croyant aidait un infidèle! Emporté par ses habitudes de soudard, Olubunmi allait saluer cette offre de commentaires railleurs. Puis quelque chose le retint. L'accueil de cet homme, venant après l'étrange apparition de l'inconnu dans la brousse, n'était-ce pas autant de signes de la protection des ancêtres, de leur soutien dans la tâche qu'il s'assignait? Reconquérir Ségou. Rentrer en vainqueur dans sa ville. Somme toute, la supériorité d'El-Hadj Omar ne provenait que de sa puissance de feu! Si Ali Diarra consentait à l'écouter, tout pouvait encore être sauvé. Ah oui! il saurait bien se faire écouter!

La nuit était venue, aussi fraîche que le jour avait été brûlant. Quelque part, des jeunes filles chantaient. Un chant dont Olubunmi ne comprenait pas les paroles s'il en percevait toute la douceur.

Pour la première fois peut-être, il s'interrogea sur les Toucouleurs. Qui étaient-ils ? Parmi les Bambaras et les autres peuples qu'ils avaient soumis ne circulaient que des images simplistes et grossières. Fanatiques. Sanguinaires. Cruels. Perfides. La réalité en allait sûrement autrement. C'était leur religion qui les dressait contre tous. Mais qui y avait-il derrière l'écran de la religion ?

Olubunmi regarda son hôte, cet homme affable et discret qui avait partagé avec lui ses pauvres possessions : laitage, miel, galette de mil... Il fit doucement :

« Parle-moi de toi, je veux dire, de ton peuple. De son histoire. »

L'homme rit :

« Et de quoi veux-tu que je te parle ? Des farba, ces guerriers indomptables et païens qui décimaient le Tekrour[3] ? De l'ancêtre fondateur Koli Tenguela Ba, qui vint de l'est à la tête de trois mille trois cent trente-trois soldats, et, l'ayant conquis, devint le premier Satigui ? Dans sa capitale, Silla, les vaches aux longues cornes étaient plus nombreuses que les femmes, et l'on avait à volonté le lait, le petit-lait, le fromage... Ou, alors, voudrais-tu que je te parle de Souleymane Baal, qui vint de Boode Lao et prit le pouvoir au nom du vrai dieu sans verser de sang ? Ou de notre premier Almami, qui réunit les provinces du Dimar, du Toro où, tu le sais, est né El-Hadj Omar, du Lao, du Damga où tes pas t'ont conduit aujourd'hui, du Ngenar... en un émirat dont le seul véritable souverain est Allah ? Tu vois, notre histoire est longue et complexe comme celle des tiens, j'imagine. La seule différence est qu'avant vous, nous avons rencontré le vrai dieu, qu'il ne nous a pas été imposé de l'extérieur... Et que nous

3. Ancien nom du Fouta Toro.

168

en sommes devenus les ardents serviteurs... Aussi, nous ne craignons rien. Allah nous aidera à résister aux Français et à leur grossière idole... »

Olubunmi aurait aimé prolonger ces instants. Il le sentait bien, c'était une trêve que le destin lui offrait. Dès le lendemain, il lui faudrait reprendre la route, retrouver l'odeur de la poudre, du sang et de la souffrance, tuer pour ne pas être tué. Malheureusement, son hôte se levait :

« Pardonne, je suis un piètre conteur! Et puis, pour moi, c'est l'heure de la prière. »

Olubunmi l'imita.

Dans l'ombre de la cour, les caftans blancs des suppliants formaient un lumineux tapis. Fugitivement, le désir emplit Olubunmi de prendre sa place dans cette fraternité d'hommes, coude à coude, autour de leur dieu, le front dans la poussière. Puis il se raidit. N'avait-il pas vu mourir fa Tiéfolo sous les brutalités des musulmans venus du Macina? Cette image restait à tout jamais gravée dans son esprit. Il entra dans l'humble case de roseaux séchés qui lui avait été assignée. A côté de la natte, les femmes de son hôte avaient disposé une calebasse d'eau fraîche et une coupe de terre contenant des dattes.

Olubunmi eut à peine fermé les yeux, recru de fatigue, qu'il eut un rêve. Il montait à cheval, sans selle, et il sentait sous ses fesses l'arête dure et brûlante du dos de la bête. Il approchait d'une ville. Etait-ce Ségou? Il n'en était pas sûr, la frise des murailles lui semblait différente ainsi que l'armature des portes. Néanmoins, c'était une ville aussi imposante que Ségou, entourée de murailles de terre, tandis que le bouquet verdoyant des palmiers rôniers surplombait ses toits en terrasses. Il s'en approchait, pressant son cheval, car il galopait depuis des heures quand, brusquement, cette merveilleuse construction s'était lézardée, craquelée, effritée, effondrée, se réduisant en un tas de poussière rouge aussitôt confondue avec l'aridité de la savane. Dans l'immense silence qui accompagnait cette destruction, une voix s'était élevée, celle d'un jeune homme qu'Olubunmi ne reconnut pas, mais il savait l'avoir déjà rencontré :

« Jusqu'au dernier! Ils nous auront jusqu'au dernier... D'une manière ou d'une autre. »

Brutalement, la conscience revint à Olubunmi, qui s'assit sur sa natte. Que signifiait ce rêve? Qui le lui avait envoyé? Quel ancêtre entendait ainsi l'avertir? Et de quoi? Cela signifiait-il que toute lutte serait inutile? Qu'il fallait rentrer au plus vite à Ségou pour mesurer l'étendue des dommages et tenter de sauver ce qui pouvait l'être?

S'enroulant hâtivement d'un pagne, il sortit dans la nuit. Malgré l'heure avancée, les jeunes filles chantaient encore. La voix haute d'une soliste prononçait une phrase harmonieusement mystérieuse, qu'un chœur un peu discordant reprenait avant que ne crépitent des battements de mains. Puis tout recommençait. Interminablement.

Que signifiait ce rêve?

S'il était resté à Saint-Louis, il aurait consulté le devin de Fatou Guèye, qui, tout musulman qu'il était et cinq fois par jour, les fesses plus haut que la tête, conversait avec l'invisible et tentait de l'infléchir. Fatou Guèye! Fugitivement, Olubunmi songea à elle avec un intense sentiment de soulagement. Il lui semblait s'être échappé d'un marais où, s'il n'y avait pris garde, il se serait enlisé. Elle était l'image dégradée de la femme une fois que se sont posés sur son visage les fards de l'appétit du lucre, de la sensualité et de la frivolité. Quand Olubunmi son-

170

geait aux caresses qu'elle lui prodiguait et dont il avait la faiblesse de s'enivrer, il était pris de honte. Et dire qu'elle s'était mis en tête de l'épouser! Et dire que s'il ne s'était pas enfui, désertant l'armée française, il aurait fini par y consentir! Tant la solitude de l'exil le rongeait. Et quel meilleur remède contre la solitude que le corps d'une catin...?

Que signifiait ce rêve? Olubunmi revint à ses préoccupations. Mais il avait beau s'interroger, il ne trouvait pas de réponse.

Le chant juvénile ne s'était pas arrêté et il n'était pas loin de penser que cela aussi était surnaturel, comme si les heures étaient peuplées de signes qu'il était incapable de déchiffrer. Il retourna vers la case où la lampe s'était éteinte et se roula sur sa natte, trop angoissé pour retrouver le sommeil. Que faire? Aller vers Hamdallay et se mêler à la résistance? Rentrer à Ségou et panser les plaies de la famille? Incapable de choisir une conduite, un sentiment de fatalisme l'envahit. Eh bien, il laisserait aller sa mule, et ses pas le conduiraient là où il devait aller. Il ferma les yeux. Dehors, le chant s'amplifia. La voix de la soliste fusa en une note haute, un peu plaintive, bientôt suivie du chœur à la fois aigrelet et grave. Un rongeur se mit à grignoter les roseaux de la case.

Ségou! Ségou n'était plus dans Ségou. Un usurpateur s'était assis sur le trône des Diarra. Les Bambaras courbaient l'échine sous le joug d'un maître qu'ils ne s'étaient pas choisi. Les larmes scintillèrent telles des étoiles bleues sur les joues d'Olubunmi puis disparaissaient dans les poils rugueux de sa barbe rougeâtre.

2

A PRÉSENT, les colonnes de fumée montaient jusqu'au ciel. Brusquement, le vent rabattit une pluie de sable mêlée de cendres sur les paupières et les lèvres des voyageurs qui se hâtèrent de se protéger des pans du litham qu'ils portaient à la manière touareg. Bakary s'arrêta et s'enquit, d'un ton perplexe :

« Mais qu'est-ce qui fume ainsi? Ce ne sont pas de simples feux de brousse. On croirait des villages ou des campements... »

Olubunmi frappa du talon le ventre de sa mule :

« Si tu te hâtais, au lieu de jouer au devin, nous finirions bien par le savoir... »

Puis il se repentit de sa grossièreté et grommela d'un ton d'excuse :

« Pardonne-moi. Je mériterais bien que tu me plantes là au milieu de ce pays que je ne connais pas... »

Bakary eut un sourire :

« Moi non plus, je ne le connais pas. Nous voilà bien loin des rives du Sénégal et de la région où mon père m'avait demandé de te conduire... »

Bakary était un bel adolescent, discret et efficace, qui savait aussi bien allumer un feu entre des pierres que tuer un oiseau à la fronde ou panser une plaie avec un emplâtre de feuilles. Il avait supporté avec la meilleure grâce du monde les impatiences et les accès de mutisme d'Olubunmi, comme s'il comprenait qu'un homme qui n'a plus de patrie mérite tous les égards. Et il l'avait guidé à travers le Guidimika, le Kaarta, le Baguna, où, comme par enchantement, il découvrait des Toucouleurs apparentés à la famille de son père qui offraient le vivre, le couvert et le gîte pour la nuit.

Quels bouleversements! On ne faisait plus la distinction entre ceux qui suivaient El-Hadj Omar, ceux qui le fuyaient, ceux qui échappaient aux Français ou ceux qui couraient à leur rencontre! Toutes les bouches colportaient les histoires les plus invraisemblables, et ce n'était que récits se dépassant les uns les autres en horreur. Bakary arrêta à nouveau sa mule :

« Je peux t'assurer que nous sommes à présent dans le Macina, et que nous ne sommes plus très loin de Hamdallay... »

Intrigué, Olubunmi s'arrêta à son tour :

« Comment le sais-tu? Toi qui n'avais pratiquement jamais quitté le Damga...? »

Bakary eut un de ces sourires un peu mystérieux dont il était coutumier :

« Ne demande jamais à un Jaawando comment il se dirige. Il y a très longtemps, quand nos ancêtres ont dû prendre refuge sur les rives du fleuve Sénégal, ils ont conclu un pacte avec la nature. Cette touffe d'arbre ne signifie rien pour toi, n'est-ce pas? Ni cet oiseau boutefeu qui s'élève lourdement?... »

Olubunmi dut en convenir.

« Eh bien, moi, ils m'indiquent que nous sommes dans le pays de l'eau, le pays des lacs. Cela m'indique donc que la guerre est entrée dans le Macina, et que ce sont à présent des villages peuls qui brûlent... »

Olubunmi regarda avec désarroi autour de lui :

« El-Hadj Omar aurait donc quitté Ségou pour poursuivre ses conquêtes? »

Bakary eut un haussement d'épaules :

« Nous ne tarderons pas à le savoir!... »

Il n'eut pas sitôt prononcé ces paroles qu'une troupe d'hommes déboucha en désordre du sentier, montée sur des chevaux fourbus et l'écume aux naseaux. Sur leurs turbans, ils portaient des chapeaux de paille à large bord, et Olubunmi aurait pu les prendre pour des combattants toucouleurs s'il n'avait reconnu, accrochés à leurs bras, les lances et les sabres courbes des Peuls. Puis, il distingua sous la poussière qui les recouvrait les cottes matelassées des bataillons d'élite. Aucun doute n'était possible. C'était là des lanciers du Macina. Il sauta à bas de sa monture et se jeta littéralement sous les sabots des bêtes.

« Au nom d'Allah, renseignez-nous. Nous allions vers Hamdallay et... »

L'homme qui venait en tête du triste cortège eut un rire :

« Hamdallay? »

Puis, faisant pirouetter son cheval, il désigna de la main les colonnes de fumée :

« Hamdallay? Voilà tout ce qui en restera bientôt... »

Un autre lancier éperonna son cheval après avoir jeté :

« Frères, vous prenez la mauvaise direction. Suivez-nous si vous tenez à la vie... »

Bakary et Olubunmi se regardèrent. Quelle que soit la situation, ils éprouvaient le même mépris pour ces combattants qui tournaient le dos au champ de bataille. En outre, dans les yeux de Bakary brûlait une lueur qu'Olubunmi connaissait bien : le goût de l'aventure! Etrange! Ce garçon qui n'avait jamais fait que prier et garder le troupeau de son père semblait dévoré du désir d'affronter le danger, de croiser le fer avec lui. Comme s'il n'ignorait pas que nulle sensation n'est plus enivrante que la peur quand l'adversaire est digne d'estime! Lui qui était un Toucouleur guidant un Bambara ne semblait pas se soucier du camp qu'il devait choisir, l'essentiel étant qu'il fasse usage de cette force inconnue jusqu'alors en lui et consume sa frénésie.

Les mules se remirent donc à piétiner de mauvaise grâce. Dans cette région gorgée d'eau, l'hivernage était précoce et des vols d'oiseaux dyi-kono rasaient la terre avant de remonter brutalement vers le ciel. Comme ils arrivaient en vue d'une mare grise, boueuse, ils entendirent des coups de feu, tandis que des tourbillons de fumée plus noire, plus épaisse, surgissaient au-dessus des eaux. Olubunmi reconnut l'odeur inimitable de la poudre et du sang. Soudain, il entendit le sourd grondement de la terre, martelée par des centaines de chevaux. On se battait non loin de là, quelque part autour de cette mare, peut-être dans ce bois dont on apercevait les frondaisons sans épaisseur. Bakary et Olubunmi continuèrent d'avancer. A présent dans le tumulte des armes, ils distinguaient les chants des griots et les lents récitatifs des talibés :

> *Bissimillahi ramani rahimi*
> *Al hamdou lillahi rabbil alamina*
> *Rahmani rahimi...*

Olubunmi aurait aimé se débarrasser de l'accoutrement qu'il portait, retrouver les armes dont il avait eu la sottise de se défaire et plonger au cœur de la mêlée. Hélas! il était réduit à ce rôle de spectateur. De voyeur.

Un groupe de fantassins surgit, brandissant des étendards. A leur couleur, Olubunmi reconnut des Peuls et se précipita à leur rencontre, oubliant Bakary qui, pris de court, n'osa pas le suivre et se jeta par terre :

« Frères, je suis un Bambara de Ségou. Donnez-moi des armes que je me batte ou meure avec vous... »

Mais les hommes défilèrent sans lui répondre, sans lui accorder un regard, comme s'ils n'avaient que faire de ce pèlerin. Bakary le rejoignit, posant la main sur son bras en un geste affectueux :

« Laissons la guerre à ceux qui savent la faire. A quoi nous servirait de nous faire tuer? »

La mort dans l'âme, Olubunmi se rendit à cet avis, et ils tournèrent le dos au lieu des combats. A présent, des villageois refluaient de partout, portant, hâtivement assemblés, les objets auxquels ils tenaient et grâce auxquels ils espéraient reprendre racine ailleurs. Nattes en secco, pilons, mortiers, filets contenant des vêtements, ballots de calebasses. Les enfants qui pouvaient marcher trottinaient derrière leurs mères, regardant avec plus de curiosité que d'effroi cette agitation et cueillant, quand ils passaient à leur portée, du kwana ou du migo dont les arbrisseaux parsemaient la savane. Bakary et Olubunmi se mêlèrent à cette horde de fuyards et un homme, serrant sur sa poitrine les éléments de son métier à tisser, les renseigna :

« El-Hadj Omar a battu Ba Lobbo, l'oncle d'Amadou Amadou. A présent, il marche sur Hamdallay. »

Olubunmi eut beau le presser de questions sur ce qui se passait à Ségou, l'autre ne put leur répondre, il ne savait rien de plus. Qui était resté à Ségou en l'absence du conquérant toucouleur pour garder et défendre éventuellement la ville ? Quel camp la victoire semblait-elle choisir ? Hamdallay allait-elle ajouter son nom à la liste des villes défaites ? Nioro. Diara. Ouossébougou. Oïtala. Sansanding. Niamina. Mourdiah. Les Peuls, à la liste des peuples soumis ? Sarakolés. Wolofs. Diawaras. Malinkés. Bambaras.

« Je pense que si nous prenons cette direction sans trop nous éloigner, nous pourrons nous tenir à l'abri... »

Olubunmi releva la tête vers Bakary. C'est alors qu'au fond des grands yeux obliques de l'adolescent, il lut une compassion très chaude et très ancienne qui cadrait mal avec ce visage juvénile et lui rappelait un autre regard. Celui de l'ancêtre surgi de la brousse. Quel naïf il avait été de ne pas le reconnaître plus tôt sous son nouveau travesti...! Ainsi, tout s'expliquait ! Précipitamment, il murmura une prière d'excuse.

La femme leur tendit une calebasse d'eau fraîche, les regarda se désaltérer sans mot dire, puis, toujours en silence, plongea à nouveau le récipient dans l'eau trouble du marigot. Elle était belle, farouche, avec cependant une expression meurtrie comme si, tout en portant une blessure mortelle, elle s'efforçait de respecter les gestes qui entretiennent la vie. Intrigué, séduit, Olubunmi l'interrogea :

« Comment te nommes-tu ?

– Que t'importe ? »

Puis elle sembla regretter la brutalité de sa réponse et se reprit :

« Tu peux si tu veux m'appeler Awa... »

Elle se releva et prit le chemin du village dont on

apercevait déjà les toits. A chacun de ses pas, ses fesses tendaient l'étoffe rayée de son pagne, et Olubunmi qui, au milieu de tant de déboires, n'avait certes pas l'esprit à l'amour sentit s'éveiller son désir. Mécontent de lui-même, il se tourna vers Bakary et l'interrogea avec déférence. Car, ayant deviné sa véritable identité, son attitude envers lui avait radicalement changé.

« Allons-nous nous arrêter ici pour la nuit? »

Bakary inclina la tête :

« D'abord, nos mules ont besoin de repos. Et puis, peut-être en saurons-nous davantage sur ce qui se passe par ici... »

C'était un village bozo, enfoncé dans la terre spongieuse qui s'étendait entre deux marigots, des filets séchant devant les cases affaissées sous leurs lourds toits de branchages. Un groupe d'hommes étaient réunis sous l'arbre central, qui affichaient des mines fort sombres. Néanmoins, c'est avec courtoisie que l'un d'entre eux, probablement le chef des anciens, accueillit les visiteurs. Après l'échange de politesses, Olubunmi ne put retenir ses questions :

« A moins d'une demi-journée de marche, nous avons cru assister aux préparatifs d'une grande bataille, savez-vous ce qu'il en est? »

Le vieillard hocha la tête :

« Fils, nous ne savons rien. Comme vous, sans doute, nous avons entendu claquer les fusils. C'est tout. »

Que les heures sont longues quand on est dans l'inaction et qu'à quelques lieues, on le sait, l'avenir se joue! Olubunmi n'avait l'esprit ni à se reposer, ni à se restaurer, ni à se mêler aux conversations des hommes. Ceux-ci se perdaient en conjectures. Ce qui était à peu près sûr, c'était qu'El-Hadj Omar avait quitté Ségou. On disait qu'il en avait laissé le commandement à son fils Amadou et la garde à huit cents talibés choisis parmi les plus déterminés. On disait aussi qu'il emportait avec lui des machines de guerre obtenues des Français de Saint-Louis du Sénégal et qui étaient plus efficaces à renverser des murailles que tous les chevaux de choc du Macina. On disait... On disait...

Las d'écouter ces racontars indignes d'hommes valides, Olubunmi se leva et se mit à marcher au hasard à travers le village. C'est alors qu'une femme sortit d'une case, un panier de linge sur la tête, comme si, bruits de guerre ou pas, il importait d'assurer la continuité du quotidien. Dans l'exaltation brûlante de son sang, Olubunmi la reconnut. Il appela :

« Awa...! »

Elle pirouetta sur elle-même et, le reconnaissant à son tour, fit sèchement :

« Qu'as-tu à m'appeler ? Je n'ai rien à faire avec toi. Passe ton chemin... »

Olubunmi s'efforça de rire afin de minimiser la rebuffade :

« Eh bien, est-ce ainsi que ta mère t'a appris à traiter les étrangers ? Depuis des jours, je n'ai pas mangé de plats préparés par une main de femme. N'aurais-tu rien à m'offrir ? »

Visiblement, elle hésita, partagée entre les traditions de l'éducation et l'apparente sauvagerie de sa nature, puis elle reprit le chemin de sa case. Olubunmi la suivit. Dans la cour étroite, parfaitement balayée, un bel enfant jouait à côté d'un bébé, enveloppé d'un morceau de jute car l'air était frais. Olubunmi en ressentit de la contrariété et demanda abruptement :

« Où est ton mari ?

– Mort... »

Soulagé, Olubunmi poursuivit d'un ton plaisant :

« Tu es donc veuve? Que ne suis-je le frère de ce défunt pour te posséder à mon tour! »

La femme baissa les paupières :

« Qui es-tu pour parler si brutalement? Avec si peu de décence? »

Olubunmi soupira tout en prenant la calebasse de bouillie qu'elle lui tendait :

« Qui je suis? Tu m'aurais posé cette question il y a quelque temps que je t'aurais indiqué la famille, le royaume auquel j'appartiens et ma place en ce monde. Aujourd'hui, je ne suis rien qu'un homme sans foyer, sans attaches, et qui ignore ce qu'il est advenu des siens. Oui, voilà ce que je suis devenu, moi Olubunmi Traoré... »

Le visage de la femme se décomposa tandis qu'elle répétait :

« Olubunmi Traoré? »

Brutalement, elle se saisit de la calebasse dans laquelle il trempait sa cuillère de bois, la lui lança à la tête, hurlant :

« Sors d'ici! Sors d'ici...! »

Olubunmi hésita, songeant à la terrasser et à lui apprendre à traiter un homme, mais elle se saisit d'un pilon et marcha sur lui, les yeux incendiés d'une lueur meurtrière. Il se retrouva dans la rue.

Sous le fromager central, les hommes s'entretenaient toujours. Un groupe de familles peules était arrivé, apportant des informations plus sûres. On parlait d'une grande bataille qui avait eu lieu à la lisière d'un bois. Apparemment, les Toucouleurs auraient eu le dessus puisqu'ils se dirigeaient vers Hamdallay. Olubunmi s'efforça d'oublier ses soucis individuels et interrogea :

« Et les Bambaras? »

Les Peuls haussèrent les épaules :

« Quels Bambaras? Il y en avait dans le camp des Toucouleurs et dans celui des Peuls...

– Je veux dire, notre Mansa Ali Diarra... »

Ils haussèrent à nouveau les épaules. Eh oui, les choses étaient ainsi, à présent. Nul ne se souciait plus des Bambaras. Nul ne redoutait plus leur nom. On ne s'intéressait même plus à leurs faits et gestes...

Olubunmi prit sa place sur une natte. Pour l'heure, la situation de la région, l'avancée des Toucouleurs, l'éventuelle chute de Hamdallay le laissaient presque indifférent. Il ne songeait qu'à Awa. Une femme l'avait frappé, lui, lui. Et pourquoi, esprits des ancêtres? Certes, il l'avait peut-être lourdement taquinée. Mais quelle femme est insensible à l'effet que produit sa beauté? Non, Awa n'était pas simplement belle. Un observateur sourcilleux lui aurait trouvé le front trop bombé, les lèvres trop charnues, la courbe du menton trop volontaire. Néanmoins, ces imperfections étaient le piment, les épices qui relèvent les mets d'une bonne cuisinière.

Autour d'Olubunmi, les lamentations continuaient. Tous savaient qu'El-Hadj Omar exigeait des peuples qu'il soumettait le paiement de l'assakal, dîme en nature, énorme car elle devait lui permettre de nourrir ses troupes. Quant aux Peuls, il se livrait sur eux à de véritables razzias de bétail qui surpassaient celles dont ils avaient coutume d'être victimes. Les Bozos, cependant, étaient les moins inquiets. El-Hadj Omar leur demandait seulement de mettre à sa disposition leurs longues pirogues et de servir de mariniers à ses hommes. Habitués au mépris des autres peuples, ils se soumettaient à sa volonté et n'hésitaient pas, puisqu'il le fallait, à se convertir à l'islam. Après tout, qu'était-ce que l'islam? Un habit, un voile dont ils recouvraient leurs croyances les plus chères...

« Sais-tu pourquoi on nous appelle les maîtres de l'Eau? C'est qu'autrefois, dans cette région que nous avons peuplée les premiers, les eaux recouvraient tout l'espace. Nos pères avaient conclu un pacte avec elles et vivaient dans leur sein, unis avec les bêtes et les plantes. Mais, un jour, les eaux se sont fâchées. Elles ont commencé à se retirer, laissant à nu le dos craquelé de la terre. Alors, nos grands prêtres se sont réunis, et, à force de prières, ils ont ralenti leur exode. Il nous est resté sept lacs et un huitième, le lac des lacs, le Débo, pareil à la mer dont il a les fureurs, demeure favorite du serpent dyi-ro-sa, le python. Pourtant, à chaque saison, les eaux nous reviennent et, en souvenir du passé béni, nous les célébrons au son des flûtes et des tam-tams. »

Le vieux Bozo avait beau chanter, Olubunmi ne l'écoutait pas. Tout son être vibrait dans le souvenir d'Awa.

L'arbre d'amour pour prendre racine, croître et porter ses fruits a besoin du temps de paix. Olu-bunmi avait été adolescent dans des époques trou-blées. Il avait eu vingt ans sur les champs de bataille et n'avait connu que des étreintes illicites ou amorales avec des créatures sans vertu. Pour la première fois, il réalisait ce qu'il avait perdu, que, peut-être, il ne posséderait jamais. Avec sa brutalité coutumière, il interrompit le vieillard :

« Parle-moi plutôt de cette femme, de cette veuve, je crois, qui habite non loin du marché... »

Le vieux dit fermement :

« Ne pense pas à elle. Elle vient de Ségou...

– De Ségou?

– Oui, mais c'est une Bozo. Elle nous a été confiée pour que nous l'aidions à guérir... »

Olubunmi cracha le jus de sa chique :

« A guérir? Est-elle malade? A mes yeux à moi, elle respire la santé... »

Le vieillard hocha la tête, répétant :

« Ne pense pas à elle. »

Puis, comme si cette conversation lui était insupportable, il prit congé et rejoignit sa case. Olubunmi demeura seul dans la cour, car Bakary s'était déjà retiré pour dormir. Au bout d'un moment, il se leva et se glissa au-dehors. Des nuages s'étaient amassés devant la lune, et il marchait dans l'ombre qu'il sentait, paradoxalement, rétive, peu complice. Qu'allait-il faire? Il ne le savait pas vraiment. Il préférait ne pas le savoir. Il atteignit la case d'Awa, hésita, faillit faire demi-tour, s'endurcit. Comme il sortait de l'étroit vestibule donnant accès à la cour, la lune réapparut, lumineuse, comme pour le réprimander et le mettre en garde avant qu'il ne soit trop tard. Buté, il poussa la porte de la case.

Dans la première pièce, il respira le subtil parfum du sommeil de l'enfance et distingua deux petites formes, roulées en boule, blotties contre celle d'une femme, sans doute une esclave, qui ronflait légèrement. Dans la seconde, la lampe était allumée. Awa se tenait assise, le dos au mur, les mains reposant sur les genoux, paumes en l'air comme des fleurs coupées. Olubunmi lança, précipitamment :

« Ne te fâche pas, ne crie pas. Je ne te ferai aucun mal... »

Elle ne dit rien, se bornant dans un geste de pudeur à couvrir ses cheveux d'un mouchoir de tête. Il vint s'accroupir non loin d'elle, surpris du déchaînement des sentiments en lui, et, plus encore, des paroles qui lui montaient aux lèvres :

« Tu vois, je ne suis rien. Une brute. Un soudard.

J'ai guerroyé pour le compte des Toucouleurs. J'ai versé le sang pour le compte des Français. J'ai brûlé des villages, massacré des enfants. Pourtant, je sens qu'avec toi, grâce à toi, je pourrais redevenir celui que ma mère aurait aimé... »

Elle articula doucement, et cette douceur contrastait avec sa fureur du matin :

« Va-t'en, tu ne sais pas ce que tu fais... »

Olubunmi, heureusement surpris de ce calme, s'assit, dépliant ses longues jambes :

« Tu crois que j'ai bu? Pas la plus petite calebasse de dolo... »

Ensuite, il crut habile d'amorcer un dialogue :

« Que penses-tu de tous ces événements qui bouleversent nos vies? Bientôt, nous serons tous des musulmans, bramant des sourates. Que penses-tu d'El-Hadj Omar? Vraiment, cet homme a des pouvoirs surnaturels. »

Les larmes inondèrent le visage d'Awa, comme si ces mots apparemment inoffensifs étaient en réalité autant d'armes aux arêtes tranchantes. Olubunmi, bouleversé, s'approcha d'elle et tenta de la prendre dans ses bras :

« Pourquoi pleures-tu? Tu es veuve. Est-ce El-Hadj Omar qui a tué ton mari? Parle-moi. Est-ce que tu ne sens pas que tu peux tout me dire? »

Elle se débattait, pleurant plus fort, répétant :

« Laisse-moi, laisse-moi... »

Mais il ne la laissait pas, tandis qu'une part de lui-même s'étonnait de sa passion. Une inconnue. Une Bozo. Une veuve. Pas si jeune. Pas très belle. Et voilà qu'il était foudroyé en plein cœur. La douceur de sa peau l'enflammait encore, et son parfum était fait de plantes inconnues. Sans violence, il la renversa sur la natte, écartant ses vêtements, recherchant l'harmonieuse nudité de son corps, et murmurant toujours :

« Ne pleure pas, ne pleure pas... »

Brusquement, elle cessa de se débattre et ouvrit les yeux :

« Je t'en supplie, va-t'en, tu ne sais pas ce que tu fais... »

Mais il était trop tard. Quand tout fut terminé, Olubunmi savoura la paix brutale et soudaine de son être. Des images chevauchaient son esprit. Il revivait sa vie. Il envisageait l'avenir. Il se voyait rentrant dans Ségou. Avec sa femme et les enfants de sa femme, c'est-à-dire ses enfants. Voilà que, d'un coup, il avait les mains pleines. Voilà que le gâchis de toutes ces années était réparé. Il dirait aux siens :

« Voyez! je ne suis pas une pierre qui roule sur les chemins du monde. Moi aussi, j'ai femme et enfants. C'est pour eux que je veux défendre et préserver Ségou. »

Puis, il sombra dans le sommeil, la main posée sur l'épaule détournée d'Awa. Il eut un rêve. Cette fois encore, il approchait d'une ville qu'il ne savait pas nommer. Entourée de murailles de terre, que dominait, çà et là, le fût des rôniers. Il pressait son cheval car, galopant depuis des heures, il avait hâte de prendre un peu de repos, quand un cavalier fonça sur lui, armé d'une lance macinienne, à fer barbelé, qu'il dirigeait vers sa poitrine. Pétrifié, il s'arrêta, tandis que le cavalier galopait de plus belle. Arrivé à sa hauteur, il laissa tomber le capuchon qui lui recouvrait le visage et Olubunmi reconnut Mohammed, le frère bien-aimé. Il s'écria :

« Mohammed, c'est moi! Est-ce que tu ne me reconnais pas? »

L'autre continua d'avancer et, comme sa lance s'apprêtait à lui transpercer la poitrine, Olubunmi s'éveilla. En sueur. La pièce était vide. Awa n'était plus là. Plein d'un terrible pressentiment, il courut dans la pièce voisine. Vide elle aussi. Et la cour. Et le vestibule où, témoin moqueur, un balai de fibre végétale restait contre le mur.

Olubunmi se précipita dans la rue. La jour s'était levé. Des réfugiés peuls affluaient, poussant devant eux leurs bêtes aux longues cornes. Un berger chantait, la tête levée vers le soleil encore à moitié somnolent :

> *Blouses rouges*
> *riches en taureaux féconds*
> *javelots barbelés*
> *doigts minces*
> *beaux en têtes de mâles*
> *beaux en têtes de vaches*
> *beaux en têtes de brebis*
> *pique du bâton celui qui pique des cornes...*

Quelle direction prendre? Où courir? Que faire? Olubunmi comprit que toute recherche serait vaine, et que sa vie désormais serait le deuil de cette absence.

3

Ce n'était pas de gaieté de cœur qu'El-Hadj Omar avait quitté Ségou. La ville et le royaume s'étaient apparemment soumis sans grand mal après la conversion spectaculaire des grandes familles et l'autodafé, çà et là, de quelques fétiches. Pourtant, El-Hadj Omar le sentait bien, cette reddition à l'islam était toute superficielle. Il avait employé le langage des armes. Les Bambaras l'avaient entendu ainsi et s'étaient inclinés sans rien perdre de leurs convictions intérieures.

Mais Hamdallay devenait un lieu de rébellion ouverte où, autour du Mansa déchu Ali Diarra, la résistance s'organisait. El-Hadj Omar avait beau demander à Amadou Amadou de le livrer, celui-ci s'y refusait et accumulait les rodomontades les plus grossières. Dans sa dernière lettre, il s'était même vanté : « Ali Diarra a passé la nuit chez moi. Il est mon hôte. Moi, roi du Macina, je ne manquerai pas à ma parole. »

Malgré le déplaisir qu'il avait à affronter directement un musulman, El-Hadj Omar s'était donc rendu aux avis de ses compagnons et avait pris la route du Macina, laissant son fils Amadou et son fidèle Samba N'Diaye à Ségou.

Hamdallay brûlait. La masse des captifs que l'énorme armée toucouleur avait faite, le bétail razzié, les animaux porteurs attendaient à la porte nord que les talibés irlabés brandissant leurs pavillons noirs aient fini de nettoyer la ville avec les talibés du Toro Central qui, au cours de cette campagne, s'étaient révélés particulièrement redoutables. Contrairement à ce que pensaient les gens en cette heure de victoire, El-Hadj Omar n'était pas satisfait. Sans doute était-ce l'influence de Mohammed? Il ne cessait de se rappeler le hadith d'Al-Buhari :

« Si deux musulmans se rencontrent l'épée à la main... »

Aussi, retiré dans une hutte de secco hâtivement fabriquée, il avait fait quérir Amadou Amadou pour lui proposer un marché : il était prêt à se retirer du Macina s'il acceptait de lui livrer le Nansa bambara avec son entourage, et s'il reconnaissait publiquement ses torts. Cependant, les heures passaient. Le lieutenant Alpha Omar, Mohammed et Tidjani, son neveu, envoyés en ambassade, ne revenaient toujours pas. Pour calmer son impatience, il commença de réciter la Djawharatul-kamal :

Ô dieu, répands tes grâces et ta paix
sur la source de la Miséricorde divine, étincelante
comme le diamant...

Soudain, il entendit un bruit de pas dans la cour et reconnut le martèlement inégal des béquilles de Mohammed. Il se leva vivement et vint à sa rencontre. Car, contrairement à ses intentions premières, il ne l'avait pas laissé en charge de la direction spirituelle de Ségou tant il s'était pris d'affection pour lui. Il lui était devenu plus cher, plus proche qu'un fils. En tout cas, plus proche et plus cher qu'Amadou avec lequel il ne s'était jamais vraiment entendu.

Mohammed semblait hors de lui, et le désordre de son esprit se traduisait par le désordre de ses vêtements. Son tourti[1] était sale et chiffonné, son pantalon bouffant, maculé de boue, et son couffouné[2], posé sans grâce sur ses cheveux décoiffés. El-Hadj Omar pressentit le pire, et c'est en effet le pire qui lui fut annoncé :

« Maître, Amadou Amadou est introuvable. On bat la région en vain. Mais il y a autre chose. Ecoute! tes hommes, par représailles, ont commencé le massacre des Bambaras qu'il a laissés derrière lui. Au nom d'Allah, arrête-les! »

A vrai dire, El-Hadj Omar se souciait peu des Bambaras, ayant soumis Ségou, et il ne prêta attention qu'à la première phrase :

« Amadou Amadou est introuvable! »

Mohammed inclina la tête :

« Oui, on croit qu'il a pris la voie du fleuve! »

El-Hadj Omar perdit le contrôle de lui-même, et Mohammed, qui pourtant ne le craignait pas, recula devant sa colère :

« Qu'on le rattrape et qu'on me le ramène mort ou vif!

– Maître, ton lieutenant Alfa Omar Baila est parti dans cette direction! »

Dans le silence qui suivit, El-Hadj Omar tomba à genoux pour demander pardon à Dieu de cet accès de fureur indigne d'un musulman, et Mohammed respecta sa prière. Quand il se releva, il s'agenouilla à son tour devant lui, en signe d'humilité :

1. Blouse courte.
2. Bonnet rond et blanc.

« Père, permets que je te donne ce nom, car pour moi tu es plus qu'un père, plus que mon père de chair et de sang, le sang des Bambaras coule à Hamdallay. Tes hommes se vengent sur eux de la fuite d'Amadou Amadou, et les voilà doublement victimes. On les ramasse. On les entasse dans la cour d'une prison et on les abat comme des fauves. Donne l'ordre que cela cesse... »

El-Hadj Omar haussa les épaules :

« Et qu'est-ce que cela peut bien te faire? Ce sont des kafirs! »

Mohammed toucha l'ourlet de son cafetan :

« Père, parmi les Bambaras se trouvent le frère de mon père Kosa et deux de mes frères, Mustapha et Alhaji. Ces deux-là d'ailleurs sont des musulmans. »

El-Hadj Omar eut un rire sans joie :

« Musulmans! Musulmans! Tu sais aussi bien que moi comment les Ségoukaw pratiquent l'islam! »

Puis, il se dirigea vers le fond de la case, resta immobile comme s'il scrutait le dessin des roseaux de la cloison et ajouta, lentement :

« Qu'on laisse aller ton père et tes frères! »

Mohammed ne pouvait exiger davantage. Il sortit.

Hamdallay brûlait. De hautes flammes voraces ne faisaient qu'une bouchée des cases de paille. Bientôt, cette ville où il avait passé les années les plus importantes de sa jeunesse ne serait plus. Il avait prié, mendié, grelotté dans ces ruelles. Il s'était effondré, tremblant de fièvre et de faim au pied de ces clôtures. Pourtant, ce n'était pas la principale raison de la douleur qu'il éprouvait. Dès son entrée dans la ville, il s'était précipité à l'emplacement de la concession d'Alhaji Guidado. Indifférent aux fracas, aux cris de guerre, aux chocs des armes, le vieux sage était assis sur sa natte. En prière. Un chapelet entortillé autour de ses doigts boursouflés par l'âge. Il avait levé sur Mohammed des yeux sans regard, à moitié recouverts de taies blanchâtres :

« Ah! c'est toi! Qu'il est bon de te revoir avant la mort! J'emporterai donc ton salut fraternel à mon fils. »

Comme Mohammed ne pouvait se retenir de le presser de questions, il lui avait appris le remariage d'Ayisha et son départ pour Djenné, que la guerre épargnait encore. Ainsi, il perdait à jamais les deux femmes qu'il avait aimées.

La prison, hâtivement construite par les maçons d'El-Hadj Omar, était un vaste carré, entouré d'un mur irrégulier, flanqué aux quatre angles de tours rondes et qui contenait des cellules de haute sécurité. En face d'elle, les hommes édifiaient déjà le dionfoutou destiné à abriter le Cheikh, ses huit cents femmes et ses enfants plus nombreux que les gouttes d'eau dans le Joliba, ainsi que la mosquée qui remplacerait celle, jugée impure, d'Amadou Amadou. Les talibés qui gardaient l'entrée de la prison, appuyés sur leurs longs fusils à deux coups, s'écartèrent pour laisser passer Mohammed, sans trop de respect cependant. Certes, Mohammed connaissait la faveur du maître et venait d'épouser une de ses filles. Toutefois, ce n'était qu'un Bambara et, surtout, un infirme. A la bataille de Tayawal, alors que les canons tonnaient, que les fusils crachaient, que le sang des hommes se mêlait à la boue des marigots et que l'on enterrait précipitamment les morts au pied des arbres du bois, il était resté à l'écart, abîmé en prière. Certes, il est bon de prier. Pourtant, il est encore mieux de se battre. Pour la plus grande gloire de Dieu.

Mohammed entra dans la cour. Sabre au clair, les

Toucouleurs faisaient s'agenouiller les Bambaras les uns après les autres et leur hurlaient :

« Chien, admets qu'il n'y a de dieu que Dieu... »

Ceux qui l'admettaient étaient épargnés. Les autres étaient aussitôt décapités. Et la sève de leur vie se mêlait à la paille et à la terre de la cour. Tidjani, neveu d'El-Hadj Omar, qui présidait à ces exécutions, s'avança vivement vers Mohammed :

« Frère, ce n'est pas un spectacle pour toi. Retourne à ton Coran. »

Mohammed secoua la tête, retenant les larmes que lui causait l'horreur du spectacle :

« Je cherche le frère de mon père et mes deux frères. »

« Je ne rentrerai jamais dans Ségou vaincue. Jamais! Jamais! »

Mohammed lui dit avec douceur :

« Et que veux-tu faire? Amadou Amadou lui-même est en fuite! Ali Diarra, on ne sait où! »

Mustapha et Alhaji s'efforcèrent à leur tour de convaincre Kosa :

« Mohammed a raison. On ne peut plus rien. »

Mais le jeune garçon restait prostré, le front dans la poussière, les épaules secouées de sanglots, répétant :

« Jamais! Jamais! »

Les autres Bambaras regardaient la scène, et sur leur visage se peignaient les expressions les plus diverses. Ah! ils auraient bien aimé que l'intervention d'un frère proche des Toucouleurs leur sauve la vie. Et, pourtant, comme ils comprenaient Kosa! Qu'était devenu l'orgueil de la race? Qu'étaient devenus les Diarra? Les griots pourraient-ils continuer de chanter :

Diarra, maître des Eaux
Diarra, maître du Pouvoir
Diarra, maître de la Poudre
Diarra, maître des Cauris
Diarra, maître des Hommes!
Diarra, Diarra, Diarra?

Allait-on désormais vivre dans la servitude? De guerre lasse, Mohammed se dirigea vers la sortie de la pièce, et Mustapha et Alhaji lui emboîtèrent le pas. Après un instant d'hésitation, Kosa sembla revenir à la raison et fit de même. Mohammed lui prit le bras, murmurant :

« Ce n'est pas une défaite, Kosa. C'est la victoire de Dieu. Du vrai dieu. »

Le jeune garçon ne dit rien, se bornant à renifler, à essuyer de la main les larmes et la morve de son visage. Qu'il était jeune, les traits encore enfantins avec sa grosse bouche boudeuse et ses joues pleines! Le cœur de Mohammed se serra. Comment lui insuffler cette foi et cet amour de Dieu qui l'emplissaient? Comment lui faire comprendre que Ségou avait en réalité gagné en beauté, puisque les ombres du paganisme ne l'obscurcissaient plus?

Dehors, les flammes n'ayant plus rien à dévorer s'éteignaient d'elles-mêmes. La ville était muette, les habitants, réfugiés dans les broussailles environnantes en attendant l'issue des combats, n'avaient pas encore à cœur de retrouver les décombres de leurs biens et de leurs possessions. Quelques familles, cependant, réapparaissaient, et les Toucouleurs les traitaient avec les plus grands ménagements. N'étaient-ce pas des musulmans et des hal-poularen[3] tout comme eux?

3. Ceux qui parlent peul...

Brusquement, comme on atteignait la rue grise de cendres, Kosa lâcha le bras de Mohammed. Rapide comme l'éclair, il se saisit d'un des chevaux des sofas, piétinant devant la prison, l'enfourcha, le fouetta et s'éloigna en hurlant :

« Jamais! Jamais! Vous m'entendez. »

Il y eut un moment de confusion, les talibés se tournant vers Mohammed pour l'interroger sur la conduite à suivre, les sofas pestant contre celui qui venait de voler une monture, les rares passants, terrifiés, s'écartant devant ce cavalier qui galopait comme un fou. C'est alors qu'un soldat s'avança, un Massasi, reconnaissable à ses scarifications et qui faisait sans doute partie des Toubourou, ces bataillons de supplétifs, prélevés sur les populations soumises. Sans doute voulait-il prouver son zèle? En tout cas, il s'agenouilla, posa sa lance sur son épaule et, d'une formidable détente, l'envoya voler dans l'air. Le long éclair d'argent remonta la rue en vibrant comme s'il était animé d'une joie mauvaise et vint se ficher entre les omoplates de Kosa. Tout d'abord, celui-ci resta immobile, sa courte blouse jaune virant peu à peu au rouge, puis, lentement, il s'affaissa sur le côté et tomba dans la poussière. Tandis que le même hurlement déchirait les poitrines de Mustapha et Alhaji, Mohammed s'effondrait, bégayant :

« Dieu, non, tu n'as pas voulu cela! »

Tout tournoyait dans sa tête. La disparition d'Awa avec ses deux fils. Le remariage d'Ayisha. Et, à présent, cela. Il perdit connaissance.

« Maître, je me suis trompé sur moi-même. Peut-être parce que j'avais toujours sous les yeux l'exemple de mon père et que je voulais l'imiter. Voire le surpasser... Mais je le comprends à présent. Avant d'être un musulman, je suis un Bambara. Avant d'être un saint, je suis un homme. Je suis un Bambara, et je suis un homme. Laisse-moi rentrer à Ségou avec la dépouille de mon frère. Laisse-moi reprendre ma place parmi les miens. »

El-Hadj Omar lui prit la main :

« Ecoute, tu parles ainsi parce que tu es encore sous le choc. Dans peu de temps, tu conviendras que cette mort était juste, car c'était celle d'un infidèle qui refusait de se soumettre... »

Mohammed secoua frénétiquement la tête :

« Je ne peux pas, je ne peux plus le croire. Sûrement Dieu ne veut pas la mort de ceux qu'il a créés. »

Il ramassa ses béquilles et se releva. Le voyant si maigre, si pitoyable, les traits ravagés, le cœur d'El-Hadj Omar se serra. Lui qui apparaissait froid et toujours maîtrisé faillit laisser tomber le masque et supplier comme un vil mortel :

« Reste avec moi. Tu sais que tu m'es plus cher qu'un fils... »

Puis l'orgueil et la pudeur intervenant, il l'interrogea seulement :

« Et Ayisha? Ma fille que je viens de te donner? »

Mohammed se détourna :

« Maître, elle fera ce qu'elle voudra. Elle pourra me suivre si elle le veut... »

Dans la cour, Mohammed se heurta aux chefs des grandes familles du Macina qui venaient faire leur soumission au Cheikh toucouleur. Outre les quarante membres du Grand Conseil, on reconnaissait les cinq amirabe, chefs de guerre des régions, venus de Ténenkou, de Poromani, de Dalla, de la région des lacs, des frontières de Tombouctou et même des Diafarabé, Peuls jusque-là tièdes à l'islam, qui habitaient la rive droite du Joliba. Formidable assemblée!

Pourtant, sa vue n'inspirait à Mohammed qu'écœurement. Illogique, il oubliait qu'il avait, quelque temps auparavant, travaillé à la reddition de Ségou et s'indignait. Quoi! tous ces hommes illustres, ces grands généraux, ces fins lettrés n'attendaient pas de savoir ce qu'était devenu Amadou Amadou, leur souverain légitime, et, déjà, se prosternaient devant le Toucouleur! Qu'espéraient-ils? Recevoir de ses mains le commandement du pays?

Mohammed baissa les yeux en passant près de Ba Lobbo, oncle d'Amadou Amadou, afin de n'avoir point à le saluer.

Contrairement à la coutume, le corps de Kosa avait été bourré d'aromates afin qu'il puisse supporter les six jours de marche qui séparaient Hamdallay de Ségou. Enseveli dans une pièce de coton blanc, il était roulé dans deux nattes, l'une en grosse paille, l'autre en feuilles d'iphène. Une femme le veillait : la nouvelle épouse de Mohammed, Ayisha. Mustapha, Alhaji et les quelques Bambaras qui avaient pu obtenir leur libération étaient assis dans l'étroit vestibule de la case, comme s'ils se préparaient à recevoir des condoléances. Triste parodie de funérailles!

Si Kosa était mort à Ségou, comme il était un karamoko, c'est dans l'odeur de la poudre et le claquement des balles que son esprit aurait rejoint le monde des ancêtres! Là, il gisait dans le silence servile d'une cité vaincue.

Mohammed s'agenouilla auprès de la natte et au chevet de ce kafir, récita une prière musulmane. Dieu ne s'en offusquerait pas, il en avait la certitude. Puis, il signifia à Ayisha de le suivre dehors.

Parodie d'épousailles aussi que celles-là, célé-

brées dans le tumulte des batailles! Dans l'épuisement des marches! Dans l'angoisse des embusca-
des! Ayisha faisait partie du flot de femmes et
d'enfants qui suivait les Toucouleurs, et, chaque
soir, Mohammed la rejoignait dans l'une des cases
que les talibés avaient édifiées pour l'entourage du
Cheikh. Il la prenait sans désir, pour ne pas l'humilier, l'esprit tout empli d'Awa. Où était-elle? Elle
avait disparu sans un mot. Un geste de protestation.
Au matin, sa case était vide. Mohammed songeait
aussi à ses enfants! Qu'ils se trompent ceux qui
croient qu'un enfant n'appartient qu'à sa mère!
Mohammed se remémorait les douces paroles
bégayantes de son aîné :

« Fa, je ne veux pas dormir. Dis-moi un conte... »

Et lui, que son éducation avait dépossédé de ce
patrimoine, se tournait vers Awa :

« Raconte, toi... »

Pour la première fois, il regarda Ayisha. Une pure
Torodo. Elevée dans le souci de l'honneur et de la
dignité. La terreur de perdre la face. La soumission
absolue à l'homme et à Dieu. C'était extraordinaire
qu'elle ait demandé à veiller un infidèle! Mohammed commença par l'en remercier, et elle eut cette
réponse surprenante :

« C'est le frère de ton père, Kokè. Il m'est aussi
cher qu'à toi... »

Surpris, il la dévisagea, notant l'extrême finesse
de ses traits, la haute arête de son nez, la sinuosité
de ses lèvres. Pourtant, puisqu'il les comparait à
l'apparence rugueuse et un peu sauvage d'Awa, ces
caractéristiques, qui auraient pu sembler des qualités, étaient autant de défauts. Il fit :

« Ecoute, je viens de prendre une grave décision.
Je vais me séparer de ton père et retourner à Ségou.
Tu es libre. »

Elle le fixa :

« Libre de quoi? »

Il se troubla devant cette question directe et bafouilla :

« Libre de demeurer avec ton père. »

Elle se détourna, cependant que la gaze blanche qui recouvrait son foulard glissait jusqu'à ses épaules et interrogea :

« Veux-tu que je le fasse? »

Mohammed fut pris de court. Pas une parcelle de son être n'appartenait à cette femme qu'il avait épousée dans le fol orgueil de se rapprocher de Dieu. Néanmoins, il se vit seul, sans compagne une fois de plus, les mains vides, la couche froide. Il fut lâche :

« Non, bien sûr. Je n'ai rien à te reprocher... »

Ensuite, honteux de lui-même, il revint à l'intérieur de la case.

Les Bambaras, assis dans le vestibule, avaient le cœur gros. Voilà que Kosa mourait loin de la concession paternelle, loin des forgerons féticheurs de la famille. Alors, que devenait sa pauvre âme errante? Elle gémissait, tournait en rond, incapable de trouver sans aide le chemin du monde des invisibles. Devait-elle perdre tout espoir de se réincarner dans un enfant mâle?

Si l'on quittait Hamdallay sans tarder, en épuisant une dizaine de chevaux du Macina au pied agile, on atteindrait peut-être Ségou assez tôt pour réparer le dommage. Une fois là, on redoublerait s'il le fallait de sacrifices et de prières. Mais voilà, Mohammed s'attardait! Il s'entretenait avec El-Hadj Omar. Encore une fois, il pactisait avec les assassins de la famille. Et la haine qu'il inspirait s'amassait dans tous les cœurs. Souche pourrie, souche maudite que celle de Tiékoro Traoré et de ses descendants! Comme il serait bon de la couper comme on le fait de celle d'un arbre qui ne porte que fruits mauvais! De la fendre à coups de hache, de la jeter au feu, de la voir brûler en jetant des étincelles vers le ciel! D'en disperser les cendres au-dessus d'un champ!

Mustapha se décida. Il s'approcha de Mohammed qui s'était plongé dans ses prières :

« Le temps presse, frère. Pense à lui qui risque de ne point trouver la paix... »

Mohammed lui jeta un regard de commisération et faillit reprocher :

« Ainsi, tu crois à cela, toi aussi? »

Mais il se retint. N'était-il pas illogique? L'instant d'avant, il s'était revendiqué bambara. Qu'était-ce qu'un Bambara, sinon un enfant de Faro et Pemba?

Aussi, il se borna à acquiescer :

« Tu as raison, partons! »

Qu'une ville est oublieuse! Deux jours auparavant, Hamdallay brûlait. Deux jours auparavant, ses habitants la désertaient. A présent, alors que la fumée des incendies était encore tiède, les maisons recommençaient à s'édifier, derrière leurs ceintures de tiges de mil, les marchés à se peupler de femmes offrant le lait caillé, les abattoirs publics à exhiber leurs quartiers de viande écarlates. La vie, la vie reprenait ses droits. Puisque El-Hadj Omar était vainqueur, il fallait bien s'en accommoder. Comme Mohammed et ses frères atteignaient la porte Fakala, un groupe de talibés les rejoignit. Ils composaient l'escorte que le Cheikh toucouleur leur accordait. L'un d'eux tendit à Mohammed un objet, un ouvrage finement relié. C'était l'exemplaire personnel du Coran d'El-Hadj Omar, les feuillets usés à force d'être tournés, couverts par endroits d'annotations. Sur la page de garde, le Cheikh avait écrit : « Prie pour moi. » Quelle humilité! Mohammed ne put cacher son émotion. Il ne comprenait pas son âme, il ne comprenait plus son cœur. Il aimait El-Hadj Omar. Il aimait l'islam. Il aimait son frère défunt. Il aimait les Bambaras. Il aimait Ségou. Il le comprit, sa vie entière ne serait jamais que cette confusion, que cet écartèlement entre des pôles opposés.

4

MOHAMMED aurait souhaité rentrer dans Sansanding, car il entendait remercier Koro Mama qui l'avait tant obligé deux ans auparavant. Mais ses compagnons furent d'un autre avis. Aussi, la troupe fit halte aux portes de la ville, dépêchant des hommes sur les marchés afin de se procurer les vivres nécessaires à la poursuite du voyage. Tout le monde mit pied à terre, et les Toucouleurs, avec l'habileté qui les caractérisait, fabriquèrent un auvent sous lequel on plaça le corps de Kosa. Malgré les aromates et les lotions, il commençait à se décomposer. Son odeur aigrelette empuantissait l'air, et deux charognards, obstinés et cyniques, suivaient le cortège, se posant à chaque étape sur les branches des fromagers. Il ne servait à rien de les chasser. Ils revenaient et se grattaient la panse du bec, comme pour tromper leur impatience. Les esclaves de l'escorte se hâtèrent d'allumer le feu, et, bientôt, les calebasses de dèguè[1] circulèrent. C'est alors qu'on entendit un chant. Obscène. Aviné. Une voix d'homme éraillée par l'alcool et aussi par un indicible désespoir.

---

1. Bouillie de mil.

La guerre est bonne puisqu'elle enrichit nos rois
Hommes, captifs, bétail, elle leur procure tout cela
La guerre est sainte puisqu'elle fait de nous des
  musulmans
La guerre est sainte et bonne
Qu'elle embrase donc nos ciels
De Dinguiraye à Tombouctou
De Guémou à Djenné...

Le chant de Faraman Kouyaté! Mohammed frémit, tenta de se lever, dans sa précipitation tomba sur le côté, mais avant qu'on ait pu l'aider, se mit debout et se précipita sur la route. Un spectacle peu commun s'offrait.

Deux hommes avançaient. L'un d'eux, très jeune, encore adolescent, le visage grave et les yeux tristes, s'efforçant de faire tenir debout, de se mouvoir, de poser un pied devant l'autre un ivrogne, sale, loqueteux, grotesque. Deux mules fermaient la marche en trottinant, chargées de paquets mal arrimés. L'adolescent s'adressa à Mohammed d'un ton d'excuse :

« Je ne sais pas ce qui lui prend. Depuis trois jours, il ne dessoûle pas... »

Mohammed souffla, incapable de manifester sa stupeur, son bouleversement :

« Olubunmi? »

L'ivrogne cracha une salive épaisse et se moqua :

« Voilà un homme qui a trois jambes. Phénomène étrange! A-t-il aussi trois pénis? »

Mohammed ne prit pas garde à ces grossièretés. Une joie intense l'envahissait, donnant une brûlante impulsion à chacun de ses gestes. Il remonta jusqu'à l'ivrogne, le prit dans ses bras, l'étreignit, balbutiant :

« Olubunmi! Frère, est-ce que tu ne me reconnais pas! Je suis Mohammed... »

L'ivrogne le repoussa. On sentait que, de toute son énergie, il tentait de déchirer les voiles dont l'alcool et la douleur avaient enveloppé son esprit. Sous l'effort, ses yeux se rapetissaient, tandis qu'une arête se creusait au milieu de son front. Mohammed répétait à travers ses sanglots :

« C'est moi, moi. Est-ce que tu ne me reconnais pas? »

Au bout d'un moment, les deux frères mêlèrent leurs larmes. Leurs questions s'entrecroisèrent :

« Notre frère Alfa Guidado?

– Mort...

– Faraman Kouyaté?

– Mort... »

Et ils revirent le cirque de Kassakéri.

Les talibés Irlabé, enturbannés sous leurs chapeaux à large bord, arborant le pavillon noir timbré du croissant, les sofas, les Toubourou. Les cris de terreur. Les prières. L'odeur du crottin et du sang.

Olubunmi regardait avec horreur l'unique jambe de Mohammed et ce visage vieilli, ravagé. Mohammed recevait en pleine face l'haleine empuantie de son malheureux frère. Néanmoins, ils étaient tous deux vivants. Vivants. Mohammed désigna les nattes qui entouraient le cadavre.

« Regarde, voilà tout ce qui reste de Kosa. Nos frères n'ont pas voulu qu'il repose en terre de Hamdallay. Aussi, nous le ramenons à Ségou. »

A présent, Olubunmi avait honte de retrouver ce frère qui lui avait tant manqué, alors qu'il était soûl et si peu présentable. C'est que, depuis la disparition d'Awa, il avait encore moins de goût à la vie. Il était pareil à un homme qui, ayant aperçu une source d'eau dans son désert, court vers elle et s'aperçoit qu'elle lui est inaccessible. Bakary, quant à lui, découvrait déjà des parents parmi les talibés toucouleurs et leur faisait part des rumeurs qu'il avait entendues en traversant le Fémay. Alfa Omar Baila, le lieutenant d'El-Hadj Omar, aurait rattrapé Amadou à Kabara, non loin de Tombouctou, et le tiendrait prisonnier à Mopti en attendant les instructions de son maître. On disait qu'Amadou Amadou avait chargé quatre pirogues. La première portait sa mère et sa grand-mère. La seconde, les livres de son père. La troisième, les membres de sa famille. Il était seul dans la quatrième avec quelques serviteurs. Et tous s'accordaient pour louer un homme qui, dans la défaite et le malheur, montrait un tel souci des siens. Ali Diarra ne s'était-il pas enfui en laissant derrière lui ses femmes que les Toucouleurs avaient distribuées à des talibés sans aïeux? Ah! c'est dans ces moments-là que l'on reconnaît les chefs!

Olubunmi et Mohammed se tenaient à l'écart du groupe et de ses racontars. Olubunmi avait posé la tête sur le genou de son frère et serrait les dents pour ne pas laisser fuser d'un coup le triste récit de sa vie. Qui sait? Peut-être Mohammed était-il aussi malheureux que lui? Quel contraste offrait celui qu'il était devenu avec le beau jeune homme qui avait pris la route de Kassakéri! Eh oui, à ceux de leur classe d'âge, le destin avait refusé ses dons. Pas de triomphe à la guerre, pas de succès à la cour, pas de bonheur familial. Ils formaient une génération sacrifiée.

Alpha Aliou, le chef de l'escorte toucouleur, se leva et s'approcha assez respectueusement de Mohammed, son attitude illustrant bien les sentiments que ce dernier inspirait à tous ceux qui l'approchaient. Estime pour sa grande piété. Admiration pour sa force de caractère. Instinctive aversion pour son ethnie. Il plia le genou :

« Maître, si tu veux que ton frère ne soit pas qu'une charogne, bonne à souiller les humains, il faut reprendre la route. »

Il exprimait dans ces paroles toute l'horreur d'un musulman pour un corps déserté par son âme, horreur que Mohammed lui-même n'était pas loin de partager.

« Frère, je t'ai grandement offensé. Je n'avais nul droit à être fa de cette famille.

– C'est à ton âge et à ton honneur que revient cette fonction. Pardonne-moi. Et permets-moi de me racheter... »

Ahmed Dousika chercha une réponse et n'en trouva pas. Voilà que la prédiction de Koumaré se réalisait pleinement! Qu'avait dit le forgeron féticheur?

« Ne sois pas ému. Ne doute pas. Ne t'étonne pas. Ceux qui croient que tu échoues, ceux-là ne riront pas les derniers. »

Autour d'eux résonnaient les battements des tam-tams funéraires et les chants des karamoko, venus entourer une dernière fois un des leurs, tandis que l'odeur de la viande boucanée, réchauffée sur les grils de bois vert s'efforçait de satisfaire, elle aussi, aux désirs du défunt. Ahmed Dousika s'éclaircit la voix :

« Est-ce que cela signifie que tu vas recommencer à vivre parmi nous? Et avec ton épouse? »

Mohammed acquiesça. Ahmed Dousika détourna à nouveau le regard. Ces paroles de repentir ne parvenaient pas à effacer la crainte et la méfiance que lui inspirait Mohammed. Il en était convaincu, la descendance de Tiékoro ne pouvait être que porteuse de troubles. Néanmoins, il fit bonne figure :

« Cette concession est la tienne. Tu l'avais quittée de ton plein gré. Tu y reviens de même. »

Mohammed perçut le peu de chaleur de sa réponse et en fut blessé. Quoi ? Il renonçait à la compagnie d'El-Hadj Omar. A ses yeux, il passait pour un mauvais musulman, il s'aliénait peut-être Dieu, et c'est tout ce qu'Ahmed Dousika trouvait à lui dire ? Puis il se repentit. Sa déception n'était-elle pas le signe d'un geste d'orgueil ? Se forçant à s'humilier, il fit :

« Je te remercie... »

Plus loin, les fossoyeurs avaient fini de creuser la tombe de Kosa, et Koumaré donnait le signal de l'adieu au mort. Les membres de la famille affluaient donc vers l'abri sous lequel était placé le cadavre et, un à un, venaient le supplier de lui accorder sa protection. Pauvre Kosa ! Promesse de vie qui n'avait pas été remplie. Présent brutalement interrompu aux rives de l'avenir ! En fait, pour affectés qu'ils soient, les Traoré n'accordaient pas à ces funérailles toute leur attention. Le retour d'Olubunmi et de Mohammed les troublait presque autant. Les femmes pensaient qu'on aurait dû signifier à Mohammed que nul n'oubliait la disparition d'Awa dont il était responsable et qu'il ne fallait pas le laisser parader avec sa nouvelle épouse. En outre, pendant son absence, une sorte de trêve avait été signée entre les éléments fétichistes et les éléments musulmans de la famille, entre ceux qui ne rêvaient que du retour du Mansa Ali Diarra et ceux qui s'accommodaient de la présence toucouleur. Cette paix, allait-elle être troublée ? Allait-on recommencer à se déchirer ? La présence d'Olubunmi, qu'on avait si longtemps tenu pour mort, ne rassérénait pas non plus. Il effrayait avec ses yeux injectés de sang, sa voix forte et rauque et, surtout, l'impudeur avec laquelle il lutinait les esclaves. Il se dégageait de toute sa personne une brutalité vulgaire et sensuelle qui n'avait point cours à Ségou. On chuchotait qu'il avait acquis ces manières au contact des Blancs pour lesquels il avait travaillé. D'ailleurs, dans les rares intervalles où il ne vidait pas des calebasses de dolo, il ne parlait que des Blancs. A l'en croire, ils étaient pires que les Toucouleurs. Et, pourtant, ceux-là n'y allaient pas de main morte! A la vérité, ce n'était pas tant d'El-Hadj Omar qu'on avait à se plaindre. Amadou, auquel son père avait confié la garde de la cité lors de son départ pour Hamdallay, avait fait désarmer tous les Bambaras. Nul n'avait le droit de porter un fusil s'il n'était toucouleur ou sofa. C'est ainsi que, hormis les battements de tam-tams, les chants et les cris des pleureuses, les funérailles de Kosa se déroulaient dans le plus grand silence. En outre, des vautours planaient en permanence au-dessus du champ des décapités, situé au sud de la ville un peu en retrait de la route de Niamina, tandis que les geôles du dionfoutou regorgeaient de prisonniers. Toutes les grandes familles gémissaient sous le poids de l'assakel, monceaux de grain qu'Amadou entassait dans son palais. Les Sarakolé de Ségou, qui avaient favorablement accueilli la domination toucouleur, étaient tellement écrasés de taxes qu'ils ne rêvaient plus qu'au moyen de s'en débarrasser.

A présent, les fossoyeurs faisaient glisser dans le rectangle de terre saignante le cadavre de Kosa. Tous les membres de la famille éprouvaient un sentiment de soulagement, car son odeur était devenue insupportable. L'auvent sous lequel il avait été placé pour recevoir l'ultime salut des siens était noir de mouches, et les charognards s'étaient perchés sur les branches du dubale comme autant d'obscènes ornements. Personne n'osait cependant les chasser. Qui sait si l'un d'entre eux ne servait pas d'abri à l'âme du défunt en attendant que les féticheurs aient accompli leur office de purification et de paix ? En tant que fa de la famille, Ahmed Dousika introduisit une volaille blanche dans la fosse que l'on allait refermer avant que les pelletées de terre ne tombent sur les nattes funéraires.

Kosa, dernier-né de Nya Coulibaly, fils de Diémogo ! Sa vie n'avait été qu'un parcours borné et sans grandeur. Mort avant d'avoir pu tenir les promesses de sa naissance et honorer sa lignée ! Il n'avait point pesé sur la terre. Il ne laissait qu'une image floue et imprécise. Ni épouse ni fils ne le pleurait, et c'est avec un profond sentiment d'amertume que tous répétaient en frappant des mains :

> *Comblez bien la fosse*
> *Ah! comblez-la*
> *Pour que ni sorcier, hyène ou fauve*
> *Ne puisse enlever ce corps.*

Mohammed s'étonnait de pouvoir prononcer ces paroles, de pouvoir chanter, lui aussi, sans avoir l'impression de commettre un sacrilège ! Cette communion avec les siens le réconfortait, et, pour un temps, la douleur d'avoir perdu Awa, celle d'avoir quitté El-Hadj Omar, celle d'avoir retrouvé un Olubunmi si différent de celui qu'il avait connu, les yeux brillant du soleil de la jeunesse et de l'ambition, s'apaisaient. Il se retrouvait petit enfant, avant que Tiékoro n'ait tracé autour de lui un cercle magique, un cercle d'islam, que personne n'osait franchir. Alors, il passait d'un sein à l'autre, d'un dos à l'autre. Il n'était rien qu'un bilakoro Traoré ! Etrange qu'il lui ait fallu tant d'années, tant d'épreuves pour goûter à nouveau à ces sensations-là !

Olubunmi, quant à lui, avait pris prétexte des agapes qui accompagnaient les funérailles pour s'enivrer, une fois de plus. Des parents du Bélédougou ayant apporté des outres de vin que répandaient les traitants français installés sur le haut fleuve, il les avait vidées à lui tout seul. Résultat, il vacillait de droite et de gauche, tandis que sa voix avinée donnait aux chants funéraires on ne sait quelle intonation paillarde. Qu'est-ce qui le minait? Qu'est-ce qui détruisait son esprit aussi sûrement que son corps? Une fois de plus, Mohammed se posa cette question. Etait-ce de se retrouver dans la force de son âge, sans activité, sans rêves, sans ambitions?

Ses pérégrinations lui avaient ôté tout désir de s'occuper des champs de la famille sur lesquels, d'ailleurs, s'affairaient des esclaves. La terre n'avait pas besoin de lui et la guerre n'avait plus cours. Car la loi des Toucouleurs régnait. Ceux qui se refusaient à être incorporés de force dans leurs armées et à se battre pour leur compte demeuraient les bras croisés, rêvant aux tumultes d'autrefois.

> *Tabalas d'appel des chefs de guerre*
> *Tabalas qu'on ne bat qu'en temps de guerre*
> *Ségou aime l'odeur de la poudre*
> *De la poudre et du sang...*

Ah! qu'étaient devenus ces temps-là? Oui, Olubunmi ne trouvait plus d'aliment à sa vie. Alors, elle se rongeait elle-même, le laissant vide, creux, pareil à ces ossements que le grand soleil a blanchis. Mohammed se promit d'approcher son frère pour l'aider à trouver les moyens de vivre autrement. Que lui proposer? Une épouse? Oui, une épouse. La femme n'est-elle pas le remède au désespoir? A ce moment, Mohammed ressentit la douleur familière, la morsure à son cœur et à son sexe. Non, il ne fallait pas songer à Awa, sinon il sombrerait dans la même amertume qu'Olubunmi. Qu'était-elle devenue? Une voix lui soufflait que cette créature fière et forte ne s'était pas donné la mort. D'ailleurs, c'est en vain qu'on avait sondé tous les puits de la région. Elle s'était enfuie quelque part. Elle avait pris refuge en un lieu d'où elle le regardait vivre et souffrir. Vivre et se repentir. Vivre et être mort. Mohammed se repentit de cette dernière pensée. Oubliait-il que la vie, c'était la foi en Dieu? Mentalement, il se mit à réciter le Djawharatul-kamal. Pourtant, il n'avait pas honte des doutes et des désirs qui l'assaillaient. Il le savait, Dieu aime trop l'homme pour lui en vouloir de ses faiblesses.

Olubunmi se retira avec un râle, sentant à l'extrémité de son sexe l'onctuosité du sang. La fille était vierge. Vaguement ému, il lui demanda :

« Comment t'appelles-tu?

– Awa, maître. »

Il la gifla violemment :

« Ne dis pas cela! »

La fille retint ses larmes :

« Je ne mens pas, maître. C'est le nom que mon père m'a donné. Je suis la fille du Woloso[2] Ahmed, et notre mère Fatima l'a fait baptiser... »

Toutes ces explications exaspérèrent Olubunmi. Il jeta :

« Va-t'en... »

Awa se leva vivement. En réalité, elle était heureuse de partir. Elle avait obéi à Olubunmi parce qu'il lui faisait peur. En outre, elle était profondément choquée que les funérailles de son frère à

2. Esclave de case.

peine terminées, alors que son esprit errant venait d'être emprisonné par les efforts des forgerons féticheurs, il songe à faire l'amour. Des autres cours de la concession parvenait le murmure des voix des parents et des amis mêlé aux accents des bala[3] et des barafo[4]. Certains visiteurs prenaient congé et s'éloignaient, des quartiers de viande boucanée sous le bras. Oui, malgré le silence des fusils, cela avait été de belles funérailles! Les Traoré demeuraient une des dernières familles bambaras que le paiement des impôts aux usurpateurs toucouleurs ne ruinait pas entièrement. Ils avaient mis en culture des champs qu'une branche éteinte possédait de l'autre côté du Joliba, autour de Digani, concluant des accords avec des Somonos pour obtenir des déchets de poisson afin de fumer la terre. Leurs esclaves filaient et tissaient de plus belle et fournissaient les marchands musulmans que la guerre coupait de leur approvisionnement maghrébin. On pouvait les blâmer de commercer. En tout cas, leurs femmes continuaient à se parer d'ambre, de corail, de cornaline, à porter aux poignets et aux chevilles de lourds bracelets d'or et d'argent. Etranges gens que ces Traoré! Frappés des deuils les plus cruels, déchirés par des conflits internes et cependant résistants, survivant à tous les coups, comme si leur vitalité se nourrissait d'épreuves!

En fuyant, Awa se heurta à Mohammed qui traversait le vestibule. Celui-là aussi, elle le craignait, avec sa jambe coupée et son air onctueux. Quand il passait par les cours, sa satala à la main, pour aller à ses ablutions, elle se rencognait dans l'ombre des portes, jusqu'à ce que sa claudication se

3. Xylophones.
4. Tambours.

soit tue. Il lui jeta un regard de reproche, comme si elle était à blâmer et non point Olubunmi, sa luxure, son ivrognerie et sa crasse dans la pièce voisine. Elle avait mal, car Olubunmi l'avait pénétrée sans douceur, sans ménagement. Pourtant, elle ne songeait pas à se révolter. Elle était une esclave et ne pouvait prétendre à rien d'autre. De même, le woloso qui l'épouserait ne pourrait se plaindre quand il saurait qui l'avait déflorée. D'un coin de son pagne, elle essuya le sang qui coulait à présent le long de ses cuisses.

Dehors, au-dessus des arbres, la lune était ronde, amicale, une joue d'enfant. Pendant ce temps, Mohammed se penchait sur Olubunmi sans se laisser rebuter par son odeur. Dans cette déchéance où était son frère, il ne cessait pas de l'aimer. Olubunmi était ce qu'il serait lui-même s'il remplaçait Dieu par l'alcool. Il fit doucement :

« J'ai toujours pensé que j'étais le plus malheureux des hommes avec ma jambe perdue... Je m'aperçois que je m'étais trompé... »

Olubunmi se redressa. L'amour l'avait dessoûlé, et il apercevait nettement le visage délicat de Mohammed, ses yeux brillants d'affection et de compassion. Il se raidit et railla :

« Tu parles beaucoup de ta jambe perdue. Jamais de ta femme. Comment s'appelait-elle ?

– Awa... »

Olubunmi tressaillit, puis ricana ;

« Décidément, qu'est-ce qu'il en pousse des Awa ! La jeune esclave qui vient de réchauffer ma couche s'appelait ainsi, elle aussi... »

Mohammed, blessé de ce rapprochement sans délicatesse, changea de sujet :

« Ecoute, je ne viens pas parler d'Awa. Devant Dieu, je connais mes torts envers elle. Je voudrais parler de toi. Tu dois prendre femme, Olubunmi.

Elever des enfants. Assurer la continuation de notre nom. »

Olubunmi se rejeta en arrière :

« Est-ce là tout ce qui nous reste à faire? »

Mohammed feignit de ne pas avoir entendu et poursuivit :

« J'ai fait ma paix avec Ahmed Dousika. Demain, je lui demanderai de te chercher une compagne digne de notre nom. Il connaît toutes les filles à marier de la région. Je ne te demande qu'une chose. Choisis une musulmane, pour l'amour de moi... »

Olubunmi rit :

« Tu es impayable! A un mécréant comme moi tu veux donner une femme pieuse! Est-ce pour la perdre? »

Puis, il prit une pincée de tabac et s'emplit la narine. La poudre poivrée le dégrisa complètement et, paradoxalement, lui donna à nouveau le désir de l'alcool. Il se rappela qu'une outre de vin à demi pleine demeurait dans le vestibule, et il se leva. Devinant son intention, Mohammed le retint, interrogeant crûment :

« Qu'est-ce qui ne va pas? Dis-le-moi... Pourquoi cherches-tu à te dégrader? »

Le nom d'Awa trembla sur les lèvres d'Olubunmi, et le désir de se confier le brûla comme une fièvre. Puis il eut honte. Allait-il devenir pareil à ces hommes qui pleurnichent comme des femmes? Il eut honte et peur à la fois, car il voyait à présent dans cette rencontre extraordinaire avec Awa la main des ancêtres attachés à le perdre. Pourquoi? Pourquoi le trimbalaient-ils de Saint-Louis au Damga? Du Damga au Macina? Du Macina à Ségou? Qu'est-ce qu'ils lui voulaient? Qu'est-ce qu'il expiait? Les fautes de son père? Et les fils devaient-ils payer les erreurs des pères?

Il enjamba les béquilles de Mohammed, fit irruption dans le vestibule et se saisit de l'outre de vin. La saveur âpre et poisseuse lui rappela ses jours à Saint-Louis. Etrange animal que la mémoire, impossible à mater et à séduire! Elle lui présentait à présent cette ville comme un lieu de beauté, le cadre d'une trêve entre des soucis plus cuisants. Il revoyait les casernes encadrant la place d'Armes, le palais de justice avec son escalier monumental, la grande mosquée et, traversant les solides ponts de rôniers édifiés sous l'égide de Faidherbe, les caravanes de marchands de gomme allant décharger leurs marchandises à la porte même des commerçants. Au moment de son départ, des équipes du génie avaient fini de paver les rues avec du bois de gonakié, de tracer des trottoirs, d'aménager des promenades au nord-est de l'île, et toute une bigarrure de métis, de Noirs, de Maures dont les langues s'entrecroisaient en un joyeux charivari, les emplissait. Allons, il n'allait pas se mettre à regretter Saint-Louis!

Dans son ivresse renaissante, Olubunmi revint vers Mohammed. De quoi lui avait-il parlé? De mariage? Et ne venait-il pas de déflorer une vierge? Si la virginité était la condition essentielle du mariage, le sceau grandissant la valeur de la possession, alors ne venait-il pas de se marier? Eh oui, c'était sa nuit de noces qu'il venait de célébrer. Il prit place en face de son frère, riant du bon tour qu'il s'apprêtait à jouer à la famille. Surtout qu'on ne lui reproche pas d'épouser une esclave. Les Bambaras n'étaient-ils pas tous devenus des esclaves?

5

« BEAU-FRÈRE! Comme tu m'as déçu! Pourquoi as-tu quitté mon père? Pourquoi es-tu revenu au polythéisme? Toi, à qui mon père voulait confier les clefs spirituelles de Ségou? Toi, qu'il emmena ensuite avec lui à Hamdallay, afin que tu sois son historiographe et que tu témoignes devant tous de sa sainteté? Toi, à qui il a donné ma propre sœur! »

Mohammed baissa la tête et répliqua :

« Ne penses-tu pas que Dieu, qui est d'abord amour, chérit aussi l'infidèle? Qu'exclure un être de l'amour primordial, de l'amour divin, c'est faire preuve d'ignorance capitale? Et si cet infidèle est mon propre frère de chair et de sang, ne vois-tu pas quel est mon devoir? »

Amadou haussa les épaules :

« Quel hâbleur! Tu as toujours eu la parole facile. Te rappelles-tu quand tu prétendais arrêter la guerre sainte avec le hadith d'Al-Buhari? »

Il éclata de rire et ses talibés l'imitèrent. Amadou n'avait pas la beauté de son père, El-Hadj Omar. Ce qu'il avait de plus laid, c'était sa bouche aux lèvres retroussées au-dessus d'un menton fuyant. Avec cela, vêtu sans élégance d'une blouse flottante de coton bleu par-dessus une tunique de même tissu et coiffé d'un bonnet bleu, lui aussi. En parlant, il ne cessait de triturer son chapelet, sous l'effet de la nervosité bien plus que de la foi, et gardait les yeux fixés sur Samba N'Diaye, un des plus fidèles lieutenants de son père, demeuré auprès de lui à Ségou comme s'il voulait lui prouver qu'il était un excellent élève. Autrefois, Amadou et Mohammed s'étaient bien entendus. Puis Amadou avait pris ombrage de l'affection qu'El-Hadj Omar témoignait à ce Bambara, à ce Traoré dont la famille grossissait les rangs de la contestation, et n'avait pas supporté qu'El-Hadj Omar lui donne en mariage sa propre sœur. A présent, il ne parvenait pas à le traiter comme un parent, et toute son attitude avec lui témoignait de cet embarras. Il reprit :

« On me dit que tu as ramené à Ségou le corps d'un de tes infidèles de frères tué à Hamdallay pour exciter les Ségoukaw à la révolte? »

Mohammed releva la tête et fit simplement :

« Beau-frère! je n'ai fait que me soumettre à la volonté des miens qui craignaient pour le repos de son esprit... »

Amadou bondit sur ses pieds :

« Voilà, voilà, tu retombes dans le polythéisme! »

A vrai dire, il savait que pareille accusation était risible. L'amour de Dieu était inscrit sur chaque trait du visage de Mohammed, sur chaque détail de sa personne. Il se rassit :

« Je vais te donner une preuve du traitement que je réserve à ceux de ma famille. Avec mon cousin Seydou Dieylia, tu te chargeras de ma correspondance. Tu sais que j'entretiens des liens avec les imams à travers la confrérie tidjane. Je vais te faire préparer un appartement dans l'enceinte du palais. Cela me permettra de voir ma sœur... »

En agissant ainsi, il espérait tenir Mohammed dans une sorte de captivité dorée, l'avoir à l'œil, saper le prestige qu'il risquait de regagner dans sa communauté.

Mohammed secoua la tête :

« Maître, je ne veux rien. Je ne demande rien. Permets-moi seulement d'ouvrir une école coranique... »

Amadou se leva à nouveau et se mit à marcher à travers la pièce. Depuis le départ de son père, sa terreur des Bambaras s'étant accrue, il avait fait renforcer le dionfoutou, dont les murailles atteignaient trois mètres d'épaisseur et étaient percées d'étroites meurtrières devant lesquelles étaient disposés des paillassons. En cas de siège, cet ensemble fortifié pouvait abriter deux mille défenseurs et, étant donné la masse de provisions qu'il contenait, résister des mois durant. Néanmoins, la terreur d'Amadou semblait injustifiée, car, pour l'heure, la résistance des Bambaras ne s'organisait pas. Si tout le monde s'agitait, nul ne prenait le commandement, et Ali Diarra croupissait dans sa prison de Hamdallay.

« Ce ne sont pas les écoles coraniques qui manquent dans Ségou. Ne veux-tu pas être imam? Cadi? Muezzin? »

Mohammed secoua à nouveau la tête :

« Maître, je ne veux rien. »

Il se leva et, dans l'exaspération que lui causaient ces refus répétés, Amadou lui lança :

« Allah a voulu te rappeler que tu es à moitié peul. Il t'a donné à jamais la posture en héron[1]... »

Les talibés se mirent à rire et à applaudir, comme s'il s'agissait de la plaisanterie la plus fine ou d'une remarque témoignant de la bonté du cœur de leur souverain. Avec dignité, sans mot dire, Mohammed se dirigea vers la sortie.

---

1. Allusion à la posture du berger peul qui se tient sur une jambe.

Honteux de lui-même, mais ne voulant pas l'avouer, Amadou se tourna vers son griot, Sentoukou, qui faisait fonction d'exécuteur des hautes et basses œuvres, et ordonna :

« Mets deux hommes à ses trousses, qu'ils ne le lâchent pas d'une semelle. Je veux savoir ce qu'il fait à chaque heure. »

C'était jour de réception. La salle d'attente était pleine de chefs des grandes maisons qui venaient réassurer Amadou de leur soumission. Celui-ci, en retour, leur faisait distribuer du riz, des pierres de sel, des cauris, de la volaille, des moutons, mais en moins grande quantité que son père car il n'était pas généreux.

En réalité, Amadou était inquiet. Il ignorait ce qui se passait dans Hamdallay, ne recevant guère de courriers de son père. S'il savait que la ville était soumise et les Peuls du Macina défaits, il ignorait ce que son père avait fait d'Amadou Amadou, le souverain. L'avait-il condamné à mort ? Avait-il été clément ? En outre, il connaissait trop la fierté et l'énergie des Peuls pour croire que leur calme et leur obéissance étaient réels. Simulacres, ce n'étaient que simulacres ! Peuls, Bambaras, tout ce monde complotait. Il était entouré d'ennemis.

Pendant ce temps, Mohammed jouait des coudes dans la cour, encombrée d'hommes en armes, brandissant leurs fusils à deux coups et leurs sabres comme s'ils s'apprêtaient à partir au combat, de forgerons occupés à fondre des balles car, aux dernières rencontres avec les Peuls, les Toucouleurs avaient bien failli manquer de munitions, d'ânes et de bœufs porteurs. Assises à même le sol, des femmes esclaves pleuraient en attendant d'être distribuées entre les talibés. Un Bambara, armé d'un fouet de cuir, les gardait.

Mohammed ne pouvait plus supporter de voir un

Bambara se faire le sujet d'un Toucouleur, et ses anciennes arguties selon lesquelles la soumission aux Toucouleurs n'était que la soumission au vrai Dieu lui paraissaient non seulement idéalistes, mais carrément choquantes. En hâtant le pas, pour fuir ce spectacle, il se trouva nez à nez avec son ami Bari Tyéro, imam de la mosquée de la Pointe des Somonos, qui lui saisit le bras :

« Qu'est-ce que j'entends? Tu es revenu à Ségou pour donner un chef à la rébellion contre El-Hadj Omar? Frère, compte-moi parmi les tiens... »

Mohammed fut atterré, non des desseins qu'on lui prêtait, mais du comportement de Bari. Il balbutia :

« N'écoute pas tout ce qu'on te raconte... »

L'autre poursuivit sans prêter attention à cette dénégation :

« Sansanding est sur le point de se soulever. Les Malinkés de la région de Bakhoy en font de même. Les jours du marabout toucouleur, du petit Foutankè sont comptés... »

Mohammed regarda de droite et de gauche :

« Frère, si nous devons parler de tout cela, le lieu est mal choisi. »

Bari Tyéro opina de la tête :

« Tu as raison. Je t'accompagne chez toi... »

Il avait fallu passer par la volonté d'Olubunmi. Quand Ahmed Dousika était venu lui parler de son mariage, il avait répondu que son choix était déjà fait et se portait sur Awa. Quelle Awa?

La fille du woloso Ahmed, qui avait grandi dans la case de sa mère Fatima, épouse du défunt fa Siga, avait, grâce à elle, reçu une parfaite éducation.

Awa? Tous les regards se braquèrent sur elle. La fille était jolie. Très jolie. Bonne musulmane. Priant cinq fois par jour et jeûnant durant le carême. Habile de ses mains d'où sortait le filé le plus blanc. Mais, tout de même, une woloso! Quand ses ancêtres étaient-ils entrés dans la famille? Finalement, la date du mariage fut fixée. Awa, elle-même, se serait bien passée de cette notoriété. Voilà que, sans transition, de gamine, elle allait devenir bara muso. D'esclave, épouse d'un noble de grande famille. Les présents d'Olubunmi s'amoncelaient dans l'humble case de son père et sa mère, qu'elle n'avait jamais vue que drapée d'oripeaux couleur de terre, se parait de boubous richement brodés, de voiles, de bijoux. Il y avait là de quoi tourner plus d'une tête. Pourtant, Awa restait lucide. Olubunmi n'était qu'un cadeau empoisonné. Belle gueule, oui! Mais ivrogne, sans respect ni de Dieu ni des ancêtres. Awa était surtout sensible au fait qu'il ne l'épousait pas par goût. Non, il s'agissait de piquer, de choquer la famille et, à travers elle, tous les yèrèwolo de Ségou, coupables d'avoir baissé les bras devant El-Hadj Omar en faisant de leur ville une catin, cuisses ouvertes devant l'envahisseur. Aussi, ce choix qui paraissait flatteur n'était en réalité qu'humiliation.

Awa entra chez Fatima, qui ne l'avait jamais traitée en esclave mais en fille. Après la mort de Siga, son mari, Fatima avait bien parlé de retourner à Fès. Néanmoins, ce projet était devenu pareil à une tapisserie que, chaque jour, une brodeuse enjolive sans jamais la terminer.

« Quand je retournerai à Fès, j'irai droit à la Qaraouiyine. Tu n'as aucune idée de ce que peut être ce monument!

– Quand je retournerai à Fès, j'irai droit à l'horloge à eau de la médina. Tu sais ce que c'est qu'un appareil à mesurer le temps?

– Quand je serai à Fès, je couvrirai les murs de ma maison de zellijs...

– Quand je serai à Fès, j'irai chez les Lwâjrîyîn, et j'achèterai des poteries... »

Aujourd'hui, si personne ne croyait plus au départ de Fatima, il n'en faisait pas moins rêver, et les femmes s'assemblaient pour voyager en imagination. Ah! quitter cette concession, cette ville, ce royaume! Pourquoi les femmes devaient-elles demeurer rivées au sol natal? Rivées à la terre. Terres elles-mêmes, bonnes à fertiliser, à ensemencer. Elles se répétaient les aventures de Tiékoro qui avait connu Tombouctou et Djenné, de Siga qui avait connu Fès, de Malobali qui avait trouvé la mort sous des cieux inconnus. De Mohammed et d'Olubunmi eux-mêmes. Ils avaient parcouru tant de pays, côtoyé tant d'hommes, fait tant d'enfants à des femmes bozos, toucouleurs, peuls, ouoloffs, brésiliennes... Quelle liberté illimitée!

Awa s'assit sur un escabeau et se tourna vers le mur :

« La nuit, il rêve tellement que ses dents s'entrechoquent comme les flancs d'un troupeau de moutons effrayés... »

Fatima haussa les épaules :

« Fais-lui mieux l'amour. Tu verras qu'il dormira comme un nouveau-né...

– Il ne m'appelle jamais par mon nom, mais par toutes sortes de périphrases : « Future mère », « Bara muso », « Mère de mes premiers fils »... comme si Awa était un mot chargé de maléfices... »

Fatima l'apostropha :

« Et alors? Même s'il t'appelait « crottin de chèvre », est-ce qu'il ne sera pas bientôt ton mari? »

Awa fondit en larmes et Fatima se mit à la rudoyer. En réalité, ce qu'elle rudoyait, c'était cette faiblesse en elle, ce pouvoir qu'Olubunmi commençait d'exercer tout naturellement, et cette dépendance dans laquelle elle se plaçait naturellement. Finis les jours d'insouciance et d'audace! Elle allait aborder au terrible rivage de l'univers des femmes, prendre sa place dans le rang. Alors, Fatima aurait voulu la préparer, l'armer, la sommer d'être moins vulnérable qu'elle ne l'avait été elle-même et manquait de mots pour le dire. Sur ces entrefaites, Ayisha la Torodo, l'épouse de Mohammed, fit son apparition dans le vestibule et s'exclama :

« Mais qu'a-t-elle à pleurer? »

Néanmoins, elle n'attendit pas de réponse, car elle savait la raison de ces pleurs. Elle n'avait pas cessé de les verser depuis le jour où El-Hadj Omar l'avait convoquée pour lui signifier qu'il la donnait à Mohammed Traoré. Elle caressa la joue d'Awa et lui proposa :

« Veux-tu que je te fasse une coiffure en cimier pour la cérémonie de ton mariage? »

Elle parlait ainsi pour ramener un sourire sur ces lèvres encore enfantines qui, bientôt, prendraient le pli du souci et de l'abnégation. Awa accepta, et les doigts fuselés, agiles commencèrent à détacher une à une les perles d'ambre et de coralline, à démêler les tresses, à dessiner du bout du peigne de bois des cercles et des carrés. A chacun des gestes d'Ayisha, son ventre haut et dur effleurait la nuque d'Awa, et il semblait que l'enfant qu'il abritait prenait part à ce silencieux échange :

« Mes mères, mes mères, pourquoi êtes-vous dans l'affliction? Oubliez-vous que l'enfant est le remède aux soucis de la vie? Le remède à la mort elle-même? »

Fatima rompit le silence :

« Qu'est-ce qu'on me dit? Que Bari Tyéro vient d'entrer chez toi? »

Ayisha hocha la tête et Fatima poursuivit, soup-
çonneuse, en fronçant le sourcil :

« Qu'est-ce qu'il veut, ce Somono? »

Ayisha eut un geste d'ignorance :

« Je ne sais pas, mère! Ce qui m'intrigue, c'est
que fa Ahmed Dousika, Ali Sounkalo et même
Olubunmi sont de la réunion! »

Fatima s'assit sur un escabeau et se mit à croquer
pensivement une noix de cola :

« On dit que ceux de Sansanding veulent se
soulever. J'espère qu'ils n'ont pas l'intention de les
joindre! »

Puis, elle se leva aussi vite que lui permettait son
poids considérable :

« Que nous préparent-ils une fois de plus, ces
hommes? Je vais envoyer la petite Kadidja balayer
le vestibule de Mohammed en lui demandant d'ouvrir toutes grandes ses oreilles... »

Elle sortit en hâte, ses larges fesses se heurtant à
l'embrasure de la porte. Pourtant, ni Awa ni Ayisha
ne songèrent à en sourire. De nouveaux dangers se
préparaient, elles en avaient l'intuition. Le sang
allait encore arroser la terre. Et n'en avait-on pas
assez de ces luttes? Ah! Peuls contre Bambaras!
Bambaras contre Toucouleurs! Toucouleurs contre
Peuls! Tous les enfants devaient-ils être orphelins?
Toutes les femmes veuves? Tandis que les sœurs
pleuraient le deuil de leurs frères? Quand retrouve-
rait-on le goût de la vie?

« Vous faites erreur si vous vous imaginez que les
Blancs, les Français vont vous défendre contre les
Toucouleurs. Ces gens-là ne poursuivent que leurs
propres desseins. Quand j'étais à Saint-Louis, j'ai
bien failli faire partie d'une expédition qui envisageait de franchir le fleuve Sénégal pour fonder des

forts et des comptoirs comme ceux qui existent déjà sur la côte et, surtout, pour créer un chemin de fer... »

Une voix l'interrompit :

« Chemin de fer...! »

Mais Olubunmi ignora cette exclamation d'admiration enfantine et poursuivit :

« Les Blancs eux-mêmes ont peur des Toucouleurs. Ils leur vendent des armes, c'est tout. Ils ne les attaqueront pas. Est-ce que vous oubliez qu'ils ont signé un traité avec eux? »

Bari Tyéro prit la parole :

« Nous ne demandons pas aux Blancs d'intervenir dans nos querelles. Tout ce que nous voulons, c'est qu'ils nous vendent des armes et cessent d'en livrer aux hommes d'El-Hadj Omar... »

Olubunmi fit, railleusement :

« Et pourquoi le feraient-ils?

– Parce que nous les paierons plus cher... Voilà pourquoi ils le feront. »

Il y eut un silence pendant lequel on entendit le crac-crac d'un balai végétal sur les pierres du vestibule. Bari Tyéro éleva à nouveau la voix :

« Les marchands somonos sont riches. Au lieu de se laisser dépouiller par El-Hadj Omar, que leur richesses servent à retrouver la liberté... »

Olubunmi devinait ce qui allait suivre. A cause de sa connaissance des Français et de Saint-Louis, on allait sans doute lui demander de prendre la tête d'une mission qui irait se procurer des armes. Savait-on seulement combien il était las? Il se tourna vers Mohammed pour solliciter son appui. Mais Mohammed se taisait. Alors, il se décida donc à prendre position tout seul :

« N'engagez aucune action que vous ne saurez pas mener à bien. Vos peuples sont démoralisés. Vos armées en déroute... »

Ali Sunkalo, qui était resté silencieux jusque-là, protesta :

« Ce n'est pas exact. Est-ce que tu ne sais pas que le frère du Mansa Ali Diarra a établi un gouvernement à Farako et, de là, se prépare à de nouvelles actions? »

Olubunmi se leva et déclara :

« Foutaises! Les Bambaras ne savent plus se battre, je vous dis. »

Puis, traversant le vestibule, il sortit, frappant au passage la chétive esclave occupée à balayer, qui avait osé le dévisager. Ce brutal départ désorganisa l'assemblée. Si plusieurs hommes de la concession s'étaient réunis chez Mohammed, ce n'était pas pour répondre à un plan déterminé de résistance. C'était plutôt pour lutter contre un sentiment d'inaction, d'inefficacité, voire de dégradation, et Bari Tyéro avait pris tout le monde par surprise en arrivant avec des propositions concrètes ainsi que le récit de ce qui se préparait à Sansanding.

Un à un, les hommes se retirèrent et Mohammed se retrouva seul. Que faire? Cet homme pieux et sensible haïssait la guerre. En même temps, il ne pouvait chasser de sa mémoire la scène de la mort de Kosa, et cela lui semblait le symbole de ce qui attendait les Bambaras. Comme à chaque fois qu'il était troublé, il aurait aimé un signe de son père, une indication sur la conduite qu'il devait tenir. Hélas! Tiékoro ne se manifestait plus comme si les convulsions et le chaos du monde des vivants l'atterraient. Il sortit à son tour.

Pourquoi Olubunmi avait-il si catégoriquement refusé de prendre part au débat? Pourquoi avait-il découragé toute velléité d'action? C'était là encore le signe du malaise dans lequel il vivait, et Mohammed se dirigea vers sa case pour s'en entretenir une bonne fois avec lui. Après tout, il n'était pas le seul à avoir souffert aux mains de la vie. Quel est celui que cette mégère n'a pas maltraité? Peut-être était-il nécessaire de le lui répéter. Olubunmi avait déjà pris sa posture familière, vautré dans un fauteuil européen dans son vestibule, des outres de boissons alcoolisées à portée de main. Il railla en voyant s'avancer son frère :

« Eh bien, déjà finis, les beaux projets? »

Mohammed s'installa tant bien que mal à ses pieds, comme un enfant près de son maître. Il voulait, par cette attitude pleine d'humilité, lui signifier sa tendresse et dit simplement :

« Parle-moi. Je te l'ai demandé à plusieurs reprises. Hélas! tu as toujours fait la sourde oreille. Peut-être crois-tu que tu es le plus malheureux ou le plus coupable des hommes. Je vais te détromper. Que sais-tu de moi? Comme tant d'autres, tu me prends pour un homme pieux, presque un saint. En réalité, sais-tu que je suis un assassin? »

Olubunmi, dans un éclat de rire, cracha par terre une gorgée de vin :

« Allons, c'est moi qui bois et toi qui es soûl! »

Mohammed hocha la tête :

« Ne ris pas. T'a-t-on jamais parlé de ma première épouse? »

Olubunmi devint plus sérieux :

« On ne m'en a pas dit grand-chose. Simplement que tu ne l'as pas jugée assez bonne musulmane et que tu l'as répudiée pour prendre cette Torodo, fille d'El-Hadj Omar...

– Alors, tu ne sais pas la femme que c'était! »

A ces mots, à sa propre surprise, une onde brûlante envahissait le cœur de Mohammed. Il croyait n'avoir à l'esprit que le souci de son frère. Il s'apercevait qu'il n'en était rien, qu'il cédait au désir de parler d'Awa, de crier son amour pour elle et son regret de l'avoir perdue.

« C'était une Bozo.

– Une Bozo?

– Une esclave. A première vue, on la croyait laide, car il y avait dans toute sa personne une vitalité et une énergie qui ne conviennent pas à une femme. Elle s'enduisait le corps d'un mélange d'herbes et d'essences connues d'elle seule, et quand j'abordais à son rivage intime j'étais enivré, intoxiqué délicieusement par son parfum.

– Son parfum? »

Mohammed parla longtemps. A chacune de ses phrases, une certitude horrible prenait possession d'Olubunmi. Mais non! Les dieux ne pouvaient pas lui jouer un tour aussi horrible! Il bégaya :

« Qu'est-elle devenue? »

Mohammed eut un regard fiévreux :

« On la croit morte. Mais moi, je sais qu'elle ne renoncerait pas à la vie, même à cause de moi. »

Il se pencha en avant et fit plus bas :

« Je crois plutôt qu'elle se cache dans quelque village bozo où elle élève nos enfants... Dès que la guerre sera terminée, je reprendrai les recherches et je finirai bien par la retrouver... »

Olubunmi demanda d'une voix presque inaudible :

« Combien d'enfants avais-tu?

– Deux fils. Anady aurait trois ans à présent. »

Olubunmi se prit la tête entre les mains, et Mohammed, se méprenant sur les raisons de son trouble, lui posa affectueusement la main sur l'épaule :

« Tu le vois, tu n'as pas à te reprocher de crimes plus odieux que celui que j'ai commis. Aussi, cesse de te détruire. Fais comme moi : repose-toi dans la bonté de Dieu qui pardonne. »

Olubunmi sanglota :

« Frère, frère. Tu ne sais pas ce que tu dis... »

6

Bari Tyéro examina d'un air soupçonneux le visage sombre et tragique où les yeux semblaient deux lacs tourmentés et l'interrogea :

« Pourquoi as-tu changé d'avis? Cet après-midi, tu raillais nos projets. Ce soir, tu veux les réaliser.

— Ne me pose pas de questions. Es-tu toujours décidé à envoyer une délégation jusqu'à Saint-Louis? Ou n'es-tu qu'une poule mouillée qui caquette pour cacher sa peur? »

Bari Tyéro ignora la brutalité de la remarque et répondit :

« Je ne suis pas une poule mouillée.

— Alors, économise les hommes et la peine. Je serai cette délégation à moi tout seul... »

Bari Tyéro s'enflamma :

« Es-tu fou? Ou recherches-tu la mort? Tout seul! »

Olubunmi ne le laissa pas achever :

« Oui, tout seul! Car, ainsi, je passerai inaperçu. Dans moins de deux semaines, je serai de retour avec des armes, voire une armée... »

Tout cela ne tenait pas debout. Bari Tyéro s'exclama :

« Prenons conseil des autres! »

Olubunmi se mit debout :

« Non, si tu veux que ce plan réussisse, il faut le secret ! »

Avant que l'autre ait pu intervenir, il avait disparu dans la nuit. Un nuage épais s'était enroulé autour de la lune. Brusquement, elle réapparut, et sa lumière inonda les toits en terrasse de Ségou, les rôniers, les fromagers, tout ce qu'Olubunmi quittait sans espoir de retour.

La mort. Bari Tyéro ne savait pas si bien dire. Il recherchait la mort, et c'est elle qui était au bout de ce prétendu voyage. Ah ! pourquoi les dieux ne permettent-ils pas à l'homme de se donner carrément la mort, de se porter le coup qu'il mérite ?

Aux portes de Ségou, les sentinelles croisèrent leurs lances devant ce voyageur suspect. Olubunmi rabattit son burnous sur ses yeux :

« Laissez-moi passer. Je vais à Sansanding prendre livraison d'un troupeau de bœufs pour le palais. »

Suite à la guerre, il y avait grande pénurie de viande à Ségou et les hommes abaissèrent leurs lances.

Olubunmi marcha jusqu'au fleuve et détacha une barque. Puis il entra dans l'eau, poussant l'embarcation devant lui. Ses pieds s'enfonçaient dans la glaise et des poissons peureux passaient entre ses cuisses. Brusquement, l'embarcation se mit à tournoyer et il eut toutes les peines du monde à s'y hisser. Il se demanda s'il devait se servir des pagaies, puis décida du contraire. Il ne fallait rien faire. Laisser la volonté des dieux s'accomplir sans entraves. Peut-être choisiraient-ils de briser l'embarcation sur les rapides ? Peut-être ordonneraient-ils à quelque animal marin de la pulvériser d'un coup de sa croupe ? Peut-être encore, plus sadiques, le traîneraient-ils jusqu'à l'endroit où le Joliba rencontre le Bafoulabé, et le feraient-ils mourir à petit feu de faim et de soif? Sa fin était certainement écrite. Il n'y avait qu'à l'attendre. Yeux grands ouverts dans l'ombre, il voyait défiler les berges plates, plus sombres que le ciel, parsemées de feux de brousse qui éclairaient fugitivement des villages endormis. Le malheur, c'est qu'il était né trop tard. A un moment où les Bambaras n'étaient plus les Bambaras, où Ségou n'était plus Ségou.

La barque se ficha dans la boue d'une île, située au milieu du fleuve, entre d'épaisses touffes de roseaux. Olubunmi le savait, ce lieu était aimé des féticheurs, car les esprits s'y retrouvaient dès la fin du jour. Il lui sembla entendre leurs voix un peu nasillardes :

« Est-ce que ce n'est pas le fils de Malobali Traoré?

– Le petit-fils de Dousika Traoré?

– Mais oui, c'est ce maudit.

– Il marche vers son destin. »

Il entra dans l'eau pour écarter les roseaux et remettre la barque à flot. Au-dessus de sa tête, la lune réapparut, et son regard lui rappela toute l'horreur de son crime. Awa. Il l'avait toujours su qu'elle lui était interdite, car les sentiments qu'elle lui inspirait n'étaient pas naturels. Et, à cause d'elle, à cause de ce crime qu'il avait commis, il devait mourir. La vapeur du fleuve était glacée. L'eau devenait lente, comme lourde. La barque heurta un objet qui flottait, pirouetta sur elle-même, se cabra, puis reprit son avancée. Awa. La femme de son frère. Olubunmi se roula en boule comme s'il était dans le ventre de sa mère et ferma les yeux, tandis qu'une grande paix tombait sur lui. La barque commença de dériver.

« Pourquoi ne m'en as-tu pas parlé plus tôt? »

Bari Tyéro baissa la tête :

« Je lui avais promis le secret. C'est quand j'ai su que son mariage n'avait pas pu être célébré et que vous étiez tous au désespoir que je me suis décidé... »

Mohammed semblait confondu et dit avec incrédulité :

« Ainsi, il serait parti tout seul à Saint-Louis? Par quel moyen? Avec quel argent? »

Bari Tyéro baissa plus bas la tête, et Mohammed se retint de l'accabler de reproches. D'ailleurs, Ayisha entrait, portant des calebasses de dèguè, et, par égard pour elle, les deux hommes qui n'avaient pas le cœur à manger firent honneur à la bouillie. Au bout d'un instant, Mohammed posa sa cuillère et se tourna vers sa femme :

« Veux-tu faire prévenir fa Ahmed Dousika que je viens le voir avec un visiteur? »

Ayisha répondit :

« Fa Ahmed Dousika tient conseil pour savoir comment dédommager les parents d'Awa. »

Mohammed balaya l'objection de la main :

« Va, je te dis. Ce que nous avons à lui apprendre est autrement urgent. »

Ayisha s'exécuta. Comme elle transmettait l'ordre à un des esclaves, elle vit Fatima arriver en soufflant :

« Viens là, viens là. Tu n'as rien surpris de la conversation de Bari Tyéro et de Mohammed? »

Ayisha eut un geste négatif. Fatima jeta un regard de droite et de gauche avant d'ordonner :

« N'en perds pas un mot. Il paraît qu'il s'agit d'Olubunmi...

– On l'a retrouvé? »

Fatima haussa les épaules. Pensivement, Ayisha

reprit le chemin de la case de son mari. Comme bien des membres de la famille, même s'ils ne se l'avouaient pas, Ayisha pensait que la disparition d'Olubunmi était un bon tour de Dieu et que la petite Awa, au lieu de pleurer, aurait dû s'en réjouir.

Sans doute, pris de boisson, s'était-il aventuré trop loin des murailles et avait-il reçu une flèche d'une sentinelle, le prenant pour un espion, ou encore était-il tombé à l'eau en voulant apaiser le feu que l'alcool avait mis dans ses entrailles...

Depuis le moment où il était apparu en beuglant sur la route de Sansanding, Ayisha avait su que cet homme signifiait le malheur. Elle s'assit dans le vestibule de la case de Mohammed. Mais elle n'entendit rien qu'un faible murmure de voix. Puis les deux hommes quittèrent la pièce, leurs visages creusés d'identiques plis de réflexion et de souci. Que se passait-il?

Toute la matinée, Ayisha se rongea les sangs. De quel deuil les heures à venir étaient-elles grosses? Est-ce que Ségou, ses grandes familles, son peuple n'avaient pas assez souffert? Comme c'était étrange! Elle avait fini par faire entièrement siens son nouveau cadre de vie et ceux qui le peuplaient! Tout d'abord elle n'avait éprouvé que mépris pour ces fétichistes, les doigts dans le sable, à tenter de modifier les décisions du destin. Puis ce mépris s'était mué en affection, largement protectrice, comme celle que l'on porte à des enfants naïfs et peureux. Aujourd'hui, elle était de plain-pied avec eux. Paradoxalement, sans rien perdre de sa foi, elle vibrait avec eux quand un nuage écarlate voilait la nuit, quand une bête traversait le sentier, quand un volatile croassait de certaine manière. Car elle avait compris qu'il est d'autres livres que le Coran ou les écrits des Prophètes. La nature est là dont chaque élément est un signe. Toute la matinée, son enfant rua dans son ventre pour attirer son attention :

« Mère, mère, pense à moi qui serai bientôt entre tes bras! »

Qu'ils sont doux, ces dialogues muets avec l'enfant à naître! D'habitude, Ayisha les savourait, y trouvant la consolation de ses rapports avec Mohammed. Mais, ce matin-là, elle ne s'y prêta pas. Un autre enfant prenait forme et vie dans le ventre du destin : le malheur!

Peu avant le milieu du jour, Mohammed revint de la réunion chez fa Ahmed Dousika. Il était seul et lui jeta :

« Fais-moi préparer des vêtements et des provisions de bouche. Je pars en voyage. »

Elle le suivit à l'intérieur, tandis qu'il se saisissait de son fusil à deux coups et de ce qui lui permettrait de le graisser. Elle parvint à articuler :

« En voyage, Kokè? »

Il y avait tant d'angoisse et de trouble dans sa voix qu'il en fut ému et, par conséquent, voulut lui donner un témoignage d'estime et de confiance, à défaut d'amour :

« Garde le secret. Nous partons sur les traces d'Olubunmi, qui semble être allé tout seul à Saint-Louis...

– A Saint-Louis? »

Mohammed lança fièrement :

« Chercher des armes! On s'est tous trompés sur son compte. Il était le plus brave d'entre nous. »

A part lui, Mohammed pensait que la conversation qu'il avait eue avec son frère n'était pas étrangère à sa décision de prouver à tous ce dont il était capable. Aussi n'était-il pas loin d'éprouver un sentiment de culpabilité. C'était lui, c'était lui qui l'avait engagé à cette aventure périlleuse.

Ayisha faillit éclater de rire. Olubunmi, brave.

Olubunmi parti chercher des armes à Saint-Louis. Seul un naïf comme Mohammed pouvait le croire! Elle eut assez d'empire sur elle-même pour cacher ses pensées et dit seulement :

« Pense à toi-même! Ta santé n'est pas bonne. Tu as déjà assez souffert dans ton corps. Ne peux-tu laisser à d'autres le soin de le chercher? »

Ces paroles irritèrent Mohammed, lui rappelant son infirmité à laquelle il ne voulait pas songer. Il s'écria avec colère :

« Fais ce que je te dis! Ah! tu voudrais me voir rester assis ici avec les édentés et les femmes, tandis que les miens bravent la mort? »

Ayisha sortit. Dehors, elle dut s'appuyer aux murs de la case pour ne pas tomber. Elle reconnaissait bien là la folie de Mohammed. Cette obstination qui fait les bourreaux et les saints. Il allait partir. Qui sait si son enfant aurait encore un père quand il ouvrirait les yeux? Tout cela pour une brute, un soûlard, un porc! Que faire? Son esprit échafauda mille plans, en retint un. Non, il ne fallait pas songer à celui-là. C'était trahir. Trahir quoi? Trahir qui? Elle n'avait de devoirs que vis-à-vis de son enfant. Sans plus tarder, elle se précipita hors de la concession.

Certains soutenaient que la Ségou des Toucouleurs surpassait en beauté la Ségou des Diarras. El-Hadj Omar puis Amadou avaient fait venir les célèbres bari de Djenné, et ceux-ci avaient édifié d'énormes constructions surmontées de tours et de cônes, ornées de pilastres. Pourtant, l'animation qui avait fait tout le charme de la capitale fétichiste n'était plus. Plus de chants, plus de battements de tam-tams ou de claquements de mains. Plus de griots attroupés au coin des rues pour guetter le noble et lui réciter sa généalogie. Plus de vierges aux seins nus pareilles à des statues que n'osait frôler le désir. Plus d'enfants libres et heureux se livrant à des jeux débridés. Partout, des écoles coraniques, des silhouettes décemment couvertes et, rompant le silence à intervalles, le lugubre appel des muezzins. Les cabarets où se vendait le dolo étaient fermés par ordre du souverain, et les femmes bambaras en étaient réduites à faire fermenter des fruits pour désaltérer leurs hommes.

Ayisha traversa le marché sans le voir, sans entendre les cris des marchandes :

« N'gomi!

– Kini!

– Sari! »

Non, son enfant ne naîtrait pas sans père! Elle le défendrait! Devant le palais, un sofa tenait par la bride deux chevaux à la robe d'un blanc immaculé, qui piaffaient dans l'impatience d'être retenus. Une odeur de crottin frais montait d'entre leurs sabots, et des mouches voraces voletaient autour d'eux. Ayisha resserra son voile autour de sa tête et entra à l'intérieur de l'édifice.

« Donne-lui l'ordre de ne pas quitter Ségou. Après tout, n'es-tu pas le souverain? »

Amadou cracha les miettes de son cure-dent :

« Je n'ai pas encore reçu la baraka de notre père. Je ne suis qu'un gérant. Lui seul est le maître. »

Ayisha se prosterna :

« Aide-moi, pour l'amour de Dieu! »

Amadou fut stupéfait. Il connaissait l'orgueil de sa sœur, surtout devant lui, fils d'une Peule de modeste origine, alors qu'elle était une pure Torodo. Fallait-il qu'elle soit malheureuse pour s'humilier pareillement! Il lui dit doucement :

« Que puis-je faire! Pas plus tard que la semaine dernière, je lui ai demandé de se charger de ma correspondance et d'habiter dans l'enceinte du palais, il a refusé avec hauteur.

– Alors, invente n'importe quoi! Mets-le aux fers. Je t'en supplie, retiens-le! »

Amadou s'approcha d'Ayisha. Aux mouvements convulsifs de ses épaules emprisonnées dans le tissu bleu sombre, il comprit qu'elle pleurait et, ému au-delà de toute expression, il interrogea :

« Parle. Tu souffres et tu ne m'en donnes pas la raison... »

Ayisha releva la tête :

« Il va partir, il va partir. Cela ne lui suffit pas d'être un invalide, un objet de pitié, il veut devenir un cadavre. »

Amadou insista :

« Dis-moi tout... »

Pendant un instant, Ayisha hésita. Puis la peur de perdre Mohammed fut la plus forte. Amadou l'écouta avec la plus extrême attention. Autour de lui, les conseillers intimes qui assistaient à l'entretien retenaient leur souffle, tandis que le griot Soukoutou, qui n'avait point eu vent de ce qui se tramait, supputait déjà la punition qu'il aurait à encourir. Quand Ayisha se tut, Amadou s'exclama d'une voix haletante :

« Ainsi ils complotent? »

Elle secoua la tête :

« Crois-moi, ce ne sont que rêveries, rêveries de vaincus qui ne s'accoutument pas à leur défaite. »

Amadou se leva et s'approcha de la meurtrière par laquelle la pièce prenait jour. Il ne voyait rien que le rouge de sa propre fureur. Race traître et fourbe qui venait lui faire sa soumission, pour mieux endormir sa méfiance. Que disaient les griots? « Ségou est un jardin où pousse la ruse... » Il dit à sa sœur :

236

« Rentre chez toi. Ton mari ne quittera pas Ségou! »

À peine Ayisha eut-elle disparu qu'il pirouetta sur lui-même et ses yeux lançaient des éclairs :

« Ces gens-là sont fourbes, mais je suis plus fourbe qu'eux! Ces gens-là sont rusés, mais je suis plus rusé qu'eux. Demain, n'est-ce pas, c'est le jour de la fête du Cauri? Convoquez-moi tous les chefs des grandes familles bambaras de Ségou en leur annonçant que je vais leur faire distribuer des noix de cola et des cauris. Je veux les voir tous devant moi. Qu'il n'en manque pas un seul! »

Comme il achevait de parler, Samba N'Diaye, qui menait l'inspection des fortifications, entra en hâte, suivi d'un messager poudreux et qui venait visiblement de descendre de cheval. Il semblait hors de lui-même :

« Maître, il t'apporte un message de ton père. »

L'homme se jeta par terre :

« Que Dieu soit avec toi. Encore un peu, et tu serais orphelin! Avec l'aide du Cheikh Al-Bekkay de Tombouctou, tout le Macina s'est soulevé contre ton père. El-Hadj Omar – loué soit son nom! – n'a dû son salut qu'à la loyauté d'un de ses partisans. Il t'ordonne d'être vigilant, car ce complot a peut-être des ramifications dans Ségou... »

Amadou lui lança une bourse à demi pleine et lui jeta :

« Tu dis la vérité, je viens d'en avoir la preuve! »

Dans la terreur de perdre sa tête, le griot Soukou-tou s'était déjà glissé hors de la pièce et dépêchait des émissaires aux quatre coins de Ségou, pour prévenir les chefs des grandes familles que le souverain les mandait pour leur offrir des présents. Connaissant l'avarice d'Amadou, certains flairèrent un piège. Pourtant, pouvait-on désobéir?

Les messagers du palais entrèrent chez les Traoré

237

et n'y trouvèrent pas le fa Ahmed Dousika. Ce dernier était de ceux qui ne croyaient pas à cette secrète et exaltante mission qu'Olubunmi se serait fixée. Mais voilà que Mohammed parlait de partir sur ses traces, en emmenant avec lui la moitié des hommes de la concession! Fallait-il le laisser faire?

Dans l'embarras où il se trouvait, Ahmed Dousika s'était précipité chez Koumaré. Le forgeron féticheur l'accueillit avec une toux caverneuse, puis lui tendit un peu de tabac à priser. Ahmed Dousika prit place à son côté sous l'auvent de paille :

« Est-ce que tu te rappelles ce que tu m'as dit un jour : « Qui est assez fou pour se charger d'une faya « par les temps qui courent? » Je le vérifie à chaque instant. Autrefois, c'était affaire d'honneur. Aujourd'hui, ce ne sont que responsabilités... »

Koumaré hocha la tête, sans que l'on puisse savoir s'il approuvait ou désapprouvait ce propos. Ahmed Dousika poursuivit :

« Que dois-je faire? Laisser partir les hommes de la famille sur les traces d'Olubunmi? Ah! Celui-là, il ne mérite pas son nom! Ce ne sont pas les dieux qui nous l'ont donné, mais les mauvais esprits! »

Koumaré jeta à son interlocuteur un regard de reproche. Imprudent! Qui oubliait le caractère sacré des liens familiaux! Certaines paroles ne doivent jamais être prononcées, sinon le sang se venge. Koumaré avait des sujets de perplexité. Quel était ce nuage qu'il voyait s'amasser sur les Traoré? Pourquoi la colère des ancêtres à leur endroit ne s'apaisait-elle pas? Il lui faudrait bien quelques jours pour percer ce mystère! Aussi, il dit à Ahmed Dousika :

« Un danger te menace dont je ne sais encore ni la cause ni l'ampleur. Il faut que je travaille là-dessus cette nuit, et aussi la nuit prochaine. En attendant que j'y voie clair, vous possédez des terres près de Digani, n'est-ce pas? Sans plus tarder, prends quelques esclaves et va surveiller les travaux qui s'y font. »

Ahmed Dousika en resta bouche bée :

« Mais j'y étais au début de la saison... »

Koumaré tonna :

« Qu'importe! Quand feras-tu ce que je te dis sans protester? »

Ahmed Dousika émit une dernière objection :

« Et ceux qui veulent aller rechercher Olubunmi? Que dois-je leur dire? »

Koumaré haussa les épaules et se leva comme s'il allait ranimer le feu de sa forge. En réalité, il voyait se dessiner les préparatifs d'un tout autre voyage.

7

Fers aux pieds, les chefs des grandes familles bambaras furent jetés dans une barque afin d'être expédiés à Hamdallay où El-Hadj Omar lui-même déciderait de leurs châtiments. On reconnaissait les Koulibali, les Traoré, les Koné, les Dembélé, les Tangara, les Samaké, les derniers Diarra qui n'avaient pas encore pris la fuite pour rejoindre le gouvernement bambara en exil ou n'avaient pas encore été exterminés. Tous ces gens portaient leurs habits de fête, car ils avaient été pris par traîtrise, sans défense, alors qu'ils venaient rendre hommage au souverain. Et c'était grande pitié de les voir là, maltraités par les talibés toucouleurs, le visage tuméfié par les coups et abreuvés d'insultes par des gens qui ne les valaient pas.

Le complot dont parlait Amadou était-il réel? Etait-il prétexte à décourager toutes les velléités de résistance? A sabrer d'un coup les têtes qui tentaient de se relever? Personne dans Ségou ne le savait avec précision. Toujours est-il que ces représailles sanglantes eurent un résultat immédiat. Tous les Bambaras qui hésitaient encore décidèrent de secouer le joug toucouleur. En l'absence de leurs aînés, les cadets de famille jurèrent de retrouver la liberté. Oubliant les anciennes querelles, ils savaient qu'ils devaient resserrer les alliances avec les Peuls, les Somonos, les Malinkés, les Diawaras... afin que l'incendie de la révolte éclate aux quatre coins de cet empire qu'El-Hadj Omar prétendait édifier et leurs esprits se tournaient vers Hamdallay, Nioro, Koniakari, Kita.

Mohammed achevait ses prières surérogatoires quand il apprit la nouvelle de l'arrestation des chefs de famille. Le brusque départ d'Ahmed Dousika pour Digani l'avait contrarié en un moment où il semblait urgent de désigner les membres de la famille qui devaient l'accompagner à Saint-Louis. Il s'était demandé s'il ne devait pas prendre sur lui de le faire. Puis il s'était repenti de ce qu'il considérait comme une réaction d'orgueil, venant après la colère et tête basse, les doigts jouant sur son chapelet, il répétait ses rekkat. Il se leva, hagard, et dévisagea le messager du malheur :

« Arrêtés, dis-tu?

– Et les fers aux pieds comme des esclaves que l'on vient de razzier. »

Une fois de plus, Mohammed se laissa aller à maudire son corps qui ne lui obéissait pas assez vite. Se hâtant avec maladresse d'aller prévenir sa femme, il trouva Ayisha arc-boutée sur sa natte, les traits luisants de sueur. Il s'irrita :

« Femme, ce n'est pas le moment de commencer ces simagrées! »

Elle se mordit les lèvres avant de laisser échapper en haletant :

« Veux-tu que je dise à mon enfant de rester à l'intérieur de mon ventre parce que son père n'a pas de temps à lui consacrer? »

Cette remarque cinglante cadrait si peu avec sa constante douceur qu'elle le sidéra. Il resta debout près d'elle sans plus trouver une parole et elle ordonna :

« Que fais-tu planté là? Va me chercher mère Fatima... »

Il s'accroupit tant bien que mal à son chevet et des phrases lui vinrent aux lèvres :

« J'ai les plus grands torts à ton endroit. Je t'ai épousée et je t'ai prise sans amour. Tu méritais mieux qu'un infirme au cœur froid comme les cendres d'un foyer abandonné. »

Pourtant, il ne parvenait pas à les prononcer, s'apercevant, au contraire, qu'il tenait secrètement à cette compagne qui lui avait rendu tant de choses qu'il croyait ne plus jamais posséder : la tiédeur d'un corps consentant, les attentions quotidiennes, le bonheur de vérifier sa virilité. Etait-il condamné à ne chérir ses épouses qu'au moment de les perdre? Il caressa son épaule :

« Dès que tu auras accouché, demande une escorte à ton frère et rends-toi à Hamdallay. Bientôt, Ségou ne vaudra rien aux Toucouleurs. »

Puis, il se précipita au-dehors. Mohammed n'avait point d'intention définie. Il était poussé par l'horreur que lui causait le crime d'Amadou. Quoi, condamner sans jugement les yèrèwolo, pairs du royaume? Or, quand il se trouva dans la cour principale, en face du dubale, le soleil dans toute sa vigueur inondait l'arbre, décorant chacune de ses feuilles de milliers d'étincelles, transformant chacune de ses branches en rameau d'or fin. Et l'arbre tout entier devenait une gerbe de feu, un brasier qui insufflait chaleur et force à ceux qui l'approchaient. Mohammed sentit s'enfler sa poitrine. A sa propre stupeur, il entendit éclater sa voix comme le tonnerre au-dessus de la brousse pétrifiée :

« Bambara, oubliez ce que signifie votre nom, « Ceux qui refusent d'être dominés ». Enfants de Baramangolo et de Niangolo, pourquoi avez-vous traversé le Bani? Pour courber la tête devant un peuple qui fut si longtemps vassal de ceux-là mêmes dont vous partagez l'origine ? »

A ces paroles, les gens sortirent des maisons et une véritable foule se forma bientôt qui le suivit, tandis qu'il remontait vers la rive où stationnait la barque contenant les prisonniers. Malgré ses béquilles, il avait grande allure, Mohammed ! Les pans de son écharpe flottaient autour de son cou, lisse et droit comme un tronc de rônier et qui supportait fièrement sa tête, empreinte d'une nouvelle majesté. C'était bien le fils de Tiékoro Traoré, mort pour sa foi des années plus tôt ! C'était bien le petit-fils de Nya, Nya Coulibali, et les griots, saisissant leurs balas, se mirent à clamer :

Ah ! le revoilà, le fils de ceux
qui ont courbé le monde comme une faucille,
qui l'ont redressé comme un chemin net
Le revoilà !
Ah, Traoré, Traoré !
l'homme au long nom ne paye pas le prix
de son passage du fleuve !

La foule contourna le marché, se grossissant des habitants des quartiers lointains et des villages de culture qu'avait attirés la rumeur de l'emprisonnement des chefs des grandes maisons. Cette marée humaine s'avança vers le palais d'Amadou, et les sofas qui le gardaient, malgré leurs armes, eurent d'abord dans l'idée de se barricader derrière les murailles. Ils commencèrent de reculer.

A ce moment, le griot Soukoutou se précipita avec un groupe de talibés, munis de fusils à deux coups. Soukoutou avait à se faire pardonner. Il n'avait pas suffisamment épié les rumeurs de la ville, pris son pouls comme à un malade dont on surveille les mouvements de fièvre. Jusqu'alors,

Amadou, trop occupé par sa vengeance, n'avait pas parlé de châtiment. Néanmoins, Soukoutou connaissait assez son maître pour redouter le pire. Il flaira tout de suite une occasion de se réhabiliter et s'époumona :

« Enfants de Dieu! Avez-vous peur d'une poignée de fétichistes? Tirez, mais tirez donc! Les talibés hésitèrent. Ils connaissaient Mohammed qui avait été si longtemps un compagnon constant d'El-Hadj Omar et ne mettaient pas en doute sa piété. Tirer sur lui alors qu'il s'avançait, visiblement sans armes, la poitrine offerte, s'agrippant à ses béquilles? »

Soukoutou hurla de plus belle :

« Tirez! Allez-vous les laisser mettre à sac le palais de votre roi? »

C'est alors que Moussa Samaké, un gamin de quinze ans que son âge avait empêché de prendre part aux combats et qui rongeait son frein dans la concession de son père, se saisit d'une pierre et la lança à la volée. La pierre atteignit Soukoutou au front et, aussitôt, un filet rouge dégoulina à travers le visage du griot. La vue du sang attisa la colère de la foule et excita son désir de vengeance. Ceux qui s'étaient joints au cortège de Mohammed par hasard, ceux qui voulaient seulement jeter un coup d'œil à la barque des suppliciés et murmurer une prière à leur intention rejoignirent dans la fureur et l'exaspération ceux qui ne supportaient pas l'usurpation du trône des Diarra. D'un même mouvement, ils se ruèrent en avant. Les talibés tirèrent.

Et le sang rougit la terre de Ségou. Les ruisseaux écarlates colorièrent à jamais l'argile et les affleurements gréseux sur lesquels étaient construits les maisons, le palais, les marchés, les mosquées et les cases aux fétiches. Ils s'amassèrent au pied des

balanzas, des fromagers, des rôniers qu'ils fertilisè-
rent, donnant à leurs branches et aux fruits de leurs
branches un éclat inconnu. Ils finirent par se déver-
ser dans le Joliba, teintant au passage le sable des
grèves qui vira au brun, et dessinèrent des cercles
concentriques dans l'eau plate, entre les barques
apeurées des pêcheurs.

Et les cadavres s'entassèrent sur la terre maternelle, cherchant à tâtons les chemins de son ventre.
Leurs chairs se mêlèrent aux grains de l'argile, à la
poussière des sables et se confondirent avec la
bouse des vaches, le crottin des chèvres et des
chevaux, hennissant d'effroi dans les enclos. Douce,
la terre céda sous le poids de tant de corps, se
creusa sous leurs dos, leurs poitrines ou leurs
fesses, et murmura à leurs oreilles les dernières
paroles de réconfort.

Et le souffle de tant d'esprits, se pressant en
même temps vers l'univers des invisibles, causa une
vapeur qui s'étendit comme un brouillard à travers
la cité. La vapeur noya les toits en terrasse, les
minarets des mosquées et monta jusqu'au ciel,
humectant, au fur et à mesure, les outres floconneuses des nuages. Se tenant le ventre à deux mains, au
moment de se taire à jamais, un griot entonna le
chant de Biton Coulibali, le fondateur, comme si la
cité agonisante avait besoin de se souvenir de sa
naissance. Biton, le chasseur d'hommes, Biton
l'étranger le matin, le maître le soir, Biton, le
casseur de grosses têtes, Biton le déchireur de
grandes bouches, Biton, le maître de Ségou.

El-Hadj Omar s'éveilla, la salive amère, son exemplaire du Coran grand ouvert sur les genoux, et
s'étonna. Comme le démon peut prendre un sage en
défaut au beau milieu d'un échange avec son Créa-

teur! Voilà qu'il s'était endormi! Il frappa dans ses mains pour qu'on lui apporte une calebasse d'eau, et le talibé qui se tenait derrière la porte entra promptement :

« Ah! maître. Deux messagers sont là qui arrivent de Ségou. Veux-tu les recevoir? »

Les messagers n'étaient autres que Seydou Dieylia et Abibou Tall, frère cadet d'Amadou, ce qui prouvait l'importance de la mission dont ils étaient chargés. Ce fut Seydou qui prit la parole :

« Maître, ta clairvoyance n'a pas été prise en défaut. Le complot que tu viens de mater ici à Hamdallay avait des ramifications dans Ségou. Ton fils a fait arrêter les chefs des grandes familles, et ils sont là, dans une barque sur le Bani, attendant tes ordres. Pourtant, ce n'est pas tout. Les habitants de Ségou ont pris fait et cause pour leurs nobles et ont marché sur le palais. C'est ainsi que Mohammed a été tué... »

El-Hadj Omar souffla, les yeux, la voix chargés d'incrédulité :

« Quel Mohammed?

— Mohammed Traoré, le fils de Modibo Oumar Traoré, le propre époux de ta fille Ayisha. »

Le Cheikh se prit la tête entre les mains, et bientôt, aux mouvements de ses épaules, les messagers durent se rendre à l'évidence : il pleurait. Leurs esprits furent partagés. Pleurer pour un Bambara? Pleurer pour un traître qui excitait la foule à la révolte? En même temps, ce chagrin qui ne parvenait pas à se contrôler leur rendait la figure du Cheikh moins terrifiante et lointaine. Cet envoyé de Dieu qui lisait dans le cœur des hommes, ce mujaddid, ce wali pouvait donc s'attendrir et manifester les sentiments du commun des mortels? Bienheureux celui qui causait à ce point sa compassion! De telles larmes devaient peser lourd au moment du jugement!

El-Hadj Omar pleura longtemps. Il avait chéri Mohammed comme un fils, et il revoyait le jeune garçon, à la fois téméraire et naïf, qui s'était adressé à lui dans le dionfoutou de Sansanding :

« Grand Cheikh, rappelle-toi le hadith d'Al-Buhari : si deux musulmans se rencontrent l'épée à la main, l'agresseur et la victime iront dans le feu éternel. »

Ah! pourquoi fallait-il que son sang soit versé? Etait-ce une épreuve que Dieu lui envoyait pour lui faire souvenir que seul comptait Son amour? La poursuite de Sa plus grande gloire? Sans doute était-ce cela! Car il s'attardait dans Hamdallay. Car il ménageait les grands du Macina. Car il semblait oublier qu'il devait continuer le jihad jusqu'à ce que la main de Dieu l'arrête. Et alors, profitant de sa faiblesse, tous complotaient. Paradoxalement raffermi par le chagrin qu'il éprouvait, El-Hadj Omar se redressa et ses interlocuteurs furent frappés de la modification de ses traits. On aurait dit qu'il s'était débarrassé de ses derniers liens avec la terre pour devenir pleinement l'expression du feu de Dieu. Il ordonna :

« Qu'on fasse exécuter ces chefs bambaras. Je ne veux même pas les voir. Et qu'on y ajoute le Mansa Ali Diarra avec les princes de sa suite! Mon aveuglement les laissait en vie dans les geôles de la ville. Maintenant, qu'on fasse venir mes chefs de guerre Alfa Ardo Aliou, Alfa Ousmane, Alfa Omar Baila et mon neveu Tidjani... »

Par les meurtrières du dionfoutou, le jour pénétrait, gris comme si la nature avait craint par une pompe déplacée de déplaire au Cheikh. Mohammed était mort. Mohammed Traoré, fils du premier martyr de l'islam à Ségou!

Pourtant, il ne fallait plus pleurer. La preuve était donnée que ces fois, mêlées de complaisances ethniques, en fin de compte, menaient à la trahison. Qu'avait dit Mohammed avant de quitter Hamdallay?

« Avant d'être un musulman, je suis un Bambara. »

Eh bien, que les gens de Ségou creusent sa sépulture et portent son deuil!

Les lieutenants d'El-Hadj Omar entrèrent. Scrutant son visage, car ils avaient été informés de la mort de Mohammed, ils en constatèrent l'impassibilité et furent fiers de servir pareil maître. Seul Tidjani, avec cette connaissance plus intime que donne la parenté, devina l'effort qu'El-Hadj Omar s'imposait. Le Cheikh parla:

« Vous vous êtes assez engraissés dans Hamdallay : nous allons reprendre les combats et marcher sur Tombouctou. »

Alfa Ousmane, qui guerroyait aux côtés d'El-Hadj Omar depuis près de douze ans, se permit une remarque:

« Est-ce que tu n'es pas en correspondance avec le Cheikh Al-Bekkay pour la reconnaissance de ta suzeraineté sur cette ville? »

El-Hadj Omar pirouetta sur lui-même:

« Ne me parle plus de ce traître! J'ai eu trop de patience à son endroit. Alfa Ardo Aliou, tu prendras une forte colonne et tu te mettras en marche dès que possible. »

Tidjani interrogea prudemment, car il le savait, dans l'état d'esprit du Cheikh, toute objection pourrait sembler dictée par la lâcheté:

« Est-il bon de se diriger vers Tombouctou? Ne faut-il pas d'abord éteindre les derniers feux de la révolte dans le Macina? Porter secours à Amadou dans Ségou? Mater Sansanding? »

El-Hadj Omar l'interrompit :

« Non, c'est Tombouctou qu'il faut frapper. Ce n'est plus Ségou, ce n'est plus le Macina qui importent. C'est là la source de tous les complots et la base de l'agitation contre moi. »

Personne n'osa plus protester. Un à un, les hommes se retirèrent. Et El-Hadj Omar resta seul. Pendant un moment, il lui sembla qu'il ne savait plus pourquoi il combattait. Les premières années, tout était clair. Il fallait purifier et rénover l'islam, rendre la chaleur et la virulence à une foi qu'affaiblissaient les querelles de clans et les oppositions entre provinces. Il fallait convertir les païens, leur mettre sur les lèvres la phrase sublime :

« Il n'y a de dieu que Dieu! »

Mais, à présent, que se passait-il?

Voilà qu'au nom des nationalismes, des résistances s'organisaient! Les hommes défendaient leurs territoires, leurs dynasties, leurs parentés et n'acceptaient pas qu'à l'est du fleuve Sénégal s'étende un même empire dont le souverain serait Dieu. Beau rêve si difficile à réaliser! Idéal que rendaient inaccessible la petitesse et la mesquinerie des esprits! Mohammed lui-même avait été dans l'incapacité de comprendre cela! Lui comme les autres avait oublié la parole d'Abou Ousmane Al-Hariri : « La fraternité d'origine est brisée par la diversité de religion, alors que la fraternité de religion n'est pas brisée par la diversité d'origine. »

El-Hadj Omar se mit en position de prière. Mais son esprit ne connaissait pas cette paix qui doit accompagner tout entretien avec Dieu. Il frissonnait de courtes pensées défensives. Il fallait renforcer les fortifications de Hamdallay afin que la ville puisse résister au plus long des sièges. Il fallait fabriquer des balles comme lors de la bataille de Tayawal. Peut-être fallait-il lever de nouvelles armées sur les populations soumises. Acheter leur loyauté à coups d'or. Et, surtout, malgré l'agitation des révoltes à moitié soumises ou plutôt à cause d'elle, il fallait faire venir Amadou de Ségou pour lui signifier ses dernières recommandations, compléter son initiation tidjane, afin qu'il devienne le détenteur et le dispensateur du wird[1], en un mot, il fallait mettre en lui ce qui avait été mis en son père jusqu'à ce que cela le remplisse entièrement.

El-Hadj Omar ferma les yeux. Une fois ces choses faites, il pourrait mourir en paix. Comme un vrai musulman doit mourir. En combattant pour Dieu. Louange à Dieu, l'Absoluteur très miséricordieux! Dans son infinie miséricorde, pardonnerait-il à Mohammed d'avoir méconnu la voie droite et emprunté le mauvais chemin?

---

1. Ensemble de l'enseignement tidjane, édifié sur trois piliers : yazim, wazifa et tahlil.

8

KOUMARÉ était prosterné à la porte des Invisibles :

« Esprits des ancêtres, esprits tout-puissants! Les Traoré n'ont-ils pas assez souffert et ne voulez-vous pas ralentir le vent de votre colère? Il souffle, il souffle. Et voilà la famille décapitée! Mohammed mort. Olubunmi à la dérive sur le fleuve. Ahmed Dousika en exil à Digani... Que vont devenir toutes ces femmes? Tous ces enfants qui ne connaîtront jamais les contours du visage de leur père? Quel chant de louange d'un griot remplace jamais la bourrade affectueuse d'un père? »

En prononçant ces paroles, Koumaré faisait couler le sang de trois moutons du Macina, à la robe d'un blanc immaculé, hormis une tache noire à la hauteur du front. Dans une calebasse, fumait un mélange de plantes aromatiques qui plaisent aux anciens et aux dieux. Le bakori, dit coton de la chèvre, le benefin, cher à Pemba, le dyolisegi, cher à Faro, et le Koroba, qui protège les forgerons. En même temps, Koumaré mâchait des racines de daga et de dabadada, destinées à purifier sa pensée et sa parole.

Et, cependant, malgré toutes ces attentions, tous ces préparatifs destinés à les apaiser, les esprits refusaient de parler en clair. Ils ne livraient que quelques visions, fugitives. Koumaré se releva. Il faisait froid dans l'île. Une fois que le maître soleil avait déserté le ciel pour laisser brièvement place à la lune, une brise venue du nord et encore rafraîchie par les précipitations du fleuve s'était levée. Koumaré avait tenté d'allumer un feu de brousse pour se réchauffer. Mais les brindilles et les branches, rétives, s'étaient contentées de fumer, et il avait compris que les esprits exigeaient une obscurité totale. Il enroula un pan de toile de jute par-dessus les peaux de bêtes qui composaient son vêtement et souffla sur ses doigts gourds. Pour endurci qu'il soit, il avait peur. Sang. Tout ce sang dont il voyait les rigoles s'étendre à perte de vue et quadriller la région. Le sang des Traoré n'était que le prélude à d'autres sangs. Sang des Bambaras. Sang des Peuls. Sang des Diawaras. Sang des Somonos. Et aussi sang des Toucouleurs, dévalant le long des falaises, inondant la grotte, pavant le chemin du madhi.

Koumaré eut un premier éblouissement. Son père, avant lui, s'était trompé. Les Traoré avaient été les premières victimes. Alors, il leur avait cherché des fautes. Orgueil, avait-il dit, arrogance d'un fa que grisaient l'étendue de sa fortune et son intimité avec le Moansa. En réalité, il s'agissait de tout autre chose, et cette colère qui les frappait les premiers les dépassait. L'esprit de Koumaré, rendu agile par l'usage des plantes, cognait aux parois de son corps comme un animal emprisonné. La faute remontait-elle donc à Ngolo? A Biton? A Soma? A Niangolo[1]? Ou bien une des femmes sanaba, massounou, basana avait-elle fauté, recevant un étranger entre ses cuisses? Alors, tous les Bambaras étaient-ils coupables? Celui qui sortait, gluant, du

1. Ancêtres des Bambaras.

ventre de sa mère et celui dont on limitait les noix de cola pour ménager les dents ? Quelle était la faute ? Pourquoi si terrible l'expiation ?

Des marches du monde montait une terrible rumeur. Des bruits de bottes. Des claquements de fusil. Le grondement des canons. D'où venaient ces hordes qui allaient imposer une nouvelle loi, un nouvel ordre, et qui, selon la parole du griot, pervertie jusqu'à être privée de son sens, allaient courber comme une faucille le monde qui était ?

Koumaré eut un nouvel éblouissement. Les Bambaras n'étaient pas les seuls coupables puisque ce n'était pas seulement leur sang qui dessinait ces rosaces et ces carrés. Peuls et Toucouleurs qui se croyaient ennemis, Massasis, Diawaras, Malinkés, Somonos, Bozos et jusqu'aux Touaregs imochar, imrad, irouellen[2], plantant leurs tentes à la lisière du désert et jusqu'aux Dogons, bientôt réduits à se terrer dans les anfractuosités des falaises. Un danger, un terrible danger s'approchait d'eux. Terrifié, Koumaré murmura :

« Eclairez-moi, esprits de nos pères... »

Brusquement, bien qu'on ne fût pas en hivernage, la pluie commença de tomber, éteignant comme des feux de brousse les images qu'il entrevoyait. Grelottant, il se hâta sous le couvert de la hutte de branchages où, tant de fois, il s'était agenouillé pour prier. Courageusement, il attira à lui le sac de peau de chèvre qui contenait son matériel divinatoire et commença une nouvelle récitation. Alors, le toit de la hutte s'effondra et tout fut noyé de l'eau du ciel. L'eau de Faro. Koumaré comprit que les esprits refusaient de se livrer davantage. Désormais, il se tint coi, recroquevillé dans un coin de la hutte.

2. Nobles, vassaux, esclaves.

Quand la lumière du jour lui brûla les paupières, il s'aperçut qu'il s'était endormi. Un sommeil sans rêve. Epais et sourd. Les esprits ne lui avaient rien révélé. Peu à peu, ses sens s'adaptèrent à la vie des hommes. Comme il n'avait rien mangé depuis trois jours, il s'aperçut qu'il avait grand-faim. Puis il eut soif et s'accroupit pour puiser dans le fleuve. Ensuite, défaisant ses vêtements, il entra dans l'eau souveraine.

Pourquoi les esprits ne l'avaient-ils éclairé qu'en partie? Redoutaient-ils de l'effrayer? Il n'aurait désormais de cesse qu'à force de sacrifices et de prières, il parvienne à percer ce mystère.

Du milieu du Joliba, il apercevait la masse de Ségou, tapie derrière ses murailles. L'avant-veille, laissant ses talibés, ses sofas, ses fantassins, postés aux coins des rues, Amadou avait pris la route de Hamdallay pour recevoir la baraka de son père et être ainsi déclaré seul successeur légitime. Ayant maté les révoltes, l'empire des Toucouleurs semblait solide. Pourtant, après les visions qui l'avaient envahi, Koumaré savait que ce n'était qu'illusion. Un danger, un terrible danger s'avançait, enfoui dans les replis de l'avenir comme un fœtus dans les chairs de sa mère.

Koumaré revint vers l'île, se rhabilla, détacha sa barque, immobilisée dans les roseaux, et rama vers la ville. A son passage, les habitants du fleuve, crocodiles, grands lamantins à peau douce, serpents dyi-ro-sa... s'écartaient. De même, les pêcheurs, déjà levés et lançant leurs filets, détournaient les yeux. Koumaré ramait avec force et vigueur, sans prêter aucune attention au spectacle trop familier des rives, l'esprit encore pénétré de ce qui s'était confusément déroulé devant lui. Ah! oui, il faudrait que les Esprits consentent à l'éclairer. Il mit pied à terre, essuyant la sueur qui coulait sur son front. Déjà, le maître soleil se comportait comme un tyran.

Le babil des « auxiliaires indigènes » réveilla Eugène Mage, emprisonné dans les voiles de sa moustiquaire. Il se promit d'étudier ces dialectes dont la barbarie même l'attirait et mit pied à terre dans la cabane de branchages, formée par un arbre à quelque deux cents mètres du cours d'eau.

L'escorte indigène que lui avait donnée le gouverneur Faidherbe à Saint-Louis, principalement composée de tirailleurs, avait dressé le camp sur la rive du fleuve, après avoir allumé de grands feux pour éloigner et les bêtes féroces de l'intérieur et les hippopotames, qui régnaient en maîtres.

Il enfila ses vêtements, s'épongeant le visage à chaque geste, car bien qu'on fût au lever du jour la chaleur était déjà suffocante, et sortit rejoindre ses hommes. Il les trouva penchés sur un canot de roseaux qu'ils avaient halé à terre et d'où se dégageait une puanteur épouvantable.

Mamboye, sergent de tirailleurs en qui, vu la docilité de son caractère, il avait placé sa confiance, claqua des talons en exécutant un salut militaire et baragouina :

« Viens voir, missié commandant! Y en a n'homme...

— Homme? »

Eugène Mage s'approcha. Aux alentours, le cadre était d'une grandiose beauté. Brusquement, le fleuve se resserrait et s'encaissait entre deux murailles verticales, d'une espèce de grès noir, aussi hautes que les parois d'une montagne. L'eau suintait de mille anfractuosités et, par endroits, formait des cascades irisées. La barque s'était fichée dans une fissure de cette paroi rocheuse, et les hommes avaient eu toutes les peines à la hisser sur la berge. On sentait bien qu'à présent qu'ils en avaient identifié le contenu, ils étaient tout disposés soit à la rejeter à l'eau, soit à prendre leurs jambes à leur cou. Etrange, cette terreur qu'ils avaient des cadavres! Eugène Mage se promit de le noter dans le journal qu'il tenait depuis qu'il avait quitté Bordeaux.

A ce moment, le docteur Quintin, qui faisait aussi partie de l'expédition, s'approcha, attiré sans doute par le babil, les cris, les onomatopées de toute sorte qui sortaient de la bouche des « indigènes ». Avec cette absence de délicatesse qui caractérise les hommes de science, il commença de palper et d'examiner le cadavre. Il s'agissait d'un homme dans la fleur de l'âge, grand, le teint très noir, les cheveux plantés bas et légèrement prognathe. Typique face de Soudanien comme Mage commençait de les connaître! Quintin releva la tête :

« Aucune blessure! Autant que je puisse en juger, il serait mort d'inanition. De faim, mais surtout de soif. Mourif de soif sur un fleuve, n'est-ce pas étrange? »

Eugène Mage haussa les épaules. Tout n'était-il pas possible dans ces pays? Pourtant, comme il s'était donné pour mission de rapporter au gouverneur Faidherbe et aussi au ministère à Paris non seulement des informations relatives à cette région du Haut-Sénégal et du Niger qui commençait d'enflammer les imaginations, mais aussi sur les mœurs et coutumes des habitants, il interrogea Mamboye :

« Fréquents chez vous, les cadavres qui dérivent dans des barques? »

Mamboye sembla terrifié. C'est alors qu'un mem-

256

bre de l'escorte s'avança et, après avoir effectué le salut réglementaire, bafouilla :

« Missié commandant, n'homme-là, cé Bambara comme moi... »

Mage fut intrigué :

« A quoi reconnais-tu cela? »

Ce fut le docteur Quintin qui répondit :

« Sans doute à ses scarifications! »

Il touchait sans apparent dégoût les joues ramollies par l'approche de la décomposition, et que striaient des zébrures irrégulières. Puis il souleva le sexe, petite outre flasque, qui autrefois perpétuait la vie, et déclara doctement :

« Il est circoncis. C'est donc un musulman. »

Mage fut heureux de prendre en défaut ce compagnon qu'on lui avait imposé et pour lequel il n'éprouvait guère de sympathie :

« Ah! non. Tous les Noirs pratiquent la circoncision. C'est même chez eux prétexte à grande fête! Et ils pratiquent aussi l'excision des femmes. »

Quintin ne dit rien et, se relevant, ordonna qu'on lui apporte de l'eau pour se laver les mains. Comme si elles n'avaient attendu que ce signal, les mouches voraces se précipitèrent sur le corps sans défense. Mage jeta :

« Emmenez-le et enterrez-le. »

Les hommes demeurèrent immobiles, tête basse, et Mage répéta, avec plus de force :

« Emmenez-le et enterrez-le! »

Les hommes ne bougèrent pas. C'était bien la première fois qu'ils refusaient d'obéir. Car depuis qu'on avait quitté Saint-Louis, Mage et Quintin n'avaient eu qu'à se féliciter de leur docilité et de leur dextérité, soit qu'ils pagaient sur le fleuve, soit qu'ils conduisent les mules, soit qu'ils portent les effets et le matériel d'observation, chassent, pêchent, fassent sécher les viandes et préparent les repas. Mage essaya la persuasion :

« Allons! ce n'est qu'un macchabée. Ce que nous serons un jour ou l'autre, vous comme moi! »

Bakary Guëye, qu'il connaissait de longue date, l'ayant eu pour guide lors de sa précédente expédition au Tagant, s'avança et observa dans son excellent français :

« Commandant, cette mort n'est pas naturelle. »

Mage s'exclama :

« Qu'en savez-vous? Parti pour pêcher, cet homme a peut-être été pris d'un malaise! »

Bakary répliqua, d'un ton buté :

« C'est un Bambara... »

Mage perdit patience :

« Qu'est-ce que tout cela veut dire? Enterrez-moi cet homme. Samba Yoro, Latir Sène, Bara Samba, Mamboye. Exécution! »

Traînant les pieds, les auxiliaires indigènes s'avancèrent. Le lieutenant de vaisseau Eugène Mage avait quitté Bordeaux le 25 juin 1863 en direction de Saint-Louis du Sénégal. Il avait reçu du gouverneur Faidherbe, qui l'avait accueilli avec chaleur, des instructions très précises. Le gouvernement caressait un grand rêve : établir une liaison directe du fleuve Sénégal au fleuve Niger et jusqu'aux grandes cités haoussas du Soudan. Malheureusement, cette route était contrôlée par les Toucouleurs qui, aux termes de l'accord passé trois ans plus tôt, s'étaient détournés des pays situés à l'ouest du fleuve Sénégal et avaient porté leurs conquêtes à l'est. Il importait donc de changer de politique et de nouer des relations avec eux. Eugène Mage avait en poche une lettre de Faidherbe qui précisait l'attitude à tenir avec El-Hadj Omar :

« Ce marabout, qui nous a suscité autrefois tant de difficultés, pourrait donc dans l'avenir amener la transformation la plus avantageuse au Soudan et à nous-mêmes, s'il veut entrer dans nos vues. C'est donc comme ambassadeur à El-Hadj Omar que je vous envoie... »

Ambassadeur! Si le titre était ronflant, les possibilités d'action étaient limitées, les crédits alloués pour cette mission étant bien dérisoires! Cependant, Mage avait soif de gloire et, surtout, partageait avec Faidherbe le désir de doter la France d'un empire colonial qui surpasserait celui des Anglais. Aussi, l'argent comptait peu à ses yeux. Seule importait la grandeur de la tâche à réaliser. Il éprouvait un sentiment d'exaltation mêlé d'impatience depuis qu'il avait quitté Saint-Louis. Ah! vienne le temps où la France aurait un droit de regard sur ces territoires, car la main de l'homme noir n'avait rien su faire de ce monde de richesses! Les femmes y allaient nues, les habitations y étaient misérables, les ustensiles grossiers et, de tous les arts, les plus avancés, la métallurgie et le tissage, étaient encore dans l'enfance. Bientôt, tous les dos se courberaient pour la culture de l'arachide ou du coton. D'un même ahan, les hommes bâtiraient des routes, tandis que des ponts enjamberaient les fleuves. L'or et le fer sortiraient de leurs cachettes pour prendre le chemin des banques, des sociétés anonymes ou à responsabilité limitée. Produire, produire, ces territoires commenceraient de produire et ce noir pays entonnerait enfin le chant de la rentabilité!

« Curieux, tout de même, ce cadavre qui dérivait, sans un objet à son côté! »

Dérangé dans son rêve d'avenir, Mage fit avec mauvaise humeur :

« Vous avez trop d'imagination. Qu'est-ce que cela avait de bizarre? »

L'esprit d'Olubunmi poussa un gémissement qui ne fut pas perçu des humains, mais des oiseaux du ciel, des animaux du fleuve et de ceux de la savane. Ils retinrent leur souffle, et un silence apeuré tomba sur la brousse.

L'esprit regardait son corps qui gisait près d'un buisson d'épineux là où les auxiliaires indigènes l'avaient abandonné. Il n'en voulait pas à ces hommes de leur attitude. Lui-même de son vivant en aurait fait autant. Il aurait fui le cadavre d'un inconnu, mort dans des conditions si suspectes. D'ailleurs, qu'importait qu'il n'ait pas reçu de sépulture et que ses tripes, son foie, son cœur soient destinés à pourrir au grand soleil! N'était-il pas, de toute façon, condamné à errer éternellement dans l'invisible, s'approchant furtivement des hommes, enviant ces formes mortelles qu'il n'habiterait jamais plus et auxquelles, dans son dépit et son désespoir, il ne chercherait plus qu'à nuire?

Awa! Voilà qu'il la haïssait pour le châtiment qu'elle lui avait imposé, pour cette épouvantable traversée de l'infini!

De la branche basse du baobab sur laquelle il s'était perché, l'esprit s'envola et alla se poser sur l'enclos de branchages qui ceinturait le camp. Quelle animation! Des hommes dépeçaient des bêtes. D'autres allumaient du feu afin de les faire cuire. D'autres enduisaient des godillots de pâte brune, les faisaient sécher au soleil et les frottaient pour les faire briller. Pendant ce temps, les deux Français écrivaient, examinaient des feuilles arrachées aux buissons des alentours, discutaient, bref, se comportaient en maîtres qui ne sauraient se salir les mains aux besognes matérielles. L'esprit revécut les jours où, à Saint-Louis, il habitait un corps de tirailleur. C'était le même rapport de dépendance, et il aurait voulu secouer les auxiliaires indigènes afin que tombent les écailles qui leur recouvraient les yeux. Ne voyaient-ils pas ce qui se tramait? Ce dont ils se rendaient complices? Oubliaient-ils le Dimar, le Toro, le Damga, annexés un à un par la France? Ignoraient-ils les démêlés des brak du Walo face à ses appétits? Ne savaient-ils pas que les Lébous avaient été chassés de la presqu'île du cap Vert, et qu'une ville sortait de terre, menaçante et musclée comme un enfant génie qui déchire le ventre de sa mère?

Mais non! Ils étaient stupidement fiers de leurs pantalons bouffants, de leurs chéchias et de leurs fusils à deux coups! L'esprit connut un instant de désespoir devant son impuissance. Il se sentait comme un forgeron féticheur, incapable de modifier le cours d'événements qu'il prévoit.

Il n'avait pas été facile, le voyage! Et il n'avait pas été prompt, le face à face avec la mort!

Les dieux avaient prolongé le supplice à plaisir, traînant l'embarcation longtemps, longtemps, avant que le soleil ne s'éteigne aux yeux mortels d'Olubunmi. Pourtant, le supplice de son corps était moins cruel que celui de son esprit.

Dans son désespoir, l'esprit poussa un second gémissement, et le silence de la brousse s'alourdit encore. Les gazelles, les antilopes, les cynocéphales se hâtèrent vers leurs abris, tandis que les perdrix s'immobilisaient à mi-air, en longs zigzags sombres, et que les hippopotames s'enfonçaient au plus profond de l'eau. Puis le feulement d'une hyène se répercuta aux quatre coins du silence.

Malgré leur ignorance des signes de l'invisible, Mage et Quintin se sentirent pénétrés d'une étrange angoisse qu'ils attribuèrent à l'immensité des espaces autour d'eux, à leur éloignement du pays natal dans une contrée farouche et entièrement inconnue, ainsi qu'à la présence de tous ces Noirs autour d'eux. L'esprit se résigna à s'éloigner, à laisser là son corps.

A perte de vue, s'étendait la plaine poudreuse, où les éperons des baobabs venaient buter contre des montagnes, rouge et noir, trouées par endroits de crevasses aux bords déchiquetés. Çà et là, les taches des marigots l'émaillaient, et le ruban miraculeux du fleuve serpentait, entouré d'une végétation plus sombre. On n'était pas loin de Bamako. Encore quelques jours, et les explorateurs atteindraient Ségou. L'esprit hésita. Que faire? Remonter vers le Kaarta? Là, l'ordre toucouleur régnait. Nioro, la capitale, que les musulmans avaient rebaptisée Al-Nür, la lumière, était entourée d'une muraille de pierre dans l'espoir de la rendre imprenable. Suivre les méandres du fleuve? Les filets de pêche des Bozos étaient étendus sur les rives comme des oiseaux morts.

Awa. L'esprit se mit à survoler leurs villages. Peu à peu se fortifiait en lui le désir de se venger d'Awa. N'était-ce pas à cause de l'amour, à cause du désir qu'elle avait allumés en lui qu'il allait traverser l'espace du temps, sans jamais de repos? Ah! oui, la femme est faite pour perdre l'homme, les anciens ne cessaient de le répéter. Sa beauté n'est qu'un piège, dans lequel les naïfs se précipitent. Et, pourtant, Awa n'était point belle. Une Bozo. Une veuve. Pas très jeune. Et pourtant, à cause d'elle, il souffrait le martyre. Son désespoir faisant place à la fureur d'avoir été joué, l'esprit se dirigea vers la ligne invisible de l'Océan.

TROISIÈME PARTIE

L'AUTRE RIVE

1

« Dies irae! Dies illae! »

Les pieds martyrisés par des bottines trop étroites, hâtivement achetées à un traitant du port, Samuel, fils d'Eucaristus da Cunha, suivait le cercueil de son père. Avec son frère aîné, Herbert, il encadrait le groupe formé par sa mère et ses trois sœurs; la première était enveloppée d'un crêpe qui atteignait presque sa taille. Le cercueil était posé sur un corbillard, traîné par quatre chevaux gris pommelé, et s'en allait cahotant, par les rues non pavées du quartier de Portuguese Town jusqu'à celui de Faji où étaient enterrés les évolués. Car, à Lagos, la mort hiérarchisait.

Enveloppés d'un suaire, les musulmans dormaient leur dernier sommeil à même la terre. Les Européens, et ceux que l'on appelait les évolués, faisaient édifier de superbes mausolées dont la pierre était amenée à grands frais d'Italie, les cités de leurs morts surpassaient en beauté celles de leurs vivants, tandis que les fétichistes, vivant n'importe comment, mouraient aussi n'importe comment. Souvent, on ramassait aux carrefours, à demi rongés par les charognards, des cadavres qui, pour des raisons inconnues, n'avaient pas reçu de sépulture.

Peu de gens suivaient le cercueil d'Eucaristus da Cunha, fauché par une mauvaise grippe dans la fleur de l'âge, car ce notable, responsable de la paroisse Saint Andrew à Portuguese Town et directeur de l'école paroissiale du même nom, avait eu le triste privilège de s'aliéner les diverses communautés de Lagos. Celle des Agoudas, c'est-à-dire des anciens esclaves venus du Brésil, à laquelle il appartenait par son éducation et son nom, en rappelant que son père était un fier Bambara, originaire de Ségou, métropole du Soudan. Celle des Saros, c'est-à-dire des émigrés en provenance de Sierra Leone à laquelle sa femme Emma appartenait, en précisant que sa famille n'avait rien de commun avec ce ramassis de singes dressés à l'école des Anglais comme il les décrivait. Celle des Yorubas à cause de son mépris à peine dissimulé pour leurs mœurs et traditions. Celle des Anglais, à cause de ses incessantes critiques à l'égard du système colonial britannique au point que le consul Foote, hors de lui, avait écrit au Foreign Office pour dénoncer une attitude bien peu compatible avec sa fonction. Les missionnaires ne devaient-ils pas être les alliés les plus sûrs de l'administration? En fait, le seul individu à pleurer ouvertement le mort était le révérend père Samuel Ajayi Crowther, son ami de vingt ans, qui avait partagé sa jeunesse, qui lui avait présenté sa femme avant de donner son nom à son second fils. On chuchotait même qu'Emma, immobile, hiératique comme un bloc de basalte, remerciait Dieu d'être délivrée du plus redoutable des maris.

Le jeune Samuel ne pleurait pas. Aussi loin que remontait son souvenir, il avait haï son père qui le lui rendait bien. Les quinze années de son existence avaient été jalonnées de coups, gifles, insultes, brutalités et humiliations de toute sorte. Ce n'est pas qu'Eucaristus ait manifesté une quelconque affection à aucun de ses enfants, même à Herbert, le bel Herbert, premier en tout, aussi bien en latin que sur un terrain de cricket, et dont les doigts agiles faisaient merveille sur les touches d'un piano. Cependant, quand il était question de Samuel, quelque chose en lui se déchaînait. Samuel se rappelait la dernière raclée qu'il avait reçue avant que, miséricordieuse, la mort n'intervienne. Il avait dérobé pour les vendre quelques-uns des livres d'Eucaristus et avait pris bien soin de s'emparer du *Voyage dans l'intérieur de l'Afrique, sous la direction et le patronage de l'Association africaine par Mungo Park, chirurgien,* auquel il portait un attachement fétichiste car il contenait une description de Ségou, berceau supposé de la famille. Hélas! il avait compté sans l'incroyable hypocrisie des adultes. Ben Dawodu, avec qui il avait conclu l'affaire, n'avait rien eu de plus pressé que de venir tout raconter à Eucaristus. En conséquence, pendant huit jours, Samuel avait été incapable de bouger, nourri d'infusions et frotté d'onguents par la servante Yetunde qui, seule de la maison, avait osé réclamer le châtiment de Dieu pour le père. Samuel jeta un regard vers sa mère, se demandant avec angoisse quels sentiments elle éprouvait. Mais l'opacité de ses voiles l'empêcha de rien voir.

Pendant la courte maladie d'Eucaristus, les enfants ne l'avaient vue que les yeux secs, presque impassible, et Samuel pouvait espérer qu'elle partageait le sentiment de libération, presque de joie, qui les habitait tous. Il imagina un avenir radieux. Il quitterait cette école où il n'était qu'un cancre, un gibier de potence comme le lui avait répété Eucaristus. Néanmoins, comme il savait lire et écrire, il trouverait sans difficulté une place dans un des nombreux magasins du port. Puis il économiserait sou par sou, et, un jour, un jour béni, il monterait à bord du *Bom-Jesus-de-Bomfin*, du *Boas-Sorte*, du *Flor-d'Etiopia*, de *l'Etoile-de-Mer* ou de la *Belle-Créole* et cinglerait vers la Jamaïque.

Nanna-ya, Nanna-ya
Obu Oke Omo
Nanna-ya, Nanna-ya

Pourquoi la Jamaïque? Parce que la haine de Samuel pour son père s'était, par une mystérieuse alchimie, transformée en haine de l'Afrique. Il haïssait cette terre où les Noirs, indigènes ou évolués, peu importe, étaient condamnés à obéir aux Anglais, à baisser la tête devant eux en balbutiant : « Oui, sir », où rien n'avait de prix, ni leurs langues, ni leurs dieux, ni leurs coutumes, où tout leur était arraché. Après avoir conquis l'île de Lagos, en faisant tonner leurs canons, les Anglais s'apprêtaient à s'emparer de l'arrière-pays auquel, déjà, ses missionnaires faisaient réciter le catéchisme de la soumission. Alors, il fallait fuir de l'autre côté de l'eau, atteindre l'autre rive, là où s'élevait une terre fière, verte comme le Paradis où les Noirs savaient dire : « Non. »

Nanna-ya, Nanna-ya
Obu Oke Omo
Nanna-ya, Nanna-ya.

Sa mère les berçait avec ce vieux chant des Marrons qu'elle tenait de sa mère, mais quand Samuel la pressait de questions, elle ne savait pas grand-chose. Oui, ses ancêtres avaient à peine posé le pied à la Jamaïque que, refusant la servitude dans les plantations, ils s'étaient enfuis dans les montagnes. Oui, ils y vivaient en bandes rebelles, armées de fusils et de gourdins. Mais tout cela se passait avant le traité qui leur avait assigné certaines terres, et nombre d'entre eux avaient été déportés en Sierra Leone, au Canada, aux U.S.A. Que restait-il de leur combativité?

Le corbillard cahota à nouveau, manqua de verser, puis entra dans le cimetière de Faji. Debout sur une tombe, un glaive à la main, un ange fixa Samuel de ses yeux de pierre. Pendant un instant, l'adolescent eut peur. A présent qu'Eucaristus n'était plus et possédait la toute-puissance des morts, le laisserait-il en paix? Ne lui nuirait-il pas à tout instant? Samuel s'efforça de se calmer.

Le révérend père Ajayi Crowther, qui l'avait tenu sur les fonds baptismaux, récitait l'oraison funèbre du mort, et les paroles élogieuses se bousculaient sur ses lèvres. Croyait-il à ce qu'il disait, lui qui, tant de fois, le fait était connu de tous, avait dû intervenir pour tirer son ami des embarras où sa mauvaise nature l'avait entraîné. On chuchotait même qu'il avait dû acheter le silence d'une bâtarde d'Eucaristus, venue d'Ijebu-Ode. Mais on chuchotait tant de choses à Lagos.

Samuel rencontra le regard du révérend père Crowther et comprit bien ce qu'il signifiait :

« Repens-toi, chenapan, d'avoir causé tant de soucis à ton père! »

Subjugué malgré lui, il baissa la tête. A cause de ses exceptionnelles qualités morales, de son zèle religieux et du nombre de conversions qu'il avait réalisées, aussi bien dans sa mission d'Abéokuta que dans le nord en pays musulman, le révérend père Crowther allait être nommé évêque. Le premier évêque noir. De l'avis de tous, c'était là un grand honneur fait à la race, la preuve qu'un Noir pouvait devenir l'égal d'un Anglais. Pourtant, Samuel n'en croyait rien. Le révérend père Crowther lui semblait la triste incarnation de ce qu'un Africain devient lorsqu'il a abdiqué toute fierté de son origine, de son histoire, de sa culture, et qu'il s'est livré comme une pierre friable aux mains d'un sculpteur. Si la réussite passait par ce mimétisme, alors, il ne réussirait jamais. Toute sa vie, il demeurerait Sam-le-bon-à-rien!

Le révérend père Crowther termina son homélie. Le cercueil d'Eucaristus glissa jusqu'au fond de la fosse et l'assistance se mit à en faire le tour, chacun jetant sa pelletée de terre. C'est alors qu'on entendit un gémissement, un bruit presque inhumain. C'était Emma, la veuve, qui, rompant les barrières de la réserve et de l'éducation, laissait exploser sa douleur. Eperdu, Samuel essuya d'un revers de main la sueur qui coulait sur son front et se tourna vers la forme vacillante de sa mère. Elle l'aimait. Cela signifiait qu'elle l'aimait!

Des différents quartiers de Lagos, Portuguese Town était le plus vivant, le plus agréable, sinon le plus propre et le mieux ordonné. Les Agoudas y avaient transporté les coutumes de Bahia, de Pernambouc ou de Recife où ils avaient été en esclavage. Aussi, c'était un continuel tapage, vieilles chansons en portugais, divertissements bruyants, burinha, boi, a ema, battements de mains des danseurs de samba. Au moment de Noël, la fête envahissait tout, et on dressait des autels jusque dans la rue. A l'Epiphanie, on promenait un âne et un bœuf, tandis que l'on représentait la venue des Rois mages allant adorer Jésus nouveau-né.

Mais l'Eglise Saint Andrew s'y dressait, îlot rigide, aux lignes tout empreintes de l'influence britannique. Deux tours rectangulaires de pierre grise, une façade plate agrémentée d'une rosace et surmontée d'une haute croix de fer. Curieusement, la maison qui la jouxtait et où vivait la famille da Cunha était un classique sobrado[1] aux fenêtres en ogive, faites d'une juxtaposition de lamelles de verre colorié. Vu le peu de moyens dont disposait la mission anglicane, le sobrado comme l'église étaient plutôt délabrés, et, chaque dimanche, Eucaristus avait coutume d'exhorter les fidèles à puiser plus généreusement dans leurs escarcelles. Assis sur le palier du premier étage, à la place favorite d'où il épiait les querelles de ses parents, les caresses à la fois osées et furtives de son frère à la servante Yetunde et les moindres allées et venues de la maisonnée, Samuel vit se retirer les derniers visiteurs après la cérémonie de condoléances. Il savait qu'entre deux phrases de compassion ou de réconfort, ils n'avaient rien laissé des biscuits, de la cachaça ou du vin d'Espagne que l'on offrait selon une coutume qui s'inspirait peut-être des agapes funéraires des indigènes. Alors, il descendit l'escalier, attentif à ne pas faire craquer la marche contre laquelle on butait toujours.

Il avait hâte de s'entretenir avec sa mère, hâte de savoir ce qu'elle ressentait, hâte de comprendre la raison de son inqualifiable et violent éclat. Peut-être était-il seulement causé par la peur? La peur d'avoir à élever, seule et sans ressources, cinq enfants encore jeunes puisque Charlotte n'avait pas sept ans? Alors, il la prendrait dans ses bras et la rassurerait. Est-ce que Herbert n'était pas déjà employé à mi-temps à *L'Anglo-African*, le journal que venait de créer Robert Campbell? Ne pourrait-on marier Daphné à quelque marchand prospère? Elle était assez jolie pour cela, ayant hérité des yeux gris et du tour de taille de sa mère. Lui-même

1. Maison de ville brésilienne.

travaillerait, travaillerait... Hélas! quand, la tête farcie de ces beaux projets, il approcha du salon, il
s'aperçut qu'Emma n'était point seule. Elle était
affaissée dans une berceuse en bois de mahogany,
les deux mains emprisonnées dans celles du révérend père Crowther, et gémissait :

« Si c'était à refaire, comme je serais douce et
soumise avec Eucaristus, comme je lui montrerais
mon amour au lieu de le quereller sur tout. Sur
tout! L'éducation des enfants, la religion, la politique, les fréquentations... Je le contrariais en
tout! »

Le révérend père Crowther parvint à placer :

« Calmez-vous, Emma! Vous n'avez aucun reproche à vous faire. Vous avez été la meilleure des
épouses... »

Emma secoua vigoureusement la tête :

« Non, Ajayi, non. Vous ne savez pas que je me
refusais à lui. Des semaines, des mois entiers, je lui
interdisais mon lit parce que je savais mon pouvoir
sur lui et prenais plaisir à l'humilier, à le voir me
supplier... »

Le révérend père Crowther protesta :

« Emma, vous perdez la tête! Ce qui se passe
dans l'intimité d'un couple n'a pas besoin d'être
étalé au grand jour! »

Il y eut un silence pendant lequel on n'entendit
que les battements désordonnés du cœur de
Samuel. Puis le révérend père Crowther se repentit
sans doute de sa rebuffade, car il fit doucement :

« Rappelez-vous, Emma, qu'il vous reste Dieu et
vos enfants! »

Emma éclata de rire et répéta :

« Dieu et mes enfants! »

Le cœur de Samuel s'arrêta tout à fait. L'ombre se
fit autour de lui. Il lui sembla qu'après avoir
entendu sa mère faire allusion à ses enfants, c'est-

à-dire à lui, sur ce ton de dérision, il ne lui restait plus qu'à mourir. Mourir. Rejoindre la fosse où l'on avait couché Eucaristus. Des sucs venimeux gonfleraient sa chair, d'où germeraient, blafardes, des pousses vénéneuses. Mourir. La terre ne vaut rien à celui que sa mère ne chérit pas. Titubant, il sortit.

La nuit était tombée, parant enfin la ville d'un semblant de grâce. La brise agitait le faîte des palmiers et le parfum salé de la mer effaçait toutes les puanteurs. A quoi servait de vivre? Samuel descendit à fond de train Glover Street et contourna le champ de courses à présent désert, où des dandies faisaient courir des chevaux importés d'Angleterre. Comme les rues n'étaient pas éclairées, il trébuchait sur les tas de détritus et d'immondices qui constituaient un constant élément du paysage. A un moment, il tomba, ressentit une violente douleur au genou gauche, mais se releva et se remit à courir de plus belle.

« Dieu et mes enfants! »

C'est-à-dire rien. Qu'il avait été naïf, aveugle d'ajouter foi aux bribes de paroles rageuses et irritées qui fusaient jour après jour de la grande chambre délabrée du premier! De s'apitoyer sur les traces de coups au visage d'Emma, qu'elle portait avec une sorte d'ostentation comme pour prendre le monde à témoin de son mauvais sort! Un soir, la lèvre sanglante et les yeux mauves, elle s'était assise à la table de la salle à manger. Un autre jour, Samuel l'avait surprise, agenouillée sur son prie-Dieu, répétant :

« Je le hais! Je le hais! »

Or, tout cela n'était que mensonges! Samuel se sentit dépossédé, trahi, ridiculisé! Il atteignit la Marina, l'artère élégante qui conduisait aux jetées. Mêlées au parfum de la mer, l'air charriait des odeurs de rhum, de sucre, de tabac. Malgré l'heure tardive, l'on déchargeait des navires, et des nuées d'hommes transportaient des ballots dont le poids leur faisait plier le genou ou tituber comme des ivrognes. Car Lagos était un des points les plus animés de la côte d'Afrique. Depuis que l'esclavage avait été aboli par la plupart des nations d'Europe, la vente des hommes avait été remplacée par celle de l'huile de palme, du coton, des peaux, qui venait s'ajouter au commerce déjà établi de l'or, de l'ivoire, du poivre et de la malaguette. Samuel s'assit sur un tas de cordages et regarda l'horizon resserré entre deux coques brunâtres.

« Dieu et mes enfants! »

C'est-à-dire rien. Il fondit en larmes.

« Eh bien, petit, qu'est-ce qui ne va pas? »

Samuel sursauta. Un homme au teint très clair, presque blanc, un mulâtre, penchait vers lui sa figure avenante, éclairée de lumineux yeux verts. Il était vêtu d'une manière tellement excentrique que, malgré son chagrin, Samuel put difficilement se retenir de rire. Il portait un pantalon droit à l'européenne, sous une tunique faite de bandes de coton teint à l'indigo, à large encolure carrée entourée de broderies blanches et or, des sandales lagolago, et, autour de la tête, un volumineux turban bleu sombre comme un musulman haoussa. Ajoutez à cela une profusion de colliers autour du cou et autour de la taille, une large ceinture de cuir incrustée de cauris, fermée par une boucle de métal. En dépit de cet accoutrement, il n'était pas ridicule, car les traits de son visage étaient beaux, et ses gestes empreints d'une réelle noblesse. Samuel se releva et dit fermement, époussetant la poussière accrochée à son pantalon :

« Rien. Ce n'est rien, sir. »

L'inconnu eut un rire :

« Sir ? Ne m'appelle pas ainsi, je ne suis pas un Anglais. Tu dis que tu n'as rien et tu pleures ? »

Samuel détourna la tête :

« Je ne pleurais pas, sir. J'avais juste une poussière dans l'œil. »

L'homme prit le visage de Samuel entre ses grandes mains très douces et déclara :

« Tu me plais, toi... »

Samuel se dégagea. Mais, au même moment, le souvenir des paroles et surtout de l'intonation de sa mère revint lui transpercer le cœur. Il sentit ses paupières se gonfler pendant qu'un flot qu'il ne pouvait pas maîtriser ruisselait le long de ses joues. Il le comprit : dans le combat inégal qu'il avait constamment mené contre son père, il venait d'avoir définitivement le dessous. Emma n'appartenait et n'appartiendrait jamais qu'à Eucaristus. Reniflant, il suivit l'inconnu.

2

« COMMENT t'appelles-tu? »

Samuel hésita, puis se décida, prenant l'identité qui serait désormais la sienne :

« Samuel Trelawny, sir! »

L'inconnu fronça le sourcil :

« Trelawny? Tu es donc originaire de la Jamaïque? Tu descends des Marrons? »

Une telle science confondit Samuel, et il fixa son interlocuteur avec admiration :

« Vous avez entendu parler des Marrons? »

L'homme haussa les épaules :

« Bien sûr! Puisque je suis né à Charlotte Amalie, dans l'île de Saint Thomas. Toute mon enfance a été bercée des histoires de Juan de Bolas, Cudjoe, Nanny... »

C'était trop! Samuel n'était pas superstitieux. Néanmoins, il le comprenait bien, ce n'était pas le hasard qui mettait sur sa route, le jour même de la mort de son père, pareil individu. Il murmura avec espoir :

« Vous êtes allé à la Jamaïque? »

L'autre secoua la tête :

« Non. Je suis passé à quelques encablures de la côte de Port-Royal en me rendant aux Etats-Unis.

— On dit que c'est un bien fier pays.

– Fier? Qu'entends-tu par là? »

Samuel se troubla. Pour changer de conversation, il interrogea :

« Etes-vous commerçant, sir? »

L'inconnu feignit d'être horrifié :

« Moi? Est-ce que j'ai l'air d'un trafiquant d'esclaves? »

Samuel répliqua :

« L'esclavage est aboli, monsieur! »

L'homme haussa les épaules :

« Officiellement, Samuel, officiellement! En réalité, peut-on savoir ce que recèlent les flancs de ces navires à quai? Et puis, ne voit-on pas fleurir de nouvelles formes de servitude? »

Samuel releva la tête et s'enquit :

« Lesquelles, sir? »

Mais, au lieu de répondre à cette question, l'inconnu l'interrogea :

« Tu es en grand deuil, petit. Qui as-tu perdu?

– Aujourd'hui, monsieur, j'ai enterré mon père... »

L'inconnu soupira :

« C'est pour cela, sans doute, que tu pleurais? »

Samuel éluda cette question par trop directe et fixa le portrait de la reine Victoria qui s'étalait sur un des murs du bar avec un air de majesté qui ne convenait guère au lieu :

« Je pensais que ma mère allait se trouver seule avec cinq enfants et que je devrais chercher du travail dans quelque maison de la place.

– Du travail? »

L'homme posa sur la petite patte aux ongles rongés jusqu'au sang de Samuel sa grande main aux doigts chargés de bagues d'argent et d'ivoire, à la paume bleue au henné et proposa :

« Petit, veux-tu être mon secrétaire? Je cherche depuis des mois un compagnon aussi intelligent que toi. Si ta plume est aussi agile que me semble ton esprit! »

Samuel interrogea sans enthousiasme :

« Secrétaire! En quoi consistera ce travail, monsieur?

— J'écris un livre, Samuel. Un livre qui, je l'espère, fera date dans l'histoire de l'homme noir. Je raconterai sa merveilleuse origine, comment il excita la jalousie des races caucasiennes et comment il fut déchu. Mais je parlerai aussi de sa réhabilitation et de sa prochaine domination sur le monde. »

Prochaine domination sur le monde? Samuel jeta un coup d'œil autour de lui. Dans ce fumeux bar du port, des hommes étaient affalés dans toutes les postures de l'ivresse et du désespoir. Le patron, un Portugais que l'on avait surnommé Cyclope, il était borgne, versait sans désemparer des rasades d'un tord-boyaux qu'il fabriquait dans une cour sur laquelle s'ouvrait aussi un bordel où se pressaient des marins de toutes nationalités, en quête de chair noire. D'où il était assis, Samuel entendait les voix geignardes des filles réclamant plus de shillings et celles des hommes exigeant plus de plaisir. Il ramena son regard sur l'inconnu et allait prononcer quelque remarque amère et pessimiste quand l'expression de ses traits le retint. Jamais il n'avait vu le rêve, l'idéalisme, l'espoir prendre possession d'un visage et le remodeler. Voilà que les yeux s'étiraient, chargés d'éclat, que les narines frémissaient et que la bouche s'incurvait en un sourire dont la grâce et la chaleur irradiaient. Il fut pris d'une brutale et irrésistible poussée de sympathie et demanda :

« Si j'acceptais votre offre, combien me paieriez-vous?

— Cinq livres sterling par mois!

— Cinq livres sterling! Cinq livres sterling! »

L'inconnu pressa plus fort la main de Samuel, précisant :

« Cinq livres sterling, nourri et logé! »

Hollis Lynch, que Samuel venait de rencontrer d'une façon à la fois si fortuite et si singulière, était assurément un homme peu commun. Cet Antillais était venu étudier la théologie aux Etats-Unis, porteur d'une lettre de recommandation du curé de sa paroisse, mais s'était fait renvoyer de campus en campus à cause de sa couleur. Comme il traversait le Mississippi, espérant gagner quelques dollars dans une plantation de canne à sucre, il avait été pris pour un esclave fugitif et emprisonné pendant de longs mois. Etant parvenu à se libérer, il s'apprêtait à émigrer vers le Canada quand il avait fait la connaissance d'un autre Antillais, Edward Blyden, qui lui avait révélé sa vraie vocation. Réhabiliter le Noir d'Amérique et des Antilles. Edifier en Afrique une grande nation qui accueillerait de nouveau tous ses enfants perdus, orphelins dégénérés par l'exil et la servitude. Les deux jeunes gens s'étaient donc mis à l'ouvrage. La république du Liberia venait d'être fondée grâce aux efforts d'esprits supérieurs. Ils décidèrent de la considérer comme la matrice d'où naîtrait la nation nègre qui éblouirait l'univers. Ayant obtenu le soutien de la Société de colonisation américaine, ils partirent pour Monrovia, afin d'organiser le rapatriement de leurs frères de couleur. Hélas! la guerre civile américaine avait éclaté. En masse, les Noirs des Etats-Unis s'étaient engagés du côté des Nordistes pour obtenir leur libération et ne s'étaient plus souciés du lointain Liberia.

Puis les deux hommes s'étaient fâchés. Pourquoi? Si les suppositions allaient bon train, nul ne le savait avec certitude. Alors que Blyden demeurait au Liberia, Hollis s'était mis à parcourir l'Afrique. Il avait résidé à Abéokuta, d'où il avait été chassé dans des circonstances mystérieuses. Il s'était rendu à Bonny et était devenu un grand ami du roi William Pepple jusqu'à sa déportation à Fernando Po par les Anglais. Ayant appris que l'Oba Dosunmu de Lagos était prêt à céder des terres pour le rapatriement des Noirs d'Amérique, il s'y était précipité juste à temps pour voir les Anglais imposer le traité de cession de l'île. Après avoir vécu deux ans grâce à l'aide de Robert Campbell, le propriétaire de *L'Anglo-African*, il s'était, en fin de compte, brouillé avec ce dernier et se préparait à reprendre la mer. Dans quelle direction? La Gold Coast.

« La Gold Coast, sir? »

Hollis acquiesça :

« J'ai là-bas des amis sur lesquels je peux compter. Ceux-là, au moins, ne me décevront pas. »

Samuel hésita. Il n'avait aucune envie de se rendre en Gold Coast. S'il avait songé à quitter Lagos, c'était pour sa bienheureuse Jamaïque! Cependant, les choses n'étaient-elles pas changées, et à quoi bon s'attarder dans une ville où nul ne tenait à lui? Peut-être qu'en constatant sa disparition Emma éprouverait du remords? Ah! mère fausse et cruelle! Résolument, Samuel chassa sa mère de ses pensées et fit face à Hollis :

« Quand comptez-vous partir, sir?

— Dans trois jours, le *H.M.S.-Pioneer* lève l'ancre. Nous serons à son bord, si tu le veux bien. »

Samuel ravala définitivement ses larmes :

« Je le veux, sir! »

La traversée fut un enchantement, car Samuel n'avait jamais voyagé sur la mer. Tout était surprenant. Le ciel, pareil à une immense écharpe de tissu gris s'enroulant autour des flots. Par endroits, la barre surgissait, surmontée de grandes dalles nuageuses. A d'autres, elle s'interrompait, et la côte se dessinait, tracé ininterrompu d'un vert si sombre qu'il en semblait noir. Dans des anses, des villages miniatures apparaissaient avec leurs pirogues et leurs cocotiers penchés entre des dunes de sable.

Le *H.M.S.-Pioneer* était plein d'Anglais et de Français se rendant en divers points de la côte ou en revenant. Jusqu'alors, Samuel avait considéré les Blancs comme une masse indistincte de peuples, éprouvant la même aversion pour les Africains et ayant des comportements identiques. Il n'aurait jamais imaginé qu'il pouvait exister entre eux rivalités ou désaccords. Il s'aperçut avec stupeur que les Anglais méprisaient les Français qui, en retour, les haïssaient. Ne parvenant pas à supplanter les premiers sur le plan commercial et économique, les seconds se vengeaient en affirmant la supériorité de leur civilisation et, surtout, de leur langue, ce que Samuel était bien empêché de vérifier, puisqu'il n'en entendait pas un traître mot. Et c'était fort drôle de voir des gens que la couleur et les manières rapprochaient feindre de s'ignorer en arpentant l'espace resserré du pont, prendre leurs repas à des tables différentes et marquer dans leurs moindres attitudes qu'ils n'avaient rien de commun. Les Anglais étaient fréquemment accompagnés de jeunes Africains qui leur avaient été confiés par leurs familles et qu'ils emmenaient à Londres, Glasgow, Liverpool ou Bristol, pour les initier aux techniques de l'Europe. Samuel ne tarda pas à se lier avec Ola, fils du Balogun[1] de l'Abagbon[2] Obafemi, qui s'en allait étudier le commerce. Ce fut ce dernier qui lui apprit le yoruba. Car, né et grandi à Lagos, Samuel ne connaissait aucune des langues des indigènes.

1. Responsable des chevaux, en yoruba.
2. Chef de guerre, en yoruba.

Ils s'arrêtèrent d'abord à Accra. Comparée à Lagos où l'afflux des Saros et des Agoudas avait imposé des manières occidentales, la ville ne payait pas de mine. Ce n'était qu'un amas de cases au toit de paille, groupées autour d'entrepôts où des marchandises s'entassaient dans le plus grand désordre. Accra était néanmoins une excellente place pour l'or, et des files de fournisseurs s'y rendaient, portant, enfouies dans les replis de leurs pagnes, de la poudre, des pépites ou des figurines finement ciselées.

Ola et Samuel prirent la direction du fort de Christiansborg qui, après avoir appartenu aux Danois, était aux Anglais. Comme à Lagos, il n'existait pas de construction pareille, ils en firent le tour, l'esprit empli d'une sorte de terreur. Le fort était situé à l'angle d'un vaste plateau rocheux et dominait la côte de sa masse imposante. Trente-neuf canons, rouillés par l'air marin, étaient pointés sur les points d'où pouvait surgir le danger : la mer, mais surtout l'arrière-pays, car la Gold Coast tout entière vivait dans la terreur des Ashantis, tapis dans l'imprenable citadelle de la forêt.

Brusquement, Ola s'assit par terre au pied d'un cocotier :

« Tous les gens disent que ton oncle[3] est fou... »

Un instant interdit, Samuel répliqua :

« Fou? Je voudrais bien que la terre entière soit peuplée de fous comme celui-là! »

Ola n'en démordit pas :

« On dit qu'il veut chasser les Blancs des portions d'Afrique qu'ils possèdent et s'en faire le roi. Pour cette raison, les Anglais l'ont à l'œil, et il pourrait

3. Terme de respect pour désigner Hollis.

bien se retrouver, un de ces jours, au fond d'une geôle! »

Samuel haussa les épaules :

« Allons donc! C'est un homme... »

Il hésita :

« ... Un homme qui rêve, voilà tout! »

Est-ce donc interdit, est-ce donc dangereux de rêver? Samuel n'avait jamais rencontré d'être pareil à Hollis. A Lagos, sur quoi portaient les conversations? Sur les adultères, les dépenses inconsidérées, les turpitudes de toute nature d'une communauté vivant en vase clos parce qu'elle se croyait supérieure aux autres. Avec Hollis, le monde s'offrait comme un grand livre aux pages couvertes d'illustrations. Hollis avait son idée sur tout, parlait de tout, critiquait ce que bon lui semblait. Par lui, grâce à lui, Samuel découvrait le caractère déchirant de la tragédie que les Noirs vivaient, et il brûlait du désir d'y mettre un terme. Mais comment? Un monde d'interrogations l'habitait.

Attristé par les propos d'Ola, il reprit la direction d'Accra. Une femme sortait d'une concession, un enfant au dos, et devant ce spectacle si banal, si familier, Samuel se ressouvint avec douleur de sa mère. Emma! Où l'avait-elle fait chercher? Vivait-elle rongée d'inquiétude? De remords? De désespoir? Ah! comme il l'avait punie! Mais le méritait-elle? Avec le recul, Samuel comprenait que ce ton de dérision n'était que passagèrement dicté par la douleur.

Les yeux emplis de larmes, il entra chez Mr. Bannerman, commerçant prospère et ami de Hollis. A son habitude, Hollis tenait le crachoir :

« Quelle que soit l'issue de la guerre qui déchire les Etats-Unis d'Amérique, la condition des nègres n'en sera pas changée... »

Mr. Bannerman bondit :

« Ah! nègre! je n'aime pas ce mot! Le nègre, cela n'existe pas. C'est une création des Européens. Il n'y a que des Noirs. Pourtant, il y a une question que j'ai toujours voulu vous poser. Que vous importe tout cela? Vous êtes un mulâtre, je dirais même un quarteron, et celui qui ne s'y connaîtrait pas vous confondrait avec un Portugais ou un Français. Ces gens-là sont plus basanés que vous! »

Hollis sembla profondément blessé. Sans répondre, il se tourna vers Samuel qui, morose, s'était assis sur un billot :

« Te voilà de retour! Remontons à bord. Le bateau va appareiller pour Anomaboe. »

Samuel obéit. Dans la rue, ils se heurtèrent à un groupe d'hommes, le fusil sur l'épaule, engoncés dans des uniformes bleu sombre à genouillères noires et chaussés de lourdes bottes de cuir qui leur enserraient étroitement les chevilles. A leur tête, un individu, pareillement vêtu, le chef couvert d'une casquette galonnée, aboyait des ordres. Ces vêtements étaient si étranges, si différents de ceux des soldats du fort que l'on avait coutume de voir, que les gens sortaient des maisons, se bousculant et pouffant. Samuel ne put retenir sa curiosité et s'étonna :

« Mon oncle, qui sont ces gens? »

Hollis fit tristement :

« Des policiers! Les Anglais viennent de créer le corps de police de la Gold Coast! »

« Ami, il faut d'abord que je vous expose les raisons de ma brouille avec Edward Blyden, que l'on a interprétée de mille manières. Edward se trompe. Il croit que le Liberia peut être la matrice de notre nation nègre. Or, pour y avoir passé quelque temps, je peux vous assurer que c'est

284

impossible. Déjà, les immigrés à peau claire se posent en supérieurs aux Noirs et, surtout, à ceux qu'à l'instar des Blancs ils nomment les « indigènes ». Sans comprendre que c'est à l'école de ces derniers qu'ils doivent se mettre. Ami, le monde blanc a-t-il à ce point perverti notre échelle de valeurs? »

Celui à qui Hollis adressait cette interrogation s'appelait Africanus Horton. C'était un petit homme frêle, sanglé dans un uniforme militaire galonné, car il était médecin des armées, le premier Africain à occuper pareil poste après avoir fait ses études à l'université d'Edimbourg. Il ne répondit pas à la question qu'on lui posait, mais demanda affectueusement :

« Hollis, Hollis, où allez-vous à présent? »

Hollis se pencha en avant et fit avec passion :

« Je m'en vais à Ajumako.

– Ajumako? Où est-ce? »

Si Samuel nota que le ton d'Africanus était passablement railleur, Hollis ne sembla pas en faire autant puisqu'il expliqua avec bonne grâce :

« Ecoutez-moi bien. Il y a quelques années, alors que je me rendais à Abéokuta, j'ai fait la connaissance à Cape Coast d'un Fanti, Kwame Aidoo, Omanhene[4] d'Ajumako. Je sens qu'il me comprend, qu'il peut partager mon rêve et m'aider à le réaliser. Voir un Etat nègre, souverain, fertilisé de la sève de ses enfants d'Amérique et des Antilles... »

Africanus interrompit fermement un si beau discours :

« Hollis, cessez de rêver! Toute la région résonne de bruits de guerre. Les Anglais avec leurs alliés, les Fantis, s'apprêtent à porter l'assaut final contre les Ashantis. Sans parler des manœuvres des Hollan-

---

4. Roi, en fanti.

dais, des Danois, des Allemands, des Français. Sous le couvert des missions, tout ce monde s'installe et veut sa part du gâteau... Savez-vous combien de missions se disputent le territoire de la Gold Coast? Et vous, vous parlez d'établir je ne sais quelle nation nègre... »

Hollis jeta un coup d'œil vers Samuel et lui proposa gentiment :

« Eh bien, tu tombes de sommeil. Si tu allais te reposer à présent? »

Cette manière de le traiter en enfant, pour se débarrasser de lui, exaspéra Samuel qui quitta la pièce sans mot dire.

Etant donné ses hautes fonctions, Africanus habitait à l'intérieur du fort d'Anomaboe, un appartement spacieux et confortable. Ce fort était un des plus importants de la côte, car les Anglais, pour se protéger des Ashantis qu'ils essayaient de soumettre depuis plus de cinquante ans, l'avaient agrandi, renforcé, équipé, y entretenant une garnison de plus d'une centaine d'hommes, fantis pour la plupart, sous la conduite d'officiers anglais.

Le rez-de-chaussée était composé d'une ancienne esclaverie, transformée à présent en dépôt de fusils et de munitions et en dortoirs pour les soldats. Au premier étage, étaient logés les gradés et un chapelain qui faisait aussi fonction de maître d'école, pour une poignée d'enfants métis, issus des amours des Anglais avec les femmes du village tout proche. Au lieu de suivre le conseil de Hollis, Samuel descendit le large escalier de pierre menant au patio central, autour duquel l'ensemble du fort était construit, traversa un jardin où poussaient les plantes potagères, nécessaires à l'alimentation de la garnison, et se trouva dans une cour pavée, resserrée entre de hauts murs. On descendait le drapeau anglais, et des soldats, le doigt sur la couture du pantalon, chantaient *God save the Queen*. Les voix fantis déformaient les paroles, et il y avait dans cette scène, dans ce lieu tout entier, un caractère saugrenu qui frappa l'esprit de Samuel et, une fois de plus, l'incita à la réflexion. Cette reine que l'on recommandait à la protection de Dieu, d'où tirait-elle sa souveraineté sur des peuples profondément étrangers au sien? Ses commerçants étaient arrivés, apportant des objets magiques qui avaient éveillé la convoitise dans tous les cœurs. A cause d'eux, on s'était battu, on s'était opposé les uns aux autres, et, maintenant, ses hommes d'armes, profitant de tous ces désordres, imposaient une paix qui ne profitait qu'à leurs intérêts. A Lagos, l'esprit juvénile de Samuel avait connu des impulsions de révolte, confuses et désordonnées. Sous l'influence de Hollis, elles s'ordonnaient et se clarifiaient.

A grands pas, empli d'une véritable colère, il descendit vers le village fanti, blotti dans l'ombre du fort comme un chiot près du ventre de sa mère. Comme le *H.M.S.-Pioneer* était encore au large, les rues étaient pleines de marins, de voyageurs, de commerçants, que les habitants assaillaient, celui-ci voulant vendre un gramme d'or, celui-là une plume d'autruche, celui-là, enfin, une peau de lion qu'il n'avait même pas encore tannée. Des colliers de verroterie, des pièces de coton rouge, des objets de métal circulaient de main en main, tandis qu'un chef arrivait en grande pompe, drapé dans un lourd kente[5], les bras et les chevilles chargés d'or, suivi de ses esclaves, torse nu, succombant sous le poids de défenses d'éléphant. Oubliant la pudeur de leur sexe, des femmes offraient le plaisir. Pour Samuel, le vice n'était pas un inconnu, car Lagos était un gigantesque entrepôt où il régnait en maître. Mais, à

5. Pagne tissé drapé comme une toge.

présent, il ne supportait plus d'en être le témoin passif, c'est-à-dire complice. Il aurait souhaité faire remonter dans leurs navires tous ces séducteurs avec leurs charmes obscènes. Mais comment? Il se sentait impuissant, inefficace. Il en était là de ses pensées quand il entendit quelqu'un l'interpeller :

« Psst! Psst! »

Une fille, certainement plus jeune que lui, se tenait debout à l'entrée d'une concession. Adorable, avec ce teint très noir des Fantis, et mutines, sur la pommette gauche, trois scarifications rituelles. Elle fit signe à Samuel d'avancer, et sa jolie bouche s'appliqua aux sonorités incongrues de l'anglais :

« Est-ce que ce n'est pas toi qui es descendu du bateau ce matin avec ce Blanc qui avait l'air d'un fou? »

Samuel rectifia, sèchement :

« C'est un mulâtre... »

La fillette eut un mouvement d'épaules indiquant que, pour elle, cela ne faisait pas de différence et continua :

« Tu as un shilling? Tu veux faire...? »

Elle eut un geste expressif. Samuel resta bouche bée. C'est comme s'il avait vu une de ses petites sœurs tant chéries, Charlotte et Abigaïl, racoler le client. Il se ressouvint d'elles, croyant entendre leurs voix cristallines :

« Sam, lis-nous l'histoire des *Water Babies*[6]. »

Et cette image d'innocence et de tendresse se juxtaposa à celle de cette gamine, l'invitant crûment à commettre le plus abominable des péchés. Le choc fut tel qu'il demeura planté là, incapable de bouger, incapable de protester, d'exprimer cette rage, cette fureur, ce désespoir qui lui incendiaient le corps. L'enfant insista :

6. Personnages de la littérature enfantine anglaise.

« Ou un mouchoir, alors? »

C'en était trop! D'un bond, Samuel fut sur elle, la rouant de coups, giflant à la volée son visage tendre, s'escrimant contre le rempart fragile de sa cage thoracique afin de faire sortir de son corps le démon qu'on y avait installé. La fillette se mit à hurler. Au bruit, une poignée d'adultes sortit de la concession. En grand tumulte, ils s'abattirent sur Samuel.

3

KWAME AIDOO, Omanhene d'Ajumako, abrité d'un parasol de velours rouge et or, flanqué de ses seigneurs de la guerre[1], de ses linguistes et de sa reine mère, passait un fort mauvais moment. Le Conseil des anciens lui reprochait, en effet, d'avoir, sans son assentiment, accordé un lopin de terre au constable Andrews, envoyé par le gouverneur de Cape Coast pour installer un poste de police. Police? Qu'est-ce que cela signifiait? Est-ce que le respect de l'ordre n'était pas assuré par les habitants d'Ajumako eux-mêmes, qui reportaient à l'entourage de l'Omanhene les crimes et délits commis? Si l'affaire était par trop grave, on en référait au chef suprême qui résidait à Mankessim. C'est ainsi que les choses se passaient depuis des temps immémoriaux... Déjà, au cours de la dernière saison sèche, Kwame avait accédé à une requête du gouverneur et alloué de la terre à deux missionnaires. Et n'avait-on pas à se plaindre de la présence de ces étrangers qui avaient complètement retourné l'esprit de certains habitants et interféraient dans tout? Voilà qu'ils condamnaient la polygamie, s'opposaient au meurtre rituel des jumeaux, à toutes ces

1. Braffo, en fanti.

coutumes qui avaient été léguées par les ancêtres et qu'Ajumako vénérait! Kwame Aidoo essayait de s'expliquer. S'il avait refusé ce lopin de terre, il aurait couru le risque de voir ces hommes le prendre de force. Ils possédaient des fusils et étaient à la solde des Anglais. Or, ces derniers avaient abondamment prouvé que, au jeu des fusils et du canon, ils étaient les plus forts. Les redoutables Ashantis, eux-mêmes, commençaient de le réaliser. Cependant, plus Kwame tentait de s'expliquer, moins on l'écoutait. Malgré les efforts des linguistes, drapés dans leurs kentes aux vives couleurs et le torse couvert de colliers d'or, la réunion tournait à la confusion. Aussi, c'est avec un réel soulagement que Kwame vit surgir un de ses messagers tenant à la main la queue d'éléphant décorée, symbole de sa fonction. Brandissant cet insigne, l'homme imposa silence à tous avant de se jeter par terre aux pieds de Kwame, tout en s'aspergeant le tronc de poussière :

« Maître, toi qui t'assieds sous le palmier[2], un Blanc est là qui demande à te parler. »

Un Blanc? Malgré ses rodomontades précédentes, l'assemblée frémit. Ceux qui vociféraient que les Fantis se conduisaient comme des femmes devant les Anglais, ceux qui braillaient que le tabouret royal devait voir s'asseoir un autre occupant que Kwame devinrent silencieux et, prestement, regagnèrent leur siège.

Un homme apparut donc dans la cour soigneusement balayée et plantée de majestueux kapokiers où se tenait le Conseil. Un peu hâlé, les cheveux pareils à une coulée d'or, les pieds poussiéreux dans de grossières sandales et incroyablement accoutré, il était accompagné d'un jeune garçon

2. Allusion à son lignage.

chétif, la tête couverte d'emplâtres de feuilles. Un Blanc, cela? Quelle sorte de Blanc? A coup sûr ni un commerçant ni un soldat. Un missionnaire, alors? Parfois, les missionnaires étaient pareillement crasseux. Non, un missionnaire serait vêtu autrement. Le silence s'appesantit. Quelqu'un toussa. Brusquement, la mémoire lui revenant, Kwame Aidoo, oubliant la majesté de sa fonction, se précipita pour étreindre l'arrivant :

« Hollis, Hollis, mon frère! »

Samuel fut rassuré. Depuis que l'on avait quitté la côte, il souffrait le martyre. Refusant l'offre d'Africanus Horton de demeurer à Anomaboe, au moins jusqu'à ce que les plaies de son compagnon soient cicatrisées, Hollis s'était mêlé à un groupe de commerçants remontant vers le pays ashanti. On avait donc suivi des pistes à peine praticables à travers la forêt, butant contre des lianes, s'enfonçant dans des marigots dissimulés aux regards par des plantes aquatiques au feuillage verdoyant et trompeur, assailli par des myriades d'insectes avides de sang. La nuit, on était tenu éveillé par les cris terrifiants que poussaient des bêtes plus féroces les unes que les autres, et qu'un dérisoire cercle de bûches à demi éteintes était censé tenir en respect. Ses larmes se confondant avec l'humidité de l'herbe sous sa tête, Samuel songeait à la maison familiale. Quelle folie de s'enfuir comme il l'avait fait! D'abandonner des sœurs aimantes, un frère affectueux malgré les apparences, une mère adorée. Son chagrin présentait à son imagination des scènes d'intérieur. Emma s'occupant à quelques travaux d'aiguille. Les filles préparant leurs devoirs, Herbert lisant, Yetunde offrant à la ronde le thé et les petits gâteaux. Ah! oui, à présent qu'Eucaristus n'était plus, ce bonheur devait régner, et il n'était pas là pour y goûter! Pour s'asseoir aux pieds d'Emma en lui lisant des pages de *David Copperfield*. Pour lui tourner les pages de sa partition musicale. Pour l'accompagner, alors qu'elle dirigeait la chorale, et l'entendre chanter comme ce keskedee, rossignol des Antilles dont elle aimait à parler. A d'autres moments, son imagination lui présentait des scènes autrement amères. La famille, faute de moyens, avait dû quitter Lagos et s'entassait dans le quartier d'Olowogbowo que n'habitaient que des indigènes. Ou alors, elle avait dû suivre le révérend père Crowther à Abéokuta et végétait en parente pauvre.

Pourtant, et paradoxalement, il s'attachait chaque jour davantage à Hollis. Quand Hollis n'était pas trop épuisé par les longues marches ou occupé à rédiger des pages et des pages de son livre, il parlait à Samuel de son pays, de l'archipel des Antilles :

« Tu sais, aucune terre ne ressemble aux nôtres. Quand vient septembre, viennent aussi les cyclones. Le temps semble suspendu. La nature se fige. Les feuilles ne frémissent plus sur leurs branches. Les fruits ne tombent plus à terre. Puis, le vent surgit, assourdissant bêtes et gens de sa clameur, tandis que les cases s'effondrent avec les bananiers. Alors, le paysan met les mains sur sa tête et crie : « Pitié, « Bon Dié, pitié! »

Samuel hasardait :

« Pourquoi les avez-vous quittées, vos îles? »

Le visage de Hollis devenait douloureux :

« Parce que la présence continue des Blancs les a souillées, gâtées. Elle a fini par tout gangrener. »

Samuel protestait :

« Pas la Jamaïque! »

Hollis balayait l'objection d'un mouvement d'épaules et s'enflammait :

« La Jamaïque comme les autres. Plus que les autres, sans doute. Si tu savais...! Oui, il faut revenir en Afrique. C'est là qu'est la source de pureté originelle. »

Samuel refusait d'en entendre davantage, car la pureté, il n'en voyait guère l'évidence autour de lui. Au contraire. Tout se corrompait, tout se dégradait, les hommes, les femmes, même les enfants. Néanmoins, il prenait garde de ne pas contrarier Hollis ouvertement, comme s'il avait affaire à un malade ou à un innocent. Aux côtés de Hollis, il pensait constamment à son père car les deux hommes avaient les mêmes lectures. Dans la valise de cuir espagnol qui ne le quittait pas, en plus d'un précieux matériel d'écriture et de cires à cacheter, Hollis enfermait des ouvrages que Samuel avait vus figurer dans la bibliothèque de Portuguese Town. Shakespeare, Milton, Swift, Defoe, mais aussi des Français aux noms barbares, Montesquieu, Voltaire, Rousseau. Il semblait, cependant, que ces communes lectures n'aient pas produit le même effet, rendant Eucaristus cynique, désinvolte, anarchiste, et Hollis, rêveur et imaginatif. Eucaristus et Hollis ne se ressemblaient fugitivement qu'en décrivant l'un le royaume perdu de Ségou, l'autre la future république nègre, comme si un même pont de douceur et de poésie reliait le passé à l'avenir, en contournant le présent.

Eucaristus déposait sa tasse de thé et appuyait la tête sur le rectangle de dentelle qui tentait d'embellir le velours passé du fauteuil :

« Quand j'étais petit, mon oncle me prenait dans ses bras. Tu n'as jamais vu, disait-il, de villes pareilles à celles-là. Celles que tu connais sont nées du lucre et du trafic du sang humain. Ségou est entourée de murailles; c'est comme une femme que tu ne peux posséder que par force! Il m'a fallu des années pour en trouver la description précise, et, cela, grâce à votre mère. Je dois dire que c'est la seule fois où elle m'a été de quelque secours. »

Hollis roulait un cigare de tabac de Bahia et rejetait la fumée par les narines :

« Nous l'appellerons Eleftheria. Nous la bâtirons au sommet d'une montagne, afin qu'elle domine la plaine environnante et que le voyageur, au sortir des pièges de l'Occident, la voie surgir comme la matérialisation d'un idéal retrouvé. Nous lui ferons une ceinture d'arbres et de fleurs et d'oiseaux. Aucun homme n'y travaillera pour le compte d'un autre ! »

Curieusement, c'est avec les mêmes sentiments de scepticisme que Samuel les écoutait l'un comme l'autre, car, enfant du présent, il n'y croyait pas, à ces billevesées !

Le royaume d'Ajumako était modérément prospère. Il se composait d'une douzaine de villages éparpillés à la lisière de la forêt et que leur insignifiance avait protégés des convoitises des grands voisins, Akwapem, Akwamu, Denkyera. Comme il avait peu participé à la traite, ses habitants avaient gardé l'habitude de tirer leurs ressources du travail de la terre, de la pêche dans les rivières qui l'arrosaient et de la chasse dans les forêts toutes proches, où abondaient agoutis, pangolins, éléphants.

A Ajumako, on n'avait guère l'habitude des étrangers, et on ne les aimait pas. Au fur et à mesure que Kwame, par l'intermédiaire de ses linguistes, expliquait qui était Hollis, la méfiance se peignait sur tous les visages. Le plus dur à admettre, c'est qu'il ne s'agissait pas d'un Blanc. Quoi ? Les ancêtres de cet inconnu venaient d'Afrique et faisaient partie de ces tristes cortèges qui descendaient vers la côte pour s'entasser dans le ventre puant des négriers ? Un esclave, alors ? Ce n'était qu'un fils d'esclave ?

« Eleftheria! C'est ainsi que nous l'appellerons. Eleftheria! »

Kwame fronça le sourcil et répéta :

« Eleftheria? Qu'est-ce que c'est que cela? »

Hollis expliqua :

« C'est un mot grec qui signifie « liberté »...

Kwame sembla surpris et protesta :

« Mais Ajumako, c'est le nom que nous ont légué nos ancêtres! Pourquoi veux-tu le changer? »

Hollis se hâta d'aborder un autre sujet :

« Bon! Qu'en est-il de ce terrain que je t'ai demandé pour bâtir une école? »

Kwame sembla embarrassé :

« Ecoute, il faut que tu attendes un peu. Je ne peux pas encore demander des terres pour des étrangers! »

Hollis eut une exclamation douloureuse :

« Etrangers! Est-ce que nous sommes des étrangers? »

Désolé du chagrin de son ami, Kwame crut trouver une amorce de solution et proposa :

« Il y a déjà une école. Pourquoi ne t'entends-tu pas avec les missionnaires qui s'en occupent? »

Hollis expliqua avec douceur :

« Kwame, Kwame, combien de fois t'ai-je dit qu'il ne faut pas envoyer les enfants du village à cette école? Ils n'y apprennent qu'à se mépriser eux-mêmes, qu'à mépriser leurs coutumes et désobéir à leurs lois! »

L'Omanhene eut un geste d'impuissance. Malgré sa mauvaise connaissance du fanti qui l'empêchait de comprendre entièrement cet échange, Samuel sentait que Hollis et Kwame ne pouvaient pas communiquer. Il ignorait dans quelles circonstances ils s'étaient rencontrés et ce qui avait pu donner à Hollis cette illusion d'échange, mais il voyait bien que, cette fois encore, les rêves de Hollis crèveraient comme nuages de pluie. Quand Kwame eut quitté la pièce, il s'enhardit et souffla :

« Mon oncle, fuyons cet endroit! Au plus vite! »

Hollis attira une calebasse de vin de palme dont il faisait grand usage, la vida à moitié et interrogea d'une voix lasse :

« Et où veux-tu que nous allions?

– Retournons à Anomaboe, auprès de votre ami, le bon docteur Africanus Horton... »

Hollis secoua la tête :

« Non, Africanus ne partage pas mes idées. Il croit que l'Afrique ne peut rien sans le secours des races caucasiennes. Il admire leur civilisation; il révère leur Dieu; il admire leurs lois. Je ne saurais m'entendre avec lui. »

Samuel haussa les épaules :

« Mais ici, à Ajumako, qui partage vos idées? On se moque de vous quand vous passez dans les rues. On vous prend pour un fou... »

Hollis eut un rire :

« De cela, Sam, j'ai l'habitude. Laisse-moi seul, à présent. Je voudrais travailler à mon livre. »

Engagé pour servir de secrétaire à Hollis et recopier son manuscrit, Samuel ne faisait pas grand-chose, car Hollis n'était jamais satisfait de son ouvrage, déchirant au matin les feuillets qu'il griffonnait des nuits entières. Sa seule tâche consistait à rédiger, sous dictée, d'interminables lettres à des amis aux quatre coins de la terre, Edward Blyden au Liberia, James Johnson en Sierra Leone, Martin Delaney à Philadelphie, mais dont on ne recevait jamais de réponse.

Morose et désœuvré une fois de plus, il sortit de la concession. Jamais il ne s'était senti aussi seul. Le jour, les garçons de son âge étaient absorbés par des travaux qu'il ne savait plus réaliser, chasse avec leur père, abattage des arbres, construction des cases. Le soir, il ne pouvait pas non plus partager leurs distractions, danses, récitations de contes... Les regardant s'affairer, courir, sauter, rire, Samuel avait l'impression d'appartenir à une autre espèce. Enviait-il ce qui pouvait sembler leur innocence? Méprisait-il leur superbe ignorance et du monde autour d'eux et des temps qui changeaient? Il n'aurait su le dire.

Ses pas le conduisirent le long de la rue principale, si on pouvait appeler ainsi la piste de terre battue, bornée par la concession de l'Omanhene d'un côté et le marché de l'autre, et ombragée par de beaux fromagers. C'est alors qu'il entendit un chant; un chœur de voix juvéniles, malhabiles, aux prises avec les syllabes d'une langue étrangère :

> *Plus près de toi, mon Dieu,*
> *Plus près de toi.*
> *L'ombre voile mes yeux,*
> *mais j'ai la foi.*
> *Ta parole, ô mon roi*
> *m'a courbé sous ta loi.*

Et ce chant, ce cantique agit sur lui comme l'étoile guidant les bergers vers la crèche. Il enfila une ruelle et se trouva devant une case à toit de paille que rien n'aurait différencié de celles qui l'entouraient, n'eût été la présence de deux Blancs diaphanes et d'une vingtaine de gamins, vêtus de maillots de corps au-dessus de leurs pagnes. Quel terrible patrimoine que celui de l'enfance! On croit le haïr pour s'apercevoir qu'il n'en est pas de plus précieux. Devant ce spectacle, Samuel se revit, garçonnet aux jambes grêles dans la cour de la mission Saint Andrew, écoutant les leçons du pasteur. Son père !

Que se passa-t-il ? Après tout, il n'avait que quinze ans ! Il était loin des siens, loin de sa ville natale, engagé dans une aventure dont il n'avait pas prévu les péripéties, aux côtés d'un homme à moitié inconnu, qu'il affectionnait, certes, mais dont il ne comprenait pas les desseins, et qu'il n'avait suivi que par coup de tête. L'ombre se fit en lui, autour de lui. Il glissa par terre, murmurant au milieu de sanglots convulsifs :

« Père, pardonnez-moi, parce que j'ai péché... »

Puis la nuit fut complète. Quand il revint à lui, il était entouré d'un cercle de petits garçons aux crânes bosselés, teigneux par endroits, qui le fixaient, hésitant entre le rire et l'apitoiement. Un des deux missionnaires lui glissait entre les dents un peu de vin de messe, tandis que l'autre lui frottait les mains au hasard. Il balbutia :

« Ce n'est rien, ce n'est rien. »

Pourtant, comme il disait cela, la douleur dans sa poitrine devint fulgurante. Ses sanglots redoublèrent, et il s'entendit hoqueter :

« Maman, je veux maman... »

Après quoi, les missionnaires n'eurent aucun mal à lui arracher une confession complète. Il s'appelait Samuel da Cunha et était fils d'un pasteur de l'Eglise anglicane, en charge de la paroisse Saint Andrew à Lagos.

« Devons-nous écrire à Salisbury Square[3] ? »

Les deux prêtres regardaient Samuel, surveillant les enfants qui retournaient la terre du jardin de la mission. Pas de doute ! il fallait rendre cet adoles-

3. Siège de la Société anglicane des missions.

cent à sa famille. Mais comment? La mission était si pauvre qu'elle ne pouvait certainement pas payer les frais de son rapatriement à Lagos. Le révérend père Gilbert suggéra :

« Je pourrais le ramener jusqu'à la côte et demander son aide au gouverneur? »

Le révérend père Earl leva les yeux au ciel :

« Vous oubliez que les Britanniques se préparent à attaquer de nouveau les Ashantis? Et vous croyez que le gouverneur se souciera du sort de ce garçon? »

C'est alors qu'un des élèves s'approcha des deux hommes. C'était le petit Mathieu, perle de la mission, car il était l'un des fils de l'Omanhene Kwame Aidoo qui, pour se concilier les Anglais, leur avait abandonné une portion, infime à vrai dire, de sa progéniture. Comme il était de haute naissance, Gilbert et Earl espéraient qu'il servirait d'exemple et leur amènerait ses petits camarades, propageant ainsi le message de Dieu, hors des castes serviles qui l'accueillaient généralement. Mathieu, heureux et conscient de son importance, avait fort mal accepté l'intrusion de Samuel qui lui ravissait la vedette. N'était-ce pas Samuel qui servait désormais la messe, qui dirigeait la chorale, qui supervisait les travaux des champs, éblouissant chacun par la perfection de son anglais? Bien décidé à remonter sur le piédestal d'où il était tombé, Mathieu souffla :

« Ils ont encore tué des enfants! »

Les deux prêtres frémirent :

« Où cela, Mathieu? Parle vite! »

L'enfant prit une profonde aspiration avant de laisser tomber :

« Chez Kwesi Dua, un des braffo de mon père. Ils ont enterré les cadavres dans la cour derrière la case de Kwesi. »

D'un même mouvement, les missionnaires prirent la direction du poste de police. Le constable Andrew, auquel en revenait la charge, venait d'un détachement du 4e régiment des Antilles, en tout cent vingt hommes, qui avait eu pour mission de défendre les forts et agglomérations de la Gold Coast contre les éventuelles attaques des Ashantis. Quand ce détachement avait été renvoyé vers ses rives d'origine, Andrew, qui s'était signalé par sa compétence, avait été maintenu à la tête du corps de police indigène. C'était un mulâtre taciturne qui éprouvait le plus profond mépris pour les mœurs africaines. Pour lui, cette incessante querelle entre Fantis et Ashantis, peuples de même origine akan, semblait bien l'illustration de la barbarie de ceux qui l'entouraient, et il se demandait ce que les Anglais attendaient pour détrôner tous ces souverains, ridicules sous leurs parasols rouges, et affublés de bijoux hideux, représentant les animaux les plus effroyables. Il s'avança pour accueillir les missionnaires, remarquant avec chagrin combien ils devenaient chaque jour plus décharnés, leur peau cireuse se collant aux os de leurs visages et de leurs membres. Profondément croyant, son cœur s'enfla, et il admira l'œuvre de Dieu, pliant le genou :

« Bénissez-moi pères! »

Le révérend père Earl et le révérend père Gilbert n'y songèrent point, disant avec précipitation :

« Il y a eu un meurtre, constable Andrew!

– Un meurtre? »

Bien que la mission ait été créée bien des mois auparavant, bien avant le poste de police, la vue des Blancs dans les rues d'Ajumako suscitait toujours un vif intérêt. Quant aux policiers, les gens ne parvenaient pas à s'habituer à leur accoutrement! Quoi! c'étaient des Fantis qui enfermaient leurs doigts de pieds dans de lourdes chaussures cloutées, qui

301

se serraient la taille avec des pans d'étoffe et se couvraient le chef de petites marmites noires? Aussi, quand le constable Andrew, accompagné d'une demi-douzaine de ses hommes et flanqué des deux prêtres, quitta le poste de police, un joyeux cortège se mit à le suivre. C'était jour de marché. Les étals des femmes regorgeaient de noix de palme rouges et vernissées, d'ignames aussi hautes que des enfants de deux ans, de pâtes de manioc, onctueuses entre les replis brunâtres des feuilles de banane. Des tisserands faisaient marcher leurs navettes et les bandes rutilantes sortaient des métiers, tandis qu'un devin, reconnaissable aux tresses emmêlées de ses cheveux, offrait ses prédictions à qui voulait bien lui donner deux noix de cola. Andrew signifia à ses hommes de presser l'allure, car sa colère et son chagrin augmentaient à chaque instant. Le meurtre de ces enfants ne rappelait-il pas le massacre des Saints Innocents! Ah! peuple féroce! Il entra en force dans la concession de Kwame Aidoo, où avait lieu une audience, et se planta devant l'Omanhene sans prendre la peine de s'adresser à lui par l'intermédiaire de ses linguistes.

A la vérité, ce fut cela qui irrita Kwame Aidoo, autrement paisible et toujours disposé au dialogue. Que ce malotru, cette moitié de Blanc, se poste devant lui et lui souffle en plein visage son haleine dans laquelle flottaient des relents de bière. Il fit signe à ses braffo d'intervenir. Ceux-ci s'avancèrent. Les policiers furent-ils impressionnés par les carquois, les épées de cérémonie et les sabres qui leur battaient les flancs et redoutèrent-ils le pire? Toujours est-il qu'en un clin d'œil, les braffo se retrouvèrent menottes aux poignets, tandis que le constable Andrew fonçait vers le fond de la cour pour découvrir le corps du délit.

Les menottes, ces bracelets de fer, amenaient de pénibles images à l'esprit des Fantis. Elles rappelaient ces liens par lesquels les messagers de l'Omanhene attachaient les criminels à un arbre en attendant que le Conseil des anciens statue sur leur sort. Elles signifiaient l'infamie, et les voir se refermer autour des poignets de princes du sang exaspéra l'assistance. Il y eut un grondement de colère sur lequel les policiers ne se méprirent pas. Bousculant la belle ordonnance de la cérémonie, ils groupèrent tout le monde dans un angle de la concession et pointèrent fusils ou baïonnettes.

Ainsi que l'avait indiqué Mathieu, on trouva les petits cadavres encore chauds, atrocement mutilés, sous un des kapokiers.

Hollis n'assistait pas à l'audience qui se tenait dans la cour. Un accès de mauvaise fièvre avait raison de lui, et il se tournait et se retournait sur sa natte, si mal en point qu'il se croyait redevenu petit enfant quand sa mère lui apportait une infusion de zèb à fè pour le faire transpirer. Le grand tapage qui se menait au-dehors lui parvint, encore amplifié par ses malaises et sa souffrance, et il rampa jusqu'à l'arbre au moment précis où Andrew, ayant déterré les enfants, donnait l'ordre à ses gens de conduire tous les hommes au poste, même l'Omanhene. Hollis bondit, essayant de s'interposer entre Kwame Aidoo et les policiers, bégayant :

« Vous n'avez pas le droit! Vous n'avez pas le droit! »

Exaspéré, d'un coup de crosse, Andrew l'envoya à nouveau rouler dans la poussière. Samuel, qui avait suivi les deux prêtres et s'était mêlé à la foule des curieux qui marchait sur les pas des policiers, en eut le cœur retourné. Sa première impulsion fut de courir, de relever Hollis et de le ramener dans sa case. Puis, il eut honte d'affronter son regard. Ne l'avait-il pas abandonné, trahi comme Judas au jardin des Oliviers?

Samuel ne comprenait pas ce qui se passait en lui. Dix fois par jour, il décidait de quitter la mission et de revenir vers Hollis en implorant son pardon. Il connaissait assez sa bonté pour savoir qu'il ne lui en tiendrait pas rigueur. Mais, au moment de franchir la haie d'épineux qui enserrait l'église et l'école, il faisait demi-tour. Qu'est-ce qui le retenait? Il ne le savait pas lui-même. Son éducation? Les leçons de ses parents? Après tout, fils de pasteur il était, fils de pasteur il restait! Et ce n'était pas pour rien qu'un futur évêque l'avait tenu sur les fonts baptismaux. Quand il parvenait à s'analyser, il découvrait, enfouie en lui-même, une horreur pour l'Afrique que les beaux discours de Hollis n'avaient que superficiellement modifiée. Non, il n'y avait rien à attendre de ces peuples, de ces pays. Et Hollis était étrangement abusé de vouloir y bâtir son Eleftheria! D'ailleurs, il n'y parviendrait jamais! Ce Kwane Aidoo, qui lui refusait un lopin de terre, venait d'en attribuer à nouveau un hectare aux missionnaires afin qu'ils édifient un dispensaire et leur dépêchait ses esclaves pour en assurer la construction. En prévision de la visite du gouverneur anglais qui résidait à Cape Coast, on débroussaillait tout un pan de forêt pour y élever une case, plus spacieuse que celle de l'Omanhene lui-même. Aussi, au fur et à mesure que les jours s'écoulaient, le projet de Hollis paraissait plus fumeux, irréalisable, ridicule même, ce que sa jeunesse et son bon sens ne pouvaient supporter. Ainsi, il en revenait à ses rêves d'autrefois, à son départ pour la Jamaïque!

4

A TRAVERS tout le pays fanti, portée par les tam-
tams, la nouvelle se répandit qu'un Omanhene, ses
braffo, ses linguistes et ses messagers se trouvaient
détenus par des hommes sans aïeux à la solde des
Anglais. Les gens commencèrent à accourir d'Abora,
d'Ekumfi, de Nkusukum et même de Gomoa, de
l'autre côté de la rivière Nakwa, et, très vite, une
foule considérable s'amassa devant le poste de
police d'Ajumako.

Au début, ce rassemblement eut des allures de
fête. Malgré leur mécontentement de voir des princes enchaînés à des manguiers comme des malfai-
teurs, des gens qui ne s'étaient pas rencontrés
depuis longtemps se retrouvaient, échangeaient des
nouvelles de naissances ou de décès. Des femmes
faisaient circuler des calebasses d'épinards et d'es-
cargots, cuits à l'étouffée dans l'huile de palme, et
d'épaisses boules de foufou, tandis que les gourdes
de vin de palme se vidaient. Puis, vers le milieu du
jour, la colère se mit à monter. On avait appris que
deux policiers avaient été dépêchés à Cape Coast
pour prendre des ordres du gouverneur, et on se
demandait pourquoi ce Blanc avait droit d'intervenir dans les affaires du royaume. Chacun se remémorait l'affaire de Kwaku Aputae, un Fanti d'Assin

Atandanson, qui avait osé profaner la tombe d'un chef pour s'emparer de ses ornements d'or, et qui, pour échapper à la justice traditionnelle, avait pris refuge sur la côte près des Anglais. Cette fois, de quoi s'agissait-il? Depuis des temps immémoriaux, on mettait rituellement à mort les jumeaux qui étaient le signe manifeste de la colère des ancêtres et d'un désordre dans l'ordre de la nature. Et ces Fantis de la côte à la solde des Blancs prétendaient s'y opposer?

La chaleur et le vin de palme aidant, la fureur fut bientôt à son comble. C'est alors que Hollis fit son apparition au milieu de la foule. Pour les habitants d'Ajumako, Hollis était un personnage parfaitement ridicule et dont on ne comprenait même pas la nature. Il était blanc. Pourtant, ce n'était pas un Blanc. Il parlait fanti avec un accent qui faisait se tordre de rire les femmes et les enfants. On ne savait pas s'il était vêtu à l'africaine ou à l'européenne. Plus grave encore, le bruit courait qu'il avait refusé toutes les filles que lui offrait Kwame Aidoo, et qu'il dormait seul, nuit après nuit, dans sa case. Pourtant, même ceux qui se moquaient de lui, même ceux qui l'avaient surnommé « la couleur n'est pas un signe » et s'interrogeaient sur ce qu'il était venu chercher à Ajumako ne purent manquer de constater combien son allure était majestueuse comme il s'approchait du poste de police. Il s'arrêta à la palissade et, d'une voix forte, demanda à parler au constable Andrew. Les deux policiers en faction lui firent signe de s'éloigner. Avec douceur. Il insista. Ils répétèrent leur geste plus fermement. Alors, Hollis se tourna vers la foule et se mit à la haranguer.

Cette harangue eut d'abord un effet contraire à celui qu'il recherchait, car Hollis malmenait tellement les sonorités du fanti que cela donnait lieu à d'épouvantables contrepèteries ou à des sous-entendus licencieux. Certains commencèrent de pouffer, mais le constable Andrew sortit du poste de police et le silence se fit. Quel incroyable spectacle! Ces deux bâtards de Blancs, face à face! L'un défendant les Anglais! L'autre? Qui défendait-il? Tout Ajumako retint son souffle. Hollis enfla sa voix :

« Habitants d'Ajumako, est-ce que vous oubliez qui vous êtes? Est-ce que vous permettrez à des Caucasiens, créatures sorties tout droit de l'Enfer, d'interférer dans vos coutumes sacrées? »

Le mot « sacrées » mit le constable Andrew en rage. Sacrée, la mutilation de deux fœtus à peine expulsés du tiède abri d'un ventre maternel? Dans sa rage, il arma son fusil et tira. En l'air, afin d'effrayer Hollis et de disperser la foule. La déflagration ébranla les dalles bleutées du ciel et produisit un choc. Les gens avaient l'habitude des coups de fusil. Néanmoins, ils retentissaient lors des grandes cérémonies annuelles. Mêlés à la frénésie des tam-tams, des trompes, des cymbales, ils signifiaient la joie et l'allégresse. Or, en cet instant, chacun réalisait que ce coup isolé, lugubre comme le hurlement d'une bête, exprimait le défi et la menace. D'abord surpris, Hollis se tut. Puis, bien vite, il se remit à parler. Andrew tira une seconde fois. La foule bondit, enjamba la palissade et se rua jusqu'au poste où les policiers trompaient leur inquiétude en buvant de la cachaça. Ils n'eurent pas le temps de se servir de leurs armes.

Le tumulte de ces événements atteignit Samuel, alors qu'il aidait le père Earl à recopier les mots et expressions d'un dictionnaire fanti-anglais. Il courut de toute la vitesse de ses jambes, suivi des deux prêtres moins alertes. Le spectacle était horrible. Le périmètre de terre entourant le poste de police était jonché de têtes, de bras, de jambes, de lambeaux de chair et de restes d'organes dont on aurait pu difficilement reconnaître la nature et la fonction. Des tourbillons de mouches se gobergeaient déjà en attendant l'arrivée des charognards.

Samuel trouva Hollis le long de la palissade, là où l'avait frappé la balle d'Andrew, là où l'avait piétiné la foule dans sa fureur et sa révolte. Il respirait encore, et comme Samuel, aveuglé par les larmes, se penchait sur lui, il écarta les paupières, laissant filtrer son regard lumineux, vert comme la mer, vert comme l'espoir – absurde – qui l'avait habité. Eperdu, Samuel le serra contre lui. Ah! non, il ne fallait pas qu'il meure! Car, alors, comment dénombrer ses assassins? Ne serait-il pas aussi coupable que ceux qui l'avaient blessé, piétiné? Ne lui avait-il pas porté, le premier, un coup mortel en allant prendre refuge à la mission? Ah! il fallait qu'il vive pour aborder aux rives de son rêve, et combien, désormais, Samuel l'y aiderait! A ce moment, Hollis eut une crispation du visage, comme s'il s'efforçait de sourire ou de parler. Une écume écarlate mouilla ses lèvres. A genoux derrière Samuel, le père Earl récitait à mi-voix la prière des agonisants.

Le gouverneur Richard Pine, abrité de son casque colonial, les fesses posées sur un de ces inconfortables tabourets de bois que les indigènes affectionnaient, regardait l'aréopage autour de lui. L'Omanhene Kwame Aidoo avait convoqué tous les chefs d'Ajumako, et ils étaient présents, harnachés comme des chevaux de parade, rutilants d'or, avec leurs colliers, leurs bracelets aux poignets et aux chevilles, leurs tiares, leurs anneaux. Pas une flèche ne manquait aux carquois de leurs braffo, une queue d'éléphant aux mains de leurs messagers, une plume d'autruche aux larges éventails que leurs esclaves agitaient. Cependant, cette formidable assemblée ne l'effrayait pas. Au contraire. Il était fort satisfait du tour que prenaient les événements. Puisque l'agitateur, le coupable, avait trouvé une juste mort, et que les habitants d'Ajumako, dégrisés, se repentaient de leur folie et de leur crime, il pouvait se payer le luxe d'être généreux. De ne pas raser et brûler les villages en guise de représailles après avoir fait fusiller les chefs. Ne pas exiger d'énormes tributs en guise de réparation. Il s'était contenté de deux douzaines de moutons, de paniers d'ignames et de manioc, de trois défenses d'éléphants, d'une livre de poudre d'or, et, surtout, il avait fait signer à cet illettré d'Omanhene un traité reconnaissant la souveraineté de la reine Victoria sur ses terres et interdisant toute pratique contraire à la civilisation. Le gouverneur Mac Lean[1] n'aurait pas fait mieux. Le Foreign Office serait satisfait, et les esprits chagrins qui affirmaient à Londres qu'il était inutile de chercher à coloniser l'Afrique seraient bien marris.

Cela compenserait en partie l'humiliation que les troupes britanniques venaient de subir à Praso, où elles avaient dû reculer devant les Ashantis. Les Ashantis! Tant qu'ils n'auraient pas été soumis et que leur capitale, Kumasi, n'aurait pas été réduite en cendres, la pax britannica ne pourrait pas régner dans la région.

Malgré la protection du casque colonial, la sueur ruisselait sur la nuque du gouverneur Pine, et il avait la tête en bouillie. Maudit pays! Il tira son mouchoir de sa poche et s'essuya le front. Sourd aux sollicitations des missionnaires, il n'avait pas fait détruire les autels de Naaman, dressés à chaque

1. Prédécesseur de Pince, apprécié pour ses bons contacts avec Fantis et Ashantis.

carrefour et derrière chaque case, convaincu qu'il mourrait de sa belle mort, ce dieu qui n'avait pas doté ses suppliants de fusils, de canons, d'alcool et de chiffons rouges. Pas de souci à se faire : il suffisait d'être patient! Replaçant son mouchoir dans sa poche, Pine rencontra le regard de Samuel, et, tel un acide lancé par un voyou, sa haine le brûla. Depuis la mort de Hollis, la haine dévorait Samuel. Quelle sordide farce se jouait? Les Anglais feignaient de croire que Hollis était le seul coupable. Kwame Aidoo et Ajumako tout entier acceptaient cette version, trop heureux que ce soit cet étranger, et cet étranger seul, qui soit sacrifié sur l'autel des bonnes relations entre les habitants de la Gold Coast et les Britanniques. D'une même voix, les femmes avaient entonné :

Il est dissipé le mauvais nuage au-dessus du champ
Il est dissipé
Le manioc refleurit
Les lianes de la patate douce
Etreignent à nouveau la terre
Il est dissipé.

Et ce chant traditionnel, il l'avait chargé de sous-entendus. Que disaient les femmes, en réalité?

Il est mort cet étranger trouble-fête
Il est mort
Celui qui n'était pas né du ventre connu
D'une femme
Alors la paix et le calme
Reviendront...

La décision de Samuel était prise : il ne resterait pas un jour de plus à Ajumako. Il n'y avait été que trop retenu par son manque de courage. Les missionnaires avaient l'intention de le confier au gouverneur qui le ramènerait avec son escorte à Cape Coast et, là, le mettrait dans le premier navire en partance pour Lagos. Eh bien, malgré son désir de revoir sa mère, il refuserait ce plan. Oui, il avait un tout autre devoir à accomplir : venger Hollis, avant de faire voile vers la Jamaïque! Car il partirait, il secouerait la poussière de ses sandales sur cette terre sans espoir! Comme personne ne prêtait attention à ses faits et gestes, Samuel se glissa hors de la concession. Un détachement de soldats venus de Cape Coast demeurait au garde-à-vous, le doigt sur la couture du pantalon, le long de la clôture de tulipiers. Quelques hommes, cependant, avaient pris des libertés avec le règlement et étaient assis à même le sol, ocre et poussiéreux. Ils avaient posé près d'eux leurs fusils, leurs baïonnettes, et Samuel fut dévoré du désir de se saisir de ces engins de mort et de les retourner contre leurs possesseurs. Venger, venger Hollis! Samuel était d'autant plus désespéré, fiévreux qu'il se sentait plus coupable. Judas, lui aussi, il était un Judas. Il se dirigea vers le lopin de terre, au-delà des champs cultivés du village où Hollis avait été enseveli. Anonyme rectangle, entouré de cailloux sur lequel la main attentionnée du père Earl avait planté une croix. Bientôt, la brousse le recouvrirait de ses anneaux verdâtres, et nul ne se souviendrait qu'un Antillais, naïf et généreux, avait versé son sang. Pourquoi? Pour rien. Samuel s'essuya rageusement les yeux. Il n'était plus temps de pleurer. Il fallait agir.

Par Hollis, il avait appris qu'Africanus Horton entretenait des relations d'amitié avec des Anglais haut placés et collaborait à un journal publié à Londres, *The African Times*. Sa ligne de conduite était simple. Grâce à ces alliances, il ferait reconnaître le triste sort de Hollis afin d'exciter colère et compassion. Dans quels cœurs? Samuel ne le savait pas exactement. Il savait seulement que s'il acceptait cette fin sans réagir, alors, il ne saurait continuer à vivre. Il se porterait un tel mépris qu'il ne deviendrait jamais un homme. Ou alors un homme pareil à son père, amer comme un fruit maudit!

Le soleil allait atteindre le milieu du ciel. Samuel imagina l'interminable voyage de retour vers la côte. Pourtant, il n'avait pas peur. Il lui semblait que les dernières sensibilités de l'enfance avaient disparu de son être, et qu'il avait fait irruption dans l'univers de violence et de meurtre des adultes. Armé. Armé de la haine. Il arracha la croix que le père Earl avait plantée, et, à coups de talon, il combla la béance qu'elle avait laissée.

La vie devrait être donnée deux fois. La seconde pour approfondir les échanges et les rencontres de la première. Pour mieux cerner les êtres, recueillir au plus profond de la mémoire leurs propos et leurs pensées. Samuel s'aperçut très vite qu'il ne savait rien de Hollis, de sa naissance, de sa petite enfance, de ses errances à la poursuite de son idéal, de ses déboires. Même, il s'aperçut qu'il oubliait le son de sa voix, l'écho de son rire ou l'odeur de ses cheveux quand il défaisait son turban et griffonnait page après page, le soir quand tout était endormi. Il ne le retrouvait que dans ses rêves, au point qu'il en venait à se demander quelle part de sa vie était réelle, quelle part était imaginaire. Vivait-il quand il cheminait misérablement parmi une troupe de commerçants? Vivait-il quand, sous un mince pagne de coton, étendu à même la terre, son esprit se détachait pour aller à la rencontre de l'absent? Il était assis dans un champ parsemé de plantes qu'il n'avait jamais vues, mais dont il savait le nom comme si, enfant, la main d'une mère attentive l'avait conduit à se pencher sur chacune d'elles. Allamanda, poinsettia, lavande rouge, scorpion, liane, orchidée, hibiscus. Hollis parlait, et les mots de sa bouche lui donnaient foi :

« Courage, fils! Nous finirons par triompher, et, alors la terre nous appartiendra. »

Au terme d'un trajet qui lui sembla interminable, Samuel arriva en vue de la mer. La saison des pluies avait commencé, et des rigoles brunâtres dévalaient le long des rues de Cape Coast. Des douzaines de grenouilles semblaient avoir pris refuge dans cette eau trouble et emplissaient l'air de leurs cris. Où passer la nuit en attendant de reprendre la route qui le conduirait à Anomaboe, où il espérait bien obliger Africanus Horton à quelque action?

Trois pâtés de maisons plus bas, il apercevait la masse d'une mission trônant au milieu de son jardin. Résolument, il lui tourna le dos, s'enfonçant au contraire dans le secteur indigène de la ville, amas de cases tellement serrées les unes contre les autres qu'on ne distinguait qu'avec peine une façade d'une autre.

« Hé! est-ce que ce n'est pas toi qui étais à Anomaboe avec... ce mulâtre? »

Samuel virevolta. Il la reconnaissait, cette voix, comme il la reconnaissait cette effrontée avec ses fossettes, son teint d'un noir de jais et ses tétons naissants. Est-ce que ce n'était pas à cause d'elle et de ses propositions déshonnêtes qu'il avait reçu un déluge de coups sur la tête? Il se mit à marcher à grands pas pour la fuir, mais elle le suivait, questionnant de sa voix fluette :

« Tu es tout seul? Où est le mulâtre? Est-ce que

tu habites à Cape Coast maintenant? Et chez qui? »

Ils arrivèrent au bout de la ville. Devant eux, la forêt recommençait, avide de reprendre possession des espaces. Où continuer? Comme si elle comprenait le désarroi de Samuel, la fillette reprit :

« Ecoute, cesse de bouder. Ce n'est pas de ma faute s'ils t'ont battu. Viens, accompagne-moi. Je suis chez la sœur de ma mère. Il y a du kenkey et de la bonne sauce à l'huile de palme. »

Samuel fut lâche. Il ralentit son pas :

« Comment t'appelles-tu?

– Victoria... »

Il bondit :

« Victoria? Tu es donc chrétienne, petite malheureuse? »

Elle posa sur lui un regard innocent et, cependant, tout chargé de rouerie, répondant :

« Je ne sais pas! »

Depuis près de deux semaines, Samuel ne s'était pas lavé et s'était tant bien que mal bourré le ventre avec des aliments de fortune. Matin après matin, il enfilait son pantalon tout raidi de crasse et sa chemise en lambeaux, qui lui laissait le dos à l'air, car sa veste avait depuis longtemps rendu l'âme. Retrouver la brûlure de l'eau bien chaude dans des calebasses, s'envelopper d'un pagne fleurant bon le savon de coco, avaler des mets savoureux! Quels délices oubliées! Victoria, accroupie sur ses talons, le regardait faire d'un air protecteur. Autour d'eux, c'était le bourdonnement et le va-et-vient d'une grande concession. Comme tout le monde à Cape Coast, le mari de la tante de Victoria faisait le commerce d'huile de palme, commerce qui, pour l'instant, rapportait des fortunes, car des puissances européennes étaient en guerre.

Quand Victoria estima Samuel repu et, par conséquent, en état de parler, elle le questionna :

« Comme cela, tu es tout seul? Qu'est-il arrivé au mulâtre? »

Samuel comprit qu'il n'arriverait à rien sans son aide. Et quelle meilleure alliée que cette enfant du pays qui en connaissait les langues et les mœurs? Il expliqua tout ce qui s'était passé depuis qu'il avait quitté Anomaboe ainsi que ses projets d'avenir. Elle l'écouta sans l'interrompre, apparemment indifférente au sort de Hollis, puis s'exclama :

« Le docteur Africanus Horton? Est-ce que tu ne sais pas qu'il n'est plus à Anomaboe? »

Samuel bégaya :

« Plus à Anomaboe? Et où est-il donc? »

Victoria eut un geste d'ignorance :

« Il paraît qu'il n'était pas heureux dans ce fort. Les officiers anglais l'appelaient « sale nègre » et refusaient d'être soignés par lui. Peux-tu imaginer pareille chose? »

Samuel n'était pas en état de s'apitoyer sur le racisme dont Africanus Horton avait été victime. Autour de lui, tout s'effondrait. Ce qui l'avait tenu debout, ce qui lui avait permis de supporter sans trop de remords la mort de Hollis, c'était la conviction d'en tirer vengeance. Il le savait, Africanus ne manquerait pas d'alerter l'opinion sur l'assassinat de son ami, car c'était bel et bien d'un assassinat qu'il s'agissait, et tous les esprits épris de justice en seraient révoltés. Les lettres afflueraient à l'*African Times*, dénonçant et la barbarie africaine et la barbarie anglaise, qui s'étaient conjuguées pour mettre à mort un idéaliste.

Si Africanus n'était plus à Anomaboe, que faire? Vers qui se tourner? Samuel, qui croyait n'avoir plus de larmes, éclata à nouveau en sanglots. Au bout d'un moment, Victoria se rapprocha de lui et posa les lèvres sur ses joues. Des lèvres tièdes, tendres, doucement poisseuses comme celles d'un enfant qui a sucé un fruit, et animées d'une science surprenante, comme elles descendaient le long de son cou, remontaient à ses lèvres, redescendaient plus bas, toujours plus bas. A un moment, terrifié, il se redressa sur son séant, protestant :

« Mais qu'est-ce que tu as en tête? »

Elle le regarda, et sa mine à la fois contrite et effrontée avait tant de charme que, vaincu, il se rejeta en arrière, n'opposant plus de résistance. Bientôt, il prit une part active à ce jeu inconnu. Quand ce fut terminé, il resta haletant, ne songeant qu'à son père. Voilà pourquoi Eucaristus reluquait les femmes de telle façon. Voilà pourquoi tant d'histoires circulaient sur son compte. Voilà à quoi il occupait tous ses instants entre deux sonores lectures de la Bible. Mais il n'allait pas lui ressembler. Il allait domestiquer, enchaîner cet instinct diabolique en lui. Il balbutia :

« Victoria, il faut que je t'épouse! »

Elle rit dans l'ombre :

« Si tu veux! »

5

La Jamaïque que Samuel et Victoria atteignirent en septembre de l'année 1865 souffrait de mille maux. L'abolition de l'esclavage et l'émancipation des Noirs avaient fait de l'île tout entière un champ de ruines. Ruines des habitations des maîtres. Ruines des cases à nègres. Ruines des sucreries. Ruines des purgeries sur lesquelles flottait encore une vague odeur de sirop. Peu à peu, les griffes à chat, les liserons bleus et les épineux de toute sorte avaient repris possession d'espaces que ne leur disputait plus guère la canne à sucre. L'économie de l'île allait à vau-l'eau. Debout sur le pont du *Fantasma*, un brigantin à bord duquel ils étaient montés à Accra, les deux époux regardaient la côte basse, hérissée de la familière silhouette des cocotiers. Saisi d'un profond sentiment d'angoisse, Samuel fixait ces arbres comme des visages connus dans une foule hostile. Et, pourtant, qu'il l'avait attendu, ce moment! Il avait travaillé durement dans l'affaire de l'oncle de Victoria, amassant shilling après shilling. Il avait tenu bon, lutté contre Victoria et sa famille qu'un tel déplacement effrayait, et, lentement, il avait emporté leur adhésion. Puisque personne ne voulait plus travailler la canne dans les îles des Antilles, des contrats étaient consentis aux

Africains qui acceptaient de s'y rendre, leur fournissant une maison, un terrain dont ils pourraient commencer la mise en exploitation. Une enquête du Colonial Office recommandait vivement cette solution au problème que posait le déclin de l'économie sucrière. Samuel avait donc signé un document qui lui attribuait un domaine et une habitation dans la paroisse de Saint Thomas. Bien entendu, Samuel ne venait pas à la Jamaïque pour cultiver la terre, ce qu'il aurait pu faire en restant en Gold Coast. Il venait réaliser son rêve. Retrouver, avec la fierté, la patrie de ses ancêtres marrons. Aussi son œil caressait-il les cimes dentelées des montagnes, où, lui avait-on dit, ils s'étaient réfugiés. Avec un soupir, il se saisit de ses valises et se détourna juste à temps pour voir Victoria, toutes fossettes dehors, échanger sourire et regard de connivence avec un Anglais du nom de James Ogilvy. Il se contint et prit la direction de la passerelle. Elle le suivit, trottinant dans un froufrou de jupes et de jupons.

Des flottilles de canots se détachaient du rivage, chargés d'hommes en haillons venant offrir aux voyageurs des perroquets aux couleurs éclatantes. Un grand nègre, presque nu, les parties génitales à moitié à l'air, élevait au-dessus de sa tête trois oiseaux aux cols rouges, qui semblaient des fleurs somptueuses et barbares. Le cœur de Samuel se serra. Ce n'était pas ces images qu'il attendait d'une terre de liberté. Dans un grand désordre, les passagers du *Fantasma* prirent place dans des embarcations qui, à force des rames, se dirigèrent vers le rivage.

Un siècle auparavant, la principale ville de l'île, Port-Royal, passait pour le lieu le plus corrompu de la terre. King Street, Queen Street, High Street étaient bordées de maisons à balcons où les maîtres menaient grand train, servis par des dizaines d'esclaves. Comme c'était un parfait point de départ des expéditions en direction des possessions espagnoles d'Amérique, les boucaniers en avaient fait leur repaire, l'émaillant aussi de bordels et de tavernes. Une de leurs distractions favorites consistait à placer un tonneau au milieu de la rue et à l'éventrer à coups de pistolet, de façon que le contenu inonde les pavés. Un jour, lassé de tant d'excès, Dieu s'était fâché et avait fait trembler la terre. Depuis, la ville de Kingston tentait bravement de se faire un nom.

Sur le quai, un Anglais, livide et tout de noir vêtu, attendait les nouveaux colons. Outre Samuel, deux Africains, qui venaient de Freetown, une demi-douzaine de juifs émigrés du Brésil, qui venaient grossir une communauté déjà florissante et une poignée d'Anglais dont James Ogilvy, qui se disait cadet de grande famille. Une petite foule de Noirs, hommes, femmes, enfants haillonneux et les pieds nus, se tenaient à distance respectueuse, mais ne se privaient pas de couvrir les arrivants de quolibets. Ils parlaient une langue étrange dans laquelle les sonorités du dialecte se mêlaient à celles de l'anglais. Le personnage vêtu de noir s'inclina civilement :

« Bienvenue en terre de Jamaïque! Savez-vous ce que s'est exclamé Sir Anthony Shirley, le premier sujet de Notre Grande Majesté à y mettre le pied en 1597? « Cette île est une merveille, le jardin des « Indes. »

Une merveille? Le jardin des Indes? L'œil de Samuel parcourait une végétation pelée, roussâtre, des arbres squelettiques...

« Je vous apporte le salut du gouverneur Edward John Eyre qui, en ce moment même, tient assemblée à San Jago de la Vega pour tenter de résoudre le problème de la sécheresse qui, depuis trois ans, accable notre belle terre... Moi-même, je suis Mr. Whistler. »

La sécheresse! C'était donc cela! Mr. Whistler eut un geste de la main et, aussitôt, les hommes, femmes et enfants qui se tenaient à l'arrière-plan se jetèrent sur les bagages, se battant pour s'en saisir, s'injuriant, s'apostrophant. Mr. Whistler mit bon ordre à tout cela en se servant d'une longue lanière de cuir qui pendait à son côté et en fouettant de droite et de gauche. Le sang de Samuel se mit à bouillir. Il saisit la main décharnée de l'homme :

« Pas de cela, sir! L'esclavage est aboli depuis... »

L'autre l'interrompit avec un rire et lança sans colère :

« Vous découvrirez bientôt, monsieur, que ces drôles-là n'entendent que le langage de la trique... »

Puis, la petite troupe prit la direction du centre de la ville. Se tordant les chevilles dans ses bottines trop serrées, Victoria rattrapa Samuel, qu'une colère mal éteinte faisait avancer à grands pas, et souffla :

« Quel besoin avais-tu de te faire remarquer? Il faut toujours que tu te fasses remarquer! »

De quand datait la mésentente entre Samuel et Victoria? Probablement du premier jour où ils avaient fait l'amour ensemble. Pour lui, c'était un acte lourd de conséquences, qui engageait tout son avenir, un péché dont il fallait s'absoudre aussitôt. Pour elle, c'était un petit jeu qui lui permettait d'obtenir sans effort ce qu'elle souhaitait. Si Samuel avait osé, il l'aurait laissé à Cape Coast, avec sa famille. Hélas! il avait pris goût à son corps comme d'autres à l'opium ou à l'alcool. Il ne répondit pas, pressant le pas pour lui échapper, mais elle s'efforçait de suivre son allure, chuchotant :

« Foutu pays que celui où tu nous as emmenés! Tu as vu la tête que font ces dégénérés de Noirs? Où les avais-tu prises, tes histoires sur la Jamaïque? »

Heureusement, on atteignait le centre ville. Là, les maisons avaient plaisante apparence, avec leurs larges vérandas closes, leur toits faits de bardeaux, mais la foule qui emplissait les rues poussiéreuses et chargées de détritus portait tous les stigmates de la misère et de la faim. Mr. Whistler les conduisit jusqu'à la place d'Armes, quadrilatère ceinturé d'arcades sur trois côtés, tandis qu'une église en occupait le quatrième. Il ne semblait pas garder rancune à Samuel de son accès d'humeur, car il lui sourit en s'effaçant pour le laisser franchir les escaliers menant à son bureau. Dans une salle d'attente, assez bien décorée, et où trônait l'immuable portrait de la reine Victoria dont Samuel avait contemplé les traits boudeurs de l'Afrique aux Amériques, un petit groupe de juifs, reconnaissables à leurs vêtements et à leurs coiffures, attendaient leurs coreligionnaires. Ce fut un brouhaha d'exclamations, de salutations et de paroles de bienvenue qui rendirent plus sensible à Samuel son isolement et son éloignement des siens. Il se tourna vers Mr. Whistler :

« Quand pourrais-je me rendre à Saint Thomas? »

L'autre eut un geste de surprise :

« Mais ne voulez-vous pas prendre un peu de repos et partir demain matin? Le soleil est chaud, vous savez! »

Samuel railla :

« Ce n'est pas à un Africain que vous apprendrez le soleil! »

Mr. Whistler haussa les épaules :

« Dans ce cas, je vais vous préparer une escorte. »

Les deux Africains qui venaient de Freetown s'étaient liés d'amitié avec Samuel au cours de la traversée. Malheureusement, leurs contrats leur assignaient des propriétés l'un à Black River, l'autre à Montego Bay, c'est-à-dire à l'autre extrémité de l'île. Ils le suivirent jusqu'à la cour intérieure, plantée de kapokiers, où une poignée de Noirs somnolaient à côté de mules étiques aux flancs couverts de mouches. Mr. Whistler réveilla tout ce monde à coups de trique, mais, cette fois, Samuel n'intervint pas. Puis, il avisa un jeune homme bien taillé et à mine avenante :

« Tiens, Toizoteye, tu vas accompagner ce monsieur et sa femme jusqu'à Derby Hill, près de Stony Gut, dans la paroisse de Saint Thomas. »

L'autre écarquilla les yeux :

« A Derby Hill?

– C'est cela même. »

Dans un éclat de rire que rien, apparemment du moins, ne justifiait, Toizoteye se mit à seller des mules.

« Depuis trois ans, la faim est haute. Le ciel ne verse pas une larme. Les cannes sèchent sur pied, les champs sont noirs et rêches comme le dos des iguanes. Tiens, voilà la maison du révérend George William Gordon. Il l'a achetée pour sa femme... » Samuel jeta un coup d'œil à la façade magnifique, avec son alternance de fenêtres et de colonnes, plantées à intervalles réguliers de part et d'autre d'un porche, et interrogea :

« Qui est le révérend George William Gordon? »

Le jeune homme, qui trottait tout en maintenant

les bagages en équilibre sur le dos d'une des mules, pivota sur lui-même et écarquilla à nouveau les yeux :

« Quoi, sir, vous ne savez pas qui est le révérend Gordon ? »

Samuel répliqua avec irritation :

« Ne m'appelle pas sir; je ne suis pas un Anglais. Et puis, il y a à peine quelques heures que je suis dans ce pays, et tu voudrais que je connaisse le nom de tout un chacun ? »

Toizoteye secoua la tête :

« Le révérend Gordon n'est pas tout un chacun, sir. Il est membre de l'Assemblée. C'est un mulâtre. Mais quelqu'un qui aime les pauvres nègres plus que lui, il n'y en a pas dans tout le pays! »

Là-dessus, Toizoteye sembla réfléchir, puis corrigea :

« A part, peut-être, Deacon Paul Bogle. »

Samuel s'irrita davantage :

« Cesse de m'entortiller les oreilles avec ce chapelet de noms!

— Oui, sir!

— Ne m'appelle pas sir, je te répète! »

En réalité, l'exaspération de Samuel n'était pas causée par le malheureux Toizoteye, mais par l'attitude de Victoria. Assise de guinguois sur sa mule, elle ne cessait de soupirer que pour proférer des jurons. Il savait bien ce qui la travaillait : être séparée si brutalement de son James Ogilvy! Malgré les coups d'œil sévères qu'il lui avait lancés, elle avait échangé des adieux fort tendres avec ce gentleman. Que s'était-il passé entre eux, à l'abri des flancs du *Fantasma?* Samuel n'osait y songer. Heureusement, Ogilvy s'en allait près de Mandeville dans la paroisse de Manchester. De bonnes lieues s'étendraient entre eux et ils ne se verraient plus.

« Ah! nous avons grand goût, sir, monsieur... »

Samuel répéta avec surprise :

« Grand goût? Qu'est-ce que tu veux dire? »

Oui, la parole de Toizoteye était ainsi émaillée d'expressions qui la rendaient difficilement compréhensible, tout en lui insufflant une poésie à laquelle Samuel était sensible. Toizoteye sembla surpris à son tour :

« Vous ne savez pas ce que cela veut dire, monsieur? Cela signifie que nous avons faim, grand-faim. Nos enfants ont le ventre distendu, comme celui des chèvres qui ont mangé la feuille de siguine... Ah! monsieur, ceux qui disent que les nègres sont libres ne savent pas la vérité! »

Samuel l'enjoignit rudement :

« Explique-toi...

– La terre, monsieur, nous n'avons pas la terre! Elle appartient toujours aux maîtres, même s'ils ont détalé comme des rats qui sentent la fumée. Est-ce que vous ne savez pas que ceux de Saint Thomas ont adressé une pétition à la reine Victoria? »

Samuel l'interrompit avec dérision :

« Et qu'est-ce qu'elle a répondu, la reine? »

Le visage de Toizoteye se ferma :

« Vous savez lire, sir, je veux dire monsieur! La réponse est affichée à la porte de toutes les églises. »

A présent, on avait quitté l'agglomération de Kingston, et on circulait sur une route surplombant la mer. Quelle belle terre malgré la sécheresse qui taraudait ses flancs! Des fleurs jaunes parsemaient de longues étendues rousses où pointait la silhouette majestueuse des cocotiers, des arbres à pain, des jacquiers. Une vapeur blanche et bleue comme une écharpe de femme entourait le sommet des montagnes d'un vert intense. Samuel pointa du doigt :

« Est-ce que ce sont les Blue Mountains? »

Toizoteye inclina la tête, faisant observer avec étonnement :

« Vous avez entendu parler des Blue Mountains, monsieur?

— Appelle-moi Samuel. Après tout, nous avons à peu près le même âge! Même, tu dois avoir quelques années de plus que moi... »

A ce moment, on entendit un grand bruit : c'était Victoria qui tombait de sa mule. Devançant Samuel, Toizoteye se précipita pour la relever. Etait-elle tombée volontairement? En tout cas, les épineux et les pierres coupantes du chemin ne l'avaient pas ménagée. Sa robe de shantung était toute déchirée et sa joue, zébrée d'égratignures. Même y perlaient quelques gouttes de sang. Toizotyee se mit en demeure de réparer ce dommage, arrachant des feuilles aux buissons et improvisant des emplâtres. En même temps, il marmonnait :

« C'est drôle, des nègres comme vous, tout pareils aux buckra... »

Cette fois encore, Samuel dut questionner :

« Qu'est-ce que c'est que les buckra?

— Les Blancs, sir, je veux dire, Samuel. Les Blancs. Vous arrivez avec eux, dans leurs bateaux. Vous parlez comme eux. Vous vous habillez comme eux. Bientôt, comme eux sans doute, vous commanderez aux pauvres nègres de la Jamaïque? »

Le ton était indéfinissable, mélange d'insolence et de prétendue naïveté. Samuel en ressentit du malaise. Il s'accroupit à côté de Toizoteye, qui, utilisant l'eau d'une petite outre, nettoyait tant bien que mal les griffures de Victoria, et déclara gravement :

« Ecoute-moi bien, je ne suis pas venu ici pour commander qui que ce soit. Tu me comprends, Toizoteye? Toizoteye! Qui t'a donné ce nom ridicule? »

Là-dessus, Victoria s'exclama :

« Est-ce qu'il faudra que je meure pour que tu t'occupes de moi? Je saigne, ma cheville est foulée, j'en suis sûre, et tu es là à palabrer avec cet imbécile! Cet esclave! »

Toizoteye lui répondit doucement, sans cesser pour autant de panser ses plaies :

« Pas un esclave, milady! Peut-être un imbécile... Mais, quand je suis né, l'esclavage était déjà aboli. Enfin, sur le papier... »

A nouveau, le ton était indéfinissable. On aurait dit que Toizoteye jouait un jeu, affectait un personnage derrière lequel il s'abritait pour mieux railler les autres. La solennité avec laquelle il avait prononcé « milady » était parodique. Victoria, qui ne semblait cependant pas s'en apercevoir, se radoucit et ordonna :

« Regarde s'il n'y a rien de cassé... »

Toizoteye défit les lacets de la bottine :

« On va voir ça. »

Brusquement, deux hommes surgirent du détour de la route. Juchés sur des haridelles qui semblaient prêtes à rendre l'âme, ils portaient des robes blanches, longues comme des boubous de musulmans, ornées de dentelles comme des surplis de prêtres, tandis que leurs fronts étaient ceints de turbans blancs, eux aussi. Ils passèrent lentement sans un regard, plongés dans une méditation intérieure, se balançant de droite et de gauche. Samuel s'exclama :

« Mais qui sont ces gens? »

Toizoteye se redressa :

« Oh! ce sont ceux du Kumina... Mais, puisque votre dame s'est fait mal, je conseille de s'arrêter à Seven Mile où j'ai des amis. »

Renonçant à l'interroger davantage, Samuel remonta sur sa mule. Toizoteye aida Victoria à en faire autant et, pour éviter de nouveaux accidents, s'assit en amazone devant elle, tout en guidant l'autre animal de la voix et du geste. On reprit la route.

Le soleil! Qu'avait dit Mr. Whistler du soleil? Ah! non, ce n'était pas celui d'Afrique. Plus souverain, moqueur, cruel encore! Il caracolait au faîte des montagnes, emplissant les champs de sa présence, faisant la guerre aux moindres ombrages. Tapis derrière les brins d'herbe sulfureux, des milliers de créatures invisibles célébraient sa gloire, espérant qu'elle ne passe jamais. On arriva enfin en vue d'un village. Des rangées de cases, faites de clayonnages blanchis à la chaux, s'alignaient, curieusement surélevées par de grosses pierres et veillées mélancoliquement par un moulin aux ailes déployées, à moitié rongé de mousse.

« Ils me font peur. Ils nous tueront pour prendre notre argent! »

Samuel serra Victoria contre lui et la couvrit de baisers, car la nuit, éveillant son désir, lui donnait l'illusion de la tendresse et de l'intimité. Il gronda :

« Ne dis pas de bêtises. Ils sont très pauvres, c'est tout. »

Elle nicha la tête contre sa poitrine :

« Sam, combien de temps va-t-on rester ici? Je voudrais déjà retourner chez nous... »

Il la serra plus fort :

« Je te l'ai dit. Ici, c'est chez nous aussi. Ma mère est une Trelawny. Dès que nous serons installés, nous partirons à la recherche de sa famille là-haut, dans les montagnes. »

Victoria soupira :

« Comme tu vas être déçu, je le sens! »

A cause de sa fragilité, Samuel en étreignant

Victoria avait l'impression de posséder un enfant. Il lui semblait alors qu'il pouvait la remodeler, corps et esprit, extirper d'elle les tares qu'elle avait acquises. Il se disait qu'elle n'était pas coupable d'être ce qu'elle était, vénale, coquette, peu charitable. Elle était le produit d'un temps. D'un temps où les femmes donnaient leur corps aux hommes blancs descendus des navires, et où les hommes s'en faisaient les serviteurs. Pour quoi, Seigneur? Pour des perles de Venise, des bouts de coton rouge, un orgue portatif à celui-ci, un carrosse à celui-là! Tout de même, quelle misère! Il était convaincu qu'à force d'amour, il parviendrait à imprimer à la glaise encore malléable de son être d'autres contours, et, depuis deux ans qu'ils étaient mariés, il ne se décourageait pas.

Le souper – mais pouvait-on appeler ainsi la funèbre collation qui les avait réunis? – avait été une épreuve. Dans la pièce qu'éclairait une lampe fumeuse, des tabourets, sculptés dans des troncs d'arbre, entouraient en boitant une natte effrangée. Sans se laver les mains, la famille – l'homme âgé d'une trentaine d'années, mais tellement émacié qu'il en paraissait le double, la femme affligée d'un érésipèle, les enfants, de petits morveux, tout teigneux – s'était jetée sur le riz et les miettes de jerk pork qu'un coui[1] contenait. Il avait fallu l'autorité de Toizoteye pour qu'ils songent à leurs hôtes. Après s'être rempli le ventre avec de l'eau pour en faire taire les gargouillis, Samuel s'était décidé à engager la conversation :

« Les choses n'ont pas l'air d'aller très fort, par ici? »

Cela avait été un concert de rires, puis l'homme avait répondu :

---

1. Calebasse évidée et coupée en deux.

« Comment est-ce que "les choses pourraient aller", comme vous dites, quand les buckra donnent six pence pour une journée de sueur du nègre? »

Samuel s'était étonné :

« Est-ce que maintenant les... »

Il hésitait à dire « Nègres » :

« ... Noirs n'ont pas leurs propres terres? »

L'homme avait haussé les épaules :

« Terres de roches ou de marécages! Terres d'iguanes ou de cactus! Voilà tout ce que les nègres ont en partage! »

Samuel avait insisté :

« Enfin, avec l'abolition de l'esclavage et le départ des planteurs... »

L'homme l'avait interrompu sauvagement :

« C'est la Jamaïque ici, sir! L'esclavage n'a pas été aboli... »

Samuel avait fixé Toizoteye avec désarroi, comme pour lui demander son aide, et, alors, celui-ci s'était décidé à expliquer :

« Ce qu'il veut dire, Abram, c'est qu'ici rien n'a changé! Les buckra qui sont restés ont pris toutes les bonnes terres et les ont ajoutées à leurs domaines. Les nègres ont les autres qui ne feraient pas pousser un os! »

Abram avait repris :

« Quoi sert de mentir? Parfois, les nègres attrapent un carreau de terre bien grasse. Ils le plantent d'ignames, de patates douces, de canne. Mais comment se remplir le ventre en attendant la récolte? On fait crédit à la boutique. On mange sa récolte avant son temps. On ne peut pas rembourser. Alors, le magistrat prend la terre...

– ... et la donne au buckra! »

Pour la première fois, la femme avait parlé, fixant Victoria de ses yeux malveillants :

« C'est quoi, le tissu de votre robe? »

Victoria avait balbutié :

« Du shantung! »

La femme s'était approchée, et son haleine fétide filtrait entre ses dents :

« Du shantung, hein? C'est ça qu'elles portent, les madames buckra, quand elles viennent à l'église. Vous êtes donc bien riches, tout nègres et africains que vous êtes? »

Cela avait été à nouveau un concert de rires, comme s'il s'agissait de la plaisanterie la plus subtile. Quand le silence s'était rétabli, Samuel avait essayé d'expliquer dans quelles conditions il était venu à la Jamaïque. Hélas! personne ne l'écoutait. Abram avait improvisé une chanson, et deux de ses fils en rythmaient les paroles, frappant sur les tabourets de la pièce :

> *Ah! ça c'est drôle!*
> *Tous les buckra ne sont pas blancs*
> *Ah! ça c'est drôle!*
> *Y en a qui sont nègres,*
> *Nègres et Africains.*

6

L'ÉTENDUE de la terre était un amas de pierrailles, un paradis pour un amateur de géologie qui aurait trouvé représentées toutes les variétés de roches. Il y avait là des silex à arête tranchante, des bombes volcaniques, des blocs calcaires, des andésites à labrador claires et prismées, que paraient d'une grâce austère de grands cactus à fleurs écarlates, des taillis d'acacias et de mimosas à fleurs jaunes. Quelques chèvres à robe roussâtre caracolaient librement et, mécontentes de cette intrusion dans leur domaine, s'arrêtèrent pour toiser avec arrogance les arrivants. Une case, bancale sous son toit de paille, veillait sur cette désolation.

Samuel se tourna vers Toizoteye, d'un air interrogateur, et celui-ci acquiesça d'un mouvement de tête :

« C'est Derby Hill... Samuel. »

Samuel se tourna à nouveau vers l'étendue de terre nue, dont le soleil soulignait l'aridité, et bégaya comme pour lui-même :

« Mais, mais... qu'est-ce que je vais faire? »

Derrière son dos, Toizoteye laissa tomber froidement :

« Comme les autres, tu vas crever de faim! »

Victoria fondit en larmes. Pendant un moment, la

nuit se fit dans l'esprit de Samuel. Comme s'il relevait d'une terrible maladie et ne savait plus ni ce qu'il était ni où il était. Puis ses pensées s'organisèrent à nouveau. Les sentiments lui revinrent, et il commença de brûler de colère, de rage. Quoi? C'était pour en arriver là qu'il s'était échiné deux longues années dans l'affaire malpropre et déshonnête de l'oncle de Victoria? Il revécut ses courses, les heures passées à collecter, peser, conditionner l'huile de palme, les chicanes avec les femmes fanti. Il revécut l'interminable traversée, le mal de mer, la tempête qui avait fait craquer toutes les jointures du navire. La couronne britannique l'avait floué, volé aussi proprement qu'un malfaiteur et avec une totale impunité. Totale impunité? Il déclara, rageusement :

« Je porterai l'affaire devant les magistrats... »

Toizoteye éclata de rire :

« Tu sais qui s'assied sur les bancs des magistrats? Des buckra, et tu t'imagines qu'ils vont t'écouter? Cela fait des mois que les gens de Stony Gut ont entamé un procès pour récupérer Hordley, Amity Hall et Middleton, trois domaines qu'ils avaient commencé d'exploiter et qui ont été vendus sous leur nez. »

Samuel s'efforçait d'établir un plan. Il avait cent livres sterling en poche. Il serait possible de négocier un prêt avec l'oncle de Victoria. Néanmoins, l'argent mettrait des mois à lui parvenir. Et puis, à quoi bon? Que pouvait-on tirer de cet amas de cailloux? Ah! oui, Abram l'avait dit, c'était bien une terre d'iguanes et de cactus! Dans le silence, on entendit les sanglots de Victoria, et, pris d'un immense sentiment de culpabilité, Samuel alla la prendre dans ses bras. D'abord, elle se débattit comme un chat sauvage, puis elle se laissa faire, répétant entre deux hoquets :

« Je te l'avais bien dit, bien dit! »

Qu'il était coupable de l'avoir arrachée à sa famille, à son peuple, à son existence sans incidents, sans aventures ni déceptions pour la confronter à ce désert! Qu'allait-il en faire, de sa petite caille, têtue et frivole? Il se mit à l'embrasser, mais Toizoteye donna de la voix :

« Bon, ce n'est pas le moment de vous embrasser, vous deux! Je vais vous conduire à Stony Gut, chez un homme qui peut vous aider. »

Avec l'ascension du soleil, la chaleur augmentait, et Samuel croyait marcher à proximité d'un incendie. Des lézards à gorge orangée se projetaient en avant par petits bonds tortueux, et de grands iguanes, impassibles comme des caïmans en réduction, somnolaient sur les roches. La fureur reprit possession de l'esprit de Samuel. Il revit sa vie. Son enfance mesquine de fils de pasteur. Sa fugue. La mort de Hollis, seul être qu'il ait admiré. Son départ pour la Jamaïque. Et pour trouver quoi, au bout du compte? Qu'était-il venu chercher dans cette Babylone? Les cailloux recommencèrent de rouler sous les sabots des mules.

Le village de Stony Gut, distant de deux ou trois miles, dispersait ses cases sur les pentes escarpées d'une ravine au fond de laquelle serpentait un ruisseau. Il n'était pas plus prospère que tant d'autres, traversés depuis Kingston. Néanmoins, il était plus coquet, plus propre, comme si ses habitants ne se résignaient pas à l'adversité. Il était aussi fort animé.

Dans un terrain, des hommes s'entraînaient, les uns à la course, les autres au saut en hauteur ou à la boxe, entourés de cercles d'enfants braillards. D'un temple s'échappaient les accents d'une chorale :

Moïse a donné à Josué le droit
De mener les Enfants d'Israël
A la Terre promise
Qui, qui
Nous conduira, nous enfants de
La Jamaïque?

Çà et là, des femmes s'affairaient à couper de longues tiges de roseaux. Toizoteye avisa un jeune homme :

« Où est Deacon Bogle? »

Le jeune homme désigna le temple. Depuis la mort de Hollis, Samuel, luttant contre son éducation, faisait profession d'être athée. C'est donc avec beaucoup de répugnance qu'il suivit Toizoteye à l'intérieur de l'édifice. Pourtant, quand il se trouva en face d'un homme d'une trentaine d'années, de taille moyenne, remarquablement musclé et le visage marqué par la petite vérole, il ne put dominer un élan de sympathie tant cet inconnu semblait ouvert et chaleureux. Toizoteye dit, laconiquement :

« C'est le propriétaire de Derby Hill. »

Deacon Bogle eut un éclat de rire :

« Alors, vous comprenez, frère, pourquoi nous nous battons par ici! Le gouverneur Eyre et l'Assemblée semblent croire que nous ne sommes bons qu'à arroser des cailloux de notre sueur. Depuis le départ de certains planteurs, ils vendent leurs domaines de bonne terre aux capitalistes anglais. Mais nous nous battons. En août, nous avons organisé une marche de protestation jusqu'à Spanish Town, devant le palais du gouvernement... »

Samuel sentit qu'il pouvait s'entendre avec cet homme et s'exclama :

« Je me battrai avec vous! »

Deacon Bogle rit à nouveau :

« Vous devez d'abord vous reposer. Votre femme a l'air épuisée. Toizoteye, confie-les à Amy. Je vous rejoindrai dès la fin de la réunion. »

Dès qu'ils furent sortis, Samuel interrogea Toizoteye :

« Qui est-il? Parle-moi de lui. »

Toizoteye haussa les épaules :

« Mais je ne fais que cela depuis mon arrivée. Vous m'envoyez paître. Est-ce que vous ne m'avez pas dit : « Ah! cesse de m'entortiller les oreilles « avec ce chapelet de noms? » Samuel, qui commençait de s'habituer aux façons volontairement bouffonnes de son compagnon, ne protesta pas et attendit patiemment ses explications :

« Deacon Bogle est le pasteur de ce temple. Baptiste. Mais baptiste nègre, avec un dieu nègre, comme nous l'a enseigné George Liele. Il veut débarrasser Saint Thomas et toute la Jamaïque des buckra et de leur clique. Il a une armée...

– Une armée? »

Toizoteye inclina la tête d'un air faraud, comme s'il en était le général :

« Une armée qui s'entraîne dans les montagnes...

– Dans les montagnes? Avec les Marrons? »

La violence de la réaction de Toizoteye stupéfia Samuel. Il pirouetta sur lui-même, les yeux lançant des éclairs, son visage bonnasse défiguré par une expression de haine :

« Les Marrons! Les Marrons! Ne venez pas ici parler des Marrons! »

Samuel aurait voulu le sommer d'être plus clair. Hélas! on était arrivé devant l'école. Une jeune femme en sortait, que Toizoteye présenta :

« Voici Amy, la sœur de Deacon Bogle. »

Amy était pareille à une nuit sans lune quand les

contours des cases se confondent avec ceux des arbres dans l'harmonie et la douceur. Elle sourit, et la blancheur de ses dents trancha sur l'ombre de son visage. Elle portait un madras violet et rose, une robe de toile à sac, informe peut-être, mais qui ne parvenait pas à masquer la beauté de son corps. Aussitôt, Samuel fut conquis. Relevant la tête, elle fit de sa voix claire :

« Soyez les bienvenus dans notre communauté de Stony Gut. Suivez-moi... »

Ils refirent le chemin en sens inverse, remontant vers l'entrée de l'agglomération. Pourtant, quand ils furent arrivés à la hauteur du temple, ils bifurquèrent à droite, empruntant un sentier tout encombré d'épineux qui s'agrippaient aux chevilles. Des fillettes, des calebasses d'eau en équilibre sur la tête, s'écartaient à leur passage, saluant :

« Dieu vous apporte la paix, mon frère!
– Dieu vous apporte la paix, ma sœur! »

Amy leur répondait d'un sourire. Bientôt, ils atteignirent une vaste case aux parois de clayonnages contre lesquelles grimpaient des lianes à fleurs mauves. Un enfant de quelques mois titubait sur un carré de pelouse. Amy regarda Samuel dans les yeux, avec une étonnante expression de défi, et lui dit :

« C'est mon fils. Il s'appelle Samuel comme vous. »

A travers la cloison, Victoria entendait les voix des hommes et reconnaissait celle de Samuel, qui semblait extrêmement raffinée au milieu de tous ces accents grasseyants.

Où était James Ogilvy? A Mandeville, dans l'Etat de Manchester. Sûrement pas un tas de pierrailles, ce domaine-là! On pouvait imaginer des terrains verdoyants et l'ondulation de collines arrosées par des torrents éternels. Les Blancs seraient toujours gagnants, on aurait beau faire!

Malgré la décision qu'elle venait de prendre, Victoria aimait Samuel à sa manière. Elle l'admirait parce qu'il parlait si bien l'anglais, parce qu'il était si instruit et que des hommes, deux fois plus âgés que lui, venaient lui demander de l'aide. Quand il s'asseyait dans la concession de son oncle à Cape Coast pour tenir ses livres, vérifier ses comptes, rédiger sa correspondance, elle aurait voulu crier dans son orgueil à ceux qui l'ignoraient :

« C'est mon mari! Je porte son nom. Da Cunha, un beau nom de Blanc! »

Malheureusement, Samuel refusait de jouer le jeu, d'utiliser à son profit ces qualités. Au contraire, il s'en servait pour narguer les Anglais et s'opposer à eux. Est-ce qu'il n'avait pas refusé le poste de secrétaire que le gouverneur Pine lui offrait? Est-ce qu'il n'avait pas prétendu empêcher d'envoyer les enfants à l'école de la mission? Est-ce qu'il ne refusait pas de rendre hommage au dieu des Blancs, ce dieu prodigue de tant de dons?

Victoria soupira. Non, il fallait partir. Elle savait où Samuel gardait ses économies. Elle ne prélèverait que ce qui serait nécessaire à son voyage jusqu'à Mandeville. Une fois là, elle le savait, James Ogilvy ferait le reste. A ce moment, Samuel poussa la porte de la chambre et souffla :

« Tu dors? »

Victoria retint sa respiration et s'efforça d'être rigide. Néanmoins, il ne fut pas dupe et vint la prendre dans ses bras. Elle réalisa, alors qu'elle projetait de le quitter, à quel point elle était sensible à ses caresses. Hélas! il gâcha la tendresse diffuse qui l'envahissait en s'exclamant :

« Ah! Victoria, je n'avais jamais rencontré d'hommes comme ce Deacon Bogle! Il est de mon avis. Mon oncle Hollis avait tort. Non, le salut des Noirs ne viendra pas de l'Afrique, mais des Amériques. As-tu vu comment ceux des Etats-Unis se sont battus pour leur libération? »

Victoria le repoussa sauvagement :

« C'est pour me raconter des âneries pareilles que tu me tires de mon sommeil? »

Samuel ne put que sortir. La nuit était noire. Le ciel de la Jamaïque s'étendait comme un mouchoir bien serré aux quatre coins de la terre et ne laissait filtrer aucune lueur. Samuel aurait aimé partager cette exaltation que la conversation avec Deacon Bogle avait fait naître en lui. Il n'était plus seul. Il avait trouvé un ami, quelqu'un qui partageait ses idées, qui lui donnait le courage de persévérer. Deacon Bogle avait promis de lui présenter quelqu'un qui lui ferait rendre justice et attribuer un autre terrain que Derby Hill. Pourtant, ce n'était pas là le plus important. Le plus important, c'était ce courant de sympathie et d'estime mutuelles qui avait circulé entre eux. A ce moment, Samuel entendit un bruit d'herbes froissées, et Amy surgit dans la nuit. Depuis qu'il avait épousé Victoria, Samuel n'avait jamais posé les yeux sur une femme. Il avait résisté à toutes les bonnes fortunes que lui valait sa situation privilégiée à Cape Coast, fait la sourde oreille à toutes les avances. A présent, il sentait bien que des digues se rompaient et qu'un torrent l'entraînait vers Amy. Il dit :

« J'ai vu ton enfant, mais je n'ai pas vu ton mari... »

Elle lui fit face, mais, dans l'ombre, il ne distinguait pas ses traits :

« C'est que je n'en ai pas. »

Samuel s'efforça de demeurer naturel :

« Tu es veuve? »

Elle rit moqueusement, comme si elle entendait le pousser à bout :

« Non, je ne suis pas veuve. Je n'ai jamais été mariée, voilà tout! »

Il bégaya, se sentant stupide :

« Comment est-ce possible? »

Elle rit plus fort :

« Crois-tu qu'un homme et une femme aient besoin des simagrées des prêtres? Tant que Norman et moi nous nous sommes aimés, nous sommes restés ensemble. Ensuite, il est parti. A présent, il travaille, pas très loin d'ici, à Port Antonio. »

Samuel ne trouva rien à dire. Aux yeux de Dieu, cette femme était une pécheresse. Pourtant si le péché avait ce visage-là, il faisait bon d'être damné! Il tenta de parler d'autre chose :

« Quel homme remarquable que ton frère! »

Elle soupira :

« Sans doute, mais il s'expose à trop de dangers. Ne t'a-t-il pas dit qu'il se propose de marcher cette fois sur le tribunal de Morant Bay avec ses troupes? Il espère signifier aux juges la colère populaire. »

Samuel s'exclama avec force :

« Eh bien, je marcherai avec lui! »

Elle dit vivement :

« Ne te mêle pas de cela! Tu es un étranger, ne l'oublie pas!

— Etranger? Je ne suis pas un étranger. »

Il lui prit la main, s'étonnant à part lui de son audace :

« Je vais te confier quelque chose. D'une certaine manière, je suis à moitié jamaïquain. Ma mère est une Trelawny, de la célèbre famille des Marrons.

— Des Marrons! »

Elle se dégagea avec violence, fit quelques pas en arrière et répéta avec horreur :

« Des Marrons! »

Là-dessus, elle pirouetta sur elle-même et il entendit dévalant le sentier, trébuchant sur les roches, faisant s'éparpiller les cailloux le bruit de ses pas. Sa première impulsion fut de s'élancer après elle et de la forcer à avouer la raison de sa fuite. Puis il eut peur. Peur. Par deux fois, il prononçait ce mot de « marron » et les réactions étaient loin d'être celles qu'il attendait. Toizoteye avait failli l'injurier. Amy lui tournait le dos. Quel mystère, quel horrible mystère, tout cela cachait-il ?

Lentement, Samuel reprit le chemin de la case de Deacon Bogle. Elle était plongée dans l'obscurité, peureusement repliée sur elle-même, portes et fenêtres fermées. Un mince croissant de lune s'était levé et souriait narquoisement dans le ciel.

> *Pois Congo, je désire te voir*
> *Pois Congo, je désire te planter*
> *Pois Congo, je désire te désherber*
> *Pois Congo, je désire te sarcler*
> *Pois Congo, je désire te couper*
> *Pois Congo, je désire te manger.*

Le chant de travail, monotone et lancinant, du moins aux oreilles de Samuel, s'arrêta, et les hommes se redressèrent d'un même geste. Ils avaient entièrement désherbé les carreaux de terre et elle apparaissait violacée, moite, sensuelle, comme un sexe de femme. Après le déjeuner, on enfouirait dans ses profondeurs les plants d'igname que l'on protégerait par des buttes, puis on sèmerait déjà çà et là un peu de maïs. Samuel n'avait jamais cultivé la terre et s'apercevait que ce travail lui faisait horreur. Des heures, à effectuer des gestes répétitifs et mécaniques, cependant que la sueur vous ruisselle le long des omoplates, que vos oreilles bourdonnent sous la pression du sang et que d'innombrables insectes vous collent à la peau! En même temps, il éprouvait une sorte de fierté, car il avait vaincu sa nature et fait siennes les préoccupations d'une collectivité. Il sourit à l'homme à son côté :

« Il fait soif! »

L'homme lui rendit son sourire et étendit la main :

« Les femmes arrivent! »

Samuel se détourna. En effet, elles débouchaient du chemin à la queue leu leu, portant sur leurs têtes calebasses et bassines. Avec un frisson, il reconnut Amy, son enfant accroché en travers de la hanche. Depuis leur rencontre nocturne, il ne s'était pas approché d'elle. Cette femme représentait un danger. Il sentait que, s'il ne s'en défendait pas, elle aurait plus de pouvoir sur lui qu'Emma et Victoria réunies. Elle lui arracherait des paroles et des balbutiements qu'il n'avait jamais prononcés, elle lui tirerait des pleurs qu'il n'avait jamais versés, elle lui procurerait des souffrances et des bonheurs ignorés. Elle s'avançait et il ne regardait qu'elle, sensible à l'extraordinaire beauté de son corps dans la robe informe, les seins hauts, ballottant librement, le ventre arrondi au-dessus du renflement du pubis. La violence de son désir l'effrayait, et il demeurait coi, cependant que les hommes, s'épongeant le front, gagnaient l'ombre des arbres de vie.

Finalement, il fit comme les autres et se mit en rang pour recevoir l'eau fraîche et la nourriture. Les plaisanteries, les quolibets fusaient de toute part, mais il ne les entendait pas. Il s'avança. Quand il fut à sa hauteur, elle fit sans le regarder :

« Migan de fruit à pain ou bien ackee et morue... »

Il haussa les épaules :

« Je ne connais pas vos nourritures, tu le sais. Donne-moi ce que tu veux. »

Elle emplit son coui d'une purée blanchâtre, retenant d'une main son fils qui cherchait à s'ébattre. C'était un bel enfant d'un brun rouge, avec des yeux marron clair. Samuel alla s'asseoir avec les hommes à l'ombre d'un figuier géant entre les racines noueuses et rongées d'herbe. Une gourde passait de main en main qu'il saisit. C'était un tafia si fort qu'il eut un éblouissement suivi d'une quinte de toux. Les hommes rirent :

« Hé! l'Africain, chez toi, il n'y a plus de rhum. Comment supportez-vous la vie, alors? »

Samuel s'efforça d'adopter le même ton :

« On fait ce qu'on peut avec du vin de palme! »

Il désigna les cocotiers qui parsemaient le bord de mer :

« On pourrait essayer avec ces arbres-là! »

Un homme se mit à chanter, tandis que les autres l'accompagnaient avec des instruments improvisés :

> *Le rhum, il tue le nègre,*
> *Oh! là là!*
> *Le rhum, il lui donne la vie,*
> *Oh! là là!*
> *Travailler pour le Blanc ou boire,*
> *Le nègre doit choisir.*

Curieux peuple que celui-là, qui se moquait sans arrêt de lui-même! Peu à peu, Samuel se sentait pris d'une vive sympathie à son endroit. A présent, les femmes passaient pour ramasser les couis vides qu'elles descendaient, prestes, agiles comme des chèvres, laver à la ravine. Samuel ne put se retenir et suivit Amy. Il la rattrapa près d'un buisson de bois couleuvre, dont les fleurs aux longues étamines jonchaient le sol, et lui dit, abruptement :

« Pourquoi m'as-tu tourné le dos l'autre soir, comme si tu avais vu un mauvais esprit? »

Elle répondit sans rire :

« Parce que tu es un mauvais esprit! »

Elle regarda de droite et de gauche :

« Ecoute, ne répète à personne ce que tu m'as dit. On hait les Marrons, par ici! »

Samuel resta interdit :

« On les hait? »

Elle le fixa et ses yeux avaient l'intensité de l'orage :

« Est-ce que tu ne sais pas que depuis le traité qu'ils ont signé en 1738 avec les Anglais, ils se sont faits leurs chiens de garde? Pas une révolte qu'ils n'aient depuis lors écrasée dans les plantations avec les fusils qu'on leur a donnés! Ils ont tué Tacky[1], ils ont tué Sam Sharpe[2]. Pas un fugitif qu'ils n'aient rattrapé pour toucher la récompense qu'on leur a promise! On dit même qu'en Sierra Leone où l'on a emmené certains d'entre eux, ils ont continué de faire leur sale travail! »

Samuel la gifla à toute volée :

« Tu mens! »

Elle resta debout, à le regarder sans ciller :

« Si tu ne me crois pas, demande donc à Deacon Bogle! Les buckra ont donné mission aux Marrons de le tuer... »

---

1. et 2. Célèbres esclaves révoltés, auteurs de rébellion.

7

JAMES OGILVY admira la ténacité des femmes. Alors qu'elle ne se trouvait pas depuis trois semaines dans un pays dont elle ignorait tout, elle était parvenue à le retrouver. A franchir montagnes et torrents. A braver la peur qui ne devait pas manquer de la saisir quand la nuit verrouillait l'île derrière sa prison marine. Il s'enquit, d'un ton circonspect :

« Et ton mari? »

Elle haussa les épaules :

« Il ne me pleurera pas longtemps! Il en a trouvé une autre... »

Une fois de plus, James vérifia la légèreté avec laquelle les Noirs se prenaient et se déprenaient, leur incurable penchant à l'adultère. Amusé, il fit :

« Comment ça? »

Mais Victoria n'avait pas le cœur à potiner. Depuis près d'une semaine, elle circulait sous le grand soleil, pieds nus, s'abritant d'un chapeau de lataniers qu'elle avait acheté au marché de Yallahs. Tout d'abord, elle avait suivi la côte, traversant des salines et des étendues à demi désertiques, que jonchaient des troncs de cocotiers. Elle s'était reposée un jour à Kingston, dans une petite auberge de

Halfway Tree, où elle avait pu également obtenir des indications nécessaires à la poursuite de sa randonnée. Grâce à l'argent qu'elle avait dérobé à Samuel, elle ne souffrait pas de la faim, mais pour ce qui était de la soif, elle suçait des fruits ou buvait l'eau boueuse des mares. Ah! le soleil! Il ne laissait pas l'homme en répit! Il rageait depuis son lever jusqu'à ce que, épuisé, il tombe d'un coup au fond de la mer qui rougissait sous la poussée de son sang! Alors, à présent, elle était lasse, si lasse qu'elle n'aspirait qu'à se coucher, se coucher pour dormir, se coucher pour mourir, c'est pareil. Elle murmura :

« Est-ce que je peux rester? »

James s'affaira, tarversant la pièce pour la prendre dans ses bras :

« Bien sûr, mon oiseau blessé! Tu peux rester tant que tu le voudras... »

Là-dessus, il chercha à l'embrasser sur la bouche, mais, peu habituée à cette caresse, elle détourna la tête.

Le domaine de Magnolia Mound à Mandeville était une des perles de la Jamaïque. Pendant des générations, il avait retenti du son des polkas, des mazurkas, des quadrilles et des cris de plaisir de l'aristocratie de la région lors des bals du samedi. A l'occasion du festival Jonkunnu, des centaines d'esclaves faisaient des cabrioles sur ses pelouses et venaient mendier des pièces au beau monde, massé sous les vérandas. A Noël, quand le chapelain avait dit la messe en plein air, pendant deux jours, les marmitons se léchaient les doigts du reste des sauces. Puis, l'abolition de l'esclavage était venue.

Edward Bas-Thornton, qui en était le maître, avait pris peur pour sa femme et ses trois filles, car les récits de viols et de sodomie circulaient d'habitation en habitation, et s'était hâté de rentrer en

Angleterre. Son intendant avait pris soin du domaine qu'il venait de céder à son neveu, fils cadet de sa sœur. James se trouvait donc à la tête de cent cinquante hectares de belle et bonne terre, de deux cents têtes de bétail, de chevaux, et d'une centaine de Noirs qui avaient changé leur statut servile contre celui de travailleurs agricoles, mais mouraient de faim pareillement. Il avait vingt-quatre ans. Il était beau. L'avenir lui appartenait.

Après avoir lancé des ordres en direction d'une demi-douzaine de domestiques qui regardaient Victoria d'un air hébété, il la guida jusqu'au grand escalier qui conduisait aux salons et aux chambres du premier étage. Un homme ne peut se passer de femme. Celle-là était peut-être noire, mais jolie à souhait, avec sa peau plus douce que celle d'un fruit, ses yeux plus étincelants qu'une rivière de diamants et l'odeur fruitée de ses aisselles. Quelles nuits en perspective! Que de jeux pervers auxquels l'initier! Le gringalet solennel qui avait été son mari avait dû la baiser comme on bêche une terre. Ahan! D'un bon coup. On remédierait à cela!

James se précipita pour ouvrir les fenêtres de la chambre bleue qu'un portrait à l'huile de Sarah Bas-Thornton, joues pivoine et prunelles mauves, décorait encore, s'exclamant :

« Je vais te faire monter de l'eau chaude. Ensuite, tu te reposeras... »

Restée seule, Victoria s'allongea sur le lit. Elle était lasse. Elle avait mal. Que le cœur est indéchiffrable! Voilà qu'elle avait mal d'avoir quitté Samuel, mal de l'avoir vu regarder de façon fort significative la sœur de Deacon Bogle. Une fois qu'elle leur aurait laissé le champ libre, ces deux-là s'en donneraient à cœur joie. Et la rage la prenait! Avec la douleur aussi.

Samuel! S'ils avaient vécu à une autre époque,

elle aurait été l'épouse qui lui convenait. Adaptée à son corps comme à son esprit. A présent, ils ne pouvaient plus se satisfaire l'un de l'autre. Lui, Blanc à peau noire, et qui se défendait de l'être. Elle... Qu'était-elle? Elle fixa le plafond. Un chérubin assis sur un nuage lui sourit. Fermant les yeux, elle songea à sa mère, l'Afrique. Qu'elles étaient loin, toutes deux! Qu'elle était étrangère, cette terre, peuplée de Noirs, cependant, qui tous avaient laissé leurs villages de l'autre côté de l'eau. A croire que la traversée les avait radicalement changés. Ils parlaient d'autre manière, riaient d'autre manière, se nourrissaient d'autre manière! Souvent, ils s'entretenaient de l'Afrique, mais c'était d'une Afrique imaginaire, aux couleurs de l'exil et de la dépossession.

Qu'on était bien dans ce lit! Qu'on était bien dans cette chambre! La Jamaïque, sa sécheresse, sa misère, ses villages écorchés comme le dos d'un bœuf de labour n'existaient plus. L'île tout entière s'effilochait dans la douceur des songes. Avec précaution, une servante tourna la poignée de la porte. Elle avait posé sur le sol le broc plein d'eau chaude, le savon et la pulpe de cactus avec lesquels elle allait laver la nouvelle venue. N'entendant aucun bruit, elle s'approcha du lit et examina la forme étendue pour faire son rapport aux travailleurs de la plantation. Soigneusement. Mais sans haine. Au contraire, avec une profonde pitié. Pauvre petite qui croyait échapper au sort commun! Qui croyait se placer au-dessus des autres! Elle s'apercevrait bientôt que sa condition était la pire.

« Que veux-tu? Ils n'ont songé qu'à leurs intérêts. Et puis, ils en avaient tant vu! Les Anglais avaient fait venir des dogues de Cuba, des Indiens Mosquitos plus féroces que des bêtes, qui les décimaient quand ils leur en donnaient le loisir. Ils ont accepté la paix, même si elle avait goût de trahison.

– Est-ce vrai qu'ils ont mission de vous tuer? »

Deacon Bogle haussa les épaules :

« Ils ne me font pas peur. A Stony Gut, nous sommes bien entraînés. Il faudra qu'un jour je te fasse visiter nos camps. Tu es des nôtres, à présent. »

Samuel demeura la tête entre les mains. C'est que le coup qui lui avait été porté était mortel. Toute son enfance avait été bercée de récits relatant la grandeur des Marrons. Il lui semblait encore entendre Emma :

« A peine mes ancêtres ont-ils mis le pied en Jamaïque, qu'ils ont refusé l'esclavage et, gagnant les montagnes, ont imposé leur loi à l'homme blanc. Bien avant ceux d'Haïti, ils ont dit : « Non! »

Et son esprit d'enfant voyageait sur ses crêtes de bravoure, respirant l'odeur de la poudre et du sang. Nanny, Kodjoe, Kwao...! Deacon Bogle posa la main sur son épaule :

« Ne prends pas les choses si à cœur! N'empêche qu'un temps ils ont été grands! »

S'apercevant que Samuel n'était pas en état de l'admettre, il changea de sujet de conversation :

« Ecoute, le révérend Gordon vient par ici demain matin. Tu vas lui exposer ton cas pour qu'il te fasse rendre justice par le tribunal. Tu as droit à une autre terre. »

Mais de cela, non plus, Samuel n'avait cure. Il se leva. Que de coups en si peu de temps! Naufrage de ses illusions. Naufrage de sa vie sentimentale. Les Marrons étaient des traîtres. Victoria l'avait quitté. Et la douleur était la même. Il sortit. Sur la piste centrale du village, des hommes couraient, coudes au corps, s'efforçant de respirer avec régularité. Ils s'entraînaient. Ils s'exerçaient. Ils résistaient. Jusqu'à quand? Quand, à leur tour, deviendraient-ils des traîtres? Nanny, Kodjoe, Kwao! Leur sang avait menti. Est-ce que ce n'était pas un tour d'Eucaristus, la dernière humiliation?

« Ah! oui, tu as choisi le camp de ta mère. Tu bâillais quand je parlais de Ségou. Qu'as-tu trouvé sur l'autre rive? »

Samuel emprunta le sentier qui conduisait à la case qu'on lui avait attribuée, luttant contre l'envie de tout planter là. De retourner ventre à terre à Kingston. De prendre le premier bateau en partance pour l'Afrique. Les Marrons étaient les valets des Anglais, et Victoria l'avait quitté. Quel sens sa présence à la Jamaïque? Quel sens sa vie même? Comme il approchait de sa case, il entendit un chant :

> *Mon homme a pris la mer,*
> *Il est allé dans la baie de Colon*
> *Va le trouver pour moi*
> *Dis-lui que je l'attends.*

Malgré lui, il pressa le pas. Amy était assise sous l'auvent qui servait de cuisine, et elle épluchait des bananes vertes. Un ruban de fumée s'élevait du feu qu'elle avait allumé entre quatre pierres, et, de temps à autre, elle s'interrompait pour souffler là-dessus. Elle fit sans relever la tête :

« Je t'ai mis un seau d'eau dans la case. Va te laver. Tu as sué toute la journée. »

Samuel obéit sans protester. Un à un, il ôta les habits de jute qu'il endossait chaque matin quand il prenait place dans la file des travailleurs partant cultiver les champs de Stony Gut, honteux d'être pareillement en érection. Il n'était donc qu'un fornicateur comme les autres? Comme un enfant qui prolonge à plaisir l'instant du bain, il se savonna tout le corps, fit ruisseler l'eau le long de son torse, déplorant de ne pas être plus grand et mieux fait, avant de se sécher soigneusement avec un bout de toile à sac.

Amy avait rangé et balayé la case. Sur le sol de boue, elle avait posé une natte en herbe de Guinée séchée et disposé deux couis, à côté d'un troisième, qui contenait quelques mangues bien mûres. Tremblant de tous ses membres, il s'assit et roula un cigare comme il l'avait vu faire aux hommes du pays. Au bout d'un moment, Amy entra à son tour dans la case et interrogea moqueusement :

« Eh bien, pourquoi restes-tu dans le noir à regarder les soukougnans[1] ? »

Elle s'approcha et posa le plat de nourriture, abondamment parfumé au piment, sur la natte. Il ne put plus y tenir et passa le bras autour de sa taille. Elle fit mine de se dégager :

« Allons, laisse-moi! »

Mais Samuel ne lui obéit pas. Il croyait que l'amour n'a qu'un goût. Avec Victoria, qui n'était guère qu'une enfant, c'était celui d'un exercice ludique et plein d'entrain. On se chatouillait. On chahutait. Avec Amy, ce fut une cérémonie, un long rituel, un sacrifice aux actes multiples. Des larmes lui sortirent des yeux et lui coulèrent sur les joues. Des prières lui montèrent aux lèvres. Il souhaita mourir. Il souhaita vivre. Il souhaita mourir à nouveau. Quand il reprit conscience de la réalité, il demeura immobile, faible comme un nouveau-né. Eperdu de bonheur. De honte aussi. Car il le sentait bien, Amy pouvait le guérir de toutes ses blessures et lui verser l'oubli. Et alors, quels seraient ses jours? Vêtu de haillons et pareil à un épouvantail, il

1. Esprits nocturnes.

cultiverait jour après jour les champs collectifs de Stony Gut. Le midi, il avalerait son repas à l'ombre des figuiers et ne serait pas avare de tafia. Le soir, il jouerait aux dés ou aux dames ou aux dominos, tandis que le tafia serait à nouveau au rendez-vous avec les chants rythmés par le tambour :

> *Pois Congo, je désire te voir*
> *Pois Congo, je désire te planter*
> *Pois Congo, je désire te désherber*
> *Pois Congo...*

Samuel sentait bien qu'il était injuste, que Stony Gut était un lieu de résistance, et que nombre de ses hommes s'entraînaient en vue d'un affrontement avec les troupes des Anglais, West India Regiment, 6e régiment... qui stationnaient dans toutes les villes. Pourtant, était-ce dans ce dessein qu'il était venu à la Jamaïque? N'était-ce pas pour retrouver ses ancêtres, la famille de sa mère? Et si, par quelque épouvantable tragédie, les Marrons avaient, en fin de compte, rallié ceux qu'ils avaient si farouchement combattus, ne fallait-il pas tenter de les comprendre? Laissant Amy, il sortit. A sa surprise, le ciel était blafard au-dessus des montagnes. Le jour s'était déjà levé, car les nuits d'amour sont courtes. Quelque part, un keskedee s'éclaircissait la gorge avant de lancer ses trilles. Sa décision était prise. Il ne s'attarderait pas auprès d'une femme, qui lui donnerait goût au péché.

A l'intérieur de la case, Amy n'était pas endormie. Elle ne s'était pas étonnée de voir Samuel se lever, sans un regard, sans une caresse pour elle, car elle le savait, elle ajouterait son nom à la longue liste de ceux qui l'avaient déçue. C'est qu'elle se jetait dans l'amour avec impétuosité et bonne foi, pour faire partager tous les dons qu'elle portait en elle. Sans doute cette générosité effrayait-elle, embarrassait-elle. Puisque, un à un, les compagnons qu'elle s'était choisis s'étaient retirés, tête basse, et lui avaient préféré des femmes sans cervelle ni cœur. Des volatiles au joli plumage. Elle se rassit sur la natte, cherchant à tâtons son mouchoir de tête avant de le nouer d'une main ferme. Malgré elle, ses yeux s'emplissaient de larmes. A voir Samuel si malheureux, presque ridicule, privé et de sa femme et de son rêve, son cœur s'était gonflé de tendresse. Elle avait souhaité le consoler, le réchauffer comme elle faisait pour son propre fils. Mais, voilà, il ne l'avait pas comprise, et sa bonne action se retournait contre elle. Il la prenait peut-être pour une de ces femmes à cuisses hospitalières, comme celles qui, à Kingston, guettent les navires? Elle se leva, enfila ses vêtements, sortit. Debout sous un goyavier rose dont les fleurs humaient la rosée, Samuel n'eut pas un geste à son passage.

8

Le village était perché tout en haut des rochers comme le nid d'un oiseau malfaisant. Au premier regard, l'œil ne distinguait qu'un enchevêtrement de rocs, fauves et pelés, que tachait çà et là une broussaille d'épineux. Puis, il discernait dans cette aridité la paille plus sombre d'un toit, le pan de clayonnage d'une case, le tissu bariolé de vêtements séchant sur une ligne.

Deux communautés de Marrons vivaient à la Jamaïque, cela, Samuel l'ignorait, et il avait découvert les Trelawny, auxquels sa mère appartenait, habitaient non point le cœur feuillu des Blue Mountains, mais une zone semi-désertique, entassement de rochers, que creusaient des fossés à pic, à l'extrémité occidentale de l'île. Il aurait aimé s'assurer les services d'un guide, par exemple de Toizoteye, dont c'était le métier. Mais celui-ci s'était catégoriquement refusé à se rendre en pays marron, ainsi qu'une demi-douzaine d'hommes que Samuel avait approchés.

Alors, Samuel était parti seul sur une forte mule qu'il avait achetée au marché de Morant Bay. Il ne savait pas combien de temps il lui avait fallu pour traverser le pays, combien de jours il avait passés dans l'enfer du soleil, combien de nuits il avait dormi, fourbu, dans les cases de passage des villages ou en plein champ, roulé en boule sous un figuier. A sa surprise, malgré les conditions de ce voyage, il s'était pris d'amour pour la terre qui se révélait à lui. Sa relative exiguïté lui semblait une source de beauté supplémentaire, car, ainsi, forêts, montagnes, déserts, champs cultivés étaient resserrés comme autant de bijoux à l'intérieur d'un écrain. Fleurs mauves des cannes à sucre, feuillage vert sombre des bananiers, taches écarlates des volutes de la liane crête à coq, pétales d'une blancheur immaculée de la schnella, tout l'enchantait. Peu à peu il comprenait l'exclamation de sir Anthony Shirley : « Cette île est une merveille. » Habitué à la touffeur de Lagos et de la Gold Coast, elle l'avait d'abord profondément dépaysé. A présent, sa splendeur l'habitait.

Il enfonça au ras de ses yeux son chapeau de paille, avala une gorgée de l'eau tiédasse que contenait sa gourde et poursuivit bravement son escalade, se rappelant les propos de Toizoteye :

« Nous appelons ce pays celui des Pit'à coqs[1]. Il est aride et violent. La terre a beau la supplier, l'eau du ciel refuse de l'arroser, et les animaux eux-mêmes le désertent. C'est là que résidait Kodjoe avec ses hommes, leurs femmes et leurs bêtes... »

Son imagination tentait de lui représenter les combats qui avaient pris place dans ce lieu et les embûches qui y avaient été dressées : il n'y parvenait pas, trop assommé de chaleur, abruti de fatigue. Il tressaillit, car des roches avaient dévalé le long de la piste, mais ce n'était qu'une horde de cochons sauvages qui se poursuivaient en grognant. Il flatta de la main le col suant de sa mule et l'encouragea de la voix :

1. The Cockpit Country.

« Allons, ma belle, nous serons bientôt arrivés! »

En réalité, il disait cela pour lui-même, pour se donner le courage de continuer à avancer. Combien de fois avait-il été tenté de rebrousser chemin? De partir à la recherche de Victoria? Ou de retourner vers Amy? Tout son corps, tout son cœur hésitait entre ces deux femmes, et, soudain, il comprenait les hommes qui mènent une double vie, qui entretiennent deux foyers ou alors les polygames qui passent d'une couche à une autre avec un égal désir. Victoria, c'était la gamine effrontée pour qui le sexe servait à payer un mouchoir rouge ou un collier de perles bleues. A son côté, il se sentait fort, raisonnable. Amy, c'était la femme dans la plénitude de son être. A son côté, il redevenait petit enfant, avide d'être chéri, heureux d'être faible.

Chaque jour davantage, Samuel pensait à son père, Eucaristus. Le jour, il croyait voir sa haute silhouette se dissimuler derrière les arbres pour épier ses hésitations et ses pas. La nuit, il ne cessait pas d'entendre sa voix railleuse :

« Ah! tu avais choisi le camp de ta mère. Et qu'as-tu trouvé sur l'autre rive? »

Que n'avait-il prêté plus d'attention à ses paroles! Que n'était-il parti à Ségou! En ce cas, la déception, sans doute, aurait été moindre, et la famille, retrouvée, aurait fait fête à l'enfant prodigue.

« Mangeons et réjouissons-nous parce que mon fils que voici était mort, et il est revenu à la vie. »

Le tam-tam aurait résonné. Des moutons entiers auraient tourné sur les broches, cependant que les jeunes filles nubiles auraient entonné le chant de l'accueil. Samuel, qui avait tant désespéré de l'Afrique, se prenait à la regretter en la poétisant. Il lui semblait soudain qu'il ne l'avait jamais connue, enfant d'une famille urbanisée et christianisée qui l'appréhendait à travers le prisme de valeurs étrangères. Ah! oui, Mary Kingsley et nombre d'Anglais avaient bien raison de le fustiger, lui et ses pareils, les évolués, les nègres en pantalon! Ils devaient se remettre à l'écoute de leurs frères de la brousse! Mais le pouvaient-ils? La communication n'était-elle pas à jamais rompue? Des pierres dévalèrent bruyamment le long de la piste, et Samuel eut conscience d'autres présences.

C'est alors que quatre hommes surgirent au milieu du chemin, rugueux, hostiles comme les rocs autour d'eux. Vêtus de pantalons très courts qui leur cachaient à peine le mollet et de vestes d'uniforme à galons rouges, ils pointaient avec ensemble des fusils démodés, mais parfaitement graissés et qui semblaient efficaces, sur la poitrine de Samuel. Celui qui marchait en tête, aboya :

« Descends de cette mule et jette ton arme! »

Samuel obéit en hâte, bredouillant :

« Je n'ai pas d'armes.

– Lève tes mains au-dessus de ta tête. »

Samuel s'exécuta. Il avait prévu toute éventualité, et, tandis que des mains sans douceur le palpaient, il commença d'expliquer :

« Ecoutez-moi! Je suis un Trelawny comme vous... »

Avant qu'il ait pu terminer sa phrase, un formidable coup l'envoya rouler dans la rocaille. La douleur l'enragea. Essuyant le sang qui commençait à couler en abondance de sa bouche, il hurla :

« Mais quelles brutes êtes-vous donc, qui ne savez même pas écouter avant de frapper? »

Un des hommes s'approcha et, sans mot dire, lui décocha un magistral coup de pied dans le bas-ventre. Il perdit connaissance. Quand il revint à lui, il se trouva ligoté si serré que ses liens lui entraient dans la chair, étendu à même le sol de boue d'une petite case où, à en juger par l'odeur, des générations d'hommes s'étaient accroupies pour déféquer. Son estomac se contracta. Il rendit et le goût du vomi se mélangea à celui du sang dans sa bouche. Un de ses yeux était complètement fermé. L'autre était douloureux. Il tenta de prendre la mesure du lieu où il se trouvait, tournant la tête de droite et de gauche, mais il ressentait une effroyable douleur à la base du cou et il y renonça bien vite. Comme il commençait à pleurer, à travers le brouillard de ses larmes et de son désespoir, il lui sembla qu'une forme se détachait du mur et venait se pencher sur lui. C'était celle d'Eucaristus qui ricanait :

« Te voilà beau, à présent! Qu'es-tu venu chercher dans cette Babylone? »

L'homme devait bien mesurer deux mètres de haut, et on l'aurait cru taillé dans le tronc massif d'un mapou. Il était vêtu d'un vieil uniforme de l'armée anglaise et coiffé d'un chapeau de paille à large bord comme celui des hommes de Stony Gut, qui mettait une note familière dans son apparence redoutable. En écoutant Samuel, il mâchonnait une racine et, de temps à autre, en crachait les débris par terre. Une douzaine d'hommes l'entouraient, debout, un peu en retrait, tandis que trois vieilles femmes étaient assises sur des escabeaux de bois, le visage aussi effrayant que celui des sorcières de Shakespeare. Samuel termina son récit. Il s'était efforcé de parler d'une voix claire et distincte. Mais, à tout instant, on l'avait fait répéter des mots, voire des phrases entières, comme s'il parlait un jargon inaudible. L'homme se leva, et il sembla à Samuel qu'il se trouvait devant un arbre en mouvement :

« Est-ce que tu nous prends, nous, ici, pour des

couillons? Toi, un Marron? Tu n'es même pas un Jamaïquain. Qui t'envoie? Qu'est-ce que tu veux? »

Samuel se tordit les mains :

« Je ne veux rien. Je vous ai dit la vérité. J'ai acheté un terrain, et je devais le mettre en culture. Mais c'était parce que je voulais quitter l'Afrique où les Anglais s'installent chaque jour davantage. Parce que je voulais retrouver le pays de ma mère, la fière et libre Jamaïque! »

Ce discours était si ridicule, si invraisemblable en fin de compte, que Samuel ne s'étonna pas de l'entendre accueilli par un vaste éclat de rire. Dans son désespoir, il cria :

« Si vous ne me croyez pas, demandez à Paul Bogle et aux hommes de Stony Gut. Ce sont eux qui m'ont recueilli. »

Le silence se fit aussitôt, et Samuel réalisa la gravité de sa faute. Amy ne l'avait-elle pas informé des mauvaises relations entre son frère et les Marrons? Pourtant, il croyait qu'il ne s'agissait que de ceux des Blue Mountains. L'homme s'avança et le prit aux épaules :

« Tu connais Deacon Bogle? »

Samuel ne put qu'acquiescer.

« Alors, tu sais ce qu'il dit de nous? Les calomnies et les mensonges qu'il déverse sur nous? Tu sais qu'il prétend que, sans nous, aujourd'hui la Jamaïque serait comme Haïti d'où tous les Blancs ont foutu le camp? Que c'est grâce à notre soutien que les Anglais se maintiennent dans l'île? Tu connais les surnoms qu'il nous donne : valets des Blancs, chiens des montagnes? Tu sais la chanson que ses hommes ont composée sur nous? »

Samuel bégaya :

« Monsieur, je ne sais rien de tout cela.

– Ne m'appelle pas monsieur. Appelle-moi colonel. Qu'on le tue! »

Les trois ordres étaient tombés de la même voix, sur le même ton. Sans appel. Deux hommes se saisirent de Samuel, lui lièrent à nouveau les mains derrière le dos et l'entraînèrent au-dehors. Samuel revit sa vie. Si brève. Si pleine de faux pas comme une danse à contretemps. Ainsi, il ne reverrait pas sa mère. Emma. Pourtant, c'était pour l'amour d'elle qu'il mourait.

« Attendez! »

Une des trois vieilles femmes avait parlé et s'était levée :

« Tu aimes trop tuer, Brodrick! Je te l'ai déjà dit. Emmenez-le dans ma case. »

Le village de Maroon Town se situait légèrement en dehors de la paroisse de Trelawny, dans celle de St James, à l'extrémité du Cockpit Country. C'était à coup sûr un des lieux les plus désolés de la terre. Deux douzaines de cases adossées à la rocaille, quelques chèvres sautillant d'une pierre à l'autre, quelques ânes et quelques mules cherchant désespérément un brin d'herbe. Invisibles, les hommes, les femmes et les enfants qui, tout le jour, travaillaient dans les bandes fertiles qui s'étendaient entre les rocs et ne remontaient au village qu'à la tombée de la nuit. La case de la vieille femme était adossée à deux ou trois bananiers qui parvenaient à pousser dans cette désolation, à quelques pas d'un calebassier noueux et tout chargé de fruits curieusement oblongs.

Un homme attacha Samuel à un des poteaux de la cuisine comme s'il avait été un animal et fit observer :

« Tu en as de la chance, toi! Le colonel n'écoute personne que sa mère. »

Dans l'extrême danger où il se trouvait, Samuel se

sentait habité d'un courage inconnu, comme si rien ne restait de l'adolescent fugueur, du jeune homme idéaliste qui vivait l'esprit dans les nuages. Il essaya la résistance de ses liens, se convainquit qu'il ne pourrait pas les briser en les tordant, évalua la distance qui le séparait de la sortie du village, se demanda combien de guetteurs étaient postés entre les rochers, puis tenta d'échafauder un plan. Quoi que la vieille femme entendait faire de lui, il faudrait bien qu'à un moment donné elle le détache. Alors, il la tuerait. Oui, mais comment ? Avec quoi ? Et que ferait-il ensuite ? Comment échapperait-il à tous ces hommes armés ? Tant pis, il mourrait.

Il mourrait, la tête fracassée, en plein soleil, dans le marigot de son sang. Trois oiseaux traversèrent le ciel au-dessus de sa tête, et il pensa qu'elle pouvait avoir bon goût, cette vie dont il n'avait connu que l'amertume. Pourquoi ? Quelle faute avait-il commise en naissant ? Quelle faute avaient commise ses parents avant lui ? Les pères ont mangé des raisins verts et les dents des enfants grincent. Il devait être là depuis un peu plus d'une heure à agiter toutes ces pensées dans sa tête quand la vieille femme franchit la barrière de bois entourant la case. Elle s'approcha de Samuel à le toucher. Alors, à sa surprise, il réalisa qu'elle n'était nullement affreuse comme il le croyait. Simplement, très sale et très ridée. Avec un choc, entre ses paupières boursouflées, il vit clapoter le gris de ses yeux, et lui qui, la minute d'avant, se sentait très brave fondit en larmes. Emma. Que faisait-elle en ce moment précis ? A travers les lieues qui les séparaient, les mers, les montagnes, la brousse et les plaines, sentait-elle qu'il se mourait ?

La vieille femme détacha ses liens et resta debout devant lui qui respirait son odeur de crasse et de grand âge. Puis elle se mit à le palper minutieusement. D'abord, la tête. Le bosselé du crâne sous la laine des cheveux. La nuque. Le front. Les yeux étroits, étirés vers les tempes. L'arc des sourcils. L'avancée pulpeuse de la bouche. Le menton. Les oreilles. A maintes reprises, les oreilles, comme si le dessin de leur pavillon et de leur lobe constituait une carte grâce à laquelle elle se reconnaissait. En même temps, elle marmonnait :

« Est-ce qu'il serait de ceux qui se sont révoltés à Montego Bay? Est-ce qu'il serait de ceux qui ont pris les armes à Westmoreland? Est-ce qu'il serait de ceux de Petty Bottom? Tant d'années ont passé. Tant de sang s'est ajouté au sang. Comment se reconnaître? »

Finalement, elle conclut :

« Mon cœur me dit que tu as raconté la vérité. Mais il n'y a pas de preuve. Viens que je mette des emplâtres sur tes plaies. »

Trottinant, elle se dirigea vers le fond de la cuisine et se pencha sur un coui qui contenait des racines et du feuillage qu'elle commença de piler dans un petit mortier. Elle était là, sans défense, fragile, confiante. N'était-ce pas le moment de la tuer? Mais Samuel en était bien incapable.

« Le sang aussi se gâte, tu sais. C'est comme tout ce qui vient du corps. Il se tourne en eau, en pus. Il surit. Il aigrit. Il perd son sel, sa couleur, le sang. Il devient fade. Il devient blanc. C'est ce qui est arrivé à notre sang, le sang des Marrons. Est-ce que tu peux imaginer combien d'Anglais nous avons couchés sur ces rochers? Combien de têtes à cheveux couleur de paille nous avons fichées sur des piques? Quand ils incendiaient nos villes, nous les rebâtissions quelques miles plus loin. Tout le monde combattait, les femmes, les enfants pas plus gros que ce brin d'herbe là-bas. Ce sont les chiens qui nous ont eus. Les dogues de Cuba. Des bêtes carnassières nourries de chair fraîche et entraînées à flairer le nègre, à le pourchasser, à le dévorer vif. Ils sont descendus du ventre du *Mercury*, et, au bruit de leurs aboiements, les Blancs se sont barricadés, tandis que les esclaves des plantations rendaient l'âme de terreur. Puis ils ont escaladé les montagnes. Ils se sont répandus à travers le Cockpit Country, et ils ont semé la mort. Après cela, plus rien n'a été pareil. Nos chefs ont pensé qu'il fallait faire la paix. Et les Blancs nous ont imposé leurs conditions.

« Mère, parle-moi du temps où ils étaient grands!

– Le premier à dire « non » a été Juan de Bolas. A peine les Anglais avaient-ils débarqué qu'il prenait la montagne...

– Parle-moi de Kodjoe. Parle-moi de Nanny!

– Tu es trop pressé. Chaque chose en son temps. Je te dis que tout a commencé avec Juan de Bolas. Pourtant, lui aussi, il a trahi la cause et pactisé avec les Anglais. Tu vois, je me demande parfois si l'instinct de trahison n'est pas dans nos cœurs, comme le ver dans la canne à sucre. L'écorce est sans défaut, d'un violet presque noir. Le roseau s'élance droit vers le ciel. Mais quand le travailleur le coupe, ah, la sève est sure et la chair, piquetée de rouge!

– Mère, ne dis pas cela!

– Je sais que ces pensées-là sont amères et qu'elles mettent de l'eau dans les yeux. Pourtant, elles courent dans ma tête, et, la nuit, elles m'empêchent de dormir. Jusqu'à quatre heures du matin, je reste là à sucer ma pipe. Viens manger, tu dois avoir faim. »

Samuel obéit à regret. Car il avait complètement

oublié son corps. La vieille avait pansé ses plaies avant de lui préparer une infusion, amère et brûlante, qui, des heures durant, l'avait plongé dans le sommeil. A présent, il se sentait presque dispos. La vieille s'affaira sous l'auvent de la cuisine, puis se laissa tomber sur un tabouret :

« Je ne suis pas une Trelawny. Je viens de l'autre côté de l'île. Quand le capitaine Stoddart – qu'il rôtisse en Enfer! – a détruit Nanny Town, notre capitale, nos ancêtres ont suivi Kwao tout en haut des Blue Mountains, à un endroit que même les oiseaux n'atteignent pas. Ils se sont réfugiés dans des grottes creusées dans les parois de la montagne et que des chutes d'eau cachaient aux regards. C'est là que j'ai grandi dans la constante odeur de la rosée et de la pluie. Puis, un jour, tous les Marrons ont décidé de se réunir. Ceux de Maroon Town, de Moore Town, d'Accompong, de Berridale, de Scotts Hall... Ils se rendaient bien compte que les Anglais s'étaient foutus d'eux, que les terres qu'ils leur avaient laissées étaient trop étroites, arides comme des os, que le pays tout entier les haïssait parce que, à présent, ils servaient les Blancs. Alors, certains parlaient de reprendre les armes, mais on ne les a pas écoutés... et c'est au cours de cette réunion que j'ai rencontré le père de Brodrick... Mange, je te dis. Tu es là à m'écouter. Est-ce que tu ne sais pas qu'un sac vide ne tient pas debout? »

Samuel avala quelques bouchées, l'esprit ailleurs, tout enfiévré. Qu'il aurait aimé que la vieille femme le reconnaisse formellement et lui décline sa généalogie, comme dans le texte biblique :

« Et A engendra B qui engendra C qui engendra Emma qui eut deux fils, Samuel et Herbert! »

Mais les choses se passent tout autrement dans la réalité, où les récits d'origine sont pleins d'incertitude et d'erreurs, où l'on se trouve parfois conduit à choisir ses aïeux et à s'y tenir.

« Oui, ce sont les chiens qui nous ont, eux, des créatures sorties de l'Enfer, crocs blancs, yeux de feu, narines flairant le nègre! Sans eux, nous ne nous serions jamais rendus... »

La vieille femme se leva pour remplir de force le coui de Samuel et interrogea avec tendresse :

« Qu'est-ce que je vais faire de toi, petit Marron, vrai ou faux? Brodrick et ses hommes ne te laisseront pas la vie, même si je le demande. Un accident est vite arrivé dans cette pierraille... »

Samuel frissonna :

« Ils me tueraient, même si vous me protégez? »

La vieille secoua la tête :

« Tu ne peux imaginer les hommes qu'ils sont devenus! La rage, la honte de ne plus être ce qu'ils étaient, la haine des Anglais qu'ils sont obligés de servir, leur ont complètement pourri le cœur. Et le mépris, mérité, de ceux des plantations. Il faut que tu partes! »

Samuel protesta :

« Mais où voulez-vous que j'aille, à présent?

— Retourne d'où tu viens, à Stony Gut. Tu vois, c'est comme un arbre. On le coupe. On fait un boucan[2] de son tronc et de ses branches. Mais une de ses racines continue de marcher sous la terre, et elle va plus loin, beaucoup plus loin, donner un autre arbre tout pareil au premier. Peut-être même plus puissant. C'est là qu'est la résistance, à présent. »

Samuel soupira. Il se sentait las, pareil à un voyageur dont la destination recule avec l'horizon. Il voit un peu de fumée flotter au-dessus d'un toit.

2. Feu.

Hélas! c'est un mirage. Il faut continuer de s'ensanglanter les pieds sur les roches.

« Nous partirons demain matin avant le lever du soleil. J'irai avec toi jusqu'au carrefour de Chatham. Après cela, tu n'auras plus rien à craindre. Du moins, de nous. »

Là-dessus, elle eut un rire, taquin, qui rendait la jeunesse à son visage parcheminé. Samuel vint vers elle et posa la tête sur ses genoux. L'odeur aigre de ses haillons ne le rebutait plus. Au contraire. Il semblait qu'il n'avait jamais connu pareille paix, pareil bonheur. Le temps avait marché à reculons. Il était un tout petit garçon, et Emma lui donnait le sein. Son père aussi était là, Eucaristus, et il le regardait, non plus comme un objet gênant ou méprisable, mais comme le prolongement précieux de sa vie.

Il murmura :

« Mère, parle-moi encore du temps où ils étaient grands! Celui-là seul compte! »

La vieille, au lieu de lui obéir, le serra contre elle et entonna une berceuse, un chant plaintif qui ramenait aux rives d'Afrique, de cette Afrique qu'il avait perdue à présent, sans l'avoir jamais possédée.

> *Oh! Oh! ils m'ont arraché de Guinée*
> *C'est là que je veux aller*
> *Mais je ne peux pas,*
> *Oh! oh! je ne peux pas y aller.*

9

« Marche droit devant toi et tu arriveras à Falmouth. Peut-être même avant la fin de la journée. Après, tu n'auras qu'à suivre la côte et tu te retrouveras à Stony Gut. »

Samuel souffla, la gorge serrée par l'émotion :

« Il faut que je te remercie. Sans toi, je serais mort à l'heure qu'il est ! »

Mais la vieille se détourna, refusant l'attendrissement, comme si ce qui s'était passé entre eux, ce courant de sympathie, de tendresse qui les avait inondés était fait de la matière des songes, illusoire et fugitive, et dit sèchement :

« Bon, tâche de rester en vie, à présent ! »

Puis, retroussant ses haillons, elle se mit à marcher à grands pas. Bientôt, elle eut disparu et Samuel se sentit très seul. Il inspecta les alentours. Pas une case en vue. L'ondulation des champs de canne à sucre, venant buter sur l'immensité de la mer, d'un bleu aussi intense que le ciel.

Il prit bravement la route. Pourtant, il n'avait pas le cœur à avancer. Il lui semblait que sa jeunesse était restée dans le cirque de Maroon Town, et que c'était un vieillard qui retournait vers Stony Gut. Un vieillard désabusé, amer. Eh oui, les Marrons n'étaient plus qu'un ramassis de meurt-la-faim, féroces et stériles. Il fallait s'accoutumer à cette idée. Alors, qu'est-ce qui donnerait du prix aux instants désormais? Rien. Rien. Rien.

Est-ce qu'il ne valait pas mieux reprendre la route de Lagos? Emma serait au pied de la passerelle, s'appuyant sur Herbert, drapée dans ce châle espagnol qui lui allait si bien. Qu'ils ont blanchi, les cheveux de ma mère, et comme son visage est ridé! Mère, est-ce mon chagrin qui a creusé tes traits?

Un grincement retentit et il retomba dans le présent. Une charrette avançait derrière lui, traînée par de grands bœufs roux et conduite par deux garçons, haillonneux et sales comme tous les paysans, mais de figure avenante. La charrette s'arrêta à sa hauteur et l'un des garçons l'interrogea :

« Nègre, où est-ce que tu vas comme ça?

– Aussi loin que je peux. »

Les garçons éclatèrent de rire :

« Alors avec nous ce sera Falmouth. C'est jour de marché, aujourd'hui. »

Samuel grimpa dans la charrette en marmonnant des remerciements et se fraya une place parmi les paniers d'ignames, de dasheens, de manioc. Les essieux mal graissés recommencèrent de grincer, et il lui semblait que cette plainte lancinante sourdait de son cœur même.

« D'où est-ce que tu viens comme ça?

– De Maroon Town. »

Les deux garçons écarquillèrent les yeux :

« Quoi sert de mentir, tu en as une fameuse veine, toi! Tous ceux qui montent là-haut ne redescendent jamais pour dire ce qu'ils ont vu... »

Samuel, que cette conversation importunait, coupa avec impatience :

« Eh bien, j'en suis redescendu, moi! »

Il s'efforça de se replonger dans ses pensées. Qu'avait dit la vieille?

« Retourne à Stony Gut. C'est là qu'est l'esprit de résistance. »

Oui, mais il n'avait plus envie de se battre. Trop d'illusions perdues. S'il retournait à Stony Gut, c'était pour tirer un grand trait sous son passé comme un commerçant sous le débit trop lourd d'un client qui ne le réglera jamais. C'était uniquement pour retrouver Amy. Amy. Samuel, blessé, saignant, se réfugiait dans son souvenir. Il croyait entendre sa voix, limpide comme l'eau de la ravine :

« Qu'allais-tu chercher chez les Marrons quand j'étais là, prête à te donner tout l'amour du monde? Vous êtes ainsi, vous, les hommes! Toujours à courir après des rêves de grandeur, de bruit, de fureur. La plante du bonheur est là, et vous ne savez pas la cueillir. »

Oui, mais s'il se livrait à l'amour d'Amy, est-ce qu'il ne se damnerait pas éternellement? Ne fallait-il pas plutôt se mettre à la recherche de Victoria?

Amy. Victoria. Retombant dans cette confusion mentale, Samuel réalisa avec mépris ce qu'allait être sa vie. Une valse hésitation entre deux désirs.

C'est Hollis qui serait déçu du chemin qu'il empruntait, lui que les constructions de son idéalisme avaient rendu aveugle aux charmes des femmes. Ah! il aurait dû être plus clair dans ses propos et mettre radicalement son jeune élève en garde contre ce qui se passait dans les Antilles. Il l'avait dit :

« La présence constante des Blancs a fini par tout gangrener... »

Mais, voilà, Samuel ne l'avait pas entendu! Samuel n'avait pas voulu l'entendre!

« Nous sommes arrivés, nègre. »

Samuel sursauta, tout surpris de se retrouver dans cette charrette entre ces garçons que sa mine effarée faisait pouffer. Levant la queue, un des bœufs faisait tomber un chargement de crottin. Il sauta à terre.

La ville de Falmouth, qui avait été créée à la fin du XVIIIe siècle, était le port assurant l'évacuation des produits sucriers et des bananes de la région. Si Villa de la Vega et Kingston rivalisaient pour l'importance administrative et sociale, Falmouth l'emportait sans effort sur ces deux villes en beauté et en élégance. Le quadrilatère entourant le marché et les rues y conduisant étaient bordés de constructions de style géorgien dont les colonnades supportaient les balconnets aux balustrades de fer forgé. Il est vrai qu'avec le départ de la majorité des planteurs, tout cela commençait à prendre des airs de laisser-aller et d'abandon. En particulier, la maison Barrett, qui pendant des générations avait été un centre de divertissements raffinés, était close et, mélancolique, semblait le témoin d'un temps à jamais révolu.

Samuel n'avait cependant pas à l'esprit d'admirer des façades, et il tira de sa bourse quelques shillings pour dédommager ses compagnons qui refusèrent d'un même geste :

« Pas de ça, nègre! Ta peau a la même couleur que la nôtre. »

Cette magnanimité suscita un mouvement de reconnaissance dans le cœur si endolori de Samuel. Au moment d'entreprendre à nouveau un hasardeux voyage à travers l'île, il lui sembla qu'il se séparait de deux amis dont le concours lui aurait été précieux. Dans un élan, il proposa :

« Je vous offre à boire, alors? »

Le rhum! Et dire que Samuel l'avait méconnu! A présent, il s'inclinait devant son empire. Le rhum est un dieu. Non, il arrive qu'un dieu soit contesté et doive même s'allonger sur une croix. Le rhum est le maître du monde. Il fait trembler hommes et femmes. Il courbe leur tête. Il met des paroles suppliantes et bégayantes sur leurs lèvres, des paroles de fièvre et de soumission. Ah! le rhum, il n'est pas de souverain plus tyrannique et absolu que lui! Les deux garçons firent avec indulgence :

« N'y va pas trop fort, nègre, tu n'en as pas l'habitude. »

Samuel ragea :

« Qui vous dit cela? Que je n'ai pas l'habitude? »

Ils haussèrent les épaules :

« Ça se voit bien que tu n'es pas un nègre de ce côté de l'eau. D'où viens-tu?

– Moi, mais je viens de Stony Gut. Je suis de Stony Gut. »

N'était-ce pas la seule identité qu'il pouvait revendiquer à présent? Il n'avait pas voulu être africain. Les Marrons n'avaient pas voulu de lui. Que restait-il?

« De Stony Gut? »

L'exclamation terrifiée lui causa du plaisir. Il avala une nouvelle gorgée de l'eau de feu :

« Ouais, je suis un des hommes de Deacon Bogle. »

Les deux garçons échangèrent des regards circonspects, emplis d'une lueur qui semblait de commisération, et interrogèrent avec douceur :

« Il y a combien de temps que tu l'as quitté, ton village? »

Malgré son ivresse, Samuel réalisa ce que l'intonation et le regard de ses compagnons avaient d'étrange. Il pressentit un danger et bégaya :

« Pourquoi? Il y a quelques semaines, quatre, cinq, je ne sais pas! »

L'un des deux garçons lui prit la main et fit :
« Alors, tu ne sais pas ce qui s'est passé? »

Qu'est-ce que la vie? Est-ce que c'est une femme folle qui va, vient, hurle et déchire ses haillons en les jetant au vent? Est-ce que c'est un aveugle qui, dans la nuit de ses jours, va, vient, culbute à chaque précipice et se rattrape aux ronces? Est-ce que c'est un estropié qui claudique? Est-ce que c'est un unijambiste sans béquilles? Dites-moi ce que c'est, la vie?

Samuel, hébété, se refusait à croire à l'horrible récit :

« Nous ne savons pas ce que nos oreilles ont entendu puisque nos yeux n'ont pas vu. Un jour de marché, Deacon Bogle a marché sur la ville de Morant Bay où siégeaient les magistrats de la paroisse de Saint Thomas avec ses hommes bien entraînés, drapeaux en tête. Le tambour résonnait, et les gens abandonnaient leurs étals pour voir passer le cortège. Deacon Bogle est entré avec ses hommes dans le tribunal où les buckra venaient de condamner un pauvre nègre à plusieurs mois de prison. Pourquoi? Une peccadille. Alors, Deacon Bogle a pris le nègre par le bras et l'a arraché à ses juges. Ses hommes ont déchargé leurs fusils. Le bois du tribunal a volé en éclats. La fumée a épaissi l'air. Deacon Bogle est sorti du tribunal en criant : « Jus- « tice, justice pour les nègres. » Puis, il est reparti pour Stony Gut. Mais, tu l'as bien compris, cette histoire ne fait que commencer. Les buckra se sont organisés. Ils ont envoyé leurs régiments à Stony Gut où les hommes de Deacon Bogle ne se sont pas laissé faire. Il y a eu des cadavres sur le sol. Le sang a giclé jusque sur les feuilles des arbres. La paille des toits a crépité dans le feu des incendies. Après, dans leur colère, les hommes de Deacon Bogle sont retournés de nouveau à Morant Bay. Toute la proisse de Saint Thomas était derrière eux, tous les nègres et toutes les négresses, las de peiner sur des terres d'iguanes et de cactus. Ils étaient tous là, venus de Pleasant Hill, de Belle Castie, de Soho, de Yallahs, et ils criaient « Justice! justice! » Ah! le carnage a été terrible! »

Samuel se prit la tête entre les mains :

« Dis-moi, comment tout cela a fini?

— Comment cela a fini? Comme finissent toutes nos histoires. La *Wolverine* et l'*Onyx* étaient à quai à Kingston. Elles ont transporté des troupes, venues de toutes les autres îles des Antilles pour mater la rébellion. Mais cela n'a pas suffi. Alors le gouverneur Eyre a fait appel aux Marrons.

— Aux Marrons! »

Le jeune garçon hocha la tête :

« Oui, aux Marrons des Blue Mountains, et ce sont eux qui ont livré Deacon Bogle aux Anglais qui l'ont pendu...

— Pendu!

— Après, les troupes anglaises ont rasé, incendié tous les villages de la paroisse au nom de la loi et l'ordre. Avec l'aide des Marrons, elles ont arrêté des centaines d'hommes et de femmes qu'elles ont enfermés dans les prisons, elles ont tué tous ceux qui résistaient. Puis, le gouverneur Eyre, cherchant un responsable, a fait arrêter le révérend George William Gordon. Celui-là, aussi, ils l'ont pendu... »

Etait-il condamné à voir assassiner tous ceux qui auraient dû lui servir d'exemple, mais dont par une remarquable fatalité, il se détournait au moment précis où il aurait dû les suivre? Hollis. Deacon Bogle. Que n'était-il resté avec ce dernier? Que n'avait-il pris rang parmi ces combattants? S'il fallait mourir, il serait mort avec lui. Il n'éprouverait pas ce sentiment d'avoir trahi, déserté. Une fois de plus.

« A Stony Gut, c'est là qu'est l'esprit de résistance ! »

Or, lui, pendant ce temps-là, poursuivait les fantômes de ses ancêtres. Risible, en vérité, il tournait le dos aux véritables combats pour traquer le souvenir d'empoignades défuntes. Il préférait l'écho des coups à leur réalité et au claquement des fusils. Il parvint à bégayer :

« Que reste-t-il de Stony Gut ? »

Les deux garçons eurent un geste d'ignorance :

« Nous t'avons dit ce que nous avons entendu, car nos yeux n'ont rien vu. Peut-être quelques pierres calcinées. Peut-être quelques cases. Espère dans le bon Dieu. »

Samuel se leva. Tout tournoyait autour de lui. Les murs du bar, méchante bicoque aux parois de clayonnages et au sol de boue dans laquelle flottait la puissante odeur du rhum. Les visages des consommateurs, paysans aux traits aussi burinés que les racines qu'ils venaient vendre. La silhouette du patron, mulâtre aux cheveux raides et luisants d'Indien. Les gens commencèrent par plaisanter :

« Bon, le rhum le fait danser, celui-là !
– Est-ce que c'est déjà la fête de Jonkunnu ? »

Les rires redoublèrent quand il tomba de tout son long et se roula de droite et de gauche, frappant la terre du front. Mais les deux jeunes gens réclamèrent le silence et s'agenouillèrent à côté du corps étendu qui tressautait en mesure, expliquant :

« Non, ce n'est pas le rhum. C'est toute la peine qui est dans son cœur ! »

« Est-ce que tu te sens mieux ? »

Le soir était tombé, et l'on n'entendait que la

grande colère de la mer, rageant contre les rochers. Les paysans étaient retournés vers leurs villages dans le grincement des essieux des charrettes. Les femmes avaient nourri les enfants et certaines se fumaient une petite pipe devant les portes en attendant les hommes qui buvaient un dernier coup pour raccourcir la nuit et s'éviter les songes.

Samuel murmura :

« Beaucoup mieux, merci. »

En disant cela, il essaya de se redresser et retomba en arrière, vaincu par le vertige et la faiblesse. La femme reprit :

« Tu as tellement parlé en dormant, tellement crié que tu as effrayé l'enfant! »

Samuel jeta un coup d'œil vers la paillasse, étendue à quelques pas de la sienne sur laquelle était pelotonné un tout jeune enfant, doré, de ses cheveux bouclés à ses pieds potelés, sans oublier ses larges yeux inquiets.

Il parvint à s'asseoir, s'étonnant que la souffrance de son cœur et de son esprit se traduise pareillement en souffrance du corps, et la femme s'accroupit à côté de lui :

« Laisse-moi te frotter avec de l'onguent gris. Enlève ta chemise. »

Il obéit, mais ces mains féminines sur son torse, son dos, ses épaules le remplirent de confusion et il souffla :

« Où est ton mari? »

Elle enduisit soigneusement ses paumes de la pâte onctueuse et fit sans le regarder :

« Je n'en ai pas! »

Cela lui rappela Amy et il sembla que le sort cruel voulait raviver sa plaie, lui interdire la cicatrisation. Il fit, haletant :

« Tu n'en as pas? »

La femme poursuivit sans relever la tête :

« Je travaillais comme domestique dans une famille d'Anglais de Falmouth. Comme la canne ne procure plus rien à présent, ils sont partis. Moi, je suis restée avec l'enfant que le maître m'avait fait.

– Le maître t'avait violée? »

La femme rit, un rire sans joie qui illumina cependant son visage. C'était une jolie femme, noire comme une canne congo, élancée aussi. Elle répliqua :

« Les Blancs ne violent pas toujours. Parfois, on se prend à les aimer! »

Aimer les Blancs! Dans sa colère et son mépris, Samuel se dégagea brutalement, mais il avait compté sans sa faiblesse, et ces mouvements lui arrachèrent un gémissement de douleur. La femme le força à se recoucher et le recouvrit d'un bout de chiffon :

« Je vais te faire une infusion de feuilles à corossol. Cela te fera dormir. »

Trop faible, trop las pour tenter de réagir plus longtemps, Samuel se roula en boule sur la paillasse. Et, aussitôt, Eucaristus qui s'était dissimulé parmi les poutres du plafond revint se pencher au-dessus de lui :

« Ah! tu bâillais quand je parlais de Ségou. Tu préférais écouter les sornettes de ta mère. Nanny, Kodjoe, Kwao! A présent, qu'as-tu trouvé sur l'autre rive? »

Oui, c'était la dernière brimade, l'ultime malédiction d'Eucaristus qui, père dénaturé, avait déchaîné sur son malheureux fils la colère des ancêtres Bambaras bafoués. Mais Samuel était-il coupable? Il le sentait bien, comme tous les autres enfants, que cette guerre, guerre qui s'était déclenchée bien avant leur naissance, dès qu'Eucaristus, frais émoulu du séminaire d'Islington à Londres, avait été nommé à la paroisse St Andrew de Portuguese

Town, remarquable promotion pour un homme si jeune, et avait emmené son épouse qui, tout de suite, avait haï la petite société des évolués parmi lesquels elle était forcée de vivre, avec ses bals costumés, ses concerts de Bach et de Beethoven et son indéfectible attachement à la grande reine Victoria, les aïeux étaient utilisés comme autant de masses, massues, balles, boulets, flèches empoisonnées, armes de toute nature pour blesser, trancher, donner la mort. Nobles Bambaras de Ségou contre fiers Marrons de la Jamaïque. Et, à peine sorti du ventre d'Emma, chacun d'entre eux était sommé de choisir son camp, même les filles, en général laissées à la mère, et qui, d'ailleurs, ne comptent pas. Herbert avait toujours su jouer. Assez bien bâti, sportif, brillant en classe pour susciter l'orgueil même inavoué d'un père. Assez imaginatif, attentionné, généreux pour combler la sensibilité d'une mère. Est-ce qu'avec sa première paie, gagnée en écrivant le compte rendu des matches de cricket dans l'*Anglo-African*, il n'avait pas offert à Emma ce châle espagnol qui lui allait si bien? Fond noir, roses écarlates, mauves et bleues, mariant leurs couleurs entrelaçant leurs tiges, longues franges soyeuses. Mon fils, quel plaisir tu m'as fait! Lui, Samuel, maladroit, naïf et qui pleurait la nuit, Yetunde, la servante, lui ayant dit que les morts ne sont pas morts, mais emplissent tout l'espace de leur présence, lui, Samuel n'avait pas su mentir. Le père, c'était cet étranger haïssable qui faisait pleurer la mère et lui arrachait de douloureux gémissements, surpris au travers des portes. Aussi, il commençait ses histoires :

« Mon oncle, le frère de mon père, qui, par un étrange tour du destin, avait épousé ma mère, me parlait de Ségou d'où vient notre famille. Il me disait : « Ségou, c'est comme une femme que tu ne

« peux posséder que par force. Elle se compose de
« quatre quartiers d'amont en aval de son fleuve, le
« Joliba : Ségou Koro, le vieux Ségou, Ségou Koura,
« le nouveau Ségou, Ségou Sikoro, la résidence
« royale... »

Et Samuel de bâiller, de pouffer en sourdine ou
de se plonger avec ostentation dans la lecture de
Jane Eyre, que sa mère venait d'emprunter au club
des Evolués, refusant de toutes ses forces une part
de lui-même qui à présent se vengeait. Oui, les
ancêtres bambaras se vengeaient, ameutés par le
père dénaturé.

La femme revenait, apportant un coui rempli
d'un liquide fumant. Elle aida Samuel à se mettre
sur son séant, le retint contre sa poitrine, tandis
qu'elle le faisait boire à petites gorgées comme un
enfant. Une fois de plus, le contact de ce corps
féminin et son parfum le troublèrent et il tenta de
s'écarter. Mais elle ne le laissa pas aller, interrogeant avec douceur :

« Pourquoi est-ce que tu as si peur des femmes ? »

Il bégaya :

« Je n'ai pas peur d'elles. »

Et, sans trop savoir comment, de fil en aiguille, il
se trouva parler d'Amy, de Victoria et de toute cette
souffrance en lui. Qu'allait-il devenir ? Les Marrons
n'étaient plus qu'un ramassis de meurt-la-faim, féroces et stériles. Il avait tourné le dos à Ségou et
jamais plus il ne traverserait le vestibule aux sept
portes pendant que les griots, assemblés, lui rendaient son nom. Hollis était mort. Deacon Bogle
était mort. Victoria l'avait quitté et Amy était
morte.

« Es-tu sûre qu'elle est morte ? Peut-être n'est-elle
qu'emprisonnée ? Retourne à Stony Gut. Va voir à

Morant Bay... Si tu ne la trouves nulle part et que tu es trop endolori, je suis là! Reviens! »

Hébété, doutant de comprendre ce que ses oreilles entendaient, Samuel releva la tête. Que possédait-il donc pour que, par deux fois, des femmes s'offrent à le consoler? Les femmes de cette terre étaient-elles donc riches de tant de trésors que le premier venu pouvait en être investi? Le plus démuni? Le moins méritant?

Il parvint à répondre :

« C'est que je suis marié. Je reste marié avec Victoria. Est-ce que je ne dois pas d'abord rechercher ma femme? »

La femme rit, d'un joli rire de gorge, un peu roucoulant, et Samuel s'apercevait à chaque instant davantage de sa beauté qu'avait tout d'abord masquée quelque chose de triste et d'un peu gauche dans son attitude :

« Je me demande si tu es un nègre, toi? Il n'y en a pas beaucoup de ton genre en tout cas. Elle t'a abandonné, et tu parles encore de ta femme! »

10

La mer cerne l'île. C'est la gardienne de sa prison.
Et la nuit aussi fait le guet. Boitant hors de leurs
trous, les crabes se faufilent parmi les pourpiers et
les amarantes vers le bord de mer. Le sable semble
gris, endeuillé par l'ombre. Vivre quand on n'a plus
goût à rien. Samuel s'assit sous un cocotier. Ce
serait facile d'aller jusqu'à la mer, de marcher,
marcher jusqu'à ce que l'eau lui atteigne les épaules, puis lui recouvre la tête, puis l'emporte vers le
large. Il avait appris que les esclaves de la Jamaïque
croyaient qu'une fois morts leur esprit revenait vers
la terre d'Afrique et s'incarnait dans un corps d'enfant. Alors, la vie recommençait. Hélas! il lui était
interdit de se donner la mort!

Pendant des jours, il avait parcouru Stony Gut où,
déjà, la nature avait repris possession de l'espace. Il
avait frappé à la porte de toutes les prisons de
Morant Bay, déclinant humblement son identité et
l'objet de sa requête. Parfois, quelque gratte-papier
le prenait en pitié et consultait la liste de ses
prisonniers avant de hocher négativement la tête. Il
fallait donc accepter l'inacceptable.

Au fur et à mesure que les jours passaient, il ne
savait plus ce qui le faisait le plus souffrir. N'avoir
pas été aux côtés de Deacon Bogle et s'être ainsi par

deux fois éloigné de celui qu'il aurait dû soutenir. Ou avoir perdu Amy. Il ne savait quelle culpabilité était la plus grande, et quelle faute il devait expier en priorité.

Il frissonna, car il n'avait pratiquement plus de vêtements. Deux nuits plus tôt, comme il dormait à la lisière d'un champ, des vauriens l'avaient dépouillé. Toute la région vivait dans l'insécurité. Ceux qui avaient échappé aux balles des Anglais ou déjoué les arrestations, ceux dont les maisons avaient été rasées et les villages incendiées se terraient dans les ravines, dans les anfractuosités des rochers ou les criques et rançonnaient les voyageurs imprudents. Samuel était heureux de son dénuement. Il était arrivé en conquérant dans l'île. Quelle naïveté! Comme Toizoteye et ses amis avaient eu raison de le railler en chantant :

« Ah! tous les buckra ne sont pas blancs
Certains sont noirs
Noirs et africains. »

Bien vite cependant, le sort s'était chargé de lui révéler sa véritable identité.

De là où il était, Samuel apercevait les navires à l'ancre dans Morant Bay, car l'Angleterre avait dépêché une commission d'enquête pour évaluer l'ampleur et la justesse de la répression. On affirmait que le gouverneur Eyre serait déposé de ses fonctions. On parlait d'une nouvelle constitution pour l'île. De la fin de la suprématie des planteurs. La foule en liesse, encore ointe du sang des martyrs, célébrait l'avènement des temps nouveaux, tandis qu'aux carrefours des prêcheurs en turban blanc remerciaient les dieux noirs qui enfin se penchaient sur leurs enfants.

Samuel se refusait de prêter l'oreille à ces propos, et toute cette excitation populaire avait à ses yeux couleur d'ingratitude. Qu'on oubliait vite ceux qui étaient sous terre! Un temps, il avait été tenté de se rendre à Villa de la Vega et de se faire rapatrier. Puis, il avait réalisé que ce serait l'ultime lâcheté. Fils de Marrons, il s'était voulu. Fils de Marrons, il devait rester, solidaire de leurs crimes, alors même qu'ils l'avaient rejeté. Deacon Bogle était mort, livré par les Marrons. Son corps s'était balancé au bout d'un gibet d'infamie. Il devait expier.

Samuel se roula en boule sous l'arbre pour lutter contre la fraîcheur et l'humidité. Redoutant le sommeil qui est la sarabande des rêves, des visages enchevêtrés, des voix discordantes, Emma, Hollis, Amy, Deacon Bogle, Victoria, la vieille du village marron, la femme de Falmouth, Eucaristus, Eucaristus surtout, il ferma les yeux. Il se revit petit garçon ânonnant les Saintes-Ecritures, butant exprès sur chaque mot, choriste, chantant faux :

> Plus près de toi,
> Mon Dieu, plus près de toi...

Il se revit adolescent, morveux, teigneux, les bottines mal lacées. Que n'avait-il fait la paix avec son père? Aujourd'hui, au lieu de grelotter sur cette plage, il entrerait dans Ségou. Il traverserait le vestibule aux sept portes, tandis que les griots lui rendraient son nom. Le fumet des viandes grillées s'élèverait vers le ciel, et les curieux se presseraient :

« Est-ce que ce n'est pas un de nos enfants qui a retrouvé le chemin? »

Certes, il y avait moyen de tenter ce retour. Aller jusqu'à la mer, marcher, dériver vers le large. Néanmoins, il le savait, cela lui était interdit. Il amassa le sable sous sa tête pour s'en faire un oreiller. Le temps passa. Il dut s'endormir car en écartant les paupières il se trouva nez à nez avec l'œil étincelant du soleil. Le sable avait blanchi, et deux hommes tentaient de mettre à l'eau une pirogue peinturlurée. La vague était haute. Aussi l'embarcation se cabrait comme une bête, faisant tomber dans de grands éclats de rire ceux qui s'efforçaient de la guider. Que les hommes sont oublieux! A quelques kilomètres de là, Deacon Bogle était mort, et ceux-là riaient, faisaient semblant de lutter et s'aspergeaient de sable.

Samuel se leva, époussseta ses haillons. Où aller? Comment vivre quand on n'a plus goût à rien? Comme il restait debout là, ne sachant trop que faire de lui-même, les deux pêcheurs l'aperçurent et lui signifièrent d'approcher. Sa première impulsion fut de tourner les talons. Puis, il se ravisa. Pourquoi éviter ces hommes? Ils n'étaient pas responsables de ses crimes. Il s'approcha. L'un des pêcheurs l'accueillit d'un sourire :

« Donne-nous un coup de main, veux-tu? La mer est mauvaise ce matin. »

Samuel entra dans l'eau jusqu'aux genoux, bandant ses muscles et éprouvant un fugitif bien-être dans cet effort. Avec un vif rétablissement, les deux hommes sautèrent dans la pirogue et lui tendirent la main. Il tomba parmi les cordages, les rames, les nasses et les couis, tandis que ses compagnons éclataient de rire :

« Toi, tu n'es pas un homme de la mer. D'où viens-tu? »

Sans répondre, Samuel regarda le large. Un envol d'oiseaux au plumage bigarré traversa le ciel. Il se rappela son arrivée dans l'île quelque six mois plus tôt, et ses yeux s'emplirent de larmes comme s'il songeait à un défunt. C'est vrai qu'il n'était plus le naïf venu à la recherche de la famille de sa mère! Qu'est-ce qui avait poussé racine à sa place? Un arbre tout tordu, tout desséché... Le jeune pêcheur, un chabin, à la peau constellée de taches de rousseur, l'interrogea avec curiosité :

« On t'appelle comment? »

Samuel releva la tête, cherchant une réponse. Finalement, il murmura, prenant presque involontairement l'intonation de l'endroit :

« Mon nom, c'est Sans-Nom, oui! »

La mer cerne l'île. C'est la gardienne de sa prison. Et le soleil, à présent, fait le guet, le soleil aux dents carnassières. Autrefois, les esclaves croyaient qu'une fois morts leur esprit se détachait de leur corps et retournait vers l'Afrique. C'est du faîte de ce mapou ou de cet acomat qu'il s'élançait, traversant l'immensité de l'eau jusqu'à ce que l'odeur d'huile de palme et de poisson séché de la terre natale les saisisse à la gorge. Mais, moi, je n'y ai point droit à ce retour. Alors, je ne reviendrai jamais à Ségou. Je ne franchirai jamais ses murailles de terre, rouges, éternelles et friables à la fois. Je ne traverserai jamais le vestibule aux sept portes et n'entendrai jamais décliner mon identité. Ah! il est de très haute et très noble naissance, celui-là qui nous revient aujourd'hui! Eucaristus, père dénaturé.

Le jeune pêcheur regarda avec pitié Samuel accroupi, presque hébété au fond de la barque. Cet homme souffrait. Il lui tendit une gourde de rhum et sourit :

« Tiens, bois ça, Sans-Nom! Est-ce que tu ne sais pas que ça aide à supporter la vie? »

A force de ramer, l'embarcation atteignit la pleine mer.

QUATRIÈME PARTIE

LE SANG AIGRE

1

« Mère, pourquoi me parle-t-on toujours du père de
mon père, du père de ma mère, jamais de mon
père? »

Ayisha baissa les yeux. Elle attendait cette question depuis seize ans. Elle répondit très doucement :

« Je ne peux te répondre. Va trouver ton
père[1]. »

Omar obéit sans un mot de protestation, il avait
été à bonne école, et tourna les talons. Il trouva son
beau-père dans la cour devant sa case, entouré de
trois hommes avec lesquels il était en grande
conversation. Il s'apprêtait à se retirer par discrétion, mais Tassirou lui signifia affectueusement de
s'approcher. Il s'assit donc à son côté sur la natte et,
même, prit une pincée de poudre brune de la
tabatière qu'il lui offrait. Intensément pieux, le
tabac était la seule faiblesse de Tassirou. Ses interlocuteurs devaient venir de loin, car leurs visages
étaient las. En outre, Omar ne les avait jamais
aperçus dans les rues du village. L'un d'eux interrogeait avec passion :

« Maître, que devons-nous faire? »

1. Il s'agit, en réalité, de son beau-père. Le terme est de politesse.

Tassirou joignit l'une contre l'autre ses mains, presque diaphanes, aux ongles rosés et polis comme des coquillages :

« Je passerai la nuit en prière, afin que Dieu veuille bien m'éclairer. Ensuite, je vous ferai part de ce qu'il m'aura dicté. »

Les trois hommes se levèrent, puis se prosternèrent à nouveau, cependant que Tassirou les bénissait. Comme ils s'éloignaient, Tassirou laissa tomber, gravement :

« Ils sont de l'entourage du lam-Toro[2]... »

Mais Omar s'en souciait peu et coupa avec brusquerie :

« Il faut que je le sache. Pourquoi me parle-t-on toujours du père de mon père, du père de ma mère, jamais de mon père? »

Tassirou dit affectueusement :

« Répète avec moi : « Ô Dieu, accorde ta béné-
« diction à notre Seigneur Mohammed qui a ouvert
« ce qui était clos; qui a clos ce qui a précédé; le
« défenseur de la vérité par la vérité, le guide du
« droit chemin, ainsi qu'à sa famille, suivant sa
« valeur et l'estimation de son ultime dignité. »

Omar obéit. S'efforçant au calme, tout son sang bouillait à l'intérieur de son corps. Néanmoins, il comprenait la leçon que Tassirou lui donnait et ne se rebellait pas. Quand la prière fut terminée, Tassirou prit sa main :

« Pourquoi poses-tu cette question? Est-ce que tu n'es pas mon fils? Est-ce que j'ai jamais fait la moindre différence entre Alfa, Amadou, Birama et toi? »

Omar sentit bien l'embarras de Tassirou et comprit qu'il cherchait, en réalité, à gagner du temps,

---

2. Chef du Toro, partie de l'actuel Fouta sénégalais.

pesant soigneusement chaque mot qu'il devrait prononcer. Il répondit :

« Vous savez bien qu'il ne s'agit pas de cela.
Chaque jour, je remercie Dieu de m'avoir mis sous
les yeux un exemple tel que le vôtre. Pourtant, je
suis né d'un homme qui n'est pas vous. Je porte son
nom, Traoré. Je sais que, par lui, je suis originaire
de Ségou. »

Tassirou sembla se décider :

« Quand j'ai épousé ta mère, tu étais âgé de trois
ans. Après la disparition de notre mujaddid, de
notre wali, El-Hadj Omar, elle était revenue dans
son pays natal et vivait à Podor. J'avais d'abord cru
que son mari avait trouvé la mort en le défendant
dans les falaises de Bandiagara. Il m'a fallu quelque
temps pour apprendre que, au contraire, il avait
trouvé la mort en tentant de le combattre. »

Atterré, Omar répéta :

« De le combattre! »

Tassirou lui caressa la main, comme pour se faire
pardonner la peine qu'il lui causait :

« Oui! Il dirigeait une rébellion destinée à chasser les Toucouleurs de Ségou. Les sofas ont dû
l'abattre. »

Pendant un moment, il sembla à Omar que sa vie
s'arrêtait. Il parvint à articuler :

« C'était un traître! »

Il y eut un silence pendant lequel on entendit le
caquetage de la volaille dans l'enclos et le braiment
d'un âne, puis Tassirou reprit :

« Peut-être pas. Et c'est pour cela qu'il est si
difficile de parler de lui. Tu vois, quand un homme
est entièrement bon ou entièrement mauvais, il est
facile de le décrire. Tel n'était pas le cas de Mohammed. Nul n'a jamais pu mettre en doute sa foi en
notre Dieu et sa piété. En même temps, c'était un
Bambara... »

Omar l'interrompit rudement :

« Qu'est-ce que cela explique ? »

Tassirou eut un soupir :

« Je crois que sa foi s'est mêlée de considérations ethniques, et qu'il a fini par voir dans la présence toucouleur à Ségou une usurpation. »

Omar haussa les épaules :

« Mais les Toucouleurs étaient les envoyés de Dieu.

– Peut-être l'avait-il oublié...

– Oublié ? »

Tassirou ne répondit rien. Omar regarda autour de lui le décor familier de la concession, et il lui sembla que plus rien ne serait pareil. Jusque-là, il menait l'existence sans histoire d'un jeune Torodo. Il avait fait ses études islamiques auprès d'un lettré, choisi par sa famille. Son seul souvenir mémorable était un séjour à Podor auprès de parents de Tassirou. Jusqu'alors, il n'avait jamais vu de Blancs, de Français, et ceux-ci l'avaient beaucoup impressionné. Brusquement, il apprenait que celui qui lui avait donné la vie était un individu douteux, mort dans des circonstances honteuses. Son univers s'effondrait. Il se leva, mais Tassirou le retint par un pan de son boubou :

« Interroge ta mère, à présent. Elle t'en dira davantage. »

Au lieu d'obéir et de retourner vers la case de sa mère, Omar quitta la concession. S'il ne s'était pas contenu, il aurait hurlé et se serait roulé par terre comme une femme ou un enfant. En aveugle, il atteignit le fleuve[3] aux eaux jaunes et étales, parsemées d'îlots de roseaux, et il se laissa tomber sur une coque de pirogue. Que faire ? Il le sentait, cependant, il n'aurait désormais de cesse que le

3. Il s'agit du fleuve Sénégal.

mystère entourant son origine paternelle ne soit complètement dissipé. Il ne retrouverait la paix qu'à ce prix. Alors, il devait quitter Ouro, l'austère et cependant tendre atmosphère familiale. Il renifla. Cependant, derrière son chagrin, se profilait confusément un autre sentiment qui correspondait bien à sa nature impatiente, quoique parfaitement disciplinée. Une sorte d'excitation, d'anticipation. Enfin, il allait commencer à voler de ses propres ailes. Enfin, il allait devenir un homme.

Il reprit le chemin du village. Comme il remontait la rue principale, bordée de cases carrées surmontées de toits coniques en vannerie, une demi-douzaine de cavaliers le dépassèrent dans un nuage de poussière. Au bruit des sabots des chevaux, les enfants sortaient des cours et applaudissaient bruyamment. Les hommes étaient vêtus de bleu sombre et portaient des fusils en bandoulière, cependant que des sabres à lame recourbée leur battaient les flancs. Leurs griots les suivaient en courant. Omar se demanda s'il s'agissait de nobles, vivant peut-être à Guédé dans l'entourage du lam-Toro comme les inconnus qu'il avait trouvés en grande conversation avec son beau-père. On vivait une époque si troublée que tout était possible. L'écho des conflits, des tractations et des alliances atteignait même le petit village d'Ouro à la limite du Toro, à des kilomètres des grands centres.

Comme un malfaiteur qui redoute d'être surpris, Ayisha poussa précautionneusement la porte faite de clayonnages de la case des garçons. Pendant quelques instants, elle demeura immobile sur le seuil, écoutant comme une mélodie les respirations juvéniles et régulières. Puis elle souffla :

« Omar! »

Il se dressa aussitôt sur sa natte et elle le rejoignit, enjambant des corps à moitié nus, abandonnés dans le sommeil. Mais comme elle posait la main sur son épaule, il se dégagea, disant sèchement :

« Ne restons pas ici... »

Dehors, la lune commençait timidement l'ascension du ciel.

Ils revinrent vers la case d'Ayisha et s'assirent dans le vestibule qu'éclairait une fumeuse lampe à huile, achetée aux commerçants qui venaient de Saint-Louis du Sénégal. Ayisha espérait qu'Omar allait l'aider d'une question, d'une interrogation. Hélas! il demeurait enfermé dans un mutisme hostile, et, s'efforçant de retenir ses larmes, elle commença son récit :

« On ne nous apprend pas à nous autres, femmes, à parler d'amour. On ne nous demande que l'obéissance et le respect. On ne nous demande que de mettre au monde des enfants mâles. Et, pourtant, je n'ai pas honte de l'avouer, j'ai aimé ton père Mohammed Traoré. Je savais que mon père avait en tête de me marier à un Bambara pour sceller l'alliance avec Ségou, et, de toutes mes forces, je m'apprêtais à haïr ce mari issu d'une terre de barbarie et de fétichisme. Mais quand la marieuse a relevé mon voile et que je l'ai vu si faible, si frêle, atteint dans son corps et blessé dans son âme, je l'ai aimé. »

Dans la gêne que lui causaient de telles phrases dans la bouche de sa mère, Omar émit une involontaire protestation. Ayisha n'y prit pas garde et poursuivit :

« Peut-être que si je l'avais moins aimé, ne l'aurais-je pas perdu...

— Qu'est-ce que tu veux dire? »

A ce moment, on entendit un pleur dans la pièce

voisine. C'était Oumou, la dernière-née, et Ayisha se précipita pour la bercer, laissant Omar ronger son frein dans le vestibule. Quand elle revint, elle reprit son récit là où elle l'avait interrompu :

« Si je l'avais moins aimé, je ne l'aurais peut-être pas perdu... J'avais appris qu'il avait l'intention de se rendre à Saint-Louis du Sénégal, pour porter secours à son frère parti acheter des armes aux traitants français. A ce moment-là, les Bambaras ne s'étaient pas encore résignés à la domination toucouleur, et ce n'étaient que complots et rébellions. J'ai couru tout raconter à mon frère Amadou. Alors... Alors, il est entré en fureur. Il a fait arrêter les chefs des grandes familles de Ségou et les a expédiés à notre père qui se trouvait dans le Macina pour qu'ils soient mis à mort. Et c'est en soulevant Ségou contre ces arrestations que ton père a été tué. »

Omar respecta le chagrin de sa mère, puis s'exclama :

« Je ne comprends pas. N'était-il pas un bon musulman? »

Ayisha dit très bas :

« C'était aussi un bon Bambara. »

Le silence se fit. Omar tourna cette dernière réponse dans sa tête et interrogea d'un ton hésitant :

« Et moi, qu'est-ce que je suis?

– C'est à toi de le découvrir. »

Serrant autour de lui son pagne de nuit, Omar se leva. Qu'il était grand, à présent, lui qui, l'hivernage précédent, atteignait à peine l'épaule de sa mère! Grand, élancé, donnant une impression de robustesse, bien différente de celle de son père. Et, pourtant, il lui ressemblait par l'éclat des yeux, la sensibilité de la bouche et le modelé du menton. Il fit, retrouvant son intonation enfantine :

« Nenoy[4], qu'est-ce que je dois faire?

— Parle, à présent, à ton père. Je crois qu'il a tout prévu dans sa tête. Il attendait que le moment soit venu. »

Tassirou, le second mari d'Ayisha, était un mystique. Il appartenait à une famille torodo qui avait donné un almany au Fouta, mais, très jeune, il avait signifié sa volonté de n'occuper aucune fonction et s'était réfugié dans le petit village d'Ouro. Sa réputation de sainteté avait vite dépassé ces limites étroites et s'était étendue au Dimar, au Lao, au Bosséa, au Nguenar, au Damga, au Ferlo et même à des régions que ne peuplaient pas les Toucouleurs. On venait le consulter sur tout : le choix d'un précepteur pour un fils, comme le commentaire d'un texte sacré. Omar se dirigea sur la pointe des pieds vers la case où il était en prière. Mais il n'eut pas sitôt pénétré dans la cour qu'il entendit la voix bienveillante :

« Tu es calmé, à présent? Entre! »

Vu la fraîcheur de l'heure, Tassirou s'était drapé dans un burnous qui donnait de l'ombre à ses traits émaciés par les jeûnes incessants. Il ordonna :

« Répète avec moi. »

L'homme et le jeune garçon mêlèrent leurs voix dans le salatul fatih[5].

Puis Tassirou reprit :

« Nous vivons une époque terrible. Les Français viennent de déposer le lam-Toro qu'ils avaient eux-mêmes nommé. Les chefs et les notables me demandent de déclencher le jihad contre eux et ont envoyé des émissaires auprès d'Amadou, à Ségou, afin de se procurer des fusils. Mais, moi, je ne suis

---

4. Mère, diminutif affectueux.
5. Prière du wird tidjane.

pas un homme de sang. Mes armes sont celles-là. »

Il brandit son chapelet et son Coran. En même temps, malgré l'assurance de ses propos, il semblait troublé, et, pour la première fois, Omar ne le vit pas comme il avait coutume de le voir, c'est-à-dire une représentation vivante de la perfection. Il découvrait un être de chair et de sang, avec des émotions, des hésitations, des angoisses. Il demanda doucement :

« Est-ce que le jihad n'est pas un devoir si les circonstances l'exigent? »

Il sentit qu'il avait touché le point sensible, car Tassirou répliqua vivement, comme s'il argumentait avec lui-même :

« Dieu ne m'y a pas autorisé! El-Hadj Omar, notre maître à tous, n'a commencé le jihad qu'après en avoir expressément reçu l'ordre d'Allah! Son assistance était en Allah. Sur lui, il s'appuyait, et vers lui, il revenait repentant. Moi, rien, pas un songe, pas une vision... »

Il demeura un long moment silencieux, puis il releva la tête :

« Mais tu n'es pas là pour parler de moi, j'imagine! Tu as fait pleurer ta mère. Est-ce que tu lui as demandé pardon? »

Omar rétorqua d'une voix butée, car, sans trop comprendre pourquoi, son cœur débordait de rancune envers Ayisha :

« Pardon de quoi? Et était-ce à elle de pleurer? »

Tassirou ne protesta pas devant cette insolence et articula lentement, pesant chaque mot :

« Un fils qui n'est pas en paix avec son père ne sera jamais en paix avec lui-même. Un fils qui ne connaît pas son père ne se connaîtra jamais lui-même. Je t'aime comme un fils. Je dirai même que c'est par toi qu'est né mon amour pour ta mère. Tu étais dans la cour de la concession de mon cousin parmi une demi-douzaine d'autres enfants. Tu t'es approché de moi et m'as dit : « Baboy[6]! » Je me suis penché sur toi, et j'ai demandé qui était ta mère. Quand je l'ai vue, fragile, tellement blessée dans son âme que cela transparaissait sur son visage... »

Révolté dans sa pudeur, Omar baissa les yeux. Qu'avaient-ils tous, ces adultes, à dire l'indicible? Tassirou poursuivit :

« ... J'ai appris ce qu'était l'amour humain que j'ignorais jusqu'alors. »

Il y eut un silence pendant lequel Omar, paralysé par la honte, n'osa ni bouger ni regarder dans la direction de Tassirou.

« Va à Ségou. »

Il releva la tête, heureux et effrayé à la fois de s'entendre donner l'ordre qu'il attendait, et demanda précipitamment :

« Quand? »

Tassirou eut un sourire un peu triste :

« Je te reconnais bien là. Tu voudrais partir cette nuit même, hein? Tu partiras avec les notables venus de Guédé. Leurs esclaves te conduiront à Bakel. C'est là qu'un de mes cousins te fournira une escorte pour arriver jusqu'à Ségou. Tu rendras certes visite au frère de ta mère, le souverain de Ségou, mais tu n'habiteras pas chez lui, même s'il cherche à te retenir. Tu iras dans la concession de ton père, parmi les membres de sa famille. »

Omar fronça les sourcils :

« Sont-ils de bons musulmans? »

Tassirou eut un soupir :

6. Père, dimension affectueuse.

« S'ils ne le sont pas, tu travailleras à ce qu'ils le deviennent. Ce sera ta mission. »

« Dieu ne m'a pas choisi pour mener le jihad contre les Français. Toute la nuit, je l'ai prié. Il n'y a pas de doute là-dessus. D'autre part, je ne crois pas que nous devions céder et quitter les terres de nos ancêtres. Restons là où nous sommes. »

Les hommes se mirent à parler tous à la fois :

« Mais ce n'est pas aux Français à nommer nos chefs!

— Ils s'installent partout en brandissant des chiffons de papier!

— Ils arrêtent tous ceux qui prétendent s'opposer à leurs lois!

— Ils rasent leurs villages!

— Ils ont morcelé notre pays. Voilà à présent qu'ils veulent le détruire!

— Tu veux dire que nous devons rester les bras croisés à les regarder faire? »

Tassirou secoua fermement la tête et déclara :

« Attendons. Ne bougeons pas. Dieu nous enverra un signe quand il le jugera bon. »

Il n'était pas possible aux hommes d'insister davantage. A quoi bon s'attarder auprès de ce timoré, tout juste bon à rouler les grains d'un chapelet? Pourtant, leur politesse leur interdit de rien manifester, et ils firent honneur au tiöbal[7] que leur servaient des esclaves.

Alfa Omar, qui conduisait une délégation venue de Podor, était apparenté au marabout Cheikou Hamadou qui, quelques années auparavant, ayant pris les armes contre les Français dans le Toro, avait été défait par ces derniers avant d'être tué

_____

7. Bouillie de mil et de lait caillé.

dans le Cayor. Pour ces raisons, sans doute, il pensait toute lutte impossible et était de ceux qui préconisaient l'émigration vers l'est du fleuve Sénégal, vers le Kaarta et même vers Ségou. Mais il avait entendu dire que les Français ne respectaient plus le traité qu'ils avaient signé avec El-Hadj Omar et s'installaient dans le Dialafara, le Fouladougou, régions d'obédience toucouleur. Il fit gravement :

« Il paraît que les Français vendent des armes aux Bambaras. »

Tassirou s'exclama :

« Aux Bambaras! Mais quel est leur calcul? »

Les hommes le regardèrent avec commisération :

« Très simple! Ils pensent se faire passer pour des sauveurs. Quand ils sont avec des Bambaras, ils se présentent en adversaires des Toucouleurs.

– Et puis, pendant que Toucouleurs et Bambaras se battront, ils prendront leurs terres. »

Tassirou secoua la tête :

« Je ne comprends pas ces hommes. Est-ce qu'ils n'ont pas de terres à eux? Et pourquoi veulent-ils s'emparer de celles des autres? Pourquoi veulent-ils leur imposer des cultures? Nos pères nous ont appris à faire pousser le mil! »

Comme il n'y avait pas de réponse à ces questions, le silence se fit.

Sous son attitude d'hôte parfait, Tassirou souffrait le martyre. Toute la nuit, il avait guetté un signe de Dieu. Comme il aurait été heureux de se dresser devant ceux qui l'entouraient et de leur dire :

« Je suis prophète de Dieu. J'ai la même mission que les anciens. Je changerai la situation du pays avec l'armée d'anges que Dieu m'a confiée, et je ferai en sorte que la religion musulmane soit au-dessus de toutes les religions de l'univers! »

Mais Dieu demeurait sourd, et lui devait demeurer sur sa natte comme un cul-de-jatte.

Les Français avaient fait de Saint-Louis du Sénégal la capitale de leur établissement de la côte d'Afrique et, se servant de cette ville comme d'une base, tentaient de pénétrer toujours plus avant à l'intérieur du pays. Ayant passé des accords avec les souverains du Dimar, du Toro, du Damga, du Lao, du canton des Irlabé, non seulement, ils inondaient toute la région de leurs produits, portant un coup mortel aux productions traditionnelles, ruinant des familles entières d'artisans, mais, encore, ils s'emparaient des terres dont les cultivateurs devenaient de véritables esclaves. On disait qu'ils entendaient construire un chemin de fer qui irait jusqu'à Tombouctou, ainsi qu'une ligne télégraphique le long du fleuve Sénégal. Dans quel dessein? Tassirou avait beau se poser cette question des centaines de fois, il n'y trouvait pas de réponse.

Ses hôtes se levèrent dans un grand bruit de sabres entrechoqués, et Tassirou les conduisit à l'entrée de la concession. Son cœur était de plus en plus lourd. « Dieu m'a commandé de combattre les hommes jusqu'à ce qu'ils attestent qu'il n'y a de dieu que Dieu. » Phrase sublime qu'il ne prononcerait jamais! Il retourna vers sa case, traînant les pieds dans le sable, comme s'il était soudain devenu un vieillard sans force.

C'est alors qu'Ayisha apparut entre les cases. Dix fois le jour, Tassirou suppliait le Ciel de lui pardonner d'éprouver tant d'amour pour une créature. Puis, il se disait que l'amour de la créature renvoie au Créateur, et il se sentait apaisé. Depuis treize ans que durait leur union, rien ne les avait séparés, à part le fantôme du mari défunt qui rôdait toujours quand ils étaient ensemble. Mais cette dévotion, cette fidélité à un disparu n'était-elle pas précieuse, témoignant des qualités spirituelles de l'épouse ? Ayisha leva vers lui un visage bouleversé aux yeux brillants de larmes et murmura :

« C'est qu'il est tellement heureux de partir ! Si tu l'entendais rire et s'en vanter auprès de ses jeunes frères ! »

Ingratitude de l'enfance ! Tassirou se rappela tout le soin qu'il avait pris pour élever ce garçon qui n'était pas le sien, les soucis et les veilles d'Ayisha. La tristesse qu'il éprouvait déjà s'appesantit sur tout son être. Néanmoins, il s'efforça de ne rien en laisser paraître et rassura Ayisha tendrement :

« Laisse ! Cela est de son âge, mais il nous reviendra... »

2

Allah sait la vérité!
Les gens d'Al-Bekay l'encerlaient
Venus de Tombouctou, et ceux du Macina,
Pareils aux bêtes féroces qui hantent la plaine
Alors le Cheikh fit un dernier salam[1]
Et entra dans la grotte
Alors le mujaddid vit la face de Dieu
Ne pleurez pas, ne pleurez pas surtout
Il dort, il mange
Il adore Allah qui sait la vérité!

Assis par terre, Omar écoutait le récit familier. Il en connaissait chaque parole. Il le savait, qu'El-Hadj Omar, l'aïeul, n'était pas mort, même s'il avait disparu dans la grotte de Deguimbere à Bandiagara. Il le savait, que les parois s'en étaient ouvertes, lui livrant un passage vers La Mecque où il vivait désormais avec les bienheureux. Et comme à chaque fois, son esprit imaginatif et impatient tentait de revivre le dernier combat. C'était en 1864. Il avait un an.

Les Peuls du Macina et leurs alliés de Tombouctou assiégeaient Hamdallay où résidait El-Hadj

1. Prière.

Omar. Partout à travers l'empire qu'il avait tenté d'édifier pour la plus grande gloire de Dieu, les peuples se révoltaient, Bambaras de Ségou, Sarako-lés, Somonos, Diawaras... mais le mujaddid tenait bon. Et sa foi tenait en vie ses compagnons. Malgré le siège, malgré la faim, malgré la soif, ils résistaient. Alors, le téméraire Tidjani, fils d'El-Hadj, car il était fils de son frère, Alfa Amadou, s'écria :

« Père, laisse-moi tenter une sortie! Je vais ameu-ter les Dogons de Bandiagara qui haïssent les Peuls et regrouper tous les Hal-pularen qui craignent Dieu. Ensuite, nous reviendrons te délivrer. »

Hélas! El-Hadj Omar ne voulut point se contenter de l'attendre. Il parvint à quitter Hamdallay. Alors, la horde des ennemis de Dieu se lança sur ses traces. Alors, la horde l'accula dans les falaises de Bandiagara. Alors, il disparut, et la fumée boucha l'entrée de la grotte dans laquelle il était entré.

Ah! si Omar avait été là, il aurait été de ceux qui auraient suivi le wali jusqu'au bout! Il aurait dis-paru dans la grotte avec lui, et aujourd'hui il serait parmi les bienheureux. Car il sentait bien que l'éducation qu'il avait reçue ne cadrait pas avec sa nature profonde. Tassirou avait voulu faire de lui un homme de la plume et de l'encrier. Alors qu'il avait toute l'étoffe d'un homme du sabre et de la lance. Il était né pour parcourir les champs de bataille, semant la terreur parmi les faibles. Quels combats s'offraient à son ardeur? Un calme relatif régnait dans les provinces de l'empire toucouleur, même si, çà et là, des exaltés prenaient les armes. Les Bambaras semblaient maintenant accepter leur sujétion. Tidjani, frère d'Amadou de Ségou, avait réduit le Macina. Allah avait imposé sa loi du Guidimakha au lac Débo, du Kingui à Dinguiraye. Quels combats? Il se pencha vers le fils de son hôte Abdel Kader :

« Viens, faisons un tour jusqu'au fleuve. »

La nuit, dans les pays du fleuve, la terre, le ciel et l'eau se confondent. Les arbres se dressent comme des gardiens protégeant les cases, les champs et le sommeil des hommes, tandis que l'air charrie l'odeur humide de l'eau, l'odeur sèche de la terre et les mille parfums de l'encens, du vétiver, de l'urine et de la bouse de vache. Omar passa le bras sous celui d'Abdel Kader :

« Tu as de la chance de vivre à Guédé qui est une grande ville. Aussi, bien que nous ayons le même âge, tu es mieux informé que moi. Est-ce vrai que nombre des nôtres veulent combattre les Français ? »

Abdel Kader eut une moue :

« Ils en parlent beaucoup. Mais ils agissent peu. Ou bien ils se lèvent, puis reculent. Je crois au fond que les Français leur font peur.

– Peur ? »

Abdel Kader secoua la tête :

« Oui, peur ! Est-ce que tu as vu les armes des Français ? Des masses de fer qui crachent le feu et emportent dix, vingt hommes d'un seul coup. »

Omar haleta :

« Est-ce que tu les as vues, toi ? »

Abdel Kader sembla un peu penaud :

« C'est ce qu'on m'a dit en tout cas. Mais puisque tu vas à Bakel, tu verras le fort qu'ils ont construit. Je t'assure, Amadou de Ségou lui-même a peur des Français ! »

Omar fut choqué et répéta :

« Un Toucouleur, avoir peur !

– Je te dis que les Français ne sont pas des hommes comme les autres ! Ils sont plus forts. »

Cela, Omar n'était pas disposé à le croire. Il avait été élevé dans la conviction qu'il appartenait à une espèce supérieure, aimée de Dieu, et qui, s'appuyant sur lui, pouvait tout obtenir. Il s'écarta avec un peu de mépris d'Abdel Kader.

Si les Français poursuivaient leurs agressions, il serait de ceux qui prendraient les armes contre eux. Son esprit s'enflamma. Qui sait si un jour Dieu ne lui enverrait pas ce signe qu'il avait refusé à Tassirou? Son maître, le vieux Salif, ne lui avait-il pas prédit un avenir singulier? Peut-être serait-il wali? Madhi? Il s'effraya de son orgueil, et, reprenant le bras d'Abdel Kader, il retourna vers la concession.

Malgré l'heure tardive, elle était dans l'émoi. Les wambabe[2] s'étaient tus, interrompant le récit de la disparition d'El-Hadj Omar. On entourait un petit groupe d'hommes, parlant de façon volubile. Ils venaient d'apprendre que des Français, entourés d'une vingtaine de tirailleurs et de plusieurs soldats blancs, à la tête d'un convoi de deux cent cinquante ânes, avaient franchi le fleuve Sénégal, se dirigeant vers Ségou. Dans quel dessein? Quelles transactions allaient-ils proposer au souverain? Quelles alliances contre nature allaient être signées? Et au détriment de qui? Toutes les suppositions étaient permises.

Le premier souci d'Omar en arrivant à Bakel fut de courir au fort édifié par les Français. C'était une belle construction, un gros quadrilatère bastionné avec des créneaux et des meurtrières qu'un chemin couvert reliait à une deuxième enceinte. Bakel avait été choisi par les Français, car il possédait une rade sûre et un bassin large et profond où les bateaux étaient assurés de flotter toute l'année. Sur l'une des collines surplombant le fleuve étaient bâtis des casernes et des entrepôts pour les traitants. Pour

2. Griots toucouleurs.

l'heure, cependant, le lieu était si calme qu'Omar douta qu'il soit habité. On lui avait pourtant assuré que le fort abritait une cinquantaine de soldats dont un tiers étaient français.

Omar se consola en regardant les bateaux sur le fleuve, essayant de deviner la force qui était cachée dans leurs flancs. A quoi servaient les deux cylindres verticaux qui s'élevaient droit vers le ciel? Pourquoi étaient-ils liés les uns aux autres comme des enfants se tenant par la main? Que signifiaient les haillons tricolores qui flottaient à l'arrière? Comme personne ne pouvait l'aider à répondre à ces questions, il prit le chemin du village et du marché, fort animé, à la différence du fort. A cause de son excellente situation commerciale et fluviale, à la charnière du Goy et du Bundu, Bakel était devenu une plaque tournante où s'échangeaient tous les produits de la terre. On y trouvait de la noix de cola, du sel, de l'or, des objets de sellerie, des parfums et des armes damasquinées venues du Maghreb, mais, surtout, des produits de provenance européenne, qu'amenaient les traitants de Saint-Louis. Les tissus de coton – guinée et écarlate – voisinaient avec les objets de quincaillerie, les pains de sucre et les colliers de verroterie. Omar s'approcha d'une échoppe où on vendait des armes et, le cœur battant, comme s'il commettait une action défendue, il prit dans ses mains un fusil à deux coups. Il commença par en caresser la crosse, puis le canon, enfin il feignit de l'épauler. Le marchand qui n'avait pas manqué de remarquer son manège dit en riant :

« Tieddo[3], combien m'en donnes-tu? »

Omar fit avec humeur :

---

3. Guerrier.

« Je ne suis pas tieddo et je ne peux rien t'en donner! »

L'homme se leva et s'approcha de lui :

« Rien? Même pas ce que tu as aux pieds? »

Omar baissa les yeux vers le sable. La veille de son départ d'Ouro, Tassirou lui avait donné une paire de bottes, faites d'un cuir aussi souple que du tissu et finement décorées de croisillons dorés, qui avait dû lui coûter une fortune. Omar fut suffoqué :

« Tu veux que j'aille pieds nus comme un mac-cuddo[4]? »

En même temps, la tentation était trop forte. Son regard allait de l'arme à ses bottes, la première lui semblant le symbole de la vie à laquelle il allait aborder. Pas de doute là-dessus, il allait être un soldat de Dieu! Il allait défendre la terre musulmane au prix de son sang! Aussi ne devait-il pas se doter des moyens d'y parvenir? Car il était révolu, le temps du sabre et de la lance. C'est de la possession d'armes bien plus meurtrières que les Français tiraient leur force. Tenir entre ses mains un fusil, n'était-ce pas déjà les défier? Aux trois quarts vaincu, Omar baissa les yeux :

« A quoi sert un fusil s'il n'y a pas de poudre? »

Dans un nouvel éclat de rire, l'homme se dirigea vers le fond de son échoppe, tandis qu'Omar se déchaussait avec lenteur.

Pourtant, s'il craignait d'être accueilli par des reproches dans la concession de son hôte, Thierno, cousin de Tassirou, il n'en fut rien. Une assemblée d'hommes de haute allure était réunie dans la première cour. C'est que, ventre à terre, un cavalier était arrivé de Kita et avait répandu la nouvelle que les Français signalés quelques jours plus tôt dans la

---

4. Esclave.

région étaient reçus en grande pompe par Tokouta, le souverain, qui acceptait leurs présents et les autorisait à séjourner chez lui autant qu'ils le désiraient. Thierno fronça les sourcils dans son effort de réflexion et prit ses interlocuteurs à témoin :

« Est-ce que Tokouta n'est pas vassal de Ségou ? Est-ce qu'il ne lui paie pas tribut comme tous les souverains malinkés ? »

Il y eut un murmure d'acquiescement. Thierno poursuivit :

« Est-ce que Tokouta peut accepter les cadeaux des Blancs sans consulter Samba, qui représente Amadou et Ségou à Mourgoula ? »

Une voix timide s'éleva :

« Peut-être l'a-t-il consulté ? Ne jugeons pas trop vite ! Quelquefois, les Blancs se promènent dans notre pays simplement pour regarder les plantes que nous cultivons et étudier nos coutumes. »

Ce fut un chœur de protestations :

« C'est ce que nous avons cru, en effet. Mais, même quand un Blanc fait semblant de regarder des plantes, c'est tout autre chose qu'il dessine sur ses carnets. »

Sans s'attarder auprès d'eux, Omar se dirigea vers la case des garçons. Etaient-ce des hommes, en vérité ? Ils étaient là à bavarder, à s'interroger, à se tâter, à tergiverser ! Lui, s'il était un adulte, c'est une armée qu'il aurait déjà levée et, un fusil pointé sur sa poitrine, il aurait bien fini par avouer, le Blanc, ce qu'il cherchait dans la région !

Son précieux fusil entre les jambes, Omar regardait les rives encaissées du fleuve. Pour l'heure, il était navigable, presque ensommeillé entre les roches noir et rouge. Néanmoins, bientôt, avaient dit les laptots, il serait coupé de rapides et il faudrait remonter sur la berge afin de poursuivre le trajet à dos d'animal. L'allure lente du voyage irritait Omar. Tant d'étendues à parcourir! Pourrait-il contenir cette impatience en lui?

Il se demandait si c'était le sang de son père, ce père inconnu, sans visage et sans réalité quelques jours auparavant, qui, brusquement, l'incendiait. Qu'avait dit Ayisha?

Il dirigeait une rébellion destinée à chasser les Toucouleurs de Ségou, et c'est ainsi qu'il a rencontré sa mort.

C'était donc un combattant de la grande espèce? Ah! il aurait dû presser sa mère de questions, au lieu de bouder, de se conduire comme un gamin qui refuse de regarder la réalité en face. Et, dans un revirement causé par sa jeunesse, il se prenait à rêver de ce père qui l'avait d'abord rebuté. A quoi ressemblait-il? Etait-il grand? Fort? Noble d'allure? Sûrement, sinon Ayisha ne l'aurait pas tant aimé. Néanmoins, au souvenir du trouble de sa mère, Omar éprouvait la même gêne, et surtout la même rancœur. Une mère doit-elle montrer qu'elle est femme et surtout trahir les vivants au profit des morts? A un moment, on entendit un énorme rugissement, comme si un troupeau de bêtes sauvages était pris à la gorge. C'était le fleuve qui se ruait hors de son lit. Appuyant sur leurs perches, les laptots rapprochèrent les embarcations de la rive. D'ailleurs, le ciel commençait de s'assombrir : ce serait bientôt l'heure de la prière de maghreb[5]. Une fois celle-ci terminée, laissant là les esclaves de son escorte qui s'affairaient à couper des branches pour les cases où on passerait la nuit, à allumer des feux et à préparer le repas, Omar, plein de ce sentiment de liberté et d'exaltation qui ne le quittait plus, fit

5. Prière au couchant.

quelques pas au hasard, tenant à la main son beau fusil. C'est alors qu'au détour d'un bosquet il se trouva nez à nez avec un jeune homme qui, sans plus attendre, brandit un coutelas au-dessus de sa tête. Il lui ordonna sèchement :

« Baisse cette arme. Je ne te ferai aucun mal! Je ne suis pas un meurtrier! »

L'autre répliqua dans un mauvais peul :

« Tu sais, quand on voit un Toucouleur armé d'un fusil, on peut tout craindre! »

Omar haussa les épaules :

« Comment sais-tu que je suis un Toucouleur? »

Le jeune homme ricana :

« Le bossu essaie de cacher sa bosse... Tu serais muet qu'on le verrait bien, d'où tu sors... »

La remarque plongea Omar dans la perplexité, et il dévisagea son interlocuteur. C'était un garçon qui, comme lui, ne devait pas avoir vingt ans, seize, dix-sept ans tout au plus; grand pour son âge et bien bâti, il était assez comiquement vêtu d'un pantalon droit et d'une veste européenne noire sur un kusaba[6] jaune, chaussé d'une paire de bottes qui rappelèrent cruellement à Omar celles qu'il venait de perdre. Les cheveux rasés comme un musulman, il n'en portait pas moins une infinité de gris-gris autour du cou. Le visage était beau, les traits du visage réguliers. Bref, cet ensemble, s'il était peu courant, était néanmoins fort sympathique. Omar dit gravement :

« Un Toucouleur? Si je te disais que je suis à moitié bambara...

– A moitié, hein? »

Là-dessus, il tourna les talons et disparut entre les hautes herbes. Fils aîné, adulé par sa mère, traité

---

6. Petit boubou bambara.

avec la plus vive considération par un beau-père que tout le monde à Ouro respectait, Omar n'admit pas la désinvolture avec laquelle le jeune inconnu mettait fin à leur conversation. Il le rattrapa près d'un buisson et le saisit par la manche de son absurde veste :

« Dis-moi au moins ton nom! Je suis Omar, fils de Mohammed Traoré... »

L'autre le fixa dans les yeux, avec insolence et cependant désespoir :

« Je suis Dieudonné, fils de personne. »

Puis il tourna le dos à nouveau. Il n'était pas possible d'insister davantage. Intrigué, déçu, Omar reprit le chemin du campement. Dieudonné? Cela signifiait-il qu'il était chrétien? Omar savait que nombre de Bambaras, de Malinkés, de Ouoloffs, voire de Toucouleurs, adoptaient la religion des Blancs. Pourtant, cela lui semblait incompatible avec les manières fières et assurées de son interlocuteur.

Au campement, les esclaves avaient fait merveille, et l'odeur des poissons pêchés dans le fleuve et mis à griller embaumait l'air. Une colonie de singes qui avait élu domicile dans les arbres vociférait contre la présence de ces intrus. Brusquement, ils décidèrent de quitter les lieux, et leurs petits corps velus, brillants, tombèrent comme des pierres de branche en branche. Le silence se fit. Un des wambabe qui l'avait accompagné s'approcha d'Omar :

« Maître, que veux-tu que je chante? La disparition de notre wali? »

Omar acquiesça d'un signe de tête, et l'homme s'installa, s'asseyant en tailleur, son instrument reposant sur ses jambes. D'une main, il commença à en pincer les cordes, tandis que de l'autre il frappait en mesure le coffre. Puis sa voix s'éleva :

Allah sait la vérité
Les gens d'Al-Bekkay l'encerclaient
Venus de Tombouctou, et ceux du Macina,
Pareils aux bêtes féroces qui hantaient la plaine.
Alors le Cheikh fit un dernier salam
Et entra dans la grotte
Alors le mujaddid vit la face de Dieu
Ne pleurez pas, ne pleurez pas surtout
Il dort, il mange
Il adore Allah qui sait la vérité.

Subitement comme il entendait ces mots, Omar fut pris d'une angoisse qui balaya tous les autres sentiments qu'il portait en lui. Il se vit seul, presque un enfant, loin de ceux qu'il aimait, en route pour une ville inconnue où il trouverait une famille étrangère. Les arbres de la forêt se refermèrent autour de lui comme une prison, tandis que la lumière des flammes revêtait chaque forme de masques grimaçants. Il entra dans l'abri de feuillages qu'on lui avait préparé, pour pleurer à son aise.

3

Ségou semblait en tout point une ville musulmane. Entre les terrasses de ses maisons, on ne comptait plus les minarets des mosquées, et, comme on approchait de l'heure de la prière, c'était un remue-ménage de babouches foulant la terre des rues. Plus d'adolescentes aux seins nus, batifolant ici ou là. Des vêtements, partout de longs vêtements de coton. Plus de bars. Des écoles coraniques où des gamins psalmodiaient en chœur :

« *Bissimillahi ramani rahimi*[1].

– *Al hamdou lillahi rabil alamina*[2]. »

Plus de griots hâbleurs guettant le noble. Des talibés au crâne rasé, tendant leur écuelle. Pas un chant. Pas un air de musique. Une pieuse retenue. Omar, quant à lui, n'avait jamais vu de ville aussi belle. Médusé, il s'arrêtait à chaque pas. Sous les arbres aux puissantes racines. Sur les petites places rondes... Devant l'énorme palais d'Amadou, sur-monté de tours et de cônes. Devant la grande mosquée qui lui faisait face. Devant les façades ornementées des maisons, détaillant leurs frises. Devant les marchés, abattoirs, parcs à bestiaux d'où

1. Au nom de Dieu, le Bienfaiteur miséricordieux.
2. Louange à Dieu, le Seigneur des mondes.

montait la brûlante odeur du crottin. Un torrent de joie l'inondait comme un homme qui découvre que la promise inconnue est belle et désirable. Conquis, il aurait voulu célébrer autrement que par la prière ses retrouvailles avec le berceau de sa famille, mais ne savait que répéter :

« *Al hamdou lillahi, al hamdou lillahi !* »

Il trouva sans aucun mal la concession qu'il cherchait et reçut un coup au cœur devant son opulence. Quoi, elle appartenait aux siens, cette forteresse, richement revêtue d'un enduit brun sur lequel étaient dessinées des arabesques bleues et blanches du plus heureux effet, percée de fenêtres protégées par de jolis croisillons de bois ! Précipitamment, il entra dans le premier vestibule, déboucha dans une cour au milieu de laquelle s'élevait un arbre majestueux comme un ancêtre, les branches étendues pour bénir ou repousser l'arrivant, et dut lutter contre l'impulsion, surgie on ne sait d'où, de se prosterner. Avisant un groupe d'enfants qui jouaient à se battre, il questionna :

« Où est le chef de notre famille ? »

Les enfants le fixèrent, les yeux ronds, et il réalisa avec une poignante douleur qu'ils ne le comprenaient pas. Il revenait parmi les siens, et les siens ne l'entendaient pas. Il répéta en arabe :

« Y a-t-il quelqu'un ici qui parle arabe ? Ou peul ? »

Les enfants s'éparpillèrent dans le plus grand désordre, à travers le dédale des cours, puis revinrent, traînant un jeune homme, torse nu, vêtu seulement d'un pantalon bouffant et les doigts tout tachés d'une encre encore humide sur laquelle il soufflait. Omar fit avec humilité :

« Je suis Omar, fils de Mohammed Traoré... Petit-fils de Modibo Oumar Traoré. »

Le jeune homme poussa un cri. Tandis qu'il

retournait vers les cours intérieures, un tumulte de mots incompréhensibles jaillit de sa bouche, amplifié par mille échos et résonnant comme le grondement d'un tam-tam d'accueil. Au bout d'un instant, il réapparut, entouré de femmes, d'hommes, de jeunes filles, de garçons, de vieillards, dont les traits renvoyaient Omar à son propre visage, qui tous commencèrent à crier, rire, s'exclamer, sauter, presser Omar contre eux, se reculer pour mieux le regarder, danser, battre des mains, questionner, bref, manifester la joie la plus folle. Jamais Omar ne se serait attendu à pareil accueil! Habitué à l'extrême réserve du milieu dans lequel il avait grandi, il demeurait là, sans voix, raide comme un bout de bois que des acrobates font voltiger dans tous les sens. De nombreuses formes se détachèrent de l'exubérante mêlée et se présentèrent, en excellent peul :

« Je suis ta mère Oumou...
– Je suis ton père Amadou...
– Je suis ta mère Sira... »

Puis un homme aux cheveux grisonnants exigea le silence, fit écarter tout le monde et, les mains jointes, prononça la salatul fatih, reprise par des dizaines de voix. Le soleil, qui traînait paresseusement au-dessus des toits, s'assit au milieu du ciel et incendia l'arbre central qui devint pareil à une gerbe de feu. Quand Omar se retrouva dans une case, il se demanda s'il rêvait! Sans trop savoir pourquoi, sur la foi de ragots, d'histoires incomplètes ou à demi mensongères, il s'était imaginé les Bambaras comme un ramassis d'idolâtres brutaux, à peine humains. Voilà que la parole du vrai dieu était sur leurs lèvres! Voilà qu'ils étaient rieurs et courtois! En tout point, civils! Il commença, le cœur gonflé d'émotion, de déballer ses affaires, son tapis de prières, son exemplaire du Coran, ses cafetans soigneusement blanchis, ses pantalons bouffants, les plaçant dans un grand coffre maroquiné qui semblait destiné à cet usage. Des esclaves entrèrent, qui s'affairèrent autour de lui, déroulant des nattes et des tapis, emplissant d'eau les canaris et disposant de petites coupelles de terre aux quatre coins de la pièce.

Brusquement, des pas retentirent dans le vestibule, et deux hommes firent leur apparition. Celui qui venait de prononcer la salatul fatih et un autre, un peu plus âgé, les traits rugueux comme un tronc d'arbre. Ce furent ses yeux qui frappèrent Omar, des yeux curieusement ternes et pleins d'éclats à la fois, des yeux qui semblaient capables de scruter l'intérieur des choses pour en déceler le secret fonctionnement, des yeux qui semblaient capables de sonder l'insondable. Sans mot dire, il alla s'agenouiller successivement devant chaque coupelle, où il entassa des feuilles sèches et des racines auxquelles il mit le feu. Puis il revint vers Omar qui le fixait, plein d'une brusque appréhension. Posant les mains sur ses épaules, il le força à s'accroupir. Ensuite, ses mains remontèrent de ses épaules à son cou avant de venir lui enserrer étroitement la tête. Cela dura un temps interminable. Les battements du cœur d'Omar lui ébranlaient la cage thoracique. Il se sentait tour à tour brûlant et glacé, comme s'il couvait une mauvaise fièvre. Quelque part dans la concession, un tam-tam hurlait l'allégresse.

« Tu ne pourras pas tous les reconnaître en un jour! Celui-là, tu le sais déjà, c'est fa Alioune. Je crois qu'il pourrait t'en remontrer sur le Coran : il a été à La Mecque et c'est un El-Hadj... Celui-là, c'est le frère de ton père, Alfa Oumar, mais tout le monde l'appelle Sunkalo parce que l'hivernage où il est né, toutes les terres de Ségou ont été inondées. Elle, mais c'est la bara muso de fa Alioune. C'est une Malinké, elle vient de Kangaba. Elle s'appelle... »

Encore, sous le coup de l'étrange cérémonie à laquelle il avait été soumis, malgré lui, Omar tentait de mettre un nom qu'il puisse retenir sur tous ces visages.

« Tu sais, tu devrais m'appeler Bina[3], puisque je suis le fils du frère aîné de ton père, mais tu peux m'appeler fa, si tu veux. »

Omar s'efforçait de rire, comme Ali, de dissiper le malaise qui avait pris possession de lui. Mais celui-ci résistait, discret, tenace comme une nausée. Il finit par dire :

« Ecoute, un homme est entré dans ma case avec fa Alioune. Un homme étrange, tel que je n'en ai jamais vu. Il a posé les mains sur ma tête... »

Ali l'interrompit :

« C'est Koumaré, le forgeron féticheur. Il était venu bénir le nouveau-né de notre mère Adame. Fa Alioune lui a demandé de réciter une prière pour le bon accueil.

– Mais Ali, ces choses-là ne doivent pas se faire! Fa Alioune est un El-Hadj... »

Ali éclata de rire, un joli rire qui se perdit dans le vacarme des tam-tams, des cris d'enfants, des chants, des éclats de voix masculines.

« Ecoute, tu es à Ségou, ici... »

Ségou! Ce n'était pas seulement une ville imposante avec de majestueuses constructions. C'était, Omar s'en apercevait déjà, une métropole où cultes, coutumes et croyances s'enchevêtraient, Bambaras, Peuls, Bozos, Somonos mais aussi Sarakolés, Toucouleurs, Sonraïs ayant mêlé leurs sangs, leurs langues et leurs fois, au cours des guerres rallumées

3. Oncle paternel.

aussitôt qu'éteintes et d'alliances renouées aussitôt que rompues, où aucune race n'était pure, aucune caste rigide, aucun savoir souverain. Et ceux qui l'entouraient reflétaient bien cette diversité de leur cité, cette tolérance, cette complexité. Qu'on était loin d'Ouro et de l'uniformité de ses règles! Dans un élan de chagrin et de nostalgie, il pensa à sa mère. Dire qu'elle avait vécu dans ce cadre! Dire qu'elle avait aimé un membre de cette famille! Et ce père qu'il avait inconsciemment refusé pendant des années, fugitivement aimé, redevenait étranger, effrayant et paradoxalement attirant comme tous ceux qui l'entouraient.

Ali le prit par le bras, soufflant :

« Viens! Fa Alioune veut te parler. »

En se levant pour le suivre, Omar eut l'impression que se terminait le prélude ludique et bruyant à ce qui serait peut-être un drame. Le cœur serré, il traversa l'enfilade des cours, notant cependant le bel ordonnancement des cases, soigneusement crépies, le nombre de chevaux rongeant leur frein sous les enclos, de chèvres, de volailles caquetant au bruit des pas. Fa Alioune n'était pas seul. Il était entouré d'une demi-douzaine d'hommes qui devaient composer le conseil de famille. Il vint vers Omar, le pressa à nouveau contre sa poitrine, puis lui fit signe de s'asseoir sur le tapis, couleur d'ivoire, agrémenté de motifs bleu sombre qui couvrait le sol.

Alioune avait accédé à la faya deux ans auparavant. C'était le dernier fils de Tiékoro, né de son mariage avec Adame, une Peule du Macina. Cependant, comme sa mère était morte peu après son père, il avait été élevé par tous les pères et toutes les mères de la concession et pétri harmonieusement de toutes leurs différences. C'était un musulman convaincu, le premier de la famille à s'être rendu à La Mecque, un fin lettré qui connaissait l'ensemble et le détail de la Parole révélée de Dieu. Et, pourtant, tout le monde le voyait traiter les forgerons féticheurs avec la plus grande révérence, n'omettant jamais de faire appel à eux quand la famille l'exigeait. En outre, il s'était attiré un prestige immense en refusant toute collaboration avec le pouvoir toucouleur. C'est en vain qu'Amadou lui avait offert poste après poste. Il ne franchissait même pas l'enceinte du palais lors des cérémonies d'allégeance annuelle, et personne n'osait l'y contraindre. Il avoua avec émotion :

« Tu ne peux comprendre le bonheur que ton retour nous cause. Une fois ta mère repartie dans le Toro et la première femme de ton père disparue avec nos fils, il ne restait rien de lui. Que son souvenir dans nos têtes et dans nos cœurs. Que la parole des griots. C'était comme s'il n'avait jamais pesé sur la terre et laissé de traces mesurables. Mais, enfin, tu es là. Je vais renvoyer tes esclaves avec des présents qui signifieront notre gratitude à ta mère et à son mari. Puisse Dieu, le Seigneur des mondes, les combler de ses dons! »

Pour Omar qui ne savait rien de Mohammed, ce discours était presque incompréhensible. Il devinait seulement qu'aux yeux de celui qui parlait, son père était un héros, et un fol orgueil commençait de naître en lui.

« Il est interdit de demander à un enfant de choisir entre son père et sa mère, qui doivent être aussi chers à son cœur. Aussi, je ne te demanderai pas de ne pas te rendre chez ton oncle Amadou de Ségou. Il y a assez de Peul en moi pour savoir l'importance du kawiraddo[4]... »

4. Oncle, frère de la mère.

418

A ce point, l'assemblée rit. Pourtant, la tension était sensible.

« ... mais il faut que tu saches que ces gens-là sont nos ennemis. Ils ont tué les nôtres. Ils ont usurpé le trône des Diarra. Ils se maintiennent par la terreur. Ils lèvent des impôts excessifs, ruinant des familles entières. As-tu vu le palais d'Amadou? Une forteresse, car il a peur. Peur! Il sait que les nôtres n'ont pas renoncé. Et ne renonceront jamais! »

Omar, tremblant, osa prendre la parole :

« Père, vous l'avez dit, je ne suis qu'un enfant. Je balbutie et je bégaie. Cependant, on m'a toujours enseigné que tout cela était fait pour le plus grand empire du vrai dieu. Est-ce qu'on m'a trompé? »

Alioune vint s'accroupir devant lui, et son regard transmettait des ondes brûlantes.

« Au début, Omar, il en était ainsi. Peut-être! Mais c'est ton père, ton propre père qui, le premier, a posé la question : si la création des êtres procède de l'amour de Dieu, peut-il vouloir en même temps la mort ou l'humiliation de ces êtres? Peut-on tuer, opprimer au nom de Dieu? Doit-on ôter à des peuples le respect et la foi en eux-mêmes? »

Omar frémit, refusant du plus profond de son être cette théorie. Il le savait, Dieu l'avait ordonné à ses élus, de combattre les hommes jusqu'à ce qu'ils attestent qu'il n'y a de dieu que Dieu. Et ceux qui périraient les armes à la main dans ce combat vivraient à jamais. Mais il était trop jeune, trop faible pour s'opposer à cet adulte! Alors, il garda le silence, et Alioune se releva, retrouvant son calme et même le goût de la plaisanterie :

« A présent, va faire honneur au mouton grillé des femmes. »

Omar sortit, suivi par Ali qui respectait son silence, comprenant sans doute ce qui se passait en lui et entra dans sa case. Mais ce décor qui lui avait semblé agréable et accueillant lui paraissait sinistre. Il se laissa tomber sur le tapis et se tourna vers Ali :

« Parle-moi de lui... Je veux dire, de mon père ! »

Ali eut un geste d'embarras :

« Je ne sais pas grand-chose, moi-même. Quand tout cela s'est passé, j'étais comme toi dans le ventre de ma mère. Je sais qu'il était infirme...

– Infirme ! »

Ali inclina la tête :

« Infirme ! Et, pourtant, c'était le plus grand cavalier de Ségou. Quand il chevauchait ce cheval arabe que lui avait offert sa mère, la princesse de Sokoto, tous les gens sortaient pour l'admirer. Il se tenait debout sur la selle rouge damasquinée. La bête levait ses pattes de devant... »

Omar en avait assez entendu ! Voilà qu'il avait un père voltigeur, équilibriste, pareil à ces acrobates qui, frappant sur des calebasses de leurs doigts chargés de bagues, attiraient autour d'eux tous les enfants d'Ouro. Il dit sèchement :

« Bon, j'ai eu une rude journée. Laisse-moi dormir, à présent ! »

Quand Ali se fut retiré, il éteignit la lampe comme si, dans le noir, il allait voir plus clair en lui-même. Il revit son enfance d'aristocrate, son enseignement paisible auprès d'un marabout du Fouta-Djalon que lui avait choisi Tassirou. Toutes ces années-là, des questions sur son père lui étaient montées aux lèvres. Il les avait toujours refoulées, sachant bien qu'elles le précipiteraient hors de son univers douillet comme un nouveau-né expulsé en hurlant du ventre de sa mère.

Il est interdit de demander à un enfant de choisir

entre son père et sa mère, avait dit justement fa Alioune. Oui, mais l'enfant peut choisir de lui-même! Il fallait choisir. Il se redressa dans l'obscurité, disant à voix haute :

« Il me faut partir d'ici! »

En même temps, pouvait-il s'en aller en pleine nuit, abandonner une concession tout à la joie de son retour? Que devait-il faire?

La voix du muezzin déchira l'aube, éparpilla les oiseaux qui, comme un grand nombre de Segou-kaw, n'étaient pas parvenus à s'habituer à cet appel funèbre saluant la naissance du jour.

Omar se dressa en sueur sur sa natte. Voilà qu'il avait dormi comme une bête et allait laisser passer l'heure de la prière de fadjer[5]! Il se précipita dans le vestibule où, à sa surprise, il trouva une satala pleine d'eau à côté d'un chapelet. Il s'efforça de ne songer qu'à Dieu en faisant son lazim[6], mais il n'y parvint pas. Sa résolution était prise : il ne resterait pas un jour de plus chez les Traoré, car il y était en danger mortel. Danger de contester, d'interpréter de manière erronée la parole de Dieu. Danger de mêler polythéisme et islam. Danger de privilégier les considérations ethniques au détriment des considérations religieuses.

Comment quitter la concession sans attirer l'attention? Il avait remarqué que l'enclos aux chevaux donnait sur un mur bas par-dessus lequel on pouvait aisément sauter. Il s'habilla en hâte, abandonnant non sans regret les caftans brodés qu'Ayisha avait fait confectionner en vue de son voyage,

5. Première prière du jour.
6. Oraisons propres à l'ordre tidjane.

se saisit de son beau fusil et se glissa au-dehors.

Des chèvres caracolant déjà dans la poussière le fixèrent d'un air soupçonneux. Des esclaves qui, la daba sur l'épaule, s'apprêtaient à aller cultiver les champs de la famille le saluèrent respectueusement. Il ne put s'empêcher de flatter le col d'un cheval du Macina, une bête au regard langoureux comme celui d'une adolescente, puis se jucha d'un bond sur le mur d'enceinte qui se prolongeait dans la concession voisine par un toit en terrasse. Il prit son élan et atterrit en plein milieu de la construction. Pendant un instant, l'armature qui soutenait la paille résista, et il resta suspendu en l'air. Ensuite, elle céda doucement, doucement, sous son poids, et il se retrouva gigotant sur le sol boueux d'une case d'eau, au pied d'une jeune fille complètement nue qui se frottait le corps avec du savon de sene. Elle hurla. Il rampa jusqu'à ses pieds, d'une main étreignit ses chevilles, pendant que de l'autre il tenait toujours son fusil :

« Au nom de Dieu, Seigneur des mondes, je ne te veux aucun mal! Aide-moi seulement à sortir d'ici. »

En même temps, comme il n'avait jamais vu de femme nue, il ne pouvait s'empêcher de fixer le triangle noir de son pubis, le renflement de son ventre et la rondeur de ses seins là-haut, au-dessus de sa tête. Elle parvint à se dégager, à s'enrouler dans un pagne, mais demeura pétrifiée, trop effrayée pour parler, prête, il le sentit bien, à hurler de nouveau. Il bégaya :

« Par Notre Seigneur Mohammed, l'envoyé de Dieu, je te jure que je ne te veux aucun mal. Aide-moi seulement! »

Au bout d'un moment, elle se décida, poussa la porte de la case d'eau, regarda de droite et de gauche avant de lui faire signe de la suivre. C'était une concession bien moins opulente que celle des Traoré, tranquille à cette heure matinale, hormis un brouhaha de voix enfantines. On contourna deux ou trois cases. On prit refuge dans un ou deux vestibules. Puis on atteignit la rue, encore déserte. Omar souffla :

« Dis-moi, dans quelle direction le palais d'Amadou ? »

Elle eut un geste. A présent, sa grande frayeur dissipée, elle le fixait avec beaucoup de curiosité et comme une envie de pouffer. Svelte comme un roseau, elle ne devait pas avoir plus de quinze ans, et ses cheveux mouillés, pointant dans tous les sens, entouraient comiquement son joli visage. Omar pria :

« Dis-moi au moins ton nom que je demande à notre Seigneur de te bénir ! »

Elle sembla hésiter, puis lâcha :

« Kadidja... »

Comme un fou, Omar prit la direction du palais. Une des portes était grande ouverte, béante sur une sorte d'antichambre très sombre, très haute dont la toiture était soutenue par d'énormes piliers en bois de caïlcédrat. Dans les coins, les lits en bambous des gardes étaient déserts. Aussi, Omar franchissant deux marches arriva-t-il dans la cour de l'enceinte fortifiée, au centre de laquelle s'élevait un petit fortin aux ouvertures masquées par une mince couche de terre. Il entra et se trouva devant un homme plutôt frêle, coiffé d'un bonnet bleu et d'un boubou de coton de même teinte, qui, un chapelet à la main, terminait visiblement ses prières et qu'il reconnut sans l'avoir jamais vu. L'homme l'apostropha :

« Les Français ! Les Français ! A-t-on des nouvelles

des Français? Et sait-on enfin ce qu'ils fabriquent à Kita? »

Il tomba à genoux :

« Vous faites erreur! Je ne suis pas un sofa et je ne sais rien des Français. Je ne suis que le fils de votre sœur Ayisha. »

4

« ARTICLE premier.

« Les chefs, notables et habitants du pays de Kita déclarent qu'ils vivent indépendants de toute puissance étrangère et qu'ils usent de cette indépendance pour placer, de leur plein gré, leur pays et les populations qu'ils administrent sous le protectorat exclusif de la France... »

Samba N'Diaye acheva la traduction du texte en peul et l'assemblée se regarda.

Puis Amadou fit avec lenteur :

« Qu'est-ce que cela veut dire? »

Samba N'Diaye expliqua avec la brutalité à laquelle l'autorisait le souvenir de la considération d'El-Hadj Omar :

« Cela veut dire que les Français ne respectent plus le traité qu'ils avaient signé avec ton père, qu'ils commencent à s'installer sur la rive droite du fleuve Sénégal et à grignoter tes possessions. C'est d'abord Kita, ce sera ensuite le Bélédougou, ensuite ils viendront tirer le canon aux portes de Ségou. »

Amadou ne dit rien et fit signe à Samba de reprendre sa lecture. Il n'était certes pas le seul à pouvoir passer de l'arabe au peul, mais son âge lui donnait le droit de se voir attribuer cet honneur :

« Article deux.

« Le gouvernement français se réserve le seul droit de faire sur le territoire de Kita les établissements qu'il jugera nécessaires aux intérêts des parties contractantes, sauf à indemniser, s'il y a lieu, les particuliers dont les terrains seraient choisis pour servir d'emplacement à ces établissements. »

Samba N'Diaye traduisit, puis ricana :

« Ça, c'est clair! En un rien de temps, les gens de Kita ne seront plus maîtres chez eux. Les Français vont se mettre à bâtir un fort pour leurs troupes, un palais pour leur gouverneur, comme ils l'ont fait à Saint-Louis. En un rien de temps, les gens de Kita vont être mis à la culture de l'arachide et du coton comme dans le Cayor et le Baol... »

Un silence lourd régna, que l'espion interrompit timidement :

« Maître, il y a autre chose... »

Tous les yeux se braquèrent sur lui, et, sous le poids de tant de regards, il bafouilla :

« On dit que les Français s'apprêtent à armer les Bambaras contre toi. Ils vont leur vendre des fusils et des canons.

– Des canons! »

Amadou s'exclama dans le brouhaha général :

« Mais qu'est-ce que les Blancs veulent? Est-ce que ce n'est pas encore l'hivernage dernier qu'un Blanc était ici, dans ce palais, et m'assurait de l'amitié de son roi? Tout ce qu'il me demandait, est-ce que je ne l'ai pas accordé? Libre circulation des personnes entre les deux rives du fleuve Sénégal, abaissement des taxes sur les marchandises françaises? »

Seydou Dieylia, cousin et gendre d'Amadou, prit la parole :

« Ecoute, il ne faut rien précipiter. Rien n'indique

avec certitude que les Français soient soudain mal disposés à ton égard... »

Amadou ironisa :

« Même pas ce traité avec Tokouta? »

Seydou Dieylia insista :

« Il est trop tôt pour agir. Tous ces cadeaux que les Français amènent avec eux, à qui penses-tu qu'ils soient destinés? Alors, laisse-les venir devant toi et s'expliquer... »

Amadou ne fit aucun commentaire et s'approcha de l'espion, tout poussiéreux et ployé par terre :

« Les Bambaras ont-ils pris contact avec les Français?

– Je ne le crois pas, maître...

– Tu ne le crois pas? Est-ce pour des suppositions que je te paie? »

L'esclave se recroquevilla.

Le silence régna à nouveau, chacun, dans le secret de son esprit, se trouvant confronté à l'effrayante énigme que représentaient les Français. Les histoires les plus incroyables circulaient sur leur compte. Dans le Goy, ils avaient fait fouetter des chefs qui n'avaient pas hissé dans leurs villages les rectangles de tissu tricolore qu'ils leur avaient remis. Les terres des habitants du Logo avaient été, par leurs soins, distribuées à d'autres. Des fils de princes et de chefs étaient envoyés en otages à une école qu'ils avaient ouverte à Saint-Louis et forcés de renoncer à leur langue et à leurs mœurs. Pour construire leur chemin de fer, ils recrutaient des agriculteurs qu'ils traitaient comme des esclaves.

Amadou s'approcha d'Omar qui écoutait ces propos avec incrédulité, se demandant s'il rêvait :

« Ne veux-tu pas travailler pour ton Dieu? »

Omar le regarda avec une involontaire méfiance, car, dans les échanges dont il venait d'être le témoin, il n'avait guère été question de Dieu. Mais

de terres, d'armes, de marchandises, de commerce...
Amadou poursuivit :

« Imagine si ces incirconcis, fils d'incirconcis, s'unissaient à ces fétichistes de Bambaras ce qu'il adviendrait de cette région! Ne voudrais-tu pas t'opposer de toutes tes forces à cette alliance? »

Omar baissa la tête, se demandant à quoi son oncle voulait en venir. Néanmoins, il ne tarda pas à le savoir, car Amadou posa sur son épaule une main affectueuse et dit d'un ton persuasif :

« Retourne dans la famille de ton père! Je sais qu'un enfant ne doit pas juger les siens. Pourtant, tu n'ignores pas que ce sont des ennemis de Dieu, et que ton père est mort en le combattant... »

Omar faillit protester, puis réalisa son incohérence. N'était-ce pas en fin de compte parce qu'il le croyait qu'il avait quitté la concession des Traoré?

« Retourne dans la famille de ton père. Rapporte-moi tout ce qui s'y dit, tout ce qui s'y fait. Je veux savoir si ceux de Ségou prennent contact avec ceux du Bélédougou, du Fouladougou, du Bakhounou. S'ils renouent les vieilles alliances avec Tombouctou et des nostalgiques du Macina... »

Omar ne trouva rien à dire sinon :

« Kaw, je comprends à peine le Bambara.. »

Amadou balaya l'objection d'un geste :

« Eh bien, mets-toi à son école! »

L'espion reprit sa lecture. Néanmoins, Omar ne l'entendait pas. Il se rappelait l'allégresse qui avait emporté les Traoré à son arrivée. Les avoir quittés sans un mot d'excuse ni d'explication était déjà coupable. Revenir vers eux comme un espion, n'était-ce pas une honteuse trahison? L'amour de Dieu l'excusait-elle? Son esprit juvénile rêvait d'une tout autre solution. Qu'Amadou prenne les armes et qu'à nouveau le jihad se déclare contre un nouvel ennemi.

« Article cinq.

« En cas de contestation entre un individu de nationalité française et un chef du pays ou l'un de ses sujets, l'affaire sera jugée par le représentant du gouverneur. En aucune circonstance et sous quelque prétexte que ce soit, les opérations commerciales d'un traitant ne pourront être suspendues par ordre des chefs indigènes. »

Le tollé qui suivit la traduction de cet article ramena Omar sur terre. Samba N'Diaye résuma l'opinion générale :

« Les Français se croient des dieux ! »

Pourtant, la conclusion qui devrait, de l'avis d'Omar, suivre un pareil constat ne fut pas atteinte, et chacun se remit à parler, taxes commerciales, profits, rétributions matérielles. Ecœuré, Omar se dirigea vers la sortie.

« J'ai appris que les Français sont disposés à nous vendre des armes. Même des canons. Ils se sont entendus avec ceux du Gangara et vont bâtir un fort pour les défendre contre Amadou. »

Alioune éclata de rire :

« Pourquoi le feraient-ils ? Ils n'ont aucune raison de nous favoriser par rapport aux Toucouleurs. Et puis, il y a des années que l'on répète cette chanson... »

L'espion, encore tout poudreux et ployé par terre, secoua fermement la tête :

« Aujourd'hui, maître, tout est différent... Les Français ont un nouveau chef à Saint-Louis. Et ce n'est pas seulement vers Tokouta qu'il va envoyer ses hommes pour leur proposer des traités. C'est

429

vers tous ceux qui haïssent comme eux les Toucouleurs.

– Nous ne signerons aucun traité avec les Français ! »

La protestation avait jailli spontanément, avec force. Puis Alioune sembla s'en repentir. Après tout, il n'était pas là pour imposer ses vues, mais se concerter avec les membres de la famille. Il fit, d'un ton plus mesuré :

« Cela ne me plaît pas. Je prévois que les Français vont vendre des armes à la fois à Amadou et à ceux qui veulent le combattre. Dans quel dessein ? »

Sunkalo haussa les épaules.

« Mais qu'est-ce que cela peut faire ? Achetons les armes, nous verrons bien... »

Kégué Mari, récemment revenu de Djenné où il étudiait la théologie, l'appuya :

« Que nous importent les intentions réelles des Français ? Il suffit de ne jamais manquer de vigilance. Il suffit de répondre à la ruse par la ruse.

– Y parviendrons-nous ? »

Personne ne releva cette remarque et Dawad vint au secours de son cadet Kégué Mari :

« On dit que les Français sont des gens honnêtes et qui aiment notre peuple. C'est Mamadou qui me l'a dit. Vous savez, Mamadou, fils de Diémogo qui a longtemps vécu à Saint-Louis... »

Alioune réfléchit un instant, tandis que personne n'osait l'interrompre, puis décida :

« Il faut réunir les chefs de toutes les grandes familles de Ségou. Même les Kane, les Dyire, les Tyere...

– Des Somonos ? »

Alioune inclina fermement la tête :

« Oui, des Somonos, car ils haïssent les Toucouleurs autant que nous. Il faut redoubler de prudence, car vous le pensez bien, les espions d'Amadou l'ont informé, lui aussi, des bonnes intentions des Français à notre égard. »

Il prononçait ces mots d'un ton d'ironie, mais personne ne songea à sourire. Depuis des années, la faiblesse en armement des Bambaras les condamnait à l'inaction. La seule zone de résistance se situait aux alentours de Niamina, à Farako, où les fils du défunt Mansa Ali Diarra entretenaient une agitation permanente. A part cela, les Bambaras rongeaient leur frein, attendant l'instant favorable. Voilà que, enfin, ils allaient pouvoir détendre leurs muscles, tels des carnassiers.

Comme Alioune s'apprêtait à regagner sa case, il vit Omar assis sous le dubale de la cour, son inévitable fusil entre les jambes. Son premier mouvement fut de l'apostropher, puis de le renvoyer vers le palais d'où il venait. Pourtant, son air penaud et désemparé contrastant avec ses habituelles manières avantageuses le peina. Il se repentit de cette tentation d'intransigeance. La parole ne dit-elle pas que le corps de l'enfant est d'or, mais sa tête de cuivre? Ne dit-elle pas que celui qui a engendré un serpent doit s'en faire une ceinture?

Omar était un Traoré, le seul fils qui leur restait de Mohammed. Et il était encore si jeune! Il s'approcha donc et lui demanda, affectueusement railleur :

« Mais où étais-tu passé? Est-ce que tu ne sais pas que tes femmes ont pleuré toutes les larmes de leur corps à cause de ton absence? »

Cette indulgence crucifia Omar, déjà honteux de lui-même. Il bégaya, surpris de cette sincérité qui jaillissait de zones incontrôlables de son être :

« Père, pardonnez-moi. Je n'arrive pas à me croire entièrement des vôtres. Je me crois étranger. Je me crois autre. Mon père, Tassirou, m'a donné la

raison quand je quittais Ouro. Il m'a dit : « Un fils
« qui ne connaît pas son père ne parvient pas à se
« connaître lui-même. » Il faut que vous m'aidiez à
découvrir celui qui était mon père. Alors, seulement, je serai un Bambara. »

Alioune eut le cœur serré devant cette détresse.
Quel temps vivait-on donc où les fils allaient, cherchant leur père, orphelins et angoissés? La guerre,
la guerre avait causé tout cela. La guerre et l'occu-
pation des Toucouleurs, et son cœur se gonfla de
haine pour les usurpateurs du trône des Diarra. Il
prit le bras d'Omar et l'entraîna :

« Tu veux que je te parle de ton père? C'était un
saint. On croit à tort qu'un saint c'est un homme qui
accomplit des actions extraordinaires et ne commet
jamais d'erreur. Eh bien, non! Un saint, c'est un être
comme toi et moi, mais dont à un moment la vérité
illumine la confusion des autres hommes. Mohammed était de ceux-là. »

Tout en parlant Alioune s'efforçait de prendre
une décision. Oui, il serait le père de cet enfant.
C'était son devoir de faire de lui, en dépit de la
diversité de son sang, un vrai, un fier Bambara. En
même temps, et presque malgré lui, il s'interrogeait.
Par les temps qui couraient, qu'est-ce que cela
signifiait : être un Bambara? Un vrai Bambara?
Toutes les valeurs étaient dans la confusion. Les uns
s'étaient choisi un dieu. Les autres s'en tenaient à
un autre. Les uns se vantaient de maîtriser un
certain savoir. Les autres prétendaient le mépriser.
Ce n'étaient pas seulement les frontières du
royaume que les Toucouleurs avaient fait disparaître. C'étaient ces mille liens invisibles qui font qu'un
peuple est un peuple et non pas seulement une
addition d'hommes qu'ils avaient déchirés. Et, à
présent, autour de quoi se referait l'unité?

Par-dessus le mur de la concession voisine parve-

nait la voix d'une femme chantant un vieil air de
Ségou :

> Quatre mille
> Quatre cent
> Quarante
> Quatre balanzans
> Et un petit au tronc tordu.
> Cette époque-là ne ressemble pas à la nôtre;
> En ce temps-là, Ségou ne s'appelait pas Ségou
> Ségou s'appelait Sikoro, Sous-les-Karités.

Sans qu'il parvienne à savoir pourquoi, les yeux
d'Alioune s'emplirent de larmes.

5

DIEUDONNÉ déboucha du sentier, tracé à peine visible dans la touffeur fauve des herbes, et inspecta les alentours. Oui, ce devait être là. Il n'avait rien mangé depuis plusieurs jours, à part quelques baies de bayri ou quelques fruits de toso, rien à part l'eau des marigots, à plat ventre dans la boue et le crottin des bêtes. Néanmoins, il se sentait bien, dispos comme un pêcheur qui aborde au rivage après une belle prise. Trois fillettes, les seins nus, les hanches resserrées dans des pagnes à rayures, marchaient à la queue leu leu, de lourdes calebasses faisant ployer leurs cous frêles. A leur vue, il se cacha dans l'herbe, guetta, puis bondit. Elles s'égaillèrent avec des cris de frayeur, tandis que leurs calebasses roulaient dans l'herbe. Il rit pendant qu'elles le couvraient d'injures, amicales cependant, puis interrogea :

« Dites-moi, est-ce que c'est bien le village de Didi? »

La plus âgée des fillettes se moqua :

« Tu parles bozo, toi? »

Dieudonné ignora la question :

« Dites-moi, est-ce que le chef de ce village s'appelle Karabenta? »

Elles éclatèrent de rire :

« Tout le monde, ici, s'appelle Karabenta. Moi, elle, elle... Ma mère, mon père! »

Dieudonné consentit à partager leur gaieté, puis demanda :

« Est-ce que voudriez bien me conduire auprès de lui? »

Elles firent la moue :

« Retourne d'abord au puits remplir nos calebasses. »

Il s'exécuta. Didi était un village bozo comme tant d'autres, à quelques pas du Joliba. Ses pirogues dormaient sur le sable ou s'ébrouaient dans l'eau selon l'heure. Ses pêcheurs ravaudaient des filets. Ses femmes cuisinaient ou lavaient le linge. Ses enfants tentaient vainement d'échapper à l'école coranique, bâtie au flanc d'une jolie mosquée. Les fillettes conduisirent Dieudonné jusqu'à la place centrale, non loin d'un marché prospère sur lequel flottait l'odeur du poisson, et désignèrent une case :

« C'est là... »

Dieudonné s'engagea dans une sorte de couloir sombre, puis déboucha dans une courette où une femme faisait frire du poisson dans du beurre de karité. Elle se redressa, écouta avec méfiance, puis sans mot dire pénétra à l'intérieur. Elle ressortit, suivant un vieillard osseux, le visage creusé des rides du grand âge et les paupières cireuses. Dieudonné s'avança :

« Père, je suis Dieudonné, le fils d'Awa, fille de Kanlanfeye Karabenta...

– Et ton père? De qui es-tu le fils? »

Dieudonné dit fermement :

« Je ne sais pas. »

Le vieillard s'exclama, comiquement :

« Tu ne sais pas? »

Comme Dieudonné secouait la tête, il fit d'un ton fataliste :

« Eh bien, sois tout de même le bienvenu. As-tu mangé ? »

Sur sa réponse négative, il se tourna vers la femme qui s'affaira parmi ses réchauds. Quand elle tendit une calebasse pleine de riz et de poisson à Dieudonné, il réalisa qu'il mourait de faim. Les soucis de son esprit lui avaient fait jusque-là négliger ceux de son corps. Le vieillard le laissa dévorer sans le déranger, puis l'interrogea comme il se lavait les mains :

« Alors, tu ne sais pas le nom de ton père ? »

Dieudonné se pencha en avant :

« Père, tu comprendras tout, si je te dis que ma mère est revenue dans ce village, et que vous l'avez soignée après que son mari l'eut répudiée. C'était, d'après ce qu'on m'a dit, un noble de Ségou. »

Le vieux Karabenta l'interrompit :

« Je m'en souviens très bien, d'Awa Karabenta ! Mais Dieudonné ! Il n'y avait pas de Dieudonné. Seulement Anady et...

– ... Ahmed, mes frères aînés. Et, pourtant je suis là ! »

Il y eut un silence, puis Karabenta interrogea :

« Elle s'est donc remariée ? »

Sans doute prévoyait-il la réponse, car il ne sembla pas surpris quand Dieudonné déclara :

« Non, père. Elle ne s'est jamais remariée. Je suis né peu après son arrivée à Saint-Louis. Des Blancs l'ont recueillie alors qu'elle s'apprêtait à m'abandonner sur la rive du fleuve et l'ont prise à leur service. »

Karabenta éclata de rire, découvrant ses restants de dents jaunâtres :

« T'abandonner ? Une mère, abandonner son enfant ! Quel méchant conte me racontes-tu là !

– Je vous dis la vérité... »

Le tranquille désespoir du garçon était tel qu'il fit taire ses objections et dit seulement :

« Raconte... »

Dieudonné s'exécuta avec lenteur, comme si chaque mot lui était une torture :

« Quand elle vous a quittés, elle est partie pour Saint-Louis. Pourquoi Saint-Louis? Parce que des flots de gens s'y rendaient en ce temps-là. Bambaras, Malinkés, Peuls, même, fuyant l'arrivée des Toucouleurs dans leurs villes et leurs villages. Personne ne lui demandait rien, chacun était enfermé dans sa peur, dans son chagrin. Adieu, volailles et champs de mil! Cet exode a duré des mois. On demandait l'hospitalité dans les villages. On se nourrissait comme on pouvait. Comme elle était enceinte et seule, je veux dire sans homme, les gens avaient pitié de ses enfants et leur donnaient des bouts de poisson, des boulettes de mil, du lait. Mon frère Anady s'en souvient très bien. »

Karabenta s'exclama :

« Où veux-tu en venir? »

Une fois de plus, Dieudonné se pencha vers lui à le toucher :

« C'est ici, père, ici qu'un homme s'est approché d'elle! »

Le vieillard se leva d'un bond agile, malgré son âge et sa décrépitude :

« Allons donc, personne! Personne, je te dis! C'est que tu n'as pas vu l'état dans lequel elle était. La nuit, elle hurlait. La journée, elle restait sur sa natte, sans bouger, sans songer à nourrir ses enfants. Nous lui disions : « Tu es belle, encore jeune, tu te « remarieras. Est-ce que tu oublies que tes enfants « sont tes remèdes? Ceux que tu as déjà et ceux « que tu auras? » Personne, aucun homme ne s'est approché d'elle.

437

– Et pourtant je suis là. »

Brusquement, Dieudonné se sentit très las, comme si cette énergie qui l'avait tenu debout depuis Saint-Louis, qui l'avait aidé à mettre un pied devant l'autre l'abandonnait. Il pria :

« Père, est-ce que je peux me reposer quelque part? »

A nouveau, Karabenta se tourna vers la femme qui lavait très soigneusement ses ustensiles de cuisine. Elle s'interrompit et précéda Dieudonné à l'intérieur de la case. Celle-ci, sommairement meublée, était très propre, le sol recouvert d'un sable blanc et fin qui venait du fleuve. Dieudonné se laissa tomber sur la banquette de terre qui longeait la cloison, un peu humide et froide à cette heure du jour. Pourtant, il ne sentait rien et ses pensées recommençaient la ronde quotidienne :

« Et, pourtant, je suis là. Aucun homme ne l'a approchée, et, pourtant, je suis là... »

Elle tenait Anady par la main. Elle avait attaché Ahmed dans son dos, et chaque jour son ventre saillait, s'arrondissait comme la lune. Il rivalisait avec elle quand elle était pleine, à son arrivée à Saint-Louis. Des Bozos du Bop N'Dar, la pointe nord, l'avaient recueillie car elle fuyait les Bambaras. Son mari, le père d'Anady et d'Ahmed, n'était-il pas un Bambara de Ségou qui l'avait traitée de la manière la plus cruelle? Quand les douleurs l'avaient prise, elle s'était cachée. Et puis, sur la berge, dans la hideuse et nauséabonde ceinture qui entourait l'île, elle avait voulu m'abandonner. Moi, son fils!

Comme à chaque fois, la douleur le submergea. Il se roula sur la banquette, retrouvant d'instinct la position qu'il avait eue dans son ventre, avant qu'elle ne parvienne à l'en expulser dans un grand mouvement de haine et de douleur. Il ferma les yeux. La nuit se fit.

« Tu dors? »

Dieudonné se redressa sur son séant et le vieil homme vint s'asseoir à côté de lui :

« Pourquoi ne lui as-tu rien demandé? Elle doit bien savoir qui est ton père?

— Elle est morte quand j'avais six ans. A cet âge, on ne questionne pas sa mère! A te dire la vérité, je ne me rappelle presque plus son visage. J'ai beau fermer les yeux très fort la nuit, je ne retrouve rien.

— Qui t'a élevé? »

Dieudonné eut un soupir :

« Des Blancs. Les Grandidier. Ils nous ont recueillis, mes frères et moi. »

Le vieux Karabenta s'écria, d'un ton incrédule :

« Des Blancs? Des Blancs peuvent élever les enfants des Noirs? »

Dieudonné rit tristement :

« Les Blancs peuvent tout faire. Du mal et du bien, du moins ce qu'ils croient être du bien. Ne me demande pas lequel est pire! »

Karabenta secoua vigoureusement la tête, comme s'il avait du mal à accepter les propos de son interlocuteur, puis murmura :

« Ecoute, à force de remuer tout cela dans l'obscurité de ma vieille tête, quelque chose m'est revenu. Un homme a pu s'approcher d'elle. »

Dieudonné bégaya :

« Papa, es-tu sûr de ce que tu dis? »

Le vieillard eut un signe affirmatif. Il mit, néanmoins, un temps considérable avant de continuer, comme s'il pesait et repesait la portée de ses paroles :

« C'était le jour où Hamdallay est tombée. La fumée noircissait le jour. Il en était pareil à la nuit. Alors, pour tenter de voir aux alentours, nous sommes montés dans les arbres. Et nous avons vu les Peuls qui fuyaient de tous côtés avec leurs troupeaux, leurs femmes, leurs enfants! Et cet homme-là est arrivé avec son esclave ou son guide, je ne sais plus. Tu vois, si je m'en souviens au jour d'aujourd'hui, c'est qu'il allait en sens inverse des autres, si je peux dire. Tous les gens fuyaient vers l'ouest, et lui, il allait vers l'est.

– Pourquoi penses-tu que ce soit lui? »

Le vieux se plongea à nouveau dans ses réflexions, puis se décida :

« Parce qu'il m'a interrogé sur elle. J'étais assis sur la place du village et je voulais lui parler de nous, comme on doit le faire pour tout hôte de passage. Mais il n'écoutait pas. Il était là : « Parle- « moi de cette veuve. De cette veuve qui habite « près du marché... » Je lui ai demandé de la laisser en paix. Je suis sûr qu'il n'en a rien fait. Et puis, le matin où elle a disparu, il était le plus enragé à la chercher. »

Dieudonné enfonça les doigts dans la vieille chair flasque :

« Tu es sûr de tout cela?

– Puisque je te le dis! »

Brusquement, Dieudonné se rejeta en arrière et fit observer :

« Admettons que tu dises vrai! Je ne suis guère avancé. Tu ne me dis pas grand-chose de cet homme. D'où venait-il? Qui était-il? Quel était son nom? »

Karabenta haussa les épaules :

« Son nom, je l'ai oublié. Ce que je sais, c'est que c'était un homme de Ségou.

– De Ségou? Celui-là aussi... »

Dieudonné se tourna contre le mur. Qu'avaient donc les hommes de Ségou à persécuter sa mère? Un mari cruel. Un agresseur. Car, il ne pouvait s'agir que d'un agresseur. D'un homme qui l'avait prise par force.

« Sinon, elle m'aurait aimé. Sinon, elle n'aurait pas attendu la nuit pour tenter de me jeter sur la rive, immondice parmi les immondices, détritus parmi les détritus! »

Le vieillard posa la main sur son épaule : « Ecoute, bientôt, mon fils reviendra du fleuve. Il était gamin à l'époque, peut-être qu'il se souvient et saura t'en dire davantage. »

Tant de pas mis bout à bout pour parcourir tant d'espace. A la moiteur du fleuve avaient succédé l'aridité de la savane, puis la nudité du désert. Qu'avait-il espéré en se rendant à Didi? Un homme de Ségou. Combien d'habitants dans cette ville?

Dieudonné ferma les yeux et l'image primordiale, une fois de plus, vint vriller l'obscurité. Il revécut, comme il le faisait chaque nuit, la scène à laquelle il avait participé, acteur ou plutôt victime, passive, à peine consciente. L'eau du fleuve était étale, jaune et mousseuse par endroits. Elle avait pris dans ses mains le petit tas de chair sanguinolente qu'elle venait d'arracher à elle-même, et, fermant les yeux, de peur en le regardant de céder à la pitié et à l'amour (mais peut-être accomplissait-elle là un acte d'amour plus grand? Il se l'était souvent demandé), elle avait enfoncé jusqu'aux chevilles dans la boue de la rive. Et les Blancs, les bons Blancs, l'ayant aperçue de leur fenêtre, s'étaient précipités pour la sauver. Ils l'avaient prise à leur service. Ils avaient envoyé ses fils à l'école des frères de Ploërmel, avant de faire de l'aîné un planton chez Maurel et Prom, grande maison bordelaise dont les chalands et les péniches remontaient le fleuve chargés de sel de Ganjol, de verroterie, de quincaillerie, de tissus, et du cadet, un auxiliaire indigène en chéchia rouge, bien noté par ses supérieurs. Mais le troisième? Que faire du troisième? Ah! oui, qu'en faire?

Le rêve familier s'interrompit, et Dieudonné vit, penchés sur lui, le visage de Karabenta et sa réplique, plus jeune, moins bienveillante, un peu rusée. Il n'eut pas le loisir de s'étonner, d'interroger, car Karabenta expliquait de manière volubile :

« Il se souvient, lui, mon fils! Est-ce que nos ancêtres n'ont pas dit que l'enfant est le père de l'homme? Il se souvient de ce que son père a oublié. »

Le fils prit un air important :

« Je m'en souviens comme si c'était hier. C'était un noble Bambara de Ségou. Il avait travaillé pour les Français de Saint-Louis et rentrait chez lui. Avec son compagnon, un Foutankè qui priait, tandis que lui, il buvait du dolo. »

Il rit à ce souvenir, plaisant, puis reprit :

« Il nous parlait de Saint-Louis où il avait vécu et des Blancs qu'il haïssait. Presque autant que les Toucouleurs. »

Dieudonné souffla :

« Son nom? Est-ce que tu te souviens de son nom? »

L'autre se fit encore plus important :

« Il s'appelait Olubunmi.

– Olubunmi? »

Dieudonné s'exclama avec désespoir :

« Mais ce n'est pas un nom, cela. Cela ne peut être qu'un surnom! »

Le jeune Karabenta sembla mécontent et haussa les épaules :

« En tout cas, c'est ainsi qu'il s'appelait, et tu ne peux rien y changer. »

La terre avait l'odeur de l'eau endormie dans la nuit. Sur l'autre rive du Joliba, se dessinait la silhouette des rôniers au-dessus des cases dont les lampes rougeoyaient. Dieudonné buta sur une souche, manqua de tomber. Cela ne pouvait être qu'un surnom. Donné dans quelles circonstances? Par suite de quel défaut? Par allusion à quelle qualité?

Quand il était à l'école, les bons frères de Ploërmel plaçaient dans un sac de petits morceaux de carton colorié, qui, mis bout à bout, représentaient un village, un arbre, la mer et des bateaux sur la mer. Un jour entier se passait à reconstituer ces motifs. Combien de temps mettrait-il à retrouver son père? Et le retrouverait-il jamais? Il s'assit sur le bord d'une pirogue.

Sous la lune, les filets de pêcheurs étendus sur le sable ressemblaient à des linceuls. Par quoi commencer, une fois arrivé à Ségou? Vers quoi se diriger? Un instant, la résolution de Dieudonné faiblit. Pourtant, s'il ne continuait pas la quête entamée, que deviendrait sa vie? Il reprendrait le chemin de Saint-Louis. Les Grandidier lui pardonneraient, car ils l'avaient toujours chéri. Mme Grandidier avait même un faible pour lui, le rebelle, le dernier de sa classe. Les bons frères lui avaient dit qu'il ferait un excellent charpentier, et elle faisait miroiter devant ses yeux un avenir couleur de copeaux dorés. Non, il fallait continuer la route.

Il revint vers le village, et, comme il atteignait la place centrale, les voix d'un groupe de couche-tard lui parvinrent, portées par la nuit :

« On dit qu'ils ont des bateaux qui marchent sur l'eau sans rames, sans perches...

– On dit qu'à Bakel ils ont commencé de tracer

un chemin pour leur cheval de fer qui galope, qui galope... »

Tristes prodiges des Blancs! Celui qui vit dans le ventre de la bête sait combien de corps elle a broyés de ses mâchoires. Ecrasés d'impôts sur les produits du sol et sur les troupeaux, irrités par les incessantes atteintes au droit coutumier et les amendes infligées pour des motifs incompréhensibles, ce n'étaient pas seulement les Peuls et les Toucouleurs qui émigraient vers les régions contrôlées par Amadou, c'étaient les Ouoloffs du Cayor et du Baol, c'étaient les Malinkés, c'étaient les Bambaras, ceux-là mêmes qui autrefois avaient cru trouver auprès des Français refuge et protection contre El-Hadj Omar. Des régions entières se vidaient, et les villages dépeuplés n'abritaient plus que des ruines. Alors Dieudonné eut envie de les interrompre, tous ces naïfs :

« Il n'y a pas de place pour vous dans l'univers des Blancs. Vous n'y serez jamais que des valets! »

Puis il se ravisa et entra dans sa case. Est-ce que sa propre vie ne lui suffisait pas? Il tenta de se représenter l'homme et n'y parvint pas. Un noble Bambara de Ségou, surnommé Olubunmi. Belle carte d'identité, en vérité! Il s'allongea sur la banquette. La route qui lui restait à parcourir était la plus ardue, roide comme une montagne dont les flancs sont bordés de précipices. Alors, il fallait dormir, reprendre des forces. Dormir.

Dans la pièce voisine, grelottant du froid de l'âge, le vieux Karabenta tentait lui aussi de dormir. Il songeait au garçon. Curieux, comme son histoire avait remué la boue des souvenirs!

Hamdallay brûlait. Des cavaliers du Macina que l'on croyait invincibles, encombrés de cuirasses de fer fabriquées au Bornou ou de cottes matelassées, avaient traversé le village dans le cliquetis de leurs haches, de leurs sabres courbes et de leurs lances. Dans le lointain, les coups de fusil claquaient comme des tabalas. Ah! la guerre! Ce ne sont pas seulement des morts qu'elle couche par terre! Des blessés, des estropiés qu'elle amène à maudire le restant de leurs jours! C'est tout un désordre qu'elle introduit dans l'organisation du monde. Femmes violées, veuves, enfants martyrisés, orphelins, bâtards cherchant désespérément le nom de leur père! Et tout cela pour quoi? Quelques coudées de terre. Un peu de poudre d'or. Des défenses d'éléphant et des plumes d'autruche. Ou bien pour obliger des hommes à bégayer :

« Il n'y a de dieu que Dieu! »

Les récentes guerres, si meurtrières, par quoi s'étaient-elles soldées? Oui, l'empire toucouleur s'étendait de Diara à Dinguiraye, de Sabouciré à Bandiagara. Oui, aux heures des prières, le moutonnement des boubous blancs par les villes et les champs rappelait celui de la mer. Mais El-Hadj Omar n'était plus là pour dénombrer ses sujets. Ses disciples avaient beau répéter qu'il était bienheureux, ayant trouvé le chemin de La Mecque, la falaise de Bandiagara s'était refermée sur lui dans l'odeur de la poudre et de la fumée, et il n'était plus là à respirer la puissante odeur des vivants.

Le vieux Karabenta ne savait plus quand il était né, ni combien de saisons sèches et de saisons d'hivernage s'étaient entassées sur son échine qu'elles avaient fini par courber comme une faucille. Ses os craquaient à chacun de ses mouvements comme une pirogue sur le Joliba démonté. Néanmoins, il souhaitait que la petite flamme de la vie brûle en lui, encore et encore. Il ferma les yeux, songeant à nouveau au garçon. Que faire pour l'aider? Personne ne pouvait rien pour lui. Seul Dieu! Karabenta marmonna une prière :

« Que Dieu qui nourrit le serpent aveugle, qui pourvoit le vautour et soutient la vieille prenne par la main le fils d'Awa Karabenta! »

6

La présence des Français à Kita et la signature du traité avec Tokouta donna le signal du ballet des espions et des émissaires de confiance. Ce furent des allées et venues d'hommes choisissant la nuit pour voyager, entrant furtivement dans les villes et couvrant d'or toutes les traces de leur passage.

Les espions toucouleurs, à cheval, en pirogue ou à pied, prirent la direction des provinces du Fouladougou, du Kaarta-Bine, du Bakhonou, du Diafounou, tandis que les émissaires sûrs étaient dépêchés en direction des frères d'Amadou qui contrôlaient l'empire, Tidjani au Macina, Mountaga à Nioro, Bassirou à Koniakari, non pas tant pour les informer de la situation que pour s'assurer de leur fidélité souvent chancelante. En même temps, on faisait la chasse aux espions des Français que l'on savait nombreux. Tous ceux qui, ayant vécu à Saint-Louis ou quelque part au Sénégal, portaient un pantalon ou une veste achetés à un traitant et baragouinaient un peu de français étaient surveillés, arrêtés et traduits devant Amadou qui les interrogeait lui-même.

Dans cette atmosphère de suspicion, deux nouvelles éclatèrent comme la foudre qui pétrifie les arbres et lézarde les murs de Banco, à peu de temps d'intervalle. D'abord, on apprit que les Bambaras du Bélédougou avaient attaqué les Français, fait main basse sur les présents qu'ils emportaient avec eux et laissé pour morts nombre de leurs hommes. Loin de susciter l'enthousiasme comme on aurait pu s'y attendre, cette nouvelle consterna et Bambaras et Toucouleurs. Les Français étaient gens vindicatifs et qui l'avaient prouvé à plusieurs reprises, rasant, incendiant les villages de ceux qui avaient osé s'affronter à eux. Aidés de leurs spahis et de leurs auxiliaires indigènes, qui sait s'ils n'allaient pas se répandre dans la région en semant la mort sur leur passage? Les Bambaras de Ségou, surtout, étaient inquiets. Voilà que cette action téméraire et isolée risquait fort de leur aliéner des alliés potentiels! Comment convaincre les Français qu'ils étaient prêts à s'entendre avec eux afin d'avoir des armes?

La deuxième nouvelle réconcilia tous les esprits. On apprit comme on le redoutait que les Français s'étaient livrés à de terribles représailles contre ceux qui avaient osé les attaquer, puis, s'appuyant sur le traité signé par le malheureux Tokouta, avaient envahi Kita et commencé d'y bâtir un fort. Un fort dans lequel seraient casernés des soldats! C'est-à-dire une menace constante sur toute la région, une épée suspendue au-dessus de toutes les têtes, une lance prête à transpercer toutes les poitrines!

Cependant, si tout le monde ergotait, réfléchissait, ratiocinait, personne ne parlait de riposter, de prendre les armes, ce qu'aurait souhaité Omar. Lors de la traversée du fleuve Sénégal, l'expédition française comptait vingt tirailleurs, dix spahis et des laptots autour de cinq Blancs, les espions en avaient fait le détail. Après l'attaque des Bambaras du Bélédougou, combien d'hommes valides restait-il?

Quant à la colonne qui avait pris Kita, de combien d'hommes se composait-elle? Est-ce que des sofas bien entraînés et qui avaient déjà fait leurs preuves ne pouvaient venir à bout de ces adversaires?

Omar rageait. De quelle espèce timorée et friable sont faits les adultes? Comme, en proie à ces pensées, il retournait dans sa case après la prière de zohour, il se trouva nez à nez avec une jeune fille qu'il ne reconnut d'abord pas, car elle était vêtue, cette fois. Vêtue d'un pagne d'indigo passé, mais très propre, sous une courte blouse blanche. Puis la mémoire lui revint, et tout le sang de son corps lui monta au visage. Il souffla :

« Qu'est-ce que tu fais ici? »

Elle désigna le panier qu'elle portait :

« Ma mère Fatima m'envoie porter un cadeau à ta mère Djenéba. »

Il demeura là à la fixer d'un air interrogateur et, alors, elle expliqua :

« Je suis la fille du maccuddo Aboubakar qui est né dans la maison de El-Hadj Seydou qui habite la concession voisine. »

Si Kadidja avait été de haute naissance, Omar n'aurait certainement pas pu la regarder en face, tant le souvenir de son indiscrétion, tout involontaire pourtant, l'aurait brûlé de honte! Apprenant qu'elle n'était qu'une esclave de case, il s'enhardit, détaillant sournoisement son corps délié qui alliait la gracilité de l'enfance à une souplesse provocante déjà féminine. Il s'efforça de rire, tout en continuant son inspection :

« Je devais avoir l'air bien ridicule, l'autre jour! »

Elle pouffa :

« Tu peux le dire! »

Là-dessus, comme si la conversation avait assez duré, elle s'éloigna. Omar resta un moment planté à la regarder, puis, se précipitant derrière elle, la prit par le bras :

« Est-ce que je dois toujours sauter par-dessus les toits, si je veux te voir? »

Elle se dégagea et le fixa, l'expression de ses yeux démentant la rebuffade de ses paroles :

« Pourquoi aurais-tu besoin de me voir? Vous ne manquez pas d'esclaves chez Traoré. »

Mortifié, Omar n'insista pas. D'avoir su cependant que Kadidja n'était pas une jeune fille de haute naissance lui donna toute liberté de rêver à son corps, ce qu'il s'était jusqu'alors interdit. Il eut beau se répéter la première récitation de la lazima, comme s'il se trouvait en danger, rien n'y fit. A la fin de la journée, il n'y put tenir et alla trouver Ali qui était absorbé dans une partie de wari :

« Qu'est-ce que tu sais de cet El-Hadj Seydou qui habite la concession voisine? »

Ali ne leva pas le nez du petit tablier de bois creusé de trous à intervalles réguliers :

« C'est un Toucouleur qui est arrivé ici avec El-Hadj Omar. C'est un moquaddem[1]. Je ne peux rien t'en dire de plus. Nous ne le fréquentons guère. »

Issa, fils aîné d'Alioune et que la faveur de son père pour Omar indisposait fort, interrogea, méchamment :

« Est-ce que tu ne l'as pas rencontré au palais? Il y est, lui aussi, très fréquemment... »

Il était de ceux qui n'appréciaient pas les nombreuses visites d'Omar à la famille de sa mère et ne lui pardonnait pas d'être à moitié toucouleur. Omar ne répondit rien. Pendant près d'une semaine,

1. Chargé de recevoir les néophytes et de leur donner l'initiation de base.

il parvint à résister à la tentation. Le neuvième jour, il y céda.

La concession d'El-Hadj Seydou différait considérablement de celle des Traoré. Derrière le mur d'enceinte, au lieu des solides constructions en banco aux toits en terrasse, reliées par des cours fermées, c'était un groupement de cases légères aux toits de paille, comme si ces anciens nomades se tenaient prêts, à tout moment, à aller s'établir ailleurs. Des poules, des chèvres, quelques vaches circulaient librement, et l'odeur de crottin, de lait frais et d'urine qui régnait rappela à Omar celle de la concession de Tassirou à Ouro et lui mit les larmes aux yeux.

Des groupes d'enfants sous la supervision d'élèves plus âgés s'exerçaient à la récitation du Livre sacré, tandis que d'autres réunissaient des bandes de coton et que d'autres encore coupaient ou brodaient des étoffes. El-Hadj Seydou était un homme encore jeune, mais squelettique, le front marqué du cal noir des prosternations. Il accueillit Omar avec une extrême affabilité et, au bout de quelques minutes, se découvrit des alliances avec lui. Est-ce que la grand-mère maternelle d'Omar n'était pas une des filles d'Ousman dan Fodio comme sa première femme ? Est-ce que Tassirou n'était pas son cousin croisé ? Avalant goulûment une calebasse de lait caillé, Omar oublia presque la véritable raison de sa visite et tarda à poser sa question favorite :

« Père, crois-tu que les Français menaceront cette région ? »

El-Hadj Seydou hocha tristement la tête :

« Je crains, en effet, qu'ils ne parviennent plus à limiter leurs ambitions et n'aient l'intention de s'emparer des richesses de l'empire...

– Et, alors, Amadou déclenchera le jihad contre eux?

– Je crois qu'il fera d'abord tout pour se les concilier. »

Omar reposa sa calebasse :

« Que veux-tu dire? »

El-Hadj Seydou eut un soupir :

« Nous sommes entrés dans un monde où seules comptent les armes. Les Français en ont à vendre. Les Bambaras en veulent pour lutter contre les Toucouleurs. Amadou en veut pour écraser les dernières velléités de révolte des Bambaras. Tu vois que ce n'est pas si simple! Personne n'ose brusquer des fournisseurs d'armes! »

Puis il sembla prendre la mesure de la déception de son jeune interlocuteur et fit, d'un ton apaisant :

« Gardons espoir! Si c'est nécessaire, Dieu nous enverra un madhi! »

Dans un élan, Omar interrogea :

« Père, est-ce que je peux devenir un de tes élèves? »

El-Hadj sourit :

« Misérable pécheur, que veux-tu que je t'apprenne? Néanmoins, ma maison est la tienne. Si tu veux, je t'initierai à l'art de la broderie. Sur ce point, je suis proche de la perfection. »

Quelle humilité! Tirant son exemplaire du Coran de sa poche, Omar allait se laisser emporter par l'océan de la prière quand un groupe de jeunes filles passa, qui, chacune, esquissèrent une petite génuflexion devant le visiteur. Kadidja portait sur la tête une bassine de linge mouillé. Elle ne put dissimuler un sourire narquois, et le cœur d'Omar s'emplit de honte. Quel hypocrite il faisait! Que venait-il faire dans cette concession? Se rapprocher de Dieu? Ou d'une femme? Cela ne l'empêcha pas de rôder dans les cours intérieures, espérant apercevoir Kadidja. Hélas! la matinée s'acheva sans qu'elle ait reparu!

Omar était amoureux de Ségou. Tout comme au premier jour de son arrivée, son animation ne cessait pas de l'enchanter. Il ne comprenait pas ceux qui disaient qu'elle avait perdu son attrait avec la venue de l'islam, car, pour lui, au contraire, les gestes de la foi s'y paraient d'une originalité et d'une vie qui n'appartenaient qu'à elle. Les mosquées lui semblaient plus riantes, les écoles coraniques moins sévères que partout ailleurs, tandis que les psalmodies des talibés et l'appel des muezzins se répercutaient sur des notes hautes, presque joyeuses, parlant d'espoir. Il aimait rôder sur les rives du fleuve et regarder les pirogues enluminées glisser sur l'eau. Parfois, il aidait les pêcheurs à haler leurs barques sur la rive, et ceux-ci raillaient :

« Eh, Torodo, est-ce que tu prétends être un homme de l'eau? »

Alors, il expliquait qu'il n'était pas un Torodo, et les hommes hochaient la tête, comme s'il leur plaisait que fraternisent dans leur antique cité toutes les races et toutes les origines, et qu'y naissent des êtres hybrides, participant de cultures diverses. Il arriva jusqu'au marché aux bestiaux, où, selon une coutume qui avait résisté aux guerres et aux rivalités, les Peuls venaient offrir leurs bêtes de trait et de selle. On y entourait deux hommes qui, avec force gestes, racontaient une histoire extraordinaire. Alors que tous semblaient hésiter devant eux, un Malinké, originaire de Bissandougou, avait résolu de tenir tête aux Français. Il avait déjà soulevé le Ouassoulou, le Kourbari-Dougou et, à présent, marchait vers le Bélédougou dans l'espoir de rencontrer les Français. On le disait invincible, grâce aux gris-gris que lui confectionnait une véritable armée de marabouts et de féticheurs attachés à ses pas. Omar haleta :

« Son nom, son nom?

– Samori... »

Il enchâssa ces trois syllabes dans son cœur! Ah! pourquoi un chef de ce calibre ne se levait-il pas de ce côté du fleuve? Malgré sa jeunesse, il l'aurait suivi et aurait prouvé de qui il était fils! L'esprit enfiévré, il retourna vers la concession des Traoré et marcha droit à la case d'Alioune, pour lui faire part de ce qu'il venait d'apprendre. Il le trouva en grande conversation avec Koumaré, venu sans doute bénir une naissance dans l'une des nombreuses cours.

Comme à chaque fois qu'il était en présence du forgeron féticheur, Omar éprouva un violent malaise. Il lui semblait que ces yeux, curieusement glauques et étincelants à la fois, pareils à l'eau étale de ces marigots qu'agitent en profondeur tant de houles, le transperçaient et pouvaient déceler en lui des forces qu'il ignorait lui-même. Paradoxalement, alors qu'il était sensible à l'esprit de syncrétisme de Ségou, il se choquait qu'une maison musulmane accueille un tel personnage et allait se retirer en hâte, quand Koumaré l'arrêta d'un geste, prenant Alioune à témoin :

« Ah! Traoré! il faut que je fasse brûler chez ce garçon du korosoni et du ngokubeleni. »

Alioune sourit devant la mine effarée d'Omar :

« Pourquoi? Est-ce que tu lui vois quelque maladie? »

Le féticheur émit des sons incompréhensibles.

Malade, il l'était, hélas! du désir de s'approcher d'une femme. Omar s'efforça de répéter la fatiha. Mais force lui fut de s'avouer qu'il songeait à tout autre chose. Est-ce cela que Koumaré avait vu en lui, cette attirance bestiale? Il ferma les yeux pour mieux se concentrer :

« Guide-nous dans le droit chemin, le chemin de ceux que tu as comblés de bienfaits, non pas de ceux qui ont encouru la colère, non pas de ceux qui s'égarent. »

Comme rien n'y faisait, il se releva et s'assit tristement dans le vestibule. Tassirou ne lui avait appris qu'à s'efforcer de se perdre en Dieu, lui qui s'était retiré du monde. Cette attitude ne convenait point à tous, et pour le plus grand nombre le monde était une réalité qu'il fallait affronter. Comment y parvenir sans perdre son âme...? Peut-être son père Mohammed l'avait-il su? Peut-être en le regardant vivre, son fils aurait trouvé les directives qui lui faisaient si cruellement défaut? Quelle énigme que ce père unijambiste et voltigeur que certains appelaient héros! Sans avoir besoin d'interroger les uns et les autres, à les écouter parler, Omar avait fini par réunir des éléments contradictoires de sa personnalité.

Sa mère, Ayisha, le lui avait dépeint comme fragile, alors qu'il avait répudié sans ménagement une première épouse. On s'accordait à reconnaître sa foi en l'islam. On le dépeignait comme un fils spirituel d'El-Hadj Omar, et, pourtant, il l'avait abandonné au milieu de ses ennemis à Hamdallay pour retourner à Ségou. On rappelait qu'il était à moitié peul, et, pourtant, il était mort en exhortant les Bambaras à se révolter. Mais peut-être est-ce cela, un homme? Un ensemble de contradictions. Il sortit dans la cour. Les enfants étaient assemblés autour d'une femme qui leur contait l'histoire de Sériba :

« La mère de Sériba devint si vieille qu'on plantait des piquets entre elle et le feu. L'hivernage arrivé, Sériba dit : « Ma mère est vieille, je suis « obligé d'aller aux champs, à qui vais-je la confier « ici? »

A ces paroles qu'ils écoutaient pour la centième fois, ils firent avec des éclats de rire la réponse bien connue :

« Au chat! »

Brusquement, Omar se sentit seul, abandonné à lui-même, orphelin à jamais. Il lui semblait qu'un danger qu'il ne pouvait éviter allait fondre sur lui et changer radicalement le cours de sa vie. Quelle arme un homme possède-t-il contre le danger? La prière, encore et toujours.

Derrière lui, les enfants riaient et battaient des mains :

« La poule dit : « Grand frère chat, tu as accepté « cela? C'est ton affaire, je n'ai rien à y voir! S'il « arrive une histoire, ne m'appelle pas en témoi- « gnage... »

Il envia leur innocence et leur sérénité. Qu'il aurait aimé s'asseoir dans le cercle pour écouter la parole magique! Mais, voilà, le désir d'une femme était dans son corps.

Cette nuit-là, Omar fit un rêve. Il descendait le fleuve en barque quand, venant en sens inverse, une embarcation s'arrêta à la hauteur de la sienne. Se penchant par-dessus bord, il découvrit un garçon, endormi, qu'il n'avait jamais vu, mais qu'il savait connaître. Il le secoua par l'épaule, pour tenter de le réveiller, et, alors, un flot de sang sortit de sa bouche, rougit lentement sa poitrine, puis, jaillissant de plus en plus vite, emplit l'embarcation jusqu'à ce qu'ils se trouvent tous les deux noyés dans ce flot rouge et visqueux. Il s'éveilla.

Profondément troublé, il quitta sa case dans l'intention de se glisser dans celle d'Ali qui, peut-être, ne dormait pas encore et d'engager avec lui une de ces inévitables parties de wari qu'il affectionnait. Mais la nuit devait être fort avancée, car il n'entendit aucun bruit. Ses pas le menèrent dans la première cour. Des grappes de chauves-souris s'envolaient du dubale avec des cris aigus, et celui-ci semblait soudain doué de mille voix, presque humaines. Omar n'ignorait pas l'importance que les Traoré accordaient à cet arbre qui, disaient-ils, avait été planté par l'aïeul du temps que « Ségou ne s'appelait pas Ségou, mais s'appelait Sikoro, Sous-les-Karités ». S'il n'osait pas en rire ouvertement, il rangeait cet attachement parmi les superstitions, à la fois singulières et naïves, qui faisaient le charme des Traoré et des Bambaras dans leur ensemble.

Pourtant, quant il se trouva seul, face à l'arbre que la nuit entourait de mystère et magnifiait, il lui sembla qu'il prenait conscience d'existences secrètes, impalpables, condamnées à se terrer pendant le jour, mais qui, dans l'ombre, reprenaient force et vigueur. Les branches lui semblèrent mouvantes, tandis que les racines prenantes devenaient autant de niches entre lesquelles s'insinuaient des formes imprécises. Puisqu'il était né dans cette concession, sa mère, Ayisha, comme toutes les femmes qui enfantaient chez les Traoré, avait-elle enfoui son placenta dans cette terre nourricière?

Ainsi, son double se promenait-il quelque part en attendant d'être réuni avec lui? Il prit peur. N'était-ce pas une des choses qu'il avait redoutées : être peu à peu gagné par ces croyances délétères? Il tenta de se ressaisir et revint rapidement vers sa case. La lampe à huile s'était éteinte. Il tâtonna jusqu'à sa natte.

7

« *Bissmilalahi rramani rrahimi!*
  – *Al hamdou lillahi rabbil alamina!*
  – *Rahmani rrahimi!* »

Le brouhaha des voix enfantines s'affaiblit comme Omar s'avançait à l'intérieur des cours de la concession d'El-Hadj Seydou. A la différence des Traoré, qui, en dépit des vicissitudes du royaume, demeuraient riches, une bonne vingtaine d'esclaves cultivant leurs coudées de belle terre auxquelles ni El-Hadj Omar ni Amadou n'avaient touché, la famille d'El-Hadj Seydou était pauvre. Il n'exigeait pas un sou de ses nombreux élèves, car il lui aurait paru scandaleux de faire payer une éducation religieuse, et entretenait son monde grâce au fruit de ses travaux de broderie et au produit d'un champ en aval du Joliba. Aboubakar, le père de Kadidja, traité d'ailleurs non pas en inférieur, mais en parent peu fortuné, et à ce titre, doublement chéri, tenait un petit commerce grâce auquel on se procurait de la viande et du poisson, tandis que ses femmes achetaient et revendaient du sel. Cette atmosphère de dénuement s'alliant à la piété la plus extrême, rappelant à Omar celle de la concession de Tassirou, ne parvenait pas à l'apaiser.

Certes, il n'ignorait pas la parole du sage : « Si le

désir sexuel te poursuit, tu cherches à épouser. »
Néanmoins, il était trop jeune pour envisager pareille solution, et puis Kadidja était une esclave. Son orgueil se révoltait à l'idée de donner le jour à des enfants qui auraient honte de leur mère. Ou dont on raillerait l'origine. Quant à lui, des deux côtés sa lignée était noble. Devait-il déchoir? En outre, la famille ne le permettrait pas! En dépit de toutes les belles résolutions qu'il prenait chaque matin de se tenir loin de Kadidja, il s'en alla à sa recherche. Il savait que, à cette heure, il la trouverait assise sur une natte dans la cour désertée, réunissant avec application des bandes de coton destinées à la confection des caftans et des boubous. Il ne se trompait pas. Un bout de langue rose pointait entre ses lèvres, tandis qu'elle faisait courir l'aiguille à travers le tissu et que sa blouse, largement échancrée, bâillait sur son sein.

Il songeait à se dissimuler derrière une clôture pour se repaître de ce spectacle quand elle éclata de rire et releva la tête :

« Est-ce que tu te prends pour un serpent qui avance sans bruit? »

Dépité, il vint s'asseoir près d'elle. Empli d'une émotion qui accélérait les mouvements de son cœur, il regarda les petites mains habiles, s'enhardit et remonta jusqu'à la poitrine. Brusquement, il ne put plus contenir son désir et posa la main sur son sein. Elle se dégagea :

« Pas de cela! »

En même temps, elle posait son ouvrage, le fixant d'une manière qui l'invitait à continuer tout en le défiant d'en avoir le courage. Cela lui donna la force de la renverser en arrière. A vrai dire, il ne savait pas très bien ce qu'il entendait lui faire, n'ayant guère envie que de la tenir au plus près de lui, de respirer son odeur, de s'en enivrer, de caresser sa chair. Le contact de sa nudité le terrifia. Il faillit se relever en hâte. Mais elle le retenait, et il eut peur de passer pour un lâche. Tout se passa très vite. Quand il l'entendit crier, il se rua hors d'elle. Mais elle le retenait encore, et il réalisa que ce cri, loin d'être expression de la révolte ou du refus, signifiait la soumission et scellait un irréversible accord entre eux. Un vertige le prit où l'orgueil et le désir se disputaient. Il ne se retint plus, oubliant ce qui n'était pas son corps.

Au moment précis où il s'écartait enfin d'elle, l'appel du muezzin retentit. Le soleil était au zénith. C'était l'heure de la prière de zohour[1]. Omar resta un moment hébété. Il regarda la cour autour de lui, quelques poules que l'agitation de ces deux humains n'avait pas effrayées, et qui picoraient des grains de mil mêlés au sable, un métier à tisser sur lequel une bande était à moitié lovée, un van, un mortier de bois poli. Rien n'avait changé.

Il avait commis le plus abominable des péchés et rien n'avait changé. Kadidja se rhabillait d'un air un peu souffrant, un peu triomphant, qui symbolisait peut-être son accession à l'univers des femmes. Bientôt, elle affronterait, comme si de rien n'était, les regards de mère Fatima. Rien n'avait changé. Il était un fornicateur et le soleil continuait de briller. Comme un fou, il sauta sur ses pieds, rajusta ses vêtements et sortit.

La rue était pleine d'hommes, leur satala à la main, se dirigeant vers les mosquées, car c'était le jour de la prière en commun, et il lui sembla que Dieu, cruel, avait voulu qu'il accumule les crimes. Il se mit à courir et approchait de la mosquée où il comptait bien se traîner à genoux quand il entendit hurler :

1. Deuxième prière de la journée.

« Qu'on le tue, qu'on le tue! »

Il s'arrêta, interdit, fou de terreur devant le jugement de Dieu. Pourtant, il ne s'agissait pas de lui. La foule escortait des sofas qui frappaient à coups redoublés un jeune homme qui résistait et protestait :

« Ce n'est pas moi! Je n'ai rien fait! Ce n'est pas moi! Laissez-moi! »

Dans son trouble et sa confusion, approchant du désespoir, il lui sembla que le malheureux qui clamait ainsi son innocence recevait par erreur le châtiment qui lui était destiné. N'est-ce pas lui qui aurait dû aller, imposteur démasqué, fornicateur surpris et couvert d'opprobre? Il se précipita, jouant des coudes, des pieds, des poings et parvint à interpeller les sofas :

« Qu'est-ce qu'il a fait? »

Ceux-ci, le reconnaissant pour le neveu du souverain, expliquèrent :

« C'est un espion des Français. Nous l'avons arrêté près du marché! »

Un espion? Comme il dévisageait le jeune homme dont la bouche pissait le sang, ce visage lui parut familier et il hurla :

« Non! Non! C'est... »

Intrigués, les sofas s'arrêtèrent :

« Tu le connais? »

Il inclina convulsivement la tête, bégayant :

« C'est, c'est... »

A ce moment, le jeune homme, fourbu, glissa dans la poussière avec une sorte de grâce et Omar se précipita, le redressa, le serra contre lui, murmurant passionnément :

« Dieudonné, fils de personne, est-ce que tu ne me reconnais pas? »

Alioune acheva son repas sans entrain. Le matin, lors de la réunion qui avait précédé la prière, les chefs des grandes familles de Ségou avaient décidé d'envoyer une délégation à Nango, où les Français se trouvaient depuis quelques jours. Ce n'était pas le danger qu'il y aurait à tromper la vigilance des espions d'Amadou et à déjouer leurs ruses qui inquiétait Alioune. Non, c'était le principe même de cette ambassade! Les Français! Il se méfiait d'eux instinctivement, et faisait siennes les prophéties d'El-Hadj Omar qui répétait :

« Votre existence avec l'Européen ne peut réussir. »

Ceux qui faisaient appel à la collaboration des Français risquaient fort de se retrouver dans la situation d'un homme qui, voulant se débarrasser d'une mauvaise herbe, met le feu à son champ et incendie sa maison, ses bêtes, sa famille! Néanmoins, que pouvait-il faire contre l'avis de la majorité? Même l'imam Kane, sur l'appui duquel il comptait, s'était finalement rallié à l'opinion du plus grand nombre. Aussi, c'est avec assez de mauvaise humeur qu'il vit apparaître Djénéba, sa bara muso, l'air affairé et mystérieux à la fois. Elle commença par faire remarquer :

« Tiens, tu as déjeuné tout seul! »

Alioune la connaissait assez pour deviner qu'elle voulait l'entraîner dans une de ces conversations dont les femmes ont le secret, où, au lieu d'aller à l'essentiel, on tourne en rond, se réfugiant derrière allusions et périphrases et coupa sèchement :

« Femme, si tu as quelque chose à me dire, dis-le clairement. »

Elle s'assit et interrogea, de manière toute rhétorique cependant :

« Qui est le maître de cette concession? Qui a le

droit d'y faire rentrer des étrangers? Surtout par les temps qui courent où chacun doit se méfier du propre enfant de sa mère! »

Alioune perdit patience :

« Si tu continues, je saurai bien te faire parler pour quelque chose! »

Elle se décida :

« Est-ce qu'Omar n'a pas introduit ici un étranger tout couvert de sang?

– Tout couvert de sang? »

Elle inclina la tête et il tonna pour sa plus grande satisfaction :

« Fais-le venir devant moi... »

Presque malgré lui, Alioune s'était pris d'affection pour Omar. Les premiers temps, celui-ci ne lui avait inspiré que des sentiments sans grande chaleur et, pour ainsi dire, forcés. Peu à peu, il lui était apparu comme le symbole d'une jeunesse sans certitudes, tiraillée entre plusieurs appartenances et mal armée pour affronter de terribles réalités. Car des quatre coins de l'empire montaient les rumeurs les plus alarmantes. Des frères d'Amadou se rebellaient contre lui. Des ambitions mal éteintes se réveillaient. Des ennemis que l'on croyait vaincus reprenaient les armes et, sur tout cela, planait l'ombre des Français dont nul ne comprenait les ambitions. De quoi, de quoi le lendemain serait-il fait? Aussi, quand il le vit entrer dans son vestibule, l'air soucieux et presque hagard, il commença par le rassurer, lui disant d'un ton bienveillant.

« Je suis sûr que tu as cru bien faire. Pourtant, tu ne dois pas prendre pareille décision sans en informer un de tes pères ou une de tes mères. Qui caches-tu dans ta case? »

Omar tomba à genoux :

« J'attendais seulement le moment favorable

pour vous en parler. Ils l'ont tellement frappé qu'il est faible et ne fait que pleurer.

– Comment s'appelle-t-il? De qui est-il le fils? »

Omar bafouilla :

« C'est ce que je ne suis pas encore arrivé à lui faire dire! »

Alioune cacha son mécontentement et, se levant, fit simplement :

« Eh bien, il faudra bien qu'il me parle, à moi. Tu ne crois pas? »

Le jeune homme était allongé dans une posture qui trahissait et son épuisement et son désespoir. Omar avait tant bien que mal nettoyé les plaies de son visage sur lequel le sang coagulé dessinait des pointillés plus sombres. Devant cette face un peu triangulaire, les pommettes hautes et les yeux profondément enfoncés dans les orbites, Alioune ressentit une étrange impression de déjà-vu, comme si, rajeuni, un ancêtre revenait le fixer. Avec émotion, il lui dit :

« Tu pourrais être mon fils et je ne te veux pas de mal. En outre, le Prophète nous a appris que l'hôte est un don de Dieu. Dis-moi seulement de qui tu es le fils. »

Le jeune homme tenta de se redresser, mais il était si faible qu'il ne parvint pas à terminer le mouvement qu'il avait ébauché et murmura :

« Je m'appelle Dieudonné. »

Alioune insista avec la même douceur :

« Qui est ton père? »

Dieudonné se mordit les lèvres :

« Je ne sais pas... »

Alioune le réprimanda :

« Qu'est-ce que tu me chantes là? Chacun d'entre nous a un père. C'est son union sacrée avec notre mère qui cause notre naissance. »

Pour des raisons diverses, les deux jeunes gens

réagirent vivement. Omar, parce que ces mots lui rappelaient l'horreur du péché qu'il venait de commettre. Dieudonné, parce qu'ils faisaient saigner sa blessure jamais fermée, jamais cicatrisée. Il s'efforça de parler avec calme et clarté :

« J'ai certainement un père, mais je ne sais pas son nom. Je peux te dire seulement celui de ma mère : Awa Karabenta de Didi, Awa, fille de Kanlanfeye Karabenta... »

Le cœur d'Alioune s'arrêta. Il souffla :

« Awa Karabenta de Didi? Tu dis Awa Karabenta? Tu es donc le fils de notre frère Mohammed? Mohammed Traoré? »

Dieudonné bégaya :

« Mes frères s'appellent, en effet, Traoré. Moi, je n'ai point droit à ce nom-là... »

Mille pensées se bousculaient dans l'esprit d'Alioune. Le ventre d'une femme est si riche de mystère. Qui sait si, en quittant Ségou, celui d'Awa n'abritait pas déjà ce garçon? Dieudonné détruisit cet espoir en secouant la tête :

« Non, père! En quittant Ségou, elle est restée au moins deux saisons sèches à Didi. Je suis né à Saint-Louis, bien longtemps après.

– S'est-elle remariée? »

La vérité trembla sur les lèvres de Dieudonné. A Didi. Un des vôtres, un yèrèwolo de Ségou, a pour la seconde fois attenté à sa vie. Oui, un Bambara de Ségou l'a prise de force. Néanmoins, il ne put prononcer un mot comme s'il faisait siennes la honte et la douleur du viol de sa mère. Mère saccagée, mère labourée, je n'ai pu te secourir!

Alioune insista :

« Tu dis qu'elle ne s'est pas remariée? »

C'est alors qu'Omar, auquel personne ne songeait, murmura d'une voix que l'émotion rendait inaudible :

465

« Est-ce que vous voulez dire que la mère de Dieudonné est... »

Alioune acheva la phrase qu'il ne parvenait pas à compléter :

« La première femme de ton père, Mohammed! Béni soit Dieu qui nous réunit aujourd'hui! »

L'obscurité de la case préfigurait celle de la guerre où tous les hommes sommeilleront un jour et rappelait celle du ventre de la femme d'où sont venus tous les hommes. Dieudonné, yeux clos, éprouvait une paix qui, pour être fugitive, n'en était pas moins réelle. Cette rencontre avec les Traoré représentait une halte, une pause pendant laquelle il reprenait son souffle comme un nageur qui se prépare à affronter les hautes eaux.

A Anady et Ahmed non plus, Awa ne parlait de leur père. Aussi, à cause de ce silence lui avaient-ils donné les traits des Bambaras de Saint-Louis, nombreux dans les rangs de l'armée et dont on s'accordait à dire qu'ils étaient de solides travailleurs, quoique un peu obtus. En vérité, c'était avec ces Bambaras qu'ils avaient entretenu le lien avec la langue. Souvent, le soir, malgré les interdictions des Grandidier, ils couraient chez Samba, un briquetier, employé du gouvernement, qui leur contait les histoires de Souroukou[2], Badéni[3], Diara[4]... Aux baptêmes, ils se faufilaient jusqu'à N'Dar Toute, pour manger à la main du couscous de mil avant de gratter le fond des marmites. Les premières années de sa vie, Dieudonné ne savait pas qu'il n'appartenait pas à cette communauté-là. Lui aussi, il appe-

2. L'hyène.
3. Le chevreau.
4. Le lion.

lait ces hommes et ces femmes ba, fa, bina... Quand avait-il su la vérité? Quand il avait fallu aller à l'école des frères. Sur le grand cahier qui portait la mention « nom du père », alors, Mme Grandidier avait tracé deux petits groupes de lettres dont il avait su la signification plus tard, des années plus tard. Awa n'était plus là pour répondre à ses questions.

Dieudonné s'étonnait. La vie est la plus grande pourvoyeuse de surprises. Dire que ce Torodo qu'il avait croisé sur les rives du fleuve Sénégal lui était apparenté! Peut-être pourrait-il l'aider à poursuivre sa recherche, car, avec lui, il était en confiance et parviendrait à prononcer les quatre syllabes qui commandaient son identité : Olubunmi!

Olubunmi! Un surnom sans doute! Donné dans quelles circonstances? Par allusion à quel vice? A quelle vitalité? Dieudonné se retourna sur le côté. Dire que sa mère avait vécu dans cette concession! Il essaya de l'imaginer heureuse, affairée, jeune mère comblée de fils. Il n'y parvint pas, puisqu'il n'avait connu que son visage de malheur! Subrepticement, comme il se plaît parfois à le faire, le sommeil vint brouiller ses pensées, et il se retrouva dans le village de Didi. Un homme était assis à son chevet, le visage dissimulé par un litham, de même couleur que son turban. Il le savait : s'il parvenait à écarter ce voile, il percerait du même coup le secret qui lui tenait tant au cœur. Mais, voilà, il ne pouvait bouger, cloué au sol par une force mystérieuse! Il gigotait, gémissait, et, dans l'excès de cette agitation, il s'éveilla trempé de sueur. L'ombre avait perdu son caractère bienveillant et était devenue hostile comme celle d'une geôle. Dehors, à quelle hauteur se trouvait le soleil? Angoissé, Dieudonné se redressa sur son séant, cherchant à calmer la terreur qui naissait soudain en lui quand un homme pénétra dans la pièce. Un homme comme il n'en avait jamais vu à Saint-Louis, ville cependant fertile en spectacles peu communs. Encore jeune, grand, vêtu d'une courte veste faite de peaux et coiffé d'une sorte de mitre bordée de cauris. Il ne semblait pas méchant. Néanmoins, la force qui se dégageait de lui terrifiait, blessait comme celle d'un animal qui ne peut être dompté tout en consentant à demeurer familier. Il interrogea, de sa voix très basse :

« C'est toi, le petit-fils de Kanlanfeye Karabenta? »

Sans attendre de réponse, tout en parlant, il jeta par terre des noix de cola contenues dans un petit sac, refit ce geste à plusieurs reprises, commentant sourdement les dessins qui se formaient sous ses yeux, puis releva la tête pour fixer Dieudonné, comme s'il était en butte à un mystère qu'il était bien résolu à dissiper.

Et c'est vrai qu'il était intrigué, Koumaré! Depuis des générations que les siens s'efforçaient d'éclairer l'avenir pour les Traoré et de prévenir les maux dont il est fécond, il n'avait jamais reçu des invisibles des indications aussi contradictoires. De quels signes était porteuse la venue de ce garçon? Quelles forces sa seule présence allait-elle déchaîner, et pourquoi? Il ne lui faudrait pas moins d'une nuit de sacrifice pour le découvrir. Koumaré n'était pas de ces forgerons féticheurs qui cédaient à la séduction du Coran et employaient des talismans faits de caractères arabes enveloppés dans des triangles de cuir ou de tissu. Pour cette raison, nombre de familles s'étaient un peu détournées de son art, pour réaliser ensuite qu'il demeurait le maître du Secret, imperméable aux modes, immuable comme le temps lui-même.

Koumaré remit ses noix de cola dans le sac qui ne le quittait jamais et en tira des cauris avec lesquels il parlementa silencieusement avant de les jeter à terre. Cette fois encore, leur position le déconcerta. Alors, il sembla se résigner et malaxa soigneusement dans un petit mortier des feuilles et des racines. Il en obtint une poudre brunâtre, qu'il plaça à l'orifice de chacune des narines de Dieudonné, tout en le maintenant sous le feu de son regard. Puisque les ancêtres refusaient pour l'instant de parler en clair, on ne pouvait les contraindre. Il fallait se contenter de panser le corps.

Il savait, à présent, comme son père avant lui, que la souffrance et le malheur des Traoré les dépassaient eux-mêmes. Qu'ils n'étaient que l'image réduite de souffrances et de malheurs plus grands. Pourtant, comme son père avant lui, il en ignorait la raison. Son savoir se heurtait à ce mur-là. Quelle offense, quel crime? Cachés dans la nuit de quels temps? Depuis bientôt deux générations, les forgerons féticheurs se répétaient la question. Il commença d'appliquer des emplâtres de feuilles sur les ecchymoses de Dieudonné, referma soigneusement les lèvres béantes d'une plaie au menton. Le garçon ne bougeait plus, suivant chacun de ses gestes avec une attention un peu angoissée. Un esprit palpitait dans l'ombre au-dessus de sa tête. Quel nom avait-il? Koumaré se retira. Oui, la nuit serait longue, qui permettrait de percer tous ces mystères, et de tenter de faire ailleurs le lit du malheur.

Visible pour ses yeux seuls, un nuage couleur de sang et de soufre planait au-dessus des toits. Comme à chaque fois qu'il passait près de lui, il s'inclina devant le dubale qui gardait l'entrée de la concession. Les esprits des défunts commençaient de s'assembler sur ses branches entre le pelage sombre des chauves-souris et mille voix, inaudibles pour le commun des mortels, s'élevaient. Elles se turent avec ensemble à son passage. Pourtant, il eut le temps de reconnaître leur tonalité d'effroi et de colère. Pourquoi? Il décida de se rendre directement sur l'île où, comme son père, il aimait à se retirer quand les ancêtres et les dieux le défiaient.

8

« Epouserais-tu une esclave? »

Dieudonné haussa les épaules :

« Je ne me suis jamais posé la question. Je me suis plutôt demandé quelle fille accepterait un garçon sans père. »

Omar fit, hâtivement :

« Tu finiras bien par le retrouver ton père, je t'y aiderai. Et puis, attends au moins que ta santé soit revenue! »

C'est qu'il ne souhaitait pas voir la conversation s'éloigner du seul sujet qui lui tenait à cœur : son forfait avec Kadidja. Depuis lors, il n'avait pas remis les pieds chez El-Hadj Seydou, et il se demandait si son absence n'était pas plus signifiante que sa présence. Si, derrière son dos, mille bruits ne commençaient pas à circuler.

Dieudonné l'interrogea :

« Comment pourrais-tu m'aider?

— Je ne sais pas, moi! Tu n'as vraiment aucune indication? »

Pour Dieudonné, la vie avait recommencé d'aller. A l'inverse d'Omar qui, accueilli comme un don de Dieu, s'était aliéné bien des sympathies pour des raisons indéfinissables et confuses, un petit air supérieur, une difficulté à maîtriser le bambara, une intimité affichée avec les voisins toucouleurs, une piété un peu ostentatoire, Dieudonné, d'abord traité avec méfiance, était en deux ou trois jours devenu populaire. Toujours prêt à rendre service, à fendre du bois, à porter une charge! Toujours débordant d'histoires, au point que, bien avant dans la nuit, les mères devaient venir chercher les enfants assis en rond autour de lui! Et avec cela, savant, écrivant aussi bien l'arabe que la langue des Blancs! Les anciens de la concession s'assemblaient autour de lui quand il traçait sur des bouts de parchemin des dessins étranges dont il indiquait le sens en riant :

« Cela, c'est mon nom, Dieudonné. Cela, c'est le vôtre, Traoré. »

Comme, en outre, il était poli, accueillant avec ravissement les moindres attentions, chacun s'accordait à chanter ses louanges et à souhaiter que, avec l'aide de Dieu, il retrouve son foyer. Après la question d'Omar, le mot d'Olubunmi trembla sur ses lèvres. Cette fois encore, il le retint, saisi d'il ne savait quelle peur, comme s'il préférait rêver, quêter que découvrir. Il railla :

« Pour un bon musulman comme toi, cela existe-t-il, des esclaves? »

Omar prit son air pédant :

« Le Coran ne condamne pas l'esclavage. Il dit seulement : « N'oubliez pas que les esclaves sont « vos frères, surtout s'ils sont musulmans. Dieu « vous a donné droit de propriété sur eux! »

Dieudonné dit, pensivement :

« Connais-tu une religion qui ait vraiment le souci de la justice? Quand j'étais à Saint-Louis, au nom du catholicisme, les Français s'élevaient contre l'esclavage. Et puis, une fois libérés, ils enrôlaient les hommes de force dans leurs armées ou dans leurs exploitations agricoles et les traitaient comme des bêtes. »

Omar en profita pour en revenir à un de ses sujets de conversation favoris :

« Est-ce que tu crois que nous ferons la guerre aux Français? »

Dieudonné eut un geste d'ignorance :

« Je ne crois pas. Il paraît qu'ils sont arrivés à persuader ton oncle qu'ils venaient vers lui en amis. Mais, je te dirai que ce que je crains par-dessus tout, c'est l'amitié des Français. J'aime mieux qu'ils nous haïssent et le disent! »

Omar se mit à railler :

« Comment l'appelais-tu, la Française qui t'a élevé? Est-ce que tu lui disais « Maman », « Petite Mère », « Bonne Mère »...? Qu'est-ce que tu lui disais? »

Dieudonné ne se prêta pas au jeu, car il détestait qu'on lui rappelle ces années d'enfance.

Il se leva et une petite troupe d'enfants, qui attendait qu'il ait fini son repas, se précipita vers lui, piaillant en français :

« Qu'est-ce que tu dis? Qu'est-ce que tu dis? »

Personne ne savait pourquoi cet assemblage de syllabes les ravissait. Puis ils battirent des mains :

« Dis-le, c'est comment les bateaux qui marchent sur la mer? »

Quoi qu'il puisse leur raconter, les enfants ne retenaient de la vie à Saint-Louis que des éléments qu'ils incorporaient à leurs rêves, et qu'ainsi il alimentait bien malgré lui. Le petit Sidiki, dernier-né d'Alioune, fit mine de brandir un fusil et déclara :

« Moi, quand je serai grand, je me ferai soldat des Blancs. »

Cela mit Dieudonné en rage. Il hurla :

« Et tu les aideras à vaincre et dominer les tiens! »

Puis il réalisa son absurdité : l'enfant, trop jeune, ne pouvait pas le comprendre. Eh oui, on était entré dans l'ère de la violence. On ne respectait plus que ceux qui, mieux que les autres, savaient tuer, raser, détruire! Les rêves des enfants étaient de pillage et de meurtre.

Bon, la halte avait assez duré! Dès le lendemain, il reprendrait sa quête interrompue et il finirait bien par le débusquer, cet Olubunmi! Mettrait-il Omar dans la confidence? Nouveau venu comme lui à Ségou, celui-ci pourrait-il l'aider? Il éprouvait le besoin de s'ouvrir à quelqu'un, de s'appuyer sur une épaule amicale. Celle du Torodo, comme il continuait à l'appeler par jeu, n'était-elle pas la plus indiquée?

Alioune regarda les deux jeunes garçons, assis en face de lui, dissemblables et cependant semblables, unis dans son affection. Il était bien décidé à ne pas écouter les gronderies des autres membres du conseil de famille, qui, malgré la sympathie que Dieudonné leur inspirait comme à tous ceux qui l'approchaient, répétaient :

« Combien de temps vas-tu le garder ici?

– On ne sait pas d'où il sort. On dit qu'à Saint-Louis le monde est sens dessus dessous. Qui sait celui qui l'a planté dans le ventre d'Awa Karabenta? Peut-être un voleur! Peut-être un de ces captifs que les Blancs ont libérés! »

Parfois, la paternité est choix. Eh bien, il serait le père de Dieudonné, même si le sang ne le justifiait pas! Il joignit les mains :

« Je vous ai fait appeler pour vous faire part d'une décision qui vous concerne tous les deux.

Nous allons envoyer des messagers à Saint-Louis chercher vos frères et les ramener à Ségou à la place qui est la leur! »

Si Omar battit des mains avec son exubérance coutumière, une ombre passa sur le visage de Dieudonné, si visible qu'Alioune s'interrompit et l'interrogea :

« Est-ce que tu as quelque chose contre ce projet? »

Dieudonné baissa les yeux :

« Père, je crois qu'ils refuseront de revenir. Vous ne savez pas ce qu'ils sont devenus. La civilisation des Blancs est comme un poison qui gâte l'esprit. Si on y a goûté, on ne peut en guérir. Si je n'avais pas eu mon père à retrouver, je ne sais pas, je ne sais pas, ce que je serais devenu. Peut-être que je n'aurais jamais quitté Saint-Louis! »

Alioune haussa les épaules :

« Il n'y a pas de poison qui n'ait un contre-poison. Et puis, Anady et Ahmed, d'une certaine manière, sont pareils à toi. Eux aussi sont des orphelins. Crois-tu que de se découvrir une terre, une famille ne les transformera pas? »

Omar médita cette réponse. Dans le silence qui suivit, Alioune reprit :

« Notre famille a été trop éprouvée. Quatre des fils de mon aïeul Dousika ont connu des destins extraordinaires. Tiékoro est mort en martyr. Naba a disparu. Malobali est mort au loin, et nous n'avons retrouvé qu'un seul de ses fils, Olubunmi... »

Dieudonné releva la tête et parvint à prononcer d'une voix égale :

« Olubunmi? Mais ce n'est pas un nom bambara, cela? »

Alioune secoua la tête :

« Non, car la femme qui l'a porté venait d'un pays où aucun d'entre nous ne s'est jamais rendu, d'un peuple dont nous ignorons tout. C'est elle qui l'a baptisé ainsi... »

Omar, qui écoutait ce récit avec le ravissement qu'inspirent les contes, s'exclama :

« Olubunmi, Olubunmi Traoré! Quel beau nom! Je parie que c'était un fier guerrier. Qu'est-il devenu cet Olubunmi, le frère de mon père Mohammed? »

Le visage d'Alioune s'attrista :

« Est-ce que je ne vous parlais pas des souffrances de notre famille? Votre père Olubunmi a été fait prisonnier lors de la bataille de Kassakéri, celle-là même où votre père Mohammed a perdu une jambe. Allah seul sait comment il est parvenu à s'enfuir et s'est retrouvé à Saint-Louis, soldat des Français. »

Dieudonné tressaillit :

« A Saint-Louis?

— Oui. Puis il a déserté leur armée et est revenu à Ségou. C'était peu après la chute de Hamdallay. Les Toucouleurs venaient aussi de soumettre Ségou. Toute la région était à feu et à sang. Partout, des réfugiés, des sinistrés. Moi, je n'étais alors qu'un gamin. Pourtant, je le vois encore arriver avec son guide ou son esclave, je ne sais plus, un Peul ou un Toucouleur... »

A ce point du récit, le visage d'Alioune s'assombrit davantage :

« Tu as dit la vérité, Dieudonné! La civilisation des Blancs est un poison, et elle l'avait corrompu. L'alcool, il en consommait nuit et jour! Il ne croyait plus à rien. Il était pareil à un arbre qui ne porte que des fruits mauvais, aigris... Heureusement, sa fin l'a racheté! »

Dieudonné, qui s'était tassé comme un vieillard et écoutait, tête baissée, murmura :

« Sa fin?

– Oh! c'était une dure époque! Les Bambaras ne se résignaient pas à la défaite. Ils continuaient de refuser l'islam. Comme aujourd'hui, d'ailleurs, leur plus grand désir était de se procurer des armes pour continuer le combat. Alors, Olubunmi a pris la route pour en acheter à Saint-Louis. Il la connaissait. Il parlait aussi le français. Mais il avait trop présumé de son habileté. Il est parti seul et n'est jamais revenu. Peut-être a-t-il été tué? Peut-être s'est-il égaré et a-t-il été dévoré par les bêtes sauvages? Nous avons battu la région sans jamais retrouver son corps! »

Du ton docte avec lequel on commente un hadith, Omar interrogea :

« Crois-tu que cette fin le rachètera devant l'Eternel? »

Sourd à pareilles arguties, Dieudonné n'était pas entièrement surpris. Comme si la vérité qui venait de lui être assenée, il l'avait intuitivement devinée, quelque part dans son être. N'était-ce pas pour cette raison qu'il avait retenu les quatre syllabes fatidiques à chaque fois qu'elles voulaient franchir ses lèvres? Qu'il les avait enfouies au plus profond de lui-même? Il le savait, une fois prononcées, elles déchaîneraient les pires sortilèges. Désespérément, il tenta d'établir les faits. En revenant de Saint-Louis, Olubunmi avait naturellement suivi le Joliba et s'était arrêté à Didi. Comment l'avait-il approchée? Avait-il su qu'elle appartenait à son frère? Peut-être ne l'avait-il jamais su. Cette fois, encore, une intime conviction soufflait à Dieudonné qu'il l'avait su, et ce père qu'il avait cru haïr, voilà qu'il se prenait à le plaindre. Car la violence qu'il avait infligée s'était retournée contre lui pour le perdre. Et entraîner sa descendance dans la perdition.

« Il ressemblait à un arbre qui ne porte que des fruits mauvais, aigris. »

Et lui, il était ce fruit-là.

« Les messagers partiront dès demain pour chercher vos frères. Ces Blancs qui ont pris soin de vous après la mort de votre mère, nous les couvrirons de présents afin qu'ils réalisent quelle famille est la nôtre. Comment les retrouverons-nous? »

Dieudonné retomba dans le présent. Il imagina le cortège des messagers entrant dans Saint-Louis, s'approchant de la maison Maurel et Prom, dont M. Grandidier était le gérant. Celui-ci déposait le registre dans lequel il consignait le nombre de colliers de verroterie et de pains de sucre vendus. D'où sortaient ces Soudanais? Allons bon! Voilà qu'Anady et Ahmed étaient des princes! La bonne blague!

Trépignant quant à lui comme un enfant, Omar répétait :

« Comme ce sera bien d'être tous réunis! Pourquoi crois-tu qu'ils hésiteront à revenir? Ah! Dieudonné, qu'importe de retrouver ton père! C'est ici qu'elle est, ta famille, oui, ici même! »

Si Omar était joyeux, c'est qu'il se félicitait d'être, en quelque sorte, l'artisan de cette réunion familiale. C'était lui, n'est-ce pas, qui avait sauvé Dieudonné des mains des sofas? Qui, à travers lui, avait retrouvé les enfants perdus de Mohammed. Et n'était-il pas beau que le fils vienne ainsi réconforter le père? Aussi, il lui semblait que, pour la première fois, un lien s'établissait avec ce déroutant inconnu, et il n'était pas loin de remercier le Seigneur!

« Faut-il donc que je te fasse appeler pour que tu daignes apparaître au palais? »

Toute joie dissipée, Omar ne répondit rien. Amadou poursuivit :

« Est-ce que je ne t'avais pas chargé d'une mission? Mais, sans doute, m'étais-je trompé sur ton compte? Tu n'es encore qu'un enfant, incapable de se risquer pour Dieu. »

Omar finit par trouver une réponse :

« Mon oncle, vous ne le savez peut-être pas. Mais la famille de mon père n'a pas le cœur aux intrigues politiques. Elle vient de retrouver la trace de deux fils qu'elle avait crus perdus... »

Amadou rit aux éclats :

« Quel est ce conte à dormir debout? »

En réalité, il n'était pas aussi fâché contre Omar qu'il prétendait l'être, et n'avait certes pas besoin de ses services pour savoir ce que tramaient les Bambaras, ses espions le renseignant abondamment. En outre, il venait de recevoir une lettre des Français, signée du responsable de l'expédition, un certain Gallieni qui l'avait rassuré et dont certains passages chantaient encore dans sa mémoire : « La France désire autant que toi-même ta puissance, parce qu'elle sait que du jour où tu domineras tout le pays, les voyageurs pourront aller partout avec leurs marchandises. C'est pour cela que le gouverneur m'a chargé de causer avec toi de tout ce dont tu avais besoin pour augmenter ta force... »

Même si on tenait compte de la politique du double langage, chère aux Français, cela signifiait qu'ils le redoutaient encore et ne voulaient pas le mécontenter ouvertement. C'était une chose de vendre quelques armes en sous-main à des rebelles afin de faire monter leurs prix en suscitant des dangers. Une autre de menacer ouvertement un empire. Devant l'air penaud d'Omar, estimant l'avoir suffisamment effrayé, il lui ordonna :

« Va donc saluer tes tantes. Elles s'inquiétaient de toi. »

Omar obéit sans entrain. Les femmes d'Amadou, que l'on disait au nombre de huit cents, princesses des grandes familles de Ségou et du Macina, étaient enfermées de l'autre côté de la grande mosquée, dans l'ancien dionfoutou d'El-Hadj Omar. Le sommet des murailles était hérissé de piquets de bois dur et rares étaient les visiteurs qui étaient admis à l'intérieur. On n'y rencontrait guère que les précepteurs des enfants royaux, des marabouts, des esclaves, tout un petit monde que Samba N'Diaye menait d'une main de fer en veillant aussi sur les grands magasins où s'entassait la fortune du souverain.

Ayant franchi l'enceinte fortifiée, Omar se heurta à Salif Tall, cousin d'Amadou qu'il rencontrait fréquemment chez El-Hadj Seydou. Celui-ci s'exclama :

« Mais où es-tu passé? On ne te voit plus... »

Omar bredouilla une réponse. Il n'était pas mécontent de lui-même car, à force de prières, il était parvenu à s'interdire le chemin de la concession où vivait Kadidja. Sa vue avait beau se brouiller sous l'effet du désir, il résistait à Satan. Quand il se sentait sur le point de succomber, il lui suffisait de regarder Dieudonné. Pour se rappeler la terreur qui l'avait envahi en entendant la foule hurler :

« Qu'on le tue! Qu'on le tue! »

Et, une fois de plus, lui venait la conviction que l'autre serait la victime de son péché. Il débouchait du corridor menant à une cour circulaire plantée d'un fromager quand il entendit un rire qu'il était capable de reconnaître entre tous.

« Si tu ne viens plus chez nous, c'est alors qu'on se demandera ce qui se passe! »

Kadidja portait sur la tête une calebasse de

crème de mil, don d'une des femmes d'El-Hadj Seydou à une des princesses, et, pour tenir ce lourd fardeau en équilibre, elle balançait le cou de droite et de gauche avec une grâce d'oiseau. Omar frémit :

« Est-ce que tu ne crains pas Dieu? »

Elle fit cette étrange réponse :

« Dieu est amour. Il ne peut pas m'en vouloir parce que je t'aime. Et puis, aussi, rappelle-toi le hadith : « Quand tu n'as pas honte, fais ce que tu « veux. »

Il regarda autour de lui, effaré. Que se passerait-il si quelqu'un les entendait? Brusquement, l'expression du visage de Kadidja se modifia et de mutine, narquoise devint grave et presque sombre :

« Ecoute, si tu ne viens pas, je te jure que je me jetterai dans le puits! »

– Est-ce que tu es folle? »

En même temps, son corps, dont il se croyait maître, recommençait de vivre en toute indépendance sans plus se soucier d'aucune exhortation. Il tendit la main pour lui saisir le bras, mais elle l'évita :

« Est-ce que tu ne sais plus sauter par-dessus les toits? »

Après cela, Omar n'eut plus la tête à rien. Il alla saluer quelques-unes de ses tantes qu'il trouva en train de choisir des pièces de soie. Il admira le superbe cheval qu'un des fils de son oncle avait reçu du Macina. Pour la prière de maghreb, il s'inclina sur le sable fin de la cour, mais, au lieu de prononcer les saintes paroles, il ne cessait de répéter :

« Je n'irai pas! Je ne céderai pas! »

Quand il quitta le dionfoutou, quelques âmes pieuses revenaient des mosquées, tandis que des enfants faisaient rentrer dans les cours les animaux domestiques qui s'en étaient éloignés. Les poules résistaient à grands claquements d'ailes. Les chèvres égrenaient leur crottin sur la terre rouge. Un bélier aux cornes acérées sautait par-dessus les tas de détritus. Une apparence de paix flottait qui, par contraste, rendait Omar encore plus honteux du désordre de son âme. Pourquoi ne lui avait-on pas dit qu'il est si difficile de vivre? De se garder pur? Avec une sorte de rancune, il songea à sa mère, à Tassirou. Avaient-ils connu les mêmes affres que lui dans leur jeunesse? Il est vrai que, l'unique fois où ils avaient tenté de parler d'eux-mêmes, il ne les avait pas écoutés, choqué par ce qui lui semblait une incompréhensible impudeur. C'est alors qu'il aurait dû pousser plus loin l'interrogatoire :

« Père, mère, quand vous dites « amour », parlez-vous aussi de cette rage du corps qui me possède à présent? »

Mais voilà, on veut que les parents soient des modèles sacrés, qui donnent l'image de la perfection!

Au détour d'une ruelle, il tomba nez à nez avec Koumaré, son inévitable sac suspendu à l'épaule. Jamais, il ne lui avait vu un visage aussi sombre et préoccupé. Mais le regard du forgeron féticheur le transperça sans s'arrêter, comme s'il était absorbé par d'autres drames que celui qu'il avait. Il finit par le reconnaître et s'écrier :

« Ah! fils, où sont tous tes pères? Je n'en ai trouvé aucun chez vous. »

Dominant sa peur, Omar répondit :

« Sans doute à une réunion politique! »

Koumaré hocha la tête :

« Trouve-moi ton père, Alioune, et dis-lui que je l'attends au plus vite chez moi. »

Il s'éloigna à grands pas, tandis que les enfants, terrifiés, s'écartaient sur son passage. Mais Omar eut beau se rendre à la mosquée de la Pointe des Somonos, chez l'imam Kane, chez Abdel Kader Tyero, Moussa Samaké et autres chefs des grandes familles, Alioune demeura introuvable.

9

ÊTRE première épouse du fa d'une grande concession implique des devoirs. Etre levée la première,
veiller à la répartition des tâches entre les esclaves
afin que la journée se déroule sans heurts, sans
incidents. Il y avait, en outre, une foule de petites
actions que Djénéba tenait à accomplir elle-même
parce que chacune, subtilement, indiquait son affection ou son respect pour Alioune. Elle tenait, par
exemple, à remplir d'eau pure sa satala et à la
laisser dans son vestibule, prête pour les ablutions
précédant la première prière. Elle savait aussi que,
une fois celle-ci terminée, il n'aimait pas attendre
avant de recevoir sa calebasse pleine de dèguè,
parfumé au miel d'abeille, comme elle seule savait
le préparer.

Elle s'éveilla dès que les poules eurent commencé
de caqueter dans l'enclos et se tint un instant sur le
seuil de sa case. Au-dessus des terrasses, le ciel était
de ce bleu sourd, particulier à la fin de la saison
sèche, quand on sent qu'il va bientôt crever en eau
pour la plus grande joie de la nature. Djénéba était
une bonne musulmane qui avait même un degré de
connaissance peu commun puisqu'elle avait lu, sous
la direction d'Alioune, tidjaniste fervent, *Er-Rimaa*[1],

1. Les Lances.

le livre d'El-Hadj Omar, et maints commentaires des grands penseurs soufi. N'empêche! Chaque matin, elle ne manquait pas de se recueillir sous le dubale et d'adresser aux ancêtres une petite prière de sa façon.

« Ne prenez point ombrage d'Allah! Notre cœur est assez vaste, assez aimant pour vous accommoder tous! »

En sortant pieds nus dans la cour, elle se heurta violemment à une daba, qui avait été laissée là par mégarde, et son orteil gauche ruissela de sang. Cela lui parut un mauvais présage. Sa nuit non plus n'avait pas été bonne. Des rêves s'étaient enchevêtrés, qui lui laissaient tous un souvenir de malaise. Elle essuya son orteil d'un bout de pagne, remit à plus tard le soin de lui appliquer un emplâtre de feuilles et se dirigea vers le dubale.

Ce furent les oiseaux qui attirèrent son attention : une lignée de charognards, raides et patients sur le mur d'enceinte comme s'ils attendaient que le festin soit à point. A sa vue, ils s'élevèrent dans l'air avec ensemble puis retombèrent lourdement à la même place. Intrigué, son regard vint vers l'arbre. Tout d'abord, elle ne distingua rien dans la luxuriance de son feuillage, indifférent à l'alternance des saisons. Puis elle aperçut une masse plus sombre, une sorte de pantin disloqué, pareil à ces épouvantails que les cultivateurs mettent dans leurs champs pour écarter les oiseaux qui mangent le mil. Mais que ferait-il là, juché dans cet arbre? De plus en plus intriguée, elle fit le tour de l'énorme tronc, et c'est alors qu'elle le vit nettement. Déjà boursouflé, la tête penchée sur le côté, une langue noirâtre pointant entre les dents. Elle ne voulut pas comprendre tout d'abord et appela faiblement, comme pour le conjurer de mettre fin à ce mauvais jeu :

« Dieudonné! »

Il ne répondit point, tournoyant imperceptiblement au bout de sa corde. Alors, elle hurla. Ce hurlement se répercuta d'abord à travers la concession et précipita hors de leur couche les hommes, les femmes, les enfants. Même le fils de Sunkalo, qui souffrait d'une rage de dents et avait la moitié de la figure enflée. Même le vieil esclave Issiaka, affligé d'une hernie scrotale et qui demeurait couché en espérant la fin de ses jours. Même Flacoro, qui avait accouché la veille et, par conséquent, était confinée dans sa case. Même les enfants qui marchaient à peine, mais qui, voyant courir leur mère, se lançaient à sa suite.

Tout ce monde se retrouva sous le dubale, et un silence glacé tomba. Le premier mouvement d'Ali et d'Issa fut de grimper à l'arbre, dans l'espoir que la vie animait encore le malheureux garçon. Leurs pères les retinrent. Le hurlement de Djénéba atteignit Omar, alors qu'il s'effarait de voir blanchir le jour et d'avoir passé la nuit sur la natte d'une femme. Sans se soucier d'être vu, il se précipita hors de la concession d'El-Hadj Seydou et entra dans celle des Traoré. A la différence de Djénéba, il comprit aussitôt ce qui s'était passé, et, ployant les genoux, il se mit à frapper le sol du front en répétant :

« Il n'a rien fait! C'est moi, c'est moi... C'est moi qui dois mourir! »

Cette plainte désespérée donna le signal du tumulte. Comme l'eau d'un fleuve, grossie de celle de ses affluents, inonde ses rives et emporte, pêle-mêle, les objets de la quotidienneté des hommes, les hurlements des femmes déferlèrent sur Ségou. Ils s'infiltrèrent partout, faisant grelotter de terreur tous ceux qui les entendaient et les jetant hors de leur case et de leur concession. En un rien de temps, les rues furent noires de gens qui s'interrogeaient :

« Quel effroyable malheur a fondu sur la ville? Voilà que sa fin est annoncée. »

Car ils le sentaient bien, la douleur et l'effroi qui s'exprimaient là ne concernaient pas seulement une famille ou un clan. Ils étaient causés par un deuil qui les affectait tous. Ils annonçaient une destruction dont la communauté tout entière allait pâtir. Bientôt, un flot d'hommes et de femmes envahit la première cour de la concession des Traoré. Tête levée vers le faîte du dubale, ils communièrent dans la même affliction. Avec ensemble, d'un même mouvement, ils s'écartaient d'Omar, à présent silencieux, prostré par terre.

Personne n'ignorait l'affection qui l'avait uni au défunt, car on les avait vus déambuler par les rues de Ségou, dissemblables et pourtant si semblables qu'on les prenait pour frères, et s'asseoir entre les barques sur la rive du Joliba pour faire à coups de cailloux des ronds dans l'eau. Ceux qui connaissaient la triste histoire d'Awa et de Mohammed s'étaient plu à voir en eux le signe de la réconciliation d'un couple malheureusement séparé. Sans doute, n'en était-il rien. Alioune prit Omar dans ses bras comme un tout jeune enfant. Malgré sa réserve d'homme, il n'avait pas honte de ses larmes et bégayait :

« Ce n'est pas toi! C'est nous, c'est nous... »

Sous la direction de Koumaré, les esclaves grimpèrent dans le dubale. Avec leurs haches et leurs sabres, ils commencèrent par élaguer les rameaux feuillus, puis ils s'attaquèrent aux branches, et, bientôt, il ne resta qu'un énorme moignon étendant des doigts courts et crispés comme ceux d'un lépreux. Ensuite, ils coupèrent le tronc avant de tenter d'extirper les racines qui, depuis le temps que l'arbre vivait, s'enfonçaient à des profondeurs extrêmes. A chaque ahan, à chaque coup, les Traoré assemblés dans la cour frémissaient, comme si, au lieu du bois, c'était leur chair qui était déchiquetée. Une procession portait ensuite les billots maudits jusqu'à un point écarté, au-delà des limites de la ville, et y mettait le feu. Celui-ci ravi de ce festin inattendu, pétillait et se hâtait de le réduire en cendres. Koumaré descendit dans la gigantesque crevasse qui béait désormais à l'entrée de la concession et sacrifia un mouton blanc marqué au front d'une tache noire pareille à un cal de prosternations. Le sang forma une petite flaque que la terre, aussi rouge que lui, but lentement. Koumaré se prosterna et murmura interminablement une prière. Que les ancêtres pardonnent au criminel qui avait souillé leur lieu de repos et ne se vengent pas sur une famille déjà tellement éprouvée. Que le criminel lui-même, son forfait accompli, s'en tienne là et ne continue pas de persécuter les vivants. Que ceux-ci retrouvent la paix. Que les femmes continuent à enfanter. Que la semence des hommes ne soit pas stérile.

A l'exception d'Alioune, tous les membres de la famille éprouvaient au souvenir de Dieudonné une rancœur mêlée de stupeur. Pourquoi leur avait-il rendu le mal pour le bien? Pourquoi avait-il choisi leur toit pour commettre un acte si abominable que sa puanteur risquait d'envenimer leurs vies à tout jamais? Sans doute, y avait-il eu quelques grognements à son arrivée dans la concession. Une fois passés, cependant, ces mouvements de méfiance bien naturels, ne l'avait-on pas nourri, conforté, choyé? Ne l'avait-on pas traité comme un vrai Bambara auquel il ressemblait d'ailleurs? Ah! Awa

Karabenta! était-ce donc elle qui se vengeait d'avoir été répudiée par Mohammed? Oubliait-elle comment la famille s'en était émue, et combien de battues avaient été menées pour la retrouver? De confuses informations s'étant répandues selon lesquelles une jeune femme, accompagnée de deux enfants, aurait pris place à bord d'une pirogue sur le Joliba, des émissaires étaient descendus jusqu'à Bamako. Ah! Awa! il faut savoir pardonner!

A présent, Koumaré faisait brûler du benefin, une des plantes de Pemba, créateur de la nature brute, du kalakari, qui éloigne le pouvoir des ennemis, du ndlibara, plante de Faro, dieu de l'eau, puis, s'asseyant sur une pierre blanche qu'il avait emportée à cet effet, du Kokaridyirini, qui, exprimant la permanence à travers le malheur, favorise le retour de la vie à la normale. Mais comme les minces colonnes des fumigations commençaient de prendre la direction du ciel, sans qu'un nuage ou une brise plus fraîche l'aient annoncé, celui-ci déborda et une pluie diluvienne s'abattit. L'hivernage avait commencé.

Quand Omar émergea de sa fièvre et de son inconscience, il se sentit pareil à un tout petit garçon. Oui, elles appartiennent à l'enfance, cette faiblesse des membres, cette peur des objets dont chacun semble investi d'un pouvoir occulte et ce besoin de s'appuyer au tiède rempart du corps maternel! Il ne distingua d'abord autour de lui que brumes et brouillards. Puis il entendit le bruit doux de la pluie et respira une odeur âcre qu'il ne reconnut pas et qui le fit tousser. Alors un visage se pencha sur lui. C'était celui d'Alioune. Il ignorait que ce dernier n'avait pas quitté son chevet, renouvelant les compresses sur son front, s'efforçant de lui faire avaler des décoctions de plantes et s'abîmant en prières. Il gémit :

« Père, père, comme je suis heureux que tu sois là, je dois te confesser quelque chose. »

Alioune fit avec tendresse :

« Ne t'agite pas. »

Mais Omar secoua convulsivement la tête :

« Non, non! Il faut que je te dise pourquoi Dieudonné est mort. »

Alioune eut un soupir. Il croyait le garçon en voie de guérison, et voilà qu'il revenait à ses obsessions, car n'avait-il pas répété, hurlé pendant sa maladie qu'il était le seul responsable? Fiévreusement, Omar se lança dans le récit de ce qui s'était passé entre Kadidja et lui.

« Je ne voulais pas, je ne voulais pas. Mais Satan a été le plus fort! Père, comment parviens-tu à dompter ton corps? La prière, l'amour de Dieu ne suffisent pas, et lui, lui, il est mort de mon péché. »

Alioune fut atterré. Que répondre? Comment faire pour que cette jeune vie ne soit à jamais flétrie par le remords et parvienne un jour à fleurir? En même temps, la pensée des drames qu'Omar et Dieudonné avaient vécus à deux pas de leurs aînés, sans recevoir d'eux ni aide ni secours, l'emplissait de désespoir. Ah! oui, ils étaient là, la tête toute farcie de projets de vengeance contre les Toucouleurs, de missions à envoyer auprès des Français, de fusils à acheter, de canons, de poudre de guerre, et leurs enfants perdaient leurs âmes. Allaient audevant de la mort. N'était-ce pas parce qu'ils n'avaient plus de guide, plus de modèle, plus de valeurs certaines? Tout était dans la confusion, les rois et les dieux en fuite, remplacés par des usurpateurs.

Alioune pleura longtemps, et Omar le regardait

sans comprendre d'où lui venait cette douleur. Puis il releva la tête :

« Est-ce que tu oublies le hadith du Prophète Mohammed? « O fils d'Adam, si tes péchés attei- « gnent toute la partie visible du ciel et que tu me « demandes pardon, je te pardonnerai. »

Omar murmura :

« A moi, peut-être, mais à lui? »

Alioune pensa au corps boursouflé que les fos- soyeurs avaient jeté loin des champs cultivés, afin qu'il soit livré en pâture aux charognards, et mur- mura :

« Oublies-tu que le Prophète a dit aussi : « A « cause de moi, Dieu pardonnera les péchés com- « mis par erreur, par oubli ou par force? »

Il y eut un silence qu'Omar interrompit :

« Père, c'est une esclave, mais je dois l'épouser, n'est-ce pas? »

Alioune s'étonna de n'avoir pas en premier lieu ordonné cela, puis il approuva tristement :

« Bien sûr. J'en informerai les membres du conseil de famille, et nous enverrons une délégation chez El-Hadj Seydou. »

A ce moment, des esclaves entrèrent précipitam- ment :

« Maître, l'imam Kane et Moussa Samaké sont là qui insistent pour te parler. »

Il sortit. Dans le vestibule, l'imam Kane, sans prendre la peine de s'enquérir de la santé d'Omar, ce qui révélait l'étendue de son trouble, s'écria :

« Tous nos espoirs sont perdus. Les Français viennent de signer un traité avec Amadou. Nos hommes ont pu avoir copie du document. La voilà! »

Il tendit à Alioune une feuille de papier que celui-ci parcourut d'un regard distrait : « Le fleuve, le Niger, est placé sous protectorat français depuis ses sources jusqu'à Tombouctou dans la partie qui baigne les possessions du sultan de Ségou. »

Il releva la tête :

« Ah! oui? »

Les deux hommes en restèrent bouche bée et s'écrièrent d'une même voix :

« C'est tout l'effet que cela te fait? Est-ce que tu te rends compte que nous ne pouvons plus compter sur les Français, puisqu'ils signent un traité d'amitié avec Amadou? »

Alioune eut un rire sans joie :

« Dieu nous garde de l'amitié des Français! »

Puis il sembla se ressaisir :

« Eh bien, convoquons une réunion des chefs des grandes familles! »

En lui-même, il se disait : « Une de plus! et à quoi va-t-elle aboutir? Nous sommes là comme des vieillards hernieux que le poids de leurs testicules empêche d'avancer. » Comme ils passaient tous trois près de l'endroit où s'était élevé le dubale, ils détournèrent les yeux. Peut-être ce spectacle aurait-il été moins déchirant si la nature n'y avait donné la mesure de sa faculté d'oublier. Là où s'était tenu un arbre royal comme un Mansa au milieu de ses sujets, poussait toute une vermine de plantes et d'arbrisseaux aux rameaux enchevêtrés. Les poules descendaient y picorer une terre plus friable, et une mule tirant sur sa corde parvenait aussi à y brouter. L'imam hocha la tête :

« Si seulement on pouvait savoir pourquoi il avait choisi de vous faire du mal! »

Alioune rectifia à voix basse :

« Peut-être est-ce nous qui lui en avons fait! »

Obstinée, la pluie lavait la terre, les toits, les murs des maisons, au-dessus desquelles reposait la cuvette gris sombre du ciel. Cependant, trempée jusqu'aux os, Ségou n'en était pas moins fiévreuse.

Un régiment de talibés irlabés, reconnaissable au pavillon noir timbré d'un croissant qu'il arborait, se dirigeait vers la sortie de la ville. Pour mater quelle révolte et dans quelle province? Des Toubourou se massaient devant le palais. Comme ils étaient en majorité composés de Bambaras, Alioune et ses compagnons leur lancèrent des regards de mépris. Ils entrèrent chez Moussa Samaké. Dans un temps qui semblait aussi lointain que celui d'une histoire des origines, les aïeuls de Moussa Samaké avaient été les ennemis de ceux d'Alioune. On l'affirmait, c'était à cause de l'un d'eux que Dousika Traoré s'était vu évincer de l'entourage royal et avait été déchu de ses hautes fonctions. A présent, unis dans la haine commune de l'usurpateur toucouleur, Moussa comme Alioune ne tenaient pas compte de ces différends. Ils leur semblaient à tous deux le symbole d'une époque où les Bambaras, opulents, insouciants, avaient du loisir pour l'intrigue vaine, le potin et la rivalité personnelle. Ils se posaient l'un et l'autre la même question : si leurs pères avaient été plus réfléchis, plus conscients des menaces d'un monde autour d'eux dont ils ignoraient tout en s'en croyant les maîtres, Ségou ne serait-elle pas demeurée Ségou? Aussi leurs cœurs étaient-ils emplis de la même nostalgie et de la même rancune.

Les espions qui arrivaient de l'ouest apportaient chacun une ample moisson de nouvelles. Oui, le traité avait été signé. Oui, les Français avaient eu la permission de retourner à Saint-Louis sans encombre. Oui, un cheval de fer galoperait depuis Médine jusqu'à Tombouctou en suivant le Joliba et transporterait sur son dos toutes les marchandises des Blancs. Des forts seraient construits comme celui qui commençait de sortir de terre à Kita avec la contribution forcée de paysans réquisitionnés. Ceux qui résistaient étaient aussitôt tués et leurs villages bombardés. Foukhara, Goubanko... n'étaient plus que des ruines. Dans tout cela, quel cas les Français feraient-ils de l'aide aux Bambaras ? Peut-être alors ne fallait-il compter que sur ses forces ? Pourtant, sans armes, sans fusils ni canons, comment espérer faire triompher son bon droit ? Alors, la servitude à jamais ?

Frissonnant d'angoisse, Alioune prit place dans le vestibule qu'emplirent peu à peu les chefs des grandes familles. Néanmoins, son esprit était ailleurs. Il pensait à Omar, hanté par le souvenir de son péché; il pensait à Dieudonné, hanté par on ne savait quel démon; il pensait à ses propres fils dont les visages lisses cachaient peut-être des tourments inavouables, il pensait à Ségou. Aussi, il n'entendit pas l'imam Kane qui parlait d'approcher un certain Borgnis-Desbordes qui campait sur le Haut Fleuve.

10

Quand Omar se mit debout, il dut s'appuyer sur Issa et Ali, qui le promenèrent à petits pas dans les cours. Lui qui était déjà de belle taille avait tellement grandi qu'il dépassait ses frères de plus d'une tête. Avec cela, son visage demeurait enfantin, à l'exception des yeux brûlant d'un feu qui, on le sentait bien, ne manquerait pas de l'incendier en entier, consumant ses chairs dont il ne ferait plus qu'une mince pellicule sur les os. Ses cheveux, que l'on n'avait pu raser pendant sa maladie, le coiffaient d'une calotte broussailleuse qui mettait un peu de douceur dans l'ensemble. On n'osait s'imaginer de quel effet ce serait quand il irait le crâne dénudé, prolongeant librement l'immensité du front. Il était le seul à n'avoir point vu la première cour sans le dubale et resta pétrifié, bouleversé par ce qui était aussi un deuil. Puis il balbutia :

« Pourquoi, pourquoi fallait-il le couper? »

Ali répondit :

« C'est Koumaré qui l'a ordonné. Il a dit que le cadavre l'avait souillé et que les ancêtres, furieux, risquaient de se venger sur nous. »

Issa ne put s'empêcher de commenter :

« C'était tout de même un fameux salaud!

– Je t'interdis, je t'interdis... »

Omar avait hurlé et, de toutes ses forces dérisoires, tentait de repousser Issa. Celui-ci n'en prit pas ombrage. Omar n'était-il pas à peine convalescent? Il dit gentiment.

« Pardonne-moi, je sais que tu l'aimais beaucoup. »

Les yeux d'Omar s'emplirent de larmes :

« C'est moi, c'est moi... »

Issa et Ali échangèrent un regard de commisération : ce pauvre Omar était encore loin d'être guéri! Le soutenant, ils le ramenèrent vers sa case où, épuisé, il se laissa tomber sur un tabouret du vestibule :

« Je vais partir. Je vais quitter Ségou... »

Les deux garçons s'exclamèrent.

« Tu vas retourner dans le Toro? »

Omar secoua la tête :

« Non, je vais chercher le village le plus pauvre et le plus reculé de l'univers et je m'y retirerai. »

Ali interrogea, affectueusement railleur :

« Comme cela? Sans terres? Sans esclaves?

– Oui... »

Issa rit franchement :

« De quoi vivras-tu?

– Dieu y pourvoira! »

Bon, ce n'était pas la peine de discuter plus longtemps. Issa et Ali l'empoignèrent et l'étendirent sur sa natte, avant d'aller prévenir Djénéba que des décoctions fébrifuges étaient encore nécessaires. Resté seul, Omar vit dans un coin de la pièce, appuyé contre le mur, son beau fusil à deux coups. Qu'il était loin de l'adolescent avantageux qui avait troqué ses bottes contre une arme! Il ignorait alors que le péché de l'homme est plus meurtrier que le plus perfectionné des fusils. Il se redressa, et vacillant, il vint prendre l'arme entre ses mains, caressant la crosse, puis le long canon de bois poli et de fer. Il rêvait de tuer les Français? Voilà qu'il avait tué un des siens et sans tirer une balle. Il reposa l'arme dans le coin. Sa vie s'étendait devant lui comme une piste entre les dunes fauves du désert. Déjà des squelettes la jonchaient. Il épouserait Kadidja et il la guiderait dans l'expiation, dans la quête du pardon.

« O, fils d'Adam, tant que tu m'invoqueras et mettras ton espoir en moi, je te pardonnerai tout le mal qui vient de toi et ne m'en soucierai pas. O fils d'Adam, si tes péchés atteignent le haut du ciel et que tu me demandes pardon, je te pardonnerai. O fils d'Adam, si tu viens à moi après avoir rempli la terre de tes fautes, puis que tu me rencontres sans m'associer à rien, je viendrai à toi avec de quoi remplir la terre de pardon. Voilà ce qu'avait dit l'envoyé d'Allah! »

Quand Djénéba, affairée, entra dans la pièce, suivie d'esclaves apportant des calebasses chargées de feuilles, de racines, d'onguents, de tisanes, il revint vers sa natte et se laissa soigner patiemment. Il ne protesta que lorsqu'elle prétendit lui attacher au bras un bracelet contenant un verset du Coran, donné par un de ses marabouts, disant seulement :

« N'oublie pas qu'Allah ne pardonne pas le shirk[1]! »

Il y avait une telle autorité dans sa voix que Djénéba obéit, toute confuse. Omar ferma les yeux. Dans l'ombre qu'il faisait ainsi naître, le visage de Dieudonné lui apparut, à la fois souriant et un peu agressif, comme lorsqu'ils s'étaient rencontrés sur la rive du fleuve Sénégal. Qu'avait-il dit alors?

---

1. « Le fait de lui donner des associés », c'est-à-dire les pratiques relevant du fétichisme.

« Tu sais, quand on rencontre un Toucouleur, on peut tout craindre! »

Comme il avait vu clair!

L'hivernage de cette année-là fut un des plus rudes que l'on ait connus, de mémoire de Ségou-kaw. Les eaux jaunâtres du Joliba transportèrent des animaux, des enfants, des femmes, des hommes que les crues avaient surpris dans leur sommeil et dont les faces boursouflées exprimaient une béatitude assez stupide. Un homme de Sansanding eut l'idée de bâtir des barrages contre le fleuve, et les rives se hérissèrent de murettes de terre, vite rendues friables et que les flots finissaient par emporter. Durant ces longs jours pluvieux, les habitants de Ségou parlèrent de la triste mort de Dieudonné. Encore une fois, les Traoré se trouvaient au cœur d'un drame. Encore une fois, on était conduit à les plaindre, mais à les redouter aussi comme si de victimes ils devenaient coupables, comme si la somme de leurs souffrances constituait un total suspect. Sombre litanie! Depuis Tiékoro devenu par la grâce de l'islam Modibo Oumar, qui avait perdu sa tête, en passant par Malobali, mort au loin, et Naba, disparu un jour de chasse au lion à l'arc... jusqu'à Mohammed, l'unijambiste qu'une balle de sofa avait couché par terre, et Olubunmi, qui s'était évanoui comme un mauvais rêve! Par prudence, cependant, les gens feignaient de compatir à ces deuils et la concession ne désemplissait pas de visiteurs que l'on retenait pour manger. La moitié d'un troupeau de bœufs y passa et des douzaines de moutons, sans parler de la volaille. Aussi même dans ces tristes circonstances, la réputation de richesse des Traoré ne faisait qu'augmenter.

Pendant cet hivernage-là, un des plus rudes que

l'on ait connus de mémoire de Ségoukaw, les femmes accouchèrent de monstres, enfants enveloppés dans d'épaisses membranes laiteuses que le couteau des matrones ne parvenait pas à déchirer, enfants reliés par le tronc ou à hauteur des jambes, enfants au pied-bot. Les forgerons féticheurs qui les sacrifiaient rituellement, se penchant sur les petits cadavres fumant, inlassablement, répétaient à l'invisible la question qui les hantait. Quelle était la cause de la fureur qui approchait et qui, tel un incendie, allait réduire en cendres floconneuses et noirâtres la forêt de l'univers? Quels crimes avaient été commis et par qui, puisque tous allaient y passer? Peuls, Bambaras, Somonos, Sonraïs, Bozos et les Toucouleurs eux-mêmes... Lequel avait fauté le premier, de manière si irréparable que tous les autres s'en trouvaient condamnés! Voilà que des inconnus venaient se pendre au faîte des dubales!

Cet hivernage-là, les gens qui arrivaient de l'ouest déversaient des sacs de nouvelles. Les Français avaient fini de construire le fort de Kita, et, là-dessus, flottait ce fétiche tricolore avec lequel ils protégeaient leurs biens. En même temps, ils traçaient la route pour leur cheval de fer : il fallait déboiser, couper des troncs d'arbre, assembler des pierres. Ce n'étaient que corvées de portage et de construction, assorties d'exactions de toutes sortes. Aussi, les gens fuyaient leurs villages et tentaient de se réfugier au cœur de la brousse.

La mission que les Traoré envoyèrent à Saint-Louis dans le dessein de ramener les fils de Mohammed rentra les mains vides. Les Grandidier étaient repartis chez eux en France. Anady avait été renvoyé de chez Maurel et Prom pour ivrognerie. Quant à Ahmed, il guerroyait quelque part au Soudan. Personne ne put retrouver leurs traces.

CINQUIÈME PARTIE

LA LUMIÈRE D'ALLAH

1

« Est-ce que tu vas me le faire payer toute la vie? J'avais seize ans, je t'ai aimé et j'ai oublié Dieu. Ne peut-on pardonner? »

Omar se contint et fit simplement :

« Va t'occuper de tes enfants. Tu les laisses trop aux servantes. »

Kadidja haussa les épaules :

« Mes enfants! Mes enfants! Réponds-moi : tu ne peux pas pardonner? »

Il dit :

« Pardonner n'est pas oublier! »

Elle entra en rage, et Omar évita de la regarder, car, alors, elle n'en devenait que plus belle, incendiant tout son être qu'il ne voulait consacrer qu'à Dieu :

« Tu ne pardonnes pas et tu n'oublies pas! Quelle existence veux-tu que je mène? »

Il dit avec douceur, pour tenter de la ramener à la raison :

« Nous l'avons tué, Kadidja... »

Ses yeux lancèrent des éclairs. Son mouchoir de tête tomba, découvrant ses cheveux coiffés en fines tresses partagées par une raie médiane :

« Qui dit que c'est nous? Qui dit cela? Il avait vécu avec les Blancs. Qui sait les maladies que l'on attrape avec eux? Peut-être était-il fou, l'esprit tout rongé de gale! »

Pour éviter de la frapper et de se rendre coupable de péché de colère, Omar préféra se lever et sortir.

Le village de Tacharant s'ouvrait sur le désert à sa droite, sur le fleuve à sa gauche. Il n'était accessible qu'en pirogue à la saison des eaux et qu'à dos de chameau à la saison sèche. Le jour, la chaleur et la luminosité de l'air étaient telles que ses habitants dormaient à même le sol de leurs cases, rondes sous l'obus des toits. Mais les nuits étaient fraîches, presque froides, et, longtemps, surtout quand la lune était haute, les hommes et les femmes, les enfants endormis contre leur sein, se racontaient des histoires jusqu'aux premières heures du matin. Il était principalement peuplé de Sonraïs, islamisés depuis des générations, et qui, après chaque pluie, redécoraient la mosquée qui en gardait l'entrée, de Peuls, qui n'avaient plus aucune prétention à l'hégémonie et vivaient en bonne harmonie avec tous, de quelques Touaregs, dont les tentes s'élevaient dédaigneusement à l'écart des habitations de ces sédentaires.

Omar marcha jusqu'aux dunes qui délimitaient l'empire du fleuve. Comme après chacune de ses disputes, quotidiennes, avec Kadidja, il était physiquement épuisé et s'interrogeait. Pourquoi ne pas la répudier, la renvoyer à Ségou et épouser une de ces jeunes filles timides qui ne s'adressent aux hommes que les yeux baissés? Il ne le pouvait pas, voilà tout. Il fallait accepter cette douloureuse évidence!

L'eau s'étalait un peu somnolente, parsemée d'îles couvertes de joncs où paissaient des troupeaux conduits là on ne savait par quel gué. Parfois la paix de la nature est insupportable quand le cœur est troublé. Omar s'assit, enfonçant presque à mi-corps dans le sable, et se prit la tête entre les mains. A quoi cela lui avait-il servi de quitter Ségou? A quoi cela lui servait-il de s'échiner à des tâches humbles : cultiver le lopin de terre que Boubakar Bourahima, le chef du village un peu railleur, lui avait attribué, broder les quelques habits de fête dont les habitants de Tacharant se paraient? Parce qu'il ne s'en sentait pas le droit, il avait refusé de devenir l'assistant d'un marabout et de l'aider dans une école coranique, ce qui lui aurait procuré quelques poulets, du mil, du poisson séché. Aussi, la première saison sèche terminée, quand Kadidja avait compris qu'ils finiraient par mourir de faim avec leur fille, elle s'était souvenue qu'elle était une esclave et s'était mise à filer le coton qu'elle allait chercher jusqu'à Gao, et à faire des objets de vannerie avec les joncs du fleuve ou les fibres du palmier-doum sans s'arrêter un instant aux protestations d'Omar :

« Tu ne dois pas commercer, tu ne dois pas commercer! »

Elle lui tenait tête :

« Pourquoi? Je ne suis pas Bambara, que je sache! Et toi, tu ne l'es qu'à moitié... »

Tout était prétexte à affrontements! Mais elle avait surtout le talent subtil de lui faire mettre en doute sa foi, l'utilité de ses prières et le bien-fondé du mode de vie qu'il avait choisi. Que ne le quittait-elle, que ne commettait-elle l'adultère avec un autre homme, qu'il ait enfin cause de la mépriser et de la haïr? Non, elle était irréprochable dans ses actions. Un temps, comme elle ne lui avait donné que des filles, il songeait à en prendre prétexte. Pour le contrecarrer sur ce point, aussi, voilà qu'elle avait eu un fils!

Le bruit doux du sable glissant le long des dunes fit se retourner Omar. Boubakar Bourahima, le chef de village, s'avançait, s'appuyant sur sa canne. Si Omar comptait un ami à Tacharant, c'était celui-là, fin lettré, et, comme lui, grand admirateur de Mouhieddine ibn el-Arabi, l'Andalou. Les deux hommes se saluèrent, puis Boubakar railla :

« Quand te décideras-tu à prendre ma fille pour seconde épouse? Ta femme travaille trop et ne se repose pas assez entre ses maternités. »

Cela pouvait passer pour la plaisanterie sans arrière-pensée, presque traditionnelle à la vérité, d'un ami. Néanmoins, Omar se demanda si Boubakar n'y mettait pas quelque intention et ne voyait pas clair dans la nature de ses rapports avec Kadidja. Il feignit de rire :

« Les femmes, aujourd'hui, ne sont plus ce qu'elles étaient. Laquelle voudrait d'un meurt-la-faim comme moi? »

Il y eut un silence pendant lequel Boubakar s'assit, tassant son boubou comme un coussinet sous ses fesses. Au bout d'un moment, il reprit :

« Celle[1], est-ce que tu ne penses pas que nous sommes là à gâcher nos vies qui pourraient être employées autrement? »

Omar resta bouche bée, tant pareils propos se faisaient l'écho de ses pensées secrètes et des reproches de Kadidja. Boubakar poursuivit :

« Des cavaliers venant de Tombouctou se sont arrêtés chez moi et m'ont appris des choses peu ordinaires. Le roi Amadou a quitté Ségou, laissant le commandement à son fils, Madany...

– Quitté Ségou? Pourquoi? Que s'est-il passé? »

Boubakar secoua pensivement la tête :

« Il semble qu'il soit parti guerroyer contre un de ses frères dans le Kaarta, et derrière son dos les Bambaras ont fait alliance avec les Français... »

1. Ami, en sonraï.

Omar frémit et balbutia :

« Il ne faut pas... il ne faut pas s'allier aux Français. Mon frère Dieudonné qui avait vécu à Saint-Louis, qui avait été élevé par eux me l'a répété... »

Boubakar haussa les épaules :

« Est-ce ici, assis sur un morceau de désert, que tu vas imposer tes vues? »

Omar ne trouva rien à répondre. Une fois de plus, les doutes prirent possession de lui. Que faisait-il à Tacharant pendant que son pays était pareillement déchiré? Ne devrait-il pas être à Ségou en train de sauver ce qui pouvait l'être? En un mot, tentant de se réfugier en Dieu, n'était-il pas tout simplement un lâche?

Brusquement, le soleil écarlate sembla se résigner et entra à mi-corps dans le fleuve.

« Puisque je me tiens entre Dieu et lui, est-ce que je ne ferais pas mieux de m'en aller, disparaître avec mes enfants? Alors, il aurait la paix et deviendrait ce saint qu'il désire tant être. »

Kadidja fit passer Tassirou, son fils, de son dos à l'amas de chiffons qui constituaient sa couche. Dans le mouvement, l'enfant eut un hoquet et une gorgée de lait blanchit sa petite bouche mollement ouverte et son menton. Kadidja l'essuya, puis l'embrassa avec l'emportement qu'elle mettait dans ses relations avec les êtres. Sous la violence du baiser maternel, l'enfant se rétracta, s'étira avant de dériver à nouveau dans le sommeil. Elle sortit de la case.

La multiplicité de ses tâches avait conduit Kadidja à s'entourer de trois horso[2] nées dans la

2. Esclaves de case sonraï.

maison de Boubakar Bourahima qui l'aidaient à filer, faire de la vannerie, se rendre au marché, cuisiner, laver. Mais, alors qu'on l'accusait volontiers de dureté et d'impatience, elle n'oubliait jamais sa propre origine et traitait ces trois fillettes comme ses sœurs. Comme elles étaient engagées dans une ronde folle avec ses deux filles, Inna et Fatima, elle respecta leurs jeux et se dirigea, seule, vers la cuisine. L'heure du souper approchait. Elle commençait de s'affairer parmi ses ustensiles quand Omar s'encadra dans la porte. Elle lui dit, rudement :

« Ne viens pas me déranger, toi qui ne sais rien faire ! »

Il refusa de répondre sur le même ton et fit doucement :

« Viens ! il faut que nous parlions... »

Elle prit tout son temps pour casser du bois, le disposer entre les pierres, y ajouter de la paille et des brindilles, et, lui, il attendait patiemment, en silence. Enfin, elle se décida à le suivre. Dans l'unique pièce de leur case, il s'assit par terre et fouilla dans ses poches à la recherche d'une noix de cola. Enfin, il parla :

« Qu'est-ce que tu dirais de retourner à Ségou ? »

Elle resta médusée. Craignant qu'elle ne l'ait mal compris, il se hâta d'ajouter :

« Avec moi, bien sûr ! Je veux dire que nous retournions tous... »

Elle le regarda, désemparée, et balbutia :

« Mais, mais... »

Il soupira :

« Je sais ce que tu voudrais me dire. Mais la situation a changé : il se passe des choses terribles chez nous... »

Elle l'interrompit, retrouvant, avec l'usage de la parole, le goût de le contredire :

« Tu le savais déjà! La dernière lettre de ton frère Ali...

– Non, c'est beaucoup plus grave. Les Bambaras font alliance avec les Français contre les Toucouleurs. »

Elle haussa les épaules :

« Depuis le temps qu'ils en parlent... »

Omar secoua la tête :

« Il paraît que, cette fois, c'est plus sérieux. Amadou a quitté Ségou pour aller dans le Kaarta. Madany est seul, isolé. Tout peut arriver. »

Il y eut un silence, puis Omar reprit :

« Cette nuit, je ne mangerai pas et dormirai seul sur le toit. Je vais faire l'istikhar[3]... »

Cela la ramena à ses préoccupations, et elle baissa les yeux :

« Ecoute, est-ce que tu ne veux pas que je parte? Je t'empêche d'être ce que tu rêves d'être. »

Il fit, très bas :

« Tu proposes cela par orgueil, parce que tu sais bien que je ne pourrai pas le supporter. Tu veux me l'entendre dire. »

Dans le silence qui s'établit à nouveau, leurs souvenirs défilèrent pêle-mêle. Leur premier face à face dans la case d'eau d'El-Hadj Seydou, la première fois qu'ils avaient fait l'amour, la seconde, l'impardonnable, quand Dieudonné, victime d'on ne sait quelles forces, allait chercher la mort au faîte d'un arbre, leur vie de pauvreté dans ce village étranger, illuminée cependant par la naissance de leurs enfants. Elle se leva et, pour barrer la route à l'émotion qui l'envahissait, dit précipitamment :

3. Invocation enseignée par le Prophète pour demander à Dieu de vous éclairer.

« Bon, si toi tu ne manges pas, d'autres, ici, ont un estomac. Nous ferons ce que tu voudras. Nous rentrerons à Ségou si tu le désires... »

Dans la cour, les petites filles poursuivaient leur ronde, et elle entendit la voix perçante d'Inna, son aînée, tellement pareille à elle-même, impulsive, emportée. Elle leur cria :

« Est-ce que vous ne voyez pas que c'est l'heure d'aller vous laver? »

Les enfants se dispersèrent prestement. Néanmoins, une fois qu'elle fut entrée dans la cuisine, elles reprirent leurs jeux, car elles ne la craignaient pas. Kadidja s'assit sur un escabeau.

Voilà qu'au moment de quitter Tacharant elle réalisait à quel point elle aimait ce lieu de solitude et de dénuement. Elle le prévoyait, elle en arriverait à les regretter les cinq années passées là, absorbée par des tâches rudes, nées de son amour pour les siens et de son souci de leur bien-être. Il faudrait replonger dans l'univers de guerres, d'intrigues, de haine et de violence que bâtissent les hommes. Pourquoi les peuples ne demeuraient-ils pas à l'intérieur de leurs frontières? Pourquoi ne rêvaient-ils que de s'étendre, dominer, réduire les voisins en vassalité? Kadidja, qui était profondément croyante, admettait bien que l'on puisse se battre pour Dieu. Mais où était Dieu dans les combats qui faisaient rage actuellement? Les Français avaient-ils un dieu, eux qui ne savaient que piller, s'emparer des terres des autres, les forcer à travailler comme des bêtes pour construire des édifices de pierre ou de fer dont on ne comprenait même pas l'utilité et cultiver des plantes qu'ils emportaient chez eux? A quelles fins?

Le feu mordit les brindilles et la paille, puis s'attaqua aux branches de bois sec. Comment se réhabituerait-elle aux règles d'une grande concession, quand il fallait obéir aux aînées, ne prendre aucune initiative, être toujours courtoise, elle qui, pendant toutes ces années, n'avait connu d'autre autorité que la sienne propre? En outre, il apparaîtrait scandaleux à tous qu'un homme du rang d'Omar n'ait qu'une épouse, et quelle épouse! Sur ce point, l'islam n'avait rien changé, et une esclave demeurait une esclave. Le premier soin des Traoré serait de lui chercher une princesse bambara.

Inna entra en courant et bondissant :

« Maman, notre père met sa natte sur le toit. Est-ce que... »

Elle s'interrompit en voyant sa mère en larmes et vint l'entourer de ses bras. Elle avait déjà appris qu'il ne fallait ni questionner ni chercher à comprendre pourquoi les adultes passaient leur temps à se déchirer et à s'agresser. Elle savait que, en pareilles occasions, il fallait seulement manifester toute la tendresse dont son cœur débordait. Aussi demeura-t-elle silencieuse. Kadidja pleura longtemps, le visage enfoui entre le corps dodu et trempé de sueur de sa fille. Finalement, elle renifla :

« Eh bien, tu as failli m'empoisonner avec ton odeur. Va te laver! »

Grelottant de froid et d'amour de Dieu, Omar regardait les étoiles. Quand il avait fait bâtir cette terrasse sur laquelle il posait parfois sa natte, les habitants du village avaient commencé par se moquer. Puis ils s'étaient enorgueillis de posséder parmi eux un homme qui éprouvait le désir de regarder Dieu dans les yeux. Par ce biais, un peu de spiritualité prenait place dans leurs vies. Le vent glacé, venant du désert, avait chassé tous les nuages, et le ciel s'étendait presque noir, piqueté de points lumineux. Le cadre de cette vie était idéal pour mettre à profit la parole du Coran :

« Que la vie illusoire de ce monde ne nous égare point, et que la tentation ne nous détourne pas de Dieu! »

Et, pourtant, Omar n'avait pas la paix. Depuis cinq ans qu'il vivait à Tacharant, il ne l'avait jamais connue. Les gens disaient qu'il était un saint. Il le savait, il n'en était rien. Il murmura :

« Eclaire-moi, ô mon Dieu! Sans doute me suis-je trompé sur mon compte. Je ne suis pas fait pour la contemplation. Quand j'avais seize ans, je rêvais d'être un tieddo. Peut-être est-ce là ce que tu veux de moi? Que je me batte pour ta plus grande gloire? Alors, fais-moi un signe. Si tu me l'ordonnes, je combattrai les incirconcis, fils d'incirconcis de Français jusqu'à ce qu'ils attestent qu'il n'y a de dieu que Dieu »

Il ferma les yeux. Aucune lumière, aucun éclair fulgurant ne vint illuminer sa nuit. Aucune voix sublime ne vint l'assourdir de son commandement. Il rouvrit les yeux et sentit l'eau des larmes couler sur ses joues.

Quelques nuages rétifs, poussés par le vent, passèrent fugitivement devant la lune, et l'obscurité s'épaissit. Il finit par tomber dans une semi-conscience, partagé entre le souvenir des nouvelles apportées par Boubakar, le désir du corps de Kadidja et la morsure de la faim alliée à celle du froid. Puis son esprit se détacha de ces contingences et s'en alla à travers l'espace du sommeil.

L'Orient était empli de fumée. L'Occident aussi. Une plainte sourde montait des profondeurs de la terre, labourée, piétinée. Mère, je n'en peux plus de ta souffrance. Nos enfants saignent dans leur chair et dans leur âme. Et moi, je ne suis plus qu'un faisceau de doutes et d'angoisses! Au croisement des eaux, des hommes s'affrontaient. Des barques sombraient en tourbillonnant comme des poissons aveugles. Dans le ressac et le remous, les rives étaient lavées, détrempées, et une boue noire remplaçait le sable. Brusquement, une voix s'éleva. Reconnaissant Dieudonné, Omar eut une exclamation de bonheur et se précipita à la suite du frère bien-aimé qui, depuis son départ de Ségou, s'il ne lui était que rarement apparu en rêve, de jour ne le quittait pas. Mais celui-ci lui tourna le dos et entra à l'intérieur d'une demeure. Une magnifique construction de terre aux reflets fauves, comme si elle emprisonnait les reflets du soleil couchant. Omar se hâta, terrifié à l'idée de voir disparaître Dieudonné, et allait s'engager sous une des arches monumentales quand, sans un bruit, avec la soudaineté particulière aux songes, l'édifice se craquela, se lézarda, se fendilla, s'émietta, se réduisit en un tas de poussière rougeâtre qu'un tourbillon de vent dispersa aux quatre coins de l'espace. Omar hurla :

« Dieudonné, où es-tu ? »

Mais l'écho, moqueur, ne lui renvoya que sa voix. Il s'éveilla en nage, malgré le froid. Pas un bruit autour de lui. Pas une lumière, toutes les cases ayant fermé leurs portes. Il faillit descendre du toit en vitesse pour faire part à Kadidja de ce rêve. Puis il songea qu'il valait mieux tenter de retrouver le sommeil. Peut-être éclairerait-il en les prolongeant les images qui venaient de l'assaillir... ?

Il se recoucha. Dieudonné, Dieudonné que voulait-il lui signifier ? Cependant il eut beau se tourner et se retourner, il ne parvint pas à se rendormir. Il demeurait alerte, conscient de chacune des particules qui composent le silence. Imperceptiblement, le ciel commença de changer de couleur, et la lune se faufila aux confins de l'horizon comme un esclave qui n'ignore pas que, bientôt, surgira le maître.

Comme il allait perdre espoir et ramasser sa natte, il plongea dans l'eau noire du sommeil. Il se trouvait dans un champ de ruines, précédé par un jeune homme dont il ne distinguait pas les traits et qui allait, hochant la tête en répétant :

« Jusqu'au dernier ! »

« Qu'est-ce que tu veux dire ? »

Le jeune homme se détourna. Cette fois encore, c'était Dieudonné, le visage ravagé par la tristesse, qui fit :

« Jusqu'au dernier ! »

Omar ouvrit les yeux sur le ciel devenu laiteux. Ce n'était pas là le rêve qu'il espérait, car il aurait souhaité entendre un ordre clairement signifié. Le Prophète n'a-t-il pas dit : « Ce que tu vois en rêve, tu le vois vraiment, Car Satan ne peut alors tromper » ? Or, il en était réduit à des interprétations. Qu'avait dit Dieudonné ?

« Jusqu'au dernier ! »

Qu'est-ce que cela signifiait ? Est-ce qu'on ne pouvait pas développer cette phrase et la comprendre ainsi : nous serons attaqués jusqu'au dernier. Et toi, tu ne fais rien ! Il s'assit, s'efforçant de dénouer ses membres raidis par le froid et l'inconfort. Non, ce n'était pas là le rêve qu'il espérait, et il ferait mieux de demander conseil à Boubakar. Pourtant, il avait une telle envie de se voir ordonner le départ qu'il le sentait bien, il ne s'arrêterait à aucune interprétation qui ne lui conviendrait pas.

« Jusqu'au dernier !

– Et toi, tu es là, tu ne fais rien ! »

N'était-ce pas cela ? Il convenait d'agir, de prendre sa place au milieu des combats. Il commença de descendre l'échelle qui reliait le toit à la cour où la volaille, déjà réveillée, caquetait. Il s'efforçait de demeurer calme, de mesurer ses gestes, de ne pas céder à cette fièvre qui, peu à peu, prenait possession de lui. Dans sa case, il se précipita vers son fusil, son beau fusil qu'il avait acheté à Bakel et qui, depuis des années, dormait, inutilisé, parmi les calebasses et les filets à linge. Il jeta à Kadidja, encore à moitié endormie :

« Va me chercher du beurre de karité, que je graisse mon arme. »

Elle grommela :

« Qu'est-ce qui te prend, à présent? »

Il ordonna, plein d'une énergie nouvelle :

« Femme, fais ce que je te dis. Nous partons. »

Le village s'assembla pour voir Omar, Kadidja et leurs enfants prendre la route du départ. On les avait toujours considérés comme gens étranges, parlant mal le sonraï et venant on ne savait d'où. Néanmoins, c'étaient des musulmans, et on avait fini par les aimer. On plaignait un peu Kadidja, obligée de suivre cet illuminé qui s'était mis en tête de lutter contre les Blancs. Des Blancs, on n'avait qu'une idée confuse. Certes, on savait que c'étaient gens malfaisants qui réduisaient horso, wangaari[4], amiru[5], koy[6] en esclavage ou les enrôlaient de force dans leurs armées. Néanmoins, de là à quitter son champ et sa case pour aller les combattre... D'ailleurs, en quel point de l'immensité du désert se cachaient-ils?

Quand Boubakar Bourahima eut longuement pressé Omar sur sa poitrine, cependant que ses femmes offraient à Kadidja des provisions de bouche et des pagnes, un groupe de jeunes gens se détacha de la petite foule des curieux. Deux d'entre

4. Guerrier.
5. Emir.
6. Chef.

eux tenaient des fusils d'un ancien modèle, d'autres étaient armés de sabres, et même l'un d'entre eux portait à l'épaule un carquois rempli de flèches. Le plus grand de taille, anguleux et droit comme un arbre, s'avança :

« Maître, veux-tu de nous? »

Omar hésita à comprendre et ne trouva rien à dire. Alors le garçon reprit :

« Je m'appelle Idrissa. Eux, ce sont mes frères. Tu es un homme de Dieu. Nous avons décidé de te suivre là où tu iras et de combattre avec toi. »

Omar resta d'abord interdit, immobile, puis il ploya les genoux. Confus, désemparé, il remercia Dieu :

« Louange à Dieu, le Dieu de la puissance! Accorde ton salut aux envoyés! Gloire à Dieu, Seigneur des mondes! »

2

QUAND Omar approcha de Tombouctou, il était déjà entouré d'une centaine de personnes. Tout le long de la route, des hommes, des femmes et même des adolescents s'étaient mis à lui emboîter le pas. Certains possédaient des armes, fusils démodés, arcs, lances, couteaux, mais certains s'en allaient mains nues, comme s'il s'agissait d'une promenade de plaisir. Certains jouaient d'un instrument de musique. D'autres chantaient. D'autres encore répétaient les louanges de Dieu. Une sorte de discipline s'était instituée presque à son insu. Idrissa, qui s'était vite signalé par ses talents d'organisateur, faisait réciter aux nouveaux arrivants la shahada[1], pour s'assurer qu'on n'avait affaire qu'à des musulmans, puis notait leur identité sur des bouts de parchemin avant de leur demander pourquoi ils désiraient se joindre à la troupe. La diversité des réponses confondit Omar.

Certes, il ne manquait pas d'esprits résolus, qui affirmaient qu'ils désiraient chasser les Blancs de la région. Mais, très souvent, les nouvelles recrues avouaient qu'elles étaient venues là par désœuvrement ou pour fuir la tutelle d'un maître trop sévère,

1. Il n'y a de dieu que Dieu.

d'un père ou d'une mère abusif, ou d'une épouse acariâtre. Une minorité répondait qu'elle avait entendu parler de la sainteté d'Omar et désirait cheminer à son côté dans la voie droite. Mais, dans ce dernier cas, il semblait à Omar, toujours prompt à douter de lui-même, que c'étaient là propos hypocrites, destinés à s'assurer ses bonnes grâces. Il se disait, devant le caractère hétéroclite de sa bande, que Dieu reconnaîtrait les siens, et qu'il lui appartenait de faire de ces sans-aveux des soldats d'Allah. Se procurer de la nourriture ne présentait pas de problèmes. Dans les villages traversés, les paysans offraient spontanément du mil, du riz, de la volaille, du poisson séché. Idrissa, toujours lui, veillait à ce que ces provisions soient équitablement réparties entre tous avec des rations supplémentaires pour les hommes en âge de combattre. La nuit, quand on ne dormait pas dans les cases de passage des villages, des Peuls qui s'étaient joints au groupe édifiaient des huttes légères avec des seccos de paille qu'ils ceinturaient de tiges de mil séché.

Omar n'avait pas de plan d'action précis. A la question de savoir ce qu'il entendait faire une fois rendu dans la région de Ségou, il n'offrait pas de réponse. Il envisageait de se rendre à Farako et, là, de s'entretenir avec Mari Diarra. Que lui dirait-il? Il le supplierait de ne pas s'allier aux Français et de régler au mieux les différends qui subsistaient avec les Toucouleurs. Après tout, depuis plus de vingt ans qu'ils vivaient ensemble, Bambaras et Toucouleurs n'avaient-ils pas mêlé leur sang? Un grand nombre des femmes d'Amadou et quelques-unes des plus chères à son cœur n'étaient-elles pas des princesses bambaras? Inversement, des Bambaras n'avaient-ils pas pris pour épouses des Toucouleurs? Plus important, l'adhésion à l'islam, qui les avait si longtemps opposés, ne les soudait-elle pas les uns aux autres? Car, combien de Bambaras résistaient encore à Allah? Une infime minorité que l'exemple des autres achèverait de convaincre.

A l'entrée de Tombouctou, un groupe attendait. Il s'agissait de Bambaras, venus de Bara, province située à l'ouest de Tombouctou, au temps lointain du Pacha Abdallah al-Imrani, mais qui avaient gardé leur langue et le souvenir de leur origine. Ils s'inclinèrent :

« Maître, nous voulons rentrer à Ségou avec toi. Nous voulons retrouver notre cité et qu'elle soit grande et forte! »

Interdit, Omar ne sut répondre et se borna à leur adresser un geste accueillant. Tombouctou était en pleine décadence. Le Kahya, qui la dirigeait depuis que les Toucouleurs en avaient pris le contrôle nominal, n'exerçait aucune autorité véritable. Aussi, les Touaregs continuaient d'y faire la loi et de comploter contre les Kounta qui prétendaient à l'autorité religieuse. Elle était encore assez commerçante, les marchés offrant à côté des produits de la région du tabac de Meknès et du Tafilalt, des bonnets de Tunis, des toiles de Silésie, des draps écarlates de Hollande et de France, des perles vénitiennes et des armes à feu en abondance. Mais elle avait perdu son âme. Marocains, Bambaras, Peuls, Toucouleurs l'ayant tour à tour possédée, elle était comme une fille de joie qui ne sait plus nommer ses amants. Est-ce ainsi que deviendrait Ségou? Bambara, puis toucouleur et enfin française? Omar frémit. Jamais. Avec l'aide de Dieu, détenteur du jour de la rétribution, il empêcherait ce désastre.

Grossi d'une bonne vingtaine d'individus, le groupe se dirigea vers le faubourg d'Abaradiou qui servait de caravansérail aux voyageurs, surtout à ceux venus du Maghreb. Là, les vendeurs de thé à la menthe, de lait caillé et de galettes de mil étant nombreux, chacun parvenait sans difficulté à se nourrir, cependant que la paille entassée sous des auvents servait de litière.

Omar terminait sa prière, toujours assortie de litanies surérogatoires qu'il aimait entre toutes, quand un homme de belle mine, splendidement vêtu d'un caftan de soie couleur jaune pâle, s'approcha de lui et s'inclina respectueusement :

« Maître, fais-moi l'honneur de venir souper chez moi. »

Omar allait refuser, non par esprit d'humilité, mais parce que, subtilement, l'élégance de son interlocuteur le renvoyait à ses haillons, à ses mains rendues calleuses par les travaux de la terre, à ses pieds énormes et noueux comme des racines, quand il rencontra le regard de Kadidja. Depuis qu'ils avaient quitté Tacharant, Kadidja ne lui donnait aucun sujet de reproche. Affable et courtoise avec tous, elle semblait avoir mis en sourdine son redoutable sens de la repartie et savourer le respect que tous lui témoignaient comme à l'épouse et à la mère du fils d'un saint. Néanmoins, il la connaissait assez pour se demander si cette douceur et cette soumission n'étaient pas des pièges destinés à lui prouver la cruelle absurdité de sa conduite. Après les avoir condamnés à vivre dans un village perdu, voilà qu'il les traînait sur les routes! Dans quels desseins? A quelles fins? Est-ce qu'il était un madhi[2]? Qui lui avait transmis cette révélation? Comme au Prophète, l'ange Gabriel? Aussi, devant ce regard qui le transperçait, il eut honte du caractère trouble et peu glorieux de ses pensées et accepta l'invitation. L'inconnu se présenta :

« J'appartiens à la famille du Cheikh Al-Bekkay,

2. Litt. : celui qui est guidé (par Dieu).

qui est malheureusement absent de Tombouctou. Je ne sais si tu t'en doutes, mais toute la région ne parle que de toi.

– De moi? »

Al-Bekkay habitait dans le quartier de Kisimo-Banko une demeure à la marocaine faite en briques et en pierres ornées de mosaïques. La cour et le portique étaient également carrelés, tandis que les toits étaient tout entiers des terrasses. Omar et son hôte prirent place sur une galerie recouverte de damiers de zellijs où le blanc alternait avec le noir et le vert, s'enfonçant jusqu'aux coudes dans d'épais tapis décorés de fleurs turquoise. Une fois terminées les ablutions, les esclaves apportèrent de grands plateaux de cuivre contenant du couscous de mouton et un farci de pigeons, si odorant qu'Omar, nourri depuis plus de cinq ans de bouillie de mil et de lait aigre, manqua défaillir. Son compagnon plaça à portée de sa main les meilleurs morceaux et interrogea :

« Maître, que comptes-tu faire de ton armée? »

Omar protesta :

« Ne m'appelle pas maître. Ni mon âge ni, surtout, mon savoir ne m'autorisent à porter pareil titre. »

Al-Bekkay sourit :

« Quelle humilité! Ta réputation de sainteté va jusqu'à Mopti, Djenné et bien au-delà. Ce n'est pas tous les jours qu'un noble Bambara, allié en plus à El-Hadj Omar par sa mère, décide de résider dans un humble village sonraï. »

Pourquoi semblait-il à Omar que ces éloges cachaient une moquerie? Il dit, sèchement :

« J'avais mes raisons. »

Al-Bekkay sourit à nouveau :

« Le saint a toujours une raison d'être saint. C'est sa nature qui l'y oblige! Mais tu n'as pas répondu à ma question. Que comptes-tu faire de tes hommes? »

Comme Omar cherchait à rassembler ses pensées pour une réponse cohérente, Al-Bekkay poursuivit sans attendre :

« Le combat qu'il convient de mener aujourd'hui n'est pas un jihad. Les Français n'ont pas d'âme, et nous n'arriverons jamais à les faire reconnaître qu'il n'y a de dieu que Dieu. »

Omar se permit de contredire son hôte :

« On m'a dit qu'à Saint-Louis au Sénégal, on avait vu des Français qui parlaient de Dieu. Même si c'était un faux dieu, ils ont peut-être une âme. »

Al-Bekkay balaya cette objection d'un mouvement d'épaules :

« Et moi, je te dis que ces hommes n'ont qu'une religion, le profit. Vendre, commercer, ce sont les seuls mots qu'ils connaissent. C'est à cette fin qu'ils ont perfectionné les armes les plus meurtrières. Si toi, tu n'es pas armé jusqu'aux dents, tu ne pourras rien. Il t'arrivera ce qu'il vient d'arriver à Mamadou Lamine. »

Omar savoura le goût du mouton accompagné d'olives et de raisin et demanda :

« Qui est ce Mamadou Lamine? Pardonne-moi si je te semble ignorant. Mais, tu le sais, je viens de passer des années loin du monde.

– C'était un marabout sarakolé qui avait compris qu'il n'est pas possible de cohabiter avec les Français. Connais-tu l'histoire de cet homme qui épouse une panthère et, un beau matin, est dévoré? »

Les deux hommes eurent un rire sans joie, puis Al-Bekkay reprit :

« Il était parvenu à soulever contre leur présence le Boundou, le Guidimaka, le Guoy. Eh bien, leur armée l'a repoussé jusqu'en Gambie et, pour l'exemple, a exécuté son fils, son fils de dix-huit ans qui combattait pour lui! »

Omar frémit.

« Je suis prêt à te fournir des hommes et à vous armer tous si tu marches avec moi. »

Omar regarda Al-Bekkay avec désarroi et interrogea :

« Que veux-tu que je fasse? »

Al-Bekkay se lava longuement, interminablement les mains :

« Tu comprends, les Bambaras ne s'allient aux Français que parce que ceux-ci leur procurent des armes. Ils croient qu'avec leur aide, une fois débarrassés d'Amadou, ils reprendront leur capitale bien-aimée. Or, ce calcul est faux : les Français les posséderont. Comme ils en ont possédé d'autres. Tu me suis? »

Omar inclina affirmativement la tête.

« Il n'est donc pas question de leur dire : « Ne « vous alliez pas aux Français, ce sont des gens « dangereux. » Il suffit de leur dire : « Pas besoin « de vous allier à ces fils d'incirconcis. Voici des « armes. Chassons-les au contraire et, ensuite, dis- « cutons entre nous. »

Omar l'interrompit :

« Si je te suis quand tu dis « chassons-les », je ne vois pas comment je pourrais dire « voici des « armes ». Je n'en ai pas. »

Al-Bekkay fit, abruptement :

« Je peux t'en procurer autant que tu veux grâce aux Anglais qui sont en Gambie. J'ai des contacts sûrs. Il suffit que tu marches avec moi. »

Omar tourna la tête vers lui, et il se leva comme s'il ne pouvait pas supporter ce regard naïf :

« Il faut se débarrasser d'Amadou. »

Omar bégaya :

« Qu'est-ce que tu veux dire?

– S'en débarrasser! C'est lui qui empêche tout compromis dans la région, car il se croit en charge de l'héritage de son père et ne veut pas le morceler. Or, ses frères sont prêts à le dépecer. Si Amadou n'est plus là, Mountaga se contentera du Kaarta, Aguibou de Dinguiraye, Mounirou du Macina et Mari Diarra pourra, si bon lui semble, reprendre Ségou. Après tout n'est-il pas musulman? Pourquoi lui refuser ce qui lui revient de droit? »

Omar se saisit de la première objection qui lui vint à l'esprit :

« Mais Madani tient Ségou! Qui dit qu'il acceptera de l'abandonner? »

Al-Bekkay haussa les épaules :

« Il ne fait pas le poids. Nous nous débarrasserons de lui. »

Omar fixa son interlocuteur dans les yeux et dit froidement :

« Cela veut dire « deux meurtres »! »

Là-dessus, il se leva prestement :

« Adresse-toi ailleurs, je ne suis pas un homme de sang!

– Alors, tu aurais dû rester à Tacharant à regarder les étoiles! Qu'est-ce que tu fais ici? »

La violence d'Al-Bekkay et sa question médusèrent Omar. Oui, qu'est-ce qu'il faisait, et, plus important, qu'est-ce qu'il prétendait faire? Comment entendait-il chasser les Français? Est-ce qu'en prétendant cela, par ce biais, il ne cherchait pas simplement à se faire illusion sur lui-même? A se persuader qu'il était d'une espèce particulière? Alors qu'il n'était rien. Qu'un homme comme les autres. Un homme qui naît, vit, meurt sans laisser de trace à la surface de la terre. Un homme bénin. Un homme dérisoire. N'était-ce pas l'orgueil qui l'animait une fois de plus? Al-Bekkay sembla se repentir de son accès de violence, car il fit :

« Pardonne-moi! J'oubliais le hadith du Prophète. Je te laisse le temps de réfléchir. Avant de continuer ton voyage, tu me diras ce que tu as décidé. »

« Kadidja, réveille-toi, je t'en supplie! »

Elle finit par ouvrir les yeux, de beaux yeux chavirés de sommeil, et murmura :

« Mais qu'est-ce que tu veux?

— Il faut partir.

— Partir? »

Elle se rassit, l'esprit déjà alerte, et il lui résuma fiévreusement la proposition d'Al-Bekkay, concluant :

« Je ne suis pas un homme de sang! »

Elle se rejeta en arrière, et une ombre à la fois moqueuse et cruelle modifia l'expression de son visage :

« Tu n'es pas un homme de sang? Et que comptes-tu faire avec ton fusil? »

Il plaida :

« Sûrement, il doit y avoir différentes... »

Elle acheva d'un ton indéfinissable :

« ... manières de faire la guerre. Non, je ne crois pas. Le sang n'a qu'une couleur. Innocent ou coupable, il est rouge. »

Ah! non, il n'allait pas se laisser entraîner dans ce genre d'arguties. Il se releva et lui ordonna :

— Réveille tout le monde. Nous partons. »

En peu de temps, la troupe fut sur pied, respectant les règles dictées par Idrissa. Les femmes et les enfants allaient au milieu, solidement encadrés par les hommes, afin de décourager toute attaque. Jusqu'alors, cela ne s'était jamais produit, les paysans se précipitant, au contraire, pour acclamer et saluer le cortège. Néanmoins, tout devenait possible au fur et à mesure que les effectifs augmentaient, représentant une force qui pouvait inquiéter. Pour les mêmes raisons de sécurité, Omar allait non pas au premier rang comme il l'aurait souhaité, mais au troisième ou au quatrième, afin que personne ne puisse sans difficulté avoir accès à lui.

Idrissa, le dévoué second, appartenait à une famille de chefferie paysanne, sans tradition guerrière, dont la fougue rappelait à Omar celle de ses seize ans. On ne savait d'où elle lui venait, ni pourquoi il ne rêvait que guerroyer. Des Français, il n'en avait guère entendu parler que par un oncle, autrefois laptot sur le fleuve Sénégal, et il n'avait rien de bien précis contre eux. Pourtant, il se sentait prêt à les combattre puisque Omar, guidé par Dieu, l'ordonnait.

Chaque jour, Omar se félicitait de son aide. Organisateur-né, il était parvenu à donner bonne allure à ce qui aurait pu sembler un ramassis de gueux. A imposer un certain horaire pour les marches. Un pour les repos. Un pour le sommeil. C'est lui qui, cinq fois par jour, frappait dans ses mains :

« Asalat! Asalat[3]! »

Et le désert se couvrait d'une docile moisson de suppliants. Pour lui manifester sa confiance, Omar lui expliqua pourquoi on devait quitter Tombouctou sans tarder. N'étaient-ils pas en danger d'y perdre leurs âmes? A sa surprise, Idrissa demeura silencieux, baissant la tête, et murmura :

« Ainsi, il te proposait des armes? »

Omar secoua la tête :

« Oui, mais à quel prix! »

Idrissa lança avec passion avant de s'éloigner à grands pas :

3. A la prière!

« Maître, tu es né pour un grand destin. Donne-toi les moyens de le réaliser... »

La troupe se remit en marche par les ruelles silencieuses de Tombouctou. Çà et là, une lumière clignotant derrière les grilles ouvragées d'une fenêtre indiquait qu'une âme pieuse mettait à profit le temps du sommeil. La lune brillait au faîte de la mosquée.

Djingueréber et Omar auraient aimé prendre refuge à l'intérieur de l'énorme construction, sanctifiée par les prières de générations de fidèles. Là, peut-être qu'il trouverait enfin la paix. Comme le vent était frais, chacun s'était emmitouflé et avançait d'un pas vif. Aussi, malgré les précautions d'Idrissa, se trouva-t-il bon dernier, les pieds s'emmêlant dans le sable, et il lui sembla que ceux qui devaient le suivre l'entraînaient dans des directions qu'il n'avait pas prévu d'emprunter.

« Maître, tu es né pour un grand destin. Donne-toi les moyens de le réaliser... »

Cela signifiait-il qu'il devait s'associer aux laideurs, aux intrigues? Est-ce ainsi que l'on devient grand et qu'on imprime sa marque dans le monde?

Comme on atteignait la porte du marché, on entendit un galop de cheval. C'étaient des émissaires d'Al-Bekkay qui apportaient un lourd paquet et une lettre, authentifiée d'un sceau. La lettre ne contenait que quelques mots : « Prends soin de toi. »

Le paquet contenait dix fusils et environ trois livres de poudre de guerre.

3

Les gens de Mopti entrèrent dans le fleuve pour voir s'avancer le nouveau madhi. Depuis quelques années, la région n'était pas à court de madhi, prédisant le désastreux avènement des incirconcis, fils d'incirconcis. Pourtant, celui-là se parait d'une incontestable légitimité, étant par son père le descendant direct du premier martyr de l'islam en terre bambara, par sa mère, l'héritier d'El-Hadj Omar. On disait qu'il avait vécu cinq ans dans le désert où une nuit, il avait entendu l'appel de Dieu. On assurait qu'il s'était affranchi du besoin de manger plusieurs fois par jour, que sa salive était parfumée, qu'il ne possédait pas d'esclaves, n'avait qu'une épouse et pas de concubines. Dieu avait béni son union, car il avait trois enfants et sa femme était encore grosse.

Quand Omar, coiffé d'un chapeau conique de Peul et s'appuyant sur son fusil, mit pied sur la rive, la foule eut un cri, car il était jeune, si jeune qu'on pouvait le croire à peine sorti de l'adolescence, beau, si beau que la prédilection de Dieu semblait l'avoir marqué de cette grâce peu commune. Ensuite, on admira sa femme qui portait avec élégance la calebasse naissante de son ventre, ses enfants, vigoureux et turbulents. Ah! oui, celui-là était un madhi! On n'avait pas besoin de l'entendre parler.

La troupe qui accompagnait Omar était à présent si importante qu'elle devait stationner à la porte ou à la lisière des villes. Elle avait acquis une grande habileté au montage et au démontage des tentes et ne troublait jamais l'ordre des agglomérations. Aussi lui était-il permis d'y demeurer aussi long-temps qu'Omar le jugeait bon. Les premiers temps il ne s'éloignait pas des siens, même s'il acceptait les invitations que lui faisaient les autorités religieuses des villes à partager leurs repas. Mais, depuis quelque temps, prétextant l'état de Kadidja, il dormait de plus en plus souvent en ville, sous un toit.

Etait-ce pour cette raison? La direction bicéphale, qui s'était très tôt instituée, devenait chaque jour plus nette. A Idrissa, la répartition des tâches aux étapes, le choix des routes à suivre et, surtout, la responsabilité de l'entraînement militaire. Un Toucouleur du nom d'Alfa, rescapé des tirailleurs sénégalais, avait rejoint la troupe peu après Tombouctou et avait mis sa connaissance des armes à feu à sa disposition. Il fallait l'entendre hurler en français qui, du coup, semblait la langue naturelle d'un certain commandement :

« Gauche, droite!
– Exécutez!
– Rompez!
– En joue! Feu! »

Les enfants de la troupe, chaque jour plus nombreux, ne se lassaient pas de mimer les gestes des adultes, en se tordant de rire. Omar, quant à lui, était le responsable de l'éducation morale et spirituelle de ceux qui le suivaient. Il avait dû surmonter sa répugnance et ses scrupules et se mettre à enseigner sans cesser de répéter que dérisoire était sa science religieuse, et totale, la confusion de sa vie intérieure. Et, en vérité, son enseignement se résumait à une grande idée toute simple :

« Nous sommes un. Un. Qu'il n'y ait plus ni Peul, ni Toucouleur, ni Bambara, ni Sonraï, ni Bozo, ni Somono, ni Sarakolé, ni Malinké, ni Dogon, ni Arma, ni Touareg. Nous sommes un. Ces terres sont nôtres. Et le Blanc, ses canons, ses canonnières et son cheval de fer est un intrus qui doit partir. »

D'abord, les gens avaient du mal à la comprendre et à l'accepter, cette idée, et les érudits haussaient les épaules :

« Bon, sur qui se fonde cette unité? Ni les langues, ni les origines, ni les religions anté-islamiques ne la sous-tendent. »

Ensuite, ils lui découvraient une sorte de séduction, et, peu à peu, on en vint après la shahada à s'exclamer avec ferveur :

« Nous sommes un. Un. »

Relevant légèrement son cafetan pour ne pas le salir dans la boue de la berge, le cadi de Mopti, El-Hadj Sékou Guindo, s'avança vers Omar et le salua :

« Fais-moi l'honneur avec ta famille de demeurer chez moi. »

Si ces invitations avaient d'abord permis à Omar de mesurer le respect qu'elle lui portait, à présent elles étaient prétexte à évasion, à repos. Car, la saison sèche n'en finissait pas de jaunir l'herbe, de réduire la terre en petites mottes friables ou en carreaux, séparés par des tranchées qui criaient la soif. Depuis pas mal d'années déjà, les vieilles gens branlaient du chef en argumentant qu'il n'y avait plus de saison. Est-ce que le Joliba ne découchait pas longtemps après le ramadan, alors qu'il aurait dû n'être qu'un filet boueux dans son lit trop grand? Est-ce que la pluie ne venait pas avant la floraison des manguiers, alors que l'oiseau dyi-kono[1] en était encore à nidifier dans des contrées lointaines? Mais cette saison sèche-là n'était pas naturelle. Les forgerons féticheurs prédisaient l'avancée du désert et annonçaient un temps où bêtes et gens parsèmeraient de leurs ossements des espaces désolés. En attendant, la terre criait et écorchait les pieds de ceux qui, la piétinant, ajoutaient à sa souffrance. Ce fut donc avec un vif plaisir qu'Omar suivit El-Hadj Sékou jusqu'à sa demeure en face de la mosquée.

Ô douceur du confort retrouvé! Plaisir de l'eau chaude, senteur du savon de séné parfumé au musc, frôlement soyeux d'un cafetan qui se love autour du corps, souplesse d'une babouche enveloppant le pied...!

Cependant, si Omar s'attendait à ce que son hôte le comble avec ces attentions, d'éloges et de flatteries, il n'en fut rien. Un digne aréopage, composé de l'imam, du muezzin, des principaux marabouts et même d'un amiru[2], venu de Pomorani, l'attendait dans la salle de la demeure du cadi où se rendait la justice, et il eut l'impression de se trouver devant un tribunal. El-Hadj Sékou parla le premier :

« Fils, permets que je t'appelle ainsi, car je suis d'âge à être ton père, cette doctrine que tu prétends propager, t'est-elle venue par révélation de Dieu? »

Omar commença par bafouiller, puis s'enhardit :

« Toute pensée ne vient-elle pas de Dieu? »

Ce fut un tollé :

« Même une pensée impure et malsaine? »

Omar baissa les yeux :

« En pareil cas, Dieu qui est plus grand que Satan

---

1. Oiseau qui annonce l'hivernage.
2. Chef de guerre Peul.

permet à ce dernier de l'inspirer pour éprouver sa Créature. »

Les notables en restèrent bouche bée, cependant qu'Alfa Idrissa, le muezzin qui faisait office de greffier, consignait cet échange sur du parchemin. El-Hadj Sékou reprit, s'efforçant de garder son calme :

« Connais-tu le hadith : « Celui qui innove dans « notre tradition une chose qui n'en fait pas partie « n'est pas agréé pour son œuvre »?

– Je le connais. »

Alkaly Kaba, l'imam de la mosquée, se lança :

« J'ai lu et relu le Coran. J'y ai vu le principe fondamental selon lequel Dieu est un, j'y ai vu que notre religion est une... Mais j'y ai vu que les croyants sont seulement des frères. La Sunna[3] nous apprend que le musulman est le frère du musulman. N'innoves-tu pas dans notre tradition en disant que les hommes sont un...? »

Omar eut un soupir :

« Pères, car vous êtes mes pères, en vérité, et je ne suis devant vous qu'un enfant à peine sevré du lait de sa mère, je ne dis pas que tous les hommes sont un. Je dis que nous sommes un en face des Blancs, des Français! »

Malgré la gravité des circonstances, l'assemblée se mit à rire :

« Pourquoi? Explique-nous... »

Avant qu'Omar ait pu parler, Alkaly Kaba, que cette théorie semblait enrager plus qu'un autre, s'écria :

« Veux-tu dire que nous n'avons qu'un ancêtre? Les Peuls, nés des enfants de la fille du roi du Masina avec Oqbata ben Yasir, comme les Sarako-lés, dispersés après la chute de Wagadu, comme les

---

3. Ensemble des dires et faits du Prophète.

Bozos, venus du trou de Dia-kolo ou de Wotaka, comme les Bambaras, dont tu es fils, venus de la province orientale du Ouassoulou sur le Haut-Baoulé, comme les Dogons... »

Au fur et à mesure que parlait Alkaly Kaba, sa fureur augmentait, à tel point que sa parole devint inaudible et qu'il s'effondra sur une natte en s'épongeant le front. Ce fut El-Hadj Sékou qui compléta sa pensée :

« Est-ce que tu veux donc dire que nos pères nous ont menti en nous parlant de nos origines diverses? »

Omar sembla vaincu et murmura :

« Non, bien sûr, je ne dis pas cela.

– Alors, que dis-tu? »

Alkaly Kaba, ayant repris des forces, se leva à nouveau avec tant de violence que son cafetan se gonfla comme une voile :

« As-tu lu dans le Coran : « La création des cieux « et de la terre, la diversité de vos langues et de vos « couleurs sont autant de merveilles pour ceux qui « réfléchissent? »

Diversité! Diversité! El-Hadj Sékou résuma l'opinion générale en disant :

« Omar Traoré, ta doctrine est pernicieuse et contraire à la pensée de Dieu telle qu'elle nous a été révélée par le Prophète. Nous te demandons solennellement d'y renoncer. »

« Pourquoi me haïssent-ils? »

Kadidja, occupée à épouiller Fatima, ne répondit tout d'abord pas. Ensuite, elle tourna la tête vers Omar et dit :

« Bon! Si nous arrêtions toute cette supercherie et si nous rentrions tranquillement à Ségou? »

Omar fit, sans colère :

« Ce n'est pas une supercherie, et tu le sais bien! »

Elle rit, découvrant ses canines carnassières. Comme elle était maigre, la peau charbonnée par le soleil, les mains sèches et parcourues de veines! Et, cependant, si belle dans sa maternité prochaine! Le cœur d'Omar battit plus fort pendant qu'elle raillait :

« De ta vie, tu n'as jamais vu de Blancs, mais tu veux lutter contre eux! Qu'est-ce qu'ils t'ont fait?

– Dieudonné m'a dit... »

Elle lâcha la tête de l'enfant :

« Si on ne parlait pas de Dieudonné? »

Omar savait que la colère s'amassait quelque part au fond d'elle, et qu'elle la submergerait bientôt, presque à son insu, déformant ses traits, emplissant ses yeux d'étincelles. Il ne se trompait pas car, perdant tout contrôle, elle commença de rager :

« Si on ne parlait pas de lui? On l'a tué. Il a fallu expier cette mort. A présent, nous voilà lancés sur les routes parce qu'il l'avait dit : « Il faut se garder « des Blancs! » S'il est ton modèle en tout, est-ce que tu n'aurais pas dû l'imiter dans la mort? »

Omar répondit :

« J'ai souvent été tenté de le faire! »

Après cela, il y eut un silence. Fatima, terrifiée, attendant que sa mère pense de nouveau à elle, n'osait bouger, et Omar fut plein de pitié pour son enfant qui cheminait par les routes, sans foyer, sans soin. Il dit :

« Hâtons-nous de rentrer à Ségou. Après ce qui s'est passé ce matin, nous ne sommes plus en sécurité à Mopti. »

Elle se moqua :

« N'est-ce pas cela que tu veux? Une belle occasion de devenir un martyr? »

En dépit de cette dernière insolence, il le savait,

elle avait honte d'elle-même, et si sa nature l'avait permis, elle se serait excusée. Il reprit donc la conversation interrompue et demanda à nouveau :

« Pourquoi me haïssent-ils ? »

Elle haussa les épaules :

« Ils ne te haïssent pas. Tu les déranges, c'est tout. Malgré leur discours sur l'islam, ils vivent dans la conviction que leur peuple est supérieur à tous les autres. Ils se méprisent si fort les uns les autres qu'ils sont prêts à s'allier aux Blancs pour se nuire mutuellement. Est-ce que ce n'est pas ce que tu dénonces ? »

A ce moment, on frappa à la porte. C'était Idrissa, informé du caractère houleux de la réunion du matin, qui venait aux nouvelles. Il avait conduit sans encombre le gros de la troupe sur la route de Sévaré où elle avait établi ses quartiers.

Au début de leur périple, Omar n'avait pas de soutien plus dévoué et d'admirateur plus éperdu qu'Idrissa. Qu'il soit peu doué, en dépit du désir qu'il en avait, pour l'action ne suffisait pas à expliquer le refroidissement entre eux. Car il est bon qu'un homme de Dieu éprouve la plus vive répugnance à entrer dans le monde. Ce qui peu à peu avait déplu à Idrissa, c'était cet attachement excessif à Kadidja, au point qu'il se demandait si elle n'avait pas marabouté Omar, lui administrant de la poudre de versets de Coran dans son dègué du matin. Ensuite, ce manque de foi en lui-même, comme s'il se laissait guider par les circonstances et subissait le destin. Cette absence de projets à long terme, cette vision confuse et brouillée des choses. Où rencontrerait-on les Français dont on disait qu'ils étaient à présent ouvertement menaçants ? Ils avaient construit une ligne de forts depuis Bakel jusqu'à Kita et à Bamako. Ils faisaient impunément remonter leurs canonnières le long du Joliba et patrouillaient la région comme s'ils avaient mission de la contrôler. Des bruits alarmants, mais qu'il était difficile de vérifier, indiquaient que, sous leur pression, Aguibou, frère d'Amadou, s'était révolté contre lui et ne lui faisait plus allégeance. Sans parler de l'agitation des Bambaras auxquels, en sous-main, ils distribuaient des armes!

N'était-ce pas le moment d'édifier un rigoureux plan de bataille? Au lieu de cela, Omar parlait d'aller à Ségou s'entretenir avec les siens, puis de rejoindre Amadou, puis de déclencher une action commune aux Bambaras et aux Toucouleurs! Tout cela était parfaitement irréaliste. Si Idrissa avait été le premier à suivre Omar, ce n'était pas pour jouer stérilement avec des fusils dans des parodies guerrières. Néanmoins, il cacha ses pensées et interrogea :

« Il paraît, maître, qu'ils t'ont grandement offensé? »

Omar ne répondit pas directement à la question et ordonna :

« Nous ne passerons qu'une nuit ici. Dès demain, nous partirons. »

Idrissa sortit sans mot dire et, dans la cour, se heurta à un homme princièrement vêtu d'une cape couleur rouille, comme si elle voulait se confondre avec la poussière du désert.

Celui-ci l'interrogea fiévreusement :

« Où est celui que vous appelez le madhi? »

Idrissa lui jeta, sans s'arrêter :

« Je ne sais plus. »

« Si je suis venu de Bandiagara jusqu'ici en courant de grands risques, c'est bien parce que j'ai voulu t'entretenir personnellement. As-tu entendu parler d'un homme nommé Samori? »

Samori? Le nom éveilla un faible écho dans la mémoire d'Omar. Où l'avait-il entendu? Ne parvenant pas à s'en souvenir, il hocha la tête, et Mounirou poursuivit :

« Qu'importe! C'est un chef de guerre pressé, lui aussi, par les Français et sur le point de succomber. A plusieurs reprises, il a écrit à mon oncle Amadou pour lui proposer une alliance, Amadou ne peut s'y décider. Il hésite. Il tergiverse et, pendant ce temps, les jours passent. Bientôt, il sera trop tard. »

Mounirou resta un moment silencieux, puis reprit :

« Du temps d'El-Hadj Omar, nous ne craignions rien. A présent, à présent, le sang se gâte. Je t'ai porté cela pour que tu voies où nous en sommes. »

Mounirou avait succédé à son père Tidjani à la tête du Macina et vivait à Bandiagara où celui-ci, délaissant Hamdallay, avait transporté la capitale. Comme Omar était lui aussi un petit-fils d'El-Hadj Omar, il le traitait avec affection et naturel, comme il convient à un frère d'autant plus qu'ils avaient à peu près le même âge. Omar parcourut des yeux le document rédigé en arabe :

« Aguibou, chef du Dinguiraye, désireux de nouer un pacte de commerce et d'amitié avec la France, déclare placer son pays sous le protectorat exclusif de la République française... »

Médusé, il regarda Mounirou :

« C'était donc vrai! Lui aussi! Mais quelle est la séduction des Français? »

Mounirou rit aux éclats, comme s'il s'agissait d'une question désarmante et naïve posée par un enfant :

« Ils sont plus forts que nous, voilà tout! Ils tuent

mieux que nous, ils torturent mieux que nous, ils violent et ils volent mieux que nous. Voilà leur séduction! »

Omar avait l'impression que son corps était un cylindre plein de feu qui allait exploser sous l'effet de la chaleur. Dans quelle affaire s'était-il engagé? Retourner à Tacharant, il n'en était pas question. Alors, écouter les suggestions de Kadidja et « rentrer tranquillement » à Ségou? Il eut honte de cette tentation et demanda à son cousin :

« Que devons-nous faire? Qu'est-ce que tu attends de moi? »

Mounirou lui dit, d'une voix pressante :

« Nous allons adresser à Samori une lettre signée de nos deux noms et que mes hommes vont lui porter aussitôt, en lui disant que nous adhérons à son grand projet d'une coalition musulmane! Oui, je connais ta doctrine : nous sommes un. Un. Mais elle est absurde et irréalisable. L'unité ne peut se fonder que sur une foi commune. »

Omar ne prit même pas la peine de protester, mais, instruit par l'expérience, interrogea :

« C'est tout ce que tu attends de moi?

— Non, bien sûr! Tu es le seul à pouvoir convaincre les Bambaras de ne pas s'allier aux Français. Tu les assureras qu'une fois ceux-ci chassés de la région, nous... nous leur rendrons Ségou, puisque c'est tout ce qu'ils veulent! Peut-être était-ce une faute de s'en emparer. Peut-être n'aurions-nous pas dû détrôner les Diarra puisqu'ils s'étaient convertis... »

Mais Omar n'était point en humeur de refaire l'Histoire. Il eut une objection :

« Pourquoi m'écouteront-ils?

— A cause de la force que tu représentes. »

Ce fut à son tour d'éclater de rire.

Aucune ville n'a un sommeil identique. Pour

certaines, après l'extrême turbulence du jour, il est pesant, inerte. Pour d'autres, il est fiévreux, entre-coupé de musique et de bruits. Pour d'autres encore, il est paisible, comme souriant, reposant en tout cas. Le sommeil de Mopti était, en réalité, une succession de crêtes de veille, entourées de plages de silence. Comme il faisait à l'intérieur de la cité une chaleur que la nuit ne dissipait pas, les gens venaient s'allonger sur les rives du Bani entre les pirogues et commentaient les nouvelles du jour. Chacun savait, à présent, que les autorités de la ville avaient condamné Omar, mais on était de cœur avec lui, celles-ci s'étant rendues impopulaires. En rendant la justice, le cadi avait confisqué des biens énormes. Les droits de douane qui tenaient lieu de droits de marchés étaient exorbitants. On avait institué deux contributions supplémentaires, un impôt sur les récoltes et un impôt destiné aux dépenses militaires. En outre, tous ces notables, cadis, muezzins, grands et petits marabouts, ne faisaient qu'épouser les femmes les plus jeunes et les plus jolies, au point, disait-on, que le harem d'Alkaly Kaba comptait près de cent concubines. Oui, l'islam avait bien besoin d'être régénéré, et cette nouvelle théorie : « Nous sommes un. Un », si elle rappelait que nous sortons tous d'un ventre de femme et que nous retournerons tous dans la nuit de la terre qui ne connaît ni riche ni pauvre, ni maître ni esclave, ni lettré ni illettré, était la bienvenue.

Omar raccompagnant son cousin sur la route de Sévaré n'était nullement sensible à cette atmo-sphère de sympathie. Jamais, il ne s'était senti aussi seul. Aussi peu guidé. Il aurait bien aimé tenter l'istikhar. Pourtant, le souvenir de tant de nuits passées à grelotter sur son toit à Tacharant sans que jamais un signe, une parole ne vienne éclairer son attente le décourageait. Mounirou passa son bras sous le sien :

« Je t'ai apporté des armes. Quelques fusils que j'ai pu me procurer par le canal de ceux qui traitent avec les Anglais de Gambie. Hélas, j'apprends que ceux-ci ne veulent plus en vendre. Aussi, nous ne pouvons plus compter que sur Samori dont les ateliers fabriquent des fusils à répétition. »

Un corps de lanciers attendait Mounirou sous les fromagers qui bordaient la route menant à Bandiagara. Ils livrèrent un lot de Winchester, petit modèle à douze coups. Puis les deux hommes s'étreignirent.

« Dès cette nuit, mes messagers vont prendre le chemin du Ouassoulou où se trouve Samori. Attends de mes nouvelles. N'entreprends aucune action sans moi. »

Pendant ce temps. Kadidja ne parvenait pas à s'endormir. Quand Mounirou était entré dans la pièce où elle se trouvait avec Omar, d'un simple coup d'œil, il lui avait rappelé qu'elle était femme, c'est-à-dire de trop dans ce conciliabule d'hommes. Alors, elle avait gagné la cour où les épouses de son hôte et leurs amies, ayant réparti tous les travaux domestiques entre leurs esclaves, bavardaient et mangeaient des beignets fourrés de pâte de poisson, allongées sur des nattes. Ces postures nonchalantes, ces conversations languissantes et creuses, ces rires dont on ignorait la raison l'avaient vite exaspérée, et elle était sortie. Chaque jour davantage, augmentaient en elle cette insatisfaction et cette angoisse qui la précipitaient dans des colères dont elle ne cessait de se repentir. Aurait-elle eu le pouvoir de s'illusionner sur la mission dont Omar se voulait investi que tout aurait été différent. Béate, elle aurait suivi son seigneur et veillé à tout instant à son bien-être. Or, elle n'y croyait pas.

Parfois, elle se demandait si c'était le suicide de Dieudonné qui avait introduit un désordre irréparable dans l'esprit de son ancien compagnon, vengeance de cette pauvre âme irritée. Ensuite, elle se faisait honte de ces superstitions et cherchait d'autres explications. Sans doute, Omar, issu de deux prestigieuses lignées, tentait-il de rivaliser avec l'une comme l'autre. Saint comme son grand-père et son père. Combattant comme El-Hadj Omar. Mais, voilà, l'islam régnait et le jihad était terminé! Alors, il fallait s'inventer d'autres adversaires!

Kadidja avait erré dans Mopti jusqu'à ce que le soleil tombe sur le Bani. Le fleuve étant retiré loin dans son lit, de grandes étendues boueuses étaient à découvert, sur lesquelles croissaient des roseaux à fleurs mauves. Des bandes d'oiseaux au plumage pareil à la balle de coton les picoraient puis donnaient la becquée à leurs petits.

Est-ce si méprisable une vie sans histoire, occupée de tâches sans grandeur, quotidiennes? Pourquoi chercher honneur, gloire, renom au prix du bonheur des siens?

Quand l'obscurité avait été totale, elle avait repris le chemin de la maison. Dans la mosquée principale, des dévots étaient en prières, et leur récitation monocorde, préfigurant celles qui entourent la mort, l'avait remplie d'une angoisse encore plus grande.

Dans la chambre, le petit Tassirou, qu'elle avait laissé à la garde d'une esclave, apeuré par la nouveauté du cadre, hurlait à pleins poumons. Sans mot dire, elle l'avait pris contre elle et l'enfant s'était calmé.

4

La controverse déclenchée par les autorités religieuses de Mopti autour d'Omar ne tarda pas à s'étendre. Successivement, les imams de Djenné et de Sansanding prirent position contre son hérésie, tandis qu'à Bandiagara et à San on le soutenait chaleureusement. Alkaly Kaba n'avait-il pas lu la sourate IV qui s'ouvre ainsi : « Ô hommes, craignez votre Seigneur qui vous a tous créés d'un seul homme? » Omar avait donc raison. On était un. Un. Des esprits pointilleux allaient plus loin et jetaient les bases d'une autre hérésie. N'était-on pas un, un avec les Blancs eux-mêmes, les Français que l'on entendait combattre? Et, du coup, toutes les luttes entre les hommes n'étaient-elles pas fratricides? Bref, les commentaires allaient bon train. Tiékoro et sa descendance avaient déjà jeté tant de confusion dans la famille que les Traoré, quant à eux, gardaient la tête froide en apprenant que le dernier avatar en était un madhi. Ce qui semblait dangereux, c'est qu'il était en contradiction ouverte avec les résolutions qui avaient été prises à Farako. A présent, l'alliance avec les Français était chose faite. Un officier français agissant au nom du gouverneur du Sénégal avait rencontré Mari Diarra et, lui promettant la restitution de Ségou, avait obtenu l'aide des Bambaras pour une action de grande envergure destinée à chasser les Toucouleurs de la région.

Pourtant, à la réflexion, les stances antifrançaises d'Omar parurent à Mari Diarra et à son entourage de la plus grande utilité. Comme l'accord avec les Français devait rester secret, jusqu'au déclenchement de l'opération, afin de mieux endormir la vigilance des Toucouleurs, n'était-il pas bon, ostensiblement, d'aller à la rencontre d'Omar et de son cortège pour l'assurer d'une totale identité avec ses vues?

Un groupe de chefs bambaras, parmi lesquels Alioune accompagné de son fils Ali, prit la route de Ouéta où campaient les hommes d'Omar.

La cohorte qui le suivait s'élevait à présent à plus de deux mille hommes sans parler des femmes et des enfants qui naissaient chaque jour. Les parchemins tenus à jour par Idrissa accusaient une forte proportion de migrants venus de l'ouest. Toucouleurs riverains du fleuve Sénégal qui avaient tout perdu quand le Dimar, le Toro, le Lao, le Damga, l'Irlabé étaient devenus protectorats français. Malinkés dont le pays gémissait déjà sous le poids des corvées de portage et de construction des routes et de la voie ferrée. Ouoloffs, Sarakolés qui ne se consolaient pas de la défaite de leur prophète Mamadou Lamine... En fait, les Bambaras étaient la minorité, peut-être parce que la présence de tous ces Toucouleurs les rebutait, même en face d'un ennemi encore plus redoutable. Mais il s'agissait d'une minorité active et agissante. Le madhi que l'on suivait ne se nommait-il pas Traoré?

En dépit des apparences, l'organisation de ce vaste corps était rigoureuse. Puisqu'on ne possédait pas de chevaux, il ne comptait que des fantassins répartis en trois colonnes selon la nature de leurs armes. Les porteurs de fusils. Les porteurs d'armes blanches et les archers. Des femmes avaient cousu des pavillons. N'ayant pu utiliser le croissant qui figurait déjà sur les étendards toucouleurs, elles y avaient dessiné des rayons représentant symboliquement la « lumière d'Allah », qui était devenu le nom que portait la troupe. Tout ce monde campait sous des tentes, des abris de feuillage ou de nattes de secco, et les Bambaras de la délégation eurent du mal à trouver Omar, assis à l'écart sur un monticule dominant le fleuve, comme si toute cette agitation ne le concernait pas. En fait, Alioune était chargé de tromper Omar et de pratiquer avec lui cette politique du double langage qu'avaient si bien enseignée les Français. Quand il vit ce visage si jeune et pourtant douloureux, marqué du sceau de tortures intérieures, il se fit honte. Il se rappela l'adolescent avantageux qui traînait son fusil par la concession, avant qu'il soit brisé par la mort de Dieudonné, et il lui sembla qu'il méritait d'être traité avec respect. Il attira Ali et lui ordonna :

« Quand nous serons partis, reste avec lui, et dis-lui la vérité. »

Omar écouta les paroles élogieuses et reçut les présents, un lot de fusils d'un modèle fort récent, sans manifester de reconnaissance. Il ne s'associa pas aux propos injurieux contre les Français tenus par Moussa Samaké qui voulait endormir ses éventuels soupçons et dit :

« Je ne hais pas les Français. Je veux simplement qu'ils quittent notre terre et reprennent le chemin de la mer par lequel ils sont venus. »

Moussa Samaké, mécontent, persifla :

« Peut-on se battre sans haine ? »

Omar inclina la tête :

« Je le crois. »

En fait, il ne se départit de son indifférence qu'à la fin de l'entrevue, qui ne dura pas une heure, quand il se tourna vers Alioune :

« Père, emmène mes enfants et ma femme avec toi. Elle est sur le point d'accoucher, et je voudrais que cet enfant-là naisse chez nous! Dis-lui que je la rejoindrai dès que cela sera possible... »

Quand Ali et Omar demeurèrent seuls, le premier fut pris d'une étrange timidité. Etait-ce là l'ancien compagnon de ses parties de wari? Comme leurs existences avaient pris des chemins différents! Lui continuait de mener la vie sans responsabilité d'un jeune noble. L'année précédente, la famille l'avait marié, et il avait, en outre, épousé une esclave de case qui lui avait fait un enfant. Comme il n'était pas très religieux, il ne lisait guère et ne faisait pas grand-chose de ses jours. Le destin d'Omar l'emplit d'admiration et il s'écria :

« Ainsi, tu as rencontré Dieu! »

Omar haussa les épaules et se leva :

« Allons plutôt nous baigner au fleuve! C'est ce que je préfère avant la prière de maghreb. »

Ali le regarda avec stupeur. Se tremper dans l'eau en plein milieu du jour! Se prenait-il pour un enfant ou un pêcheur? Néanmoins, il n'osa pas protester. Est-ce qu'on s'oppose à un madhi?

Omar se défit de tous ses vêtements, à l'exception de son court pantalon bouffant, et entra lentement dans l'eau. Quoique d'une maigreur squelettique, son corps restait beau, les épaules carrées, le torse long et flexible, les jambes interminables et musclées par les marches incessantes. Il s'abandonna et l'eau le caressa, jouant avec ses parties les plus secrètes, comme une femme qui s'efforce de donner du plaisir. Le regardant, Ali éprouvait, mêlée à l'admiration, une sorte de pitié, car il avait toujours cru que la rencontre avec Dieu se traduit par le bonheur et la paix. Il avait vu des sages assis sur leur natte, dispensant un enseignement, et il lui avait semblé que ceux-là étaient heureux. Or, autour d'Omar se dessinait comme un halo de souffrances. La sainteté peut-elle être souffrance? Aussitôt qu'il fut sorti de l'eau, il lui jeta :

« Ils t'ont menti. L'accord avec les Français est fait. Un certain Marchand est venu voir notre Mansa. A l'heure qu'il est, la colonne des Français doit avoir quitté Bamako et marche sur Ségou. De notre côté, des milliers d'hommes sont prêts. »

S'il pensait provoquer de violentes réactions, il fut déçu, car Omar demeura calme, se rhabillant avec lenteur comme s'il n'avait rien entendu. Puis, il s'assit un peu en contrebas et leva la tête vers son frère :

« J'aimerais comprendre. Qu'est-ce que les Blancs cherchent par ici? Est-ce que tu l'as compris, toi? »

Ali eut un geste d'ignorance, puis hasarda :

« Ils disent que nous avons besoin de routes et de chevaux de fer. Qu'il faut remplacer le mil par d'autres plantes qui ne nourrissent pas l'homme, mais lui donnent de l'argent. Comme ceci... »

Il tira de ses poches quelques pièces d'un métal blanc et les tendit à Omar qui les examina avec le plus grand soin, avant de les lui rendre en riant :

« Eh bien, est-ce pour cela que nous devons mourir? »

Etant donné son âge, Ali n'avait obtenu d'accompagner Alioune qu'à force d'insistance et à cause de sa parenté avec Omar. Brutalement, la lumière se fit en lui. Il revécut sa vie bornée, oisive dans la concession, l'atmosphère d'intrigues stériles de Ségou, et se jeta à genoux :

« Frère, je veux rester avec toi. Tant pis pour les

ordres qu'ils nous ont donnés. Je me battrai avec les tiens. »

Cette détermination produisit sur Omar un effet stupéfiant. La minute d'avant, il s'interrogeait sur la conduite à suivre, imaginant surtout la déception de ses hommes s'il leur demandait de surseoir au combat. Pour l'éviter, il se demandait s'il ne devrait pas rentrer dans Ségou et mettre le malheureux Madani au courant de ce qui se tramait. Or, cela signifiait trahir les Bambaras, prendre part à des intrigues politiciennes dont il ne voulait à aucun prix. Il se leva et força Ali à se relever :

« Viens. Il faut informer Idrissa! »

Tête contre tête, le petit groupe d'hommes tenait conseil.

Idrissa avait étalé sur le sol un de ses chers parchemins et essayait de tracer une carte, avec l'aide de tous :

« Ça, c'est le Joliba quand il descend depuis Tombouctou. Nous avons marché trente jours pour arriver à Mopti. Dix pour arriver où nous sommes. Qui sait combien de jours il faut pour arriver à Bamako? »

Sidiki, un Bambara du Bélédougou dont les parents avaient été tués lors de l'attaque contre les Français, et qui avait marché des jours durant pour rejoindre la « lumière d'Allah », se gratta la tête :

« Ecoute, cela dépend si tu cours ou si tu ne cours pas! »

Malgré le danger imminent, tout le monde rit. Puis Sidiki reprit avec sérieux :

« Dix jours, je crois. »

Idrissa interrogea Ali :

« Est-ce que tu sais combien d'hommes ont les Français?

– Pas exactement. Mais j'ai entendu dire qu'ils allaient emmener beaucoup de ceux qu'ils appellent « auxiliaires indigènes », plus de deux mille! Et puis, ils ont des canons qu'ils vont faire naviguer par le fleuve... Le plan est que tout le monde se rencontre à Niamina pour marcher sur Ségou... »

Omar dit, d'un ton pressant :

« Dans combien de temps? »

Ali eut un geste d'excuse :

« Je ne sais pas. Bien sûr, je n'ai assisté à aucune des réunions secrètes qui se sont tenues à Farako entre le Blanc et nos chefs. C'est seulement ce que j'ai entendu raconter! »

Omar fit observer :

« Quand nous parlons de journée de marche, nous parlons d'hommes qui ne sont pas encombrés de munitions, d'armes, de provisions... »

Ali l'interrompit :

« Attention, il y a les porteurs. Les Blancs ne portent rien eux-mêmes, ce sont des réquisitionnés dans les villages. Ils suivent avec un peu de retard, ce n'est pas grave! »

L'approche du combat avait transformé Omar. On dirait qu'il avait renoncé à s'interroger, et qu'il voyait dans la précipitation des événements la réponse, le signe qu'il attendait en vain depuis si longtemps. Comme si la résolution de son esprit avait modifié son physique, il apparaissait plus grand, plus droit, royal. Idrissa promena la pointe de son pinceau sur le parchemin :

« Admettons que ce soit cela, Niamina, cela, Bamako, cela, Ségou. Nous nous sommes ici... A mon avis, ce serait bon d'aller attaquer ceux de Niamina avant qu'arrive le reste des troupes françaises et les renforts bambaras. Ou plutôt barrer la route de Ségou aux uns et aux autres. »

Sidiki haussa les épaules :

« Est-ce que tu sais le chemin qu'ils prendront? »

Omar et Idrissa répondirent d'une même voix :

« Sûrement, ils suivront le fleuve si c'est aussi par cette voie qu'arrivent leurs canons. »

Puis ils échangèrent un regard. Regard de l'amitié retrouvée. De la confiance et de la solidarité dans les dangers qu'il faudrait bientôt partager. Thierno, un Toucouleur du Toro, qui souvent avait suppléé aux prêches un peu simplistes d'Omar car sa culture religieuse était immense, proposa avec un peu d'embarras :

« Est-ce qu'il ne faudrait pas mettre Madani en garde contre ce qui se prépare? Quand on songe à lui, tout seul, coupé des communications avec son père! »

Idrissa répliqua, sèchement :

« Sûrement pas! A la guerre, on ne songe qu'à soi. »

Omar baissa les yeux pour cacher son désaccord et fit avec douceur :

« J'y ai pensé, moi aussi. Pourtant, cela ne serait pas prudent. Avec tous ces espions qui poussent dans la rue, entre les maisons, sur les murailles, comment voulez-vous faire parvenir un message secret au palais? »

Thierno n'insista pas davantage, et Idrissa se remit à tripoter ses bouts de parchemin :

« Ce que l'on pourrait faire serait d'envoyer des espions à Niamina pour savoir quand on y attend le reste des troupes? »

Ali fit avec espoir :

« Je pourrai y aller si vous le voulez. On connaît ma famille. Personne ne se méfiera de moi, et, en interrogeant les uns et les autres, je finirai bien par le découvrir. En plus, j'ai un cheval, je pourrai faire l'aller et le retour en moins de deux jours. »

Cela semblait une excellente proposition. Aliou, un Malinké du Bakhoy, griot de son état, se leva :

« Laissez-moi l'accompagner... »

Et comme le conseil hésitait, il fit d'un ton pressant :

« Avez-vous jamais vu un seigneur aller en guerre sans son griot ? »

Au milieu des plaisanteries, Sidiki l'interrogea :

« Mais il va à cheval. Et toi, sur quoi monteras-tu ?

– Je courrai derrière lui comme il convient ! »

Les deux hommes se précipitèrent au-dehors. Omar sentait bien la peur que cachaient ces rires. Depuis qu'on avait quitté Tacharant, on parlait de se battre. On se répétait les méfaits des Français comme pour ne jamais laisser faiblir l'esprit de vengeance. Néanmoins, tout cela avait quelque chose d'abstrait, de théorique. La plupart des guerriers de la « lumière d'Allah » n'avaient jamais vu de Blancs et se demandaient si, confrontés à eux, leur premier mouvement ne serait pas de terreur. A quoi ressemblaient-ils ? On disait que leur peau n'était pas blanche, mais rouge. Ecarlate même. Que leurs cheveux ressemblaient à l'herbe en saison d'hivernage. Que les traits de leurs visages étaient immenses et rigides. Des nez comme des promontoires. Des fronts comme des falaises. Que leurs yeux, scintillant la nuit, glaçaient d'effroi.

Pourtant, cette peur était comme l'envers du courage, le levier qui déclenche l'action, et, loin d'être honteuse, elle était au contraire exaltante. Dehors, quelqu'un donnait le signal de la prière. Le conseil de guerre s'interrompit.

Bientôt, malgré le courant souterrain de la peur,

l'annonce que l'on allait enfin se battre galvanisa la
« lumière d'Allah ». Sans attendre les directives
d'Idrissa, les hommes se mirent à s'entraîner. Les
uns mimaient des corps à corps. D'autres faisaient
tournoyer leurs haches et leurs sabres. D'autres,
enfin, visaient avec des flèches des cibles tracées
sur le tronc des arbres. Par manque de munitions,
les porteurs de fusil se bornaient à des exercices
physiques afin de vérifier leur souplesse et leur
agilité.

Vers la fin de l'après-midi, des émissaires apportèrent un don anonyme de fusils assez démodés,
mais bien entretenus, et de poudre de guerre. Omar
y vit la main d'Alioune, luttant contre son remords.
Pourtant, il n'en voulait pas à son père de ce qui
pouvait sembler hypocrisie. N'était-il pas le premier
hypocrite? Et la vie n'est-elle pas un partage inégal
entre les affections, les devoirs, les terreurs et les
mensonges? Si ses compagnons étaient pressés
d'agir, il les surpassait tous en impatience. Rentré
dans sa case de branchages, il l'avait trouvée vide.
Kadidja lui avait donc obéi et avait suivi Alioune à
Ségou. Qu'il était lâche! Il n'avait pas pu lui donner
cet ordre en face, tout en la mettant dans l'impos-
sibilité de s'y dérober. Qu'il était méprisable! En
même temps, il ressentait un immense soulagement. Elle avait obéi. Alors, elle ne serait plus là à
l'interpeller silencieusement du regard :

« Où vas-tu, à présent? Est-ce que tu es satisfait,
maintenant? »

Il pourrait être lui-même son juge et son maître.
Elle avait raison, Kadidja, quand elle soutenait qu'il
ne lui avait jamais pardonné. C'était la vérité!
Chaque fois qu'il l'avait prise dans ses bras, il s'était
souvenu de ces nuits avec elle à Ségou, et, émer-
geant d'un plaisir qu'il était trop faible pour refuser,
il s'attendait à entendre le cri « Qu'on le tue » ou

à voir le cadavre du frère bien-aimé tournoyer au faîte du dubale. Chaque fois la repoussant presque avec horreur, il se demandait pourquoi Dieu avait choisi cette victime innocente pour expier son péché. Comment venir à bout du remords? Cet enfant têtu refuse d'entendre raison. Non, il ne lui avait jamais pardonné! Et, pourtant, à présent qu'elle était absente, le silence de la case lui permettait de mesurer à nouveau la place qu'elle occupait dans sa vie. Peut-on aimer son péché? L'aimer et le haïr à la fois?

Bon, l'heure n'était plus aux interrogations. Bientôt, peut-être, il faudrait regarder la mort en face. Quel visage aurait-elle? Certains assuraient qu'elle est douce comme une jeune fille nubile aux doigts ourlés de coquillages. D'autres, qu'elle est violente comme une amante. Douce ou violente, il faudrait l'affronter, et Dieu veuille que la dignité l'emporte dans ce face à face. Puisqu'il était seul, qu'Awa n'était plus là, il ne pouvait pas contrôler le besoin d'agir qui masquait le vide en lui. Que faire en attendant le retour d'Ali? Prier? Il en était bien incapable. Alors s'entraîner comme les autres?

Autour des tentes hâtivement édifiées, les gens affluaient de toutes parts. Ils avaient appris que la « lumière d'Allah » allait se battre contre les Français et voulaient se joindre à elle. Ses bouts de parchemin à la main, Idrissa s'approcha d'Omar. Avant de répartir ces recrues dans les divers corps de combat, ne serait-il pas bon qu'il s'adresse à elles? La parole du madhi ne valait-elle pas toutes les exhortations guerrières?

La première impulsion d'Omar fut de refuser. Mais la vue de tous ces visages fervents, tournés vers lui, l'emplit de pitié et du sentiment d'une responsabilité qu'il devait assumer jusqu'au bout.

Pendant un moment, sa langue fut paralysée, et il resta là, silencieux, presque stupide. En face de lui, un groupe de jeunes gens fébriles agitait un étendard. Il joignit les mains, et, venus on ne sait d'où, les mots coulèrent de sa bouche.

5

L'AUXILIAIRE indigène Ahmed Traoré rêvait d'avancement. Il s'était signalé sur de nombreux champs de bataille, par exemple au côté de Gallieni, lors de sa mission dans le haut Niger, puis avec Borgnis-Desbordes, quand il était entré à Bamako. Archinard, qu'il servait à présent, avait promis qu'une fois la pacification du Soudan terminée ceux qui avaient été les soutiens dévoués de la France seraient récompensés. Comment? S'agissait-il d'une promotion dans l'armée? S'agissait-il de dons de terre et de femmes? De la permission de razzier librement les villages conquis? Ahmed ne s'intéressait qu'à la première possibilité, car il avait pris goût au pouvoir militaire. Il savait que, dans certains cas, très rares en vérité, les Français envoyaient leurs protégés dans des écoles de France, d'où ils revenaient tout couverts de galons. Alors, il se voyait déjà en casquette et en uniforme à boutons dorés, donnant des ordres aux Blancs comme aux Noirs. Ahmed Traoré n'avait qu'un rival auprès d'Archinard. Il s'agissait de Mademba Sy, agent du télégraphe de la région du Haut-Fleuve, qui lui fournissait des informations sur tout ce qui se passait dans la région et qui le suivait depuis Kayes. Pourtant, il ne désespérait pas de supplanter ce rival, en redoublant de zèle. Pour l'heure, il était chargé d'une mission de pure routine. Surveiller les abords de Niamina et interdire tout mouvement suspect. Il ne se passait rien. Pas un paysan avec son âne ou sa mule. Pas une femme, ses ballots de marchandises en équilibre sur la tête. Bien que le déclenchement des opérations contre Ségou soit tenu secret, tout le monde semblait s'y attendre et se terrait dans son village.

L'auxiliaire indigène Ahmed Traoré était redoutable. Il ne manquait pas au combat de prendre des initiatives, ce qui étonnait fort ses chefs qui croyaient les Bambaras dociles, mais pas très imaginatifs. Avec Borgnis-Desbordes, il avait mené la prise de Daba, ce gros village fortifié, dont le chef refusait d'entendre raison. Aussi l'inaction dans laquelle il se trouvait depuis quelques mois en attendant la colonne qui venait de Bamako l'exaspérait. Quand arriverait-elle? Pour tromper son énergie, il vérifiait régulièrement l'état des ponts préparés la saison précédente par Marchand et contrôlait les pistes. Néanmoins, tout cela ne suffisait pas, et sa patience était à bout.

A quoi tiennent les vocations? Rien ne prédisposait Ahmed à devenir un soldat. A l'école des frères de Ploërmel, il n'était pas un gamin plus batailleur que les autres. Néanmoins, quand il avait su lire et écrire et qu'il avait fallu trouver un métier, les Français qui l'avaient élevé après la mort de sa mère l'avaient enrôlé dans le corps des tirailleurs sénégalais créé par M. Faidherbe. A l'époque, il n'y avait guère de choix pour un jeune Noir à Saint-Louis. Du moins, pour un jeune Noir qui entendait s'élever au-dessus de la triste condition de ses semblables. Dans le silence, un galop de cheval retentit sur la route, et Ahmed fit signe à ses compagnons, assis dans le plus grand désordre sous un fromager. Le laisser-aller, la paresse de ceux-ci l'irritaient. On dirait qu'ils n'y croyaient pas, à la mission civilisatrice de la France, traînant les pieds, grommelant, se dispersant prestement au moindre danger et ne prenant aucun risque. Oh! non. En fait, ils ne parlaient, une fois la guerre terminée, que de rentrer chez eux, de se procurer des terres et des femmes! Mais, voilà, la guerre ne se terminait pas! Est-ce que les Français ne parlaient pas, une fois en possession de Ségou, de marcher sur le Kaarta et le Macina, afin de rayer de la carte l'empire des Toucouleurs, puis de continuer sur Tombouctou dont, pour des raisons connues d'eux seuls, ils rêvaient comme d'une femme qui vous a incendié le sang? Chaque homme rêve d'une ville. Allez savoir pourquoi! Qu'est-ce qui faisait courir les Français? Pourquoi cette rage de dominer, d'asservir, de détruire? L'odeur du sang répandu dans les champs labourés, la fumée des villes et des villages incendiés, la grande plaine des peuples humiliés maudissant leurs dieux de les avoir abandonnés, tout cela semblait les ravir, et ils se précipitaient d'affrontements en affrontements, heureux quand les résistances ajoutaient un sel aux conquêtes. Parfois, Ahmed s'arrêtait en proie à un doute : est-ce que ceux qu'il aidait ainsi à vaincre n'étaient pas plus proches de lui que ceux qu'il servait? A bien réfléchir, c'étaient les Français qui lui avaient mis cette idée-là en tête, confondant systématiquement Malinkés, Bambaras, Ouoloffs, Toucouleurs, Séreres, et ne reconnaissant pas le lendemain un homme qu'ils avaient vu la veille sous prétexte « qu'ils se ressemblaient tous ». Et il en venait à se poser cette question incongrue : la couleur de la peau constitue-t-elle un lien?

Brusquement, surgirent d'entre les hautes herbes, un peu rousses, deux hommes curieusement assis, dos à dos sur un cheval, une belle bête impatiente et qui fumait aux naseaux. Ils s'arrêtèrent net en voyant le petit groupe de soldats, et Ahmed s'approcha, aboyant, bien que cela soit parfaitement inutile :

« Halte-là! »

L'un des hommes sauta à terre, tandis que l'autre demeurait perché sur sa monture. Et cela irrita Ahmed, obligé de lever la tête pour lui parler. Il hurla :

« Descends de là. »

Il s'exécuta. Jeune, il y avait dans sa hauteur tranquille quelque chose qui mit Ahmed hors de lui :

« Comment t'appelles-tu?

— Ali Traoré... »

Malgré sa colère, cela amusa fort Ahmed, qui interrogea en ricanant :

« Eh bien, homonyme! Où vas-tu comme ça? »

Ali eut une imperceptible hésitation qui n'échappa pas à l'œil exercé d'Ahmed avant de répondre :

« Je suis de Ségou, je vais voir un parent qui habite Niamina.

— Comment s'appelle ce parent? »

Alors, Ali commit une erreur, imputable à sa méconnaissance de la mentalité qui pouvait être celle d'un auxiliaire indigène. Cet homme parlait bambara comme lui et donc ne pouvait lui être foncièrement hostile. Il fit, d'un ton conciliant :

« Frère, je ne fais rien de mal! »

Frère? Alors qu'il portait pantalon ample et bouffant au-dessus de guêtres et de fortes chaussures de cuir! Qu'il portait ceinture bouclée par un large médaillon, chéchia et fusil à deux coups! Aveuglé par la colère que lui causait cette épithète, il abattit par deux fois la crosse de son fusil en travers de ce visage insolent. Le second homme eut un geste instinctif pour défendre son compagnon. Il le plia en deux d'un coup de pied avant de se tourner vers les autres tirailleurs :

« On va les amener au fort. Ils vont entendre parler de moi. »

Comme ils reprenaient la route de Niamina, Ahmed tenant par la bride le cheval d'Ali, ensanglanté et vacillant, un soldat déboula de la piste et hurla, frénétique :

« Commandant, commandant! Il est arrivé... »

Là-dessus, retentit un grondement de tonnerre. C'étaient les deux pièces de 80 mm de montagne, les deux pièces de 95 mm de campagne, les quatre pièces de 4 mm de montagne et le mortier de 150 mm qui cahotaient de l'autre côté de la ville.

Le conseil de guerre de la « lumière d'Allah » attendit quatre jours et quatre nuits le retour d'Ali et d'Aliou, tant il ne se résignait pas à croire qu'il leur était arrivé malheur. Au matin du cinquième jour, il fallut bien prendre une décision. Laquelle? Devait-on marcher à l'aveuglette sur Niamina? Devait-on encore attendre? Et attendre quoi?

Peu avant la prière de zohour, des Sarakolés à moitié morts de peur arrivèrent dans le camp. Des bateaux chargés d'énormes masses de fer remontaient le Joliba, tandis que, sur la rive gauche, s'étirait une file interminable de Blancs, de spahis, de tirailleurs, de porteurs.

« A combien de jours de marche?

– Deux ou trois. »

Omar eut une ultime hésitation. N'avait-il pas promis à Mounirou de ne rien tenter sans lui, et ne fallait-il pas attendre les renforts de ce Samori? Puis, il balaya cette pensée. Une fois encore, Idrissa fit merveille. Avec calme, il divisa la « lumière d'Allah » en deux groupes. Les archers devaient se placer le long du fleuve et, profitant de la lenteur des embarcations, ralenties par le poids des canons, cribler les assaillants de flèches. Quant aux porteurs d'armes blanches, précédant les porteurs de fusils pour les masquer et faire croire qu'il s'agissait d'une bande primitive et peu armée, ils iraient barrer la route aux tirailleurs arrivant de Niamina. Sans tarder, les archers prirent la direction du fleuve. Les porteurs de fusils et d'armes blanches, eux, décidèrent d'attendre la complicité de la nuit, c'est-à-dire de ne pas se mettre en marche avant plusieurs heures. Les femmes et les enfants furent renvoyés vers Sansanding, que l'on croyait à l'abri des combats.

L'auxiliaire indigène Ahmed Traoré frémissait de bonheur. Etant donné la manière dont il s'était illustré en d'autres lieux, Archinard lui avait confié la direction d'un petit détachement d'éclaireurs qui devait déceler toute velléité de résistance jusqu'à Ségou.

Peu d'auxiliaires indigènes avaient été considérés dignes de pareil honneur, et Ahmed savourait sa distinction. Pourtant, ce n'était pas son seul sujet d'allégresse. On allait conquérir Ségou. On allait la détruire, cette ville inconnue qui avait dominé sa vie. Elle l'avait rejeté, et, depuis, il vivait sans attache et sans honneur, dans une cité étrangère. A quoi ressemblait-elle? Les Bambaras qui s'étaient réfugiés à Saint-Louis parlaient d'elle de cette façon imprécise et désordonnée qu'inspire la passion :

« Tu n'as jamais vu de ville comme elle. Saint-Louis, c'est une création de Blancs. Elle est née de leur appétit pour le bois d'ébène, la gomme d'Arabie, l'ivoire et le cuir. La mer l'inonde parfois. Tandis que Ségou, Ségou derrière ses murailles! »

Quant à Awa, elle n'en parlait jamais de Ségou. Ni de ce père dont Ahmed ne gardait aucun souvenir. Et cette double absence avait infléchi sa vie. A présent, il allait l'exorciser. Punir le père. Punir la ville. Le père et la ville. Il était toujours passé pour un garçon sans histoire, faisant ce qu'on attendait de lui en y mettant une pointe personnelle qui étonnait. Les Grandidier hochaient la tête :

« Il ira loin. »

Les frères de Ploërmel lui tapaient sur l'épaule :

« C'est un de nos meilleurs sujets. »

Le capitaine Gallieni avait écrit dans un rapport, destiné à assurer son avancement :

« Ses bonnes et solides qualités, son dévouement à la cause française l'ont fait aimer de tous. »

Un temps, il avait été question de l'envoyer au Gabon où l'on allait ouvrir des régions nouvelles et riches au commerce français et y créer des débouchés importants pour l'industrie nationale. Puis, sa connaissance du bambara l'avait fait juger précieux pour la pacification du Soudan.

La lune se cacha derrière les nuages, et, dans l'obscurité, les pas des tirailleurs résonnèrent comme un tam-tam d'allégresse. On allait conquérir Ségou. On allait la détruire. Ahmed s'imagina entrant dans cette ville soudain violée, les cuisses en sang, accomplissant sa vengeance. Le plan évoquait que les canons seraient postés sur une île à la hauteur de Somono-Bougou et pilonnerait les fameuses murailles de terre. Alors, grossis des Bambaras de Mari Diarra, venus de Farako et de Sama-Foula, les fantassins s'engouffreraient dans les brèches et tireraient à vue. Puisque Amadou avait quitté la ville avec le gros de ses troupes, on estimait qu'il ne devait guère y rester qu'un ou deux régiments de sofas dont on viendrait vite à bout. La victoire serait facile.

Quand Ahmed était petit, les Bambaras de Saint-Louis lui racontaient le soir les histoires glorieuses d'autrefois. Ce n'était point celle de Biton, Biton le fondateur, ni celle de Bakari Dian, le fils de berger, ni celle de Koumba Silamaghan, le conquérant de Djongoloni, qui le fascinaient. C'était celle de Nogo, Nogolo Diarra qui, vendu par les siens dans son jeune âge, revenait des années plus tard exécuter sa vengeance. Ah! non, son cœur n'avait pas frémi quand il avait fallu punir ceux qui l'avaient traité cruellement! Et son cœur à lui, non plus, ne frémirait pas. Sa main ne tremblerait pas. Mère humiliée, trahie et abandonnée, c'est moi, ton fils, qui te venge... Des trois enfants d'Awa, Ahmed semblait le plus indifférent, jamais à mendier l'attention, à interroger le passé, à rêvasser.

Et, pourtant, assis, face à la mer entre les bicoques bancales de N'Dar Toute, feignant de lire pour épater les gamins de la langue de Barbarie, un vieux livre aux pages écornées, il sentait sa souffrance se solidifier et faire de lui un bloc de rage. Rage. Rage. Il s'en purgeait méthodiquement avant de retourner dans l'île.

Au-dessus des quais de pierre d'un rose un peu soufré, les immeubles alignaient leurs hautes façades trouées de fenêtres carrées. Dans la cour des Grandidier, Dieudonné, chétif et silencieux, cirait interminablement des godasses. Anady fendait du bois, tandis que M. Grandidier et quelques copains, le visage suant, buvaient de l'absinthe tout en apportant d'infinies variations à leur unique sujet de conversation : la stupidité et l'incurie des nègres. Ils se régalaient d'histoires colportées de maison en maison, servies au petit déjeuner, réchauffées au déjeuner et servies à nouveau le soir avec les

561

carafes de vin épais venu de Bordeaux. Et les trois enfants recueillis passant les plats ou changeant les assiettes devaient grimacer un sourire quand l'une d'entre elles était par trop croustillante. Dieudonné refusait de sourire. Alors M. Grandidier, brave bougre, levait les bras au ciel :

« Fais pas cette tête-là, voyons! Il ne s'agit pas de toi... »

A quoi bon ruminer ces souvenirs? Est-ce qu'il n'allait pas se libérer de cette enfance? De ce passé? Il allait entrer dans Ségou pour la vaincre et l'humilier. S'il n'avait aucun souvenir de la famille de son père, il se rappelait l'interminable exode depuis Didi. Les bruits les plus effroyables circulaient. Les Toucouleurs avaient massacré des Bambaras, des Diawaras, des Malinkés, et les champs n'étaient plus que de vastes charniers. Pourtant, dans son esprit d'enfant, ce n'était pas vraiment contre eux que s'amassait la haine. La faute était ailleurs. Elle incombait à d'autres.

On lui avait signalé qu'à la hauteur de Ouéta, un peu en retrait de la route de Ségou, un camp s'était installé. Les informations des espions étaient contradictoires. Les uns disaient qu'il s'agissait de l'escorte d'un madhi, apparenté aux Bambaras de Ségou et qui, par conséquent, ne s'opposerait pas à la marche des soldats. D'autres disaient qu'il n'en était rien, et que ce flot humain venu de Gao en suivant le Joliba ne parlait que de repousser à la mer l'envahisseur incirconcis, fils d'incirconcis. En pacifiant le Damga, le Toro, le Gayor, Ahmed avait souvent rencontré de ces hordes fanatisées qui venaient offrir leurs poitrines aux coups et mouraient en criant le nom d'Allah. Il savait comment en venir à bout. Il suffisait de tuer le madhi, proprement, sans bavures. Alors, c'était la déroute.

Privés de leur guide, les combattants s'éparpillaient.

La lune réapparut.

A ce moment, l'oreille exercée d'Ahmed perçut un froissement d'herbe, un martèlement sourd et fit signe à ses compagnons d'arrêter. Ceux-ci s'immobilisèrent. Brusquement dans la lumière, blanche et sereine, une cohorte désordonnée apparut, précédée d'une haute forme altière. La « lumière d'Allah », c'était elle. Les Tirailleurs retinrent leur souffle et Ahmed, téméraire comme à l'accoutumée, s'avança :

« Arrêtez! Que voulez-vous? Arrêtez! »

Quand une ville se prépare à mourir, elle émet une longue plainte.

Ceux qui l'entendent croient qu'elle naît de la détresse des habitants, se lamentant à l'intérieur des maisons. Il n'en est rien. Elle sourd de la brique des murs, de la terre des mosquées et des temples, de la poussière des rues, du crottin des animaux sur les marchés aux bestiaux, de tous les éléments impalpables qui composent sa réalité. Elle sourd aussi des esprits de ceux qui l'ont fondée, qui l'ont vue croître comme l'enfant qu'une femme met au monde, qui se sont battus pour elle et qui désespérés, impuissants, ne peuvent plus rien pour elle.

Cette plainte, certains initiés la reconnaissent qui savent alors que de terribles événements se préparent. Selon leur tempérament et leur foi, ils prient, ils font des sacrifices, ils se révoltent. Pourtant ils savent que tout est inutile et que le lit du destin ne peut être défait.

Ségou se plaignit cette nuit-là.

Longuement. Sourdement.

Les forgerons féticheurs, instruits par la multiplicité des signes de l'approche de ce moment, mais espérant on ne sait quel miracle, se recueillirent au pied des arbres sacrés. Une dernière fois, ils supplièrent les ancêtres de rompre leur silence et au moins de répondre à leurs questions. Pourquoi? Quel crime avait été commis et par qui? Dans quelles circonstances? Si ce n'était qu'une famille ou qu'un clan ou qu'une ethnie qui s'était rendu coupable, pourquoi punir l'ensemble de la collectivité? Hommes, femmes, enfants nouveau-nés, Bambaras, Toucouleurs, Peuls, Somonos, Bozos...?

Ségou se plaignit toute la nuit. A huit heures du matin, cette plainte fut étouffée par le fracas des pièces mises en batterie pour protéger le passage des soldats. Ceux-ci, postés sur l'autre rive du Joliba, s'embarquèrent dans de grandes pirogues et le passage commença. Sur l'île au milieu du fleuve qui servait de relais, les pièces de 80 mm bombardaient le grand village somono qui appuyait la ville à l'est.

Au milieu du jour, les Somonos firent leur soumission, tandis que le feu de l'artillerie avait pratiqué des brèches énormes dans les murailles de la ville. L'infanterie et les tirailleurs y pénétrèrent sans difficulté, par les portes mêmes qui n'étaient pas défendues. Au milieu de l'après-midi, la ville était au pouvoir des assaillants, sauf le dionfoutou d'El-Hadj Omar. Deux coups de 80 mm enfoncèrent une des deux portes de bois de fer de plusieurs pouces d'épaisseur. On s'attendait à y trouver une embuscade. Point du tout. Il n'abritait que quelques captifs, la femme et le fils de Madani, âgé de onze ans, Abdoulaye. Quand tout fut consommé, Ségou cessa de se plaindre.

6

QUELQUES jours après la mort de leur ville, les Traoré durent envisager de nouveaux deuils. Qu'étaient devenus Omar et Ali, demeurés dans le camp de Ouéta? Les Français et les Tirailleurs marchant sur Ségou avaient-ils rencontré la « lumière d'Allah » et avait-elle tenté de livrer combat? Avait-elle été écrasée? Dans cette terrible incertitude, Ali et les chefs de la famille prirent la direction des portes de la ville.

Comme on n'en avait qu'aux Toucouleurs, ils purent en sortir sans difficulté. Le colonel Archinard avait laissé les Bambaras libres de s'attaquer à tout Toucouleur qu'ils rencontreraient. Lui-même en avait parqué des familles entières dans des prisons et des camps improvisés avant de les renvoyer sous bonne garde vers les provinces riveraines du fleuve Sénégal où ils vivaient avant de suivre El-Hadj Omar. Aussi, d'immenses files s'étiraient-elles dans la campagne aux abords de Ségou où traversaient-elles le Joliba en tentant d'emporter les quelques biens qui n'avaient pas été confisqués.

Quel exode! Quelle humiliation!

Alioune, qui avait toujours haï les Toucouleurs et leur domination, en venait à les plaindre. Qu'avaient-ils fait en fin de compte aux Français? Et pourquoi ceux-ci attisaient-ils la haine des autres peuples à leur endroit? Il lui semblait que la prise de Ségou faisait partie d'un plan dont ils ne savaient rien et auquel naïvement ils avaient donné la main.

Alioune n'était pas le seul à penser ainsi. Curieusement, dès le lendemain de la victoire des Français dont on aurait dû se réjouir, les gens commencèrent à s'interroger sur les buts qu'ils poursuivaient réellement, tandis que la sympathie à l'égard des Toucouleurs naissait confusément. En dépit de la présence des espions et des Tirailleurs, on lisait dans les mosquées une proclamation d'Amadou, d'Amadou dont on disait qu'il n'avait pas renoncé au combat :

« Préparez-vous, ô hommes de sagacité; levez-vous pour les repousser et les éloigner des lieux sacrés de l'islam. Sachez que je suis votre hôte et le premier à marcher en avant, en qualité de chef. Suivez notre exemple dès que vous apprendrez nos combats contre eux. Combattez-les de tous côtés... »

Et, soudain, ceux dont la foi était tiède et qui marmonnaient hâtivement leurs prières se souvenaient que oui, ils étaient des musulmans. Donc des frères. On citait des hadiths : « Le musulman est le frère du musulman. » « Il ne l'opprime pas, l'eau et le fruit de l'arbre sont pour eux deux. » « Ils s'entraident pour résister à tout fauteur de troubles. » « Les musulmans sont comme les doigts d'une même main contre les autres. »

On allait plus loin, se rappelant ce madhi issu des Traoré qui disait : « Nous sommes un. Un. » Et on l'approuvait hautement.

Qu'était-il devenu pendant ces journées de sang et d'angoisse? Qu'était devenue la « lumière d'Allah »?

566

Alioune tenant par la bride son cheval monta dans une des pirogues qui faisaient traverser le fleuve, calmant de la main et de la voix la bête épouvantée. L'eau était couverte de barques naviguant dans les deux sens. Ceux qui, éloignés de Ségou, y rentraient. Ceux qui s'enfuyaient. Des tirailleurs entassaient dans une barque des hommes et des femmes qui s'efforçaient de garder la tête haute. C'étaient des proches d'Amadou que l'on allait diriger sur le fort de Kita. La veille au soir, les voisins de Traoré, c'est-à-dire toute la famille d'El-Hadj Sékou, avaient été sans ménagement délogés et emmenés vers une destination inconnue. Cela aurait porté le dernier coup à Kadidja qui jusqu'alors supportait avec courage l'incertitude concernant Omar.

Alioune n'avait pas beaucoup de sympathie pour Kadidja. Quelque chose de dangereux émanait d'elle, de son regard qui ne se baissait jamais devant celui des hommes, de son attitude trahissant un esprit plus provocant que son corps. Elle était toujours prête, même dans le malheur qui l'accablait, à railler, à prononcer quelque parole désinvolte et cynique qui irritait, surtout venant d'une femme. Apprenant le revirement qui, déjà, se faisait dans bien des cœurs, ne s'était-elle pas moquée :

« Au moins, tout cela servira à quelque chose, puisque les Bambaras deviennent de bons musulmans! »

En outre, il n'oubliait pas qu'elle avait une grande part de responsabilité dans les événements qui avaient infléchi le cours de la vie d'Omar. Et, en même temps, il admirait son courage, son indépendance d'esprit, cette fidélité avec laquelle elle avait accepté de vivre si loin des siens, à la limite du désert. Apprenant que ceux qui l'avaient élevée avaient été arrêtés, Kadidja s'était effondrée, muette, sans une larme, et toutes les femmes de la concession se relayaient autour d'elle.

Une fois traversé le fleuve, les chevaux piétinèrent la boue mêlée de coquillages d'huîtres, puis les hommes se remirent en selle. Un peu plus d'une semaine auparavant, Alioune chevauchait sur cette même piste, au côté d'Ali. Comme son humeur était alors différente! Presque joyeuse, confiante, malgré tout, en l'avenir de Ségou. S'il avait été de ceux qui s'étaient d'abord opposés violemment à l'alliance avec les Français, il avait fini par s'y rallier comme à la seule issue possible. Aujourd'hui, tout était changé. Voilà qu'il redoutait la mort de deux fils! Voilà qu'il commençait de se demander si, tout simplement, Ségou n'avait pas changé de maîtres.

Chaque jour, sur la place de la mosquée centrale, un étendard à trois couleurs était hissé au faîte d'un mât qui, symboliquement, dépassait tous les arbres. Ceux qui passaient par là devaient s'immobiliser et se tenir raides, les bras le long du corps jusqu'à ce que le tissu bleu, blanc, rouge flotte dans l'air.

Dans un pan de savane calcinée, le camp d'Ouéta apparut. Avant de marcher sur Niamina, les combattants de la « lumière d'Allah » l'avaient évacué, forçant les femmes et les enfants à aller chercher refuge vers Sansanding.. Mais les premières étaient revenues. Le spectacle était déchirant. Dans les cases de branchages et de secco, elles s'efforçaient de soigner ceux qui pouvaient l'être. Fabriquant des emplâtres de feuilles, des décoctions de racines, priant comme si la prière peut raccommoder les chairs. A l'est du champ, dans un périmètre tourné vers La Mecque, elles avaient enterré leurs morts et la terre se hérissait de dunes.

Alioune ne s'était jamais battu. Il avait atteint l'âge d'homme quand les Toucouleurs avaient déjà renversé le trône des Diarra, et si, depuis, il vivait dans une constante atmosphère de plans de bataille, de complots, de conflits, d'attaques sporadiques, il n'avait jamais pris les armes et mesuré les ravages que les hommes se font les uns aux autres.

La vue de ces dunes silencieuses, plus, peut-être, que celle des mutilés, suppliciés, estropiés qui gémissaient sur des nattes ou à même le sol le bouleversa et l'emplit d'une sorte de révolte contre Dieu lui-même. Lui qui était si croyant tomba à genoux, répétant inlassablement :

« Pourquoi ? »

En même temps, et de façon contradictoire, il ne pouvait s'empêcher de réciter la première sourate : « Louange à Dieu, souverain de l'univers, le clément et le miséricordieux, souverain au jour de la rétribution. C'est toi que nous adorons, c'est toi dont nous implorons le secours. Dirige-nous dans le sentier droit... »

Quel était ce Dieu qui créait l'homme pour l'abreuver ensuite de souffrances ?

Cependant, la mission n'était pas terminée. Il fallait rechercher Ali et Omar parmi ces corps saignants. Un blessé qui avait toute sa conscience les éclaira. Le madhi était mort. Il marchait en tête, malgré les objurgations d'Idrissa, comme s'il était de son devoir d'être le premier à affronter l'ennemi. Alors, il avait été le premier à tomber.

Quand il avait été à terre, contrairement à ce qu'espéraient sans doute les tirailleurs, une véritable rage s'était emparée des survivants, et ils s'étaient battus avec acharnement. Hélas ! des renforts étaient arrivés de Niamina, et cela avait été la boucherie. Ali ? Il ne connaissait pas celui-là.

Alioune et ses compagnons parcoururent le camp, dévisageant des êtres émaciés, plongés dans le délire ou l'inconscience. En vain. Ils ne retrouvèrent pas Ali et durent reprendre le chemin de Ségou.

« Que ferais-je de ta mort? Quelle place dois-je lui donner dans cette histoire sans bonheur qui fut celle de notre vie? Que dirais-je de toi à nos enfants? Et moi, moi, la première concernée, quel souvenir dois-je garder? »

Kadidja interrogeait l'ombre.

Contrairement à ce qu'avaient redouté tous les membres de la famille, le retour d'Alioune et de ses compagnons, les yeux pleins d'horreur et de révolte, sur des chevaux fourbus, n'avait pas achevé de l'abattre. Au contraire. Elle s'était relevée. Sans un mot dans le concert des pleureuses, elle avait offert sa tête au couteau qui devait la raser, avant de se laisser draper de blanc et de prendre place sur un petit tabouret dans le vestibule de sa case.

Dans les cours, les coups de fusil avaient retenti, timides, car on ne connaissait pas là-dessus l'humeur des nouveaux maîtres, et on craignait de les indisposer. Mais la foule était venue nombreuse, consommer des viandes du repas de deuil. Alioune avait bien fait les choses. Deux taureaux, des moutons, de la volaille avaient été immolés en abondance, même si l'on chuchotait déjà que les Français exigeant des impôts bien supérieurs à l'assakal, à l'oussourou et à toutes ces taxes dont El-Hadj Omar puis Amadou étaient friands, chacun devait commencer à être avare de ses biens.

Deux fils d'un coup! Les gens disaient que malgré leurs efforts pour donner le change, recevoir fastueusement, veiller au bien-être des amis et des parents affluant parfois de villages éloignés, les Traoré n'étaient plus ce qu'ils étaient. Une sorte de laisser-aller triste s'insinuait dans leurs gestes, leurs regards et leurs attitudes. Une sorte d'à-quoi-bon marquait leurs propos d'une tonalité amère. Une subtile inappétence au bonheur. Les gens disaient que tout avait commencé quand il avait fallu couper le dubale de la première cour, remplacé à présent par un fourré d'arbrisseaux sans panache. Quand les esprits des ancêtres s'étaient dispersés pour chercher d'autres reposoirs, ce qui faisait la force et le dynamisme de la famille s'était désintégré aussi. Oui, les gestes de la vie continuaient. Les hommes faisaient l'amour aux femmes, les enfants quittaient le ventre des mères, mais d'une manière routinière et morne. Deux fils d'un coup!

A présent, le silence était revenu sur la concession, et chacun était rentré dans sa case pour pleurer à l'abri des regards, Djénéba avait fait boire à Kadidja une forte infusion de migo qui donne le sommeil et l'avait quittée quand elle l'avait crue endormie. Elle avait à peine gagné le vestibule, cependant, que Kadidja avait rouvert les yeux.

Comme elle avait été l'épouse d'un Bambara, elle n'avait rien à craindre de ceux qui se vengeaient des Toucouleurs! Alors, elle demeurerait à Ségou. Elle demeurerait dans la famille à laquelle elle appartenait par mariage. Omar n'ayant pas de frères directs, on la donnerait au fils d'un de ses pères, à Idrissa, probablement, qui ne l'avait pas beaucoup aimé, mais traiterait sa veuve comme il convenait. Et, peu à peu, elle oublierait ces cinq années, si amères et, quelque part, si douces.

Kadidja ferma les yeux. Sa vie s'achevait quand celle d'autres commence. A vingt ans.

Il y eut un léger bruit de pas dans le vestibule et Inna apparut. Elle avait bravé les interdictions, et, se faufilant entre les cases, elle était venue rejoindre sa mère. C'était assurément une belle petite fille. Grande pour ses cinq ans, les bras et les jambes tout griffurés des morsures des arbustes, la peau du torse et du visage noircie d'avoir été librement exposée au soleil. Ses mères de la concession l'avaient vêtue, avec une élégance bien inhabituelle pour elle, d'un joli pagne de coton bleu sous une triple ceinture de perles et de cauris. Que comprenait-elle de ces chagrins et de ces lamentations d'adultes? Kadidja l'avait vue jouer avec emportement dans la cohue des enfants, se jeter sur les bouts de viande qu'on leur concédait. Brusquement, elle semblait grave.

Redoutant les questions qu'elle pourrait poser, Kadidja lui dit, retrouvant le ton de leurs échanges où l'affection se dissimulait toujours :

« Qu'est-ce qu'elle dirait, ta mère, Djénéba, si elle savait que tu es ici? »

L'enfant ne répondit rien et continua de se balancer d'un pied sur l'autre. Puis elle se décida, traversa la pièce et vint s'allonger contre sa mère, écartant résolument Tassirou qui dormait déjà. A ce moment, la lampe à huile s'éteignit, dans un soupir. Dans l'ombre, la mère et la fille demeurèrent l'une contre l'autre sans échanger une parole, communiquant grâce à ce courant tiède entre leurs corps.

Dehors, les semelles cloutées des tirailleurs piétinaient la ville. On savait déjà le nom du Français qui serait au côté de Mari Diarra, un nom impossible à prononcer, mais qu'il faudrait s'accoutumer à articuler avec respect : Underberg! On avait vu quelques Blancs aux abords des marchés, avec ces fameux carnets sur lesquels ils notaient tout. Individuellement, ils ne semblaient pas méchants. Ils étaient pitoyables, même, avec leur peau rougie et constamment en eau. Ils souriaient aux enfants, s'essayaient à prononcer quelques mots de bambara. On le sentait bien, le danger n'était pas en chacun d'entre eux. Il résidait dans cette mystérieuse collectivité dont ils faisaient partie et qui les envoyait par-delà les mers, au milieu d'autres peuples, avec mission de les dominer.

Les semelles cloutées des tirailleurs piétinaient la ville, et leurs coups de pioche résonnaient. Car, ils n'en finissaient pas d'exhumer le trésor d'Amadou enfoui dans le dionfoutou. Comme ils n'avaient aucun égard pour les livres de sa bibliothèque, ils les rejetaient dans la boue ou superstitieux en déchiraient les pages pour s'en faire des gris-gris. C'est ainsi que *Les lumières de la révélation et les secrets de l'interprétation* d'Asrar al-Tanzil, et la *Clé donnée par Dieu pour éclaircir ce qui est obscur dans le Coran*, de Fath al-Rahman, gisaient piétinés, eux aussi, souillés, parmi des milliers de volumes de grand prix.

« Que ferai-je de ta mort? »

Incapable de trouver le sommeil, Kadidja ouvrit à nouveau les yeux. Tant d'années encore à vivre, sans vraie joie, sans vraie excitation, sans vrai désir. A ce moment, Inna se tourna et étendit le bras en travers de son ventre, encore haut et dur. Ce n'était pas une simple caresse, Kadidja le sentit bien. C'était un geste de protection, une assurance subtilement signifiée qu'elle ne serait jamais seule, que l'enfant y veillerait. Alors, elle se laissa aller à pleurer.

Le lendemain matin, le silence de Ségou fut troublé par le battement des tambours et le bruit des clairons précédant le palabre solennel qui se tenait sur la place de la grande mosquée face au palais royal. Mari Diarra, entouré des princes du sang qui l'avaient accompagné dans son exil et qui avaient guerroyé avec lui contre les Toucouleurs, reprenait possession du trône de ses ancêtres. Les grands griots clamaient en s'accompagnant de leurs corans :

« Maître de la bataille! Maître de la poudre! Long serpent protecteur de la ville! Long serpent protecteur de la forêt! Diarra! Diarra! Diarra! »

Les tirailleurs, l'arme au pied, formaient un beau quadrilatère autour du petit groupe de Français engoncés sous leur casque colonial dans leurs élégants uniformes. Le spectacle ne manquait pas de panache, et, pourtant, flottait dans l'air une sorte de morosité. Mari Diarra était trop intelligent pour ne pas réaliser la dépendance dans laquelle on le tenait. En plus de la présence de cet Underberg nommé résident et d'un régiment de tirailleurs à sa solde chargé d'assurer la loi et l'ordre, le royaume avait été amputé des riches provinces de Nango et de Sansanding, ce qui en réduisait la superficie. Qu'il est amer de retrouver son pays grâce au soutien de l'étranger! Car, alors, c'est lui qui impose ses volontés. Les chefs des grandes familles bambaras et somonos, assemblés au grand complet, étaient parfaitement conscients de la partie qui se jouait sous leurs yeux. Dans leur colère et leur frustration, ils fusillaient du regard l'interprète d'Archinard, un soi-disant Traoré, venu de Saint-Louis, qui se donnait des airs avantageux. On assurait qu'il était nommé chef de la colonne de tirailleurs qui allait demeurer à Ségou et, disposant du pouvoir des armes, serait en fin de compte plus important que Mari Diarra.

Comment l'éliminer? Il s'était déjà signalé par sa brutalité, non pas tant à l'égard des Toucouleurs, ce qui aurait été de bonne guerre, qu'à l'égard des Bambaras, qu'il insultait grossièrement. De qui était-il le fils? Ah! les Toucouleurs en obligeant les Bambaras à se disperser et à essaimer sous d'autres cieux leur avaient causé le plus grand tort. La semence des hommes avait été plantée dans des ventres étrangers d'où avaient germé des pousses, mauvaises.

Les nombreux curieux qui se pressaient sur les lieux ressentaient cette étrange atmosphère de tristesse et d'humiliation. Ils auraient aimé que cette parodie de restitution soit troublée par quelque événement violent qui révélerait que nul n'était dupe. Mais non, Mari Diarra demeurait assis sur sa peau de bœuf, les Français sur leurs sièges de toile, tandis que les tirailleurs gardaient leur arme au pied et que les griots continuaient de s'égosiller :

« Diarra! Maître des eaux, Maître du pouvoir! Maître des cauris! Maître des hommes! Maître de la guerre et Maître de la chasse! »

Brusquement, le roulement de tambour retentit. Un à un, les Français se levèrent et tendirent leur main droite à Mari Diarra, qui les serra gauchement entre les siennes. Puis les tirailleurs formèrent deux files d'égale longueur, et tout le monde prit la direction du dionfoutou d'El-Hadj Omar, dont les vastes écuries servaient de logements aux soldats. Au bout d'un moment, Mari Diarra se leva. Précédé de ses griots et de ses musiciens, suivi des princes du sang, il se dirigea vers le palais d'Amadou. La cérémonie était terminée. Les curieux se dispersèrent. Les chefs des grandes familles en firent autant, et il ne resta plus à fixer la poussière ocre de la place que l'œil étincelant du soleil.

Alioune reprit lentement le chemin de la concession. Lui qui avait accepté la faya avec enthousiasme, pour la première fois, il la ressentait comme une triste et douloureuse charge. En quoi consistait-elle? A organiser des funérailles, à caser des veuves, à réconforter des orphelins. Finies les cérémonies chaudes et bruyantes où la famille, avec sa force, donne la mesure de son unité. En outre, il était inquiet, car il le savait les Français attendaient chaque chef de famille le lendemain afin de s'assurer de sa fidélité à la France. Cette fidélité devait se traduire concrètement par la fourniture d'hommes pour on ne savait quels travaux mais considérés de la plus haute utilité. Si c'était nécessaire, Alioune enverrait des esclaves. Cela signifierait une diminution du nombre des bras cultivant les champs de la famille, qui s'en trouverait appauvrie! Ne disait-on pas également que les Français interdisaient l'esclavage et invitaient les Woloso à se regrouper dans des villages qu'ils créaient de toutes pièces, à leur intention? Que de bouleversements en perspective! Et il serait celui qui devrait présider à tous ces changements!

Sans qu'il l'ait voulu, ses pas l'avaient conduit aux portes de la ville. Là, une foule, muette et médusée, regardait les brèches des murailles. Blessures béantes. De l'autre côté du fleuve, on apercevait les canonnières et les engins meurtriers qui étaient arrivés à détruire en quelques minutes le travail patient des ancêtres. Des enfants soupesaient les blocs de terre avec une terreur empreinte d'admiration. De l'Occident à l'Orient, on avait cru Ségou invincible, et voilà, par deux fois, elle était tombée, et cette seconde chute était la plus dure, la plus humiliante! « La ville à une seule porte pour entrer, à une seule porte pour sortir, la ville entourée d'un mur d'enceinte. » Que chanteraient les griots, désormais?

La France, les Français, ces mots éveillaient à présent dans l'esprit d'Alioune une sorte de crainte superstitieuse. Il regrettait de n'avoir guère prêté attention aux propos de Dieudonné qui les connaissait, lui. Qu'avait-il dit, parlant de ses frères demeurés à Saint-Louis?

« La civilisation des Blancs est un philtre qui vous transforme entièrement. »

Peut-être ce philtre, devrait-on tous le boire, de gré ou de force! Au pied de ce qui restait des murailles, l'eau du fleuve coulait, imperturbable, comme si les événements des derniers jours ne l'avaient pas affectée. Un peu jaune, moussant par endroits, faisant tournoyer des branches d'arbres ou des bouchons de paille. A quelques mètres de l'île où étaient encore postés les canons, des pêcheurs bozos ramenaient des filets, lourds de prises argentées. Vivre quand on n'a plus goût à rien.

Alioune se reprocha aussitôt cette pensée amère. N'était-il pas dit que la pluie a beau tomber et l'eau monter, le ndanze pousse sa tige vers le ciel? Peut-être des jours heureux, des jours féconds étaient-ils encore en réserve pour Ségou et les Ségoukaw! Tournant le dos au fleuve, il reprit le chemin de sa demeure, notant comme il ne l'avait jamais fait les détails de la vie des rues. Ecoliers se hâtant, leurs tablettes sous le bras. Dévots enturbannés glissant sur leurs babouches, couleur de beurre de karité. Marabouts errants offrant des amulettes faites d'un verset du Coran plié en quatre dans un étui de cuir. Avec, çà et là, comme les figures d'un passé inamovible, quelques féticheurs guérisseurs étalant des herbes, des racines, des poudres végétales. Quand il entra dans la première cour, Djénéba se précipita vers lui :

« Le Mansa te convoque ce soir au palais. Je crois qu'il songe déjà à la manière de se débarrasser des Français... »

Alioune haussa les épaules. Ah! non. Plus de cela! Plus de calculs, plus d'intrigues! Plus de revirements, plus de volte-face! Ses morts le lui interdisaient.

7

ETENDU sur un bat-flanc, l'auxiliaire indigène Ahmed Traoré prenait un repos bien gagné. Il avait toutes raisons d'être satisfait. Pour la deuxième fois, il venait d'être cité. Archinard parlait de lui faire décerner une décoration, ce qui se traduirait de façon concrète par une augmentation de sa solde. Si, en outre, il entendait le laisser à Ségou, dont il le savait originaire, avec cette fonction de chef de bataillon, c'était bien pour lui manifester l'estime dans laquelle il le tenait.

Et, cependant, Ahmed n'était pas satisfait, éprouvant pour la première fois un confus sentiment de remords et de malaise qu'il n'avait ressenti ni dans le Damga, ni à Kita, ni dans aucune de ses expéditions précédentes. Qu'y avait-il dans l'air de Ségou? Qu'est-ce qu'on y respirait qui y faisait les sentiments plus affinés et subtils, l'âme plus exigeante? Sa vengeance ne lui laissait qu'un goût amer, et s'il s'était écouté, il se serait élancé dans les rues, interrogeant les passants :

« Aidez-moi, dites-moi de qui je suis le fils! Ma mère ne m'en a guère parlé, disant seulement que c'était un yèrèwolo. Aidez-moi! »

Alors pour calmer ces impulsions si peu conformes à sa mission dans cette ville, il se repliait sur lui-même, aboyant des ordres à ses subalternes et toisant sombrement ses supérieurs qui lui faisaient pareillement horreur. Tout avait commencé quand le madhi était tombé. Il n'avait même pas fait mine de se servir du fusil qu'il tenait, comme s'il la réclamait, cette mort, et d'une manière subtile se la donnait à lui-même. Aussi, Ahmed avait eu l'horrible impression d'être non pas un agresseur, mais un bourreau. Il était tombé, la sève de son corps assombrissant son boubou blanc en répétant le dernier témoignage du croyant attestant l'existence et l'unicité de Dieu et la shahada sur ses lèvres avait bouleversé Ahmed. N'était-il pas un musulman, lui aussi? Les Grandidier avaient fait de leur mieux pour extirper de son esprit et de ceux de ses frères l'islam, qu'ils considéraient, ainsi que tous les Français, comme une religion dangereuse, mais ils n'y étaient jamais parvenus. Ni les frères de Ploërmel. Seul Dieudonné oscillait entre l'église et la mosquée, sans parvenir à choisir entre l'une ou l'autre. Appartenant à une communauté que l'islam avait chassée de chez elle, paradoxalement les enfants trouvaient en lui l'élément de grandeur qui manquait dans leur éducation. Et puis, il symbolisait le refus d'une soumission totale aux bienfaiteurs. Mme Grandidier était femme pieuse et bonne, qui consacrait un peu de son temps à l'action de l'école des sœurs de Saint-Joseph. Jamais ni Anady, ni Ahmed, ni Dieudonné n'avaient eu à se plaindre d'elle, à la différence de son mari qui avait coup de pied et gifle faciles. Pourtant, c'était elle que, chacun à leur manière, ils s'efforçaient de blesser!

Tout avait commencé quand le madhi était tombé, c'était bien cela! Ahmed se releva et s'assit sur sa couche. Il devait être trois heures de l'après-midi, heure la plus chaude du jour. Archinard et ses compagnons dormaient, assommés sous les moustiquaires, et, cependant, dans quelques instants, ils seraient alertes, traçant des plans pour les futures campagnes. Après la prise de Ségou, Archinard envisageait de revenir vers le Sénégal avant d'affronter Amadou, lui-même retranché dans Nioro. Car il fallait à tout prix démanteler l'empire toucouleur.

Celui qui fait la guerre doit s'interdire de penser. Sinon son bras retombe le long de son corps, incapable de frapper avec précision l'adversaire. Ahmed pensait trop depuis quelque temps. Le beau mécanisme de son corps s'enrayait. Il sortit dans la cour, limitée par un quadrilatère d'énormes constructions, assorties de tours. Quelle beauté dans cette architecture! Témoin d'un temps révolu! Bientôt, les Français courberaient, selon leur art, la terre et la pierre. Ahmed marcha jusqu'à l'entrée monumentale du dionfoutou. Deux tirailleurs, adossés à la muraille, sacrifiaient à la cérémonie du thé vert. Ahmed reconnut Mamadou Diop, un Ouoloff qui avait partagé bien des combats avec lui, et une jeune recrue, venue d'un village de liberté[1] de Kayes. Les deux hommes, tout en sirotant l'âpre liquide brûlant, commentaient le partage des femmes toucouleurs dans lequel ils s'estimaient lésés, accusant Mamadou Racine, responsable du tirage au sort, de n'en faire, en réalité, qu'à sa tête. Ahmed interrompit cette conversation qui, soudain, lui semblait choquante :

« Que savez-vous de ce madhi que nous avons rencontré à Ouéta? »

Mamadou Diop se mit à rire :

« Madhi? Tu dis fou, oui! »

Ahmed haussa les épaules :

---

1. Villages créés par Gallieni où l'on regroupait les esclaves libérés.

« Madhi ou fou, c'est pareil pour moi! Mais est-ce que vous avez entendu parler de lui? »

Mamadou eut un geste d'ignorance, tout en remplissant pour la troisième fois les petits gobelets fleuris :

« Qu'est-ce que tu veux qu'on sache? Pas plus que toi. Qu'il venait de Gao, c'est tout. »

Ahmed fit avec espoir, comme si cela diminuait sa faute :

« Alors c'était un Sonraï? »

Les autres le regardèrent avec stupeur. S'il ne voulait pas éveiller leurs soupçons et voir se répandre dans le camp la rumeur qu'il agissait d'étrange façon, il valait mieux changer de conversation. Il se leva. Devant la forteresse, des captifs qui avaient entendu dire que les Français les autorisaient à quitter leurs maîtres formaient de longues files d'attente. Ils ignoraient qu'ils étaient souvent enrôlés de force dans les futures campagnes, et qu'alors leur liberté se réduisait à un triste et violent exercice. Ahmed détourna les yeux de ce pitoyable spectacle et longea les rues silencieuses. Ce n'était certes pas la première fois qu'il parcourait une ville en soudard. En outre, il l'avait réalisé, ce rêve, qui l'avait tenu éveillé pendant des semaines! Et ne devait-il pas la savourer, cette vengeance qu'il allait offrir comme une ultime offrande à sa disparue? Mère, mère, c'est moi, ton fils, qui te venge! Or ne voilà-t-il pas que, une fois l'action accomplie, il ne ressentait ni plaisir, ni fierté, ni griserie. Seul le goût poisseux du remords. Il aurait aimé que les regards des rares passants ne se détournent pas de lui, que les enfants qui jouaient au seuil des cases ne l'interpellent pas sur un ton indéfinissable :

« Eh, toubab! »

Qu'au contraire, un chant d'accueil jaillisse de la terre et de l'eau :

« Un fils était perdu qui est retrouvé. »

Quelle absurdité! Quelle inconséquence!

Comme si Dieu l'avait pris aux épaules, il se trouva soudain devant une mosquée. A sa vue, les talibés qui somnolaient, leur calebasse entre les jambes, se levèrent et se mirent à le supplier d'une façon féroce qui augmenta encore son malaise. Retrouvant une brutalité qui n'était plus que le masque de sa vulnérabilité, il les chassa, puis entra dans la cour où l'imam s'entretenait avec deux fidèles. Son apparition, le fusil sur l'épaule, entraîna un silence hostile, et trois paires d'yeux le dévisagèrent sans aménité. Au bout d'un moment, l'imam se ressaisit cependant et s'approcha de lui :

« Est-ce que ce n'est pas toi, l'interprète des Blancs? »

Ahmed haussa les épaules et fit rudement :

« Peu importe! Parle-moi de ce madhi sonraï qui a voulu barrer la route à nos troupes à Ouéta... »

L'imam parut surpris :

« Ce n'était pas un Sonraï. C'était un Bambara. Un Bambara de Ségou. Mais que veux-tu savoir de lui? »

Ahmed dit d'un ton troublé :

– C'était un Bambara...?

– Oui, de la famille des Traoré. Que veux-tu savoir de lui? »

Comme Ahmed ne répondait pas, il s'enhardit et interrogea :

« Tu es un Bambara toi-même. De qui es-tu le fils? »

Ainsi, c'était un Bambara, un Traoré! Comme il avait raison de se sentir un bourreau! Il revit les yeux tristes et étincelants de sa victime, et, pour contenir cette pitié, ce remords qui, s'il les laissait, allaient changer le goût de sa vie, transformer chacune de ses victoires en douleurs et en hontes, il tourna vivement le dos à son interlocuteur. Comme les talibés qu'il avait pourtant chassés revenaient à la charge, il leur assena quelques bons coups de crosse. Puis il reprit le chemin du dionfoutou.

Ce n'est pas immédiatement que l'esprit d'Omar commença d'investir la ville avant d'en prendre entièrement possession. Cela se fit en plusieurs jours, voire en plusieurs semaines. Un jour, un homme marcha jusqu'à la place centrale où flottait le drapeau tricolore tout neuf et cria :

« Souvenez-vous du madhi de la « lumière d'Allah ». Qu'avait-il dit ? Nous sommes un. Un. »

Puis avant que les tirailleurs en faction n'aient pu l'interpeller, il s'était enfui.

Le lendemain, des hommes venus on ne sait d'où surgirent sur les marchés, aux abords des mosquées, sous les arbres à palabres, et s'exclamèrent :

« Oui, le madhi de la « lumière d'Allah » l'avait dit, et nous ne l'avons pas écouté. Nous sommes un. Un. »

Bientôt, un petit opuscule à couverture jaune sur laquelle était imparfaitement dessiné un beau visage commença de circuler. Il s'intitulait *La Lumière d'Allah* et retraçait la vie et l'enseignement d'Omar Diémogo Traoré, le sage de Tacharant. On y parlait de sa naissance miraculeuse après la mort de son père, de sa longue initiation religieuse auprès de sages du Fouta Djallon, de son mariage avec une esclave toucouleur, de son refus des concubines, de sa retraite de cinq années à la lisière du désert, enfin, de sa longue marche, puis de sa mort avec sur les lèvres la parole :

« Rabbi labaïka[2]! »

Cela donna le signal d'un revirement total. Cette pensée hérétique condamnée en son temps par les autorités religieuses fut réhabilitée, les commentateurs trouvant là une source de développement infini. Puisqu'il était le lieu de plusieurs cultures, bambara et peul par son père, toucouleur par sa mère, le madhi n'avait-il pas puisé dans chacun de ces peuples une part de sa spiritualité? Les Ségou-kaw, traumatisés par une victoire à goût de défaite, suivie de l'humiliation excessive des anciens maîtres et de la restauration sans grandeur d'autorités traditionnelles, se rappelèrent cette parole du Coran : « Souviens-toi, car le Souvenir est utile... » Et sans désemparer l'appliquèrent à Omar.

Le camp de Ouéta devint un lieu de pèlerinage, et les foules qui ne tardèrent pas à y affluer choisirent dans l'anonymat de ce champ de dunes un emplacement particulier devant lequel elles s'agenouillèrent. Les griots, qui ne savaient plus qui vanter, éprouvant quelque scrupule à appeler Mari Diarra « casseur de grosse tête », trouvèrent là le héros idéal qui manquait à leur épopée et prenant leurs koras chantèrent :

Depuis que Dieu a créé le monde, les bénis ont
*   pouvoir sur les maudits! Traoré, Traoré, Traoré!*
Quatre fois, il fit le tour de Niamina
Son cheval s'enleva
Et il trouva l'entrée
Atinari[3] l'entendit et il dit :
« Si tu entres dans cette ville,
je te tue... »

---

2. Dernières paroles que le croyant doit prononcer avant sa mort.
3. Archinard.

Alors Omar Traoré revint vers l'entrée :

C'est à Dieu que j'obéis, ce n'est pas à toi!
Traoré, Traoré, Traoré!
Tu es parti, mais un seul homme ne finit pas le
monde!

Et le soir, dans les cours de Ségou, chacun se répétait cette chanson. Oui, il l'avait dit le madhi, ils étaient un, un Toucouleur, Bambara, Peul, Somono, Bozo, Sarakolé, Malinké, Diawara, Dogon et même ceux dont on ignorait le nom, qui vivaient sur le rivage de la mer ou sur les marches du désert... Un, un et ils ne l'avaient pas compris. Etait-il trop tard?

Quand cette légende se forma autour d'Omar, Kadidja se fâcha. De quel droit triturait-on les éléments de la vie de son compagnon? Qui mieux qu'elle savait combien de douleurs, de doutes et d'angoisses ils recouvraient? Or, nul ne l'avait interrogée. On préférait, sans doute, s'appuyer sur les souvenirs à moitié imaginaires des rares survivants de la « lumière d'Allah »? Et il lui semblait qu'elle le perdait une deuxième fois et à jamais, tandis qu'on le transformait ainsi en image pieuse et édifiante. Puis elle se calma. Après tout qu'importait? Peut-être cette transformation était-elle nécessaire? Peut-être Ségou avait-elle besoin de ces mensonges pour tenter de retrouver sa voix? Peut-être, à cause d'Omar, le grand silence de la cité vaincue frémirait-il de révoltes d'abord souterraines, puis éclatant au grand jour? Insensiblement, elle s'habitua à cette pensée et la transmit à ses enfants.

APPENDICES

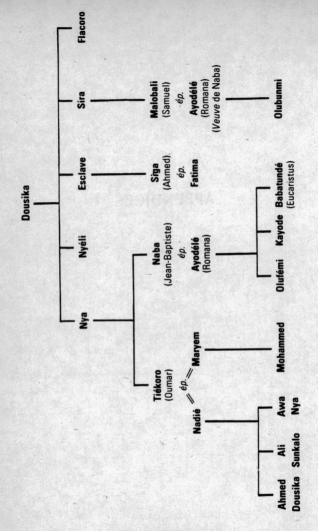

ARBRE GÉNÉALOGIQUE
DE LA 1re GÉNÉRATION

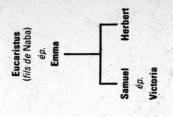

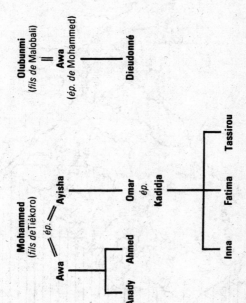

ARBRES GÉNÉALOGIQUES
DE LA 2ᵉ GÉNÉRATION

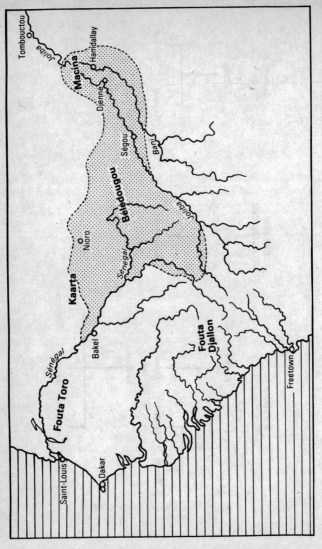

EMPIRE TOUCOULEUR À LA DISPARITION
D'EL-HADJ OMAR EN 1864

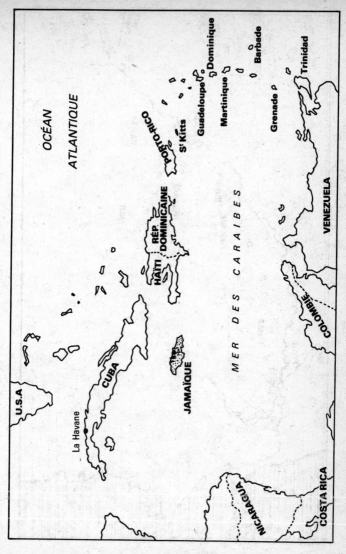

LA JAMAÏQUE
ET LES PRINCIPALES ÎLES DES ANTILLES

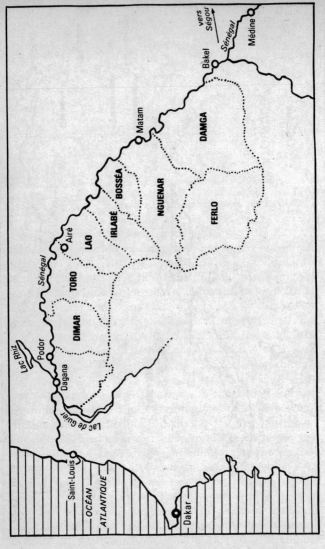

LE FLEUVE SÉNÉGAL AVEC LES FORTS FRANÇAIS
AU XIXᵉ SIÈCLE ET LES ÉTATS DU FOUTA TORO

NOTES HISTORIQUES
ET ETHNOGRAPHIQUES

L'ordre est celui d'apparition dans le récit.

1. Les Bambaras ou Banmanas font partie du *groupe mandé*, qui comprend également les Malinkés, les Senoufous, les Sarakolés, les Dioulas, les Khasonkés... Ils vivent principalement dans l'actuel Mali, dont, numériquement, ils constituent le peuple le plus important. Ils ont formé du XIIᵉ au XIXᵉ siècle deux Etats puissants dont l'un avait son centre à Ségou et dont l'autre occupait la contrée dite du Kaarta, entre Bamako et Nioro. Ils sont cultivateurs et travaillent le mil, le fonio, le riz, le maïs. Ils vivent en symbiose avec un peuple de pêcheurs, les Bozos.

2. Les Peuls sont des pasteurs bovidiens que l'on rencontre de l'océan Atlantique au Cap-Vert, au bassin du Nil en passant par le lac Tchad et l'Adamaoua. Les auteurs leur ont attribué des origines très diverses, allant jusqu'à voir en eux des sémites persécutés par les successeurs d'Alexandre le Grand au IVᵉ siècle avant Jésus-Christ et par les Romains et descendus en Afrique. Au Mali, ils forment d'importants groupements entourés de leurs rimaëbés, esclaves et descendants d'esclaves. Autrefois nomades ou semi-nomades, ils se sont graduellement sédentarisés. Ils parlent la même langue que les Toucou-

leurs, le poular. Ils se convertissent à l'islam au XVIIIᵉ siècle et en deviennent les ardents propagateurs.

3. Les Toucouleurs sont venus très tard au Mali où leur implantation se fait à partir de la seconde moitié du XIXᵉ siècle. Ils sont originaires des rives du Sénégal, des Fouta (Fouta Djallon, Fouta Toro), ils parlent la même langue que les Peuls, le poular. Leur attachement presque fanatique à l'islam en a fait des conquérants légendaires.

4. Les Bozos sont un peuple de pêcheurs, « Les maîtres de l'eau ». Leur langue, quoique distincte, se rapproche beaucoup de celle des Bambaras.

5. Les Haoussas occupent le nord de l'actuel Nigeria. La légende affirme que les Etats haoussas furent fondés par six descendants d'un immigrant fils du roi de Bagdad et d'une reine haoussa. Ce sont Gobir, Daura, Kano, Katsina, Zaria et Rano. L'islam est amené par des marchands dès la fin du XIVᵉ siècle. Cependant, il faut attendre l'irruption des Peuls et le jihad d'Ousman Dan Fodio pour qu'ils s'implantent profondément. En 1900, les Anglais établissent le protectorat du Nigeria du Nord sur toute cette région.

6. Ousman dan Fodio, comme El-Hadj Omar, fut un réformateur de l'islam. Il naît en 1754 et appartient à un clan islamisé de langue peule dont les ancêtres ont quitté le Fouta Toro autour du XVᵉ siècle. Il commence sa prédication à l'âge de vingt ans et entame le jihad vers 1794, jetant les bases d'un empire musulman dont la capitale sera Sokoto et dont son fils, Mohammed Bello, sera le véritable organisateur.

7. El-Hadj Omar Saïdou Tall, originaire de Fouta Toro. Né vers 1787, fils d'un marabout renommé. Il devient

594

d'abord un enseignant avant d'entamer un pèlerinage à La Mecque en 1825. L'enseignement d'un savant marocain, Mohammed El Gali, en fait un tidjane (voir « confrérie »). Il devient peu à peu le maître de toute la région du haut Sénégal et déclenche un jihad plus meurtrier que celui des Peuls du Macina avant lui en 1854. Ayant défait les Peuls, il entre en conquérant dans Ségou le 9 mars 1861. Sa mort en 1864 est mystérieuse et entourée de nombreuses légendes.

8. Amadou de Ségou, fils d'El-Hadj Omar, prend la succession de son père à partir de 1863. Contrairement à son père, il semble avoir eu peu de goût pour la guerre et les batailles. Sur l'instigation d'un chérif marocain, il se para en 1870 du titre de commandeur des croyants. Sa tâche ne fut pas facile. Il dut faire face aux intrigues de ses frères, à d'incessantes rébellions des Bambaras qui n'acceptèrent jamais la domination toucouleur et, surtout, aux manœuvres des Français, décidés à se tailler un empire. Il commit l'erreur de quitter Ségou en 1884 et la laissa entre les mains de son fils, Madani, qui ne saura pas résister aux troupes d'Archinard. Il tiendra tête aux Français, cependant, les harcelant sur tous les fronts. Il termine ses jours dans la province occidentale de Sokoto en 1898.

9. Faidherbe, initiateur de l'expansion française vers le Niger. Son rêve était de « fonder un établissement vers Bamakou, sur le haut Niger, en le reliant à Médine et à Sénoudébou par une ligne de postes distants de vingt-cinq à trente lieues, dont le premier doit être Bafoulabé ». En 1857, il créa le bataillon des tirailleurs sénégalais. Il conduisit une série de campagnes qui contribuèrent à faire du Sénégal une colonie cohérente.

10. Alioune Sall, sous-lieutenant de spahis, entreprit en 1861 sous les auspices du général Faidherbe, alors gou-

verneur du Sénégal, de se rendre de Saint-Louis à Tombouctou puis en Algérie. Cette mission ne réussit que partiellement.

11. Mage, lieutenant de vaisseau qui s'était déjà fait connaître par une reconnaissance au Tagant, et Quintin, chirurgien de marine, furent envoyés en mission diplomatique en 1863 afin d'étudier la possibilité d'une liaison directe du Sénégal avec le Niger et, par celui-ci, avec les grandes cités haoussas du Soudan central. Comme cette route était contrôlée par les Toucouleurs, il convenait de s'assurer la bienveillance d'Amadou de Ségou. Ils demeurèrent deux ans à Ségou et obtinrent la signature d'un traité de commerce sans portée pratique.

12. Samuel Ajayi Crowther, Yoruba pris en esclavage vers 1821, sauvé par un navire anglais et emmené en Sierra Leone. Il fut le premier étudiant de Fourah Bay College, membre de l'expédition sur le Niger en 1841, ordonné prêtre à Islington, Angleterre, en 1842. En 1864, il devient évêque du Nigeria, le premier Africain à occuper pareille fonction. La fin de sa vie est triste, car il est en butte au racisme et démis de ses fonctions. Il meurt en 1890.

13. Edward Blyden naquit en 1832 à Saint-Thomas, dans les îles Vierges, et tenta vainement de se faire admettre dans une université américaine afin d'étudier la théologie, à cause de sa couleur. Il fut cependant ordonné prêtre au Liberia où il émigra en 1850. C'est certainement le plus grand penseur noir de son temps, convaincu de la splendeur de sa race et de sa future libération, et un ancêtre du pan-africanisme. Il écrivit de nombreux ouvrages dont le plus célèbre est peut-être *Christianity, Islam and the Negro Race*, paru en 1887.

14. James Africanus Beale Horton naquit vers 1835 en Sierra Leone d'un père ibo que les escadres anglaises avaient sauvé de l'esclavage. Il fut pratiquement élevé par les missionnaires de la C.M.S. qui le firent admettre à Fourah Bay College en 1853. Etant donné sa vive intelligence, il fut choisi pour étudier la médecine à l'université de Londres, puis d'Edimbourg et exerça dans les possessions anglaises de l'Afrique de l'Ouest. Il écrivit de nombreux ouvrages scientifiques avant d'entreprendre de prouver au monde la valeur des institutions traditionnelles africaines. *West African countries and peoples*, publié en 1865, demeure un classique.

15. George William Gordon et Deacon Paul Bogle, qui comptent aujourd'hui parmi les héros nationaux de la Jamaïque, furent les principaux acteurs de la rébellion de Morant Bay en 1865. C'étaient deux hommes fort différents, le premier, un mulâtre, fils naturel d'un attorney, grand propriétaire terrien, riche et instruit, le second, un nègre, ordonné diacre d'une église baptiste. Ils n'avaient en commun que leur profond souci de la cause du peuple et payèrent de leur vie leur haine de l'oppression britannique.

16. Oïtala Ali, dernier Mansa bambara avant l'arrivée d'El-Hadj Omar dans Ségou, régna de 1856 à 1861. Ensuite, il se réfugia au Macina où il fut pris et mis à mort par El-Hadj Omar en 1862.

17. Mari Diarra, fils de Da Monzon, fut réinstallé par les Français sur le trône de Ségou. Pourtant, cette restauration fut de courte durée. Il se hâta de comploter contre eux et fut fusillé en 1890.

18. Bodian Coulibaly, de la dynastie rivale massari du Kaarta, fut nommé roi. Malgré sa docilité, son règne ne

dura pas. Il fut rendu à la vie civile par Archinard, avec une pension de retraite, et alla s'installer près de Nioro.

19. Mamadou Lamine Dramé, marabout sarakolé né vers 1840 dans les environs de Bakel. Autour de 1885, il se proclama le madhi tidjani et déclara la guerre sainte. Il ne tarda pas à se heurter aux Français dont, à l'exemple d'El-Hadj Omar, il dénonça les visées. Les troupes de Gallieni le chassèrent vers la Gambie où il trouva la mort.

20. Joseph Gallieni, né en 1849, est le chef de la mission du haut Niger en 1880. Ce futur maréchal de France parvint à faire signer à Amadou de Ségou un traité de protectorat accordant à la France la libre circulation dans ses Etats, le droit d'y construire une voie ferrée et le monopole exclusif de la navigation sur le Niger. Il est une des plus grandes figures coloniales, décidé à tout pour offrir un empire à sa patrie.

21. Archinard arriva au Soudan en 1880 et succéda à Gallieni dans la conquête militaire de la région. Il lutta victorieusement contre Amadou de Ségou et contre Samori. Il entra dans Ségou en 1890.

22. Samori-Touré, dernier des grands bâtisseurs d'empires africains. Né vers 1830. Il prend le titre d'almamy et, avec ses sofas, s'installe dans le Ouassoulou. Il tient tête à Borgnis-Desbordes, signe un traité avec Gallieni, résiste à Archinard puis à Combes, avant d'être définitivement éliminé par Gouraud. Ce dernier reconnaît en lui « un irréconciliable ennemi qui pendant quinze ans avait semé la terreur des rives du haut Sénégal à celles de la Volta » avant d'être enfin défait. Exilé au Gabon, il meurt en 1900.

23. La religion bambara est imparfaitement appelée

fétichisme. Les Bambaras conçoivent le monde comme un ensemble de forces sur lesquelles l'homme parvient à avoir prise, principalement grâce aux sacrifices. Deux principes complémentaires, Pemba et Faro, sont à l'origine de la vie sur terre, Pemba étant le créateur transmettant son verbe et son pouvoir à Faro. L'homme lui-même est un microcosme, résumé de la totalité des êtres et des choses. C'est le grain du monde.

24. Le VIᵉ siècle de l'Hégire (XIIᵉ de l'ère chrétienne) voit apparaître dans le monde musulman le soufisme dont les grands véhicules sont les confréries (tourouk). Les principales sont en Afrique au sud du Sahara :
– la quadriya, du nom de son fondateur Abdel Kadir el-Jilani;
– la kunti, du nom d'une ancienne famille d'origine arabe de Tombouctou, les Kunta;
– la tidjaniya prend sa source en Cheikh Ahmed Tidjani, né en Algérie en 1150 (1737) et mort au Maroc en 1230 (1815).

25. Al-Buhari, célèbre traditionaliste, originaire de Buhara né en 194 (810) et mort en 256 (870). Son ouvrage le plus célèbre est le *Sahih*, recueil de hadiths qu'il mit seize ans à compiler.

Table

601

DU MÊME AUTEUR

Chez le même éditeur :
UNE SAISON À RIHATA, roman (1981).

Chez d'autres éditeurs :
HEREMAKHONON, roman.
LA POÉSIE ANTILLAISE,
(Collection « Classiques du monde », Nathan, 1977).
LE ROMAN ANTILLAIS,
(Collection « Classiques du monde », Nathan, 1978).
LE PROFIL D'UNE ŒUVRE
Cahier d'un retour au pays natal (Hatier, 1978).
LA PAROLE DES FEMMES (L'Harmattan, 1979).

IMPRIMÉ EN FRANCE PAR BRODARD ET TAUPIN
Usine de La Flèche (Sarthe).
LIBRAIRIE GÉNÉRALE FRANÇAISE - 6, rue Pierre-Sarrazin - 75006 Paris.
ISBN : 2 - 253 - 04194 - 7